GRöLS Verlage

AF670396

„Bücher sind wie Fallschirme. Sie nützen uns nichts, wenn wir sie nicht öffnen."

Gröls Verlag

Redaktionelle Hinweise und Impressum

Das vorliegende Werk wurde zugunsten der Authentizität sehr zurückhaltend bearbeitet. So wurden etwa ursprüngliche Rechtschreibfehler regelmäßig *nicht* behoben, denn kleine Unvollkommenheiten machen das Buch – wie im Übrigen den Menschen – erst authentisch. Mitunter wurden jedoch zum Beispiel Absätze behutsam neu getrennt, um den Lesefluss zu erleichtern.

Um die Texte zu rekonstruieren, werden antiquarische Bücher von Lesegeräten gescannt und dann durch eine Software lesbar gemacht. Der so entstandene Text wird von Menschen gegengelesen und korrigiert – hierbei treten auch Fehler auf. Wenn Sie ebenfalls antiquarische Texte einreichen möchten, finden Sie weitere Informationen auf www.groels.de

Viel Freude bei der Lektüre wünscht Ihnen das Team des Gröls-Verlags.

Adressen

Verleger: Hermann-Josef Gröls,

Im Borngrund 26, 61440 Oberursel

Externer Dienstleister für Distribution & Herstellung:

BoD, In de Tarpen 42, 22848 Norderstedt

Unsere „Edition | Werke der Weltliteratur" hat den Anspruch, eine der größten und vollständigsten Sammlungen klassischer Literatur in deutscher Sprache zu werden. Nach und nach versammeln wir hier nicht nur die „üblichen Verdächtigen" von Goethe bis Schiller, sondern auch Kleinode der vergangenen Jahrhunderte, die – zu Unrecht – drohen, in Vergessenheit zu geraten. Wir kultivieren und kuratieren damit einen der wertvollsten Bereiche der abendländischen Kultur. Kleine Auswahl:

Francis Bacon • Neues Organon • **Balzac** • Glanz und Elend der Kurtisanen • **Joachim H. Campe** • Robinson der Jüngere • **Dante Alighieri** • Die Göttliche Komödie • **Daniel Defoe** • Robinson Crusoe • **Charles Dickens** • Oliver Twist • **Denis Diderot** • Jacques der Fatalist • **Fjodor Dostojewski** • Schuld und Sühne • **Arthur Conan Doyle** • Der Hund von Baskerville • **Marie von Ebner-Eschenbach** • Das Gemeindekind • **Elisabeth von Österreich** • Das Poetische Tagebuch • **Friedrich Engels** • Die Lage der arbeitenden Klasse • **Ludwig Feuerbach** • Das Wesen des Christentums • **Johann G. Fichte** • Reden an die deutsche Nation • **Fitzgerald** • Zärtlich ist die Nacht • **Flaubert** • Madame Bovary • **Gorch Fock** • Seefahrt ist not! • **Theodor Fontane** • Effi Briest • **Robert Musil** • Über die Dummheit • **Edgar Wallace** • Der Frosch mit der Maske • **Jakob Wassermann** • Der Fall Maurizius • **Oscar Wilde** • Das Bildnis des Dorian Grey • **Émile Zola** • Germinal • **Stefan Zweig** • Schachnovelle • **Hugo von Hofmannsthal** • Der Tor und der Tod • **Anton Tschechow** • Ein Heiratsantrag • **Arthur Schnitzler** • Reigen • **Friedrich Schiller** • Kabale und Liebe • **Nicolo Machiavelli** • Der Fürst • **Gotthold E. Lessing** • Nathan der Weise • **Augustinus** • Die Bekenntnisse des heiligen Augustinus • **Marcus Aurelius** • Selbstbetrachtungen • **Charles Baudelaire** • Die Blumen des Bösen • **Harriett Stowe** • Onkel Toms Hütte • **Walter Benjamin** • Deutsche Menschen • **Hugo Bettauer** • Die Stadt ohne Juden • **Lewis Caroll** • *und viele mehr….*

Der Bravo

Eine venezianische Geschichte

James Fenimore Cooper

Erstes Kapitel

Die Sonne war hinter den Tiroler Alpen verschwunden, und schon begann der Mond über die niedere Fläche des Lido aufzusteigen. Gleich einem Strome, der sich durch einen engen Kanal in ein geräumiges, schäumendes Becken ergießt, zwängten sich aus den schmalen Gassen Venedigs Hunderte von Fußgängern hervor nach dem St. Markusplatze. Stolze Cavalieri und gravitätische Cittadini, dalmatische Krieger und venezianische Matrosen, ehrsame Bürgerfrauen und Damen von feineren Sitten, Juwelenhändler vom Rialto und Kaufleute aus der Levante, Jude, Türke, Christ, Reisender, Abenteurer, Podesta, Kammerdiener, Advokat und Gondoliere – alle zogen nach dem einen gemeinschaftlichen Mittelpunkte der Erholung. Der geschäftige und der nachlässige Blick, der gemessene Schritt und das prüfende Auge, Scherz und Gelächter, der Cantatrice Lied und die Melodie der Flöte, die drolligen Gebärden eines Lustigmachers und das tragische Zürnen des Improvisators, das gezwungene melancholische Lächeln des Harfners und das Geschrei der Wasserverkäufer, Mönchskapuzen, Federbüsche – dies Durcheinandergesumme, dieses mannigfache Hin- und Her-Gedränge, verbunden mit den unbeweglicheren Gegenständen des Ortes, machte den Auftritt zu dem eigentümlichsten, den man finden konnte.

Auf der Grenzlinie liegend, die das westliche Europa von dem östlichen scheidet, und mit dem letzteren in ununterbrochenem Verkehr, besaß Venedig eine größere Mischung der Charaktere und der Kostüme als irgendeiner der zahlreichen Häfen dieser Gegend.

Zur genannten Stunde waren die Kaffeehäuser und Kasinos in den die drei Seiten der länglich viereckigen, großen Piazza umgebenden Portikos mit Gesellschaft schon überfüllt, und das Menschengewimmel auf dem freien Platze selbst ward daher zusehends größer.

Tausende von Fackeln und Lampen erleuchteten die Arkaden mit hellem Glanze, während die Prokurazien, eine Flucht von großartigen Gebäuden, der massive Palast des Dogen, die Kirche, eine der ältesten in der ganzen Christenheit, die Granitsäulen der Piazetta, die Siegesmasten des großen Platzes und der schwindelerregend hohe Campanile in dem milderen Mondesstrahle schlummerten.

Der geräumigen Fläche des großen Platzes die Vorderseite zukehrend, standen die groteske und ehrwürdige Kathedrale des San Marco und die übrigen Monumente des Platzes als ein Denkmal von der alten Herrlichkeit und Größe der Republik.

Neben diesem Bau tat sich manch andere bemerkenswerte Zier des Platzes hervor. Der Fuß des Campanile lag tief im Schatten, während die Ostseite des grauen Gipfels wohl hundert Fuß abwärts vom vollen Mondlichte beglänzt war. Am andern Ende des kleinen Platzes, nahe der Seeküste, erhoben sich auf ihren Säulen von afrikanischem Granit hier der geflügelte Löwe des Markus, dort Theodor, der Schutzheilige der Stadt, sich gegen den azurnen Hintergrund deutlich abhebend.

Am Fuße der Markussäule stand ein Mann, der in die belebte und auffallende Szene vor seinen Augen, wie es schien, mit der achtlosen Gleichgültigkeit der Gewohnheit schaute. Die Menge, zum Teil maskiert, zum Teil nicht vermeidend, daß man sie kenne, war den Damm entlang in die Piazetta geströmt, um den Hauptplatz zu erreichen, während jener Mann kaum einen Blick seitwärts warf. Er stand wie jemand, der gewohnt ist, mit Geduld und Gehorsam dem Vergnügen anderer zu dienen und auf den Wink seines Herrn zu warten, ehe er sich vom Fleck rührte. Eine seidene Jacke mit Blumen in glänzenden Farben durchwirkt, der umgelegte Scharlachkragen und die vorn mit einem Wappen gestickte Samtmütze verrieten einen Gondoliere in Privatdiensten.

Überdrüssig der Possen einer etwas entfernten Gauklerbande, wandte er sich dem leichten Lüftchen zu, das aus dem Wasser aufstieg, als plötzlich die Freude des Wiedererkennens durch seine Züge leuchtete, und im Augenblick hatte er seinen Arm in den eines schwarzbraunen Seemannes eingehängt, der die lose Kleidung und die phrygische Mütze seines Standes trug.

„Du bist's, Stefano! Sagten sie doch, du wärst den verdammten Barbaren in die Klauen geraten und pflanztest Blumen für einen Ungläubigen mit deinen Händen und begössest sie mit deinen Tränen."

Mit derber Vertraulichkeit erwiderte der Seemann: „›La bella Sorrentina‹ ist keine Dirne, die Siesta hielte mit einem tunesischen Kaper, der sie umschwärmt. Wärst du je übern Lido rausgekommen, so wüßtest du, daß es was anderes ist, Jagd zu machen auf die Feluke, und was anders, sie zu fangen."

„Danke San Teodoro für die Rettung!"

Der Seemann warf einen halb komischen, halb ernsten Blick hinauf zum Bilde des Schutzpatrons und sagte dann: „Die Flügel deines Löwen hätten wir besser brauchen können als die Gunst deines Heiligen. Ich versteige mich mit Bitten um Beistand nicht weiter nördlich als zum heiligen Januarius, und wenn ein Orkan losheulte."

„Desto schlimmer für dich, caro, denn der gute Bischof versteht sich wohl drauf, die Lava zu hemmen, aber nicht, die Winde zu stillen. Aber war denn wirklich Gefahr, die Feluke und ihre brave Mannschaft an die Türken zu verlieren?"

„Ja, wahrhaftig, es schwärmte ein Tuneser zwischen Stromboli und Sizilien, aber leichter hätt er die Wolke überm Vulkan gehascht als die Feluke im Schirokko! Aber wie steht's in Venedig? – Und du, was tust du derzeit in den Kanälen, um die Blumen auf deiner Jacke frisch zu halten?"

„Heut wie gestern und morgen wie heute. Ich rudere die Gondel vom Rialto zur Giudecca, vom San Giorgio zum San Marco, vom San Marco zum Lido und vom Lido nach Hause. Auf dem Wege gibt's keine tunesischen Kaper."

„Aber ist nichts los in der Republik?"

„Nichts von Bedeutung, das ich wüßte – außer dem Unglück, das dem Pietro begegnet ist. Du erinnerst dich noch des Petrillo? Der einst mit dir nach Dalmatien kreuzte als Superkargo, weil er just in Verdacht war, dem jungen Franken geholfen zu haben, der mit einer Senatorstochter durchging."

„Ob ich noch denk an die letzte Hungersnot? Der Spitzbube tat nichts als Makkaroni fressen und den Lacrimae Christi schlürfen, den der dalmatische Graf an Bord hatte."

„Poverino! Seine Gondel ward von einem Ankonaschiff niedergerannt. Das ging drüber weg wie ein Senator, der eine Fliege zertritt."

„Klein Fisch muß nicht in tief Wasser!"

„Der ehrliche Kerl fuhr über die Giudecca mit einem Fremden, der sein Gebet im Redentore verrichten wollte. Da schoß ihm die Brigg in den Baldachin und schlug die Gondel in Stücke, als war's 'ne Wasserblase gewesen, die der Buzentaur zurückläßt.“

„Der Padrone hätt so großmütig sein sollen, über Pietros Dummheit nicht zu klagen, da der ja seine Strafe ohnehin hatte.“

„Madre di dio! Der Padrone ging zur Stund in See, oder er wäre Futter für die Fische in den Lagunen geworden! Da ist kein Gondoliere in ganz Venedig, der nicht den Schimpf im Herzen fühlte. Wir wissen uns so gut Recht zu schaffen als unsere Herren.“

„Ei nu, eine Gondel ist so gut sterblich wie 'ne Feluke, und jedes hat seine Zeit. Besser, am Stoß einer Brigg sterben, als in die Klauen eines Türken fallen! – Was macht dein junger Herr, Gino? Ist's zu hoffen, daß er seine Ansprüche beim Senat durchsetzt?“

„Morgens kühlt er sich in der Giudecca ab, und willst du wissen, was er abends macht, sieh dich nur um unter den Edeln im Broglio.“

Indem er sprach, warf der Gondoliere einen Blick seitwärts auf eine Gruppe Patrizier, die unter den schattigen Arkaden am Palast des Dogen umherwandelten, einem Ort, der zu gewissen Zeiten nur den Bevorrechteten verstattet war.

„Mir ist nicht unbekannt, daß die Edeln von Venedig zur Abendzeit die niedrige Kolonnade da zu besuchen pflegen, aber daß sie sich in der Giudecca baden, hab ich mein Lebtag nicht gehört.“

„Wir waren eben in der Näh, als das Ankonaschiff das Kunststück machte. Während Giorgio und ich vor Wut schäumten über die Tölpelei des Fremden, sprang mein junger Herr, der, was Gondelfahren anlangt, nicht viel Kenntnis hat, ins Wasser und rettete die junge Dame, damit es ihr nicht wie ihrem Onkel erginge.“

„Diavolo! Du hast mir noch keine Silbe gesagt von einer jungen Dame und dem Tod ihres Onkels.“

„Ach, du hattest deinen Tunesen im Kopf und hast's vergessen. Ich muß dir ja doch gesagt haben, wie nah die schöne Signora dran war, das Schicksal der Gondel zu teilen, und wie der Padrone den Tod des römischen Marchese auch auf seiner Seele hat.“

„Santo Padre! Daß ein Christ den Tod eines gehetzten Hundes sterben soll durch die Unachtsamkeit eines Gondoliere!“

„Es mag ein Glück für den von Ankona gewesen sein, daß es so kam, denn der Römer, sagen sie, war ein Mann von Bedeutung, daß er allenfalls hätte auch einen Senator über die Seufzerbrücke spedieren können."

„Hol der Teufel alle unachtsamen Schiffsleute, sag ich! – Was ist aus dem linkischen Schurken geworden?"

„Ich sag dir, er machte, daß er aus dem Lido kam, oder –"

„Pietrillo?"

„Den holte Giorgio mit der Ruderstange herauf, denn wir waren alle beide hinterher, die Kissen und andere Sachen von Wert aufzufischen."

„Konntest du für den armen Römer gar nichts tun?"

„Für den Fremden konnten wir nichts tun als beten zu San Teodoro, denn er ist nicht wieder aufgestanden. – Aber was hat dich hergebracht nach Venedig, caro mio?"

Der Kalabrese legte einen Finger auf die eine Backe und zog damit die Haut nach unten, so daß sein dunkles, schelmisches Auge ein possenhaftes Aussehen bekam.

„Schau doch, Gino – fordert nicht dein Herr manchmal seine Gondel zwischen Sonnenuntergang und Morgen?"

„Ein Eul' ist nicht wachsamer, als er in letzter Zeit war. Dieser mein Kopf lag auf keinem Kissen, ehe die Sonne über den Lido raufkam, nun schon seit der Schnee schmolz von Monselice."

„He? Und wenn die Sonne des Angesichts deines Herrn unter ist in seinem Palaste, dann läufst du zur Rialtobrücke, zu den Juwelieren und Fleischern, und posaunst aus, was er die Nacht durch getan hat?"

„Diamine! Das war die letzte Nacht meines Dienstes beim Herzog von Sant' Agata, wäre meine Zunge so schlüpfrig! Der Gondoliere und der Beichtiger, das sind die beiden Geheimräte eines Edeln, Meister Stefano, 's ist nur der kleine Unterschied, daß der letztere bloß weiß, was ihm der Sünder enthüllen will, der erstere aber weiß manchmal mehr. Da kann ich was Besseres tun, als mit meines Herrn Geheimnissen in den Straßen umherzulaufen!"

„Und ich bin auch klüger, als daß ich jeden Trödler von San Marco sollt in meinen Frachtbrief gucken lassen!"

„He, alter Freund, 's ist bei alledem ein Unterschied zwischen unser beider Geschäft. Ein Padrone von einer Feluke kann sich billigerweise nicht messen mit dem so überaus vertrauten Gondoliere eines neapolitanischen Herzogs, der Anwartschaft hat auf einen Sitz im Rate der Dreihundert."

„Just der Unterschied zwischen still Wasser und rauhem. – Du kräuselst die Oberfläche eines Kanals mit deinem schläfrigen Ruder. Ich aber, ich streiche übers Adriatische Gewässer, vor einem Schirokko her, der heiß genug ist, meine Makkaroni zu kochen und die See schäumen zu machen."

„St!" unterbrach ihn plötzlich der Gondoliere, der sich mit italienischem Humor, doch ohne wirklichen Eifer in den Rangstreit eingelassen hatte. „St! Da kommt einer, der sonst glauben möchte, wir bedürften seiner Faust, um den Streit zu schlichten. – Eccolo"

Der Kalabrese trat einen Schritt zurück und betrachtete schweigend und mit düsterm, gespanntem Blick den Vorübergehenden, der diese schnelle Bemerkung veranlaßt hatte. Der Fremde ging langsam vorbei, ein Mann, noch nicht dreißig Jahre alt, obwohl der ruhige Ernst seiner Züge ein vorgerückteres Alter vermuten ließ. In seinen Wangen war kein Blutstropfen – aber mehr geistige Leiden als körperliche schienen sie gebleicht zu haben. Gesundheit verriet sonst der starke, muskulöse Bau seines Körpers, der, gewandt und geschmeidig, doch alle Zeichen der Kraft an sich trug. Sein Schritt war sicher, fest und gleichförmig; er hielt sich aufrecht und leicht. In seinen Mienen konnte dem Beobachter ein hervorstechender Zug von Selbstbeherrschung kaum entgehen. Seine Bekleidung aber gehörte dem niederen Stande an. Ein Wams von geringem Samt, eine dunkle Monteromütze, dergleichen in den südlichen Gegenden Europas damals gebräuchlich war, und andere Kleidungsstücke ähnlicher Art machten seinen Anzug aus. Sein Blick war eher schwermütig als finster, und dessen Festigkeit stimmte gut zu der ruhigen Haltung des ganzen Körpers. Die Gesichtszüge waren kühn und wohl edel zu nennen, und aus diesen auffallenden Zügen hervor blitzte ein Auge voll Feuer, Klugheit und Leidenschaft.

Indem der Fremde vorüberging, streiften seine glänzenden Augen den Gondoliere und dessen Gefährten, aber dieser Blick, obgleich durchdringend, war doch anteillos, einer von jenen Streifblicken, die Menschen, die zu Mißtrauen Ursache haben, in die Menge zu werfen pflegen. Derselbe Blick traf jeden Nächsten, der entgegenkam, und ehe sich die feste, gehaltene Gestalt im Gedränge verlor, hatte das unstete Auge mit seinem schnellen, blitzenden Strahl wohl zwanzig andere berührt.

Der Gondoliere und der Seemann schwiegen still, bis sie den Fremden, dem sie starr nachsahen, gänzlich aus den Augen verloren hatten. Dann stieß der erstere eintönig und mit tiefem Atemzuge hervor: „Jacopo!“

Sein Kamerad hob drei Finger auf, verstohlen auf den Palast des Dogen deutend: „Lassen sie den so frei umherlaufen, selbst in San Marco?“ fragte er mit unverstelltem Erstaunen.

„'s ist nicht leicht, caro amico, Wasser stromauf treiben oder den Strom, wo er hinabstürzt, hemmen. Die meisten Senatoren, sagt man, würden lieber ihre Aussicht auf die gehörnte Mütze fahrenlassen als diesen Jacopo! Er kennt mehr Familiengeheimnisse als der gute Prior von San Marco, und doch sitzt der arme Mann die Hälfte seiner Zeit im Beichtstuhl.“

„Aha, sie haben Furcht, ihm ein eisern Wams anzulegen, damit nicht Geheimnisse ungeschickt ausgepreßt werden.“

„Corpo di Bacco! 's wär wenig Frieden in Venedig, wenn sich's der Rat der Drei einfallen ließ, die Zunge jenes Mannes so plump frei zu machen.“

„Man sagt aber, Gino, daß der Rat der Drei eine Manier hat, die Fische der Lagunen zu füttern, die den Verdacht auf irgendein so unglückliches Ankonaschiff werfen könnte, wenn man je den Leichnam fände.“

„He, du brauchst das nicht so laut zu schreien, wenn sich's auch so verhält. Wahrhaftig, es gibt wenig Geschäftsleute, denen man mehr Kundschaft zutraut als dem, der eben nach der Piazetta ging.“

„So, für zwei Zechinen!“ setzte der Kalabrese mit einer erläuternden Gebärde hinzu.

„Santa Madonna! Du vergissest, Stefano, daß der Beichtvater keine Mühe hat, wenn dieser einen expediert. Von seiner Faust hast du den Stoß nicht einen Deut wohlfeiler als hundert Zechinen. Deine Sorte für zwei Zechinen läßt ja einem Manne Zeit, Geschichten zu erzählen oder gar seinen Segen zu beten während der halben Arbeit.“

„Jacopo!“ rief der andere mit einem Nachdruck, der all seinen Abscheu und sein Entsetzen gleichsam in einen Laut zu fassen schien.

Der Gondoliere zuckte die Achseln.

„Stefano Milano“, sagte er nach einer Pause, „es gibt Dinge in Venedig, die ein Mann, der seine Makkaroni in Frieden essen will, wohltut zu vergessen. Mag dein Geschäft hier sein, was es wollte, du kommst gelegen, dem Wettfahren beizuwohnen, das der Staat selber morgen gibt.“

„Wirst du beim Rennen dabeisein?“

„Georgio oder ich, unterm Schutz des heiligen Theodor. Der Preis ist eine silberne Gondel für den, der durch Glück oder Geschicklichkeit den Sieg davonträgt.“

„Gino!“ sagte eine befehlende Stimme neben dem Gondoliere.

„Signore.“

Der Mann, der das Gespräch unterbrochen hatte, deutete auf das Boot, ohne weiter ein Wort zu sagen.

„A rivederci“, murmelte der Gondoliere in Hast. Sein Kamerad drückte ihm ganz freundschaftlich die Hand – denn eigentlich waren sie geborene Landsleute, obgleich das wandelbare Schicksal den einen in die Kanäle geführt hatte –, und im nächsten Augenblick ordnete Gino die Kissen für seinen Herrn, nachdem er zuvor seinen ihm unterstellten Rudergesellen aus tiefem Schlaf geweckt hatte.

Zweites Kapitel

Als Don Camillo Monforte in die Gondel getreten war, setzte er sich nicht in die Kajüte. Einen Arm auf das Dach des Baldachins gelehnt, den Mantel nachlässig über eine Schulter geworfen, stand der junge Edle in Gedanken vertieft, bis seine geschickten Dienstleute das Fahrzeug mitten aus der kleinen Flotte, die sich am Kai drängte, losgewirrt und ins offene Wasser gebracht hatten. Nach diesem ersten Geschäft griff Gino an seine Scharlachmütze und sah seinen Herrn fragend an, des Befehls gewärtig, nach welcher Richtung er rudern solle. Eine stillschweigende Bewegung, die auf den Canale Grande deutete, diente zur Antwort.

„Du setzest eine Ehre darin, Gino, deine Geschicklichkeit in der Regatta zu zeigen?“ bemerkte Don Camillo nach einer kleinen Weile. „Dies Streben verdient durch Erfolg belohnt zu werden. Du sprachst da mit einem Fremden, als ich dich zur Gondel rief?“

„Ich erkundigte mich, was es auf unseren kalabrischen Höhen Neues gäbe, bei einem, der mit seiner Feluke in den Hafen kam, obgleich er beim heiligen Januarius geschworen hatte, daß seine vorige unglückliche Reise hierher die letzte sein sollte.“

„Wie nennt er seine Feluke, und wie heißt der Padrone?“

„Das Schiff heißt ›La bella Sorrentina‹ und wird von einem gewissen Stefano Milano, dem Sohn eines alten Dieners auf Sant' Agata, kommandiert. Was die Schnelligkeit anbetrifft, ist das Schiff keins der schlechtesten und gilt auch für ziemlich schön."

Der Edle schien jetzt dem Gespräch mehr Aufmerksamkeit zu schenken, da er es bisher in dem gleichgültigen Tone geführt hatte, mit dem ein herablassender Vorgesetzter seinen Untergebenen zu ermuntern pflegt.

„›La bella Sorrentina‹. Sollte ich nicht das Fahrzeug kennen?"

„Ei freilich, Signore! Der Padrone hat Verwandte zu Sant' Agata, wie ich Ew. Exzellenz berichtet habe, und sein Schiff hat manch frostigen Winter beim Schlosse auf dem Strand gelegen."

„Was führt ihn nach Venedig?"

„Wenn ich das erfahren könnt, ich gäb meine neueste Livreejacke drum. Es ist gerade meine Sach nicht, mich um anderer Leute Tun zu kümmern, und freilich wohl ist Bescheidenheit die Haupttugend eines Gondoliere. Indes ich brachte so 'nen geheimen Wink über sein Gewerb hier an, wie alte Nachbarn wohl mögen, da war der Mensch aber so zurückhaltend, als hätt er die Beichten von fünfzig Christenseelen in Fracht genommen. Aber wenn's Ew. Exzellenz gelegen ist, mir Vollmacht zu geben, ihn auszufragen, so müßt's ja mit dem Teufel zugehen, wenn wir nicht so mit dem Respekt vor Ew. Exzellenz und mit guter Manier etwas mehr von ihm herausbrächten als einen falschen Frachtzettel?"

„Du magst unter meinen Gondeln eine zur Regatta auswählen, Gino!" bemerkte der Herzog von Sant' Agata und trat in die Kajüte, wo er sich auf die glatten, schwarzledernen Kissen warf, ohne weiter auf das Geschwätz seines Dieners zu achten.

Geräuschlos flog die Gondel dahin in jener gespenstischen Weise, die dieser Art von Fahrzeugen eigen ist. Gino, der, als der Vorgesetzte seines Gehilfen auf dem kleinen, geschweiften Verdeck des Hinterteils stand, bewegte sein Ruder mit gewohnter Behendigkeit und Geschicklichkeit, indem er das leichte Boot bald zur Rechten, bald zur Linken schwenken ließ, während es zwischen den zahllosen entgegenkommenden Barken von allerlei Form und Bestimmung hindurchglitt. Ein Palast nach dem andern und mancher von den Hauptkanälen, die nach den verschiedenen Schauspielhäusern und den übrigen Vergnügungsorten führten, die sein Herr zu besuchen pflegte, blieben dahinten, ohne daß Don Camillo eine neue Anweisung gab. Endlich befand sich das Boot einem Hause gegenüber, das mehr als gewöhnliche Erwartung zu erregen schien. Giorgio führte sein Ruder nur mit einer Hand und sah über seine Schulter nach Gino, und dieser ließ das seinige gemächlich auf dem Wasser schleppen. Beide schienen weiteren Befehl zu erwarten, nach Art jener mechanischen Übereinstimmung mit der Gewohnheit des Gebieters, die ein lang gebrauchtes Pferd in der Nähe einer Tür zu zeigen pflegt, die sein Herr selten unbesucht läßt.

Das Gebäude, das die Gondolieri so zögern machte, war eine von den Wohnungen Venedigs, die durch äußere reiche Verzierung ebensosehr auffallen als durch ihre seltsame Lage mitten im Wasser. Ein plumper, massiver Sockel von Marmor wurzelte so fest in der Flut, als wüchse er aus lebendigem Felsen, während Stockwerk auf Stockwerk merklich aufgesetzt war, in mutwilliger Anwendung der eigensinnigsten Regeln einer ausschweifenden Architektur, sich bis zu einer Höhe hinauftürmend, wie man sonst nur an Palästen der Fürsten zu sehen gewohnt ist. Kolonnaden, Medaillons und massive Karniese schwebten über dem Kanal, als hätte menschliche Kunst einen Stolz darein gesetzt, in der schweren Fülle des oberen Baues das unstete Element an seinem Fuße zu höhnen. Eine Reihe Stufen, an die jede leichte, von der vorüberfahrenden Barke erregte Wallung eine Welle antrieb, führte zu einem geräumigen Hausflur, der in verschiedener Beziehung die Dienste eines Hofraums tat. Zwei bis drei unbemannte Gondeln, die dicht dabei lagen, zeigten, daß sie für den Gebrauch der Hausbewohner da waren.

„Wohin belieben Ew. Exzellenz?“ fragte Gino, als er merkte, daß sein Zögern keinen weiteren Auftrag bewirkte.

„Nach dem Palazzo!“

Giorgio warf einen Blick der Verwunderung auf seinen Kameraden, jedoch die folgsame Gondel schoß, wie auf plötzlichen inneren Antrieb, an der düsteren, aber reichen Wohnung vorüber. Einen Augenblick darauf drehte sie sich seitwärts, und an dem hohlen Rauschen, wie es Wasser zwischen hohen Mauern erzeugt, war zu merken, daß man in einen engeren Kanal einfuhr. Mit verkürzten Rudern ließen die Leute das Boot nach vorwärts gehen, jetzt in einen neuen Kanal kurz einbiegend, jetzt unter einer niedrigen Brücke hinschlüpfend, jetzt das bei Bootsleuten des Landes übliche helle, aber wohlklingende „già è“ ausstoßend, das den Entgegenschiffenden zur Warnung dient. Bald jedoch wandte Gino mit einer Rückbewegung des Ruders den Bord des gehemmten Fahrzeugs einer kleinen Treppe zu.

„Folge mir“, sagte Don Camillo, indem er seinen Fuß mit gewohnter Vorsicht auf die nassen Steine setzte, und legte eine Hand auf Ginos Schulter. „Ich habe einen Auftrag für dich.“

Weder der Hausflur noch der Eingang und was sonst von der Wohnung zunächst in die Augen fiel, verriet so viel Pracht und Reichtum als jener Palast im großen Kanal, doch war immer noch die Wohnung eines Edelmanns von Bedeutung daran zu erkennen.

„Du wirst wohltun, Gino, dein Glück der neuen Gondel anzuvertrauen“, sagte der Herr, die schweren Steinstufen zu einem oberen Flur hinansteigend, und wies auf ein neues, schönes Boot, das in einem Winkel der geräumigen Halle lag, wie man etwa anderswo Kutschen im Hofe stehen sieht. „Du weißt, Freund, wer Gunst finden will bei Jupiter, muß selber Hand ans Werk legen.“

Ginos Auge glänzte vor Freude, und er ergoß sich in Danksagungen. Der erste Flur war erreicht, und schon befanden sich die beiden in einer Reihe düsterer Gemächer, ehe sich die Dankbarkeit und der Handwerksstolz des Gondoliere hinlänglich Luft gemacht hatten.

„Mit einem tüchtigen Arm und einer behenden Gondel kannst du so gut siegen, Gino, als ein anderer“, sagte Don Camillo, indem er die Tür schloß, sobald sein Diener im Zimmer war. „Jetzt kannst du mir einen neuen Beweis von deinem Eifer in meinem Dienste geben. Ist dir ein Mann namens Jacopo Frontoni persönlich bekannt?“

„Exzellenz!“ rief der Gondoliere, nach Luft schnappend.

„Ich frage dich, ob du einen, der Frontoni heißt, von Angesicht kennst?“

„Von Angesicht, Signore?“

„Woran sonst wolltest du einen Mann erkennen?“

„Einen Mann, Signor Don Camillo!“

„Hast du deinen Herrn zum besten, Gino? Ich habe dich gefragt, ob dir ein gewisser Jacopo Frontoni von Person bekannt ist, der hier in Venedig wohnt?“

„Ja, Exzellenz!“

„Ich meine den, der längst durch das Unglück seiner Familie bekannt ist; sein Vater soll auf der dalmatischen Küste oder anderswo in Verbannung leben.“

„Ja, Exzellenz!“

„Es gibt viele dieses Namens, es ist daher wichtig, daß du den rechten Mann nicht verfehlst. Der Frontoni, den ich meine, heißt Jacopo, ist ein junger Mann von ungefähr fünfundzwanzig Jahren, hat eine behende Gestalt, ein schwermütiges Gesicht und kein so lebhaftes Wesen, als man in seinen Jahren zu haben pflegt."

„Ja, Exzellenz!"

„Er unterhält nur wenig Umgang mit seinesgleichen und zeichnet sich mehr durch ein schweigsames Betreiben seiner Geschäfte als durch die gewöhnlichen Tändeleien und Vergnügungen von Leuten seines Schlages aus. Also, ein gewisser Jacopo Frontoni, der irgendwo in der Nähe des Arsenals wohnt, ist's, den ich meine."

„Cospetto! Herr Herzog, uns Gondolieri ist der Mensch so bekannt wie die Rialtobrücke, Exzellenz brauchen sich mit seiner Beschreibung nicht zu mühen."

Don Camillo suchte unter den Papieren in seinem Schreibtische. Bei der Bemerkung seines Dieners blickte er etwas überrascht auf, fuhr dann aber gelassen wieder fort zu suchen, indem er sagte: „Wenn dir der Mann bekannt ist, desto besser."

„Ja, Exzellenz! Und was ist Ihr Begehren von diesem verwünschten Jacopo?"

Der Herzog von Sant' Agata schien jetzt das Gesuchte gefunden zu haben, legte die umhergeworfenen Papiere wieder zusammen und schloß den Schreibtisch zu.

„Gino", redete er nun seinen Diener in einem vertrauten und freundschaftlichen Tone an, „du bist auf meinen Gütern geboren, und obgleich in Venedig zum Schiffer erzogen, so hast du doch dein Leben in meinem Dienste zugebracht."

„Ja, Exzellenz!"

„Es ist mein Wunsch, daß du dein Leben beschließen sollst, wo du es begannst. Ich hab in deine Verschwiegenheit bisher immer viel Vertrauen gesetzt, und es freut mich, sagen zu können, daß es mich nie getäuscht hat, wiewohl du Zeuge warst von einigen meiner Jugendtaten, die deinem Herrn manche Verlegenheit zuziehen konnten, wenn du minder verschwiegen warst."

„Ja, Exzellenz!"

Don Camillo lächelte, aber dies heitere Aufleuchten machte schnell einem ernsten und besorgten Blicke Platz.

„Da du den Mann kennst, den ich dir genannt habe, so ist unser Geschäft einfach. Nimm dies Paket“, sagte er und legte einen versiegelten Brief von mehr als gewöhnlicher Größe in die Hand des Gondoliere, zugleich einen Siegelring vom Finger ziehend, „und dies zum Wahrzeichen deiner Sendung. In dem Bogen des Dogenpalastes, der zum Kanal San Marco führt, unter der Seufzerbrücke, wirst du Jacopo finden. Gib ihm das Paket, und sollte er es wünschen, so zeige ihm auch den Ring. Erwarte sein Geheiß und bringe mir Antwort.“

Gino vernahm diesen Befehl mit vollkommener Ehrerbietung, aber mit unverhohlenem Schrecken. Die gewohnte Unterwerfung unter den Willen seines Herrn schien in ihm mit tiefem Abscheu gegen das ihm aufgetragene Geschäft zu kämpfen. Es zeigte sich sogar in seinem wenn auch unterwürfigen Zaudern eine Spur davon, daß der Grund zu seinem Widerwillen tiefer lag. Wenn dem Don Camillo der Blick und die Gebärdung seines Dieners überhaupt nicht entgingen, so tat er doch, als merkte er nichts.

„Beim gewölbten Durchgange des Palastes unter der Seufzerbrücke“, sagte er nochmals kaltblütig. „Mach, daß du zeitig hinkommst, möglichst kurz vor der ersten Stunde der Nacht.“

„Ich wollte, Signore, es hätte Euch beliebt, Giorgio und mir zu befehlen, Euch nach Padua zu fahren.“

„Das ist weit. Warum hast du mit einem Male Lust, dich so müde zu machen?“

„Weil es da auf den Wiesen keinen Dogenpalast gibt und keine Seufzerbrücke und keinen Hund von Jacopo Frontoni.“

„Mein Auftrag ist dir nicht genehm, aber du sollst wissen, daß ein treuer Diener gewissenhaft auszuführen hat, was ihm sein Herr befiehlt. Du bist geboren auf meinem Grund und Boden, Gino Monaldi, und obgleich du von Jugend auf dies Geschäft eines Gondoliere versehen hast, bist du doch eigentlich mein Vasall in Neapel.“

„St. Januarius verleih mir Dankbarkeit für solche hohe Ehre, Signore! Aber es gibt keinen Wasserhändler in den Straßen von Venedig und keinen Schiffer auf den Kanälen, der nicht diesen Jacopo überall hin wünschte, nur nicht in Abrahams Schoß. Er ist der Schrecken aller jungen Liebhaber und aller dringenden Gläubiger auf den Inseln.“

„Du siehst, einfältiger Schwätzer, daß es noch von den ersteren einen gibt, der sich nicht vor ihm fürchtet. Du suchst ihn auf unter der Seufzerbrücke, zeigst ihm den Siegelring und übergibst ihm das Paket, wie ich dir befohlen habe."

„Ich bin um meine ganze Ehre, wenn man mich mit dem gottlosen Kerl reden sieht. Erst gestern sagte Annina, die hübsche Tochter des alten Weinhändlers auf dem Lido, in Jacopo Frontonis Gesellschaft gesehen zu werden sei ebenso schlimm, als wenn einer zweimal dabei ertappt wird, altes Tau aus dem Arsenal zu entwenden, wie es ihrer Mutter Vetter, dem Roderigo, erging."

„Dein Gleichnis schmeckt nach der Moral vom Lido. Vergiß nicht, den Ring zu zeigen, damit er deiner Botschaft nicht mißtraue."

„Hätte mir Ew. Exzellenz nicht befehlen können, die Flügel des Löwen zu kappen oder ein besseres Gemälde zu malen als Tiziano di Vezelli? Es ist mir in den Tod zuwider, auch nur gegrüßt zu werden von einem von Euern Kehlabschneidern. Säh mich einer von unsern Gondolieri mit dem Manne reden, Ew. Exzellenz' ganzer Einfluß reichte nicht hin, mir einen Platz bei der Regatta zu verschaffen."

„Wenn er dich bleiben heißt, Gino, so warte ab, was ihm beliebt, wenn er dich aber gleich wieder fortschickt, so eile zurückzukommen, damit ich Bescheid erhalte."

„Ich weiß sehr wohl, Signore Don Camillo, daß die Ehre eines Edelmannes von zarterer Natur ist als die seines Bedienten und daß ein Fleck auf der seidenen Senatorsrobe weiter gesehen wird als der Schmutz auf einer Livreejacke. Wenn aber einer, der Ew. Exzellenz' Aufmerksamkeit nicht wert ist, eine Beleidigung gewagt hat, sind Giorgio und ich jederzeit bereit, zu beweisen, wie sehr es uns am Herzen liegt, daß unseres Herrn guter Name nicht angetastet werde. Aber so ein Mietling für zwei oder zehn oder auch hundert Zechinen!"

„Ich danke dir für den Wink, Gino. Geh schlafen in deine Gondel und schicke Giorgio in mein Kabinett."

„Signore!"

„Bist du denn entschlossen, keinen von meinen Aufträgen auszuführen?"

„Befehlen Ew. Exzellenz, daß ich auf dem Fußweg zur Seufzerbrücke gehe oder durch die Kanäle?"

„Du könntest einer Gondel bedürfen – zu Wasser."

„Ehe sich ein Gaukler umdrehen kann, soll Antwort da sein von Jacopo."

So seine Absicht plötzlich ändernd, verließ der Gondoliere das Zimmer; sein Widerwille verstummte augenblicklich, als er sah, daß ein anderer das ihm vom Herrn geschenkte Vertrauen genießen sollte. Er stieg schnell eine geheime Treppe hinunter, um den Hausflur zu vermeiden, wo ein halbes Dutzend Dienstleute verschiedentlich beschäftigt war. Ein enger Korridor des Palastes führte ihn in einen inneren Hof und dann durch eine niedrige, unscheinbare Tür in einen dunklen Weg, der mit der nächsten Straße zusammenhing.

Es ist der Fehler der meisten Beschreibungen von Venedig, daß sie von den Kanälen viel zu rühmen wissen, aber nichts melden von den stillen, engen, gepflasterten, bequemen Straßen, die alle Inseln durchschneiden und miteinander durch zahllose Brücken; zusammenhängen.

In eine von diesen Straßen gelangte Gino, als er aus dem geheimen Gange trat, der zu dem Palast seines Herrn führte. Er brach sich durch die hin und her ziehende Menge Bahn, geschickt wie ein Aal, der sich durch die Wucherpflanzen der Lagunen schmiegt. Nickend nur beantwortete er die häufigen Grüße seiner Kameraden und hemmte seinen schnellen Schritt erst, als er in einem Stadtviertel, das Leute geringen Standes bewohnten, in die Tür einer niedrigen dunklen Wohnung trat. Zwischen Fässern, Tauwerk und Wegwurf aller Art umhertappend, gelang es dem Gondoliere, eine innere versteckte Tür zu finden, die in ein kleines Zimmer führte, das sein Tageslicht nur aus einer Art Spalt zwischen diesem und dem Nachbarhause erhielt.

„Gebenedeite St. Anna! Bist du's, Gino Monaldi!“ rief eine lebhafte venezianische Dirne, in deren Ton und Gebärde sich Koketterie und Erstaunen mischten. „Zu Fuß und durch die geheime Tür. Ist dies eine Stunde zu Geschäften deiner Art?“

„Du hast recht, Annina. Zu einem Handel mit deinem Vater ist es nicht Zeit, und für einen Besuch bei dir ist es zu früh. Aber hier gilt's nicht schwatzen, sondern tun. Gib mir die Jacke, die ich trug, als wir miteinander zu der Lustbarkeit nach Fusina gingen.“

„Ich weiß nichts von deinem Handel, Gino, und von deinen Gründen, die Livree deines Herrn mit dem Anzug eines gemeinen Schiffers zu vertauschen. Diese seidenen Blumen stehen dir viel besser als der verblichene Samt, und wenn ich den einmal gelobt habe, so geschah es bloß, weil es eben auf die Lustbarkeit abgesehen war, und . . .“

„Zitto, zitto! Hier gibt's nichts von Lustbarkeit, sondern eine wichtige Sache, die gleich zu Ende gebracht werden muß. Die Jacke, wenn du mich lieb hast.“

Annina warf das Kleidungsstück auf einen Stuhl und zeigte deutlich, daß ihr ein Bekenntnis dieser Art auch im unbewachtesten Augenblick nicht zu entlocken war.

„Wenn ich dich lieb habe? O ja! Da hast du die Jacke, Gino, und du magst dir in den Taschen die Antwort auf den Brief suchen, den du von des Herzogs Schreiber hast anfertigen lassen, was mir aber nicht lieb ist. Ein Mädchen muß vorsichtig sein in dergleichen Angelegenheiten, man weiß ja nicht, ob es nicht einen Nebenbuhler zum Vertrauten macht."

„Jedes Wort darin ist so ehrlich, als hätt's der Teufel selber für mich besorgt, Mädchen!" brummte Gino, indem er seine geblümte Jacke abwarf und die einfachere geschwind anzog. „Die Mütze, Annina, und die Maske!"

„Eine so falsche Physiognomie wie deine bedarf doch nicht erst des seidenen Läppchens, um sich zu verstecken", sagte sie, ihm demungeachtet beides hinwerfend.

„Gut so – Pater Baptista selber, der sich rühmt, er könne einen Sünder von einem Reuigen durch den bloßen Geruch unterscheiden, soll doch in diesen Kleidern nicht Don Camillo Monfortes Diener ahnen! Sind deines Vaters Gondeln alle im Wasser?"

„Wie sollt er denn sonst nach dem Lido gekommen sein und mein Bruder nach Fusina und die zwei Arbeitsleute an ihre gewöhnlichen Geschäfte auf den Inseln, oder woher sollt ich sonst allein im Hause sein?"

„Diavolo! Ist kein Boot im Kanal?"

„Du hast ungewöhnliche Eile, Gino, jetzt mit deiner Maske und Samtjacke! Ich weiß nicht, ob ich einen darf in meines Vaters Haus hereinlassen, wenn ich allein bin, daß er dann so verkleidet und zu dieser Tageszeit fortschleiche. Du mußt mir deinen Auftrag sagen, damit ich urteilen kann, ob das zulässig ist."

„So höre! Du hast von dem Abenteuer gehört, das meinem Herrn mit der Nichte des römischen Marchese begegnete, der in die Giudecca fiel durch die Unvorsichtigkeit eines Ankonafahrers, der über die Gondel hinging, als wäre seine Feluke eine Galeere von erstem Range gewesen."

„Seit einem Monat spricht man ja hier auf dem Lido von nichts anderem; die aufgebrachten Gondolieri haben die Geschichte mit allen möglichen Variationen schon bis zum Überdruß wiederholt."

„Gut, diese Sache, scheint's, wird heut nacht zu Ende kommen. Mein Herr, fürcht ich, wird einen rechten Narrenstreich ausführen."

„Sich trauen lassen?“

„Oder noch was Schlimmeres. – Ich soll möglichst schnell und heimlich einen Priester holen.“

Annina hörte mit großer Teilnahme dem Märchen des Gondoliere zu. Aber, war es mißtrauisches Temperament oder alte Gewohnheit oder Bekanntschaft mit der Art und Weise ihres Gefährten, genug, es regten sich in ihr einige Zweifel an der Wahrheit der Geschichte.

„Das wird ein sehr plötzliches Hochzeitsfest sein!“ sagte sie nach einer Pause, „'s ist gut, daß nur wenig dazu gebeten sind, sonst möchten die Dreihundert die Freude verderben! Zu welchem Kloster bist du geschickt?“

„Ich hab keinen bestimmten Auftrag. Der erste beste kann's sein, wofern er ein Franziskaner ist und ein Priester, der Herz hat für Liebende, denen Eile not tut.“

„Don Camillo Monforte, der Erbe eines alten, berühmten Gechlechts, vermählt sich nicht mit so wenig Umständen. Dein Lügenmaul, Gino, hat mich betrügen wollen, aber du solltest doch längst wissen, wie du damit bei mir unrecht ankommst. Sag mir die Wahrheit oder sollst nicht an dein Geschäft kommen, sondern hier mein Gefangener bleiben, solang mir's beliebt.“

„Vielleicht, daß ich dir nicht von Geschehenem geredet habe, sondern was ich denke, daß binnen kurzem geschehen wird! Aber Don Camillo hat mich neuerlich so auf dem Wasser erhalten, daß ich fast alles im Traume tue, sobald ich nicht beim Ruder bin.“

„Du suchst mich umsonst zu hintergehen, Gino! Denn dein Auge sagt mir die Wahrheit, und wenn deine Zunge und dein Hirn wer weiß wohin geraten. Trink da einen Schluck und entlaste dein Gewissen als ein Mann.“

„Ich wollte, dein Vater machte mit Stefane Milano Bekanntschaft“, sagte der Gondoliere nach einem langen Atemzuge und noch längerem Trunk. „Das ist ein Padrone aus Kalabrien, der oft köstliches Getränk aus seiner Gegend in den Hafen bringt und der dir ein Faß roten Lacrimae Christi durch den Broglio selbst schafft, ohne daß es ein einziger von den Herren gewahren soll. Der Mann ist gegenwärtig hier, und wenn du willst, so könntet ihr bald um einige Schläuche handelseins werden.“

„Nun, und warum nicht jetzt gleich? Seine Feluke, sagst du, ist im Hafen, und du kannst ihn ja herführen durch die geheime Tür und die Gäßchen.“

„Du vergißt mein Geschäft. Don Camillo ist nicht gewohnt, zuletzt bedient zu werden. Cospetto! 's wär ein Jammer, wenn ein anderer den Wein bekäme, den der Kalabrese gewiß heimlich mitgebracht hat."

„Dein Geschäft kann nicht so dringend sein als das, einen Wein von so besonderer Güte zu erlangen, oder wenn ja, so magst du erst deines Herrn Auftrag besorgen, und dann zum Hafen und Stefano aufgesucht. Damit wir um den Kauf nicht kommen, will ich selber eine Maske nehmen und mit dir gehn, um den Kalabresen zu sprechen. Du weißt, mein Vater hat in solchen Angelegenheiten viel Zutrauen zu mir."

Während Gino über diesen Vorschlag halb verdutzt und halb erfreut dastand, wechselte die hurtige, verschmitzte Annina einige ihrer Kleidungsstücke, nahm eine seidene Maske vors Gesicht, verschloß sorgfältig die Tür und hieß den Gondoliere ihr folgen.

Der Kanal, mit dem die Wohnung des Weinhändlers in Verbindung stand, war eng, düster und wenig befahren. Eine Gondel der einfachsten Art lag dicht beim Hause angebunden, das Mädchen sprang ohne weitere Umstände hinein. Don Camillos Diener zauderte nur einen Augenblick, denn er merkte, daß der Plan, der ihm durch den Kopf fuhr, mit Hilfe einer andern Gondel zu entfliehen, unausführbar war, weil es an Gerät fehlte, und so nahm er seinen gewöhnlichen Platz im Hinterteil des Fahrzeugs ein und fing an, mit mechanischer Geläufigkeit zu rudern.

Drittes Kapitel

Anninas Gegenwart setzte Gino sehr in Verlegenheit. Sobald sich das Boot dem Ende des Kanals näherte, schaute er umher, die wohlbekannte Feluke des Kalabresen zu suchen.

Der Hafen war von Schiffen aus sehr entfernten Gegenden belebt, und man sah die Flaggen der meisten Seemächte Europas in angemessenen Entfernungen innerhalb der Grenzen des Lido. Der Mond stand hoch genug, um sein mildes Licht über das schimmernde Bassin zu ergießen.

„Du verstehst nichts von der Schönheit eines Schiffes, Annina", sagte der Gondoliere, der tief hinten im Boote stand, „sonst hätt ich dir geraten, diesen Fremden von Kandia anzusehen. Ein schönerer Bau soll nie innerhalb des Lido gesehen worden sein als eben dieser Grieche."

„Wir haben nichts mit dem Kaufmann von Kandia zu schaffen, Gino, darum rudre nur zu, die Zeit eilt."

„Er hat viel herben griechischen Wein im Raume, aber wie du sagst, wir haben nichts mit ihm zu tun. Jenes stolze Schiff, das abgesondert liegt von den übrigen kleinen Fahrzeugen unsrer Gewässer, gehört einem Ketzer von den englischen Inseln, 's war ein Unglückstag für die Republik, Mädchen, an dem sie diesen Fremden zuerst erlaubte, das Adriatische Meer zu befahren."

„Ist's denn gewiß, Gino, daß San Marcos Arm stark genug war, es ihnen zu verwehren?"

„Element! Ich wollte, du tätest eine solche Frage nicht an einem Ort, wo so viele Gondeln in Bewegung sind! Hier sind Ragusaner, Malteser, Sizilianer, Toskaner in Unzahl, und dort liegt an der Einfahrt der Giudecca eine kleine Anzahl französischer Schiffe dicht beieinander, 's ist ein Volk, das zu Wasser und zu Lande immer zusammenhält, weil's das Schwatzen liebt. Doch hier sind wir am Ende unsrer Fahrt."

Ginos Ruder machte eine Rückbewegung, und die Gondel hielt neben einer Feluke still.

„Einen guten Abend der ›Bella Sorrentina‹ und ihrem ehrenwerten Padrone", grüßte der Gondoliere, indem er auf das Verdeck des Schiffes trat. „Ist der wackere Stefano Milario an Bord der behenden Feluke?"

Der Kalabrese antwortete ohne Verzug, und in wenigen Augenblicken war der Padrone mit seinen beiden Gästen in ein Gespräch vertieft.

„Ich hab dir hier jemanden gebracht, der Lust hat, gute venezianische Zechinen in deine Tasche zu schaffen, caro", sagte der Gondoliere, nachdem die ersten Vorläufer der Unterhaltung in bester Form erledigt waren. „Es ist die Tochter eines höchst reellen Weinhändlers und ist ebenso bereit, eure sizilianischen Trauben in die Inseln zu versetzen, als sie imstand und gesonnen ist, sie zu bezahlen."

„Und gewiß auch ebenso schön", sagte der Seemann mit plumper Galanterie, „wenn die schwarze Wolke vor ihrem Antlitz behend weggezogen würde."

„Eine Maske hindert nicht beim Handel, sofern nur ordentlich bezahlt wird. Wir haben hier in Venedig immerwährend Karneval, und der Käufer wie der Verkäufer hat es frei, sein Gesicht zu verstecken, so gut als seine Gedanken. Was hast du im Artikel verbotener Weine, Stefane, damit meine Gefährtin den Abend nicht mit müßigen Worten verliere?"

„Per Diana! Meister Gino, du bist ohne Umstände in deinen Fragen. Der Raum der Feluke ist leer, wie du dich überzeugen kannst, wenn du die Treppe runtersteigen willst. Was aber Wein anbelangt, so lechzen wir nach einem Tropfen, unser Blut zu wärmen."

„Statt also herzukommen, ihn hier zu suchen", sagte Annina, „hätten wir besser getan, nach der Kathedrale zu gehen und ein Ave zu beten für deine glückliche Heimfahrt. Und nun, da unser Witz aus ist, wollen wir gehen und einen andern suchen, der weniger pfiffig im Antworten ist als du, Meister Stefano."

„Cospetto! Du weißt nicht, was du sprichst", flüsterte Gino, als er sah, daß die vorsichtige Annina nicht bleiben wollte, „der Mann besucht nicht die kleinste Bucht in Italien, ohne auf eigne Rechnung etwas Nutzbares in der Feluke versteckt mitzubringen. Ein einziger Kauf von ihm entscheidet die Frage, ob deines Vaters Weine oder die von Baptista besser sind."

Annina ward nachdenklich. Die lange Übung in dem kleinen, aber geheimen und überaus gefährlichen Handel, den ihr Vater, trotz der wachsamen und strengen venezianischen Polizei, bisher glücklich geführt hatte, machte ihr es einerseits bedenklich, einem gänzlich Unbekannten ihre Absicht zu zeigen, andererseits aber ein Geschäft aufzugeben, wobei etwas zu gewinnen sein konnte. Daß Gino sie in bezug auf seinen Auftrag geäfft hatte, war ganz klar, da ein Diener des Herzogs von Sant' Agata nicht leicht einer Verkleidung bedürfen konnte, um so einen Priester aufzusuchen, doch kannte sie seine Sorge für ihr persönliches Wohl zu gut, um ihm in einer Sache zu mißtrauen, die ihre eigene Sicherheit anging.

„Wenn du Furcht hast, daß hier Polizeispione sind", sagte sie zu dem Padrone in einem Tone, der ihren Wunsch verriet, „so kann dich Gino leicht enttäuschen. Bezeug ihm doch, Gino, daß mich bei einem Geschäfte der Art kein Verdacht eines Verrats treffen kann."

„Laß mich dem Kalabresen ein Wort ins Ohr sagen", erwiderte der Gondoliere mit Nachdruck. – „Stefano Milano, wenn du mein Freund bist", sprach er, als sie ein wenig beiseite getreten waren, „so verwickle das Mädchen hier in eine Unterredung und handle mit ihr auf gut Glück."

„Soll ich ihr Don Camillos Weinernte oder die des Vizekönigs von Sizilien verkaufen, caro?"

„Wenn du wirklich trocken bist, so stelle dich wenigstens, als hättest du was, und mach Schwierigkeiten mit dem Preis. Halte sie nur eine Minute mit Redensarten hin, daß ich inzwischen unbemerkt in meine Gondel kommen kann, und dann, einem alten geprüften Freund zuliebe, bringe sie sänftiglich auf den Kai mit der schönsten Manier, die nur möglich ist."

„Aha! Ich fange an, den Sinn von der Sache zu begreifen", sagte der gefällige Padrone. „Ich will mit dem Frauenzimmer eine Stunde lang von der Blume meines Weines oder, wenn du willst, von ihrer Schönheit schwatzen, aber aus den Rippen der Feluke einen Tropfen Besseres als Lagunenwasser pressen, wäre ein Wunder San Teodoros würdig."

„Du brauchst nicht eben von was anderm zu sprechen als von der Güte des Weines. Sie nimmt's bald übel, wenn man von ihrem Äußeren schwatzt."

„Da sich Gino offenherzig über die Sache ausgelassen hat", nahm der gewandte Kalabrese das Wort, als hätte er plötzlich Zutrauen gefaßt, „so fang ich an zu glauben, daß wir doch noch einig werden können. Beehrt mich, schöne Donna, in meine arme Kajüte zu treten, da wollen wir mit Ruhe sprechen, wie es unser beiderseitiger Vorteil und unsere beiderseitige Sicherheit erfordern."

Annina hatte im stillen wohl Bedenklichkeiten, dennoch aber ließ sie sich vom Padrone an die Stufen führen, als täte sie es mit der größten Bereitwilligkeit. Kaum wandte sie den Rücken, so schlüpfte Gino in die Gondel, die ein einziger Druck seines kräftigen Arms über eines Mannes Sprungweite vom Schiffe abtrieb. So schnell und geräuschlos dies geschah, hatte Anninas eifersüchtiges Auge dennoch die Flucht des Gondoliere entdeckt. Nicht imstand, diese zu verhindern, ließ sie sich, ohne Unruhe zu verraten, hinunterführen, als wäre alles so verabredet gewesen.

Mit einer Geistesgegenwart, die zufällig mit dem Plan ihres vorigen Gefährten zusammentraf, warf sie hin: „Gino sagte mir, Ihr hättet ein Boot, das mir nach beendigter Unterredung den freundlichen Dienst erweisen würde, mich an den Kai zu setzen."

„Die Feluke selber sollte es tun, wenn andre Mittel fehlten", versetzte der Seemann galant, als sie in die Kajüte eintraten.

Gino, nunmehr ungehindert, seine Schuldigkeit zu tun, betrieb seine Arbeit mit verdoppeltem Eifer. Das leichte Boot glitt durch die geschickte Handhabung des einzigen Ruders zwischen den vielen Fahrzeugen in solchen Windungen hin, daß alles Zusammenstoßen vermieden ward, bis er in den engen Kanal einfuhr, der den Dogenpalast von dem in schönerem und gediegenerem Stil erbauten Gefängnisse der Republik trennt.

Er passierte erst die Brücke, die zur Verbindung der Kais gehört. Darauf stahl er sich unter jenen berühmten Bogen, den Träger einer bedeckten Galerie, die das obere Stockwerk des Palastes mit dem des Kerkers vereinigt. Es ist dies der Gang, durch den die Gefangenen geführt werden, um vor ihren Richtern zu stehen, und man hat ihm deshalb den Namen der Seufzerbrücke gegeben.

Ginos Ruder ließ jetzt ein wenig nach, und die Gondel näherte sich einer Treppe. Indem er auf die unterste Stufe trat, warf er einen kleinen, eisernen Anker, der an einem Tau hing, in eine Spalte zwischen zwei Steinen und überließ sein Boot der Sicherheit dieser eigentümlichen Befestigung. Darauf schritt er die Stufen unter dem gewölbten Wassertor des Palastes hinauf und trat in den weiten, düsteren Hof.

Dieser war beinahe ganz menschenleer, denn es war spät, und alles zog sich nach dem dicht dabei gelegenen, munter belebten Platze. In der offenen Galerie am Eingang der Riesentreppe schritt ein Hellebardier auf und nieder, und hier und da scholl der Fußtritt anderer Schildwachen unter den gewölbten, schweren Bogen der langen Korridore. Aus den Fenstern blinkte kein Licht, sondern das Gebäude gab ein passendes Bild jener geheimnisvollen Macht, die das Geschick Venedigs und seiner Bürger leitete.

Da der Gondoliere die Hoffnung, seinen Mann unter dem Bogen zu finden, getäuscht sah, ging er weiter; er schmeichelte sich, ihn gar nicht mehr zu treffen, und das ermutigte ihn, durch ein lautes Hm! seine Gegenwart bemerklich zu machen. In diesem Augenblick glitt von der Seite des Kais eine Gestalt in den Hof und ging schnell bis in dessen Mitte. Ginos Herz pochte heftig, aber er nahm sich zusammen und trat dem Fremden entgegen. Da zeigte das Mondlicht, das auch in diesen düstern Raum drang, daß der Fremde ebenfalls maskiert war.

„San Teodoro und San Marco mögen Euch behüten", hob der Gondoliere an. „Wenn ich mich nicht irre, seid Ihr der Mann, den ich hier treffen soll."

Der Fremde stutzte und schien sich anfangs schnell davonmachen zu wollen, besann sich aber plötzlich und entgegnete: „Kann sein oder auch nicht. Nimm die Maske ab, daß ich sehen kann, ob dem so ist, wie du sagst."

„Mit Eurer gütigen Erlaubnis, würdiger und werter Herr, möchte ich's vorziehen, die Abendluft abzuhalten durch dies Stückchen Pappe und Seidenzeug."

„Hier ist keiner, dich zu verraten. Wenn ich nicht weiß, wer du bist, wie soll ich dir traun?"

„In der Tat, Signore, ich weiß wohl, was ein unmaskiertes Gesicht vermag, und drum bitt ich Euch selbst, mir zu zeigen, was die Natur an Eure Gesichtsbildung gewendet hat, denn ich, der ich Euch was anzuvertrauen habe, muß erst wissen, ob es an den rechten Mann kommt."

„Das ist gut und zeugt von deiner Klugheit, doch hab ich nicht Lust, meine Maske abzulegen, und da wenig Aussicht ist, daß wir uns verständigen werden, so will ich meiner Wege gehn. Schöne gute Nacht."

„Cospetto! Signore, Ihr seid zu eilig für mich, der ich an solche Unterhandlungen nicht gewöhnt bin. Hier ist ein Siegelring, der uns vielleicht verständigen kann."

Der Fremde nahm das Juwel und hielt es gegen das Mondlicht, wobei sich Überraschung und Vergnügen in seiner Bewegung verrieten.

„Das ist der Falkenbusch des Neapolitaners – dessen, der Herr von Sant' Agata ist."

„Ja, und von manchen andern Lehen, guter Signore, nicht zu gedenken der Ehrenstellen, auf die er in Venedig Anspruch hat. Hab ich recht, daß mein Auftrag Euch angeht?"

„Es ist wahr, daß mein gegenwärtiges Geschäft eben niemanden betrifft als Don Camillo Monforte. Aber dir war doch nicht bloß aufgetragen, den Ring vorzuzeigen?"

„O nein, hier ist ein Paket, das nur darauf wartet, daß ich über die Person dessen, mit dem ich rede, Gewißheit erlange, um es in seine Hände zu geben."

Der Fremde dachte einen Augenblick nach, dann, umherblickend, sprach er hastig: „Hier ist nicht der Ort, Freund, sich zu demaskieren. Wart hier, ich will gleich wiederkommen und dich an einen gelegeneren Platz führen."

Kaum waren diese Worte gesprochen, so sah sich Gino allein mitten im Hofe. Der maskierte Fremde war schnell fortgegangen und befand sich schon am Fuße der Riesentreppe, ehe der Gondoliere Zeit hatte, sich zu besinnen. Mit leichtem, schnellem Schritt und ohne den Hellebardier zu beachten, stieg er hinauf und näherte sich der ersten von den drei bis vier Öffnungen der Mauer, die berühmt sind als die Behälter zur Aufnahme geheimer Anklagen und denen die geschnitzten Tierköpfe umher den Namen der Löwenrachen gegeben haben. Er warf etwas in den gähnenden Marmorschlund hinab; die Entfernung und die Dunkelheit der Galerie verhinderten Gino, zu bemerken, was es war. Darauf aber sah er die Gestalt wie einen Schatten die massiven Stufen hinunterschweben.

Gino hatte sich nach dem Bogen des Wassertores zurückgezogen und erwartete, daß sich der Fremde im Schutze des Schattens zu ihm gesellen würde, er sah aber zu seiner großen Bestürzung, die Gestalt durch das äußere Portal des Palastes dem St.-Markus-Platz zueilen. Im Augenblick jagte er ihm mit atemloser Eile nach. Er erreichte die glänzende, munterbelebte Piazza, die gegen den düsteren Hofraum abstach wie Tag gegen Nacht. Hier sah er, wie ganz vergeblich eine weitere Verfolgung des Fremden sein würde. Doch, geängstigt durch den Verlust des Siegelringes, warf sich der unvorsichtige, aber ehrliche Gondoliere in die dichte Volksmenge und suchte umsonst seinen Dieb aus tausend Masken herauszufinden.

Gino musterte mit wachsamen Augen die Menge. Fünfzigmal war er im Begriff zu reden, und ebensooft zeigte ihm eine kleine Verschiedenheit des Wuchses oder Anzugs, ein Gelächter oder ein leicht hingeworfenes Wort, daß er sich geirrt hatte. Er drang bis zum Ausgang der Piazza, dann nahm er seinen Weg zur andern Seite durch das Gedränge des Portikus, blickte in jedes Kaffeehaus und betrachtete jeden Vorübergehenden, bis er wieder zurück zur Piazetta gelangte. Da fühlte er seinen Ellbogen leicht gestreift und hemmte seinen Schritt, indem er sich umsah. Ein Frauenzimmer, gleich einer Contadina gekleidet, redete ihn mit verstellter Stimme an: „Wohin so schnell? Was hast du in diesem lustigen Haufen verloren?“

„Corpo di Bacco!“ rief der Gondoliere. „Ist dir nicht ein Domino begegnet, der etwa so aussieht wie andere ordentliche Leute und einen Gang hat ungefähr wie ein Senator oder ein Padre und der eine Maske trägt, die tausend andern hier auf dem Platze so ähnlich ist wie eine Seite des Campanile der andern?“

„Du zeichnest den Mann so vortrefflich, daß man ihn nicht verfehlen kann. Da steht er neben dir.“

Gino drehte sich geschwind um und sah an dem Orte, wo er den Fremden zu finden gedachte, einen grinsenden Harlekin Possen treiben.

„Deine Augen, schöne Contadina, sind so blöd wie die eines Maulwurfs.“ Er unterbrach seine Worte, denn sobald die, die ihn angeredet hatte, sah, daß sie sich in der Person geirrt hatte, war sie verschwunden. So immerfort getäuscht, drängte er sich dem Wasser zu. Endlich erreichte er einen Platz am Kai, der mehr Raum für Beobachtungen darbot. Er blieb stehen, unentschlossen, ob er zurückkehren und seinem Herrn seine Unvorsichtigkeit eingestehen oder ob er den Versuch zur Wiedererlangung des eingebüßten Ringes noch einmal erneuern sollte. Auf dem leeren Raum zwischen den beiden Granitpfeilern befand sich niemand als er und noch ein anderer, der regungslos wie eine

Bildsäule am Fußgestell des Löwen von San Marco stand. Zwei oder drei streiften dicht an dem unbeweglichen Fremden hin, sei es aus Neugier, sei es, weil sie jemanden suchten, der sich hier einfinden sollte, aber wie zurückprallend von seiner Steinphysiognomie, glitten sie vorüber. Da Gino mehrmals dies auffallende Zurückschrecken vor dem Unbekannten bemerkt hatte, fühlte er sich bewogen, sich diesem über den Platz hin zu nähern und die Ursache zu erforschen. Beim Schalle der Tritte drehte sich der Fremde ein wenig um, und als das volle Mondlicht jetzt auf seine Züge fiel, zeigten sich dem Gondoliere das ruhige Gesicht und forschende Auge dessen, an den er abgeschickt war.

Zuerst durchzuckte den Gondoliere wie alle andern die Lust, sich schnell zu entfernen, aber er gedachte seines Auftrags und seines Verlustes und suchte seinen Widerwillen und seine Bestürzung zu bemeistern. Noch sprach er nicht, sondern starrte nur den Banditen mit einem Blick an, der zugleich die Verwirrung seines Gemüts und halbe Lust zur Anrede kundgab.

„Willst du was von mir?“ fragte Jacopo, da sich beide länger angesehen hatten, als beim zufälligen Hinblicken zu geschehen pflegt.

„Meines Herrn Siegelring!“

„Ich kenne dich nicht.“

„Dies Bild San Teodoros, wenn es reden könnte, müßte bezeugen, daß ich die heilige Wahrheit sage. Ich hab die Ehre nicht, Euch bekannt zu sein, Signore Jacopo, aber man kann auch mit einem Fremden Geschäfte haben. Wenn Ihr es wart, der mit einem friedlichen und unschuldigen Gondoliere im Hofe des Palastes zusammentraf, eben als der Turm der Piazza das letzte Viertel schlug, und von diesem einen Ring erhielt, der keinem als dem rechtmäßigen Eigentümer was nützen kann, so wird ein so edelmütiger Mann nicht anstehen, ihn zurückzugeben.“

„Hältst du mich für einen Juwelier vom Rialto, daß du von Ringen mit mir sprichst?“

„Ich halte Euch für einen Mann, der gar wohl bekannt und geschätzt ist bei vielen Leuten von Rang und Bedeutung hier in Venedig, wie der Auftrag meines Herrn an Euch beweisen kann.“

„Nimm die Maske ab. Ehrliche Leute brauchen das Gesicht nicht zu verstecken.“

„Ihr sprecht gar sehr wahr, Signore Frontoni, was nicht zu verwundern ist, da Ihr so oft Gelegenheit habt, in die Handlungsweise der Menschen zu schauen.

Aber mein Gesicht hat nichts, das die Mühe verlohnte, es anzusehen, und ich möchte gern wie alle andern tun in dieser lustigen Zeit, wenn's Euch beliebt."

„Wie du willst. Ich bitt dich aber, laß mich desgleichen tun."

„Wer wollte so verwegen sein, Euch Euer Belieben streitig zu machen, Signore?"

„Mir beliebt, allein zu sein."

„Cospetto! Kein Mensch in Venedig hülf Euch lieber dazu als ich, wenn nur meines Herrn Auftrag besorgt wäre", murmelte Gino zwischen den Zähnen. „Ich habe hier ein Paket, Signore, das ich Euch und keinem andern abgeben soll."

„Ich kenne dich nicht. – Hast du einen Namen?"

„So wie Ihr's meint, eben nicht, Signore! In der Art von Ruf bin ich so namenlos wie ein Findelkind."

„Wenn dein Herr nicht mehr bedeutet als du, so kann das Paket zurückgegeben werden."

„'s gibt wenige im Gebiet von San Marco, die edleren Stammes sind und schönere Aussichten haben als der Herzog von Sant' Agata."

Die Kälte in den Zügen des Banditen verschwand.

„Wenn du von Don Camillo Monforte kommst, warum zögerst du, mir das zu sagen? Was verlangt er?"

„Ich weiß nicht, ob das, was in diesem Papiere steht, von ihm selber ist oder von irgendeinem andern, aber so, wie es da ist, Signore Jacopo, ward mir befohlen, es Euch abzuliefern."

Er nahm schweigend das Paket, der Blick aber, den er auf das Siegel und die Aufschrift warf, schien dem schüchternen Gondoliere der Blick eines Tigers zu sein, der Blut sieht.

„Du sprachst was von einem Ringe. Hast du den Siegelring deines Herrn mitgebracht? Ich bin gewohnt, Wahrzeichen zu sehen, ehe ich Zutrauen fasse."

„Wollte Gott, ich hätt ihn noch! Aber jemand, den ich fälschlich für Euch hielt, Meister Jacopo, hat ihn an seinem eigenen langen Finger, fürcht ich."

„Das magst du mit deinem Herrn ausmachen", erwiderte der Bandit kalt und betrachtete das Siegel von neuem.

„Wenn Ihr die Handschrift meines Herrn kennt", fiel der Gondoliere hastig ein, der für das Schicksal seines Pakets fürchtete, „so werdet Ihr in diesen Zügen seine schöne Hand erkennen. Wenig Leute in Venedig oder gar in ganz Sizilien schreiben eine bessere Hand mit ihrem Gänsekiel als Don Camillo Monforte. Ich selbst kann's nicht halb so schön machen."

„Ich bin kein Schreiber", sagte der Bandit, ohne sich dieses Geständnisses zu schämen. „Ich hab's nicht gelernt, solche Schreiberei zu entziffern. Wenn du die Kunst so gut verstehst, sag mir, an wen die Aufschrift lautet."

„Es wäre sehr unziemlich, auch nur ein Silbchen auszusprechen von den Geheimnissen meines Herrn", erwiderte der Gondoliere, sich plötzlich eine Hintertür suchend. „Es ist hinlänglich, daß er mir befahl, den Brief abzugeben; außerdem auch nur ein wenig zu flüstern wäre gar sehr anmaßend."

Das dunkle Auge des Banditen rollte über die Gestalt seines Gefährten hin, daß diesem das Blut aus den Adern entwich.

„Ich sage dir, lies laut den Namen, der auf diesem Papier steht", rief Jacopo in strengem Ton. „Hier ist keiner, uns zu behorchen, als der Löwe und der Heilige da über unsern Köpfen."

„Gerechter San Marco! Wer kann sagen in Venedig, welches Ohr offen ist und welches geschlossen! Wenn's Euch beliebt, Signore Frontoni, wollen wir die Untersuchung auf eine passendere Gelegenheit aufschieben."

„Freund, ich laß mich nicht zum Narren haben! Den Namen, oder zeig mir irgendein Pfand, daß du von dem kommst, den du mir nennst, sonst nimm dein Paket zurück, 's ist kein Geschäft für mich."

„Denkt einen Augenblick an die Folgen, Signore Jacopo, und beschließt nicht so hastig."

„Es kann keine Folgen haben, eine solche Botschaft abzuweisen!"

„Per Dio, Signore! Der Herzog wird Lust haben, mir kein Ohrzipfelchen zu lassen, um Vater Battistas Rat anzuhören."

„So wird der Herzog dem Henker eine Müh sparen."

Mit diesen Worten warf der Bandit dem Gondoliere das Paket vor die Füße und fing an, langsam die Piazetta hinaufzugehen. Gino hob den Brief auf, und sein Hirn wirbelte von der Anstrengung, einen von seines Herrn Bekannten auszudenken, an den ein Brief bei solcher Gelegenheit gerichtet sein konnte.

„Ich wundre mich, Signore Jacopo", sagte er, „daß ein so kluger Mann wie Ihr nicht daran denkt, daß ein Paket, das an ihn angegeben wird, auch an ihn selbst adressiert sein muß."

Der Bandit nahm das Papier und hielt die Schrift gegen das Mondlicht.

„Das ist nicht der Fall . . . Ich kann nicht lesen, aber die Züge meines Namens hat mich die Notdurft schon kennengelehrt."

„Diamine! So geht mir's auch, Signore. Wenn der Brief an mich gerichtet wäre, so wollte ich's so geschwind erkennen wie die Alte ihr Junges."

„Du kannst also nicht lesen?"

„Ich hab nie Anspruch drauf gemacht. Auch hab ich nur ein bißchen vom Schreiben gesprochen. Die Gelehrsamkeit teilt sich, wie Ihr wohl wißt, Meister Jacopo, in Lesen, Schreiben und Rechnen; man kann wohl das eine verstehen, ohne ein Wörtchen vom andern zu wissen."

„Das hättest du gleich sagen sollen. Geh, ich will die Sache bedenken."

Gino war froh loszukommen; er hatte aber kaum einige Schritte getan, so sah er eine Frauengestalt hinter einer der Granitsäulen hervorgleiten. Indem er sich geschwind so drehte, daß er entdecken konnte, wer es wäre, der vermutlich gehorcht hätte, sah er, daß Annina Zeugin gewesen war von seinem Gespräch mit dem Banditen.

Viertes Kapitel

Während jenes lebendigen Treibens auf der Piazza San Marco lag der Überrest der Stadt still und einsam im Lichte des Mondes, der so hoch stand, daß sein Schein zwischen die Häuser fiel und hier und da auch die Oberfläche des Wassers flimmernd berührte. Zuweilen entfaltete ein Blick seines Lichtes auf die schweren Karniese eines Palastes den merkwürdigsten Kontrast finsterer Einsamkeit von innen und glänzend reicher Architektur des äußern Gebäudes. Zu einem von diesen Edelsitzen führt uns jetzt unsere Erzählung.

Eine schwerfällige Pracht herrschte in der Bauart des Hauses. Der geräumige Flur war massiv gewölbt, die marmornen Stufen breit und schwer. Die Zimmer überraschten durch Bildwerk und Vergoldung, und die Wände waren reichlich geschmückt mit unzähligen Meisterwerken der größten italienischen Künstler. Die kühlen, schönen Mosaikfußböden von den kostbarsten Marmorarten vollendeten den stolzen Stil, der Glanz und Geschmack vereinigte.

Das Gebäude, das auf zwei Seiten unmittelbar aus dem Wasser hervorstieg, hatte in der Mitte, wie gewöhnlich, einen dunkeln Hof. Den verschiedenen Seiten des Hauses folgend, konnte man durch manche zu dieser Stunde dem kühlen Zug der Seeluft geöffnete Tür in die langen Reihen der mit wahrhaft königlicher Pracht ausgestattetem Gemächer blicken, in denen umschattete Lampen ein sanftes, angenehmes Licht verbreiteten.

In der Ecke des Hauses, an dem kleineren der beiden Kanäle und ganz entfernt von dem Hauptkanale der Stadt, dem das Gebäude die Front zukehrte, befand sich eine Reihe von Zimmern, die nicht mindere Pracht als die zuvor beschriebenen verrieten, aber zugleich mehr Rücksicht auf die Bequemlichkeiten des gewöhnlichen Lebens. Die Vorhänge waren von schwerstem Sammet oder von glänzendem Seidenzeuge, die Spiegel waren groß und äußerst fein geschliffen, die Fußböden wieder von gefälligen heitern Farben und die Wände mit Kunstwerken bedeckt. Aber das Ganze zeigte doch mehr ein Bild häuslicher Behaglichkeit. Die Wandbekleidung und Vorhänge hingen in ungezwungenen Falten herab, die Betten waren zum Schlafen eingerichtet, die Gemälde waren zarte Kopien von der Hand einer jungen Liebhaberin, deren Muße sich in dieser artigen und weiblichen Beschäftigung ergötzte.

Die Schöne hatte eben in ihrem Gemach eine Unterredung mit ihrem geistlichen Ratgeber und mit einer Person ihres Geschlechts, die lange bei ihr die Stelle einer Erzieherin und Mutter vertreten hatte. Die Herrin des Palastes war noch in so zartem Alter, daß sie in nördlicherer Gegend für kaum mehr als ein Kind gegolten hätte, während in ihrem Lande das Ebenmaß und die Ausbildung ihrer Formen sowie der Ausdruck eines dunkeln, sprechenden Auges weibliche Reife in körperlicher und geistiger Hinsicht kundgaben.

„Für den guten Rat danke ich Euch, mein Vater, und meine vortreffliche Florinde wird Euch noch mehr dafür dankbar sein, denn Eure Ansicht stimmt mit der ihrigen immer so ganz überein, daß ich mich oft gewundert habe, wie die Erfahrung auf eine geheimnisvolle Art den Weisen und den Tugendhaften gleiche Gedanken eingibt, und noch dazu über einen Gegenstand von so wenigem persönlichem Interesse."

Ein leichtes verstohlenes Lächeln umzog den Mund des Karmeliters, als er die naive Bemerkung seines freimütigen Zöglings vernahm.

„Du wirst lernen, mein Kind", erwiderte er, „wenn dich die Zeit mit Weisheit ausgerüstet haben wird, daß wir in den Dingen, die unsere Leidenschaften und Interessen am wenigsten berühren, gerade am fähigsten sind, vorsichtig und unparteiisch zu urteilen. Wenn Donna Florinde auch noch nicht das Alter erreicht hat, in dem man endlich die Begierde unterjocht, und obgleich sie noch so vieles an die Welt fesselt, so wird sie dir doch diese Wahrheit bezeugen können."

Obgleich der Redner, sich offenbar eben zum Fortgehen rüstend, die Kutte über den Kopf gezogen hatte und sein tiefliegendes Auge mit Wohlwollen auf dem schönen Antlitz seiner Schülerin ruhte, röteten sich doch die bleichen Wangen der mütterlichen Freundin.

„Ich darf glauben, daß Violetta dies nicht erst jetzt erfährt", sagte Donna Florinde mit merklich weicher und zitternder Stimme.

„Es wird wenig geben, das einem so unerfahrenen Mädchen, als ich bin, gesagt werden kann, was sie mich nicht gelehrt hätte", entgegnete schnell ihr Zögling und ergriff, ohne es selbst zu merken und ohne vom Gesicht des Karmeliters den Blick abzuwenden, die Hand ihrer treuen Führerin. „Aber warum verlangt der Senat über ein Mädchen zu verfügen, das, wie bisher, auch ferner leben möchte, glücklich in ihrer Jugend und zufrieden mit der Zurückgezogenheit, die ihrem Geschlechte geziemt?"

„Die Jahre sind unaufhaltsam, selbst ein unschuldiges Kind wie du muß einst die Versuchungen eines vorgerückten Alters fühlen. Es gibt in diesem Leben gebieterische, oft tyrannische Pflichten. Du weißt, welche Politik in einem Staate herrschen muß, der sich durch hohe Waffentaten, durch Reichtümer und weit verbreiteten Einfluß so berühmt gemacht hat wie dieser. Es gibt ein Gesetz in Venedig, das jedem, der in den Angelegenheiten der Stadt irgendeine Stelle einzunehmen berechtigt ist, verbietet, sich mit Ausländern der Art zu verbinden, daß seine Ergebenheit für die Republik dabei in Gefahr käme. So darf kein Patrizier des San-Marco in einem andern Staate Güter besitzen, keine Erbin eines so hohen und geehrten Namens wie du sich einem Ausländer von Bedeutung vermählen, es sei denn mit dem Wunsch und der Bewilligung derer, die über das Gemeinwohl zu wachen eingesetzt sind."

„Hätte mir die Vorsehung durch die Geburt einen geringeren Stand angewiesen, so wär alles dies anders. Mich dünkt, es trägt nicht viel bei zum weiblichen Glück, dem Rate der Zehn besonders am Herzen zu liegen."

„Du sprichst unbescheiden, und ich beklage es, sagen zu müssen, gottlos. Es ist unsere Schuldigkeit, uns den weltlichen Gesetzen zu unterwerfen, und mehr als Schuldigkeit, die Ehrfurcht gebietet uns, gegen die Vorsehung nicht zu murren. Aber die Last scheint mir auch gar so schwer nicht, gegen die du dich auflehnst, meine Tochter. Du bist jung, reicher, als ein vernünftiger

Wunsch zu begehren erlaubt, von einem Adel, der einen verderblichen, weltlichen Stolz erregen könnte, und schön genug, um dir selbst der gefährlichste von allen Feinden zu werden – warum murrst du gegen ein Los, das ja doch allen deines Geschlechts und deiner Verhältnisse zuteil wird?“

„Wenn ich gegen die Vorsehung gemurrt habe, so fühle ich jetzt schon Reue darüber“, entgegnete Donna Violetta, „aber fürwahr, es würde weniger unangenehm sein für ein Mädchen von sechzehn Jahren, wenn die Väter des Landes so viel Wichtigeres zu tun hätten, daß sie des Mädchens Stand und Alter und etwa auch ihren Reichtum darüber vergäßen.“

„Es wäre eben kein Verdienst, mit einer Welt zufrieden zu sein, die wir nach unseren Grillen zugeschnitten hätten, und es ist die Frage, ob wir, wenn alles nach unserem Wunsch ginge, glücklicher wären als jetzt, wo wir uns fügen müssen in die Ordnung, wie sie einmal besteht. Den Anteil, den die Republik an deinem besonderen Wohl nimmt, meine Tochter, mußt du dir gefallen lassen und so ihr vergelten für die Sicherheit und Herrlichkeit, die sie dir gewährt. Wer in dunklerem Stande, weniger gesegnet mit Glücksgütern geboren wird, kann mehr Freiheit seines Willens haben, muß aber dafür den Glanz entbehren, der die Wohnung deiner Väter erfüllt.“

„Ich wollte, es wäre weniger Pracht und mehr Freiheit darin.“

„Die Zeit wird dich lehren, anders hierüber zu denken, dein Alter sieht alles in goldigen Farben; das Leben erscheint dann gleich zwecklos, sobald auch selbst der unbesonnenste Wunsch unerfüllt bleibt. Indessen leugne ich nicht, daß gerade dein Schicksal mit ganz besondern Umständen verbunden ist. Es herrscht eine Politik in Venedig, die viel berechnet und die mancher darum vielleicht für grausam hält.“ Die Stimme des Karmeliters war gesunken, und einen Augenblick innehaltend, warf er einen unruhigen Blick unter seiner Kutte hervor. Dann fuhr er fort: „Die Vorsicht erheischt vom Senate, daß er solchen Interessen die Waage halte, die gegeneinander ankämpfen und wohl gar die des Staates selbst gefährden. Daher kommt es, wie ich sagte, daß ohne Erlaubnis und Aufsicht der Republik niemand, der zum Stande der Senatoren gehört, Grundbesitzer im Auslande sein und keine Person von Bedeutung sich mit Fremden, die einen gefährlichen Einfluß besitzen, verheiraten darf. Der letztere Fall ist der deinige; von den verschiedenen Großen des Auslandes, die um deine Hand anhalten, kann der Senat keinen begünstigen, ohne zu fürchten, daß ein Fremder hier mitten in der Stadt eine ungebührliche Macht erwerbe. Don Camillo Monforte, der Kavalier, dem du dein Leben verdankst und dessen du neulich voll Erkenntlichkeit gedachtest, hat wahrhaftig mehr

Ursache, sich über die Härte dieser Beschlüsse zu beklagen, als du irgendwie haben kannst."

„Mein Kummer", fiel Violetta schnell ein, „würde noch größer sein, wenn ein Mann, der für mich soviel Mut bewiesen hat, Grund hätte, zu empfinden, wie gerecht dieser Kummer ist. Was hat den Herrn von Sant' Agata gerade mir zum Glücke nach Venedig gebracht, wenn es anders für ein erkenntliches Mädchen nicht unziemlich ist, so zu fragen?"

„Dein Anteil hieran ist ganz natürlich und lobenswert", erwiderte der Karmeliter mit einer Einfalt, die seiner Kutte mehr Ehre machte als seiner Beobachtungsgabe. „Er ist jung und ohne Zweifel durch seine Reichtümer und die Leidenschaftlichkeit der Jugend zu manchem Leichtsinn geneigt. Schließ ihn in dein Gebet ein, meine Tochter. Dies ist der Dank, den du ihm abstatten magst. Das weltliche Interesse, das er hier hat, ist aber allgemein bekannt, und ich kann deine Unwissenheit darüber nur deiner zurückgezogenen Lebensweise zuschreiben."

„Mein Pflegling hat an andere Dinge zu denken als an die Angelegenheiten eines jungen Fremden, der in Geschäften nach Venedig kommt", bemerkte Donna Florinde sanft.

„Aber wenn ich für ihn beten soll, mein Vater, so würde mein Gebet mehr Bestimmtheit haben, wenn ich wüßte, wessen der junge Edelmann am meisten bedarf."

„Bitte nur allein für sein geistliches Wohl. In Wahrheit, von den zeitlichen Gütern dieser Welt fehlt ihm wenig, obgleich die fleischlichen Begierden den, der am meisten hat, verführen, immer noch mehr zu verlangen. Es hat den Anschein, als ob ein Vorfahre Don Camillos vorzeiten Senator in Venedig gewesen ist, als der Tod eines Verwandten kalabrische Güter in seinen Besitz brachte. Von seinen Söhnen übernahm der jüngere diese Güter infolge eines Gesetzes, das zugunsten einer Familie, die dem Staate treu gedient hatte, ausdrücklich erlassen worden war. Auf den älteren Sohn dagegen und auf dessen Nachkommen gingen die Senatorwürde und das Familienbesitztum in Venedig über. Die ältere Linie ist nun ausgestorben, und Don Camillo bestürmt seit Jahren den Rat, ihn wieder in die Rechte einzusetzen, denen sein Ahnherr entsagt hat."

„Können sie ihm dies verweigern?"

„Um es zu gewähren, müßten sie vom Gesetz abgehen. Wenn er seinen kalabrischen Besitzungen entsagen wollte, so würde er mehr verlieren als gewinnen. Soll er aber beides haben, so wird gegen ein Gesetz gehandelt, das man nur sehr selten suspendiert. Ich verstehe nicht viel, meine Tochter, von den Verhältnissen des Lebens, aber es gibt Feinde der Republik, die da sagen, daß sie eine schwere Knechtschaft übt und selten eine Gunst gewährt, ohne reichlichen Ersatz dafür zu fordern."

„Ist das aber recht? Wenn Don Camillo Monforte Ansprüche hat in Venedig, betreffe es nun Paläste an den Kanälen oder Ländereien auf dem Festlande oder einen Sitz im Senat, immer sollte ihm Gerechtigkeit werden ohne Verzug, damit es nicht heiße, die Republik prahle mehr mit dieser heiligen Tugend, als sie diese selbst übe."

„So heißt dich dein argloser Sinn reden. Es gehört zur Gebrechlichkeit des Menschen, meine Tochter, daß er seine öffentlichen Handlungen von der ängstlichen Gewissenhaftigkeit seines Tuns als Privatmann fernhält, als ob Gott, den Menschen zugleich mit Vernunft und mit dem herrlichen Trost des Christentums beschenkend, ihm zwei Seelen gegeben hätte, für deren eine nur allein zu sorgen wäre."

„Gibt es nicht Leute, mein Vater, die es glauben, es werde nur das Böse an uns gestraft, das wir als einzelne begehen, was aber von Staats wegen geschieht, falle der Nation auch zur Last?"

„Der Stolz der menschlichen Vernunft hat manche Spitzfindigkeit ersonnen, seinen eigenen Begierden zu frönen, aber er findet an keiner unglückseligeren Täuschung, als diese ist, seine Nahrung. Die Sünde, die andere mit fortreißt in ihre Schuld oder in ihre Folgen, ist eine doppelte Sünde, und wenn es auch die Natur der Sünde ist, ihre eigene Strafe nach sich zu ziehen, sogar schon in diesem Leben, so schmeichelt der sich doch mit falscher Hoffnung, der da meint, die Größe des Vergehens werde ihm zur Entschuldigung dienen. Die größte Sicherheit für uns Menschen ist, uns von der Versuchung zurückzuziehen; der ist am meisten geborgen vor den Lockungen der Welt, der sich von ihren Lastern am meisten entfernt hält. Ich wünsche zwar, daß der edle Neapolitaner sein Recht erlange, doch kann es vielleicht um seines ewigen Heiles willen sein, daß ihm diese Vergrößerung seines Reichtums, nach der er trachtet, vorenthalten wird."

„Ich kann mir nicht einbilden, mein Vater, daß ein Kavalier, der sich so bereitwillig zeigte, dem Unglücklichen beizuspringen, die Gaben des Glücks so leicht mißbrauchen werde."

Der Karmeliter heftete einen unruhigen Blick auf die klaren Züge der jungen Venezianerin. Väterliche Besorgnis und Ahnung sprachen aus seinem Auge.

„Dankbarkeit für deinen Lebensretter geziemt sowohl deinem Stande als deinem Geschlechte und ist eine Schuldigkeit. Halte dies Gefühl wert, denn es ist der Verpflichtung der Menschen gegen seinen Schöpfer gar sehr verwandt."

„Ist es denn genug, Dankbarkeit nur zu fühlen?" fragte Violetta. „Eine Person von meinem Namen und Einflusse sollte doch mehr tun. Wir können die Patrizier, die mir verwandt sind, zugunsten des Fremden bewegen, ein schnelleres Ende dieses langwierigen Prozesses herbeizuführen."

„Ei behüte, Tochter! Der Eifer einer jungen Dame, an der die Republik so vielen Anteil nimmt, könnte dem Don Camillo eher Feinde als Freunde erwecken."

Donna Violetta schwieg. Der Mönch und Donna Florinde betrachteten sie mit besorgter Teilnahme; der erstere brachte darauf seine Kutte in Ordnung und rüstete sich zum Aufbruch. Violetta trat dem Karmeliter näher, und ihn mit unverstelltem Zutrauen und gewohnter Ehrerbietung anschauend, bat sie um seinen Segen. Nach dieser feierlichen Handlung wandte sich der Mönch zu der Gefährtin seiner Fürsorge. Donna Florinde ließ das Seidenzeug, an dem sie nähte, in ihren Schoß fallen und saß demütig schweigend mit gebeugtem Haupt, während der Karmeliter seine Hände über sie hinstreckte. Seine Lippen bewegten sich, aber man hörte die Worte des Segens nicht. Wäre das feurige Mädchen, das ihrer beiderseitigen Sorge anvertraut war, minder mit eigenen Gefühlen beschäftigt oder mit den Interessen der Welt, in die sie erst eintreten sollte, bekannter gewesen, so hätte sie wieder einen Beweis entdeckt von jener tiefen und sanften Gemütsverwandtschaft, die sich in dem schweigenden Verständnis ihres geistlichen Vaters mit ihrer Erzieherin kundgab.

„Du wirst uns nicht vergessen, mein Vater?" sagte Violetta mit einnehmendem Ernst. „Eine Waise, mit deren Schicksal sich die klugen Herren des Staates so ernstlich beschäftigen, bedarf eines zuverlässigen Freundes."

„Gesegnet sei dein Fürsprecher", sagte der Mönch, „und der Friede der Unschuldigen sei mit dir."

Er erhob seine Hand noch einmal. Dann drehte er sich um und verließ das Zimmer. Donna Florindes Auge folgte den weißen Gewändern des Karmeliters, solange sie sichtbar waren, und als es wieder auf den Seidenstoff in ihrem Schoß fiel, schloß es sich für einen Augenblick, als schaute es innen hinein auf Regungen des Gewissens.

Die junge Herrin des Palastes rief indes einen Bedienten und befahl ihm, ihrem Beichtvater bis zu seiner Gondel das Geleite zu geben. Dann begab sie sich zu dem offenen Balkon. Es folgte ein langes Schweigen, jene italienische Ruhe atmend, wie sie dieser Stadt und der Abendstunde angemessen war. Plötzlich trat Violetta bestürzt einen Schritt vom offenen Fenster zurück. „Hörst du nicht diese Töne von oben?“

„Sind die so selten auf den Kanälen, daß sie dich vom Balkon treiben können?“

„Es sind Kavaliere unter den Fenstern am Mentonipalast, die ohne Zweifel unserer Freundin Olivia ein Ständchen bringen.“

„Auch diese Galanterie ist ganz gewöhnlich. Du weißt, daß Olivia binnen kurzem ihren Verwandten heiraten wird, nun bezeigt er ihr seine Verehrung.“

„Findest du nicht, daß solch ein öffentliches Liebeszeichen lästig ist? Wollte man um mich werben, so wünschte ich, daß niemand davon hörte als eben ich.“

„Diese Gesinnung ist schlimm für eine Dame, deren Hand der Senat zu vergeben hat. Ich fürchte, ein Mädchen deines Standes muß sich dareinfinden, daß ihre Schönheit gepriesen und ihre Talente besungen werden, vielleicht bis zur Übertreibung, und zwar selbst von Mietlingen unter einem Balkon.“

„Ich wollte, es wäre aus“, rief Violetta, sich die Ohren zuhaltend.

„Geh nur wieder auf den Balkon. Die Musik hört auf.“

„Dort singen Gondolieri am Rialto; das ist eine Musik, die ich liebe. Die süßen Töne beleidigen nicht unsere heiligsten Gefühle. Willst du heut abend fahren, liebe Florinde?“

„Wo wolltest du hin?“

„Ich weiß nicht, aber der Abend ist schön, und ich hab ein Verlangen, den Glanz und die Freude da draußen zu genießen.“

„Tausende gibt es auf den Kanälen, die ein Verlangen haben, den Glanz und die Freude da innen zu genießen. So ist es immer im Leben, was wir besitzen, wird gering geachtet, und was wir nicht haben, ist uns unschätzbar.“

„Ich bin meinem Vormund einen Besuch schuldig“, sagte Violetta. „Wir wollen nach seinem Palaste fahren.“

Trotz der moralischen Predigt meinte es Donna Florinde so streng nicht. Sie warf ihre Arbeit beiseite und machte sich bereit, ihrer Pflegebefohlenen zu willfahren. Es war die gewöhnliche Stunde für Standespersonen auszufahren und die Lockung, das Freie zu suchen, so reizend, wie sie nur Italien mit seinem milden Klima, Venedig mit seinem bunten Gedränge bieten konnte. Einer Dienerin ward befohlen, das Zimmer zu hüten. Die Gondolieri wurden gerufen, die Damen nahmen ihre Mäntel und Masken und waren geschwind im Boote.

Fünftes Kapitel

Der Flug der Gondel brachte die schöne Venezianerin und ihre Erzieherin bald zu dem Wassertore des Edelmannes, dem vom Senate die besondere Aufsicht über die vornehme Erbin anvertraut war. Seine Wohnung war düsterer als gewöhnlich und bekundete all die feierliche, schwerfällige Pracht, wie sie die Privatwohnungen der Patrizier in dieser Stadt des Reichtums und des Stolzes auszeichnete. Der Umfang und die Architektur des Gebäudes waren weniger großartig als an Donna Violettas Palaste, zeigten aber doch ein Privathaus ersten Ranges und verrieten in allen ihren äußeren Zieraten die Wohnung eines Mannes von großer Bedeutung. Innen kamen der geräuschlose Schritt und die mißtrauische Miene der Bedienten zu der finsteren Größe der Zimmer hinzu, um dieser Behausung den Charakter der ganzen Republik im Kleinen zu geben.

Im Vorzimmer Signore Gradenigos verweilte die junge Dame nur einen Augenblick, denn kaum erfuhr der alte Senator ihre Gegenwart, so eilte er aus seinem Kabinett zu ihrem Empfange mit solchem Eifer herbei, daß zu erkennen war, wie er sich das ihm anvertraute Amt angelegen sein ließ.

Das Gesicht des alten Patriziers, das Nachdenken und Sorge mit dem Alter in Gemeinschaft gesucht hatte, glänzte in unzweideutiger Freude, als er sich beeilte, sein schönes Mündel zu begrüßen. Er hörte nicht auf die Entschuldigungen wegen ihres Eindringens, sondern führte sie hinein.

„Du kommst nie zur unrechten Zeit, da du das Kind meines alten Freundes bist und die Sorge der Republik“, setzte er hinzu. „Die Türen des Palastes Gradenigo würden sich von selbst öffnen, und wär es in der spätesten Stunde der Nacht, um solchen Gast aufzunehmen.“

„Ich bin für Eure Nachsicht dankbar“, sagte Violetta. „Nur fürchte ich, Euch mit meinen kleinen Anliegen zu belästigen, wenn Eure Zeit eben für das Wohl des Staates in Anspruch genommen ist.“

„Du überschätzest meine Wirksamkeit. Ich besuche wohl bisweilen den Rat der Dreihundert, aber mein Alter und meine Kränklichkeit verhindern mich jetzt, dem Staate, so wie ich gern möchte, zu dienen. Gelobt sei unser Patron San Marco. Seine Angelegenheiten stehen nicht schlecht im Verhältnis zu unserem abnehmenden Glücke. Wir haben die Ungläubigen jüngst ganz tapfer geschlagen, der Vertrag mit dem Kaiser ist nicht zu unserem Schaden, und der Zorn der Kirche über unseren anscheinlichen Treubruch neulich hat sich gelegt. In der letzteren Angelegenheit verdanken wir etwas einem jungen Neapolitaner, der sich in Venedig aufhält und der nicht ohne Einfluß beim Heiligen Stuhle ist, denn sein Oheim ist Kardinalsekretär. Freunde, zur rechten Zeit gebraucht, können viel helfen. Dies ist Venedigs Staatskunststück; was die Macht nicht zustande bringen kann, muß man mit Gunst und kluger Mäßigung ausrichten."

„Eure Rede ermutigt mich zu einer neuen Bitte, und ich will Euch gestehen, daß mich der Wunsch hergeführt hat, Euern großen Einfluß in bezug auf ein ernstliches Anliegen, das ich habe, in Anspruch zu nehmen."

„Sieh da! Unsere junge Schutzbefohlene, Donna Florinde, hat mit den Gütern ihrer Familie zugleich deren alte Liebe zur Fürsprache und Protektion geerbt! Wir wollen ihr aber diese Gesinnung nicht verwehren, denn ihr liegt etwas Gutes zugrunde, und wenn sie recht angewendet wird, kann sich dadurch der Vornehme und Mächtige in seiner Stellung befestigen."

„Und sollen wir nicht sagen", erwiderte Donna Florinde sanft, „daß der Reiche und vom Glück Begünstigte, wenn er sich für den Ärmeren bemüht, eine heilige Pflicht übt und seine Seele kräftig und heilsam dadurch bildet?"

„Ohne Zweifel! Nichts kann heilsamer sein, als jedem Stande in der Gesellschaft einen gehörigen Sinn für seine Obliegenheiten und ein richtiges Gefühl für seine Pflichten beizubringen. Die Ansicht billige ich gar sehr und wünsche, daß sie sich mein Mündel ganz aneigne."

„Sie ist glücklich, so tüchtige Lehrer zu besitzen, die so bereitwillig sind, ihr alles Wissenswerte beizubringen", sagte Violetta. „Demnach darf ich Signore Gradenigo bitten, meinem Gesuche ein Ohr zu leihen?"

„Deine kleinen Anliegen sind immer willkommen. Ich wollte nur noch bemerken, daß hochherzige und feurige Geister einem entfernten Gegenstand oft so eifrig nachjagen, daß sie andere übersehen, die näher liegen und dringender sind und auch leichter zu erlangen. Indem wir dem einen nützlich sein sollen, müssen wir uns vorsehen, nicht vielen anderen Nachteil zuzufügen. Hat vielleicht ein Verwandter eines deiner Hausleute sich unachtsamerweise anwerben lassen?"

„Wenn das wäre, so hoffe ich, daß der Rekrut nicht so unmännlich sein wird, seine Fahnen zu verlassen."

„Oder deine Amme, die wenig dazu gemacht ist, den Dienst zu vergessen, den sie deiner Kindheit geleistet hat, wünscht vielleicht ein Mädchen für einen ihrer Verwandten beim Zollwesen?“

„Ich glaube, es gibt in ihrer ganzen Familie keinen Unangestellten mehr“, sagte Violetta lachend, „wir müßten denn der guten Mutter selbst einen Ehrenposten geben wollen. Nein, meine Bitte betrifft sie heute nicht.“

„Die vielen Bitten um Almosen haben wohl dein Taschengeld erschöpft, oder vielleicht hat dich eine wunderliche Mode viel gekostet?“

„Nichts von dem allen. Des Goldes bedarf ich wenig, da eine standesmäßige Pracht in meinem Alter noch nicht unumgänglich nötig ist. Nein, mein Vormund, ich komme mit einer viel wichtigeren Bitte.“

„Sie betrifft doch nicht etwa jemand, dem du wohlwillst und der sich mit unziemlichen Reden vergangen hat!“ rief Signore Gradenigo, einen hastigen und forschenden Blick auf sein Mündel werfend.

„Nein, wer sich insoweit vergessen hat, möge auch die Strafe seines Vergehens leiden.“

„Du hast vollkommen recht. Man kann in diesem Zeitalter neuer Meinungen und aller Arten von Neuerungen die Leute nicht streng genug halten. Wenn der Senat die wüsten Theorien der Gedankenlosen und Törichten unbeachtet lassen wollte, da würden sie bald zu den untergeordneten Gemütern der Unwissenden und Faulenzer dringen. Geld fordere von mir, zwanzigfach, wenn du willst, nur nicht Verzeihung für einen Störer der öffentlichen Ruhe.“

„Ich begehre keine Zechine. Ich habe ein edleres Geschäft.“

„So rede denn und lasse mich nicht länger raten.“

Jetzt, da sie nun, was ihres Herzens Wunsch im stillen gewesen war, in eigene Worte fassen und aussprechen sollte, schien sich Donna Violetta davor zu fürchten. Sie wechselte mehrmals die Farbe und suchte im Auge ihrer aufmerksamen und verwunderten Gefährtin Rat. Diese aber, die ihr Vorhaben nicht kannte, vermochte die Bittstellerin durch nichts zu ermutigen als durch jenen Blick des Mitgefühls, den Frauen einander nicht vorenthalten, wenn ihre eigentümlich weiblichen Empfindungen irgend ins Gedränge kommen. Violetta stockte, sich selber mißtrauend, dann aber lachte sie über den eigenen Mangel an Selbstbeherrschung und fuhr fort zu reden. „Ihr wißt, Signore Gradenigo“, sagte sie mit einem Nachruck, der, wenn auch bei weitem verständlicher, doch nicht minder auffallend war als ihre Gemütsbewegung einen Augenblick früher,

„Ihr wißt, daß ich von einem Geschlechte stamme, das seit Jahrhunderten groß war in Venedig."

„So meldet unsere Geschichte."

„Daß ich einen altberühmten Namen führe, den von aller Befleckung rein zu erhalten mir persönlich obliegt."

„Das ist so wahr, daß es kaum einer so deutlichen Auseinandersetzung bedarf", entgegnete der Senator trocken.

„Und daß ich trotz dieser reichen Geschenke des Glücks und der Geburt eine Gabe, die ich empfing, nicht vergolten habe, so daß es dem Hause Tiepolo keine Ehre macht."

„Das wird ernsthaft. Donna Florinde, unser Mündel ist heute über allen Begriff feierlich gestimmt, und ich muß Euch um Aufklärung darüber bitten. Es ziemt ihr freilich nicht, Gaben der Art von irgend jemand anzunehmen."

„Ich kenne zwar ihr Verlangen nicht", entgegnete sanft die Gefährtin, „doch denk ich, sie spricht von der Rettung ihres Lebens."

Signore Gradenigos Gesicht verfinsterte sich.

„Ich verstehe Euch", sagte er kalt. „Es ist wahr, der Neapolitaner war schnell bereit, dich zu retten, als deinen Oheim von Florenz das Unglück betraf, aber Don Camillo Monforte ist kein gemeiner Taucher vom Lido, dem man für das Auffischen einer Kleinigkeit, die aus einer Gondel fiel, ein Trinkgeld gibt. Du hast dem Kavalier gedankt. Ich glaube, daß ein edles Mädchen in solchem Falle nichts weiter tun kann als dies."

„Wohl hab ich ihm gedankt und recht herzlich gedankt", beteuerte Violetta feurig. „Wenn ich seine Wohltat vergesse, heiligste Maria und ihr lieben Heiligen, so vergesset mich!"

„Mir kommt vor, Signora Florinde, als habe Euer Pflegekind mehr Zeit mit den leichtsinnigen Büchern in ihres Vaters Bibliothek und weniger Zeit mit ihrem Meßbuche zugebracht, als für den Stand geziemend ist."

Violettas Auge glühte, und sie schlug einen Arm um ihre bebende Gefährtin, die bei diesem Vorwurf den Schleier fallen ließ und kein Wort entgegnete.

„Signore Gradenigo", sagte die junge Erbin, „ich mag meinen Lehrern Schande gemacht haben. Aber wenn der Zögling träge gewesen ist, soll der Tadel doch keinen Unschuldigen treffen. Indes hat es nicht den Schein, als würden die Vorschriften der heiligen Kirche verletzt, wenn ich für einen Mann, der mein Leben gerettet hat, ein gutes Wort einlege. Don Camillo Monforte macht schon lange ohne Erfolg so gerechte Ansprüche geltend, daß, wenn auch kein anderer Grund wäre, ihm zu willfahren, die Würde Venedigs schon allein den Senatoren gebieten sollte, ihn nicht länger hinzuhalten."

„Mein Mündel hat zur Erholung bei den Doktoren von Padua studiert! Die Republik hat ihre Gesetze, und keiner, der ein Recht hat, wendet sich an sie vergeblich. Deine Dankbarkeit ist nicht zu tadeln, ist vielmehr deines Standes und deiner Stellung würdig. Aber, Donna Violetta, wir sollten uns erinnern, wie schwierig es ist, die Wahrheit von der Spreu der Täuschung und spitzfindigen Verkehrung zu sichten; vor allem aber sollte ein Richter, bevor er ein Dekret erläßt zugunsten eines Bittstellers, erst gewiß sein, ob er nicht einen andern dadurch beeinträchtige."

„Sie schalten mit seinen Rechten! Weil er in einem fremden Staat geboren ist, verlangt man von ihm, daß er im Auslande weit mehr aufopfere, als er in der Republik gewinnen kann. Er verschwendet sein Leben und seine Jugendkraft an ein Phantom. Ihr vermögt viel im Senate, mein Vormund; wenn Ihr ihm die Hilfe Eurer einflußreichen Stimme und Eurer wichtigen Belehrung angedeihen ließet, so würde ein Fremder, dem Unrecht geschieht, zu seinem Recht gelangen, und Venedig würde vielleicht eine Kleinigkeit einbüßen, dafür aber seine Würde rechtfertigen, auf die es so eifersüchtig ist."

„Du bist ein beredter Advokat, und ich will mir die Sache überlegen", sagte Signore Gradenigo, den finsteren Zug, der um seine Brauen spielte, mit der Leichtigkeit dessen, der gewohnt ist, seine Mienen jedesmal seiner Politik anzupassen, in einen Blick des Wohlwollens verwandelnd. „Ich sollte den Neapolitaner nur als Richter, meinem öffentlichen Charakter gemäß, hören, aber der Dienst, den er dir geleistet hat, und meine Liebe zu dir bestimmen mich, dir zu willfahren."

Donna Violetta empfing dies Versprechen mit leuchtendem, treuherzigem Lächeln. Sie küßte die Hand, die er ihr zum Pfande darbot, mit einer Glut, die ihrem aufmerksamen Vormund ernstliche Besorgnisse erregte.

„Du bittest zu einnehmend", sagte er, „als daß dir jemand widerstehen könnte, auch wer schon bis zum Überdruß unzählige, scheinbare Ansprüche in seinem Leben hat abweisen müssen. Junge und edle Gemüter, Donna Florinde, meinen, alle Menschen wären gerade so, wie sie ihr Wunsch und ihre Einfalt gern haben möchte. Was Don Camillos Recht betrifft – aber nichts weiter! –, du willst es so haben, gut, es soll untersucht werden mit der Blindheit, die ja ein Fehler der Gerechtigkeit sein soll."

„Das Bild meint aber doch nur blind gegen Vorliebe, keineswegs unempfindlich für das Recht.“

„Ich fürchte, in bezug auf diesen Sinn des Wortes könnten unsere Hoffnungen getäuscht werden – allein, wir wollen sehen! Mein Sohn, Donna Violetta, hat doch neuerlich nicht etwa seine schuldige Ehrerbietung versäumt? Man braucht freilich den jungen Menschen nicht zu treiben, daß er meinem Mündel, der schönsten Dame von Venedig, seine Aufwartung mache. Du empfängst ihn doch freundschaftlich wegen der Liebe zu mir?“

Donna Violetta verneigte sich mit Zurückhaltung.

„Die Tür meines Palastes ist dem Signore Giacomo zu jeder schicklichen Zeit offen“, setzte sie gleichgültig hinzu. „Der Sohn meines Vormunds kann mir nur ein ehrenwerter Gast sein.“

„Ich wünschte dem Jungen einige Aufmerksamkeit, und mehr noch, ein wenig von jener hohen Achtung – doch wir leben in einer eifersüchtigen Stadt, Donna Florinde, in einer Stadt, die Vorsicht zur größten Tugend macht. Wenn sich der junge Mensch weniger eifrig zeigt, als ich wünsche, glaubet mir, so geschieht es nur aus Besorgnis, die nicht zu aufmerksam zu machen, die sich um unserer Pflegebefohlenen Schicksale kümmern.“

Beide Damen verbeugten sich und verrieten durch die Art, wie sie ihre Mäntel zusammennahmen, daß sie sich zu entfernen wünschten, und zogen sich nach den üblichen Abschiedsgrüßen in ihr Boot zurück.

Signore Gradenigo ging das Zimmer, in dem er sein Mündel empfangen hatte, mehrere Minuten lang schweigend auf und nieder. Kein Laut war hörbar in dem ganzen weiten Hause, und der leise, vorsichtige Tritt der Bewohner entsprach der Ruhe, die auch draußen in der Stadt herrschte; endlich aber fesselte ein junger Mann, der alle Spuren der Lasterhaftigkeit in seinem Gesicht hatte und durch die Zimmer schlenderte, das Auge des Senators, und er hieß ihn näherkommen.

„Du hast Unglück wie gewöhnlich, Giacomo“, sagte er halb mit dem Tone väterlicher Zuneigung, halb des Vorwurfs. „Donna Violetta war noch vor wenigen Minuten hier, und du warst nicht zugegen. Eine unwürdige Intrige mit der Tochter eines Juweliers oder ein noch schlimmerer Handel mit ihrem Vater hat dir eine Zeit geraubt, die ehrenvoller und vorteilhafter angewendet werden konnte. Ich möchte wissen, Giacomo, ob du die schöne Gelegenheit, die dir meine Vormundschaft bietet, zu deinem Vorteil auch recht benutzest und ob du die Wichtigkeit dessen, worauf ich dringe, mit hinlänglichem Ernste bedenkst?“

„Zweifelt daran nicht, Vater. Wer so sehr Mangel an dem gelitten hat, was Donna Violetta so reichlich besitzt, bedarf nicht eben, daß man ihn treibe in solchen Dingen. Ihr habt mir's dadurch abgenötigt, daß Ihr Euch weigert, mir so viel zu geben, als ich brauche. Kein Narr in ganz Venedig seufzt lauter unter dem Fenster seiner Gebieterin, als ich der Dame die Wünsche meines Herzens vorbringe – wenn Zeit und Gelegenheit ist und ich bei Laune bin."

„Du kennst die Gefahr, den Senat aufmerksam zu machen?"

„Habt keine Furcht. Ich mache im stillen und nur allmählich Fortschritte. Weder meinem Gesicht noch meiner Seele ist die Maske so ungewohnt – Dank sei es der Not! Mein Geist war zu sprudelnd, als daß er mich nicht hätte mit der Verstellung vertraut machen sollen."

„Du sprichst, als ob ich dir die Freiheit entzogen hätte, die man der Jugend deines Standes und Alters vergönnt. Deine Ausschweifungen hab ich beschränken wollen und nicht deinen Geist. Doch mag ich dich jetzt nicht mit Vorwürfen belästigen. Giacomo, du hast in dem Fremden einen Nebenbuhler. Seine Tat in der Giudecca hat ihm die Phantasie des Mädchens gewonnen, und wie edle und feurige Gemüter pflegen, hat sie sich, obgleich von seinen übrigen Verdiensten nichts wissend, doch seinen Charakter mit allen Tugenden ausgeschmückt, die ihr offener Sinn kennt."

„Ich wollte, sie machte es mit mir so."

„Bei dir hätte mein Mündel eher zu vergessen, als zu erfinden. Hast du Bedacht genommen, den Rat auf die Gefahr aufmerksam zu machen, die seiner Erbin droht?"

„Allerdings."

„Und wie?"

„Auf die einfachste und sicherste Weise – durch den Löwenrachen."

„Ha! Das ist wahrhaftig ein keckes Unternehmen."

„Und gelingt, wie alle kecken Unternehmungen, am leichtesten. Fortuna hat diesmal nicht geknickert gegen mich. – Ich hab zum Beweise des Neapolitaners Siegelring beigelegt."

„Giacomo! Weißt du auch, was du bei deiner Verwegenheit wagst? Ich hoffe doch, du wirst dich nicht durch irgendein Kennzeichen in der Handschrift verraten haben oder durch die Art, wie du dir den Siegelring verschafft hast?"

„Wenn ich deine Ratschläge, Vater, auch in minder wichtigen Angelegenheiten oft in den Wind geschlagen habe, so vergesse ich doch deine Winke über Venedigs Politik nicht. Der Neapolitaner ist angeklagt, und wenn dein Kollegium auf Treu und Glauben hält, wird er verdächtigt, wenn nicht gar verbannt werden."

„Daß der Rat der Drei sein Amt verwalten wird, ist nicht zu bezweifeln. Wär ich nur ebenso gewiß, daß dich dabei nicht ein unvorsichtiger Eifer irgendwie bloßstellt."

Der Sohn starrte den Vater einen Augenblick an und ging dann in die inneren Gemächer des Palastes, wie jemand, der an zweideutiges Handeln zu sehr gewöhnt ist, um eine Sache zweimal zu überlegen. Der Senator blieb zurück. Er ging schweigend auf und ab, augenscheinlich in großer Unruhe. Dann und wann fuhr er mit der Hand über sein Gesicht, wie bei schmerzlichem Nachdenken. Inzwischen stahl sich eine Gestalt durch die lange Reihe der Vorzimmer und blieb an der Türe des Gemachs stehen, in dem sich der Senator befand. Es war ein bejahrter Mann mit gebräuntem Gesicht und dünnem, altersgrauem Haar, in der armseligen und groben Tracht eines Fischers. Aber ein angeborner Adel und ein freies, verständiges Wesen sprachen sich in seinem kühnen Auge und in seinen hervorstechenden Zügen aus, während die entblößten Arme und die nackten Beine, wohlgebaut und muskulös, die Kraft des Mannes eher in ihrem Stillstand als im Abnehmen zeigten. Er stand einige Augenblicke mit abgezogener Mütze in gewohnter Ehrerbietung, aber unbefangen, ehe seine Gegenwart bemerkt wurde.

„Ha, bist du da, Antonio", rief der Senator, als er ihn sah. „Weshalb kommst du?"

„Signore, mein Herz ist schwer."

„Hat der Kalender keine Heilige, der Schiffer keinen Schutzpatron? – Der Schirokko hat wohl das Wasser der Bucht gerüttelt, und deine Netze sind ledig. Wart! Du bist mein Milchbruder und sollst nicht Not leiden."

Der Fischer trat mit Würde zurück. „Signore, wir haben von der Zeit an, da wir unsere Milch von derselben Brust empfingen, bis in unser Alter hier gelebt. Habt Ihr mich je als einen Bettler gekannt?"

„Du pflegst zwar nicht um Geschenke zu bitten, Antonio, aber das Alter bezwingt unseren Stolz wie unsere Kraft. Wenn du nicht um Geld kommst, sage, was du sonst wünscht!"

„Gibt es nicht andere Bedürfnisse als die des Körpers, Signore, und andere Leiden als den Hunger?“

Das Gesicht des Senators verdüsterte sich. Er warf einen stechenden Blick auf seinen Milchbruder und schloß, ehe er antwortete, die Tür, die nach dem äußeren Zimmer führte.

„Deine Worte verkündigen Unzufriedenheit, wie gewöhnlich. Du hast dich gewöhnt, über Maßregeln und Verhältnisse zu sprechen, die über deinen beschränkten Verstand weit hinausgehen, und du weißt, daß dir deine Meinungen schon Tadel zugezogen haben. Die unwissenden Leute des niederen Standes sind im Staate wie Kinder, deren Schuldigkeit es ist, zu gehorchen, und nicht, zu klügeln. – Aber dein Geschäft?“

„Ich bin nicht der Mann, für den Ihr mich haltet, Signore, an Armut und Entbehrung gewöhnt, bin ich mit Wenigem zufrieden. Den Senat ehre ich als meinen Herrn, aber ein Fischer hat so gut Gefühl wie der Doge.“

„Wieder! – Dies dein Gefühl, Antonio, macht allzu hohe Ansprüche. Du bringst es bei jeder Gelegenheit vor, als wäre das die Hauptsorge im Leben.“

„Signore, und ist sie es nicht für mich? Obgleich ich genug an meine eigene Sorge zu denken habe, bleibt mir doch noch Gefühl für die Leiden derer, die mir wert sind. Als Ew. Exellenz' Tochter, die junge, schöne Dame, abgerufen ward und zu den Heiligen versammelt, da fühlte ich den Schlag, als wäre mein eigenes Kind gestorben. Und es hat Gott gefallen, wie Ihr wohl wißt, Signore, mich nicht unbekannt zu lassen mit dem Jammer eines solchen Verlustes.“

„Du bist ein wackerer Bursch, Antonio“, versetzte der Senator, heimlich eine Träne aus dem Auge wischend, „ein redlicher und hochherziger Mensch für deinen Stand.“

„Die, von der wir beide unsere erste Nahrung erhielten, Signore, hat mich oft ermahnt, nächst meinen eigenen Verwandten besonders das edle Geschäft zu lieben, zu dessen Erhaltung sie das ihrige getan hat. Ich rechne mir ein natürliches Gefühl nicht zum Verdienste an, denn es ist eine Gabe vom Himmel, um so weniger aber sollte der Staat solche Gefühle leichthin behandeln.“

„Wieder der Staat! – Sage mir dein Geschäft!“

„Ew. Exzellenz kennt meine traurige Lebensgeschichte. Ich brauche Euch nicht zu erzählen, Signore, von den Söhnen, die es Gott gefallen hat, mir zu schenken, noch wie mir sein Ratschluß einen nach dem andern wieder genommen hat.“

„Du hast Kummer erlebt, armer Antonio, ich weiß, daß du viel gelitten hast."

„Jawohl, Signore! Fünf kräftige, wackere Söhne zu verlieren ist ein Unglück, das einen Stein rühren muß. Aber ich habe gelernt, Gott zu verehren und für alles zu danken."

„Braver Fischer, der Doge selbst könnte dich beneiden um diese Ergebung. Es ist aber oft leichter, den Tod eines Kindes als sein Leben zu ertragen, Antonio!"

„Signore, meine Söhne haben mich nie betrübt als durch ihren Tod. Und auch da", der alte Mann wandte sich seitwärts, um die Bewegung seines Gesichts zu verbergen, „auch da hab ich gerungen, mir nur allein vorzustellen, wie vielem Kummer, wie vielen Mühen und Leiden sie entnommen sind, um zu einem seligen Zustand überzugehen."

Signore Gradenigos Lippe bebte, und er ging mit schnelleren Schritten auf und nieder.

„Ich denke doch, Antonio", sagte er, „ich denke doch, mein wackerer Antonio, daß ich für ihre Seelen habe Messen lesen lassen."

„Das habt Ihr, Signore, der heilige Antonio gedenkt Eurer Liebe in Eurer letzten Stunde. Ich sagte mit Unrecht, daß die Knaben mich einzig durch ihren Tod betrübt haben. Denn es gibt einen Gram, den kein Reicher kennt, wenn man zu arm ist, um für sein gestorbenes Kind ein Gebet zu bezahlen."

„Willst du mehr Messen haben? Deinen Kindern soll die Fürsprache der Heiligen nicht fehlen zu ihrer Seelen Seligkeit."

„Ich danke Euch, Exzellenz, aber ich verlasse mich auf das, was geschehen ist, und noch mehr auf Gottes Barmherzigkeit. Doch mein jetziges Geschäft betrifft Lebende."

Das Mitgefühl des Senators wurde plötzlich erkaltet, und er horchte mit forschender Miene. „Dein Geschäft?" wiederholte er einsilbig.

„Ist, Euch zu bitten, Signore, daß Ihr mir die Loslassung meines Enkels von den Galeeren auswirkt. Sie haben den Burschen, der erst vierzehn Jahre ist, ergriffen und ihn zum Kriege gegen die Ungläubigen verdammt, ohne an sein zartes Alter zu denken, ohne an das böse Beispiel zu denken, ohne an mein verlassenes Alter zu denken, ohne alles Recht, denn sein Vater ist in der letzten Schlacht gegen die Türken geblieben."

Als der Fischer seine Rede beschloß, blickte er in die Marmorzüge dessen, zu dem er sprach, sehnsüchtig spähend, ob seine Worte Eindruck gemacht hätten. Aber jene Züge blieben kalt, teilnahmslos, ohne menschliches Mitleid. Die empfindungslose Ausübung einer scheinbaren Staatsklugheit hatte längst in dem Senator bei denjenigen Angelegenheiten, die mit einem in ihm so lebendigen Interesse, als Venedigs Seemacht war, zusammenstießen, alles Gefühl getötet. In dem kleinsten Anlauf gegen so delikate Rücksichten sah er das Unglück einer Neuerung, und die Politik hatte sein Gemüt zu einer unbarmherzigen Härte gewöhnt, wenn es das Recht des heiligen Markus, die Dienste seines Volkes zu fordern galt.

„Ich wollte, du wärest gekommen, mich um Seelenmessen oder um Geld oder um irgend sonst etwas zu bitten, Antonio, nur nicht um dies!" erwiderte er nach einer kleinen Pause. „Du hast, wenn ich nicht irre, den Jungen von seiner Geburt an immer um dich gehabt?"

„Signore, ja, ich hatte diese Freude. Er ward als Waise geboren, und ich hätte ihn gern behalten, bis er tüchtig gewesen wäre, in die Welt zu treten, ausgerüstet mit Redlichkeit und Glauben, um ihn vor Unbill zu behüten. Wär mein eigener tapferer Sohn hier, er würde auch um kein anderes Glück für den Jungen bitten, als ihm den Rat und Beistand nicht zu rauben, den auch ein armer Mann das Recht hat, seinem Fleisch und Blut angedeihen zu lassen!"

„Er fährt nicht schlimmer als andere, und du weißt, daß der Staat eines jeden Armes bedarf."

„Exzellenz! Als ich in den Palast trat, sah ich Signore Giacomo aus seiner Gondel steigen."

„Oh, über dich, Gesell! Machst du keinen Unterschied zwischen dem Sohn eines Fischers, zwischen einem, der von Rudern und von Handarbeit lebt, und dem Abkömmling einer alten Familie! Geh, anmaßender Mann, und denke an deinen Stand und an den Unterschied, den Gott zwischen unsere Kinder gesetzt hat."

„Jawohl, die meinigen haben mir niemals Kummer gemacht als in ihrer Sterbestunde", sagte der Fischer mit dem Ton eines ernsten Vorwurfs.

Signore Gradenigo fühlte die Schärfe dieses Tadels, der aber der Sache seines rücksichtslosen Milchbruders keineswegs frommte. Er ging sehr aufgeregt im Zimmer einigemal hin und her, bezwang aber seinen Unwillen insoweit, daß er mit der Milde antworten konnte, die seinem Stande geziemte.

„Antonio", sagte er, „deine verwegene Gesinnung ist mir nicht fremd. Wenn du Seelenmessen für die Toten verlangtest oder Geld für die Lebendigen, du solltest es haben; aber mich um Verwendung beim General der Galeeren bitten, das heißt um etwas bitten, was in so kritischen Zeiten auch dem Sohne des Dogen nicht könnte zugestanden werden, wäre der Doge selbst . . ."

„. . . ein Fischer", fiel Antonio ein, da er bemerkte, daß der Senator stockte, „lebt wohl, Signore! Ich möchte nicht im Groll von meinem Milchbruder scheiden. Mögen die Heiligen Euch segnen. Möget Ihr nie den Schmerz erleben, ein Kind schlimmer als durch den Tod zu verlieren – durch Untergang in Sünde."

Nachdem Antonio geendigt hatte, verbeugte er sich und ging denselben Weg zurück, den er gekommen war. Der Senator bemerkte sein Weggehen nicht, denn er hatte sich abgewandt, in seinem Innern das Gewicht der Worte fühlend, die der andere in seiner Einfalt gesprochen hatte. Erst nach einer Weile bemerkte er, daß er allein war. Aber ein anderer Fußtritt fesselte alsbald seine Aufmerksamkeit; die Tür ging wieder auf, und ein Diener erschien. Er meldete jemanden, der um eine Privataudienz nachsuchte.

„Laß ihn herein", sagte der Senator bereitwillig und ordnete seine Züge zu ihrem gewöhnlichen, vorsichtigen und mißtrauischen Ausdruck.

Der Diener entfernte sich, und ein maskierter Mann, in einen Mantel gehüllt, trat schnell ein. Er warf die Hülle über den Arm und nahm die Maske ab. Da zeigten sich die Züge und die Gestalt des gefürchteten Jacopo.

Sechstes Kapitel

„Hast du den bemerkt, der eben von mir ging?" fragte Signore Gradenigo eifrig.

„O ja!"

„Hinlänglich, um seine Gestalt und seine Züge wiederzuerkennen?"

„Es war ein Fischer von den Lagunen, namens Antonio."

Der Senator ließ seinen ausgestreckten Arm sinken und sah den Bravo mit einem Blick an, in dem sich Erstaunen und Bewunderung mischten. Er fuhr fort, das Zimmer auf und nieder zu gehen, während der andere auf sein Geheiß wartete. So gingen ein paar Minuten hin.

„Du hast ein scharfes Auge, Jacopo", hob der Patrizier nach dieser Pause wieder an. „Hast du mit dem Mann zu tun gehabt?"

„Niemals."

„Und du weißt gewiß, daß es –"

„Ew. Exzellenz' Milchbruder ist."

„Ich hab nicht gefragt, ob du von seiner Jugend und von seiner Geburt weißt, sondern von seinen gegenwärtigen Umständen", sagte Signore Gradenigo und wandte sich ab, sein Gesicht vor dem brennenden Blicke Jacopos zu verbergen. „Hat ihn dir irgendein Mann von Bedeutung bezeichnet?"

„Nein! Mein Beruf hat mit Fischern nichts zu tun!"

„Unsere Schuldigkeit, junger Mann, kann uns noch in niedrigere Gesellschaft führen. Wer die schwere Last des Staates auf seinen Schultern hat, muß nicht die Beschaffenheit dessen, was er trägt, ansehen. Wie ist dir dieser Antonio bekannt geworden?"

„Ich hab ihn als einen Mann kennengelernt, den seine Kameraden schätzen, der sein Gewerbe versteht und sehr gewandt ist in den Kunststücken der Lagunen."

„Du meinst, er ist ein Schmuggler?"

„Durchaus nicht. Er arbeitet viel zuviel von früh bis spät, um von was anderem zu leben als von seinem Gewerbe."

„Du weißt, Jacopo, wie streng unsere Gesetze in bezug auf die Steuern sind."

„Ich weiß, daß die Gerechtigkeit San Marcos nirgends leise auftritt, wo der eigene Vorteil angetastet wird."

„Du bist nicht aufgefordert, über diesen Punkt Betrachtungen zu machen. Jener Mann pflegt um das Wohlwollen seiner Kameraden zu buhlen und seine Stimme zu erheben in Dingen, darüber nur seine Obern richtig urteilen können."

„Signore, er ist alt, und das Alter löst die Zunge."

„Das ist nicht Antonios Fall. Die Natur hat ihn nicht stiefmütterlich behandelt. Wären seine Geburt und seine Erziehung seinen Fähigkeiten angemessen, so würde er im Senat gern gehört worden sein. – Jetzt aber fürchte ich, er schwatzt sich um seine eigene Ruhe."

„Freilich, wenn er spricht, was San Marcos Ohr nicht gern hört."

Ein lebhafter, mißtrauischer Blick des Senators traf den Bravo, als wollte er den wahren Sinn seiner Worte ergründen. Da aber der Senator den gewohnten Ausdruck von Selbstbeherrschung in den Zügen fand, die er durchforschte, nahm er wieder das Wort und stellte sich so, als wäre ihm nichts aufgefallen.

„Wenn er, wie du sagst, dergleichen spricht, was die Republik gefährdet, so haben ihn seine Jahre nicht besonnen gemacht. Der Mann ist mir lieb, Jacopo! Man ist gewöhnlich eingenommen für die, die dieselbe Brust genährt hat."

„O ja, Signore."

„Und da meine Schwachheit für ihn so groß ist, so wünschte ich, daß man ihn zur Vorsicht ermahnte. Du kennst ohne Zweifel seine Ansichten über die neuliche dringende Maßregel, alle jungen Leute von den Lagunen zum Dienst in den Flotten des Staates einzustellen?"

„Ich weiß, daß ihm die Aushebung den Jungen, der in seiner Gesellschaft arbeitete, entrissen hat."

„Um ehrenvoll, und vielleicht nicht ohne Gewinn, für das Wohl der Republik zu arbeiten."

„Möglich, Signore."

„Du bist heute abend kurz in deinen Reden, Jacopo! Wenn du aber den Fischer kennst, so ermahne ihn zur Behutsamkeit. San Marco duldet die dreisten Ansichten seiner Klugheit nicht. Es ist schon das dritte Mal, daß man diesen Fischer wegen seines Vorwitzes hat tadeln müssen; die väterliche Fürsorge des Senats darf nicht Mißvergnügen in den Gemütern einer Klasse sich einnisten lassen, die er seiner Pflicht gemäß und mit Freuden beglücken möchte. Suche Gelegenheit, ihn diese ersprießliche Wahrheit hören zu lassen. Ich möchte wirklich nicht gern, daß ein Unglück den Sohn meiner alten Amme besonders in seinen letzten Jahren beträfe."

Der Bravo beugte seine Gestalt zum Zeichen, daß er den Auftrag übernehme, während Signore Gradenigo im Zimmer auf und nieder ging, aufrichtige Teilnahme in seiner Haltung verratend.

„Du hast gehört von dem Rechtsspruch in Sachen des Genuesen?" hob er wieder an, nachdem ihm eine neue Pause Zeit gegeben hatte, seine Gedanken anderswohin zu lenken. „Die Tribunale haben schnell entschieden, und obgleich eine Mißhelligkeit zwischen den beiden Staaten bevorzustehen scheint, wird die Welt nun sehen, wie streng dennoch auf unseren Inseln Gerechtigkeit geübt wird. Ich vernehme, man wird dem Genueser ansehnliche Geldbußen auferlegen, und einige von unseren eigenen Bürgern werden um große Summen gestraft werden."

„So hab ich auch seit Sonnenuntergang auf der Piazetta gehört, Signore!"

„Und sprechen die Leute nicht von unserer Unparteilichkeit und mehr noch von unserer Schnelligkeit? Bedenk doch, Jacopo, es sind erst acht Tage, daß die Sache vor den Senat gebracht wurde."

„Keiner zweifelt an der Schnelligkeit, mit der die Republik Beleidigungen ahndet."

„Noch an der Gerechtigkeit, will ich hoffen, lieber Jacopo! Es ist eine solche Schönheit und ein solches Ebenmaß in den Bewegungen der Staatsmaschine bei unserer Verfassung, daß der Beifall der Menschen uns zuteil werden muß. Die Gerechtigkeit hilft den Bedürfnissen der Gesellschaft ab und zähmt die Leidenschaften mit einer so stillen und würdigen Kraft, als kämen ihre Beschlüsse vom Himmel herab. Also haben die Maskierten heute von der Rechtlichkeit unseres letzten Dekrets gesprochen?"

„Signore! Die Venezianer sind kühn, wenn Gelegenheit da ist, ihre Herren zu loben."

„Meinst du, Jacopo? Mir scheinen sie immer geneigter, ihr aufrührerisches Mißbehagen zu äußern. Aber es ist den Menschen eigen, karg im Lob und im Tadel ausschweifend zu sein. Das Dekret des Tribunals muß im Gespräch bleiben, nicht bloß die bare Gerechtigkeit gelobt werden. Unsere Freunde sollten in den Kaffeehäusern und auf dem Lido viel darüber sprechen. Sie brauchen nichts zu fürchten, wenn sie dabei ihre Zungen ein wenig gehenlassen."

„Freilich, Signore!"

„Ich rechne auf dich und deine Kameraden, daß die Sache nicht zu schnell vergessen werde. Die Erwägung von solchen Handlungen wie diesen muß in der öffentlichen Meinung die verborgene Saat der Tugenden zeitigen. Wer immerfort Exempel der Rechtlichkeit vor Augen hat, muß diese Eigenschaft am Ende lieben lernen. Der Genuese, hoffe ich, wird zufrieden abreisen?"

„Ohne Zweifel, Signore! Ihm ward alles, was einen Gekränkten zufriedenstellen kann, sein Eigentum mit Wucher zurück und Rache an seinen Beleidigern."

„Ja, so lautet das Dekret, vollständige Ersatzleistung und Zuchtstrafe. Wenige Staaten würden so gegen ihren eigenen Vorteil erkennen, Jacopo!"

„Geht denn die Sache des Kaufmanns den Staat an, Signore?"

„Als seines Bürgers, freilich! Wer seine eigenen Glieder kasteiet, leidet doch. Wer kann sich von seinem eigenen Fleisch scheiden ohne Betrübnis? Sag, Bursch?“

„Es gibt Nerven, die empfindlich gegen Berührung sind, Signore, und ein Auge oder ein Zahn ist kostbar, aber ein beschnittener Nagel oder ein ausgefallenes Haar ist nicht von Belang.“

„Wer dich nicht kennt, Jacopo, sollte meinen, du stehest im Interesse des Kaisers. Es fällt kein Sperling vom Dache in Venedig, ohne daß die väterlichen Gefühle des Senats den Verlust beklagten. Genug. Geht unter den Juden noch immer das Gerede von einer Abnahme des Goldes? Zechinen sind freilich nicht mehr so in Überfluß da wie früher, und die Prellerei dieser Klasse sieht das nicht ungern, in Hoffnung größeren Gewinns.“

„Ich habe neuerlich Gesichter auf dem Rialto gesehen, die nach leeren Börsen schmecken. Die Christen scheinen ängstlich und in Not, während die Ungläubigen ihre Kittel mit zufriedeneren Mienen als sonst tragen.“

„Man hat das erwartet. Macht das Gerücht irgendeinen Juden namhaft, der jungen Adeligen Geld auf Wucherzinsen zu leihen pflegt?“

„Zu der Klasse können alle gezählt werden, die was zu verleihen haben; die ganze Synagoge, Rabbiner und alles ist dabei, wenn es sich um christliche Geldbeutel handelt.“

„Du liebst die Juden nicht, Jacopo, aber sie leisten doch der Republik gute Dienste. Wir zählen alle zu unsern Freunden, die im Notfall mit ihrem Geld zur Hand sind. Doch soll die junge Blüte Venedigs ihr Vermögen nicht in unvorsichtigem Handel vergeuden, und wenn du von einigen Vornehmen hörst, die recht in ihren Klauen stecken, so wirst du wohltun, die Beaufsichtiger des Gemeinwohls davon zu unterrichten. Wir müssen behutsam mit denen umgehen, die den Staat stützen helfen, aber wir müssen auch vorsichtig mit denen umgehen, die ihn nun bald ausmachen sollen. Hast du mir in der Art nichts zu sagen?“

„Man spricht davon, daß Signore Giacomo ihre Gunst am allerteuersten bezahlt.“

„Jesus, Maria! Mein Sohn und Erbe! Betrügst du mich nicht, Mensch, um deinen eigenen Haß gegen die Hebräer zu befriedigen?“

„Ich hege gegen dies Volk sonst keine Bosheit als nur einen heilsamen christlichen Widerwillen. Soviel, denk ich, muß einem frommen Mann erlaubt sein, außerdem aber hasse ich keinen Menschen. Es ist allbekannt, daß Euer

Sohn mit seinem dereinstigen Vermögen etwas frei schaltet und es zu einem Preise hingibt, wie geringere Aussichten ihm nur auferlegen könnten."

„Das ist wichtig! Der Junge muß so schnell als möglich an die übeln Folgen erinnert werden, und man muß Sorge tragen, daß er künftig vorsichtiger sei. Der Jude soll bestraft werden zum feierlichen Exempel für das ganze Volk, und die Schuld soll einbehalten werden zum Besten des Schuldners. Wenn sie dies Beispiel vor Augen haben, werden die Schurken nicht so bereitwillig sein mit ihren Zechinen. Großer San Teodoro, es wäre Selbstmord, wenn man einen jungen Mann von solchen Erwartungen durch einen Mangel an Vorsicht zugrunde gehen ließe. Ich will mir selber die Sache als eine besondere Pflicht angelegen sein lassen, und der Senat soll nicht sagen können, daß ich seine Interessen vernachlässige. Hast du neuerlich Beschäftigung gehabt in deinem Beruf als Rächer von Privatbeleidigungen?"

„Nichts von Bedeutung – es sucht jemand meine Hilfe eifrig nach, aber ich weiß noch nicht vollständig, was er wünscht."

„Dein Geschäft ist von zarter Natur und heischt Vertrauen; sein Ertrag aber, wie du wohl weißt, ist gewichtig und sicher." Er sah die Augen des Bravo funkeln und hielt unwillkürlich inne. Bald aber herrschte wieder jene merkwürdige Ruhe auf Jacopos bleichem Gesichte, und der Redner fuhr fort, als hätte keine Unterbrechung stattgefunden. „Ich wiederhole es dir, der Staat wird bei seiner Belohnung Milde nicht vergessen. Im Punkte der Gerechtigkeit ist er unerschütterlich streng, aber im Verzeihen herzlich und freigebig in seinen Gunsterweisungen. Ich hab mir viel Mühe gegeben, dir diese Tatsachen zu beweisen, Jacopo. Aber du hast mir den nicht genannt, der so ernstlich um dich wirbt."

„Da ich seinen Handel noch nicht kenne, wird es gut sein, Signore, ehe ich etwas Weiteres tue, zu erfahren, was er wünscht."

„Diese Zurückhaltung ist am unrechten Ort. Du brauchst der Klugheit der Staatsbeamten nicht zu mißtrauen, und es sollte mir leid tun, wenn die Inquisitoren eine üble Meinung von deinem Eifer bekämen. Jenes Individuum muß namhaft gemacht werden."

„Ich klage ihn nicht an. Alles, was ich sagen kann, ist, daß er Lust hat, sich heimlich mit jemandem einzulassen, mit dem sich einzulassen fast ein Verbrechen ist."

„Ein Verbrechen verhüten ist besser, als es bestrafen. Du wirst mir den Namen deines Korrespondenten nicht vorenthalten!"

„Nun denn, es ist ein edler Neapolitaner, der sich wegen wichtiger Angelegenheiten und wegen des Anrechts auf einen Sitz im Senat seit einiger Zeit hier in Venedig aufhält."

„Ah! Don Camillo Monforte! Hab ich recht, Bursche?"

„Allerdings, Signore."

Es erfolgte eine Pause, nur unterbrochen durch die Turmuhr vom großen Platze, die elf schlug, die vierte Stunde der Nacht nach italienischer Weise. Der Senator fuhr auf, sah auf eine Uhr seines Zimmers und sagte darauf: „Es ist gut. Deiner Aufrichtigkeit und Pünktlichkeit soll gedacht werden. Sieh nach dem Fischer Antonio. Man muß nicht zugeben, daß das Murren des alten Mannes Mißfallen erwecke um eine solche Kleinigkeit, daß man seinen Enkel von einer Gondel zu einer Galeere versetzt hat. Besonders aber beobachte die Gerüchte auf dem Rialto. Der Glanz und das Ansehen eines adligen Namens sollen nicht wanken um einiger Jugendverirrungen willen. Aber dieser Fremde – geschwind deine Maske und deinen Mantel – gehe aus dem Hause, als wärst du nur ein Freund, der die müßigen Spielereien dieser Tageszeit mitmacht."

Der Bravo verhüllte sich mit der Gewandtheit, die ihm die lange Übung gab, aber mit einer Ruhe, die sich nicht so leicht aus ihrer Haltung bringen ließ als die des Senators. Dieser sagte nichts weiter, aber ein ungeduldiger Wink seiner Hand bedeutete Jacopo, sich eilig zu entfernen.

Als sich die Tür geschlossen hatte und Signore Gradenigo allein war, sah er noch einmal nach der Uhr, fuhr mit der Hand langsam und nachdenkend über seine Stirn und ging wieder auf und ab. Beinahe eine Stunde dauerte diese Übung ohne äußere Unterbrechung fort. Da ward leise an die Tür geklopft, und nach dem gewöhnlichen Hereinruf erschien ein anderer dicht maskierter Mann, wie denn dies allgemeiner Gebrauch zu jener Zeit in Venedig war. Der Senator schien seinen Gast an der Gestalt zu erkennen und empfing ihn wie einen Erwarteten und mit zierlichem Anstand.

„Der Besuch Don Camillo Monfortes ist mir eine Ehre", sagte er, während dieser Mantel und Maske abstreifte. „Ihr kommt aber so spät, daß ich schon dachte, irgendein Zufall hätte mich des Vergnügens beraubt, Euch zu sehen."

„Ich bitte tausendmal um Entschuldigung, edler Senator, jedoch die Furcht, Euch die kostbare Zeit zu früh zu rauben, hat mich verspätet."

„Pünktlichkeit ist nicht das größte Verdienst der vornehmen Herren in Unteritalien", erwiderte Signore Gradenigo trocken. „Die jungen Leute sind so darauf erpicht zu leben, daß sie darüber die Minuten vergessen, die ihnen entwischen. Wir Alten lassen es uns hauptsächlich angelegen sein, die Versäumnisse der Jugend einzubringen. Wir wollen aber nicht verschwenderischer mit den Augenblicken umgehen, als nötig ist. – Können wir von dem Spanier bessere Ansicht der Sache erwarten?"

„Ich habe nichts versäumt, was irgend auf einen vernünftigen Mann wirken kann, besonders habe ich ihm vorgestellt, welche Vorteile ihm die Achtung des Senats gewähren würde."

„Daran habt Ihr klug getan, Signore, sowohl in Rücksicht auf seine als auf Eure. Der Senat ist denen, die ihm dienen, ein freigebiger Zahlmeister und denen, die dem Staate schaden, ein furchtbarer Feind. Ich hoffe, die Sache wegen der Sukzession ist ihrem Schlusse nahe."

„Ich wünschte, daß man dies sagen könnte. Ich liege dem Tribunal an mit allem erforderlichen Eifer und versäume keine Pflicht persönlicher Aufwartung und Bitte um Verwendung. Es gibt keinen gelehrteren Doktor von Padua als meinen Anwalt, und doch zieht sich die Sache hin wie in einem Schwindsüchtigen das Leben. Wenn ich mich nicht als würdiger Sohn des heiligen Marco in dieser Angelegenheit mit dem Spanier erwiesen habe, so liegt die Schuld an meinem Mangel an Übung in politischen Verhandlungen, ist aber nicht auf meinen Eifer zu schieben."

„Die Waagschalen der Gerechtigkeit müssen sehr gleich abgewogen sein, daß keine weder fallen noch steigen will. Ihr müßt noch ferneren Fleiß anwenden, Don Camillo, und Euch mit großer Behutsamkeit die Gunst der Patrizier gewinnen. Es wird gut sein, durch fernere Dienstleistungen bei dem Gesandten Eure Anhänglichkeit an den Staat kenntlich zu machen. Man weiß, daß Ihr in seiner Achtung steht und daß ihn Eure Ratschläge zu bestimmen vermögen. Es sollte auch einen so wohlgesinnten und hochherzigen jungen Mann der Gedanke zu Anstrengungen befeuern, daß er, dem Vaterlande dienend, die Sache der Menschheit überhaupt fördert."

Von der Richtigkeit der letzteren Bemerkung schien Don Camillo nicht sehr überzeugt zu sein. Indessen verbeugte er sich, des Senators Ansicht höflich zugebend.

„Es ist angenehm, Signore, solche Überzeugung zu haben", sagte er. „Mein Verwandter aus Kastilien ist ein Mann, der Vernunft annimmt, möge sie kommen, woher sie wolle. Er begegnete meinen Argumenten zwar mit einigen Anspielungen auf die abnehmende Macht der Republik, doch bemerkte ich in ihm deshalb nicht eine Verringerung seiner Ehrfurcht vor dem Einflusse eines Staates, der sich solange durch seine Tatkraft ausgezeichnet hat."

„Venedig, Signore Duca, ist nicht mehr das, was die Inselstadt ehedem war, aber ohnmächtig ist sie noch nicht. Die Flügel unsers Löwen sind ein wenig beschnitten, aber noch springt er weit, und seine Zähne sind gefährlich. Wenn der neue Fürst seine herzogliche Krone fest haben will auf seinem Kopfe, wird er wohltun, sich die Anerkennung seines nächsten Nachbarn zu erwerben."

„Das ist einleuchtend, und das wenige, was mein Einfluß bei der Sache vermag, soll nicht unterbleiben. Nun aber möchte ich von Eurer Freundschaft Rat erbitten, was ich für meine eigenen, lange vernachlässigten Rechte tun soll."

„Ihr werdet wohltun, Don Camillo, die Senatoren durch öftere Beobachtung der Höflichkeit, die Ihr ihrem und Euerm Range schuldig seid, an Euch zu erinnern."

„Das vernachlässige ich nie, da es mein Stand und meine Angelegenheit auf gleiche Weise mir zum Gesetz machen."

„Man soll auch die Richter nicht vergessen, junger Mann, denn es ist klug, zu bedenken, daß die Gerechtigkeit ein Ohr für Bitten hat."

„Es kann niemand eifriger diese Pflicht erfüllen als ich, und ich gebe auch allen, denen ich mit meinem Gesuche zur Last fallen muß, die handgreiflichsten Beweise meiner Achtung."

„Besonders eifrig müßt Ihr es Euch aber angelegen sein lassen, die Achtung des Senats zu verdienen. Dieser Körper übersieht keinen dem Staate geleisteten Dienst, und die geringste Tat für dessen Vorteil wird den beiden Ratskollegien kund."

„Könnt ich nur mit diesen ehrwürdigen Vätern zusammenkommen! Ich glaube, die Gerechtigkeit meiner Ansprüche würde bald selber ihr Recht geltend machen."

„Nein, das geht nicht", erwiderte der Senator ernst. „Diese erhabenen Körperschaften halten ihre Sitzungen geheim, damit sich nicht Ihre Majestät, mit gemeinen Interessen zusammentreffend, beflecke. Gleich der unsichtbaren Macht des Geistes über den Leib regieren sie und bilden die Seele des Staates, deren Sitz gleich dem der Vernunft im Menschen allem Scharfsinn verborgen bleibt."

„Ich muß mein Verlangen hier als einen bloßen Wunsch ansehen, nicht als etwas, was ich zu erreichen Aussicht hätte", erwiderte der Herzog von Sant' Agata und hüllte sich wieder in Mantel und Maske, die er beide nicht ganz abgelegt hatte. „Lebt wohl, edler Herr, ich werde nicht aufhören, dem

Kastilianer fleißig Rat zu erteilen. Dafür gebe ich meine Angelegenheit der Gerechtigkeit der Patrizier und Eurer Freundschaft anheim."

Signore Gradenigo geleitete seinen Gast mit Verbeugungen bis in das äußerste Zimmer, wo er ihn der Sorgfalt seines Hauswarts überließ.

„Man muß den Gang des Gesetzes hemmen, um den jungen Mann zu größerer Emsigkeit in dieser Sache zu treiben. Wer die Gunst des heiligen Marco nachsucht, muß sie durch Eifer für sein Bestes verdienen."

Diese Betrachtung machte Signore Gradenigo, langsam nach seinem Gemache zurückgehend, sobald er im äußeren Zimmer von seinem Gaste förmlich Abschied genommen hatte. Er schloß die Tür und fing wieder an, die kleine Stube zu durchmessen, mit dem Schritte und Auge eines Mannes, der sorglich allerhand bedenkt. Nach einem Weilchen tiefer Stille wurde eine Tapetentür vorsichtig geöffnet, und das Gesicht eines anderen Besuchers erschien.

„Nur herein!" sagte der Senator, ohne Überraschung zu verraten. „Die Stunde ist schon vorbei, ich habe auf dich gewartet."

Das herabfließende Kleid, der graue, ehrwürdige Bart, die edel geformten Züge, das schnelle, lauernde Auge und ein Ausdruck von Weltklugheit machten einen Juden vom Rialto kenntlich.

„Nur herein, Hosea, entlaste dein Gewissen", fuhr der Senator im Tone eines gewohnten Verkehres fort. „Gibt es etwas Neues, was das öffentliche Wohl betrifft?"

„Gesegnet ist das Volk, für das ein so väterliches Auge wacht! Kann der Republik, edler Signore, widerfahren Gutes oder Böses, ohne daß der Senat gerührt fühle sein Herz, gleichwie der Vater sorgt um sein Kind. Glücklich ist das Land, wo Männer von ehrwürdigem Alter und grauen Haaren die Nacht zum Tage machen und vergessen alle Müdigkeit, um dem Staate Gutes und Ehre zu bereiten."

„Du liebst die morgendländischen Bilder aus dem Lande deiner Väter, guter Hosea, und vergissest, daß du jetzt nicht auf den Stufen des Tempels wachst. Was hat der Tag Wichtiges gebracht?"

„Sagt lieber die Nacht, Signore! Denn es ist heute nichts Erhebliches vorgefallen, daß Ihr es anhört, außer eine Sache von einiger geringer Bedeutung, die hervorging aus dem Treiben des Abends."

„Sind Stilette auf der Brücke geschäftig gewesen?"

„Es ist niemand verbrecherisch umgekommen. Ich verrichte eben mein Gebet, bevor ich niederlegte mein Haupt, als ein Bote vom Rate mir brachte einen Juwel, um das Wappen zu entziffern und die anderen Symbole des Besitzers. Es ist ein Ring mit den gewöhnlichen Kennzeichen, die eine geheime Anvertrauung begleiten."

„Hast du den Siegelring?" sagte der Senator, die Hand ausstreckend.

„Hier ist er, und es ist ein gutes Steinchen, ein teurer Türkis."

„Wo kommt er her, warum hat man ihn dir geschickt?"

„Er kommt, Signore, wie ich mehr entnehme aus Winken und Andeutungen des Boten als aus seinen Worten, von einem Orte, der jenem gleicht, woraus entkam der gottselige Daniel."

„Du meinst den Löwenrachen?"

„So sagen unsere heiligen Schriften, Signore, in Ansehung des Propheten, und so schien anzudeuten der Bote des Rates in Ansehung des Ringes."

„Hier ist nichts als ein Federbusch und der Ritterhelm – gehört das einem in Venedig?"

„Salomos Weisheit leite das Urteil seines Knechtes in einer so feinen Angelegenheit! Der Juwel ist von rarer Schönheit, wie ihn besitzen können nur solche, die auch sonst haben Gold in Überfluß."

„Aber wem kann das Wappen gehören?"

„Es ist zu betrachten wundervoll, was für ein großer Wert kann liegen in so kleinem Raume. Ich habe vollwichtige, schwere Zechinen sehen bezahlen für Dingelchen, die nicht waren so kostbar wie dieser."

„Wirst du denn deine Bude und deine Handelsleute vom Rialto nun und nimmermehr vergessen? Ich sage dir, du sollst mir den nennen, dessen Familienwappen dieser Ring trägt."

„Edler Signore, ich gehorche. Der Busch gehört der Familie Monforte, aus der gestorben ist der letzte Senator vor etwa fünfzehn Jahren."

„Und seine Juwelen?"

„Die sind gekommen mit andern beweglichen Gütern, davon der Staat keine Notiz nimmt, an seinen Verwandten und Nachfolger – wenn es anders dem Senate beliebt, daß dies alte Geschlecht soll haben einen Nachfolger – an Don Camillo von Sant' Agata. Der reiche Neapolitaner, der jetzt vorbringt hier in Venedig seine Ansprüche, ist der Besitzer des Steins."

„Gib mir den Ring! Man muß die Sache erwägen – hast du sonst noch was zu sagen?“

„Nein, Signore – bloß noch die Bitt, wenn der Juwel sollte werden verkauft, daß er zuerst möchte angeboten werden einem alten Diener der Republik, der zu klagen viel Ursach hat, daß sein Alter nicht bringt soviel Segen wie seine jungen Jahre.“

„Du sollst nicht vergessen werden. Ich höre, Hosea, daß mehrere junge Edelleute die Läden deiner Juden besuchen und Geld borgen, das sie jetzt verschwenden, späterhin aber mit bitterer Reue und Selbstverleugnung und mit Unannehmlichkeiten wiederbezahlen müssen, die für die Erben edler Namen unziemlich sind. Nimm dich in acht in diesem Punkte – denn wenn das Mißfallen des Rates einen von deinem Stamme treffen sollte, so wird es weitläufige und ernstliche Abrechnungen geben. Hast du neuerlich mit anderen Siegelringen zu tun gehabt außer dem des Neapolitaners?“

„Bloß auf dem gewöhnlichen Wege unseres täglichen Geschäfts, sonst nichts von Bedeutung, gnädiger Herr.“

„Betrachte dies“, fuhr Signore Gradenigo fort und gab ihm ein mit einem Wachssiegel versehenes Streifchen Papier, das er aus einem geheimen Schubfache hervorsuchte. „Gibt dir dieser Abdruck vielleicht eine Vermutung über den Eigentümer des Petschafts?“

Der Juwelier nahm das Papier und hielt es gegen das Licht, während sein blitzendes Auge angespannt das darauf befindliche Siegel untersuchte.

„Das wäre über die Weisheit von Davids Sohne“, sagte er nach einer langen und scheinbar fruchtlosen Untersuchung, „hier ist nichts als eine grillenhafte Liebhaberdevise, wie sie zu gebrauchen pflegen lustige Kavaliere in der Stadt, wenn sie das schwächere Geschlecht mit schönen Worten in Versuchung führen und verlockenden Tändeleien.“

„Es ist ein Herz von einem Liebespfeil durchbohrt, mit der Umschrift: pensa al cuore trafitto d'amore.“

„Weiter aber nichts, wenn mich nicht betrügen meine Augen. Ich mein, es ist nicht viel gesagt mit den Worten, Signore!“

„So viel, als darin liegt. Hast du nie einen Edelstein mit dieser Gravierung verkauft?“

„Gerechter Samuel! Wir setzen ab dergleichen alle Tag, an Christen beiderlei Geschlechts, an alt und jung. Ich weiß keine Devise, die besser ginge, woraus ich schließ, daß viel Verkehr getrieben wird mit der Art von leichter Ware."

„Wer das Siegel benutzte, hat wohlgetan, seine Gesinnung unter so allgemeiner Chiffre zu verbergen! Hundert Zechinen aber dem, der den Eigentümer ausfindig macht."

Hosea war eben im Begriff, das Siegel als etwas, wovon er nichts wüßte, zurückzugeben; da gerade entfuhr den Lippen Signore Gradenigos diese Äußerung. Im Augenblicke waren die Augen des Juweliers mit einem Vergrößerungsglas bewaffnet und das Papier wieder bei der Lampe.

„Ich hab einen Karneol verkauft von geringem Wert an die Frau des kaiserlichen Gesandten, worein dasselbe geschnitten war; weil ich aber glaubte, daß sie ihn nahm bloß aus einer wunderlichen Grille, so hab ich nicht gebraucht die Vorsicht, mir zu merken den Stein. Ein Herr im Hause des Legaten von Ravenna handelte mit mir auch um einen Amethyst mit derselben Devise; aber ich hab auch bei dem nicht für nötig gehalten eben besondere Umständlichkeit. Ha! Da ist ein besonderes Kennzeichen, das wahrhaftig zu sein scheint von meiner Hand."

„Findest du ein Merkmal? Was ist es für ein Zeichen, von dem du sprichst?"

„Edler Senator, bloß ein Strichelchen in dem einen Buchstaben, das nicht eben in die Augen fallen würde einem leichtgläubigen Mädchen."

„Und wem hast du dies Siegel verkauft?"

Hosea zauderte, denn er dachte an die Gefahr, seine Belohnung durch eine voreilige Mitteilung der Wahrheit zu verlieren.

„Wenn es wichtig ist, genau das zu wissen, Signore", sagte er, „will ich nachsehen meine Bücher. In einer Sach von Bedeutung soll der Senat nicht werden falsch berichtet."

„Du hast recht. Die Sache ist wichtig, und daß sie uns so erscheint, beweist dir ja die Größe der Belohnung."

„Es fiel da ein Wort von hundert Zechinen, sehr edler Signore; aber mein Herz denkt nicht an solche Nebensachen, wenn es sich handelt um Venedigs Wohl."

„Hundert Stück hab ich dir versprochen."

„Ich hab einen Siegelring verkauft mit ungefähr dieser Zeichnung an ein Frauenzimmer, die bei dem vornehmsten Herrn dient im Gefolge des Nuntio. Aber dies Siegel kann nicht kommen von ihr, da ein Frauenzimmer ihres Standes –“

„Weißt du das gewiß?“ fiel Signore Gradenigo schnell ein. Hosea sah ihn aufmerksam an und las in seinem Gesicht, daß die Auskunft erwünscht war. Geschwind antwortete er: „So gewiß ich stehe unter Moses Gesetz! Das Dingelchen hat mir lang dagelegen, und um nicht ruhen zu lassen mein Geld, gab ich es ihm.“

„Die Zechinen sind dein, vortrefflicher Jude! Jetzt ist die Sache klar über allen Zweifel. Geh, du sollst deine Belohnung haben, und wenn du irgendwas Bemerkenswertes in deinem geheimen Register hast, setze mich schleunigst davon in Kenntnis. Geh nur, guter Hosea, und sei pünktlich wie bisher. Die beständigen Anstrengungen meines Geistes haben mich müde gemacht.“

Der Hebräer empfahl sich, vergnügt über sein Glück, und verschwand durch dieselbe Tür, durch die er eingetreten war.

Es schien, daß Signore Gradenigo heute niemanden mehr zu empfangen hatte. Er untersuchte sorgfältig die Schlösser einiger geheimer Schubfächer in seinem Kabinett, löschte die Lichter aus, verschloß und verriegelte die Türen und entfernte sich. Noch einige Minuten durchschritt er in der äußeren Zimmerreihe eines der Hauptgemächer, bis seine gewöhnliche Stunde zum Schlafengehen erschien. Der Palast wurde nun für diese Nacht geschlossen.

Signore Gradenigo war so gut als andere Menschen mit einem fühlenden Herzen geboren, aber seine Stellung und Erziehung, die nach den Einrichtungen der Republik, wie sie sich nannte, stark gefärbt war, hatten aus ihm ein Geschöpf der herkömmlichen Staatsklugheit gemacht. Venedig schien ihm ein freier Staat zu sein, denn er selbst genoß die Vorteile seiner bürgerlichen Verfassung im Überfluß, und einerseits in den meisten Weltangelegenheiten bewandert und geübt, wurde er, in Hinsicht auf die politische Moral seines Landes, von einer seltenen anschmiegenden Stumpfheit beherrscht. Als Senator stand er in einer Beziehung zum Staat wie der Leiter eines Geldinstituts zu seiner Körperschaft, ein Verwalter allgemeiner Maßregeln ohne persönliche Verantwortlichkeit. Er konnte mit Wärme, auch wohl mit Schärfe über die Grundsätze des Regierens sprechen, und es würde schwer sein, auch in dieser geldnehmenden Zeit einen eifrigeren Anhänger der Meinung zu finden, daß Besitztum nicht eine untergeordnete, sondern eine Hauptangelegenheit des gesitteten Lebens sei. Er konnte mit Fähigkeit über

Charakter, Ehre und Tugend, über Religion und persönliche Freiheit sprechen, aber wenn es galt, für diese Interessen zu handeln, so trieb ihn die Richtung seines Geistes, sie alle mit einer weltlichen Politik zu vermengen, die nicht mindere Schwerkraft hatte als die Körper im freien Falle. Als Venezianer war er der Herrschaft eines einzigen ebensosehr als der Herrschaft aller entgegen. Im Verhältnis zur ersteren Staatsform war er wütender Republikaner, in Beziehung auf die letztere zu jener seltsamen Spitzfindigkeit geneigt, wie sie die Majoritätsverfassung eine Regierung vieler Tyrannen nennt: kurz, er war ein Aristokrat und hatte geschickter und glücklicher als irgend jemand sich selbst überredet, daß alle jene Dogmen, nach denen sein Stand der bevorrechtete war, auf dem Grunde der Wahrheit ruhten. Er war ein gewaltiger Verteidiger angestammter Rechte, denn ihr Besitz brachte ihm Vorteil. Er war überaus lebhaft gegen Neuerungen in Sitten und Gebräuchen und gegen Veränderungen in den geschichtlichen Verhältnissen der Familien, denn an die Stelle seiner Liebe zu Grundsätzen trat Berechnung, und er unterließ nicht, gelegentlich zur Verteidigung seiner Meinungen von den Schickungen der Vorsehung die Analogie zu entnehmen. Mit einer Philosophie, die ihn selber zu befriedigen schien, behauptete er, da Gott absteigende Stufen vom Engel bis zum Menschen in seiner Schöpfung eingesetzt hätte, so wäre es das beste, dem Beispiel zu folgen, das die unendliche Weisheit gäbe. So richtig diese Grundlage seines Systems auch war, so lag doch in der Anwendung der große Irrtum, daß unter dem Titel der Nachahmung die Ordnung der Natur verkehrt wurde.

Siebentes Kapitel

Eben als die geheimen Audienzen im Palaste Gradenigo beendigt waren, verlor auch der St.-Markus-Platz zum Teil seine Lebendigkeit. In den Kaffeehäusern saßen nur noch einzelne Gesellschaften, die Mittel und Lust hatten, kostbareren Vergnügungen zu frönen, während die übrigen, die ihre Gedanken den Sorgen des nächsten Tages zuwenden mußten, scharenweise zu ihren bescheidenen Wohnungen zurückkehrten. Einer jedoch von der letzteren Klasse blieb zurück an der Stelle, wo die beiden Plätze zusammenstießen, bewegungslos, als wären seine nackten Füße mit dem Stein zusammengewachsen, auf dem er stand. Es war Antonio.

Die Stellung des Fischers brachte seine muskulöse Gestalt und seine starren Züge ganz in die Beleuchtung des Mondes. Er heftete seinen dunkeln, kummervollen Blick fest auf die mildglänzende Scheibe, als wollte er in einer andern Welt den Frieden suchen, den er in dieser nicht gefunden hatte. Sein gebräuntes Gesicht trug den Ausdruck des Leidens. Ein tiefer Seufzer kämpfte sich aus der Brust des alten Mannes hervor, dann strich er sich die wenigen Haare, die ihm die Zeit noch gelassen hatte, hob seine Mütze vom Pflaster auf und wollte fortgehen.

„Du bist spät auf, Antonio“, ertönte eine Stimme dicht neben ihm. „Die Fische müssen hoch im Preise stehen, oder du mußt einen guten Fang getan haben, daß du dich bei deinem Gewerbe noch in dieser späten Stunde in der Piazza zu erlustigen Zeit findest. Du hörst, es schlägt eben die fünfte Stunde der Nacht.“

Der Fischer drehte den Kopf nach der Seite hin und blickte den Redenden, der maskiert war, einen Augenblick gleichgültig an, dann antwortete er: „Da du mich kennst, so weißt du wahrscheinlich auch, daß meiner nur eine leere Wohnung wartet. Wenn ich dir so bekannt bin, so ist dir ja wohl auch die Unbill nicht unbekannt geblieben, die mir widerfahren ist.“

„Wer hat dich beleidigt, guter Fischer, daß du selbst unter den Fenstern des Dogen so kühn davon sprichst?“

„Der Staat.“

„Das ist eine dreiste Rede für das Ohr des heiligen Marco! Zu laut gesprochen, könnte sie den Löwen dort zum Zorne reizen. Wessen klagst du denn die Republik an?“

„Führ mich nur hin zu denen, die dich schicken, so will ich ihnen die Mühe eines Unterhändlers ersparen. Ich bin bereit, selbst dem Dogen mein erlittenes Unrecht zu klagen, ein armer Greis wie ich hat von ihrem Zorne wenig mehr zu fürchten.“

„Du glaubst also, ich sei gesendet, dich zu verraten.“

„Du magst deine Sendung am besten kennen.“

Der andere nahm nun die Maske ab, und im Mondlicht erkannte Antonio seinen Gefährten.

„Jacopo!“ rief der Fischer erstaunt. „Ein Mann deines Gewerbes kann mit mir nichts zu schaffen haben.“

Eine Röte, die selbst bei dem schwachen Mondlicht sichtbar war, überflog das Gesicht des Bravo, durch nichts anderes verriet er die Aufwallung seines Gefühls.

„Du irrst dich. Ich habe mit dir zu schaffen."

„Achtet der Senat einen Fischer von den Lagunen der Mühe wert, daß er durch ein Stilett falle? So stoß denn zu", sagte er und blickte auf seine braune, entblößte Brust, „hier ist nichts, das dich hindern könnte."

„Antonio, du tust mir unrecht. Der Senat hat solche Absicht gar nicht. Vielmehr, weil ich gehört habe, daß du Grund zur Unzufriedenheit hast und nun öffentlich auf dem Lido und zwischen den Inseln über Dinge sprichst, die die Patrizier Leuten deines Standes gern aus dem Gesichte rücken, so komm ich als Freund, dich vor den Folgen solcher Unvorsichtigkeit zu warnen, nicht aber, dir Übles zuzufügen."

„Bist du abgeschickt, mir dies zu sagen?"

„Alter Mann, die Erfahrung deiner Jahre sollte dich gelehrt haben, deine Zunge im Zaume zu halten. Was nützen eitle Klagen über die Republik, oder was für Früchte können sie bringen als Unheil für dich und das Kind, das du lieb hast."

„Ich weiß nicht – aber wenn das Herz voll ist, so läuft der Mund über. Sie haben meinen Knaben weggenommen und haben mir wenig gelassen, das Wert für mich hätte. Das Leben, dem sie Gefahr drohen, ist zu kurz, um sich drum zu grämen."

„Du solltest klug sein und deinen Kummer mäßigen. Signore Gradenigo hat sich dir immer freundlich bewiesen, und deine Mutter, hab ich gehört, war seine Amme. Wende dich mit Bitten an ihn, aber höre auf, den Zorn der Republik durch Klagen zu reizen."

Antonio lauschte seinem Gefährten. Als er aber geendigt hatte, schüttelte er traurig das Haupt, als wollte er ausdrücken, daß auch von jener Seite keine Hoffnung mehr für ihn sei.

„Ich hab ihm alles gesagt, was ein Mann, der auf den Lagunen geboren und erzogen ist, zu sagen Worte hat. Er ist ein Senator, Jacopo! Und hat keinen Sinn für Leiden, die er nicht fühlt."

„Ist es nicht unrecht, alter Mann, dem, der im Überfluß geboren ist, Hartherzigkeit vorzuwerfen, bloß weil er das Elend nicht fühlt, das auch du, wenn du könntest, gern von dir wiesest? Du hast deine Gondel und deine Netze und bist gesund und geschickt in deinem Handwerk, und so bist du glücklicher als jeder, der auch das entbehrt. – Willst du etwa dein Gewerbe liegenlassen und deinen kleinen Vorrat mit dem Bettler von San Marco teilen, damit euer Vermögen gleich sei?"

„Du magst recht haben in dem, was du über unsere Arbeit und unsere Hilfsmittel sagst, aber was unsere Kinder betrifft, da ist die Natur dieselbige in allen. Ich sehe nicht ein, warum des Patriziers Sohn frei gehen soll und der Sohn des Fischers bluten. Haben die Senatoren nicht Glücks genug an ihren Reichtümern und an ihrer Hoheit, daß sie mir mein Kind rauben?“

„Du weißt, Antonio, daß der Staat bedient sein will, und wollten die Staatsdiener in den Palästen starke Matrosen für die Flotte suchen, meinst du, sie möchten Leute finden, die dem geflügelten Löwen in der Stunde der Not Ehre machen würden? Dein alter Arm ist muskelfest, und dein Fuß wankt nicht auf dem Wasser, und sie suchen solche, die wie du für Schifferarbeit erzogen sind.“

„Du hättest noch hinzufügen können: Und deine alte Brust hat Narben. Ehe du geboren warst, Jacopo, zog ich gegen die Türken, und mein Blut ward für den Staat verschüttet wie Wasser. Aber das haben sie vergessen und haben reiche Marmorsteine in den Kirchen aufgerichtet, die Taten der Edeln zu rühmen, die doch ohne Wunde aus dem Kriege zurückkehrten.“

„Ich hab auch meinen Vater davon erzählen hören“, versetzte der Bravo düster und mit verändertem Ton der Stimme. „Auch er hat geblutet in jenem Kriege, aber es ist vergessen.“

Der Fischer warf einen Blick umher, und da er mehrere Gruppen auf dem Platze ganz in seiner Nähe sich unterhalten sah, bedeutete er seinem Gefährten, ihm zu folgen, und schritt den Kais zu.

„Dein Vater“, sagte er, während sie langsam nebeneinandergingen, „war mein Kamerad und mein Freund. Ich bin alt, Jacopo, und arm; meine Tage gehen hin mit Arbeit auf den Lagunen und meine Nächte mit Erholung und Stärkung für neues Tagwerk. Aber bekümmert hat es mich zu hören, daß der Sohn eines Mannes, den ich lieb hatte und mit dem ich so oft Gutes und Böses, Wohl und Weh geteilt habe, eine Lebensart ergriffen hat, wie die ist, die du dir erwählt haben sollst. Gold, das für Blut bezahlt wird, hat noch niemals Segen gebracht, weder dem Geber noch dem Empfänger.“

Der Bravo hörte schweigend zu, aber sein Gefährte, der ihm in einem anderen Augenblick und weniger aufgeregt als eben jetzt ausgewichen wäre, bemerkte, indem er ihm traurig ins Gesicht sah, daß sich dessen Muskeln leicht bewegten und daß eine Blässe die Wangen überzog, die das Mondlicht gespenstisch machte.

„Deine Armut hat dich zu schwerer Sünde verführt, Jacopo. Aber es ist nimmer zu spät, die Heiligen um Beistand anzurufen und das Stilett beiseite zu legen! Es dient einem Manne in Venedig nicht zum Ruhm, dein Gefährte zu heißen, aber der Freund deines Vaters wird den nicht verlassen, der seine Sünden bereuet. Wirf den Dolch weg und komm mit mir zu den Lagunen. Du wirst die Arbeit leichter zu tragen finden als die Schuld, und obschon du mir niemals das werden kannst, was mir der Junge war, den sie mir genommen haben – denn er war unschuldig wie ein Lamm! –, so wirst du mir immer der Sohn eines alten Kameraden sein. Komm mit mir zu den Lagunen, denn solche Armut und solch Elend, als ich erdulde, können nicht noch verächtlicher werden, auch nicht dadurch, daß du mein Gesell bist."

„Was sagen denn die Menschen von mir, daß du mich so behandelst?" fragte Jacopo mit leiser, bebender Stimme.

„Ich wollte, sie sagten Unwahrheit! Aber wenige sterben in Venedig eines gewaltsamen Todes, ohne daß man dich nennte."

„Würden sie denn leiden, daß ein so berüchtigter Mensch frei auf den Kanälen und auf dem Markusplatze umhergehe?"

„Wir kennen nie die Gründe, nach denen der Senat handelt. Einige sagen, deine Stunde sei noch nicht gekommen, andere sagen, dein Einfluß sei zu groß in Venedig, um dich zu richten."

„Du hältst von der Tätigkeit der Inquisition nicht mehr als von ihrer Gerechtigkeit. Aber wenn ich heut nacht mit dir gehen wollte, wirst du dich dann mehr mäßigen unter deinen Kameraden vom Lido und von den Inseln?"

„Wenn das Herz beladen ist, so sucht ihm die Zunge Erleichterung zu schaffen. Ich wollte alles tun, um meines Freundes Sohn von seinen schlimmen Wegen abzuwenden, nur nicht meinen eigenen vergessen. Du bist gewohnt, Jacopo, mit den Patriziern zu tun zu haben. Könnte wohl einer in diesen Kleidern und mit einem so sonnverbrannten Gesicht dazu gelangen, mit dem Dogen zu reden?"

„Es fehlt in Venedig nicht an scheinbarer Gerechtigkeit, Antonio, der Mangel liegt in der wirklichen. Ich zweifle nicht, daß du gehört werden würdest."

„So will ich hier warten auf den Steinen des Platzes, bis der morgende Prachtzug kommt, und sein Herz zur Gerechtigkeit zu bewegen suchen. Er ist ein Greis wie ich und hat auch geblutet für das Vaterland, und was noch mehr ist, er ist Vater."

„Das ist auch Signore Gradenigo."

„Du zweifelst an des Dogen Mitgefühl?“

„Du kannst es ja versuchen. Der Doge von Venedig wird das Gesuch des geringsten Bürgers anhören. Ich denke“, setzte Jacopo so leise als möglich hinzu, „er würde selbst mir Gehör geben.“

„Zwar bin ich nicht imstande, meine Bitte in geziemenden Reden einem so großen Fürsten vorzustellen, aber er wird die Wahrheit von einem gekränkten Manne hören. Sie nennen ihn den vom Staat Erwählten, nun, so sollte er auch mit Freuden der gerechten Sache ein Ohr leihen. Dies ist ein hartes Bett, Jacopo“, fuhr der Fischer fort, indem er sich auf das Fußgestell der Bildsäule San Teodoros setzte, „ich habe aber schon auf kälterer und ebenso harter Lagerstätte gelegen um geringerer Ursache willen und trefflich geschlafen.“

Der Bravo stand noch einen Augenblick neben dem alten Mann, der seine Arme über der dem Seewind offenen Brust verschränkte und sich anschickte, auf dem Platze Nachtruhe zu halten, wie dies unter Leuten seines Standes nicht ungebräuchlich war; als er aber bemerkte, daß Antonio ungestört zu sein wünschte, machte er sich auf und ließ den Fischer allein.

Die Nacht war ziemlich vorgerückt, und nur wenige Leute streiften noch auf den beiden Plätzen umher; Jacopo schaute sich um, und bemerkend, wie spät es sei und daß der Platz fast menschenleer war, ging er an den Rand des Kais. Hier lagen wie gewöhnlich die Boote der öffentlichen Gondolieri vor Anker, und über der ganzen Bucht herrschte eine tiefe Stille. Der Bravo hielt an, warf noch einen vorsichtigen Blick umher, legte seine Maske vor, machte ein Boot von seinen leichten Banden los und glitt im Augenblick mitten in das Bassin hinein.

„Wer da?“ fragte jemand, der, wie es schien, auf einer etwas abseits liegenden Feluke Wache hielt.

„Ein Erwarteter!“ war die Antwort.

„Roderigo?“

„Derselbe.“

„Du kommst spät“, sagte der Seemann von Kalabrien, als Jacopo auf dem niedrigen Deck der „Bella Sorrentina“ stand. „Mein Volk ist längst unten, und ich hab schon dreimal von Schiffbruch und zweimal von schwerem Schirokko geträumt, seit ich dich erwarte.“

„So hast du mehr Zeit gehabt, den Zoll zu betrügen. Ist die Feluke fertig zur Arbeit?“

„Was den Zoll betrifft, so ist wenig zu lukrieren in solch einer gierigen Stadt. Die Senatoren nehmen allen Profit für sich und ihre Freunde, und wir armen Schiffsleute haben niedrige Fracht und schlechten Gewinn. Ich hab ein Dutzend Fässer Lacrimae Christi die Kanäle raufgeschickt, seit die Masken umherstreiften, außer dem hat sich nichts dargeboten. Dich zu stärken ist aber zur Not noch genug da. Willst du trinken?"

„Ich habe der Nüchternheit Treue gelobt. Ist dein Fahrzeug zu dem Geschäft bereit wie gewöhnlich?"

„Ist der Senat ebenso bereit mit seinem Gelde? Dies ist meine vierte Reise in seinem Dienste, und sie dürfen nur in ihre eigenen Geheimnisse gucken, so werden sie wissen, wie ich ihr Geschäft ausgeführt habe."

„Sie sind zufrieden, und man hat dich gut bezahlt."

„Sag es nicht. Ich habe durch eine glückliche Verladung in Früchten von den Inseln mehr Gold verdient als bei all ihrer nächtlichen Arbeit. Wenn die, die mich brauchten, der Feluke erlauben wollten, einigen Privathandel im Hafen zu treiben, so könnte Vorteil bei der Sache sein."

„San Marco bestraft nichts schwerer als die Umgehung seiner Zölle. Nimm dich in acht mit deinen Weinen, daß du nicht Schiff und Reise und auch selbst deine Freiheit verlierst."

„Das ist es gerade, worüber ich mich beschwere, Signore Roderigo. Schurke und Nichtschurke, das ist der Wahlspruch der Republik. Hier sind sie so streng gerecht wie ein Vater unter seinen Kindern, dort haben sie wieder Geschäfte, die mitten in der Nacht getan werden müssen. Ich liebe den Wiederspruch nicht, denn gerade wenn meine Hoffnungen ein wenig gestiegen sind durch das, was ich vielleicht ein bißchen zu nahe gesehen habe, werden sie in alle Winde gejagt von einem solchen Blitzblick, wie ihn nur der heilige Januarius selbst auf einen Sünder werfen mag."

„Bedenke, daß du nicht in deinem weiten Mittelmeere bist, sondern auf einem Kanal von Venedig. Diese Sprache möchte dir nicht wohl bekommen, wenn sie minder freundliche Ohren vernähmen."

„Ich dank dir für deinen guten Rat, aber der alte Palast dort ist schon eine gute Warnung für lose Zungen, wie ein Galgen an der Küste für einen Piraten. Ich hab um die Zeit, da die Masken hereinkamen, mit einem alten Kameraden auf der Piazetta gesprochen, und wir schwatzten über dieselbe Sache. Der hat mir erzählt, daß jeder zweite Mann in Venedig bezahlt ist, zu hinterbringen, was der erste redet und tut. 's ist ein Jammer, guter Roderigo, daß der Senat mit all seiner scheinbaren Liebe zur Gerechtigkeit so manche Schurken frei umhergehen läßt, Menschen, deren Anblick die Steine erröten macht in Scham und Verdruß."

„Es ist mir nicht bewußt, daß man solche Leute öffentlich in Venedig sieht. Was heimlich geschieht, mag eine Zeitlang geduldet werden, weil sich den Tätern vielleicht nichts beweisen läßt, aber –"

„Cospetto! Man sagt mir, der Senat habe eine schnelle Manier, einem Sünder das Unrechttun zu verbieten. Da, da ist der gottlose Jacopo – was fehlt dir, Mann? Der Anker, auf den du dich lehnst, ist doch nicht glühend."

„Er ist aber auch nicht von Flaum. Nichts für ungut, daß einem die Knochen können weh tun, wenn man sich auf dies harte Eisen lehnt."

„Das Eisen ist von Elba – ist in einem Vulkan geschmiedet. Der Jacopo ist ein Mensch, den sie in einer rechtschaffenen Stadt nicht sollten frei umhergehen lassen, und doch sieht man ihn so gelassen auf dem Platze spazieren wie einen Edeln im Broglio."

„Daß du von der verwegensten Faust und dem sichersten Stilett in Venedig nichts weißt, ehrlicher Roderigo, gereicht dir zur Ehre. Aber wir vom Hafen, wir kennen ihn gut, und wenn wir ihn sehen, dann fallen uns unsere Sünden ein und die Bußen, die wir versäumt haben. Ich wundere mich sehr, daß ihn die Inquisitoren nicht bei irgendeiner öffentlichen Feierlichkeit dem Teufel überliefern, zum Besten der kleineren Sünder."

„Sind seine Verbrechen so erwiesen, daß sie ihn ohne Beweis verurteilen dürften?"

„Frag nur auf den Straßen. Es kommt keine Christenseele in Venedig unverhofft ums Leben, was doch nicht selten geschieht, ohne daß die Leute einen Stoß von seiner zuverlässigen Hand vermuteten. Signore Roderigo, Eure Kanäle sind bequeme Gräber für plötzlich Gestorbene!"

„Mich dünkt, du sprichst ungereimt. Erst sagst du von Spuren einer Erdolchung, und dann sagst du wieder, die Kanäle dienten dazu, den ganzen Leichnam zu verbergen. Es wird dem Jacopo gewiß unrecht getan, und es ist vielleicht alles bloße Verleumdung."

„Man spricht wohl bei einem Priester von Verleumdung, denn das sind Christen, die ihren Namen reinhalten müssen, zur Ehre der Kirche; aber von Unrecht gegen einen Bravo zu reden ist mehr, als die Zunge eines Advokaten durchsetzen kann. Wenn die Hand mit Blut gefärbt ist, was tut es, ob die Schattierung ein wenig dunkler ist oder nicht."

„Du hast recht“, erwiderte der vorgebliche Roderigo und holte tief Atem. „Es tut nichts, ob einer um vieler oder weniger Verbrechen willen verurteilt wird.“

„Weißt du, Freund Roderigo, dieser Gedanke hat mich weniger bedenklich gemacht in Hinsicht auf die Ladung, die ich bei diesem unserem geheimen Handel führe. Du bist ja im Dienste des Senates, werter Stefano, sag ich zu mir selber, drum ist keine Ursache, Umstände zu machen wegen der Art und Ware. Dieser Jacopo hat ein Auge, einen Blick, die ihn verraten würden, und säße er auf St. Peters Stuhle. Aber nimm doch die Maske ab, Signore Roderigo, und laß dir die Seeluft das Gesicht kühlen, 's ist Zeit, daß dieses argwöhnische Wesen zwischen alten und geprüften Freunden ein Ende nehme.“

„Wenn mir's nicht meine Verpflichtung gegen die verböte, die mich schicken, wollte ich dir gern von Gesicht zu Gesicht gegenüberstehen, Meister Stefano.“

„Schön! Trotz deiner Vorsicht, schlauer Herr, wollt ich von den Zechinen, die du mir bezahlen sollst, zehn Stück verwetten, daß ich morgen früh unter die Haufen des Markusplatzes gehen will und dich öffentlich bei Namen anrufen, unter Tausenden. Du kannst dich dreist demaskieren, denn ich sage dir, ich kenne dich so gut wie die Lateinsegelstange meiner Feluke.“

„Um so weniger brauche ich die Maske abzunehmen. Es gibt freilich gewisse Zeichen, an denen sich Leute wiedererkennen mögen, die so oft miteinander zu tun haben.“

„Du hast eine schmucke Gesichtsbildung, Signore, und brauchst sie nicht zu verstecken. Ich hab dich wohl erkannt unter den Herumzüglern, und du hast dich unbemerkt geglaubt. Und ich will dir so viel von dir selber erzählen, ohne dadurch einen Deut bei unserem Handel verdienen zu wollen, ein so schmucker Kerl wie du, Signore Roderigo, sollte lieber offen gehen, als sich hinter so einer Wolke zu verstecken.“

„Ich hab dir geantwortet. Dem Befehl des Staates muß Folge geleistet werden, aber da ich sehe, daß du mich kennst, so nimm dich in acht, es weiterzuplaudern.“

„Du bist bei deinem Beichtvater nicht sicherer, Diamine! Ich bin nicht der Mann, unter den Wasserhändlern herumzuscharwenzeln mit einem Geheimnis im Maule. Aber du lugtest seitwärts, als ich dir zuwinkte auf dem Kai beim Tanze mit den Masken. Nicht so, Roderigo?“

„Du bist geschickter, Meister Stefano, als ich gedacht hätte, abgerechnet deine Gewandtheit im Seefahren, die bekannt genug ist.“

„Es gibt zwei Dinge, Signore Roderigo, auf die ich stolz bin. Als Küstenfahrer gibt es wenige, die es mir gleichtun unter allerlei Winden, Schirokko, Levantwind und Westwind. Und zweitens, wenn es gilt, einen Bekannten auf der Maskerade zu erkennen, da will ich dir des Teufels Bockfuß sicherlich herausfinden, unter welche Verkleidung er sich stecke.“

„Das sind allerdings große Gaben für einen Mann, der von der See und einem gefährlichen Handel lebt.“

„Da kam ein gewisser Gino, Don Camillo Monfortes Gondoliere, ein alter Kamerad von mir, an Bord der Feluke und brachte ein maskiertes Frauenzimmer mit. Er hat das Mädel geschickt genug hier ausgesetzt, unter Fremden dachte er, aber ich hab sie auf den ersten Blick für die Tochter eines Weinhändlers erkannt, der schon von meinem Lacrimae Christi geschmeckt hat. Das Frauenzimmer war ärgerlich über den Streich, aber wir benützten die Gelegenheit und wurden einig über die paar Fässer, die unter dem Ballast lagen, während Gino auf dem Markusplatz ein Geschäft für seinen Herrn besorgte.“

„Was das für ein Geschäft war, hast du nicht erfahren, guter Stefane?“

„Was sollt ich, Meister Roderigo, der Gondoliere gönnte sich kaum Zeit zum Gruß, aber Annina –“

„Annina?“

„Jawohl. Du kennst Annina, des alten Tommaso Tochter; sie tanzte ja in derselben Reihe, in der ich deine Gestalt erblickte. Ich würde nicht so von dem Mädchen sprechen, wenn ich nicht wüßte, daß du selber der letzte nicht bist, der unverzolltes Getränk annimmt.“

„Was das betrifft, sei ohne Furcht. Ich hab dir geschworen, daß kein Geheimnis dieser Art über meine Lippen kommen soll. Aber diese Annina ist eine lebendige und kühne Dirne.“

„Unter uns, Signore Roderigo, es ist nicht leicht hier in Venedig zu sagen, wer im Solde des Senats steht und wer nicht. Ich hab mir oft eingebildet, nach deinen Manieren und dem Ton deiner Stimme zu urteilen, daß du der Galeerengeneral selber unter Verkleidung bist.“

„Und dies mit deiner Menschenkenntnis?“

„Wenn der Glaube niemals gegen Zweifel zu kämpfen hätte, so gälte er für kein Verdienst mehr.“

„Ich glaub's wohl. Aber wer ist der Gino, von dem du gesprochen hast, und was hat sein Gewerbe als Gondoliere mit einer deiner Jugendbekanntschaften in Kalabrien zu tun?“

„Es sind Sachen dabei, von denen ich nichts weiß. Sein Herr, und ich kann auch sagen, mein Herr, denn ich bin auf seinen Gütern geboren, ist der junge Herzog von Sant' Agata – derselbe, der beim Senate Ansprüche macht auf die Reichtümer und Ehrenstellen des letzten Monforte, der im Rate saß. Die Rechtssache dauerte schon so lange, daß aus dem Burschen ein Gondoliere geworden ist, denn er hat immer hin und her rudern müssen zwischen dem Palast seines Herrn und den Palästen der Edeln, denen jener sein Anliegen vorzubringen hat – wenigstens erzählt Gino seine eigene Geschichte so.“

„Ich kenne den Mann. Er trägt die Farben seines Herrn. Hat er Verstand?“

„Signore Roderigo, nicht alle, die aus Kalabrien kommen, können sich dieses Vorzugs rühmen. Gino führt sein Ruder geschickt genug und ist ein so guter Junge nach seiner Art, als not ist. Aber ein bißchen tiefer zu sehen als bloß obenauf, nu! Gino ist ein Gondoliere.“

„Und geschickt in seinem Fach?“

„Von seinem Arm und Bein sag ich nichts, die mögen beide gut genug an ihrem Flecke sein. Aber wenn es auf Kenntnis von Menschen und Sachen ankommt – da ist der arme Gino bloß ein Gondoliere. Der Bursche ist außerordentlich gutmütig und nicht faul, einem Freunde zu dienen. Ich bin ihm gut, aber ich kann doch nicht mehr von ihm sagen, als wahr ist.“

„Gut, halt deine Feluke in Bereitschaft, denn wir wissen nicht, wie schnell sie gebraucht werden wird.“

„Bring nur deine Fracht, Signore! Der Handel soll gleich abgemacht sein.“

„Leb wohl – ich wollt dir empfehlen, dich aller anderen Geschäfte zu enthalten und aufzupassen, daß deine Leute nicht im Saus und Braus des morgenden Tages die nötige Nüchternheit verlieren.“

„Gott geleit dich, Signore Roderigo. – Es soll an nichts fehlen.“

Der Bravo sprang in seine Gondel, und diese flog mit einer Schnelligkeit dahin, daß man sah, welch ein geübter Arm das Ruder regierte. Er winkte mit der Hand noch ein Lebewohl, und das Boot verschwand unter den Schiffen, die den Hafen erfüllten.

Achtes Kapitel

Ein schönerer Tag, als dieser Nacht folgte, war noch selten heraufgekommen über die mächtigen Dome, über die prächtigen Paläste und schimmernden Kanäle Venedigs. Die Sonne stand noch nicht hoch über dem Horizont des Lido, als Hörner und Trompeten vom Markusplatze ertönten. Wie ein starkes Echo antworteten andere vom Arsenal. Tausend Gondeln glitten aus den Kanälen hervor und durchkreuzten in allen Richtungen den Hafen, die Giudecca und die verschiedenen Außenkanäle.

Die Bürger fingen an sich zu versammeln in ihrem Sonntagsputz, und zahllose Contadini landeten an den verschiedenen Brücken in der muntern Tracht des Festlandes. Der Tag war noch nicht weit vorgerückt, als alle Zugänge zum Markusplatz voll Gedränge waren, und während das Glockengeläute der ehrwürdigen Kathedrale freudige Klänge erschallen ließ, wimmelte der Platz von einer frohen Menge. Kurz, man sah Venedig und sein Volk in alter Heiterkeit eines italienischen Lieblingsfestes, der Ausfahrt des Dogen mit dem Buzentauren und die Zeremonie seiner symbolischen Vermählung mit dem Meer.

Inzwischen begannen reich verzierte und vergoldete Gondeln sich zu Hunderten im Hafen zu versammeln. Die Schiffe kamen sämtlich in Bewegung, und eine breite Straße ward eröffnet vom Kai, am Ende der Piazetta, bis zu dem entfernten Damm, der den Fluten des Adriatischen Meeres wehrt.

Sowie der Tag zunahm, vergrößerte sich die Volksmenge; die weiten Ebenen Paduas schienen alle ihre Bewohner herzugeben, um die Zahl der Fröhlichen zu vermehren. Dann kamen die reichen Fahrzeuge der fremden Gesandten, und dann unter dem Klang der Klarinetten und dem Geschrei des Volkes ruderte der Buzentaur aus dem Kanal des Zeughauses hervor und schwebte seinem Standorte am Kai des Markusplatzes zu.

Nach diesen Präliminarien, die einige Stunden währten, sah man die Pikenträger des Staatsoberhauptes eine Gasse im Gedränge eröffnen. Darauf verkündigten die Harmonien vieler Instrumente die Ankunft des Dogen.

Da drängte sich durch die Wachen ein Mann mit gebräuntem Gesicht, mit bis ans Knie nackten Beinen und offener Brust und warf sich auf den Steinen des Kais dem Dogen zu Füßen.

„Gerechtigkeit – großer Fürst!“ schrie der kühne Fremde. „Gerechtigkeit und Gnade! Höre einen Untertan, der für San Marco geblutet und der seine Narben zu Zeugen hat.“

„Gerechtigkeit und Gnade sind nicht immer Gefährten!“ bemerkte ruhig der Mann, der die gehörnte Mütze trug, und bedeutete seinem Gefolge, den Eingedrungenen nicht zu verscheuchen.

„Mächtiger Fürst, ich komm, um Gnade zu bitten.“

„Wer bist du, und was treibst du?“

„Ein Fischer von den Lagunen, ich heiße Antonio und bitte um Freiheit für die Stütze meines Alters – einen prächtigen Knaben, den mir die Politik des Staates gewaltsam entrissen hat.“

„Das sollte nicht sein. Gewalt ist nicht eine Eigenschaft der Gerechtigkeit – aber der junge Mensch hat wohl die Gesetze verletzt und büßt sein Verbrechen?“

„Seine Schuld, großer und erhabener Gebieter, ist Jugend, Gesundheit und Kraft und einige Geschicklichkeit im Schifferhandwerk. Ohne seine Zustimmung haben sie ihn hinweggeführt zum Galeerendienst, und ich bin allein in meinem Alter.“

Der teilnehmende Ausdruck, der sich über die Züge des Fürsten ergossen hatte, verwandelte sich augenblicklich. Das Auge, das noch eben von Mitgefühl erglänzte, wurde kalt und der Blick entschlossen, und indem er seinen Wachen winkte, verbeugte er sich mit Würde gegen die fremden Gesandten, die aufmerksam und neugierig umherstanden, zum Zeichen, daß er aufbrechen wolle.

„Schafft ihn hinweg!“ rief ein Offizier, der des Dogen Blick verstanden hatte. „Die Feierlichkeiten sollen um solch ein müßiges Gesuch nicht verzögert werden.“

Antonio widerstand nicht, sondern von denen gedrängt, die ihn umringten, wich er bescheiden zurück unter die Menge. In wenigen Augenblicken war die durch diese kurze Szene hervorgebrachte Unterbrechung vergessen.

Als der Fürst mit seinem Gefolge Platz genommen und sich ein Admiral an das Steuerruder gestellt hatte, bewegte sich das große prächtige Schiff mit seinen vergoldeten Galerien, ganz erfüllt von Menschen, schwer und gewaltig vom Kai hinweg. Seine Abfahrt wurde wieder von einer Fanfare der Trompeten und Klarinetten und vom Jauchzen des Volkes begleitet. Die Haufen drängten sich nun an den Rand des Wassers, und als der Buzentaur etwa die Mitte des Hafens erreicht hatte, war die Flut schwarz von den Gondeln, die sich anschlossen.

Der Buzentaur machte endlich halt, ein Raum um ihn her wurde von allen Barken frei gemacht, und der Doge trat auf eine Galerie, die so hoch war, daß ihn jeder sehen konnte. Er erhob einen von Edelsteinen glänzenden Ring, und nachdem er die Trauungsworte gesprochen hatte, senkte er diesen ins Meer, in den Schoß seiner vermeintlichen Gemahlin. Beifallsgeschrei erhob sich, Trompeten schmetterten, und jede Dame wehte mit ihrem Schnupftuche, die freudige Verbindung zu beglückwünschen. Mitten unter dem Lärm, den besonders der Kanonendonner vom Bord der Kreuzer im Kanal und vom Geschütze des Zeughauses vergrößerte, glitt ein einzelnes Boot in den unter der Galerie des Buzentauren gelassenen offenen Raum. Die leichte Gondel regierte ein geschickter und noch kräftiger Arm, obgleich das Haar des Ruderers spärlich und grau war. Ein flehender Blick traf die freudeglänzenden Gesichter im Gefolge des Fürsten; darauf wandte sich das Auge aufmerksam dem Wasser zu. Eine kleine Fischerboje fiel aus dem Boote, das so schnell verschwand, daß unter dem Leben und Getümmel des Augenblicks die ganze Erscheinung von der aufgeregten Masse kaum wahrgenommen wurde.

Die Prozession schiffte nun wieder der Stadt zu. Das Volk erfüllte die Luft mit Freudengeschrei über die glückliche Beendigung einer Zeremonie, der ihr Alter und die Sanktion des Papstes eine Art Heiligkeit gegeben hatte, die noch durch Aberglauben vermehrt ward. Einigen freilich von den Venezianern selber war die berühmte Vermählung mit dem Adriatischen Meere ganz gleichgültig, und manche Gesandte der bedeutenden nördlichen Seemächte, die der Feierlichkeit beiwohnten, bargen kaum ihr Lächeln. Aber der Einfluß der Gewohnheit, weil sich auch selbst Anmaßung, wenn sie lange und mit Ausdauer behauptet wird, unter den Menschen in Geltung setzt, war noch so mächtig, daß weder die zunehmende Ohnmacht Venedigs noch das bekannte Übergewicht anderer Mächte auf dem Elemente, das durch dieses Prunkfest als Besitz des heiligen Markus zur Schau gestellt ward, die Ansprüche Venedigs so lächerlich machte, als sie verdient hätten.

Der Buzentaur kehrte nicht geradewegs zum Kai zurück, um seine schwere und würdereiche Last abzusetzen; sondern mitten im Hafen warf das verzierte Schiff Anker, der weiten Mündung des großen Kanals gegenüber. Hier waren Beamte seit dem frühen Morgen geschäftig gewesen, alle großen Fahrzeuge und schweren Boote, deren Hunderte im Hauptkanal der Stadt lagen, aus der Mitte der Straße hinwegzuräumen. Jetzt luden Herolde die Bürger ein, der Regatta beizuwohnen, die die öffentlichen Feierlichkeiten des Tages beschließen sollte.

Venedig ist in dieser Art von Kampfspiel durch die eigentümliche Geübtheit und zahllose Menge seiner Bootsleute seit alter Zeit berühmt gewesen. Sobald der Buzentaur seinen Stand eingenommen hatte, wurden einige dreißig bis vierzig Gondolieri, aufs beste geputzt, im Kreise vieler besorgter Freunde und Verwandten vorgeführt. Man erwartete, daß sie den altbegründeten Ruhm ihrer verschiedenen Familien aufrechterhalten würden, und rief ihnen die Belohnungen des Sieges in das Gedächtnis, sie stärkten sich durch Gebete zu den Heiligen; endlich wurden sie unter dem Zurufe und den Segenswünschen der Menge entlassen, um ihre bestimmten Plätze dicht an dem Spiegel des Prunkschiffes einzunehmen.

Venedig wird durch seinen breitesten Kanal in zwei beinahe gleiche Massen geteilt. Dieser heißt Canale Grande (großer Kanal) wegen seiner Breite und Tiefe und wegen seiner größeren Wichtigkeit für die Stadt. Auf diesem Kanal sollte die Regatta vor sich gehen, weil er hinreichend lang und geräumig war und weil die Paläste der angesehensten Senatoren, die seine Ufer säumten, den Zuschauern des Kampfes die meiste Bequemlichkeit darboten.

Die Bewerber nahmen ihre Plätze ein. Die Gondeln waren bei weitem größer als die gemeinhin üblichen, und eine jede war mit drei Bootsleuten bemannt und wurde von einem vierten gelenkt, der auf dem kleinen Verdeck des Hinterteiles am Ruder stand und steuernd zugleich das Boot beschleunigen half. An den Seiten waren kleine Stäbe mit Flaggen aufgesteckt, die mit den Farben verschiedener edeln Familien der Republik oder mit andern einfachen Devisen nach der Erfindungsgabe ihrer Besitzer geziert waren. Einige Schwenkungen mit den Rudern wurden gemacht; die Boote tanzten, so wie die Rennpferde zu kurbettieren pflegen, und als zum Signale eine Kanone gelöst wurde, flogen die Gondeln wie von selbst bewegt dahin. Ihrem Laufe folgte ein Zurufen den Kanal entlang, und eine eilfertige Bewegung der Köpfe ging schnell von Balkon zu Balkon.

Einige Minuten lang war der Unterschied der Kraft und Geschicklichkeit nicht sehr merklich. Keine von den zehn Gondeln zeigte sich im Vorteile. Nun aber, als die überwiegende Kunst des Steuermannes oder die größere Ausdauer der Rudernden oder ein verborgener Vorzug des Bootes selber hier und da wirksam zu werden anfing, teilte sich allmählich der Haufen der Fahrzeuge. Der ganze Zug schoß unter der Rialtobrücke durch, so nah einer dem andern, daß der Sieg noch zweifelhaft war, und nun kam die wetteifernde Reihe dem Gesichtskreise der vornehmsten Personen des Staates auf dem Buzentaur näher.

Die Schwächeren fingen an nachzulassen, der Zug verlängerte sich, nach und nach wurden die Entfernungen zwischen den einzelnen Booten größer, während die Entfernung vom Ziel geringer wurde; endlich schossen drei Boote wie fliegende Pfeile, kaum eine Bootslänge auseinander, unter das Vorderteil des Buzentauren. Der Preis war gewonnen, die Sieger erhielten ihre Belohnung, und die Artillerie tat ihre üblichen Freudenschüsse.

Ein Herold verkündigte, daß ein neuer Wettkampf anderer Art beginne. Dieser, der ein Nationalrennen heißen könnte, stand nach altem Herkommen nur den anerkannten Gondolieri Venedigs offen. Der Preis war vom Staate festgesetzt, und das Ganze hatte einen förmlichen, fast politischen Charakter. Es wurde indessen bekanntgemacht, daß ein Wettlauf stattfinden sollte, an dem ein jeder teilnehmen dürfte, ohne Rücksicht auf Rang und Stand. Ein goldenes Ruder, das an einer Kette von demselben kostbaren Metalle hing, ward als das Geschenk des Dogen für den vorgezeigt, der die meiste Geschicklichkeit und Kraft entwickeln würde. Der zweite Preis war ein ähnlicher Zierat von Silber und der dritte ein kleines Boot von geringerem Metall. Die Fahrt sollte in den gewöhnlichen leichten Fahrzeugen der Kanäle ausgeführt werden, und da es galt, jene der Inselstadt eigentümliche Kunst zu zeigen, so durfte nur ein Ruderer die Gondel regieren, dem also das Forttreiben und Lenken des Fahrzeugs zugleich oblag. Alle, die sich anzuschließen wünschten, erhielten die Weisung, sich nach dem Spiegel des Buzentauren binnen einer festgesetzten ganz kurzen Frist zu begeben, damit ihr Wunsch vorgemerkt würde. Da diese Anzeige schon früher bekanntgemacht worden war, so verging nicht viel Zeit zwischen den beiden Wettkämpfen.

Aus der Schar von Booten, die den für die Bewerber offengelassenen Platz umringten, fuhr zuerst ein öffentlicher Gondoliere hervor, der wegen seines geschickten Ruders und wegen seines Gesanges auf den Kanälen berühmt war.

„Wie heißest du, und welchem Namen vertrauest du dein Glück an?“ fragte ihn der Herold.

„Bartolomeo heiß ich, wie alle wissen, und befinde mich stets zwischen der Piazetta und dem Lido. Als ein ergebener Venezianer vertraue ich auf San Teodoro.“

„So bist du wohlbeschützt. Nimm deinen Platz ein und erwarte dein Glück.“

Voll Selbstbewußtsein schlug der Gondoliere das Wasser mit einer Rückbewegung seines Ruders, und die leichte Barke flog mitten in den leeren Raum hinein.

„Und wer bist du?“ fragte der Beamte den nächsten.

„Enrico, Gondoliere von Fusina. Ich komme, um es mit den Prahlhänsen der Kanäle durch mein Ruder aufzunehmen.“

„Auf wen setzest du dein Vertrauen?“

„Auf Sant' Antonio di Padua.“

„Du wirst seine Hilfe nötig haben, wir loben aber deinen Mut. Fahre hinein und nimm Platz.“

„Und wer bist du?“ fuhr er, zu einem dritten gewendet fort, als der zweite die kunstreiche Leichtigkeit dem ersten nachgetan hatte.

„Ich bin Gino von Kalabrien, Gondoliere in Privatdiensten.“

„Welchem Edeln dienest du?“

„Dem erhabenen und vortrefflichen Don Camillo Monforte, Herzog und Herr von Sant' Agata in Napoli und der seinem Recht nach Senator von Venedig ist.“

Unter den Senatoren war eine Bewegung bei Ginos Antwort entstanden, und der halb erschreckte Bursche glaubte saure Blicke auf manchen Gesichtern wahrzunehmen. Er schaute sich nach dem um, den er gepriesen hatte, als solle ihm der zu Hilfe kommen.

„Willst du deinen Schutzpatron in diesem großen Wettkampfe nicht nennen?“ hob der Herold wieder an.

„Mein Gebieter“, sagte der bestürzte Gino, „und St. Januarius und St. Markus.“

„Du bist wohlbeschützt. Sollten dir die beiden letzteren fehlen, so kannst du auf den ersten doch mit Sicherheit zählen.“

„Signore Monforte hat einen berühmten Namen und ist uns willkommen bei unsern Spielen in Venedig“, bemerkte der Doge, sich leicht verbeugend gegen den jungen kalabrischen Edeln, der ganz in seiner Nähe aus einer Prunkgondel dem Schauspiel mit großer Teilnahme zusah. Er dankte dem Dogen mit einer tiefen Verbeugung dafür, daß er die Spöttereien des Beamten unterbrochen hatte, und das Geschäft ging seinen Gang fort.

„Begib dich an deinen Platz, Gino von Kalabrien, und das Glück geleite dich“, sagte der Beamte, und sich dem nächsten Bewerber zuwendend, sagte er verwundert: „Weshalb kommst du hierher?“

„Um die Schnelligkeit meiner Gondel zu versuchen."

„Du bist alt und diesem Kampfe nicht mehr gewachsen. Spare deine Kraft für dein Tagewerk. Ein übel angebrachter Ehrgeiz hat dich zu diesem nutzlosen Unternehmen bewogen."

Der neue Bewerber hatte ein gemeines Fischerboot von gutem Bau und hinlänglicher Leichtigkeit, aber abgenutzt durch den täglichen Gebrauch, unter die Galerie des Buzentauren gebracht. Er nahm den Vorwurf demütig hin und war schon im Begriff, sein Boot mit trauriger, gekränkter Miene umzuwenden, als ein Zeichen des Dogen ihn zurückhielt.

„Frage ihn wie gewöhnlich", sagte der Fürst.

„Wie heißest du?" fuhr der Beamte widerstrebend fort.

„Ich bin Antonio, ein Fischer von den Lagunen."

„Du bist alt."

„Signore, das weiß niemand besser als ich, denn es sind sechzig Sommer, seitdem ich zum ersten Male Netz oder Schnur in das Wasser warf."

„Du bist auch nicht so gekleidet, wie sich's bei einer Regatta vor dem Adel Venedigs geziemt."

„So gut, als ich's habe. Mögen die sich, die den Edeln mehr Ehre machen wollen, besser kleiden."

„Der Kampf steht allen offen", sagte der Doge. „Doch würde ich dem armen, alten Mann empfehlen, Rat anzunehmen. Man gebe ihm Geld, denn gewiß treibt ihn die Not zu diesem hoffnungslosen Versuch."

„Du hörst es, Almosen wird dir geboten. Mache nur denen Platz, die zum Spiele tüchtiger und besser angetan sind."

„Der Kampf, sagten sie, stehe allen offen, und ich bitte die Edeln um Verzeihung, weil ich nicht gemeint habe, ihnen Unehre zu machen."

„Gerechtigkeit im Palaste und Gerechtigkeit auf den Kanälen", fiel der Fürst hastig ein. „Wenn er drauf besteht, so hat er ein Recht dazu. Es ist der Stolz der Republik, daß sie die Waage im Gleichgewicht erhält."

„So will ich denn versuchen, was dieser nackte Arm noch vermag", sagte Antonio. „Meine Gliedmaßen sind voll Narben, aber die Türken haben ihnen vielleicht doch noch Kraft genug gelassen zu dem Wenigen, was ich begehre."

„Auf wen setzest du dein Vertrauen?"

„Auf den gelobten St. Antonius vom wunderbaren Fischzug."

„So nimm deinen Platz. Ha, hier kommt jemand, der nicht gekannt sein will. Heda! Wer erscheint mit einem solchen falschen Gesicht?"

„Nenn mich Maske!"

„Ist es Ew. Hoheit Wille, daß ein verkleideter Mann am Spiele teilnehme?"

„Ohne Zweifel. Eine Maske ist geheiligt in Venedig. Es ist der Ruhm unserer vortrefflichen und weisen Gesetze, daß sie einem jeden, der seine eigenen Gedanken für sich haben will oder der die Züge seines Gesichtes vor der Neugier bergen will, verstatten, unsere Straßen und Kanäle zu durchziehen, so sicher, als wäre er in seinem eigenen Hause.

Dies sind die heiligen Vorrechte der Freiheit, und das will es sagen, ein Bürger zu sein in einer hochherzigen, edelgesinnten, freien Republik."

Tausende verneigten sich diesem Ausspruche beifällig, und es verbreitete sich von Mund zu Mund das Gerücht, ein junger Adeliger sei im Begriffe, seine Tüchtigkeit in der Regatta zu versuchen, zur Ehre einer eigensinnigen Schönen.

„Das ist Gerechtigkeit!" rief der Herold mit lauter Stimme, als bezwänge in dem Feuer des Augenblicks die Bewunderung selbst seine Ehrerbietung. „Glücklich, wer in Venedig geboren ist! Auf wen verlässest du dich?"

„Auf meinen eigenen Arm!"

„Ha, das ist gottlos! Ein Übermütiger soll nicht das Vorrecht dieser Spiele genießen."

Ein allgemeines Murren, wie es sich bei plötzlicher und heftiger Aufregung der Menge zu erheben pflegt, folgte der schnellen Äußerung des Herolds.

„Die Kinder des Staates", bemerkte der ehrwürdige Fürst, „stehen alle unter einer unparteiischen Behörde. Das ist unser gerechter Stolz. Doch das ist keinem vergönnt, die Anrufung der Heiligen abzulehnen."

„Nenne deinen Patron oder verlaß diesen Ort", fuhr der gehorsame Herold fort.

Der Fremde schwieg einen Augenblick, als lese er in seinem Innersten, und erwiderte dann: „St. Johannes von der Wüste."

„Du nennst einen Namen von gesegnetem Andenken."

„Ich nenne einen, der sich vielleicht über mich erbarmt in dieser belebten Wildnis.“

„Du mußt die Stimmung deines Gemüts am besten selbst kennen, aber diese ehrwürdige Versammlung von Patriziern, dieser glänzende Kreis von Schönheiten und dies stattliche Volk heischen eine bessere Bezeichnung. Nimm deinen Platz ein!“

Während der Herold noch drei oder vier andere Gondolieri, die in Privatdiensten standen, als Teilnehmer vermerkte, lief ein Gemurmel durch die Zuschauer, das den Anteil und die Neugier verkündete, die durch das Auftreten und die Antworten der beiden zuletzt erwähnten Bewerber erregt wurden. Der Herold machte kund, daß die Liste geschlossen sei, und die Gondeln wurden, wie zuvor, nach dem Platze des Auslaufs bugsiert, so daß der Raum am Spiegel des Buzentauren leer blieb. Die folgende Szene ging daher gerade unter den Augen jener ernsten Männer vor sich, die sich mit den meisten Privatverhältnissen der Familien nicht minder als mit den öffentlichen Angelegenheiten Venedigs zu beschäftigen pflegten.

Es schwärmten nämlich viele Gondeln umher, und unmaskierte Damen von hoher Geburt saßen darin, begleitet von Kavalieren in reichem Putz. Hier und da blitzten ein Paar schwarze, leuchtende Augen durch die seidene Maske, die das Antlitz einer Schönen barg. Eine Gondel vor allen andern trug eine herrliche Gestalt, deren Schönheit und Anmut sogar durch die halbe Verkleidung, in die sie sich hüllte, hindurchschimmerten. Das Fahrzeug, die Diener und die Damen, denn es waren ihrer zwei im Boote, zeichneten sich aus durch jene vollendete Einfachheit des Äußeren, die häufiger bei einem gebildeten Geschmack angetroffen wird als prunkende Überladung des Schmuckes. Ein Karmeliter, dessen Gesicht sich in der Kutte barg, ließ auf den hohen Stand der Damen schließen und verlieh als ein ernster Beschützer ihrer Erscheinung Würde. Hundert Gondeln näherten sich dieser einen und schlüpften wieder hinweg nach vergeblichem Bemühen, die Damen durch die Verkleidung zu erkennen. Geflüster und Fragen über Namen und Stand der jungen Schönheit liefen aber von einem zum andern. Endlich fuhr in den Kreis der Neugierigen eine stattliche Barke ein, mit wohlberechneter Pracht ausgestattet und mit Gondolieri in prächtiger Livree bemannt Ein einziger Kavalier saß darin. Er erhob sich und begrüßte die maskierten Damen mit der Sicherheit eines an vornehmen Umgang gewöhnten Mannes, aber mit der Zurückhaltung tiefer Ehrfurcht.

„Mein Lieblingsdiener“, sagte er galant, „nimmt an diesem Rennen teil, und ich kann auf seine Geschicklichkeit und Kraft Vertrauen setzen. Ich habe mich bisher vergeblich nach einer so schönen und tugendhaften Dame umgeschaut, daß ich sein Glück an ihr wohlwollendes Lächeln knüpfen könnte, nun aber suche ich nicht weiter.“

„Ihr habt ein durchdringendes Auge, Signore, daß Ihr auch unter diesen Masken das entdeckt, was Ihr suchet“, erwiderte eine von den Damen, während sich ihr Begleiter, der Karmeliter, mit Anstand bei der Höflichkeit des Fremden verbeugte.

„Erkennt man sich denn nur an den Augen, meine Damen, und bewundert nur mit den Sinnen? Ihr mögt Euch verstecken, wie Ihr wollt, ich weiß es dennoch, daß mir das schönste Gesicht nahe ist, das wärmste Herz und das reinste Gemüt in ganz Venedig.“

„Eine kühne Prophezeiung, Signore!“ sagte die ältere von den beiden Frauen und sah auf ihre Gefährtin, als wollte sie erforschen, welche Wirkung auf diese die galante Rede hervorbringe. „Venedig ist berühmt durch die Schönheit seiner Frauen, und Italiens Sonne erwärmt manch edles Herz.“

„So herrliche Gaben sollten lieber zum Preise des Schöpfers als des Geschöpfes angewendet werden“, murmelte der Mönch.

„Es gibt doch Leute, heiliger Vater, die für beide Bewunderung hegen. Dies, darf ich hoffen, ist wenigstens das glückliche Los derer, deren der geistliche Rat eines so tugendhaften und weisen Mannes zugute kommt, als Ihr seid. Ihr überlasse ich mein heutiges Glück, komme, was da wolle, und ihr möcht ich gern wohl mehr überlassen, wenn ich dürfte.“

So sagte der Kavalier und überreichte der schweigenden Schönen einen Strauß der lieblichsten, duftigsten Blumen. Es waren auch solche darunter, denen die Dichtung die Bedeutung der Liebe und Treue beilegen. Die Dame, der dies artige Geschenk dargeboten ward, war unschlüssig, ob sie es annehmen dürfte.

„Nimm die Blumen, meine Liebe!“ flüsterte ihr die Gefährtin sanft zu. „Der Kavalier, der sie darbietet, will nur einen Beweis seiner guten Lebensart geben.“

„Das wird sich am Ende zeigen“, versetzte hastig Don Camillo – denn er war es. „Signora, lebet wohl. Wir sind uns auf diesem Wasser wohl begegnet, wo uns weniger Zurückhaltung auferlegt war.“

Er verneigte sich und gab seinem Gondoliere ein Zeichen. Sogleich verlor er sich unter der Menge der Gondeln. Jedoch, ehe sich die Boote voneinander trennten, lüftete die Schöne ihre Maske ein wenig, als suchte sie Kühlung durch die frische Luft, und der Neapolitaner ward belohnt durch einen flüchtigen Blick in Violettas glühendes Gesicht.

„Dein Vormund blickt sehr verdrießlich her", bemerkte Donna Florinde schnell. „Ich wundere mich, daß man uns erkannt hat."

„Ich würde mich mehr wundern, wenn man uns nicht erkannt hätte. Ich würde den edeln neapolitanischen Kavalier unter Millionen herausfinden! Du denkst nicht an alles, was ich ihm schuldig bin."

Donna Florinde erwiderte nichts. Sie wechselte mit dem Karmeliter verstohlen einen Blick voll Besorgnis; sie schwiegen aber beide, und es folgte dem Begegnen eine lange, gedankenvolle Pause.

Da weckte ein Kanonenschuß und ein Getümmel auf dem Canale Grande, dem Orte des beginnenden Kampfes, zunächst und danach eine helle Trompetenfanfare die kleine Gesellschaft aus ihrem Sinnen und erinnerte die ganze fröhliche, lachende Menge an ihren gegenwärtigen Zweck.

Neuntes Kapitel

Wir haben gesehen, daß die zur Wettfahrt bestimmten Gondeln an den Ort des Auslaufs bugsiert wurden, damit die Gondolieri den Kampf mit unverringerten Kräften beginnen könnten. Bei dieser Vorsichtsmaßregel hatte man auch den halbbekleideten Fischer nicht vergessen und auch sein Boot mit an die größeren Barken befestigt, denen dies Geschäft oblag. Nun aber, als er den Kanal entlang, an den vollgedrängten Balkonen und ächzenden Schiffen, die ihn auf beiden Seiten säumten, vorüberkam, erhob sich ein verspottendes Gelächter.

Dem alten Manne entgingen die Bemerkungen nicht, die über ihn gemacht wurden.

Er schaute sehnsüchtig umher und schien in jedem Auge, dem er begegnete, ein wenig von dem Mitleid zu suchen, danach noch sein gedrücktes Herz begehrte. Aber selbst seine Handwerksgenossen ließen ihn Spottreden hören, und obgleich er vielleicht der einzige war von allen Bewerbern, dessen Ehrbegier ein trefflicher Beweggrund rechtfertigte, so galt er doch allen für die beste Zielscheibe ihres Witzes.

Die Bewegung der Boote brachte den maskierten Schiffer neben den bespöttelten Alten.

„Du bist nicht der Liebling der Menge bei diesem Kampfe“, bemerkte der erstere, als sich eine neue Flut von Spötteleien über seinen Nachbar ergoß. „Du warst nicht sorgfältig genug in deinem Anzug. Denn diese Stadt liebt die Pracht, und wer ihren Beifall begehrt, muß nicht auf den Kanälen so erscheinen mit den Spuren der Armseligkeit in seinem Äußeren.“

„O, ich kenne sie, ich kenne sie!“ entgegnete der Fischer. „Sie überheben sich in ihrem Stolz und denken schlecht von jedem, der ihre Eitelkeit nicht mitmachen kann.“

„Du hättest dir die Sache besser bedenken sollen, ehe du dich so vieler Kränkung aussetztest. Wenn du unterliegst, so wird dich das Volk nicht mit größerer Schonung behandeln.“

„Mich hat eine schwere Trübsal betroffen, und vielleicht trägt dieser Wettlauf dazu bei, die Last meines Kummers zu vermindern. Ich kann nicht sagen, daß ich all dies Gelächter und diese verächtlichen Reden anhöre, wie man dem Abendwinde auf den Lagunen horcht – denn ein Mensch bleibt ein Mensch, und wenn er unter den Ärmsten lebt und sein Unterhalt der kümmerlichste ist. Aber lasset es gut sein, St. Antonio wird mir Kraft geben, es zu ertragen.“

„Du hast einen wackern Sinn, Fischer, und ich wollte gern auch meinen Patron bitten, deinen Arm zu kräftigen, wenn ich nicht selber des Sieges sehr benötigt wäre. Willst du dich aber mit dem zweiten Preise begnügen, wenn ich dich durch irgendeine Praktik in deiner Anstrengung begünstigen kann? – Denn das Metall des dritten Preises wird dir, denk ich, ebensowenig behagen als mir.“

„Was mich betrifft, so zähl ich weder auf Gold noch Silber.“

„Kann es bloß die Ehre des Kampfes sein, wonach ein so alter Mann trachtet?“

Der Greis sah seinen Gefährten ernst an, schüttelte dann aber, ohne zu antworten, den Kopf. Neue Späße auf seine Kosten bewogen ihn, sich nach den Spottvögeln umzuschauen, und er sah, daß sie eben bei einer Schar seiner eigenen Kameraden von den Lagunen vorüberkamen, die sich einzubilden schienen, daß sein unverzeihliches Streben auf die Ehre ihres ganzen Standes gewissermaßen ein schlechtes Licht würfe.

„Heda, alter Antonio“, rief der Dreisteste des Haufens, „bist du nicht zufrieden, daß du mit dem Netze Dank gewonnen hast, und willst noch ein goldnes Ruder um den Hals haben?“

„Wir werden ihn noch im Senate sitzen sehen!“ schrie ein zweiter.

„Wir werden den edeln Admiral Antonio im Buzentaur daherfahren sehen mit den Edeln des Landes“, fügte ein dritter hinzu.

Ihrem Witz folgte immer ein wieherndes Gelächter. Selbst die Schönen auf den Balkonen wurden mit angesteckt durch das unaufhörliche Gespött und durch das so augenscheinliche Mißverhältnis zwischen dem Zustande und den Mitteln des seltsamen Bewerbers um den Sieg bei der Regatta. Das Vorhaben des alten Mannes fing schon an schwankend zu werden, aber ein innerer Trieb schien ihn zu nötigen und zu kräftigen, daß er standhielt.

Sein Nebenmann beobachtete mit Aufmerksamkeit den wechselnden Ausdruck eines Gesichtes, das nicht genug an Verstellung gewöhnt war, um innere Gefühle zu verbergen; und als sie sich dem Orte des Auslaufs näherten, begann er von neuem: „Noch hast du Zeit, dich zurückzuziehen! Warum sollte sich ein Mann von deinen Jahren die wenige Zeit, die ihm noch vergönnt ist, verbittern lassen durch den Spott seiner Kameraden, der nicht enden wird, solang er lebt?“

„Sankt Antonius hat ein größeres Wunder getan, als er die Fische heraufkommen hieß, um seine Predigt anzuhören, darum will auch ich nicht Feigheit verraten in einem Augenblick, wo es Entschlossenheit gilt.“

Der maskierte Schiffer bekreuzigte sich fromm, und da er nicht mehr hoffte, jenen zu bereden, daß er von seinem vergeblichen Bemühen abstehe, so richtete er alle seine Gedanken auf seinen eigenen Vorteil in dem bevorstehenden Kampfe.

Der Canale Grande, wenn man seine Windungen einrechnet, ist über eine halbe Meile lang. Man nahm daher zu dem Wettfahren nur etwa die Hälfte seiner Länge und bestimmte zum Punkte des Auslaufs den Rialto. Dort wurden alle Gondeln hingebracht, in Begleitung derer, die sie ordnen sollten.

„Gino von Kalabrien“, rief der ordnende Marschall. „Du stellst dich zur Rechten auf. Sankt Januarius geleite dich!“

Don Camillos Diener ergriff sein Ruder, und sein Boot glitt zierlich an den angewiesenen Platz.

„Du bist der nächste, Enrico von Fusina. Ruf deinen Schutzpatron von Padua nur wacker an und sei sparsam mit deiner Kraft. Denn noch hat keiner vom Festland je einen Preis gewonnen in Venedig."

Darauf nannte er der Reihe nach alle, deren Namen wir nicht angeführt haben, und ließ sie nebeneinander mitten im Kanal aufstellen.

„Hier ist dein Platz, Signore!" fuhr der Marschall fort, sich dem unbekannten Gondoliere zuneigend. Denn auch er hatte den Eindruck bekommen, daß sich hinter der Maske das Gesicht eines jungen Patriziers berge, der dem Einfalle einer launischen Schönen willfahre. „Der Zufall hat dir die äußerste linke Seite bestimmt."

„Du hast vergessen, den Fischer aufzurufen", bemerkte der Maskierte, während er seine Gondel in die angewiesene Lage brachte.

„Besteht der grauköpfige Narr noch darauf, seine Eitelkeit und seine Lumpen vor den Besten Venedigs zur Schau zu stellen?"

„Ich kann den Nachtrab bilden", erwiderte Antonio geduldig. „Mögen die in der Linie bleiben, für die es sich nicht schickt, sich einem Menschen, wie ich bin, zuzugesellen. Ein paar Stöße mit dem Ruder mehr oder weniger können bei einer so langen Fahrt wenig austragen."

„Es würde besser sein, wenn du so bescheiden als anspruchslos wärest und zurückbliebest."

„Wenn's Euch beliebt, Signore, will ich lieber versuchen, was der heilige Antonius für einen alten Mann tun mag, der abends und morgens seit sechzig Jahren zu ihm gebetet hat."

„Es ist dein Recht, und da du zufrieden damit scheinst, so behalte deinen Platz im Nachzuge. Du hast ihn so nur einige Augenblicke früher, als du ihn sonst gehabt haben würdest. Erinnert euch jetzt an die Regeln des Kampfes und rufet eure Schutzheiligen noch einmal an. Kein Ausfahren, noch andere schlechte Mittel dürfen angewendet werden, es gilt nichts als flinke Ruder und hurtiges Gelenk. Wer unnütz aus der Linie weicht, ehe er an der Spitze ist, soll beim Namen zurückgerufen werden, und wer schuldig befunden wird, das Spiel irgendwie gestört oder die Patrizier auf andere Weise erzürnt zu haben, soll angehalten und außerdem bestraft werden. – Haltet euch bereit zum Signale."

Der Spielgehilfe, der sich in einem stark bemannten Boote befand, fuhr ein wenig zurück, während Eilboote, ähnlich ausgerüstet, voranflogen, die Neugierigen vom Wasser zu vertreiben. Kaum waren diese Vorbereitungen gemacht, so flatterte vom nächsten Dome ein Zeichen, ein ähnliches erschien alsbald auf dem Campanile, und vom Arsenal ward eine Kanone gelöst. Ein dumpfes, unterdrücktes Murmeln erhob sich unter der Menge, und eine erwartungsvolle Pause folgte.

Jeder Gondoliere hatte die Seite seines Bootes ein wenig dem linken Ufer des Kanals zugewendet, wie der Jockei zu tun pflegt mit seinem Renner, um dessen Feuer zurückzuhalten oder seine Aufmerksamkeit zu zerstreuen. Aber der erste lange und breite Schwung des Ruders brachte sie alle wieder in eine Linie, und in einem Zuge flogen sie dahin.

Während der ersten paar Minuten war in der Geschwindigkeit der Gondeln kein Unterschied, und der Kundige konnte aus keinerlei Wahrzeichen auf den mutmaßlichen Erfolg schließen. Die zehn, die die Vorderreihe bildeten, durchstrichen die Flut mit gleichförmiger Schnelligkeit einer neben dem anderen, als hielte sie eine geheime Kraft zusammen, während die anspruchslose, aber ebenfalls leichte Barke des Fischers im Nachzuge blieb. Bald gewann ein jeder Gewalt über sein Fahrzeug. Die Ruder bewegten sich im richtigen Gleichgewicht und weitesten Schwunge, und die Handgelenke ihrer Führer wurden geschmeidig. Nun begann die Linie zu schwanken. Sie wallte hin und her, indem ein flimmerndes Schiffsvorderteil dem andern zuvorstrebte; da gewann das Ganze eine andere Gestalt. Enrico von Fusina war der vorderste, und nach dem Vorrecht dieses Gewinns trieb er unmerklich der Mitte des Kanals zu und vermied durch diesen Wechsel die Kreiswellen und sonstigen Hindernisse des Ufers.

Dies Manöver, in der Kunstsprache das „Gewinnen des Gleises“, brachte ihm außerdem den Vorteil, daß die von seiner Gondel zurückgeworfenen Wellen seinen Hintermann ein wenig hinderten. Zunächst kam der starke und gewandte Bartolomeo vom Lido, wie ihn seine Kameraden nannten, und schlug eine solche Bahn hinter seinem Vordermanne ein, daß ihm die Rückwirkung von dessen Ruder keinen Schaden tat. Bald schoß auch Don Camillos Diener aus der Reihe hervor, und man sah ihn weiter zur Rechten, aber ein wenig hinter Bartolomeo seine Arme kräftig rühren. In der Mitte des Kanals, und möglichst dicht hinter dem Schiffer vom Festlande, folgte ein geschlossener Haufen ohne viel Ordnung und mit wechselndem Vorteil, in dem einer den andern zum Ausweichen zwang oder auf andere Weise die Schwierigkeit der Fahrt vermehrte. Weiter zur Linken und den Häusern so nah, daß er nur eben Raum genug für die Bewegung seines Ruders hatte, fuhr der maskierte Mitkämpfer, dessen Eile durch eine verborgene Ursache gehemmt schien, denn er blieb hinter allen anderen zurück, und endlich war eine Entfernung von einigen Bootslängen zwischen ihm und den ungenannten Mitkämpfern. Doch bewegte er seine Arme mit Ausdauer und mit hinlänglicher Geschicklichkeit. Da ihm sein geheimnisvolles Auftreten Teilnahme erweckt hatte, so lief ein Gerücht den Kanal entlang, daß der junge Kavalier in der Wahl des Bootes unglücklich gewesen sei. Andere flüsterten von der Tollheit, sich als Adliger der Kränkung auszusetzen durch eine Konkurrenz mit solchen Leuten, die ihre Sehnen in täglicher Arbeit gehärtet haben und durch Übung imstande sind, jeden Vorteil der Fahrt recht und schnell zu benutzen. Wenn sich aber die Augen der Zuschauer von dem Haufen der vorbeieilenden Boote der einsamen Barke des Fischers zuwendeten, die allein hinten nachkam, so verwandelte sich die Verwunderung wieder in Spott.

Männlich, wenn auch innerlich bekümmert, ertrug Antonio alle Sticheleien, bis er sich dem Platze näherte, den seine Kameraden eingenommen hatten. Von diesem Augenblick an verminderte sich das Geschrei gegen den Fischer, und als der Buzentaur nun sichtbar wurde, obgleich noch entfernt, verschlang das Interesse am Ausgange des Kampfes jede andere Regung.

Enrico war noch an der Spitze, aber die Kenner der Gondolierekunst entdeckten schon Zeichen von Erschöpfung an seinem schwankenden Ruder. Der Schiffer vom Lido war hart hinter ihm, und der Kalabrese kam fast in eine Linie mit beiden. In diesem Augenblick entwickelte auch der maskierte Mitkämpfer eine Kraft und Geschicklichkeit, die niemand bei einem Manne von seinem vermeinten Stande erwartet hätte. Sein Körper legte sich mehr in die Kraft des Ruders, sein Bein war zur Unterstützung des Stoßes rückwärts gestemmt und bot den Augen der Beschauer eine muskulöse Fülle und ein Ebenmaß dar, daß sich ein Beifallsgemurmel rings erhob. Bald zeigte sich der Erfolg. Seine Gondel glitt an den anderen in der Mitte des Kanals Rudernden vorüber, und er wurde der vierte im Zuge. Kaum hatte die Menge, ihn dafür zu belohnen, einen Beifallsruf erhoben, als ein neues, ganz unerwartetes Schauspiel ihre Bewunderung auf sich zog.

Antonio nämlich, seinen eigenen Anstrengungen jetzt mehr überlassen und minder von Verachtung und Spott gequält, hatte sich dem Haufen seiner ungenannten Kampfgenossen bald genähert. Unter diesen sah man Gondolieri, die sich auf den Kanälen von Venedig berühmt gemacht hatten und auf deren Geschicklichkeit und Körperkraft die Stadt stolz war. Ob nun begünstigt durch seine einsame Stellung oder frei von den Hindernissen, die jene sich selber bereiteten, genug, man sah den verachteten Fischer ihnen zur Linken heraufkommen mit einem kräftigen Schwung des Ruders, der weiteren Erfolg verhieß. Bald erfüllte sich die Erwartung. Er überholte sie alle unter einem regungslosen, bewundernden Schweigen der Zuschauer und ward jetzt der fünfte im Zuge.

Von nun an war alles Interesse an der größeren Masse der Boote verloren, und jedes Auge wendete sich den Vordersten zu, unter denen der Wetteifer mit jedem Ruderschlag zunahm, während der Ausgang einen neuen zweifelhaften Charakter zu gewinnen schien. Die Anstrengungen des Schiffers von Fusina schienen sich zu verdoppeln, ohne daß sein Boot darum geschwinder ging. Bartolomeos Gondel schoß an ihm vorbei. Diesem folgten Gino und der maskierte Gondoliere, während kein Laut die Teilnahme der Zuschauer verriet, die sich kaum zu atmen getrauten. Als aber auch Antonios Boot vorbeiflog, da erhob sich ein Brausen von Stimmen, wie wenn in einer großen Menge die Stimmung ihrer wunderlichen Laune plötzlich und gewaltsam wechselt. Enrico war rasend über sein Mißgeschick. Er strengte mit verzweifelter Heftigkeit alle Kraft seines Körpers an, um die Schande von sich abzuwenden; dann aber warf er sich auf den Boden seiner Gondel und raufte sein Haar, in tödlicher Wut weinend. Die Nachgeblieben waren, folgten seinem Beispiele, aber mit größerer Fassung, indem sie seitwärts unter die Boote schlüpften, die den Kanal säumten, und sich nicht weiter blicken ließen.

Dieses offene und unerwartete Aufgeben des Kampfes zeigte den Zuschauern, wie verzweifelt es stand. Aber da man mit einem verunglückten Preisbewerber nicht viel Mitleid zu haben pflegt, so waren die Besiegten bald vergessen. Bartolomeos Name ward von tausend Stimmen hoch in die Lüfte getragen, und seine Kameraden von der Piazetta und dem Lido schrien ihm laut zu, für die Ehre ihrer Kunst zu sterben. Der kräftige Gondoliere entsprach ihren Wünschen: Palast auf Palast blieb dahinten, und die Boote befanden sich in demselben Verhältnisse ihrer Stellung gegeneinander. Aber wie sein Vorgänger verdoppelte der jetzige Vordermann seine Anstrengung mit verringertem Erfolge, und Venedig erfuhr die Kränkung, einen Fremden an der Spitze einer der glänzendsten Regatten zu sehen. Denn kaum hatte Bartolomeo seinen Platz aufgegeben, so schoß ihm Gino vorüber, dann der Maskierte und zuletzt der verachtete Fischer; er, der bisher der erste gewesen war, blieb nun der letzte. Er gab aber den Kampf nicht auf, sondern fuhr fort, mit einer Anstrengung zu rudern, die ein besseres Glück verdient hätte.

Als die Gondelreihe diese ganz unerwartete und neue Gestalt gewonnen hatte, war doch immer noch eine beträchtliche Strecke bis zu dem Ziele. Gino war voran, und manch günstiges Zeichen verhieß, daß er seinen Vorteil würde behaupten können. Der Zuruf der Menge ermutigte ihn, denn sie hatten jetzt vergessen, daß er ein Kalabrese war, und viele von den Dienstleuten seines

Herrn riefen ihn anfeuernd bei Namen. Es half aber alles nichts. Der Maskierte verwandte jetzt erst seine ganze Kunst und Stärke auf sein Ruder. Die fügsame Gondel gehorchte und schoß unter den Zurufen, das sich von der Piazetta bis zum Rialto fortpflanzte, an die Spitze der übrigen.

Wie glücklicher Erfolg Kraft gibt und die geistige und körperliche Tätigkeit stärkt, so hat das Unterliegen die entgegengesetzte, traurige Wirkung. Don Camillos Diener machte keine Ausnahme von dieser Regel, und als sein maskierter Mitbewerber an ihm vorbeiflog, folgte diesem auch Antonios Boot, als würde es durch dieselben Ruderstöße getrieben. Nun schien sich sogar die Entfernung zwischen den beiden vordersten Gondeln zu verringern, und schon erwarteten alle mit atemloser Teilnahme, den Fischer trotz seiner Jahre und seines Bootes voraneilen zu sehen.

Diese Erwartung aber ward getäuscht. Dem Maskierten, wie groß auch die Anstrengung war, schien Arbeit ein Spiel, so flink zeigte sich sein Ruder, so sicher sein Stoß, so kräftig sein Arm. Aber Antonio war auch kein verächtlicher Gegner. Wenngleich seine Stellungen weniger die Zierlichkeit eines geübten Gondoliere erreichten als die seines Nebenmannes, so war doch die Kraft seiner Sehnen nicht erschlafft. Sie hielten bis zuletzt aus, denn sie waren durch sechzig Jahre unausgesetzter Arbeit gehärtet, und indem sich seine athletische Gestalt der äußersten Anstrengung hingab, merkte man kein Nachlassen seiner Rüstigkeit.

Die vordersten Gondeln waren in wenigen Augenblicken um ein paar Bootslängen von den übrigen voraus. Der dunkle Schnabel des Fischerbootes hing dicht am Hinterteil der glänzenden Gondel, die sein Gegner führte; mehr aber war nicht zu erreichen. Vor ihnen lag der Hafen offen, und immer in demselben Verhältnis der Entfernung voneinander flogen sie an Kirche, Palast, Barke und Feluke vorüber. Der maskierte Bootsmann warf einen Blick zurück, als wollte er seinen Vorteil berechnen. Dann beugte er sich wieder seinem Ruder zu und sagte gerade so laut, daß ihn nur der hören konnte, der dicht hinter ihm war: „Ich habe mich in dir getäuscht, Fischer. Du bist kräftiger, als ich dachte."

„Wenn meine Arme noch kräftig sind, so ist doch mein Herz kindisch und kummervoll", erwiderte der Fischer.

„Liegt dir soviel an einem goldenen Tand? Du bist der zweite, sei zufrieden mit deinem Glücke."

„Das hilft mir nichts. Ich muß der Vorderste sein, oder ich habe meine alten Knochen umsonst angestrengt."

Dieses kurze Gespräch wurde mit einer Leichtigkeit geführt, die hinlänglich bewies, wie beide an heftige Körperanstrengungen gewöhnt waren, und mit einer Festigkeit der Stimme, die wenigen anderen in diesem Augenblicke möglich gewesen wäre. Der Maskierte schwieg, aber sein Vorsatz schien wankend zu werden.

Der Fischer strengte seinen Körper aufs äußerste an und gewann einen Vorsprung. Ein Ruderstoß machte das Boot bis in die Mitte erzittern. Dann flog die Gondel zwischen die beiden Barken des Ziels, und die Fähnchen, die den Siegespunkt bezeichneten, fielen ins Wasser. Man merkte dies kaum, als auch schon des Maskierten glänzendes Boot vor den Augen der Richter vorbeischoß, so daß sie einen Augenblick in Zweifel waren, wer gesiegt habe. Gino blieb nicht lange zurück, und nach ihm kam Bartolomeo, als der vierte und letzte in der vollkommensten Wettfahrt, die man je auf den Wassern in Venedig gesehen hatte.

Als die Fähnchen fielen, hielt jeder der Zuschauer voll Erwartung den Atem an. Wenige wußten, wer gesiegt habe, so nahe waren die Kämpfer aneinander gewesen. Ein Trompetenzeichen gebot Ruhe, und ein Herold rief nun öffentlich aus, daß Antonio, ein Fischer von den Lagunen, mit Hilfe seines Schutzpatrons vom wunderbaren Fischzug den goldenen Preis davongetragen habe, während einem maskierten Schiffer, der sich der Obhut des heiligen Johannes von der Wüste anvertraut habe, der silberne Preis zugefallen sei, der dritte aber dem Kalabresen Gino, einem Diener Don Camillo Monfortes, des Herzogs von Sant' Agata, eines Herrn vieler Besitztümer in Neapel.

Dieser feierlichen Bekanntmachung folgte zuerst eine Grabesstille. Darauf erhob sich der laute Jubelruf der Menge, der Antonios Namen zu den Wolken trug, als würde der Sieg eines großen Helden gefeiert. Alle Verachtung war über seinen Triumph vergessen. Die Fischer von den Lagunen, die noch kürzlich ihren alten Kameraden mit Schimpf überhäuft hatten, priesen jetzt seinen Ruhm mit einem Eifer, wie es immer der Preis eines glücklichen Erfolges war und immer sein wird. Zehntausend Stimmen erhoben sich, seine Geschicklichkeit und seinen Sieg zu rühmen. Jung und alt, die Schönen, die Stutzer, die Edeln, die, die Zechinen gewannen, und die, die verloren: alle bemühten sich, einen Blick des alten Mannes zu erhaschen, der so unerwartet diesen Wechsel der Empfindung in den Gemütern der Menge hervorgerufen hatte.

Antonio trug seinen Triumph bescheiden. Als seine Gondel das Ziel erreicht hatte, hielt er sie an, ohne, wie sonst zu geschehen pflegt, ein Zeichen von

Erschöpfung zu verraten. Er blieb stehen, obgleich das mächtige Wogen seiner breiten, gebräunten Brust bewies, daß er seinen Kräften das Äußerste geboten hatte.

Seine Züge arbeiteten, und eine brennende Träne lief über jede seiner rauhen Backen. Dann atmete der Fischer freier.

Auch der maskierte Gondoliere verriet kein Zeichen von Entkräftung. Seine Knie bebten nicht, seine Hände hielten das Ruder noch fest, und seine sichere Stellung ließ die natürliche Vollkommenheit seiner Gestalt bemerken. Gino und Bartolomeo aber sanken in ihre Boote zurück, sowie sie das Ziel nacheinander erreichten. Diese berühmten Gondolieri waren beide so erschöpft, daß einige Augenblicke vergingen, ehe sie zum Reden Atem gewannen. Während dieser augenblicklichen Pause drückten die Zuschauer dem Sieger ihren Beifall durch den anhaltendsten und lautesten Zuruf aus. Kaum erstarb das Getöse, so forderte ein Herold Antonio, den maskierten Schiffer und Gino vor den Dogen, von dessen Hand sie die verheißenen Preise der Regatta empfangen sollten.

Zehntes Kapitel

Sobald die drei Gondeln die Seite des Buzentauren erreichten, blieb der Fischer ein wenig zurück, als mißtraute er seinem Rechte, vor die Augen des Senats zu treten. Man befahl ihm indes hinaufzusteigen und bedeutete seinen beiden Gefährten, ihm zu folgen.

Die Edeln in ihrer Amtskleidung bildeten eine lange imposante Reihe vom Schiffsgange bis zum Spiegel, wo der Scheinsouverän dieser Scheinrepublik saß, von seinen hohen Staatsbeamten umringt.

„Tritt näher“, sagte der Fürst mit mildem Tone, da er bemerkte, daß der alte Mann, der die Sieger anführte, vorzutreten zögerte. „Du bist der Sieger, Fischer, und dir habe ich den Preis zu überantworten.“

Antonio beugte ein Knie auf dem Verdeck und senkte sein Haupt tief, bevor er gehorchte. Dann faßte er Mut, trat dem Dogen näher und stand nun mit verwirrtem Blick, den weiteren Willen seiner Oberen erwartend. Der fürstliche Greis hielt ein wenig inne, bis unter der Menge die kleine durch Neugier hervorgebrachte Bewegung nachließ. Als er darauf redete, war vollkommene Stille.

„Es ist der Stolz unserer ruhmvollen Republik“, sagte er, „daß die Rechte keines Untertans gemißachtet werden, daß die Geringen ihren verdienten Lohn erhalten so sicher als die Großen und daß diesem unbekannten Fischer, da er die Auszeichnung der Regatta verdient hat, diese von ihrem Verleiher mit ebensoviel Bereitwilligkeit erteilt werden wird, als ob er der beliebteste Diener unseres eigenen Hauses wäre. Edle und Bürger von Venedig, lernet bei dieser Gelegenheit eure vortrefflichen, unbestechlichen Gesetze schätzen! Denn gerade in den Handlungen des gewöhnlichen Lebens wird der väterliche Charakter einer Regierung sichtbar, während auf Sachen von höherer Bedeutung die Augen einer Welt gerichtet sind, Willfährigkeit für ihre Meinungen heischend."

Der Doge sprach diese einleitenden Bemerkungen mit fester Stimme, wie es der zu tun pflegt, der des Beifalls seiner Zuhörer gewiß ist. Er täuschte sich nicht. Kaum hatte er ausgeredet, so durchlief die Versammlung ein beifälliges Gemurmel und teilte sich auch den Tausenden mit, die seine Stimme nicht vernahmen, und noch viel mehreren, die seinen Sinn nicht erraten konnten. Die Senatoren beugten ihre Köpfe als Anerkennung, daß ihr Oberhaupt nur Wahrheit ausgesprochen hätte, und der Fürst selbst fuhr fort, nachdem er der Loyalität volle Zeit gelassen hatte, ihren Beifall zu äußern: „Es ist meine Pflicht, Antonio, und auch meine Freude, dir diese goldene Kette umzuhängen. Das Ruder, das sie trägt, ist ein Symbol deiner Geschicklichkeit und wird unter deinen Standesgenossen ein Zeugnis sein von dem Wohlwollen und der Unparteilichkeit des Staates und von deinem Verdienste. Nimm es denn hin!"

„Hoheit!" erwiderte Antonio, einen Schritt zurücktretend. „Es ziemt sich für mich nicht, ein solches Zeichen der Größe und des Glücks zu tragen. Der Glanz des Goldes würde meine Armut höhnen, und eine Kostbarkeit aus so fürstlicher Hand fände eine schlechte Stelle auf meiner nackten Brust."

Dies unerwartete Ablehnen erregte allgemeines Erstaunen, und eine augenblickliche Pause entstand.

„Du hast den Kampf doch nicht unternommen, Fischer, ohne nach dessen Preis zu trachten? Recht aber hast du, daß der goldene Schmuck zu deinem Stande und deinem täglichen Mangel nicht recht passen würde. So trag ihn für jetzt, weil es gut ist, daß jedermann die Gerechtigkeit und Unparteilichkeit unserer Entscheidung sehe; nach den Spielen aber bringe ihn meinem Schatzmeister, und er soll dir dafür geben, was deinen Wünschen mehr entsprechen wird: Ein solches Verfahren ist nicht ohne Beispiel und soll auch diesmal stattfinden."

„Erlauchter Fürst! Freilich hab ich nicht ohne Hoffnung auf Belohnung meine alten Glieder in so hartem Kampfe versucht. Aber nicht Gold noch die Eitelkeit, mich unter meinen Kameraden mit diesem glänzenden Schmucke zu zeigen, hat mich vermocht, die Verachtung der Gondolieri und das Mißfallen der Großen zu ertragen."

„Du irrest dich, Fischer, wenn du glaubst, daß uns deine gerechte Ehrliebe mißfallen habe. Es ist uns lieb, einen hochherzigen Wetteifer in unserem Volke zu bemerken, und wir ergreifen alle geeigneten Maßregeln, diesen aufstrebenden Sinn zu ermuntern, der Ehre dem Staate und unseren Küsten Glück bringt."

„Ich bin nicht so anmaßend, meine armen Gedanken denen meines Fürsten gegenüberzustellen", erwiderte der Fischer, „aber meine Angst und Scham bewogen mich, zu vermuten, daß die edeln und stattlichen Herren lieber einen Jüngeren und Reicheren hätten mit dieser Ehre geschmückt gesehen."

„Du mußt das nicht glauben. Beuge denn deine Knie, damit ich dir den Preis erteilen kann. Um Sonnenuntergang wirst du in meinem Palaste die finden, die dir für den Schmuck ein entsprechendes Geschenk geben sollen."

„Hoheit!" sagte Antonio, den Dogen ernst anblickend, der abermals voll Erstaunen mit seiner Bewegung innehielt. „Ich bin alt, und das Glück hat mich nie verwöhnt. Für meine Bedürfnisse reicht hin, was mir die Lagunen mit der Hilfe des heiligen Antonius bieten. Aber es ist in deiner Macht, die letzten Tage eines alten Mannes glücklich zu machen, der deiner in redlichem, wohlgemeintem Gebete immer gedenken wird. Gib mir mein Kind zurück und verzeih einem zerrissenen Vaterherzen diese Dreistigkeit."

„Ist das nicht derselbe Mensch, der uns heute schon wegen eines jungen Rekruten zur Last fiel?" rief der Fürst, über dessen Gesichtszüge jene gewohnte Zurückhaltung zuckte, die so oft alle menschlichen Gefühle verbergen mußte.

„Derselbe", sagte kalt eine andere Stimme, die Antonio wohl kannte. Sie kam von Signore Gradenigo.

„Mitleid mit deiner Unwissenheit, Fischer, bemeistert unseren Zorn. Nimm deine Kette und geh!"

Antonios Auge war unbeweglich. Ehrfurchtsvoll kniete er nieder, faltete seine Hände auf der Brust und sagte: „Mein Elend hat mich kühn gemacht, gefürchteter Herr! Was ich sage, kommt aus einem geängsteten Herzen, nicht von einer frechen Zunge, und ich flehe, daß Euer fürstliches Ohr mit Nachsicht höre."

„So rede kurz, denn die Spiele erleiden schon Verzug."

„Mächtiger Doge! Reichtum und Armut haben eine weite Kluft zwischen uns gestellt, Kenntnisse und Unwissenheit haben sie noch weiter gemacht. Meine Rede ist rauh und schickt sich nicht für diese erhabene Versammlung. Aber, Signore, Gott hat dem Fischer dieselben Gefühle gegeben und dieselbe Liebe für seine Kinder wie dem Fürsten. Sollt ich mich hier auf meine Gelehrsamkeit verlassen, so müßt ich stumm bleiben, aber ich hab eine Kraft da inwendig, die mir Mut macht, zu den Vornehmsten und Edelsten von Venedig zu reden, wenn es das Glück meines Kindes gilt."

„Du kannst die Gerechtigkeitspflege des Senats nicht anklagen, alter Mann, und kannst nichts mit Wahrheit vorbringen gegen die anerkannte Unparteilichkeit der Gesetze."

„Mein Fürst und Herr! Habet die Gnade, mich nur anzuhören. Ich bin, wie Ihr seht, arm und nähre mich von meiner Arbeit, und die Stunde ist nah, wo ich werde an die Seite des gelobten Sankt Antonius von Rimini abgerufen werden und vor einem Höheren stehen werde als hier. Ich bin nicht so eitel, zu glauben, daß mein demütiger Name unter denen der Patrizier zu finden sei, die der Republik in ihren Kriegen gedient haben – auf diese Ehre kann nur der Hohe, der Adlige, der im Glück Geborne Anspruch machen; wenn aber das Wenige, das ich für mein Vaterland getan habe, auch nicht im goldenen Buche verzeichnet steht, so ist es hier doch geschrieben" – er deutete auf seine Narben –, "diese Wunden, von den Türken mir geschlagen, mögen ebenso viele Bitten sein, die ich an die Milde des Senats richte."

„Du schweifst von deiner Sache ab. Was begehrst du?"

„Gerechtigkeit, mächtiger Fürst. Sie haben den einzigen kräftigen Zweig des welkenden Stammes mit Gewalt abgebrochen – haben den einzigen Gefährten meiner Mühen und Freuden, das Kind, das mir die Augen, hofft ich, schließen würde, wenn es Gottes Wille ist, mich abzurufen – dies Kind, das noch jung ist, sowohl an Jahren als an Grundsätzen der Redlichkeit und Tugend, das noch unerfahren ist – dies haben sie all der Verführung und Sünde, der gefährlichen Gesellschaft der Galeeren ausgesetzt."

„Ist das alles? Ich hätte gedacht, deine Gondel wäre in üblem Zustande oder es handle sich um dein Recht in den Lagunen!"

„Ist das alles?" wiederholte Antonio und blickte in bitterer Schwermut umher. „Doge von Venedig, es ist mehr, als das gebrochene Herz eines alten, beraubten Mannes tragen kann."

„Geh nur, nimm dein goldenes Ruder und deine Kette und zieh zu deinen Kameraden im Triumphe ab. Sei froh, daß du einen Sieg davongetragen hast, der dir nach aller Urteil unerreichbar war, und überlasse die Interessen des Staates denen, die weiser sind als du, und fähiger, dafür zu sorgen."

Der Fischer stand auf mit einem Blick tiefer Unterwürfigkeit, das Resultat eines langen, in politischer Unterordnung zugebrachten Lebens. Den dargebotenen Preis aber zu empfangen, trat er nicht näher.

„Neige deinen Kopf, Fischer, daß Seine Hoheit dir den Preis verleihen kann", befahl ein Beamter.

„Ich bitte nicht um Gold und mag kein anderes Ruder als dies, das mich morgens in die Lagunen führt und abends zurück in die Kanäle. Mein Kind gebt mir, oder gebt mir nichts."

„Fort mit ihm", murrten ein Dutzend Stimmen, „er spricht Aufruhr, er soll das Schiff verlassen."

Man entfernte Antonio schnell und trieb ihn mit unzweideutigen Zeichen des Mißfallens in seine Gondel. Die Reizbarkeit eines venezianischen Edeln war schnell rege, dem Schuldigen politische Unzufriedenheit als Immoralität zu verweisen, daher die ungewöhnliche Unterbrechung manches Auge umdüsterte, obgleich die standesmäßige Würde jede andere unzeitige Äußerung des Übelwollens verwehrte.

„Lasset den nächsten Bewerber vortreten", fuhr der Fürst fort, mit einer Fassung, die ihm die Gewohnheit, sich zu verstellen, leicht machte.

Der unbekannte Schiffer, dessen heimlicher Begünstigung Antonio seinen Erfolg verdankte, trat näher, noch immer maskiert, wie ihm denn dies frei stand.

„Du hast den zweiten Preis gewonnen", sagte der Fürst, „und ginge es streng nach dem Rechte, so solltest du den ersten auch haben, da man nicht ungestraft unsere Gunst ablehnt. – Knie nieder, daß ich dir das Ehrenzeichen erteilen kann."

„Verzeihung, Hoheit!" fiel der Maskierte ein, sich mit großer Ehrfurcht verbeugend, aber vor der dargebotenen Auszeichnung einen Schritt zurückweichend. „Wenn es Euer gnädiger Wille ist, mir ein Geschenk zu verleihen für meinen Sieg in der Regatta, so werd ich ebenfalls bitten, daß es mir in anderer Gestalt zuteil werde."

„Das ist ganz außer der Art! Es ist nicht der Brauch, daß sich Geschenke von der Hand eines venezianischen Dogen erbetteln lassen."

„Ich möchte nicht den Schein haben, in so hoher Gegenwart ungestümer zu fordern, als die Ehrerbietung zuläßt. Ich fordere nur Geringes und was den Staat weniger kosten dürfte, als was mir jetzt dargeboten wird."

„So sprich es aus."

„Auch ich bitte auf meinen Knien und in gebührender Huldigung vor dem Oberhaupte des Staates, daß das Gesuch des Fischers erhört und der Sohn dem Vater möge zurückgegeben werden. Denn freilich wird der Dienst das zarte Alter des Knaben vergiften und die letzten Jahre des alten Mannes unglücklich machen."

„Das grenzt an Unverschämtheit! Wer bist du, der so versteckt kommt, eine schon abgeschlagene Bitte zu unterstützen?"

„Hoheit! Der zweite Sieger in der Regatta des Dogen!"

„Wagst du es, mit deinen Antworten zu spielen? Das Maskenrecht wird in allem heilig gehalten, was nicht darauf ausgeht, den Frieden der Stadt zu stören. Aber hier scheint Grund zu näherer Prüfung zu sein. – Nimm deine Maske weg, daß ich dich von Auge zu Auge sehe."

„Ich habe gehört, wer in seinen Reden vorsichtig ist und gegen die Gesetze nicht verstößt, mag sich nach Belieben verkleiden in Venedig und hat über sein Geschäft und seinen Namen keine Auskunft zu geben."

„Sehr wahr, sobald Sankt Markus nicht gefährdet scheint. Aber hier ist ein Einverständnis, dem man auf die Spur kommen muß. Ich befehle dir, nimm die Maske ab!"

Der Schiffer, der in jedem Gesichte ringsum die Notwendigkeit des Gehorsams las, nahm langsam die Maske herunter und zeigte die bleichen Züge und das funkelnde Auge Jacopos. Ein unwillkürliches Zurückweichen aller, die in der Nähe standen, ließ diesen Mann allein dem Fürsten von Venedig gegenüber, in der Mitte eines weiten Kreises Erstaunter und Neugieriger.

„Ich kenne dich nicht!" rief der Doge mit deutlicher und aufrichtiger Verwunderung, nachdem er ihn einen Augenblick ernst angesehen hatte. „Sorge, daß die Gründe deiner Verkleidung besser seien als deine Gründe zur Ablehnung des Preises."

Signore Gradenigo trat näher zum Dogen und flüsterte ihm etwas ins Ohr. Darauf warf dieser einen Blick, worin sich Erstaunen und Abscheu seltsam mischten, auf das vielsagende Gesicht des Bravo und winkte ihm dann schweigend, sich zu entfernen. Der den Fürsten umstehende Kreis zog sich, wie instinktmäßig zu seinem Schutz bereit, enger zusammen und schloß den Raum vor ihm.

„Wir wollen die Sache bei Muße näher erwägen", sagte der Doge, „lasset die Festlichkeiten wieder anheben."

Jacopo verbeugte sich tief und ging. Während er über das Verdeck des Buzentauren schritt, machten die Senatoren Platz, als zöge die Pest daher, obgleich ihre Gesichter zeigten, daß sehr verschiedene Empfindungen in ihnen wechselten. Der gemiedene, aber noch immer geduldete Bravo stieg in seine Gondel, und die gewöhnlichen Zeichen wurden der Menge unten gegeben, die glaubte, die Preiserteilung wäre erfolgt.

„Lasset Don Camillo Monfortes Gondoliere vortreten!" rief ein Herold, dem Winke eines Oberen gehorsam.

„Hier, Hoheit!" erwiderte Gino verlegen und eilfertig.

„Du bist aus Kalabrien?"

„Ja, Hoheit."

„Aber du mußt dich lange geübt haben auf unsern Kanälen in Venedig, sonst könntest du es nicht unsern tüchtigsten Ruderern zuvorgetan haben. Du dienst einem adligen Herrn?"

„Ja, Hoheit."

„Es scheint, daß der Herzog von Sant' Agata das Glück hat, in dir einen redlichen und wackeren Diener zu besitzen?"

„Das große Glück hat er, Hoheit!"

„Knie nieder und empfange die Belohnung deines Mutes und deiner Geschicklichkeit."

Gino machte es nicht wie seine Vorgänger, sondern beugte willig ein Knie auf dem Verdecke und nahm den Preis mit einer tiefen, demütigen Verbeugung hin. In diesem Augenblicke ward die Aufmerksamkeit der Zuschauer von der kurzen und einfachen Zeremonie durch das Freudengeschrei abgelenkt, das sich nicht weit von dem Schiffe des Senats auf dem Wasser erhob. Eine allgemeine Bewegung führte alle an die Seite des Schiffes, und der siegreiche Gondoliere war schnell vergessen.

Hunderte von Fahrzeugen bewegten sich in einer Masse dem Lido zu, und man sah ein dichtes Gedränge roter Fischermützen, mitten darunter aber den entblößten Kopf Antonios, der von der wogenden Menge, ohne sich selber zu regen, dahergetragen wurde. Der eigentliche Antrieb ging von den kräftigen Armen einiger dreißig oder vierzig aus, die in drei bis vier zuvorderst fahrenden größeren Barken sämtliche aneinandergebundene Gondeln bugsierten.

Was diese sonderbare und charakteristische Prozession bedeutete, war nicht zu verkennen. Die Anwohner der Lagunen hatten mit der Wandelbarkeit, die rohen Naturen in ihrer Leidenschaft eigen ist, die Gesinnung für ihren alten Kameraden gänzlich geändert. Ihn, den sie eine Stunde zuvor als einen eiteln, lächerlichen Narren verspottet, priesen sie jetzt mit Triumphgeschrei.

Die Gondolieri von den Kanälen wurden übermütig verlacht, ja, der ausgelassene Haufen schonte selbst die Ohren der Vornehmen nicht, deren Diener sie als verzärtelte Rippchen verhöhnten. Kurz, wie in allen Ständen und Kreisen der Gesellschaft gar häufig geschieht, des einen Verdienst fiel eng und unzertrennlich mit dem Ruhm und der Freude aller zusammen.

Hätte sich der Triumph der Fischer auf diesen natürlichen und gewöhnlichen Herzenserguß beschränkt, so wäre dadurch die wachsame, eifersüchtige Macht, die für Venedigs Ruhe sorgte, nicht aufgeregt worden. Aber in den Ruf des Beifalls mischte sich ein Geschrei des Tadels. Schwere, bedeutsame Worte sogar wurden gehört, die jene anklagten, die dem Antonio sein Kind nicht zurückgeben wollten; und auf dem Verdeck des Buzentauren flüsterte man sich zu, die verwegene, aufrührerische Bande, voll von der eingebildeten Wichtigkeit dieses vorübergehenden Triumphes, wage zu drohen, daß sie auf dem Wege der Gewalt durchsetzen wolle, was sie frech ihre gute, gerechte Sache heiße.

Diesem Ausbruch des Volksgefühls sah der versammelte Senat mit düster brütendem Stillschweigen zu. Wer das Leben nicht gehörig kennt, sollte meinen, daß sich Unruhe und Besorgnis in den ernsten Gesichtern der Patrizier abgespielt haben müßten. Aber wer imstande war, einen Unterschied zu machen zwischen der Macht politischen Übergewichts, das auf Ordnung und Zusammenhang begründet ist, und dem augenblicklichen Ausbruch der Leidenschaft, wie laut und lärmend er auch sei, der konnte leicht gewahren, daß sich der letztere dieses Mal noch nicht mit hinlänglicher Kraft äußerte, um die von dem ersteren aufgerichteten Schranken umzustürzen.

Man ließ die Fischer ungehindert ihres Weges ziehen; hier und da aber stahl sich zum Lido hin eine Gondel, die einige von den geheimen Agenten der Polizei trug, deren Pflicht es war, die Regierung von etwaiger Gefahr beizeiten in Kenntnis zu setzen. Unter den letzteren war das Boot des Weinhändlers, das von der Piazetta abstieß, mit einem Vorrat seiner Ware und Annina, gleichsam in der Absicht, von der jetzigen Verwirrung unter ihren gewöhnlichen Kunden Vorteil zu ziehen. Unterdes nahmen die Spiele ihren Fortgang, und die augenblickliche Störung war vergessen.

Die ernsten Herren auf dem Buzentauren, obgleich scheinbar auf das achtend, was unmittelbar unter ihren Augen vorging, horchten doch auf jedes Geräusch von Stimmen, das der Abendwind vom fernen Lido herübertrug, und mehr als einmal sah man den Dogen selbst seine Blicke jener Gegend zuwenden und die Besorgnis verraten, die sein Gemüt erfüllte.

Doch ging der Tag wie gewöhnlich vorüber. Die Sieger triumphierten, die Zuschauer jubelten, und der versammelte Senat schien die Freude des Volkes zu teilen, das er mit einer dem furchtbaren, geheimen Gange des Schicksals nicht unähnlichen Sicherheit der Gewalt beherrschte.

Elftes Kapitel

Den Abend eines solchen Tages konnten die Einwohner Venedigs unmöglich in langweiliger Einsamkeit zubringen. Wiederum füllte sich der große Markusplatz mit einer geschäftigen und gemischten Menge, und die schon früher beschriebenen Szenen begannen von neuem mit erhöhter Lebendigkeit. Seiltänzer und Taschenspieler zeigten ihre Künste; das Geschrei der Frucht- und Delikatessenhändler vermischte sich mit den Tönen der Flöten, Gitarren und Harfen, während sich der Müßiggänger und der Geschäftige, der Gedankenlose und der Ränkeschmied, der Verschworene und der Polizeigehilfe in privilegierter Sicherheit begegneten.

Schon war Mitternacht vorüber, als eine Gondel mit leichter Bewegung durch die Fahrzeuge glitt und mit ihrem den Kai berührte, wo sich der Markuskanal mit der Bai vereinte.

„Willkommen, Antonio“, rief ein Mann dem einsamen Gondelführer zu, als dieser den eisernen Haken seines Taues in den Fugen der Steine befestigte, wie dies bei den Gondolieri Brauch ist, „von Herzen willkommen, Antonio, wenngleich etwas spät.“

„Trotz deines maskierten Antlitzes erkenn ich die Stimme“, sagte der Fischer. „Deiner Güte, mein Freund, dank ich den Erfolg dieses Tages; und hab ich gleich den gewünschten und gehofften Zweck nicht erreicht, so bin ich dir doch nicht mindern Dank schuldig. Die Welt muß rauh mit dir umgegangen sein, sonst hättest du dich wohl eines alten, verachteten Mannes nicht so angenommen."

„In Spiel und Scherz verflossen die Stunden meiner Jugend nicht; das Leben war kein Festtag für mich – doch was tut's. Es hat dem Senat nicht gefallen, die Anzahl des Galeerenvolks zu verringern, du mußt auf eine andere Belohnung sinnen. Hier sind die Kette und das goldene Ruder, ich hoffe, es soll noch immer willkommen sein."

Der erstaunte Antonio gab dem Drange einer natürlichen Neugier nach und blickte den Preis einen Augenblick verlangend an. Dann trat er schaudernd zurück und sagte mit dumpfer, entschiedener Stimme: „Ich müßte ja glauben, man habe das Spielwerk aus meines Enkels Blut geformt! Behalt es! Dir hat man es anvertraut, und dein ist es von Rechts wegen, und nun sie sich weigern, meiner Bitte Gehör zu geben, ist es jedem nutzlos, außer dem, der es ehrlich verdient hat."

„Du denkst nicht an den Unterschied der Jahre und der Muskelkraft, Fischer. Mich dünkt, bei Zuerkennung eines solchen Preises müßte man auch darauf Rücksicht nehmen, und dann hättest du uns wahrlich alle übertroffen. Heiliger Theodor! Ich habe meine Kindheit am Ruder zugebracht, und nimmer hat jemand in Venedig meiner Gondel so hart zugesetzt!"

„Ich weiß die Zeit, Jacopo, da selbst dein junger Arm ermüdet war in einem solchen Kampf zwischen uns beiden. Es war vor der Geburt meines ältesten Sohnes, der gegen die Ottomanen fiel, als der liebe Knabe, den er mir hinterließ, noch auf den Armen getragen wurde. Sahst du jemals den schmucken Jungen, guter Jacopo?"

„Ich war nicht so glücklich, guter Alter, doch wenn er dir glich, so magst du seinen Verlust mit Recht betrauern. Bei Diana! Ich habe wenig Ursach, mich des Vorteils zu rühmen, den mir Jugend und Stärke gaben."

„Eine innere Kraft trieb mich und das Boot vorwärts – doch welchen Vorteil hat's gebracht? Alles scheiterte an den Felsenherzen der Edeln."

„Das kann man noch nicht wissen, Antonio. Die guten Heiligen erhören wohl unser Gebet, wenn wir es am wenigsten glauben. Komm jetzt mit mir, denn man sandte mich ab, dich zu suchen."

Der gute Fischer sah seinen neuen Freund mit Erstaunen an, besorgte, wie es seine Gewohnheit, das Boot und erklärte dann wohlgemut, er sei bereit zu folgen. Sie standen ein wenig entfernt von der Durchfahrt der Kais, und trotz des hellen Mondscheins konnten zwei Männer in ihrer Tracht nur wenig

Aufmerksamkeit erregen; doch dem Bravo schien es hier noch immer nicht sicher genug. Er wartete, bis Antonio das Boot verlassen hatte, und warf ihm dann, ohne weitere Erlaubnis, einen Mantel um, den er überm Arm getragen hatte. Eine Mütze, der seinigen ähnlich, auf das graue Haar des Alten gesetzt, vollendete die Metamorphose.

„Eine Maske ist nicht nötig", sagte er, nachdem er seinen Gefährten aufmerksam betrachtete, „niemand wird Antonio in diesem Aufzug suchen."

„Ist all dies nötig, Jacopo? Ich bin dir Dank schuldig für deinen wohlgemeinten und – wären nicht die harten Herzen der Reichen und Mächtigen – für deinen wohltätigen Dienst. Doch muß ich dir sagen, eine Maske trug ich noch nie; denn warum sollte jemand, der mit der Sonne aufsteht, um sein schweres Werk zu beginnen, und der sich auf den Segen des heiligen Antonius verläßt, gleich einem Stutzer ausgehen, um den guten Namen einer Jungfrau zu stehlen, oder wie ein Räuber in der Nacht?"

„Du kennst ja unsere venezianische Sitte, und es möchte überdies nicht unnötig sein, bei unserm Geschäft etwas vorsichtig zu Werke zu gehen."

„Du vergißt, daß mir deine Absichten noch verborgen sind. Ich sag es nochmals und sag es mit Aufrichtigkeit und Erkenntlichkeit, ich bin dir vielen Dank schuldig, obgleich der Zweck verfehlt ist und der Junge noch immer festsitzt in der schwimmenden Schule der Gottlosigkeit – doch, Jacopo, du trägst einen Namen, von dem ich wünschte, er gehörte dir nicht. Es wird mir schwer, alles zu glauben, was sie heute am Lido von einem sagten, der für den Schwachen, dem man Unrecht getan, so viele Teilnahme bewiesen hat."

Das tiefe Stillschweigen, das dieser Bemerkung folgte, war so drückend für Antonio, daß es ihm eine Art Erlösung schien, als Jacopo sich wieder mit tiefem Atemzug zu fassen schien.

„Es hat nichts zu bedeuten", erwiderte Jacopo mit dumpfer Stimme. „Es hat nichts zu bedeuten; wir wollen ein andermal darüber sprechen. Jetzt folge und schweig."

Antonios selbstbestellter Führer schlug den Pfad vom Wasser weg ein und deutete letzterem an, ihm zu folgen. Der Fischer gehorchte. Jacopo trat zuerst in den Hof vor dem Palast des Dogen; seine Schritte waren gemächlich, und der vorüberziehenden Menge schienen sie, gleich tausend andern, nur hier zu wandeln, um sich der frischen Nachtluft oder der Vergnügungen der Piazza zu erfreuen. Im dunkeln und gebrochenen Licht des Hofes blieb Jacopo stehen, sichtlich um die Personen zu betrachten, die dieser enthielt. Vermutlich sah er keinen Grund zum Zögern, denn nach einem, seinem Begleiter gegebenen Zeichen durchschritt er den Platz und stieg die Stufen hinauf, die, von den oben stehenden Statuen, die Riesentreppe genannt werden. Vorüber zogen sie an dem berüchtigten Löwenrachen und wollten rasch die offene Galerie entlanggehen, als ihnen ein Hellebardier der herzoglichen Garde entgegentrat.

„Wer da?“ fragte der Mietling, ihnen seine lange, gefährliche Waffe vorhaltend.

„Freunde des Staates und des heiligen Markus.“

„Niemand passiert zu dieser Zeit ohne die Parole.“

Jacopo deutete Antonio an, stille zu stehen, er selbst näherte sich dem Hellebardier und lispelte ihm einige Worte ins Ohr. Alsbald richtete dieser die Waffe auf und schritt mit gewohnter Gleichgültigkeit die lange Galerie auf und ab. Die beiden gingen weiter; Antonio, nicht wenig erstaunt über alles, was er gesehen hatte, folgte eilfertig seinem Führer, sein Herz schlug lebhaft in unbestimmter Hoffnung. Der Welten Lauf war ihm nicht so unbekannt, als daß er nicht hätte wissen sollen, daß die Mächtigen zuweilen im geheimen gewähren, was ihnen Politik öffentlich zu tun verbietet. Voller Erwartung, den Dogen vielleicht selbst zu sehen und sein teures Kind zurückzuerhalten, schritt der Alte die lange, dunkle Galerie mit leichten Schritten entlang und fand sich endlich, immer Jacopo folgend, am Fuß einer andern steinernen Treppe. Der Weg ward nun für unseren Fischer zum Labyrinth, denn sein Gefährte verließ jetzt die öffentlichen Ausgänge des Palastes und führte ihn durch eine geheime Tür mehrere schwach erleuchtete oder auch ganz finstere Korridore entlang. Treppauf, treppab ging es, von Zimmer zu Zimmer, bis Antonio schwindelte und er ganz die Richtung des Weges verlor. Endlich hielten sie an in einem dunkeln, schlecht möblierten Zimmer, durch die schwache Erleuchtung nur noch dunkler gemacht.

„Du bist gut bewandert in der Wohnung unseres Fürsten“, sagte der Fischer, als ihm seines Gefährten Stillstand zu sprechen erlaubte. „Dem ältesten Gondelführer sind die Krümmungen der Kanäle nicht besser bekannt als dir diese Galerien und Korridore.“

„Mein Geschäft war, dich hierher zu leiten, und was ich zu tun habe, trachte ich gut zu tun. Antonio, du bist ein Mann, der die Gegenwart der Großen nicht fürchtet, dieser Tag hat es bewiesen. Nimm all deinen Mut zusammen, denn ein schwerer Augenblick steht dir bevor.“

„Kühn sprach ich mit dem Dogen. Wen hätt ich, außer dem Heiligen Vater selbst, noch zu fürchten auf dieser Erde?“

„Wohl magst du zu kühn gesprochen haben, Alter. Mäßige deine Worte, die Großen hören nicht gern die Sprache der Nichtachtung.“

„Gefällt ihnen die Wahrheit so wenig?“

„Dem sei, wie ihm wolle, sie hören sich gern rühmen, wenn sie Lob verdienten, doch Tadel ist ihnen zuwider, selbst wenn sie fühlen, daß er gerecht ist“

„Ich fürchte“, sagte der Alte, den andern unbefangen ansehend, „ich fürchte, es ist nur wenig Unterschied zwischen dem Mächtigen und Schwachen, wenn beide entkleidet sind und der bloße Mensch dem Menschen gegenübersteht.“

„Die Wahrheit möchte hier kein willig Ohr finden.“

„Wie! Leugnen sie, daß sie Christen, Sterbliche, Sünder sind?“

„Sie rühmen sich des ersteren, Antonio – vergessen das zweite und hören sich nicht gern das dritte nennen, außer von sich selbst.“

„Ich fange doch an zu zweifeln, daß ich des Knaben Freiheit erlangen werde, Jacopo.“

„Sprich sanft mit ihnen, sag nichts, was ihre Eigenliebe verwunden oder ihre Autorität bedrohen könnte – sie verzeihen viel, besonders wenn letztere geachtet wird.“

„Doch eben diese Autorität nahm mir mein Kind! Kann ich zugunsten einer Macht sprechen, die ich für ungerecht erkenne?“

„Wenigstens mußt du so tun, sonst schlägt dein Gesuch fehl.“

„Laß mich nach meinen Lagunen zurückkehren, lieber Jacopo, denn meine Zunge bewegt sich nur nach dem Gebot meines Herzens. Sag du ihnen in meinem Namen, daß ich hierher kam, um ihnen meine Achtung zu beweisen, daß ich aber, weil ich sah, wie fruchtlos ferneres Bitten sein würde, zu meinen Netzen und Gebeten heimgekehrt sei.“

Nach diesen Worten schüttelte er die Hand seines bewegungslosen Gefährten und schickte sich zum Fortgehen an. Ehe noch sein Fuß die Marmorhalle verlassen hatte, zielten schon zwei Hellebarden nach seiner Brust; er sah jetzt zum erstenmal, daß bewaffnete Männer den Eingang besetzt hielten und er so eigentlich ein Gefangener sei. Die Natur hatte dem Fischer einen richtigen und schnellen Blick gegeben und lange Gewohnheit seine

Nerven gestählt. Als er seine wahre Lage bemerkte, wandte er sich, statt aller nutzlosen Vorstellungen und ohne Schrecken zu verraten, mit ruhigem Blick zu Jacopo.

„Gewiß wollen mir die durchlauchtigen Herren Gerechtigkeit widerfahren lassen", sagte er, „und es würde einem niedrigen Fischer schlecht anstehen, ihnen die Gelegenheit dazu zu rauben. Besser wär's freilich, man wendete hier in Venedig weniger Gewalt an, wenn es auf die einfache Entscheidung von Recht und Unrecht ankommt."

„Wir werden ja sehen", antwortete Jacopo, der bei dem verunglückten Versuch des anderen, fortzukommen, keine Teilnahme geäußert hatte. Ein langes Stillschweigen erfolgte. Die Hellebardiere verharrten in ihrer steifen Haltung im Schatten der Wände, während Jacopo und sein Gefährte, fast ebenso starr und unbeweglich, die Mitte des Zimmers einnahmen.

Es wird hier nicht überflüssig sein, dem Leser einige besondere Staatseinrichtungen des Landes, von dem wir schreiben und die mit der Szene, die jetzt folgt, in Verbindung stehen, zu erläutern.

In den Zeitaltern, als die Herrscher noch profan genug waren, zu behaupten, und die Beherrschten schwach genug, es zuzugeben, daß das Recht eines Mannes, seinesgleichen zu beherrschen, ein unmittelbares Geschenk Gottes sei, hielt man eine, wenn auch nur angebliche Abweichung von diesem kühnen und egoistischen Grundsatz hinreichend, einer Nation den Charakter von Freiheit und Gemeinsinn zu geben. Dieser Glaube ist auch nicht ganz unrichtig, da er – theoretisch wenigstens – den Grund der Regierung auf eine Basis stellt, die wesentlich von der unterschieden ist, die alle Macht als das Eigentum eines einzelnen betrachtet.

Wahrscheinlich glaubten die Patrizier von St. Markus, als sie eine Gemeinschaftlichkeit der politischen Rechte unter sich bildeten, ihr Stand habe nun alles getan, was nötig wäre, um jenen hohen und ehrenvollen Titel „Republik" zu verdienen.

Venedig kannte kein göttliches Recht, und da dessen Fürst wenig besser als eine Puppe war, so machte es kühn auf den Namen einer Republik Anspruch und war in der Tat nur eine ausschließliche, eine gemeine, äußerst herzlose Oligarchie.

Der Unterschied des Ranges, ganz getrennt vom Willen der Nation, bildete die Basis des venezianischen Staates. Autorität war hier, wenngleich verteilt, nicht minder ein Geburtsrecht als in den Ländern, wo sie als eine Gabe der Vorsehung angesehen ward. Die Patrizier hatten hohe, ausschließliche Rechte, die mit Anmaßung und Eifersucht bewacht und aufrechterhalten wurden. Wer nicht zum Herrschen geboren war, hatte wenig Hoffnung, jemals zum Besitze seiner natürlichen Rechte zu gelangen, während der zufällig dazu Geborene die schrecklichste, despotischste Macht ausübte. Die Namen der Hauptfamilien wurden in das sogenannte „Goldene Buch“ eingetragen, und der beneidenswerte Nachkömmling dieser registrierten Vorfahren konnte, mit wenigen Ausnahmen (wie bei Don Camillo zum Beispiel die Monforte), im Senat auftreten und auf die Ehre der „Gehörnten Mütze“ Anspruch erheben. Dieses grundfalsche Regierungswesen ward den Untertanen nur durch die Beiträge der eroberten und zinspflichtigen Provinzen erträglich, denn diese, wie bei jeder Zentralregierung, fühlten den Druck am meisten.

Als der Senat zu zahlreich geworden war, um die verwickelten Geschäfte des Staates mit gehöriger Verschwiegenheit und Eile zu leiten, wurden die wichtigeren Gegenstände einem Rate von dreihundert Mitgliedern anvertraut. Um der Öffentlichkeit und Verzögerung noch mehr vorzubeugen, bildete man einen noch kleineren Ausschuß, den sogenannten Rat der Zehn, dem man einen großen Teil der exekutiven Gewalt anvertraute, die in den Händen des Titularoberhauptes zu gefährlich werden konnte. Dies hatte wenigstens, wie fehlerhaft auch das Ganze war, den guten Erfolg, daß es den Gang der Geschäfte einfacher und offenbarer machte. Die Agenten der Regierung waren bekannt, und obgleich alle Verantwortlichkeit gegen die Nation durch den höheren Einfluß und die engherzige Politik der Patrizier verlorenging, so konnten doch die Herrscher dem öffentlichen Tadel nicht ganz entgehen, wenn sie sich ein ungerechtes und unrechtmäßiges Verfahren erlaubten. Doch hatte ein Staat, dessen Gedeihen hauptsächlich von Abgaben und Zuschüssen der Untergebenen abhing und dessen Existenz ebensosehr durch seine eigenen falschen Grundsätze als durch die anwachsende Größe benachbarter Staaten bedroht ward, in Abwesenheit einer exekutiven Gewalt in den Händen der Bürger Venedigs, einer wirksameren Macht nötig. Eine politische Inquisition, die mit der Zeit das furchtbarste polizeiliche Werkzeug wurde, war die Folge dieser Notwendigkeit.

Eine Gewalt ohne Schranken und Verantwortlichkeit ward periodisch einem noch kleineren Ausschusse übertragen, der seine despotischen und geheimen Funktionen unter dem Namen der Drei ausübte. Das Los entschied die Wahl dieser drei Herrscher, und zwar so, daß sie nur ihnen selbst und wenigen der vertrauteren Staatsdiener bekannt ward. So existierte zu allen Zeiten im

Herzen von Venedig eine geheime und allgewaltige Macht, von Männern ausgeübt, die als solche der menschlichen Gesellschaft ganz unbekannt waren und sich den gewöhnlichen und harmlosen Verrichtungen und Ansprüchen des Lebens hinzugeben schienen, aber in Wahrheit von so tyrannischen, egoistischen politischen Maximen geleitet wurden, wie sie nur jemals der böse Genius der Menschheit erfunden hat. Kurz, es war eine Macht, die ohne Mißbrauch nur der unfehlbaren Tugend und der unendlichen Weisheit – versteht sich, nach Maßgabe menschlicher Kräfte – anvertraut, deren Ansprüche sich nur auf Geburt und die verschiedenen Farben der Kugeln gründete und denen nicht einmal die Schranke der Publizität gesetzt war. – Der Rat der Drei versammelte sich im geheimen, erließ gewöhnlich seine Dekrete ohne Beratung mit den anderen Gerichten und bekräftigte sie durch die Furchtbarkeit der Mysteriosität und plötzlichen Ausführung, die den schnellen Schlägen des Schicksals glich. Selbst der Doge vermochte nichts gegen ihre Autorität, noch war er geschützt vor ihren Beschlüssen; man weiß sogar, daß einer der privilegierten Drei von seinen Gefährten denunziert wurde. Es existiert noch ein langes Verzeichnis der Staatsmaximen, die dieses geheime Tribunal zur Richtschnur seiner Handlungen nahm, und es ist nicht zuviel gesagt, daß sie alles andere, außer Erreichung des vorgesetzten Zweckes, aus den Augen setzten – alle anerkannten göttlichen Gesetze und jeden unter den Menschen geachteten Grundsatz der Gerechtigkeit.

Zwölftes Kapitel

Antonio stand also jetzt im Vorzimmer des eben beschriebenen geheimen und strengen Tribunals. Wie alle Leute seines Standes hatte der Fischer eine dunkle, unsichere Idee von dem Dasein und den Attributen des Gerichtshofes, vor dem er jetzt erscheinen sollte. Doch sein einfacher Verstand war weit entfernt, den ganzen Umfang zu erkennen oder die Beschaffenheit der Geschäfte zu begreifen, die ebensowohl die wichtigeren Angelegenheiten der Republik als die geringeren der Patrizierfamilien in sich schlossen. Während sich seine Seele mit dem möglichen Erfolg der erwarteten Zusammenkunft beschäftigte, öffnete sich eine innere Tür, und ein Diener gab Jacopo ein Zeichen zum Nähertreten. Das tiefe, feierliche Schweigen, das nach ihrem Eintritt in den Rat der Drei erfolgte, gab ihnen Zeit genug, das Zimmer und die darin Befindlichen näher zu betrachten. Ersteres war nicht groß für das Land und Klima, wohl aber der geheimen Ratsversammlung, die es enthielt, angemessen. Der Fußboden bestand aus schwarz und weiß gewürfelten Marmorstücken; die Wände waren mit schwarzem Tuch beschlagen, eine einzige Lampe von dunkler Bronze hing über einem in der Mitte stehenden Tisch, der, wie alle übrigen geringen Möbel, mit Schwarz behangen war. In jedem Winkel des Gemachs sah man vorspringende Kammern, die vielleicht waren, was sie schienen, vielleicht auch als Eingänge zu den anderen Zimmern des Palastes dienten. Alle Türen wurden durch Vorhänge dem Blicke entzogen, wodurch das Ganze einen einförmigen und schaudererregenden Charakter der Düsterkeit erhielt. An der einen Seite des Zimmers, Antonio gegenüber, saßen drei Männer auf kurulischen Stühlen, doch konnte man sie, da ihre Gesichtszüge und Gestalten durch Masken und weite Anzüge verhüllt waren, nicht erkennen. Einer dieser Machthaber trug eine karmesinfarbene Robe, als Repräsentant des Gerichtshofes des Dogen. Die beiden anderen in Schwarz waren die, die aus dem Rate der Zehn, selbst nur ein temporärer, gelegentlich berufener Gerichtshof, die glücklichen oder vielmehr unglücklichen Kugeln gezogen hatten. Zwei oder drei Subalternen, nahe dem Tische, sowie die noch niedrigeren Beamten des Ortes waren durch ähnliche Verkleidungen wie die der Oberhäupter unkenntlich gemacht. Jacopo schien dies Schauspiel wenngleich mit Achtung und Scheu, doch wie jemand, der dessen schon gewohnt ist, zu betrachten; der sichtliche Eindruck aber, den es auf Antonio machte, war nicht zu verkennen. Wahrscheinlich sollte die lange Pause, die nach seinem Eintritt erfolgte, diesen Erfolg hervorbringen, denn von allen Seiten bewachten ihn scharfe Blicke.

„Man nennt dich Antonio von den Lagunen?“ fragte einer der Sekretäre nahe dem Tische, nachdem er von dem karmesinfarbenen Mitglied ein geheimes Zeichen zum Befragen erhalten.

„Ein armer Fischer, Exzellenz, der dem heiligen Antonio vom wunderbaren Zuge viel verdankt.“

„Und du hast einen Sohn, der deinen Namen trägt und dein Gewerbe treibt?“

„Es ist Christenpflicht, sich dem Willen Gottes zu unterwerfen. Mein Sohn ist seit zwölf Jahren tot, seit dem Tage, als die Galeeren der Republik die Ungläubigen von Korfu nach Kandia jagten. Er ward mit vielen anderen von seinem Beruf in jenem blutigen Gefecht getötet, edle Signori.“

Eine Bewegung des Erstaunens zeigte sich unter den Schreibern, sie flüsterten einander zu und schienen die in ihren Händen befindlichen Papiere mit Eile und Verlegenheit zu untersuchen. Blicke wurden den unbeweglichen, in das undurchringliche Geheimnis ihrer Funktion gehüllten Richtern zugesandt. Ein geheimes Zeichen indes veranlaßte die bewaffneten Diener bald, Antonio und seinen Gefährten aus dem Zimmer zu führen.

„Hier mangelt etwas am Bericht!“ sagte eine strenge Stimme aus der Zahl der Drei, sobald die Fußtritte der Abgeführten verhallten. „Es ist nicht schicklich, daß die Inquisition von St. Markus hierbei eine Unwissenheit offenbare.“

„Es betrifft ja bloß die Familie eines niedrigen Fischers, durchlauchtiger Signore“, erwiderte der zitternde Diener, „vielleicht sucht er uns beim Eingange des Verhörs durch List zu betrügen.“

„Du irrst“, unterbrach ein anderer der Drei, „der Mann heißt Antonio Vecchio, und wie er gesagt, fiel sein einzig Kind in der heißen Schlacht mit den Ottomanen. Der, von dem jetzt die Rede ist, ist sein Enkel und noch ein Knabe.“

„Der edle Signore hat recht!“ erwiderte der Schreiber. „In der Eile haben wir ein Faktum mißverstanden, das die Weisheit des Rates schnell berichtigt. St. Markus ist glücklich, unter seinen stolzesten und ältesten Namen Senatoren zu haben, die sich so genau des Interesses seiner geringsten Kinder annehmen.“

„Führt den Mann wieder herein“, nahm der Richter das Wort, sich für das Kompliment leicht verneigend. „Dergleichen Vorfälle sind unvermeidlich im Drange der Geschäfte.“

Die nötigen Befehle wurden gegeben, und Antonio, mit seinem Gefährten stets zur Seite, trat zum zweiten Male ein.

„Dein Sohn starb im Dienste der Republik, Antonio?“ fragte der Sekretär.

„So ist's, Signore. Die heilige Maria mag sich seiner erbarmen und mein Gebet erhören! So ein gutes Kind und ein so tapferer Mann wird wohl vieler Seelenmessen nicht bedürfen, sonst müßte sein Tod doppelt betrübend für mich sein, da ich zu arm bin, sie zu bezahlen.“

„Du hast einen Enkel?“

„Ich hatte einen, edler Senator, ich hoffe, er lebt noch.“

„Arbeitet er nicht mit dir auf den Lagunen?“

„Wollte der heilige Theodor, es wäre so! Er ist aufgegriffen, Signore, mit vielen anderen von zartem Alter, für die Galeeren, von denen ihn unsere Liebe Frau erlösen mag! Wenn Ew. Exzellenz Gelegenheit hätten, mit dem General der Galeeren, oder irgend sonst jemandem, der in diesen Sachen einige Autorität hat, zu sprechen, so flehe ich hier auf meinen Knien, sprechen Sie zugunsten meines Kindes, eines guten, frommen Buben, der selten seine Leine ins Wasser wirft, ohne vorher ein Ave zu sprechen oder ein Gebet an den heiligen Antonio zu richten, und der mir nie Unruhe gemacht hat, bis er in die Klauen des heiligen Markus gefallen."

„Steh auf! – In dieser Angelegenheit hab ich dich nicht zu fragen. Du hast heute von deiner Bitte an unseren durchlauchtigen Dogen gesprochen?"

„Ich habe Se. Hoheit gebeten, den Knaben freizugeben."

„Und das hast du öffentlich und mit wenig Ehrfurcht gegen die hohe Würde und den heiligen Charakter des Oberhaupts der Republik getan?"

„Ich tat es als Vater und Mensch. Wenn nur die Hälfte von dem wahr wär, was man von der Güte und Gerechtigkeit des Staates spricht, so hätten Se. Hoheit mich angehört als Vater und Mensch."

Eine leise Bewegung unter dem furchtbaren Triumvirat veranlaßte eine kurze Pause von seiten des Sekretärs; als er aber sah, daß seine Oberen schwiegen, fuhr er fort: „So tatest du einmal öffentlich und unter den Senatoren; als man dich aber zurückwies mit deiner am unrechten Ort angebrachten und unverständigen Bitte, suchtest du andere Mittel, dein Anliegen vorzubringen?"

„Es ist wahr, erlauchter Signore."

„Du erschienst unter den Gondolieri der Regatta in unziemlicher Kleidung und stelltest dich in die vorderen Reihen mit denen, die sich um die Gunst des Senats und des Fürsten bewarben."

„Ich erschien in derselben Kleidung, die ich vor der Heiligen Jungfrau und St. Antonio trage, und wenn ich im Wettlauf der vorderste war, so verdanke ich dies vielmehr der Güte und Gunst meines Nachbars als irgendeiner übrigen Kraft in diesen verwitterten Sehnen und ausgetrockneten Knochen. San Marco mag sich seiner in der Not annehmen für seine Guttat und mag die Herzen der Großen erweichen, damit sie das Flehen eines kinderlosen Vaters erhören."

Wieder erfolgte eine leise Bewegung der Überraschung oder der Neugier unter den Inquisitoren und eine Pause beim Sekretär.

„Du hörst, Jacopo", sagte einer der Drei, „was hast du dem Fischer zu antworten?"

„Signore, er spricht die Wahrheit."

„Und du wagtest zu scherzen mit der Festlichkeit der Stadt und die Wünsche des Dogen geringzuachten?"

„Wenn es ein Verbrechen ist, erlauchter Senator, mit einem alten Mann Mitleid zu haben, der um sein Kind trauerte, und meinen eigenen einzelnen Triumph um seiner Vaterliebe willen aufzugeben, so bin ich schuldig.“

Eine lange, schweigsame Pause erfolgte auf diese Antwort. Jacopo hatte mit seiner gewohnten Ehrfurcht, doch mit der ernsten Ruhe gesprochen, die die Grundlage seines Charakters ausmachte. Die Blässe seiner Wangen blieb dieselbe, und das glühende Auge, das so sonderbar sein gleichsam mit dem Schatten des Todes bedecktes Antlitz aufklärte und belebte, veränderte kaum den Blick während der Antwort. Auf ein gegebenes geheimes Zeichen fuhr der Sekretär fort: „Du verdankst also deinen Sieg in der Regatta dem Wohlwollen deines hier gegenwärtigen Mitkämpfers, Antonio?“

„Unter der Gunst St. Theodors und St. Antonios, der Stadt und meines Schutzheiligen.“

„Dein ganzes Begehren war also, die abgewiesene Bitte hinsichtlich des jungen Schiffers zu wiederholen?“

„Ich hatte kein anderes, Signore. Was sind der Triumph unter den Gondolieri und das Spielzeug nachgeahmter Kette und Ruder für jemanden meines Alters und Standes?“

„Du vergißt, daß Kette und Ruder von Gold sind.“

„Exzellenz, Gold kann die Wunden des verschmachtenden Herzens nicht heilen. Gebt mir mein Kind zurück, damit nicht fremde Hände mein Auge zudrücken und damit ich seinen jungen Ohren gute Lehren gebe, solange noch Hoffnung ist, daß meine Worte gehört werden, und alles Metall des Rialto soll mich nicht reizen! Damit ihr sehet, daß ich nicht eitle Worte mache, biete ich mit schuldiger Ehrfurcht vor ihrer Weisheit und Größe den Edeln diese Kostbarkeit an.“

Bei diesen Worten näherte sich der Fischer mit den furchtsamen Schritten eines Mannes, der nicht gewohnt ist, sich in Gegenwart Vornehmerer zu bewegen, und legte auf die dunkle Decke des Tisches einen Ring, der, wenigstens wie es schien, von edeln Steinen funkelte. Der erstaunte Sekretär nahm den Ring und hielt ihn erwartungsvoll den Richtern vor.

„Was ist dies?“ rief der, der unter den Drei am häufigsten teil am Verhör genommen hatte. „Das scheint ja das Pfand unseres Verlöbnisses?“

„Nicht anders, erlauchter Senator, mit diesem Ringe vermählte sich der Doge mit dem Adriatischen Meere in Gegenwart der Gesandten und des Volkes.“

„Hattest du damit auch etwas zu schaffen, Jacopo?“ fragte der Richter streng.

Der Bravo sah das Juwel mit Teilnahme an, doch behielt seine Stimme, als er antwortete, die gewöhnliche Tiefe und Festigkeit: “Signore, nein – erst jetzt erfahre ich vom Glück des Fischers.“

Auf ein Zeichen hob der Sekretär von neuem an: „Du mußt sagen, und zwar aufrichtig sagen, wie dieser geheiligte Ring in deine Hände gekommen ist, half dir jemand zu seinem Besitz?“

„Ja, Signore.“

„Nenn ihn uns, damit wir Maßregeln treffen, uns seiner zu versichern.“

„Das wäre nutzlos, Signore, ihn erreicht Venedigs Macht nicht.“

„Was meinst du, Mann? Kein Mensch, der in ihren Grenzen lebt, steht höher als das Recht und die Macht der Republik. Antworte ohne Umschweife, so lieb dir dein Leben ist.“

„Das würde ich hochschätzen, was wenig Wert hat, Signore, und mich einer großen Torheit und einer großen Sünde schuldig machen, wenn ich Euch betrügen wollte, bloß um einen alten und wertlosen Leichnam wie den meinigen vor Schlägen zu retten. Wenn mich Ew. Exzellenzen hören wollen, so bin ich bereit und willig, zu erzählen, wie ich zu diesem Ringe kam.“

„Sprich denn und suche nicht, die Wahrheit zu umgehen.“

„Ich weiß nicht, Signori, ob Sie so gewohnt sind, Unwahrheiten zu hören, daß Sie mich so sehr davor warnen, wir Leute von den Lagunen fürchten uns nicht, auszusprechen, was wir gesehen und getan haben, denn unser Hauptgeschäft ist mit Wind und Wellen, und diese erhalten ihre Befehle von Gott selbst. Unter uns Fischern gibt es eine Sage, Signori, daß vor langer Zeit einer von uns den Ring, mit dem sich der Doge mit dem Adriatischen Meere vermählt, aus dem Hafen hervorgeholt habe. Ein so kostbares Juwel war für jemand, dessen Netze ihm täglich Brot und Öl verschafften, von geringem Nutzen, er brachte ihn daher zum Dogen, wie's einem Fischer zukam, in dessen Hände die Heiligen einen Schatz geworfen haben, auf den er keine Ansprüche hatte, gerade als wollten sie seine Ehrlichkeit auf die Probe stellen. Von dieser Handlung unseres Gefährten wird viel gesprochen auf den Lagunen und am Lido, und man sagt, einer unserer venezianischen Meister habe ein schönes Bild davon gemacht, das in der Halle des Palastes hängt und die ganze vorgefallene Geschichte erzählt. Es stellt den Fürsten dar auf seinem Thron und den glücklichen Fischer mit seinen nackten Beinen, Sr. Hoheit wiederbringend, was sie verloren. Ich hoffe, daß diese Erzählung wahr ist,

Signori, sie schmeichelt unserem Stolz sehr und hält manchen von uns fester ans Rechttun und in größerer Gunst bei dem heiligen Antonio, als außerdem geschehen möchte."

„Die Sache verhält sich so."

„Und das Gemälde, Signore? Ich hoffe, unsere Eitelkeit hat uns darin nicht getäuscht?"

„Das erwähnte Bild ist im Palaste zu sehen."

„Corpo di Bacco! Ich hatte meine Zweifel in dieser Hinsicht, denn es ist nicht gewöhnlich, daß die Reichen und Glücklichen soviel Aufhebens machen von dem, was der Arme tut. Ist das Werk vom großen Tizian selbst, Exzellenz?"

„Nein, das nicht, ein geringerer Name steht auf dem Gemälde."

„Man sagt, daß Tizian die Kunst verstand, seinen Werken das Ansehen und die Fülle des Fleisches zu geben, und man sollte meinen, daß ein gerechter Mann in der Ehrlichkeit des Fischers Glanzes genug gefunden hätte, um selbst Tizians Auge zu befriedigen. Aber vielleicht sah der Senat Gefahr dabei, uns Lagunenbewohnern also zu schmeicheln."

„Fahre nun fort, deine eigene Begebenheit mit dem Ringe zu erzählen."

„Erlauchte Signori, oft träumte mir von dem Glück meines Kameraden aus der alten Zeit, und mehr als einmal zog ich im Traum mein Netz herauf mit dem Gedanken, den Edelstein vielleicht in den Maschen oder im Leibe irgendeines Fisches zu finden. Was ich mir so oft eingebildet habe, geschah endlich wirklich. Ich bin ein alter Mann, Signori, und es gibt nur wenig Teich und Sandbanken zwischen Fusina und Giorgio, die meine Angeln nicht ausgemessen und meine Netze nicht bedeckt hätten. Der Ort, der nach dem Buzentaur bei diesen Zeremonien segelt, ist mir gar wohl bekannt, und ich trug Sorge, den Grund rund umher mit meinen Netzen zu bedecken, in der Hoffnung, den Ring mit herauszuziehen. Als Seine Hoheit das Juwel hinabwarf, belegte ich mit einer Boje die Stelle – Signori, das ist alles –, mein Gehilfe war St. Antonio."

„Hattest du denn einen Beweggrund, dies zu tun?"

„Heilige Mutter Gottes! War es nicht genug, meinen Knaben aus den Griffen der Galeeren zurückzuerhalten?" rief Antonio mit einer Energie und Einfalt zugleich, wie sich beide oft in einem und demselben Charakter vereinigen. „Ich dachte, wenn der Doge und der Senat geneigt waren, Gemälde malen zu lassen und einem armen Fischer soviel Ehre anzutun für einen Ring, sie vielleicht auch gern einen anderen durch die Freilassung eines Knaben belohnen würden, der der Republik so wenig Dienste leisten kann und seinem Vater alles ist."

„Deine Bitte an Se. Hoheit, dein Kampf in der Regatta und dein Aufsuchen des Ringes, alles geschah für denselben Zweck?"

„Das Leben hat nur diesen einen für mich, Signore."

Eine leise, unterdrückte Bewegung machte sich unter dem Ratspersonal bemerklich.

„Als deine Bitte von Sr. Hoheit abgewiesen ward, weil sie zur ungelegenen Zeit getan –"

„Ach! Exzellenz, wenn das Haupt ergraut ist und der Arm unsicher wird, kann man die schicklichen Augenblicke für solche Dinge nicht abwarten", fiel der Fischer mit etwas von dem glühenden Ungestüm ein, der den Hauptzug des italienischen Charakters ausmacht.

„Als dir deine Bitte abgeschlagen ward und du den Lohn des Sieges zurückgewiesen hattest, gingst du nicht unter deine Kameraden und nährtest ihre Ohren mit Klagen über die Ungerechtigkeit des St. Markus und die Tyrannei des Senats?"

„Nein, Signore. Ich ging traurigen, zerrissenen Herzens fort, denn ich hatte nicht gedacht, daß der Doge und die Edeln einem siegreichen Gondoliere einen so geringen Lohn abschlagen würden."

„Und du zögertest nicht, dies unter die Fischer und Müßiggänger des Lido zu verkünden?"

„Exzellenz, das war nicht nötig – meine Mitbrüder kannten mein Unglück, und es bedurfte meiner Zunge nicht, das Schlimmste weiterzuverbreiten."

„Ein Tumult entstand, du an der Spitze, von Aufstand ward gesprochen und groß Rühmens gemacht von dem, was die Flotte der Lagunen gegen die der Republik tun könnte."

„Es ist wenig Unterschied zwischen beiden, außer, daß die Leute der einen in Gondeln mit Netzen und die anderen in den Galeeren des Staates auslaufen. Wozu sollte ein Bruder des anderen Blut suchen?"

Jetzt ward die Bewegung unter den Ratsherren sichtlicher als je. Sie flüsterten untereinander und überreichten dem examinierenden Sekretär ein Papier, worauf einige schnell geschriebene Worte standen.

„Du sprachst zu deinen Genossen ganz öffentlich über das dir vermeintlich zugefügte Unrecht, du machtest Bemerkungen über die Gesetze, die die Dienste der Bürger begehren, wenn die Republik genötigt ist, eine Flotte gegen den Feind zu senden.“

„Es ist nichts Leichtes, Signore, zu schweigen, wenn das Herz voll ist.“

„Und Beratungen fanden unter euch statt, in Gemeinschaft nach dem Palast zu kommen und vom Dogen im Namen des Pöbels vom Lido die Freilassung deines Enkels zu begehren.“

„Signore, es waren einige so großmütig, dies Anerbieten zu machen, doch andere meinten, es sei wohl zu überlegen, ehe man so kühne Maßregeln ergriffe.“

„Und du – was meintest du in dieser Hinsicht?“

„Exzellenz, ich bin alt, und wenngleich nicht gewohnt, von so erlauchten Senatoren ausgefragt zu werden, hatte ich doch genug von der Regierung des St. Markus erfahren, um einzusehen, daß einige Haufen unbewaffneter Fischer und Gondolieri nicht würden angehört werden mit der . . .“

„Wie! Waren denn die Gondolieri von deiner Partei? Ich sollte meinen, sie wären neidisch und erzürnt gewesen über den Sieg eines Mannes, der nicht zu ihrer Zunft gehört?“

„Ein Gondoliere ist ein Mensch, und obgleich sie das natürliche menschliche Gefühl von Besiegten hatten, so hatten sie doch auch das natürliche menschliche Gefühl für einen Vater, dem man seinen Sohn geraubt. Signore“, fuhr Antonio mit großem Ernst und ganz besonderer Einfalt fort, „es wird großes Mißvergnügen entstehen auf den Kanälen, wenn die Galeeren mit dem Knaben davonsegeln.“

„Das ist deine Meinung! – Waren viele Gondolieri am Lido?“

„Als die Spiele beendet waren, kamen sie zu Hunderten, und ich muß den großmütigen Burschen Gerechtigkeit widerfahren lassen, sie hatten ihren Mangel an Glück in der Liebe zur Gerechtigkeit vergessen. Diamine! Diese Gondolieri sind nicht so schlecht, als einige vorgeben, sie sind Menschen wie wir und haben für einen Christen ebensogut Gefühl wie ein anderer.“

Der Sekretär schwieg nun, denn sein Geschäft war beendet; eine tiefe Stille herrschte im ganzen Zimmer. Nach einer kurzen Pause hob einer der Drei an: „Antonio Vecchio, du hast auf denselben Galeeren gedient, denen du jetzt so entgegen bist, und brav gedient, wie ich erfahren.“

„Ich tat meine Pflicht gegen San Marco, Signore. Ich spielte meine Rolle gegen die Ungläubigen, doch erst nachdem mein Bart gewachsen und ich alt genug geworden war, um Gutes von Bösem zu unterscheiden. Wir alle erfüllen keine Pflicht freudiger, als die Inseln und Lagunen gegen unsere Feinde zu verteidigen."

„Und alle Herrschaften der Republik. – Du kannst keinen Unterschied machen in den Rechten des Staates."

„Den Großen ist eine Weisheit gewährt, die Gott den Armen und Schwachen versagt hat, Signore. Mir scheint es nicht recht klar, wie Venedig, eine auf wenigen Inseln erbaute Stadt, mehr Recht auf die Herrschaft von Kreta oder Kandia haben könne, als die Türken haben hierherzukommen."

„Wie! Wagst du am Lido die Ansprüche der Republik auf ihre Eroberungen in Zweifel zu ziehen? Oder wagen es die unehrerbietigen Fischer, so leichtsinnig vom Ruhm des Staates zu sprechen?"

„Exzellenz, ich weiß wenig vom Recht des Stärkeren. Gott gab uns die Lagunen, daß er uns mehr gegeben hätte, davon weiß ich nichts. Der Ruhm, von dem Sie sprechen, mag den Schultern eines Senators leicht zu tragen sein, doch schwer drückt er des Fischers Herz."

„Du sprichst von Dingen, kühner Mann, die du nicht begreifst."

„Es ist ein Unglück, Signore, daß die Kraft des Verstandes denen nicht gegeben ist, die soviel Kraft zum Dulden besitzen."

Eine ängstliche Pause folgte dieser Antwort.

„Du kannst jetzt gehen, Antonio", sagte der eine, der anscheinend den Vorsitz führte in dem furchtbaren Rat der Drei. „Du wirst von dem, was geschah, nicht sprechen, sonst sei der unentrinnbaren Gerechtigkeit von St. Markus und deren Erfüllung gewärtig."

„Ich danke, erlauchter Senator, ich werde gehorchen. Doch mein Herz ist voll, ich möchte wohl gern noch einige Worte wegen des Kindes sagen, ehe ich diese edle Versammlung verlasse."

„Du magst sprechen – hier darfst du deine Wünsche und deinen Kummer frei ausschütten, wenn du einen hast. San Marco kennt keine größere Freude, als die Wünsche seiner Kinder anzuhören."

„Ich glaube, man hat der Republik Unrecht getan, als man ihre Oberhäupter herzlos und ehrgeizig nannte", sagte der Alte mit hochherziger Wärme, ohne den strengen, mißbilligenden Blick zu bemerken, der in Jacopos Auge glühte.

„Ein Senator ist auch nur ein Mensch, und unter ihnen gibt's auch Väter und Kinder wie unter uns auf den Lagunen."

„Sprich, nur hüte dich vor aufrührerischen und ungebührlichen Reden", sagte einer der Sekretäre halblaut. „Fahre fort!"

„Ich hab nur noch wenig zu sagen, Signori, ich bin es nicht gewohnt, mich meiner dem Staate geleisteten Dienste zu rühmen, Exzellenzen, doch kommen zuweilen Zeiten, wo menschliche Bescheidenheit der menschlichen Natur nachgeben muß. Diese Narben erhielt ich an einem der ruhmvollsten Tage von St. Markus, und zwar auf den vordersten Galeeren, die zwischen den griechischen Inseln fochten. Der Vater meines Knaben weinte damals über mich, wie ich jetzt über seinen Sohn. – Ja – ich sollt mich schämen, dies unter Männern zu gestehen, doch, da einmal Wahrheit gesprochen werden muß – der Verlust des Knaben hat bittere Tränen aus meinen Augen gelockt, wenn ich lag in dunkler Nacht auf den einsamen Lagunen. Ich lag viele Wochen, Signori, mehr einem Leichnam als einem Menschen ähnlich, und als ich wieder heimkehrte zu meinen Netzen und meinem Tagewerk, da hielt ich meinen Sohn nicht zurück, wie die Republik seiner begehrte. Er ging statt meiner, mit den Ungläubigen zu kämpfen – einen Kampf, von dem er nie wiederkehrte. Es war dies eine Pflicht für Männer, die schon Erfahrung hatten und die sich nicht mehr zum Bösen verführen ließen durch die schlechte Gesellschaft auf den Galeeren. Doch dieses Wegrufen der Kinder in die Schlingen des Satans bekümmert einen Vater, und – ich gestehe meine Schwachheit ein, wenn es eine ist – ich bin jetzt nicht mehr so mutig und stolz, mein Fleisch und Blut in die Gefahren und Verderbnisse des Krieges und schlechter Gesellschaft zu schicken, als damals, da die Kraft des Herzens der Kraft der Glieder gleich kam. Gebt mir denn zurück meinen Knaben, bis er mein altes Haupt ins Grab gelegt hat und bis ich ihm mit Hilfe des heiligen Antonius und solcher Ratschläge, als ein armer Mann geben kann, mehr Festigkeit zum Rechten beigebracht und sein Leben so gestaltet habe, daß ihn nicht jeder willkürliche, betrügerische Wind, der seine Barke trifft, hin und her werfe. Signori, Sie sind reich, mächtig und geehrt, und wenn Sie auch zuweilen in Versuchung geraten, ein Unrecht zu tun, das Ihren großen Namen und Vermögen angemessen, so kennen Sie doch wenig die Prüfungen, denen der Arme ausgesetzt ist. Was sind selbst alle Versuchungen des heiligen Antonius gegen die der übeln Gesellschaft auf den Galeeren! Und nun, Signori, wenn Sie auch zürnen sollten, es zu hören, so muß ich es doch sagen, daß – wenn ein alter Mann keinen Angehörigen mehr auf Erden hat als einen einzigen, armen Knaben – daß St. Markus wohltun würde, daran zu denken, daß ein armer Fischer von den Lagunen ebensogut Gefühl hat wie der Doge auf seinem Thron. Ich sage dies, erlauchte Senatoren, im Schmerz, nicht im Zorn, denn ich möchte mein Kind gern zurück haben und mit meinen Oberen in Frieden sterben wie mit meinesgleichen."

„Du kannst jetzt gehen", sagte einer der Drei.

„Noch nicht, Signore, ich hab noch mehr zu sagen von den Männern der Lagunen, die mit lauter Stimme über das Wegschleppen der Knaben zum Dienst der Galeeren sprechen."

„Wir wollen ihre Gesinnung hören."

„Edle Herren, wenn ich hier alles aussprechen sollte, was sie gesagt, Wort für Wort, so möchte das Ihren Ohren nicht angenehm klingen! Der Mensch ist Mensch, wenngleich sein Ave an die Jungfrau und seine Gebete an die Heiligen unter einer wollenen Jacke und Fischermütze hervorkommen. Allein, ich kenne meine Pflicht gegen den Senat zu gut, um so dreist zu sprechen. Signori, sie sagen, abgesehen der Dreistigkeit ihrer Rede, daß St. Markus Ohren haben sollte ebensogut für den Niedrigsten seines Volkes als für den reichsten Edlen und daß kein Haar eines Fischers von dessen Haupt fallen sollte, ohne ebensogut gezählt zu werden wie die Locken unter der gehörnten Mütze, und daß, wo Gott kein Zeichen seines Mißfallens gegeben hat, die Menschen es auch nicht zeigen sollten."

„So wagen sie zu klügeln?"

„Ich weiß nicht, ob dies Klugheit ist, erlauchte Signori, doch ist es das, was sie sprechen, und heilige, aufrichtige Wahrheit. Wir sind arme Arbeitsleute von den Lagunen, die mit Tagesanbruch aufstehen, um ihre Netze auszuwerfen, und abends heimkehren zu ihrem harten Lager und noch schlechterer Kost, aber damit wollten wir gern zufrieden sein, wenn uns der Senat nur als Menschen und Christen betrachten wollte. Daß Gott nicht einem jeden dasselbe Schicksal bestimmte, weiß ich wohl, denn wie oft zieh ich mein Netz leer heraus, wenn meine Kameraden unter der Last ihres Fanges stöhnen, doch dies geschieht meiner Sünden wegen und um mein Herz zur Demut zu neigen. Dagegen übersteigt es jedes Menschen Macht, die Geheimnisse der Seelen zu erspähen oder die Übeltaten des noch unschuldigen Kindes vorherzusagen. Der heilige Antonius mag wissen, wie viele Leidensjahre dieser Aufenthalt auf den Galeeren dem Kinde am Ende noch verursachen wird. Überlegen Sie dies, Signori, ich bitte Sie, und senden Sie Leute von festen Grundsätzen in den Krieg."

„Du kannst jetzt gehen", sagte der Richter nochmals.

„Es sollte mir leid tun", fuhr der vom Eifer hingerissene Antonio fort, „wenn irgend jemand, der von meinem Blute stammt, schuld sein sollte am bösen Willen zwischen denen, die da herrschen, und denen, die zum Gehorchen geboren sind. Allein, die Natur ist stärker als das Gesetz, und ich würde ihre Gefühle nicht ehren, wenn ich fortginge, ohne als Vater gesprochen zu haben. Sie haben mir mein Kind genommen und es auf die Gefahr seines Leibes und seiner Seele für den Dienst des Staates bestimmt, ohne mir nur einen Abschiedskuß, einen letzten Segen zu erlauben. Sie haben mein Fleisch und Blut behandelt wie das Holz des Arsenals und haben es auf die See gesandt gleich dem fühllosen Metall der Kugeln, die Sie gegen die Ungläubigen werfen; meinen Bitten haben Sie Ihre Ohren verschlossen, als wären es Worte von Gottlosen, und als ich Sie anrief auf meinen Knien und meine steifen Glieder huldigend ermüdete, als ich den mir durch St. Antonius zugekommenen Ring zurückgab, damit er Ihre Herzen erweichen möchte und ruhig mit Ihnen über Ihre Handlungen rechtete, wandten Sie sich kalt von mir, als wär ich unfähig zur Verteidigung des Kindes, das Gott meinem Alter gelassen hat! Das ist nicht die gerühmte Gerechtigkeit von St. Markus, Senatoren Venedigs, es ist Herzenshartigkeit und Verschwendung der Mittel der Armen, die selbst dem geldgierigsten Hebräer vom Rialto schlecht anstehen würde."

„Hast du noch mehr vorzubringen, Antonio?" fragte der Richter mit der hinterlistigen Absicht, des Fischers ganze Seele aufzudecken.

„Ist es nicht genug, Signore, daß ich meiner Jahre, meiner Armut, meiner Narben und meiner Liebe für das Kind erwähnt habe? Ich kenne Sie nicht; doch wenn auch verborgen hinter Gewändern und Masken, immer müssen Sie doch Menschen sein. Vielleicht befindet sich unter Ihnen ein Vater oder wohl auch jemand, dem eine noch heiligere Pflicht obliegt, die Sorge für das Kind eines toten Sohnes, zu ihm will ich sprechen. Vergebens redet Ihr von Gerechtigkeit, wenn die Last Eurer Macht auf den fällt, der sie am wenigsten zu tragen vermag; und wenn Ihr Euch auch selber täuscht, der geringste Gondoliere des Kanals weiß . . ."

Sein Gefährte legte ihm hier plötzlich die Hand auf den Mund und hinderte so seine weitere Rede.

„Warum unterstehst du dich, den Klagen Antonios Einhalt zu tun?" fragte streng der Richter.

„Es ist nicht anständig, so unehrerbietige Reden in so edler Versammlung anzuhören", antwortete Jacopo, sich ehrfurchtsvoll verneigend. „Dieser alte

Fischer, gefürchtete Signori, ist erhitzt von Liebe für sein Kind, er spricht jetzt, was ihn in kühleren Augenblicken gereuen wird."

„San Marco fürchtet die Wahrheit nicht! Hat er mehr zu sagen, so laß ihn sprechen."

Doch der aufgeregte Antonio begann sich zu besinnen. Die Hitze, die sein Gesicht überflogen hatte, verschwand, und die nackte Brust hob sich ruhiger. Er stand da wie jemand, den Bescheidenheit und Anstand mehr verdammten als sein Gewissen, mit ruhigem Blick, mit der Gelassenheit, die seinen Jahren, und der Ehrfurcht, die seinem Stande geziemte.

„Hab ich beleidigt, erhabene Patrizier", sagte er sanfter, „so bitt ich, vergessen Sie den Eifer eines unwissenden alten Mannes, dessen Gefühl den Anstand überwältigt und der weniger geschickt ist, die Wahrheit edeln Ohren angenehm zu machen, als sie auszusprechen."

„Du magst jetzt gehen."

Die Bewaffneten näherten sich und führten Antonio und seinen Gefährten auf erhaltenen Wink durch dieselbe Tür ab, durch die sie gekommen waren. Die anderen Beamten des Tribunals folgten, und die geheimen Richter blieben allein im Urteilszimmer.

Dreizehntes Kapitel

Eine Pause der Überlegung und vielleicht der Ungewißheit, was hierbei zu tun wäre, erfolgte. Sodann erhoben sich die Drei zu gleicher Zeit und legten die Verkleidung ab. Es zeigten sich die ernsten Gesichter bejahrter Männer, deren Züge die Sorgen und Leidenschaften der Welt mit tiefen Furchen durchzogen hatten. Das eben abgetane Geschäft hatte neue und unangenehme Gefühle in allen erregt. Sie näherten sich jetzt dem Tische und suchten Erholung von dem lang erduldeten Zwange.

„Man hat Briefe vom König von Frankreich aufgefangen", sagte einer, nachdem sie Zeit genug gehabt, ihre Gedanken zu sammeln. „Es scheint, sie handeln von den neuen Absichten des Kaisers."

„Sind sie dem Gesandten wiedergegeben worden, oder sollen die Originale dem Senat vorgelegt werden?" fragte ein anderer.

„Darüber wollen wir uns zu gelegener Zeit beraten. Ich habe nun nichts weiter mitzuteilen, außer, daß der Befehl, den Botschafter des Heiligen Stuhls aufzufangen, seinen Zweck verfehlt hat."

„Davon haben mich schon die Sekretäre benachrichtigt. Wir müssen die Nachlässigkeit unserer Agenten untersuchen! Denn man hat guten Grund zu glauben, daß uns dieser Fang manche nützliche Kenntnis gebracht hätte."

„Da der Versuch schon bekannt ist und viel darüber gesprochen wurde, so müssen Befehle zur Festnahme der Räuber ergehen, damit die Republik ihren guten Ruf nicht verliert bei ihren Freunden. Es sind Namen auf unseren Listen, die sich zur Bestrafung eignen, wie es denn in dieser Hinsicht bei uns nie an Proskribierten fehlt, mit denen man Vorfälle dieser Art verwischen kann."

„Die Sache ist ohne Zweifel von Bedeutung, und es muß mit gutem Bedacht dabei verfahren werden."

„Das Verfahren des habsburgischen Hauses raubt mir allen Schlaf!" rief der andere aus, die Papiere mißmutig beiseite werfend, in die er eben einen flüchtigen Blick geworfen hatte. „Heiliger Theodor! Welche Geißel des Menschengeschlechts ist die Begierde, seine Besitzungen zu vermehren und ein ungerechtes Regiment über die Grenzen der Vernunft und Natur auszudehnen! Wir waren hier in Venedig jahrhundertelang im unbestrittenen Besitz von Provinzen, die unseren Einrichtungen angemessen, unseren Bedürfnissen gelegen und unseren Wünschen genehm sind. Und diese Provinzen, die die Tapferkeit unserer Vorfahren erobert, sind jetzt dennoch der Gegenstand des begehrlichen Ehrgeizes unserer Nachbarn geworden, und zwar aus dem eiteln Vorwande einer Politik, die, wie ich fürchte, durch unsere eigene wachsende Schwäche an Stärke zunimmt. Zeichnet sich der Österreicher mit seiner Machtbegier nicht vor allen anderen Fürsten aus?"

„Wohl nicht mehr als der Kastilier, edler Signore. Sie übersehen die unersättliche Begierde des Königs von Spanien, seine Herrschaft über Italien auszubreiten."

„Habsburger oder Bourbone, Türke oder Engländer, alle scheint derselbe Durst nach Gewalt zu beseelen; jetzt, wo Venedig nichts mehr zu hoffen hat als die Erhaltung seiner gegenwärtigen Vorteile, wird das geringste unseres Eigentums zum Gegenstand begehrlichen Neides für unsere Feinde."

„Es ist wahr, diese Begierde der Fremden, unseren Privilegien zu nahe zu treten – und wohl kann man sagen, Privilegien, die wir mit unseren Schätzen und unserm Blut gewonnen –, wird täglich sichtlicher. Wird diesem Unwesen nicht gesteuert, so behält St. Markus zuletzt nicht einmal einen Landungsplatz für eine Gondel auf dem Festlande."

„Der Sprung des Löwen ist sehr abgekürzt, Exzellenz, sonst wär es nicht so! Es steht nicht länger in unserer Macht, zu überreden oder zu gebieten wie ehemals; und unsere Kanäle fangen an sich mit Schneckenkraut, anstatt mit wohlbeladenen Silberschiffen und schnellsegelnden Feluken zu bedecken."

„Der Portugiese hat uns unersetzlichen Schaden zugefügt, denn ohne seine afrikanischen Entdeckungen wär uns der Handel mit indischen Produkten geblieben. Ich hasse dies Geschlecht von ganzem Herzen. – Was gibt's, Signore Gradenigo, so in Gedanken?"

Das dritte Mitglied des geheimen Rates, das seit dem Verschwinden des Angeklagten noch kein Wort gesprochen hatte, erhob sich bei dieser Anrede langsam aus seiner nachdenkenden Stellung.

„Das Verhör dieses Fischers hat Bilder aus meiner Kindheit in meinem Gedächtnis hervorgerufen", antwortete der Gefragte mit einer Natürlichkeit, die selten in diesem Zimmer war.

„Ich hörte dich sagen, er sei dein Milchbruder", erwiderte der andere, sich bemühend, das Gähnen zu verbergen.

„Dieselbe Milch nährte und dieselben Spiele erfreuten uns in den ersten Lebensjahren."

„Diese eingebildeten Verwandtschaften beunruhigen uns oft sehr. Ich freue mich, daß Euer Mißmut keinen anderen Grund hat, denn, wie ich hörte, so hat der junge Erbe Eures Hauses einige Neigung zur Verschwendung blicken lassen, und ich fürchtete, daß Dinge Eure Ohren erreicht hätten, die einem Vater, der im Rat sitzt, nicht angenehm zu hören wären."

Signore Gradenigo blickte neugierig und mißtrauisch in die Augen seiner beiden Gefährten, begierig, ihre geheimen Gedanken zu ergründen, ehe er seine eigenen aussprach.

„Gibt es irgendeine Klage gegen den Jüngling?" fragte er zögernd. „Sie begreifen eines Vaters Interesse und werden mir die Wahrheit nicht verhehlen."

„Sie wissen, Signore, daß die Agenten der Polizei tätig sind und daß sie nur wenig erfahren, was nicht die Ohren des Rates erreicht. Doch im schlimmsten Fall geht die Sache nicht auf Leben oder Tod. Es kann den jungen Mann höchstens einen Besuch nach Dalmatien oder einen Sommeraufenthalt am Fuß der Alpen kosten."

„Die Jugend ist die Zeit der Unvernunft, wie Sie wissen, Signori", erwiderte der Vater, leichter atmend, „und da niemand alt wird, ohne vorher jung gewesen zu sein, so habe ich wohl nicht nötig, Ihre eigene Erinnerung an jugendliche Schwachheiten zu wecken. Ich will doch hoffen, daß mein Sohn unfähig ist, etwas gegen die Republik zu unternehmen?“

„In dieser Hinsicht wird er nicht beargwöhnt.“ Ein leichter Schatten von Ironie flog bei diesen Worten über das Antlitz des alten Senators. „Aber er soll sich zu dreist um die Person und den Reichtum Euers Mündels bewerben, und daß dies, da sie unter besonderer Aufsicht von St. Markus steht, nicht ohne Bewilligung des Senats geschehen kann, muß ja einem seiner ältesten und ehrwürdigsten Mitglieder wohl bekannt sein.“

„So ist das Gesetz, und niemand, der von mir abstammt, soll ihm seine Achtung versagen. Ich habe meine Ansprüche an diese Verbindung mit Bescheidenheit, aber offen ausgesprochen und erwarte mit achtungsvollem Vertrauen die Entscheidung des Staates.“

Seine Kollegen neigten sich höflich, der Wahrheit seiner Rede und der Aufrichtigkeit seines Benehmens beistimmend; indes geschah es auf eine Weise, die zeigte, daß an Hinterlist gewöhnte Männer wie sie nicht leicht zu täuschen sind.

„Niemand zweifelt daran, würdiger Signore Gradenigo. Hast du hinsichtlich der jungen Erbin etwas mitzuteilen?“

„Mit Kummer muß ich sagen, daß die Verbindlichkeit, die sie gegen Don Camillo Monforte hat, auf ihr Gemüt einen tiefen Eindruck gemacht hat, und ich fürchte, daß der Senat in dieser Hinsicht mit dem Eigensinn eines Weibes zu kämpfen haben wird. Die Launen ihres Alters werden ihm mehr zu schaffen machen als die Leitung wichtigerer Gegenstände.“

„Ist die Dame in ihrem gewöhnlichen Leben mit angemessener Gesellschaft umgeben?“

„Der Senat kennt ihre Umgebungen. In so wichtigen Sachen werde ich ohne dessen Autorität und Zustimmung nichts tun, doch ist dabei mit großer Delikatesse zu verfahren. Der Umstand, daß so viele Güter meines Mündels im Kirchenstaat liegen, macht es nötig, den schicklichen Zeitpunkt zur Verfügung über ihre Rechte abzuwarten und den Bestand davon in die Grenzen der Republik zu versetzen, ehe wir etwas entscheiden. Haben wir ihr Vermögen erst sicher, so mag ohne Verzug über ihr Schicksal entschieden werden, wie es für den Staat am vorteilhaftesten scheint.“

„Die Dame ist von einem Range, besitzt Reichtümer und persönliche Vorzüge, die bei unseren bedenklichen Verhandlungen, die uns seit kurzem so sehr hemmen, von großem Einfluß sein könnten. Es gab Zeiten, wo sich ein Souverän um die Hand einer Tochter Venedigs bewarb, die nicht schöner war als diese."

„Diese großen, glänzenden Tage sind nicht mehr, Signore. Sollte es für zweckmäßig erachtet werden, die natürlichen Ansprüche meines Sohnes unberücksichtigt zu lassen und mein Mündel zum Besten der Republik zu vermählen, so kann durch das Mittel doch höchstens nur eine günstige Einwilligung bei künftigen Verhandlungen oder eine neue Stütze für eine der vielen zerrütteten Interessen der Stadt verlangt werden. In dieser Hinsicht *könnte* sie freilich viel nützen. Damit sie aber frei schalten könne und ihrem Glücke nichts im Wege stehe, wird es nötig sein, den Ansprüchen Don Camillos ein Ende zu machen. Können wir dies besser bewerkstelligen als durch eine schleunige Ausgleichung, um ihn zur Rückkehr nach Kalabrien zu vermögen?"

„Die Sache ist von Wichtigkeit und bedarf der Überlegung."

„Er klagt ohnehin über unser Zögern, und nicht ganz mit Unrecht. Seit fünf Jahren bereits sind seine Ansprüche vorgebracht."

„Von diesem Herrn von Sant' Agata müssen Gegenbedingungen gemacht werden, sonst setzen wir unseren Vorteil gar zu sehr aus den Augen."

„Ich erwähnte der Sache vor Ew. Exzellenzen, damit Dero Weisheit darüber entscheide. Mich dünkt, es wäre schon etwas gewonnen, wenn man einen so gefährlichen Gegenstand aus den Augen und dem Gedächtnis eines liebekranken Mädchens entfernte."

„Ist die Jungfrau so verliebt?"

„Sie ist aus Italien, und unsere Sonne erzeugt eine feurige Phantasie."

„Schickt sie zum Beichtstuhl und zum Gebet! Der ehrwürdige Prior von St. Markus wird ihre Phantasie disziplinieren, bis sie den Neapolitaner für einen Mohren und einen Ungläubigen hält. Signori", fuhr er dann fort, in einem Stoß Papier kramend, „wir müssen die Sache des Fischers vornehmen – doch wollen wir zuvor den Siegelring genauer untersuchen, den man vergangene Nacht in den Löwenrachen geworfen hat. Signore Gradenigo, Sie waren beauftragt, ihn zu untersuchen."

„Meine Pflicht ward erfüllt, edle Signori, und mit einem Erfolg, den ich nicht erwartete. Die Eilfertigkeit unserer letzten Sitzung verhinderte das Durchlesen des Papiers, an dem er befestigt war, aber jetzt ist zu sehen, daß beide zusammengehören. Hier ist eine Anklage, die Don Camillo Monforte der

Absicht beschuldigt, Donno Violetta, mein Mündel, aus dem Bereiche des Senats bringen zu wollen, um sich ihrer Person und ihrer Reichtümer zu versichern. Die Anklage spricht von Beweisen, die sich im Besitz des Anklägers, eines von dem Neapolitaner beauftragten Agenten, befänden. Wie ich vermute, sendet er als Pfand seiner Glaubwürdigkeit, denn nichts anderes wird dabei erwähnt, das eigne Handsiegel Don Camillos, das er nicht erhalten konnte, wenn er nicht des edeln Herrn Vertrauen besäße."

„Ist der Ring auch ganz bestimmt der seinige?"

„Davon bin ich vollkommen überzeugt. Sie wissen, daß ich besonders beauftragt bin, sein persönliches Begehren beim Senat zu leiten, und so haben mir denn häufige Unterredungen Gelegenheit gegeben, zu bemerken, daß er früher den Siegelring trug, der ihm jetzt fehlt. Mein Juwelier auf dem Rialto hat diesen für den vermißten Ring erkannt."

„Insoweit ist die Sache klar, obgleich der eigentümliche Umstand, daß sich der Siegelring des Angeklagten bei der Anklage vorgefunden, etwas dunkel scheint und die Klage unsicher und ungewiß macht. Haben Sie einen Schlüssel zu der Schrift oder Mittel, zu erfahren, woher sie kommt?"

Ein kleiner, fast unbemerkbarer roter Fleck auf der Wange Signore Gradenigos entging dem scharfen Mißtrauen seiner Gefährten nicht, indes verbarg er seine Verlegenheit und antwortete vernehmlich, daß er nichts dergleichen besitze.

„So müssen wir denn die Entscheidung bis auf weitere Beweise verschieben. Die Gerechtigkeitspflege des heiligen Markus ist zu sehr hervorgehoben, als daß man ihren Ruf durch einen übereilten Ausspruch bei einer Sache, die einen mächtigen italienischen Edeln so nahe angeht, aufs Spiel setzen sollte. Denn Camillo Monforte trägt einen ausgezeichneten Namen und zählt zuviel bedeutende Personen unter seinen Verwandten, als daß man mit ihm wie mit einem Gondoliere oder mit dem Boten eines fremden Staates umspringen könnte."

„In bezug auf ihn haben Sie unbezweifelt recht, Signore, werden wir aber durch zu große Delikatesse unsere Erbin nicht in Gefahr bringen?"

„Es gibt ja viele Klöster in Venedig, Signore."

„Ein klösterlich Leben eignet sich wenig für mein Mündel", bemerkte Signore Gradenigo trocken, „und ich fürchte das Experiment, Gold ist der Schlüssel zur festesten Zelle, übrigens können wir ein Kind des Staates auch nicht ohne einen Schein von Anstand unter Gewahrsam bringen."

„Signore Gradenigo, wir haben über diesen Gegenstand schon lange und ernste Beratungen gepflogen, und da dies unsere Gesetze zulassen, wenn einer aus unserer Zahl ein augenscheinliches Interesse bei der Sache hat, so haben wir uns mit Sr. Hoheit beraten, die auch mit unserer Meinung einverstanden sind. Ihr persönliches Interesse hinsichts der Dame könne Ihr in der Regel vortreffliches Urteil verdunkelt haben, sonst, glauben Sie sicherlich, hätten wir Sie zu unserer Konferenz gezogen."

Der alte Senator, der sich so unerwartet von der Beratung einer Sache ausgeschlossen sah, die ihm vor allen anderen seine temporäre Autorität wert machte, stand beschämt und schweigend – seine Kollegen indes, den Wunsch, mehr zu erfahren, in seinem Gesicht lesend, fuhren fort, ihm mitzuteilen, was er nach ihrer Absicht hören sollte.

„Es ist beschlossen worden, die Dame nach einem anständigen, einsamen Ort zu bringen, und für die Mittel zu diesem Zwecke hat man bereits Sorge getragen. So wirst du auf eine Zeitlang eine unangenehme Verpflichtung los, die nur zu sehr deinen Geist eingenommen und deine so schätzbare Brauchbarkeit für die Republik bei andern Dingen verringert haben muß."

Diese unerwartete Mitteilung geschah mit ausgezeichneter Höflichkeit, aber auch mit einem Nachdruck und einem Ton, der Signore Gradenigo hinlänglich mit der Natur des gegen ihn gefaßten Argwohns bekannt machte. Daher lehrte er seine Züge ein ebenso verräterisches Lächeln wie das seiner listigen Gefährten und antwortete mit scheinbarer Dankbarkeit: „Se. Hoheit und Sie, meine vortrefflichen Kollegen, haben Ihre wohlwollenden Wünsche und Ihr gutes Herz zu Rate gezogen. Die Behandlung eines eigensinnigen Weiberherzens ist kein leichtes Geschäft, und indem ich für die gütige Berücksichtigung meiner Bequemlichkeit danke, werden Sie zugleich erlauben, meine Bereitwilligkeit auszudrücken, die Verpflichtung wieder zu übernehmen, wenn es dem Staate gefallen sollte, sie mir wieder zu übergeben."

„Davon kann niemand mehr überzeugt sein als wir und niemand Ihre Fähigkeit, sich der Verpflichtung treu zu entledigen, besser beurteilen. Doch Sie werden darin mit uns übereinstimmen, daß es sowohl der Republik als auch einem ihrer ruhmwürdigsten Bürger nicht angemessen ist, ein Mündel der Republik in einer Stellung zu lassen, die einen Bürger unverdientem Tadel aussetzt. Glauben Sie mir, wir haben bei dieser Sache weniger an Venedig als an die Ehre und das Interesse des Hauses Gradenigo gedacht; denn sollte dieser Neapolitaner unsere Absichten vereiteln, so würde man Ihnen den größeren Teil der Schuld davon aufbürden."

„Tausend Dank, vortrefflicher Signore“, erwiderte der abgesetzte Vormund. „Sie haben mir eine schwere Last vom Herzen genommen und mir etwas von der Frische der Jugend wiedergegeben. Die Ansprüche Don Camillos sind nun nicht länger drängend, da es Ihr Wille ist, die Dame auf einige Zeit aus der Stadt zu entfernen.“

„Besser wär's, ihn noch in Ungewißheit zu lassen, wenn auch nur, um ihn zu beschäftigen. Setzen Sie Ihre Verbindung mit ihm fort, und berauben Sie ihn nicht aller Hoffnung, sie ist ein Belebungsmittel für ein durch Erfahrung noch nicht ertötetes Gemüt. Wir wollen es einem der Unsern nicht verhehlen, daß wir bald am Schluß einer Unterhandlung sind, die den Staat der Sorge für die Dame überheben und der Republik zum Vorteil gereichen wird. Ihre Güter, die außer unsern Grenzen liegen, erleichtern die Sache sehr, deren Kenntnis Ihnen nur vorenthalten worden ist, weil wir Sie seit kurzem zu sehr mit Geschäften überhäuft haben.“

Wieder verneigte sich Signore Gradenigo untertänig und mit scheinbarer Freude. Er sah, daß man trotz seiner geübten Hinterlist und scheinbaren Offenheit seine geheimen Absichten recht gut erkannt habe, und er unterwarf sich nun mit verzweiflungsvoller Resignation. Nach Beendigung dieses delikaten Geschäfts, das die höchstmögliche Freiheit venezianischer Politik erforderte, da es mit dem Interesse eines Mannes verflochten war, der jetzt eben zu demselben Gerichte gehörte, wandten die drei ihre Aufmerksamkeit auf andere Dinge, mit allem Anscheine von Gleichgültigkeit gegen persönliches Gefühl, den sich Männer auf den krummen Pfaden der Staatspolitik aneignen.

„Da unsere Meinungen in Hinsicht der Donna Violetta so glücklich übereinstimmen“, bemerkte der älteste Senator, „so lassen Sie uns die Liste unserer täglichen Pflichten durchmustern – was bringt uns heute abend der Löwenrachen?“

„Einige der gewöhnlichen und unbedeutenden Anklagen, die persönlicher Haß erzeugt“, erwiderte ein anderer. „Da beschuldigt jemand seinen Nachbarn der Hintansetzung religiöser Pflichten und der Nichtbeachtung der Fasttage der heiligen Kirche – törichte Verleumdungen, gut für die Ohren eines Priesters.“

„Sonst nichts?“

„Eine andere Klage beschuldigt einen Ehemann der Vernachlässigung. Es ist Weibergekritzel und trägt deutlich den Stempel weiblicher Rachsucht an der Stirn.“

„Die bald zu erwecken und ebenso bald zu besänftigen ist. Mag das Gerede der Nachbarn Ruhe bringen in den Hausstand. – Was folgt zunächst?“

„Ein Kläger bei dem Gerichtshofe klagt über die Saumseligkeit der Richter.“

„Das tastet den Ruf von St. Markus an und muß untersucht werden.“

„Halt“ unterbrach Signore Gradenigo. „Das Tribunal handelt mit gutem Bedacht – es betrifft einen Hebräer, der um wichtige Geheimnisse weiß. Die Sache verdient Überlegung, ich versichere Euch.“

„Vernichtet die Klage. – Gibt's noch mehr?“

„Nichts Bedeutendes. Die gewöhnliche Anzahl Witzeleien und scherzhafter Knittelverse, die nichts bezwecken.“

„Das ist der Übermut der Sicherheit. Mag's immerhin durchgehn, denn alles, was zum Zeitvertreib dient, unterdrückt unruhige Gesinnungen. Wollen wir nun zu Sr. Hoheit, Signori?“

„Sie vergessen den Fischer“, bemerkte ernsthaft Signore Gradenigo.

„Da haben Ew. Gnaden recht. Was das für ein Geschäftskopf ist. Nichts Nützliches entgeht seinem stets regen Geist.“

Der alte Senator, wenngleich zu erfahren, um sich durch diese Sprache bestechen zu lassen, sah die Notwendigkeit ein, geschmeichelt zu scheinen. Wieder verneigte er sich und protestierte laut und wiederholt gegen Komplimente, die er so wenig verdiene. Als dies kleine Zwischenspiel vorüber war, beschäftigten sie sich angelegentlich mit der vorliegenden Sache.

Da die Entscheidung des Gerichts der Drei im Laufe dieser Geschichte bekannt werden wird, so wollen wir nicht weiter fortfahren, ihre bei diesen Beratungen gehaltenen Gespräche einzeln zu berichten. Die Sitzung währte lange, so lange, daß, als sie sich nach Beendigung ihres Geschäftes erhoben, die schwere Glocke des Platzes die Stunde der Mitternacht schlug.

„Der Doge wird ungeduldig sein“, sagte eines der namenlosen Mitglieder vor dem Weggehen. „Mir schien Se. Hoheit heute mehr ermüdet und schwächer, als sie sonst bei ähnlichen Stadtfestlichkeiten gewesen ist.“

„Se. Hoheit hören auf, jung zu sein, Signori. Wenn mir recht ist, so ist er uns allen an Jahren weit überlegen.“

„In Wahrheit, es zeigen sich Spuren von Hinfälligkeit in seinem System. Es ist ein ehrenwerter Fürst, und wir verlieren einen Vater an ihm, wenn wir seinen Verlust beweinen werden.“

„Sehr wahr, Signore; die gehörnte Mütze ist kein undurchdringliches Schild für die Pfeile des Todes."

„Du bist heute abend verdrießlich, Signore Gradenigo, sonst pflegst du unter Freunden nicht so still zu sein."

„Nichtsdestoweniger bin ich dankbar für Eure Güte. Scheint mein Antlitz beschwert, so hab ich ein erleichtert Herz. Wer seine Tochter so glücklich verheiratet weiß wie du, kann beurteilen, von welcher Last ich mich befreit fühle durch die Anordnung über mein Mündel. Die Freude äußert sich oft wie der Schmerz, ja oft sogar durch Tränen."

Die beiden Gefährten blickten den Redenden mit scheinbarer Teilnahme an. Dann verließen sie das Zimmer des Gerichts. Die Diener kamen herein, verlöschten die Lichter und ließen alles in einer Dunkelheit, die kein schlechtes Bild der düsteren Mysterien des Ortes war.

Vierzehntes Kapitel

Trotz der späten nächtlichen Stunde ließen sich noch häufig die Töne der Musik auf dem Wasser hören. Noch immer glitten Gondeln durch die dunkeln Kanäle, während Lachen und Gesang unter den Bogen der Paläste erschallten. Die Piazza und Piazetta glänzten noch vom Scheine der Lichter und hallten wider von der Fröhlichkeit der unermüdlichen Volksmenge.

Donna Violettas Wohnung lag fern von dem Schauplatz allgemeiner Fröhlichkeit, und dennoch erreichten die von fern hertönenden Klänge der Instrumente, gedämpft und zitternd, die Ohren der Bewohner.

Die Stellung des Mondes verschattete den engen Kanal, der unter den Fenstern ihrer Wohnzimmer vorüberfloß. Auf einem über das Wasser hängenden Balkon stand das junge Mädchen und hörte bezaubert auf eine der sanften Melodien, in der sich venezianische Stimmen gegenseitig in Gondolieregesängen antworteten. Ihre beständige Gefährtin und Erzieherin war ihr zur Seite, der geistliche Vater beider stand weiter im Hintergrunde des Zimmers.

„Wohl mag es anmutigere Städte, lebhaftere Residenzen geben auf dem festen Lande", sagte die entzückte, sich aus ihrer lauschenden Stellung aufrichtende Violetta, nachdem die Stimmen schwiegen, „allein, welche Stadt mag sich vergleichen mit Venedig, in solcher Nacht und solcher zauberischen Stunde?"

„Die Vorsehung ist weniger parteiisch gewesen in Austeilung ihrer irdischen Güter, als es dem gewöhnlichen Auge scheint“, erwiderte der Karmeliter. „Wenn wir unsere eigentümlichen Augenblicke himmlischer Andacht besitzen, so haben andere Städte wieder ihre besondern Vorzüge. Genua und Pisa, Florenz, Rom und hauptsächlich Neapel –“

„Neapel, Vater!“

„Ja, Tochter, Neapel. Unter allen Städten des sonnigen Italiens ist dies die schönste und von der Natur am reichsten begabte. Von allen Regionen, die ich während meines Wander- und Büßerlebens besucht, ist dies das Land, wo sich des Schöpfers Hand am göttlichsten gezeigt hat.“

„Wahrlich! Das Land muß schön sein, das eines Karmelitermönchs Einbildungskraft so erwärmen kann.“

„Der Vorwurf ist gerecht. Ich sprach mehr unter dem Einfluß von Erinnerungen vergangener Tage des Müßiggangs und des Leichtsinns als mit dem demütigen Sinn, der die Hand des Schöpfers auch im einfachsten und geringsten seiner wunderbaren Werke erkennen sollte.“

„Sie machen sich ohne Ursache Vorwürfe, Vater“, bemerkte die sanfte Florinde, ihre Blicke auf das Antlitz des Mönchs richtend, „die Schönheiten der Natur bewundern, heißt den anbeten, der sie erschuf.“

In diesem Augenblick erhoben sich melodische Töne vom Wasser zu dem Balkon hinauf. Donna Violetta zog sich beschämt zurück und errötete bis an die Stirn.

„Ein Musikchor zieht vorüber“, bemerkte ruhig Donna Florinde.

„Nein, es ist ein Kavalier! Die Gondelführer sind Diener, in seiner Farbe gekleidet.“

„Dies ist ebenso kühn, wie es galant sein mag“, erwiderte der Mönch, der Musik mit sichtlichem Mißvergnügen zuhörend.

Es ließ sich nicht länger bezweifeln, es war eine Serenade. Obgleich in Venedig eine häufige Sitte, so war es doch das erste Mal, daß eine solche Huldigung unter den Fenstern der Donna Violetta erfolgte. Die gesuchte Zurückgezogenheit, in der sie lebte, ihre bekannte Bestimmung, die Eifersucht des Staates und vielleicht auch die Achtung, die ein so junges Mädchen ihres hohen Standes einflößt, hatten wohl bis jetzt den Verlangenden, den Eiteln und den Eigennützigen zurückgehalten.

„Es gilt mir“, flüsterte die verwirrte, entzückte Violetta.

„Einer von uns“, antwortete ihre vorsichtige Freundin.

„Gelte es, welcher es wolle, es ist sehr dreist“, fügte der Mönch hinzu.

„Welcher Geschmack in dieser Musik“, flüsterte sie, aus Furcht, ihrem Ohr einen Ton zu entziehen. „Es ist die Melodie von einer von Petrarcas Sonetten. Wie unbesonnen und doch wie edel!“

„Mehr edel als weise“, sagte Donna Florinde, indem sie auf den Balkon trat und mit scharfen Blicken das Wasser unten durchmusterte. „Da sind Musikanten in der Farbe eines Adeligen in einer Gondel“, fuhr sie fort, „und ein einzelner Kavalier in einer andern.“

„Hat er keinen Diener bei sich? Rudert er selbst?“

„In Wahrheit, den Anstand übersah er nicht; einer in geblümter Jacke führt das Boot.“

„Sprich denn, teuerste Florinde, ich bitte dich.“

„Würde sich das schicken?“

„Ich denke ja. Sprich nicht hart zu ihnen. Sage, daß ich dem Senate angehöre. Daß es nicht anständig sei, um eine Tochter des Staates so zu werben – sag, was du willst, nur sprich nicht hart zu ihnen.“

„Ha! Es ist Don Camillo Monforte! Ich erkenne ihn an seiner Gestalt und dem höflichen Winken seiner Hand.“

„Diese Tollkühnheit richtet ihn zugrunde! Seine Ansprüche werden zurückgewiesen – er verbannt. Ist nicht bald die Zeit, daß die Polizeigondel vorbeikommt? Rate ihm zum Fortgehen, gute Florinde – und dennoch, können wir gegen einen Signore seines Ranges so unhöflich sein?“

„Vater, raten Sie uns, Sie wissen, was er wagt, der Neapolitaner, mit seiner unbesonnenen Galanterie – hilf uns, mit deiner Weisheit, nicht ein Augenblick ist zu verlieren.“

Der Karmeliter hatte aufmerksam und nachsichtig die Bewegung beobachtet, die eine so neue Empfindung in dem warmen, unerfahrenen Herzen der schönen Venezianerin erregte. Bedauern, Kummer und Mitgefühl malten sich in seinem blassen Antlitz, als er bemerkte, wie sich das Gefühl eines so schuldlosen und warmen Herzens bemeisterte; doch war sein Blick eher der eines Mannes, der die Gefahr der Leidenschaften kannte, als daß er sie, ohne ihren Ursprung und ihre Macht zu berücksichtigen, verdammte. Als die Gouvernante die Bitte getan hatte, verließ er schweigend das Zimmer. Donna

Florinde trat vom Balkon und näherte sich ihrem Zögling. Keine Erklärung, keine hörbare noch sichtbare Mitteilung erfolgte, Violetta warf sich in die Arme ihrer erfahreneren Freundin. Jetzt hörte die Musik plötzlich auf, und ein bloßes Plätschern der Ruder ließ sich hören.

„Er ist fort!“ rief die Gefeierte der Serenade. „Die Gondeln schwimmen davon, und wir haben nicht einmal den gewöhnlichen Dank abgestattet für ihre Artigkeit.“

„Es bedarf dessen nicht – oder vielmehr, er würde die Gefahr, die so schon groß genug ist, nur vermehrt haben. Gedenke deiner hohen Bestimmung, mein Kind, und laß sie ziehn.“

„Und dennoch, mein ich, sollte es ein Mädchen meines Ranges an Höflichkeit nicht fehlen lassen. Vielleicht meint das Kompliment nichts als die gewöhnliche Sitte, und wir hätten sie ohne Dank nicht fortlassen sollen.“

„Bleib drinnen, Kind. Ich will auf die Bewegung der Boote aufpassen.“

Schnell war die Gouvernante auf dem Balkon. Aber wie eilig sie auch war, die Dunkelheit unten zu durchspähen, so erfolgte noch eiliger die schnelle Frage, was sie sähe.

„Beide Gondeln sind fort“, war die Antwort. „Die mit den Musikanten tritt schon in den Canale Grande, doch die des Kavaliers ist unbegreiflicherweise ganz verschwunden.“

„Nein, nein, sieh nur wieder zu, so schnell kann er uns nicht verlassen.“

„Ich habe nicht die rechte Richtung beachtet. Dort ist seine Gondel, nahe der Brücke unseres Kanals.“

„Und der Kavalier? Er wartet auf irgendein Zeichen der Höflichkeit, es ziemt nicht, ihm dies vorzuenthalten.“

„Ich sehe ihn nicht. Sein Diener sitzt auf den Landungsstufen, die Gondel selbst scheint leer. Der Mann sieht aus, als warte er, doch seinen Herrn seh ich nirgends.“

„Heilige Jungfrau! Sollte dem tapfern Herzog von Sant' Agata etwas zugestoßen sein?“

„Nichts als das Glück, hier zu Ihren Füßen zu liegen“, rief eine Stimme nahe der Erbin. Donna Violetta wandte ihren Blick vom Balkon und erblickte denjenigen, der ihre ganze Seele erfüllte, zu ihren Füßen.

Der Aufschrei des Mädchens und ihrer Freundin und die schnelle, eifrige Bewegung des Mönchs brachten bald die ganze Gruppe zusammen.

„Das darf nicht sein", sagte letzterer im Tone des Vorwurfs. "Stehen Sie auf, Don Camillo, oder ich muß es bereuen, Ihren Bitten Gehör gegeben zu haben. Sie überschreiten unsere Bedingungen."

„So sehr wie dieses Gefühl meine Hoffnung übertrifft", erwiderte der Edelmann. „Vergebens widerstrebt man der Vorsehung, Vater! Die Vorsehung machte mich zum Retter dieses lieblichen Geschöpfes, als sie der Zufall in die Giudecca warf, und wiederum ist mir die Vorsehung so günstig, mich zum Zeugen ihres Gefühls zu machen. Sprich, schöne Violetta, du willst nicht ein Werkzeug des Eigennutzes des Senats werden – du willst nicht hören auf seine Wünsche, deine Hand einem Habsüchtigen zu geben, der mit dem heiligsten aller Schwüre seinen Spott treiben möchte, nur um deine Reichtümer zu besitzen."

„Wem hat man mich bestimmt?" fragte Violetta.

„Was liegt daran, daß du es nicht für mich bist. Irgendein Glücksjäger, irgendein Unwürdiger, der die Gaben des Schicksals mißbraucht."

„Du kennst die Sitten Venedigs, Camillo, und mußt wissen, daß ich ohne Hoffnung in ihren Händen bin."

„Stehen Sie auf, Herzog von Sant' Agata", sagte der Mönch befehlend, „als ich Ihnen erlaubte, diesen Platz zu betreten, geschah es nur, um den anstößigen Auftritt von den Toren zu entfernen und Sie selbst zu retten vor der übereilten Nichtachtung des Mißfallens des Staates. Vergebens ist es, Hoffnung zu nähren, die den Absichten der Republik entgegen sind. Stehen Sie denn auf und achten Sie Ihr Versprechen."

„Das wird von der Entscheidung dieser Dame abhängen. Machen Sie mir Mut mit einem zustimmenden Blick, schönste Violetta, und nicht Venedig mit seinem Dogen und seiner Inquisition soll mich einen Zoll breit von Ihren Füßen entfernen."

„Camillo", antwortete das zitternde Mädchen, „du, der Retter meines Lebens, bedarfst des Kniens nicht!"

„Herzog von Sant' Agata – meine Tochter!"

„Achte nicht auf ihn, großmütige Violetta – seine Rede ist nicht die der Natur – er spricht wie alle seines Alters. Er ist ein Karmeliter und muß so weise scheinen. Die Übermacht der Leidenschaft ist ihm stets fremd geblieben. Die

Kälte seiner Zelle erstarrte die Wärme seines Herzens. Wäre er menschlich, er hätte geliebt, hätte er geliebt, nie trüg er die Kapuze."

Vater Anselmo trat einen Schritt zurück, als fühlte er sein Gewissen getroffen, und die Blässe seiner abgehärmten Züge wurde leichenfahl, seine Lippen bewegten sich, als wollte er sprechen, doch die Stimme erstickte wie unter schwerem Druck. Die gutmütige Florinde sah seinen Schmerz und versuchte die Vermittlerin zwischen dem ungestümen jungen Mann und ihrem Zöglinge zu sein.

„Wohl kann es sein, wie Sie sagen, Signore Monforte", sagte sie, „daß der Senat aus väterlicher Sorgfalt einen Gatten sucht, würdig der Erbin eines so berühmten und reichen Hauses als das von Tiepolo. Was ist dabei aber so Ungewöhnliches? Suchen nicht alle Edeln Italiens eine ihrem Stande und ihren Glücksgütern angemessene Partie? Wie können wir wissen, ob die Güter meiner jungen Freundin mindern Wert haben in den Augen des Duca von Sant' Agata als in den Augen des, den der Senat zu ihrem Gemahl erwählt?"

„Könnte dies sein!" rief Violetta aus.

„Glaub es nicht; meine Reise nach Venedig ist kein Geheimnis. Ich suche die Zurückgabe von Ländereien und Häusern, die man meiner Familie lange vorenthalten hat, in Verbindung mit Senatswürden, die mir von Rechts wegen zukommen. Freudig geb ich alles auf für deine Liebe."

„Hörst du es, Florinde? Nein, Don Camillo darf man nicht mißtrauen."

„Was ist doch der Senat und alle Macht des St. Markus, daß sie unser Leben elend machen sollten? Sei mein, geliebte Violetta! Und in meinem festen Schlosse in Kalabrien wollen wir ihrer Rache und ihrer Politik trotzen. Ihre getäuschte Hoffnung soll Stoff zum Scherz für meine Vasallen liefern, und unser Glück soll das Glück von Tausenden machen. Ich heuchle weder Nichtachtung der Ratswürde noch Gleichgültigkeit für das, was ich verliere, doch für mich hast du bei weitem mehr Wert als die gehörnte Mütze selbst mit all ihrem eingebildeten Ruhm und Einfluß."

„Großmütiger Camillo!"

„Sei mein und erspare den kalten Rechenmeistern im Senat ein neues Verbrechen. Sie gedenken über dich zu verfügen nach ihrem Vorteil, als seist du eine wertlose Ware. Doch du wirst ihre Absicht vereiteln. Ich lese deinen hochherzigen Entschluß in deinen Augen, Violetta, dein Wille wird triumphieren über ihre List und ihren Egoismus."

„Verhandelt möcht ich nicht werden, Don Camillo, wohl aber erworben und gewonnen, wie sich's ziemt für ein Mädchen meines Standes. Vielleicht lassen sie mir auch freie Wahl. Signore Gradenigo schmeichelte mir neulich mit dieser Hoffnung, als er von einer meinen Jahren angemessenen Verbindung sprach."

„Glaub ihm nicht, ein kälteres Herz, einen lieblosern Sinn findet man nicht in Venedig. Er sucht deine Gunst für seinen verschwenderischen Sohn, einen Kavalier ohne Ehre, der Gefährte nichtswürdiger Menschen. Glaub ihm nicht, er ist geübt in der Verstellung."

„Wenn das so ist, dann haben ihm seine Künste wenig geholfen, unter den jungen Männern in Venedig schätze ich keinen weniger als Giacomo Gradenigo."

„Die Zusammenkunft muß endlich zu Ende gehen", sagte der Mönch, kräftig dazwischentretend und den Herzog zum Aufstehen zwingend. „Leichter ist es, den Netzen der Sünde zu entgehen als den Agenten der Polizei. Ich zittere, daß dieser Besuch bekannt wird; wir sind umgeben von den Gehilfen des Staates, und kein Palast Venedigs wird so streng bewacht als dieser. Würdest du hier entdeckt, unbesonnener junger Mann, so müßte deine Jugend im Gefängnis verschmachten, und du würdest diesem unschuldigen und unerfahrenen Mädchen Verfolgungen und unverdiente Leiden zuziehen."

„Im Gefängnis, sagtest du, Vater?"

„Nichts Geringeres, meine Tochter. Leichtere Vergehungen belegte oft schon der Senat mit schwerer Strafe, wenn seine Absichten dadurch vereitelt wurden."

„Zum Gefängnis darfst du nicht verurteilt werden, Camillo."

„Fürchte nichts. Das Alter und der friedliche Stand des guten Vaters machen ihn furchtsam. Lange schon bin ich vorbereitet auf diesen glücklichen Augenblick. Nur einer Stunde bedarf ich, Venedig und all seinen Schlingen Trotz zu bieten. Gib mir die Versicherung deiner Treue, und vertraue im übrigen mir."

„Hörst du, Florinde!"

„Dem Geschlechte Don Camillos ziemt ein solch Benehmen, Teure, doch dir steht es schlecht an. Eine Jungfrau von Stande muß der Entscheidung ihres natürlichen Vormunds harren."

„Auch wenn die Wahl auf Giacomo Gradenigo fällt?"

„Darauf wird der Senat nicht achten. Die Kunstgriffe des Vaters kennst du lange, und du mußt aus der Geheimhaltung seiner Werbung ersehen, daß er dessen Entscheidung nicht traut. Der Staat wird Sorge tragen, dich deinen Hoffnungen gemäß zu vermählen. Viele werben um dich, und die Wächter deines Vermögens warten nur Vorschläge ab, die deiner Geburt entsprechen."

„Soll ich Don Camillo als unter meinem Stande betrachten?"

Hier trat der Mönch aufs neue dazwischen.

„Diese Zusammenkunft muß enden", sagte er. „Die durch Ihre unbesonnene Musik auf uns gelenkten Blicke sind nur auf andere Gegenstände gerichtet, Signore, und Sie müssen Ihr Wort brechen oder gehen."

„Allein, Vater?"

„Soll etwa Donna Violetta ihr Vaterhaus verlassen wie eine in Ungnade gefallene Dienerin?"

„Gewiß, Signore Monforte, Sie können vernünftigerweise von dieser Unterhaltung nicht mehr erwartet haben als die Hoffnung einer künftigen Bestimmung über Ihre Werbung – ein Versprechen –"

„Und dies Versprechen?"

Violetta wandte den Blick von ihrer Gouvernante auf ihren Geliebten, von diesem auf den Mönch und dann zur Erde.

„Ist dein, Camillo."

Ein Ausruf entfuhr dem Mönch und gleichzeitig der Gouvernante.

„Verzeih mir, meine Freundin", fuhr die errötende, aber entschiedene Violetta fort. „Wenn ich Don Camillo auf eine Weise Hoffnung gemacht habe, die deinem Rate und der Sittsamkeit zuwider ist, so überlege nur, daß es, wenn er gezögert hätte, sich in die Guidecca zu werfen, jetzt außer meiner Macht gewesen wäre, ihm diese geringe Gunst zu gewähren. Warum soll ich weniger großmütig sein als mein Erretter? Nein, Camillo, verurteilt mich der Senat, mich einem andern zu vermählen als dir, so sei dies mein Urteil zum Ledigbleiben, ich verberge meinen Gram in einem Kloster, bis ich sterbe!"

Feierlich und schrecklich unterbrach dies so schnell zur Erklärung gediehene Gespräch der Ton der Glocke, die zu läuten der Kammerdiener, ein treuer Diener, bevor er ins Zimmer trete, Befehl erhalten hatte. Da dieser Befehl mit dem begleitet war, nur dann zu erscheinen, wenn er aufgefordert oder durch einen dringenden Grund dazu vermocht würde, so verursachte der Ton, selbst in diesem begeisternden Augenblicke, eine plötzliche Pause.

„Was ist das!“ rief der Karmeliter dem rasch eintretenden Diener entgegen. „Was bedeutet diese Nichtbefolgung meines Befehls?“

„Es sind Staatsbeamte unten, die Einlaß begehren im Namen der Republik.“

„Das wird ernsthaft“, sagte Don Camillo, der allein seine Geistesgegenwart nicht verlor. „Mein Besuch ist bekannt geworden, und die tätige Eifersucht des Staates ahnt dessen Zweck. Rufen Sie Ihre Entschlossenheit herbei, Donna Violetta, und Sie, mein Vater, seien Sie guten Muts! Ich will die Verantwortlichkeit des Verbrechens, wenn es ein solches ist, auf mich nehmen und alle andern von der schweren Bürde des Vorwurfs befreien.“

„Gib es nicht zu, Vater Anselmo. Teure Florinde, wir wollen seine Strafe mit ihm teilen!“ rief die erschreckte, außer aller Fassung gebrachte Violetta aus. „Ich habe ja auch teil an seiner Unbesonnenheit, er tat ja nichts ohne Aufmunterung von meiner Seite.“

Der Mönch und Donna Florinde blickten sich in stummer Bestürzung an. Der Mönch gebot Schweigen durch einen Wink, indem er sich zum Diener wandte.

„Was für Abgesandte des Staates sind es?“ fragte er.

„Vater, es sind dessen wohlbekannte Beamte und tragen die Zeichen ihrer Würde.“

„Und ihr Begehr?“

„Sie verlangen Donna Violetta zu sprechen.“

„Noch ist Hoffnung!“ rief der Mönch aus, freier atmend. Durchs Zimmer schreitend, öffnete er eine Tür, die zur Hauskapelle führte. „Ziehen Sie sich zurück in die heilige Kapelle, Don Camillo, bis wir Aufklärung erhalten über diesen ungewöhnlichen Besuch.“

Die Zeit war dringend, der Aufforderung ward sogleich Genüge getan. Der Herzog ging in die Kapelle, und sobald die Tür hinter ihm geschlossen war, ward dem treuen, des Vertrauens würdigen Diener anbefohlen, die Wartenden einzuführen. Nur eine Person erschien. Auf den ersten Blick erkannte man in ihm einen öffentlichen und verantwortlichen Beamten der Regierung, der oft geheime und schwierige Pflichten auszuführen hatte. Donna Violetta ging ihm, aus Achtung vor denen, die ihn gesandt hatten, entgegen, und zwar mit Fassung.

„Ich fühle mich geehrt durch die Sorgfalt meiner erhabenen Vormünder“, sagte sie, sich verneigend für den tiefen Bückling, mit dem der Abgesandte die reichste Erbin von Venedig begrüßte. „Welchem Umstande verdanke ich diesen Besuch?“

Der Beamte blickte mit gewohnter argwöhnischer Vorsicht umher, wiederholte seine Begrüßung und antwortete: „Fräulein, ich habe den Befehl erhalten, der Tochter des Staates, der Erbin des erlauchten Hauses Tiepolo sowie der Donna Florinde Merkata, ihrer Gesellschafterin, dem Vater Anselmo, ihrem Beichtvater, und allen denen, die des Vergnügens ihrer Gesellschaft und der Ehre ihres Vertrauens genießen, meine Aufwartung zu machen.“

„Die Sie suchen, befinden sich hier gegenwärtig; ich bin Violetta Tiepolo, dieser Dame bin ich für Muttersorgfalt verpflichtet, und dieser ehrwürdige Karmeliter ist mein geistlicher Ratgeber. Soll ich meinen Haushalt herbescheiden?“

„Das ist unnötig. Meine Sendung ist mehr vertraulicher als öffentlicher Art. Nach dem Tode Ihres verehrten und allgemein betrauerten Vaters, des erlauchten Senators Tiepolo, übertrug die Republik, Ihre natürliche und sorgsame Beschützerin, die Sorge für Ihre Person der besonderen Vormundschaft und Weisheit des Signore Alessandro Gradenigo, ausgezeichnet durch hohe Geburt und schätzbare Eigenschaften.“

„Es ist, wie Sie sagen, Signore.“

„Wenn die väterliche Liebe des Senats auch zu schlummern schien, so ist sie nichtsdestoweniger stets wachsam gewesen. Jetzt, da Jahre, Unterricht, Schönheit und andere Vortrefflichkeiten seiner Tochter zu so seltener Vollkommenheit gereift sind, wünscht er, die Bande, die sie verbinden, fester zu knüpfen und die Sorgfalt für Ihre Person unmittelbar selbst zu übernehmen.“

„Soll dieses mir andeuten, daß ich fernerhin nicht mehr Signore Gradenigos Mündel bin?“

„Fräulein, Ihr Scharfsinn hat schnell die Auflösung gefunden. Dem erlauchten Senator wurden seine teuern, wohlerfüllten Pflichten abgenommen. Morgen übernehmen andere Vormünder die Sorge für Ihre schätzbare Person und werden in dieser ehrenvollen Pflicht verharren, bis die Weisheit des Senats eine solche Verbindung für Sie erwählt haben wird, die Ihres hohen Namens und der Eigenschaften würdig sein wird, die einen Thron zu zieren verdienten.“

„Soll ich getrennt werden von denen, die ich liebe?“ fragte Violetta ungestüm.

„Verlassen Sie sich auf die Weisheit des Senats. Ich kenne nicht seinen Willen hinsichts derer, die so lange mit Ihnen gelebt haben, doch kann kein Grund vorhanden sein, seine Klugheit und sein Zartgefühl zu bezweifeln. Ich habe nur hinzuzufügen, daß es, bis die von nun an mit dem ehrenvollen Amte Ihrer Beschützer beauftragten Personen ankommen, wohlgetan sein wird, dieselbe, wie bisher gewohnte, sittsame Zurückgezogenheit bei Empfang von Besuchenden zu beobachten und Ihre Tür, Fräulein, vor Signore Gradenigo, wie vor allen andern seines Geschlechts, verschlossen zu halten."

„Nicht einmal danken soll ich ihm für seine Sorgfalt?"

„Er fühlt sich durch die Dankbarkeit des Senats zehnfach belohnt."

„Es wäre freundlich gewesen, meine Gefühle für Signore Gradenigo in Worten auszusprechen, doch was man der Zunge versagt, wird wohl der Feder erlaubt sein."

„Die Zurückhaltung, die den Verhältnissen einer so Begünstigten zukommt, ist ohne Einschränkung. San Marco ist eifersüchtig, wenn er liebt. Und nun, da mein Auftrag beendet ist, beurlaube ich mich ergebenst, mich sehr geschmeichelt fühlend, daß man mich solcher ehrenvollen Pflicht würdig genug achtete."

Als der Abgesandte zu sprechen aufhörte und Violetta seinen Abschied erwidert hatte, wandte sie ihre ängstlichen Blicke auf die bekümmerten Züge ihrer Gefährtin. Die zweideutigen Worte solcher Botschafter waren zu wohlbekannt, um viele Hoffnung für die Zukunft zu lassen. Alle sahen ihrer morgigen Trennung entgegen, obgleich keiner den Grund dieses plötzlichen Wechsels in der Politik des Staates durchschauen konnte. Fragen war hier vergebens, denn der Schlag kam sichtlich vom geheimen Rat, dessen Motive ebensowenig zu ergründen als seine Beschlüsse vorherzusehen waren. Der Mönch erhob seine Hand zum schweigenden Segen gegen seine geistliche Pflegebefohlene, und unfähig, selbst in Gegenwart des Fremden ihren Schmerz zurückzuhalten, sanken Donna Florinde und Violetta weinend einander in die Arme.

Währenddessen zögerte der Abgeordnete mit seinem Fortgehen gleich einem, der mit einem Entschlusse noch nicht ganz einig ist. Aufmerksam betrachtete er den unbefangenen Karmeliter, und zwar auf eine Weise, die die Gewohnheit anzeigte, lange vorher zu denken, ehe er entschied.

„Ehrwürdiger Vater", sagte er, „darf ich wohl um einen Augenblick Eurer Zeit bitten, in betreff des Seelenheils eines armen Sünders?" Obgleich erstaunt, konnte doch der Mönch solchen Aufruf nicht unbeachtet lassen. Einer Bewegung des Beamten Folge leistend, ging er mit ihm aus dem Zimmer und blieb, während dieser die prächtigen Zimmer durchschritt und zur Gondel hinabstieg, an seiner Seite. „Der Senat muß Sie sehr ehren, heiliger Mönch“, bemerkte letzterer während ihres Ganges, „da er Ihnen eine so vertrauliche Stellung zu einer Dame einräumt, für deren Schicksal der Staat sich so sehr interessiert?“

„Ich nehm es dafür an, mein Sohn. Ein Leben voll Frieden und Gebet sollte mir wohl Freunde erworben haben.“

„Männer wie Sie, mein Vater, verdienen das begehrte Vertrauen. Sie sind schon lange in Venedig?“

„Seit dem letzten Konklave. Ich kam als Beichtvater des verstorbenen Ministers von Florenz nach der Republik.“

„Ein ehrenvoller Posten. So sind Sie denn lange genug bei uns gewesen, um zu wissen, daß die Republik nie ihre Diener vergißt und nie eine Beleidigung vergibt.“

„Es ist ein alter Staat, dessen Einfluß noch immer weit und nahe reicht.“

„Nehmen Sie sich in acht auf diesen Stufen. Ein unsicherer Fuß gleitet auf diesem Marmor.“

„Der meinige ist zu geübt im Hinabsteigen, um unsicher zu sein. Ich hoffe, ich steige diese Treppe nicht zum letztenmal hinab.“

Der Beamte tat, als verstände er die Frage nicht, und beantwortete nur die vorhergehende Bemerkung.

„Es ist in Wahrheit ein ehrwürdiger Staat“, sagte er, „nur ein wenig schwankend vor Alter. Alle Freunde der Freiheit müssen trauern über die Abnahme einer so glorreichen Herrschaft. Sic transit gloria mundi! Ihr barfüßigen Karmeliter tut wohl daran, euer Fleisch zu kreuzigen in der Jugend, dadurch entgeht ihr dem Schmerz abnehmender Kräfte. Jemand wie Ihr kann nur wenige Jugendsünden abzubüßen haben.“

„Niemand von uns ist ohne Sünde“, erwiderte der Mönch, sich bekreuzigend. „Wer sich damit schmeicheln wollte, daß seine Seele vollkommen sei, würde nur noch das schwere Gewicht der Eitelkeit zu seinem Leben hinzufügen.“

„Männer meines Standes, heiliger Karmeliter, haben wenig Gelegenheit, in Ihr Inneres zu blicken, und ich segne die Stunde, die mich in Gesellschaft eines Gottesmannes wie Sie brachte. Meine Gondel wartet – wollen Sie einsteigen?“

Mißtrauisch blickte der Mönch seinen Gefährten an, doch wohl wissend, daß Widerstand vergeblich wäre, murmelte er ein kurzes Gebet und stieg ein. Ein starker Ruderschlag verkündete ihre Abfahrt von den Stufen des Palastes.

Fünfzehntes Kapitel

Der Mond stand hoch. Flutend fielen seine Silberstrahlen auf Venedigs schwellende Kuppeln und massive Dächer. Kein Ruderschlag, kein Gesang, kein Gelächter störten die Stille der Nacht. Die Stadt und die Lagunen, alles lag in allgemeiner, großer Ruhe da. Plötzlich zeigte sich eine Gondel.

So schnell war der Lauf des Bootes, daß man daraus auf die Eile des einsamen Insassen schließen konnte. Seine Richtung nahm es nach dem Adriatischen Meere zu. Wohl eine halbe Stunde lang ruderte der Gondoliere unermüdlich fort, dann und wann besorgliche Blicke hinter sich werfend, als fürchte er Verfolgung, und ebensooft vor sich sehend, als wünsche er sehnlich, einen bis jetzt noch unsichtbaren Ort zu erreichen. Als sich indes eine weite Wasserfläche zwischen ihm und der Stadt befand, ließ er sein Ruder ruhen und schien mit großer Anstrengung seines Auges etwas entdecken zu wollen.

Ein kleiner dunkler Fleck zeigte sich näher nach der See zu. Wiederum schlug das Ruder des Gondelführers das Element hinter sich, und das Boot glitt fort; seine Unentschiedenheit hatte nun offenbar ein Ende. Bald zitterten die Strahlen des Mondes über den benannten dunkeln Punkt, der jetzt die Gestalt und Größe eines vor Anker liegenden Bootes annahm. Abermals hielt der Gondoliere mit Rudern ein und blickte scharf auf den noch unentschiedenen Gegenstand. In diesem Augenblick tönte sanfter Gesang von den Lagunen. Der einsame Mann im entfernten Boot sang ein Fischerlied.

Als der Gesang beendet war, bewegte das Ruder des Gondoliere das Wasser von neuem, und bald war er an der Seite des andern.

„Du bist schon früh geschäftig mit deiner Angel, Antonio“, sagte der eben Angekommene zum alten Fischer, indem er in dessen Boot trat. „Wie manchen hätte die Zusammenkunft mit dem Gerichtsrat der Dreimänner Gebet und Schlaflosigkeit eingetragen.“

„Es gibt keine Kapelle in Venedig, in der des Sünders Seele so ohne Hülle wäre als hier auf den kahlen Lagunen.“

„Ich hab an deine Lage gedacht, Antonio, hier ist etwas, was dein Leben erhalten und deinen Mut erheben wird. Sieh“, fuhr der Bravo fort, indem er einen Korb aus seinem Boote hob, „hier sind Brot aus Dalmatien, Wein aus Unteritalien und Feigen aus der Levante – iß denn und sei fröhlich.“

Der Fischer warf einen begehrlichen Blick auf die Speisen, doch ließ seine Hand den Faden nicht fahren, mit dem er zu angeln fortfuhr.

„Sind dies deine Gaben, Jacopo?“ fragte er mit einer Stimme, die trotz seiner Fassung seinen nagenden Hunger verriet.

„Antonio, es sind die Gaben eines Mannes, der deinen Mut achtet.“

„Von seinem Verdienste gekauft?“

„Wie könnt es anders sein! – Ich bettle nicht, und nur wenige geben in Venedig ungebeten. Iß denn ohne Furcht, nicht oft wird dir's so willig gereicht.“

„Nimm es fort, Jacopo, wenn du mich lieb hast. Versuche mich nicht über Vermögen.“

„Wie! Ist dir eine Bußübung auferlegt?“ rief der andere hastig.

„Nein, das nicht – das nicht. Schon lange fand ich weder Zeit noch Herz zum Beichten.“

„Nun, warum willst du die Gabe eines Freundes nicht annehmen?“

„Ich kann nicht zehren vom Blutpreise.“

Wie elektrisiert zog sich die Hand des Bravo zurück. Durch diese Bewegung fiel der Schein des Mondes in sein funkelndes Auge, und wie fest auch Antonios Ehrlichkeit und Grundsätze waren, so erstarrte ihm doch das Blut im Herzen, als er dem wilden, feurigen Blick seines Gefährten begegnete. Eine lange Pause erfolgte, während sich der Fischer fleißig mit seiner Angel beschäftigte, ohne dabei an den Zweck zu denken, für den sie ausgeworfen war.

„Es ist einmal ausgesprochen, Jacopo“, fügte er endlich hinzu, „meine Zunge soll niemals die Gefühle meines Herzens Lügen strafen. Nimm das Essen fort und vergiß alles Vergangene, was ich sagte, war nicht böse gemeint, es geschah nur zum Heil meiner eigenen Seele. Du weißt, wie ich mich grämte über den Knaben, doch nächst seinem Verlust könnt ich über dich trauern – ja, wohl schmerzlicher als über irgendeinen der Gefallenen.“

Man hörte den schweren Atemzug des Bravo, doch schwieg er noch immer.

„Jacopo“, fuhr der besorgte Fischer fort, „du mußt mich nicht mißverstehen. Das Mitleid des Leidenden und Armen ist nicht wie die Verachtung des Reichen und Weltlichen. Wenn ich eine Wunde berühre, so zertrete ich sie nicht mit meinen Fersen. Dein jetziger Schmerz ist besser als all deine früheren Freuden."

„Genug, Alter", sagte der andere mit gedämpfter Stimme. „Deine Worte sind vergessen. Iß ohne Furcht, denn die Gabe ist gekauft von einem Verdienste, so rein wie die Ernte eines Bettelmönchs."

„Ich verlasse mich auf die Güte des heiligen Antonius und auf das Glück meiner Angel", erwiderte Antonio ganz einfach. „Wir von den Lagunen gehen ja so oft ohne Abendessen zu Bett; nimm den Korb fort, guter Jacopo, und laß uns von andern Dingen sprechen."

Der Bravo nötigte den Fischer nicht weiter. Er stellte den Korb beiseite und brütete nachdenkend über das Geschehene.

„Hattest du sonst kein Ursach, so weit herüberzukommen, guter Jacopo?" fragte der alte Mann, in der Absicht, die zurückweisende Antwort wiedergutzumachen.

Die Frage schien Jacopo seine Fahrt ins Gedächtnis zu rufen. Er stand länger als eine Minute und sah mit scharfen Blicken und ganz in seine Absicht versenkt um sich. Länger und ernster war der Blick, den er auf die Stadt richtete, als der, den er auf die offene See warf, auch lenkte er ihn nicht eher von dort hinweg, als bis eine unwillkürliche Bewegung sein Erstaunen und seinen Schreck verriet.

„Ist das nicht ein Boot dort, in gerader Linie mit dem Turm des Campanile?" fragte er rasch, nach der Stadt hinweisend.

„So scheint es. Zwar ist's noch früh für meine Kameraden, aber der Fischfang ist seit kurzem nicht bedeutend gewesen, und das gestrige Fest zog manchen der Unsern ab von seiner Arbeit. Der Patrizier muß essen und der Arme arbeiten, sonst stürben beide."

Langsam setzte sich der Bravo und warf besorgliche Blicke auf seinen Gefährten.

„Bist du schon lange hier, Antonio?"

„Seit einer Stunde. Als sie uns aus dem Palast entließen, da sagte ich dir von meinem Bedürfnis. Im allgemeinen gibt es keinen bessern Fleck in den Lagunen als diesen, und dennoch fische ich schon lange vergebens. Du bist ja bekannt mit den Sitten dieser maskierten Edeln, Jacopo, glaubst du wohl, daß sie Vernunft annehmen werden? Ich denke doch nicht, daß ich aus Mangel an

Erziehung der Sache geschadet habe, ich sprach offen und ehrlich, wie zu Vätern und Männern mit Herzen."

„Als Senatoren haben sie keine Herzen. Du begreifst die Doppelzüngigkeit dieser Patrizier nicht, Antonio. In der Fröhlichkeit ihrer Paläste und unter den Gefährten ihrer Vergnügungen spricht niemand schöner über Menschlichkeit und Gerechtigkeit, ja selbst über Gott, als sie, doch in ihren Sitzungen, wo sie über die sogenannten Angelegenheiten des St. Markus beratschlagen, da gibt es keinen Felsen, der weniger menschlich, und keinen Wolf, der herzloser wäre."

„Deine Worte sind stark, Jacopo – ich möchte selbst gegen die nicht ungerecht sein, die mir Übles getan haben. Die Senatoren sind Menschen, und Gott gab allen gleiche Gefühle und gleiche Naturen."

„Dann wird die Gabe mißbraucht. Du hast den Mangel deines täglichen Gehilfen gefühlt, Fischer, und hast getrauert über dein Kind, dir wird es leicht, eines andern Gram mitzuempfinden; allein die Senatoren kennen keine Leiden. Ihre Kinder werden nicht auf die Galeeren geschleppt, ihre Hoffnungen nicht zerstört durch Gesetze, die von harten Tyrannen ausgehen, noch vergießen sie Tränen über ihre durch die Gesellschaft der Hefe der Republik verdorbenen Söhne. Sie sprechen von öffentlichen Tugenden und dem Staat geleisteten Diensten. Doch damit meinen sie nach ihrer Weise die Tugend des Ruhms und die Dienste, die Ehren und Belohnungen eintragen. Ihr Gewissen heißt: Staatsbedürfnisse, indessen tragen sie Sorge, daß ihnen diese Bedürfnisse so wenig als möglich unbequem werden."

„Jacopo, die Vorsehung selbst hat einen Unterschied gemacht zwischen den Menschen. Der eine ist groß, der andere klein. Einer schwach, der andere stark. Dieser weise, jener dumm. Was die Vorsehung geschaffen hat, darüber sollten wir nicht murren."

„Die Vorsehung hat keinen Senat geschaffen, das ist Menschenerfindung. Merk auf, Antonio! Deine Sprache hat beleidigt, und du bist nun nicht länger sicher in Venedig. Sie verzeihen alles, nur keine Klagen gegen ihre Gerechtigkeit. Die sind zu wahr, als daß sie vergeben werden könnten."

„Können Sie wünschen, jemandem wehe zu tun, weil er sein Kind sucht?"

„Wärest du groß und geachtet, so würden sie eher dein Glück und deinen Ruf untergraben, ehe sie litten, daß du ihr System in Gefahr brächtest. Da du aber schwach und arm bist, so werden sie dir irgendein unmittelbares Leid zufügen, wenn du dich nicht mäßigst. Vor allen Dingen warn ich dich, da sie sonst ihren Willen durchsetzen werden."

„Kann Gott das dulden?"

„Wir können seine Geheimnisse nicht ergründen", erwiderte der Bravo, sich fromm bekreuzigend. „Wenn seine Herrschaft mit dieser Welt endete, dann wär es wohl ungerecht, daß die Gottlosen triumphieren, doch, wie es ist, so – jenes Boot naht schnell! Mir gefallen sein Äußeres und seine Bewegung nicht."

„Es sind keine Fischer, das ist wahr, denn es hat viele Ruder und einen Baldachin."

„Es ist eine Gondel des Staates", rief Jacopo aus und trat in sein eigenes Boot, es von dem seines Gefährten losmachend; sichtlich war er in Zweifel, was ferner zu tun sei. „Antonio, wir täten wohl, uns davonzumachen."

„Deine Furcht ist natürlich", sagte der unbewegliche Fischer, „und es ist ein Jammer, daß Grund dazu da ist. Für einen wie du ist es aber noch Zeit, der schnellsten Gondel des Kanals zu entkommen."

„Geschwind lichte den Anker, Alter, und mach dich davon – ich hab ein sicheres Auge. Ich kenne das Boot."

„Armer Jacopo! Welch ein Fluch ist ein schuldiges Gewissen! Du bist gütig gegen mich gewesen in der Not, und wenn dir Gebete aus aufrichtigem Herzen helfen können, so sollen sie dir nicht fehlen."

„Antonio!" schrie der andere und ließ sein Boot davonwirbeln, dann hielt er wieder unentschlossen an. „Ich kann nicht länger bleiben – trau ihnen nicht – sie sind falsch wie Teufel – es ist keine Zeit zu verlieren – ich muß fort."

Der Fischer murmelte einen Ausruf des Mitleids, als er ihm ein Lebewohl zuwinkte.

Die Annäherung der fremden Gondel nahm jetzt des Alten ganze Aufmerksamkeit in Anspruch. Schnell schwebte sie heran, von sechs Rudern getrieben; des Alten Blick folgte fieberhaft dem Flüchtling. Jacopo hatte mit einer Schnelligkeit, die Notwendigkeit und lange Übung bei ihm fast zum Instinkt gemacht hatten, seinen Lauf durch einen der glänzenden Streifen genommen, die der Schein des Mondes auf dem Wasser gebildet und die durch ihr blendendes Licht dem Auge jenen Gegenstand entzogen. Als der Fischer den Bravo verschwinden sah, lächelte er und war ruhig.

„Nun laßt sie nur herkommen", sagte er, „das gibt Jacopo desto mehr Zeit. Gewiß hat der arme Kerl, seit wir den Palast verließen, einen Streich vollführt, den der Rat nicht vergeben kann. Der Anblick des Goldes war zu mächtig, und er hat die beleidigt, die ihm solange durch die Finger gesehen haben. Gott verzeihe es mir, daß ich Umgang gepflogen mit solchem Menschen! Doch wenn das Herz schwer ist, so tut uns selbst das Mitgefühl eines Hundes wohl. Wenige Menschen bekümmern sich jetzt um mich, sonst hätte mir die Freundschaft eines solchen nicht eben willkommen sein können."

Antonio schwieg, denn die Gondel des Staates rauschte jetzt heran und ward plötzlich durch Rückschlag des Ruders zum Stillstand gebracht. Noch war das Wasser in Bewegung, als schon eine Gestalt in des Fischers Boot trat; die größere Gondel schoß wiederum einige hundert Fuß fort und blieb dann ruhig liegen.

Antonio sah alles dies mit stiller Neugier geschehen; als aber die Gondolieri des Staates auf ihren Rudern ausruhten, da wandte er noch einen flüchtigen Blick nach der Seite hin, wo Jacopo verschwunden war, überzeugte sich von dessen Sicherheit und betrachtete dann seinen Gesellschafter mit Zuversicht. Der helle Mond zeigte ihm den Anzug und das Aussehen eines barfüßigen Karmeliters. Letzterer schien bestürzter als der Fischer, sowohl durch die Schnelligkeit der Fahrt als auch durch die Neuheit seiner Lage. Trotz seiner Verlegenheit aber schien er offenbar verwundert, als er die demütige Verfassung und das ganze Äußere und Betragen des alten Mannes wahrnahm, dem er sich gegenüber befand, und die Worte: „Wer bist du?" entfuhren ihm im ersten Erstaunen.

„Antonio von den Lagunen, ein Fischer, der dem heiligen Antonius manches unverdiente Gute verdankt."

„Und wie hast du dir des Senats Mißfallen zugezogen?"

„Ich bin aufrichtig und bereit, anderen Gerechtigkeit widerfahren zu lassen. Wenn das die Großen beleidigt, so sind sie mehr zu bemitleiden, als zu beneiden."

„Der Überführte ist immer geneigter, sich für unglücklich als für schuldig zu erkennen. Dieser Irrtum ist sehr verderblich und muß ausgerottet werden aus dem Gemüt, sonst führt er zum Tode."

„Sagen Sie das den Patriziern. Die bedürfen guten Rats und Warnung von der Kirche."

„Mein Sohn, deine Antwort zeigt Zorn und Stolz und ein verderbtes Herz an. Die Sünden der Senatoren – da sie Menschen sind, haben sie ihre Mängel – können auf keine Weise deine eigenen vertilgen. Wenn auch das Urteil, das jemand zur Strafe verdammt, ein ungerechtes ist, so behält doch die Sünde gegen Gott ihre ursprüngliche Mißgestalt. Die Menschen können den bemitleiden, der den Zorn der Welt mit Unrecht trägt, doch die Kirche verzeiht nur dem, der seine Vergehungen mit aufrichtiger Anerkennung ihrer Größe gesteht."

„Sind Sie gekommen, eines Büßenden Beichte zu hören, Vater?"

„Dies ist mein Geschäft. Ich beklage die Veranlassung; und wenn das, was ich fürchte, wahr ist, so muß ich noch mehr trauern, daß ein so bejahrter Mann sein dem Verderben geweihtes Haupt unter den Arm der Gerechtigkeit gebracht hat."

Antonio lächelte und wandte sein Auge wieder dem blendenden Lichtstreif zu, durch den die Gondel und die Person Jacopos unsichtbar blieben.

„Vater", sagte er, nachdem er ihn lange mit tiefem Ernste angeschaut hatte, „es kann wohl wenig schaden, vor jemand deines heiligen Amtes die Wahrheit zu sprechen. Man hat dir gesagt, du würdest hier auf den Lagunen einen Verbrecher finden, der sich den Zorn des heiligen Markus zugezogen hat?"

„So ist es!"

„Es ist nicht leicht zu erkennen, wann St. Markus guter Laune ist und wann nicht", fuhr Antonio fort, gleichgültig mit seiner Angel spielend, „denselben Mann, den er jetzt sucht, hat er lange geschützt. Ja selbst in des Dogen Gegenwart. Der Senat hat freilich seine Gründe, die dem Einfältigen unerreichbar sind, doch für des armen Jünglings Seele wär es besser und für den Senat schicklicher gewesen, hätte man von Anfang an einen mißbilligenden Blick auf seine Taten gerichtet."

„Du sprichst von einem anderen! – Du bist also nicht der Verbrecher, den sie suchen?"

„Ich bin ein Sünder, ehrwürdiger Karmeliter, allein, meine Hand hat nie eine andere Waffe geführt als das gute Schwert, das die Ungläubigen schlug. Vor kurzem war jemand hier, der dies zu meinem Leidwesen nicht von sich sagen kann."

„Und er ist fort?"

„Vater, Sie haben Augen und können sich die Frage selbst beantworten, er ist fort, obgleich er nicht ferne ist, doch ist er, Dank dem heiligen Markus, außer dem Bereich der schnellsten Gondeln Venedigs."

Der Karmeliter neigte sein Haupt auf die Stelle hin, wo er saß, und seine Lippen bewegten sich, entweder zum Gebet oder zum Dank.

„Trauern Sie, Vater, daß ein Sünder entkam?“

„Ich freue mich, mein Sohn, daß der bittere Kelch an mir vorübergegangen ist, allein, ich trauere auch, daß eine Seele so entartet ist, um dessen zu bedürfen. Wir wollen die Diener der Republik rufen, um ihnen zu sagen, daß ihre Botschaft vergebens gewesen.“

„Sei nicht so eilig, guter Vater. Die Nacht ist mild, und jene Mietlinge schlafen auf ihren Rudern. Der Jüngling gewinnt mehr Zeit zur Reue, wenn man ihm Ruhe läßt.“

Der Mönch, der sich erhoben hatte, setzte sich sogleich wieder, als bewegte ihn ein mächtiger innerer Antrieb.

„Ich glaubte, er sei schon weit aus unserem Bereich“, murmelte er, sich gleichsam wegen seiner Eile entschuldigend.

„Er ist mehr als kühn, und ich fürchte, er kehrt in die Kanäle zurück; in diesem Fall begegnet ihr ihm näher der Stadt – oder vielleicht sind auch mehr Gondeln des Staates ausgelaufen – kurz, mein Vater, du wirst der Beichte eines Bravo besser entgehen, wenn du die eines Fischers anhörst, der längst auf eine Gelegenheit wartet, seine Sünden zu bekennen.“

Menschen, die denselben Wunsch hegen, verstehen sich bald. Der Karmeliter faßte sogleich die Meinung seines Gefährten, und seine Kapuze zurückwerfend, bereitete sich Vater Anselmo vor, die Beichte des alten Mannes anzuhören.

Antonio, der seine Leine an seinem Sitz befestigt und sein Netz mit gewohnter Sorgfalt aufbewahrt hatte, bekreuzigte sich andächtig und kniete vor dem Mönch nieder. Sein Sündenbekenntnis begann. Viel geistiger Schmerz gab den Worten und Gedanken des Fischers eine Würde und Hoheit, die sein Zuhörer nicht gewohnt war, unter Menschen dieser Klasse zu finden. Ein durch so lange Leiden gezüchtigter Geist war erhaben und edel geworden. Er sprach von seinen Hoffnungen in Hinsicht des Knaben, von der Weise, wie die ungerechte und eigennützige Staatspolitik diese vernichtete, von seinen verschiedenen Versuchen, die Freiheit seines Enkels zu bewirken, und von seinem kühnen Unternehmen auf der Regatta und bei dem Verlöbnis mit dem Adriatischen Meere. Als er auf diese Weise den Karmeliter vorbereitet hatte, den Ursprung seiner sündlichen Leidenschaften, die er jetzt beichten sollte, zu begreifen, sprach er von diesen Leidenschaften selbst und von ihrem Einfluß auf ein Gemüt, das gewöhnlich im Frieden mit dem ganzen Menschengeschlecht lebte. Die Erzählung geschah einfach und ohne Rückhalt, doch auf eine Art, die Achtung einflößte und das Mitgefühl des Zuhörers mächtig erweckte.

„Und diese Gefühle nährtest du gegen die Mächtigen Venedigs?“ fragte der Mönch. „Du weißt, du mußt vergeben, wenn du Vergebung erhalten willst. Gedenkst du, im Frieden mit aller Welt, ferner nicht des dir zugefügten Unrechts, und kannst du mit Bruderliebe zu dem beten, der fürs ganze Menschengeschlecht gestorben ist, auch für die, so dir Leides getan?“

Antonio beugte sein Haupt auf die nackte Brust und schien sich zu beraten mit seiner Seele.

„Vater“, sagte er, „Vater, ich verzeihe ihnen!“

„Amen!“

Der Mönch erhob sich, beugte sein mildes, vom Monde verklärtes Antlitz über den knienden Antonio, sprach, seinen Arm zu den Sternen erhebend, mit inniger Andacht die Worte der Absolution. Des alten Fischers erwartungsvoll emporgerichtetes Auge, sein welkes Antlitz und die heilige Ruhe des Mönchs stellten ein schönes Gemälde der Hingebung und der Hoffnung dar.

Als ein kurzes, stilles Gebet gesprochen war, gab man der Gondel des Staates ein Zeichen, um sie herbeizurufen. Kräftig ruderten sie einher und waren im Augenblick an ihrer Seite. Zwei Männer traten in Antonios Boot und halfen dienstbeflissen dem Mönch hinüber in die Gondel des Staates.

„Hat der Büßer gebeichtet?“ fragte der angesehenste der beiden Männer, halb leise.

„Es ist hier ein Irrtum vorgefallen. Der, den du suchst, ist entflohen. Dieser alte Mann ist ein Fischer namens Antonio, der den heiligen Markus nicht ernstlich beleidigt haben kann. Der Bravo ist nach der Insel St. Giorgio gefahren und muß nun anderswo aufgesucht werden.“

Der Beamte ließ den Mönch, der schnell unter den Baldachin trat, fahren und warf einen raschen Blick auf Antonios Gesicht. Das Reiben eines Taues ward hörbar, Antonios Anker fuhr plötzlich heraus. Ein starkes Geplätscher erfolgte, und die beiden Boote schossen zusammen davon, gehorsam der heftigen Anstrengung der Ruderer. In der Gondel des Staates sah man die gewöhnliche Anzahl der Gondolieri bei ihrer Arbeit, samt dem dunkeln, einer Bahre ähnlichen Baldachin, doch des Fischers Boot war leer.

Das Rauschen der Ruder und Antonios Sturz verschlang eine allgemeine Woge. Als der Fischer nach seinem Falle emportauchte, sah er sich ganz allein mitten auf der weiten, doch ruhigen Wasserfläche. Ein Strahl von Hoffnung war ihm vielleicht aufgegangen, als er aus der Dunkelheit der See zur glänzenden Schönheit der Mondscheinnacht emporstieg. Allein, die schlafenden Kuppeln waren zu fern für menschliche Kräfte, und die Gondeln rauschten mit toller Hast der Stadt zu. Er wandte sich, schwach schwimmend, denn Hunger und frühere Anstrengungen hatten seine Kräfte erschöpft, und richtete seinen Blick nach dem dunkeln Fleck, den er beständig für des Bravos Boot erkannt hatte.

Jacopo hatte mit der größten Anstrengung seiner Sehkraft das Zusammentreffen bewacht. Durch seine Stellung begünstigt, konnte er sehen, ohne deutlich gesehen zu werden. Er sah, wie der Mönch die Absolution sprach und wie sich das größere Boot näherte. Er unterschied den Fall ins Wasser von dem nur plätschernden Ruderschlag und sah Antonios Boot leer hinweggleiten. Kaum hatten die Schiffsmannschaft der Republik mit ihren Rudern die Lagunen durchfegt, als auch das seine schon das Wasser bewegte.

„Jacopo! – Jacopo!“ tönte es ängstlich und schwach an sein Ohr. Die Stimme ward erkannt und die ganze Begebenheit durchschaut. Dem Hilferuf folgte das Rauschen des Wassers, das sich vor dem Schnabel der Gondel Jacopos auftürmte. Alle seine Muskeln dehnten sich mit verdoppelter Kraft. Energie und Geschick zeigten sich bei jedem Schlag, und der dunkle Fleck kam wie eine Schwalbe, die mit ihren Flügeln das Wasser bestreicht, den Lichtstreif herab.

„Hier, Jacopo! Du steuerst zu weit!“

Der Schnabel des Bootes wandte sich, und das Feuerauge des Bravo erblickte des Fischers Haupt.

„Schnell, guter Jacopo! Ich kann nicht mehr!“

Wieder erstickte des Wassers Gemurmel die Worte. Wütend ward die Anstrengung des Ruders, die leichte Gondel schien bei jedem Schlage aus ihrem Elemente emporzusteigen.

„Jacopo – hier – lieber Jacopo!“

„Die Mutter Gottes steh dir bei, Fischer! – Ich komme.“

„Jacopo – der Knabe! Der Knabe!“

Das Wasser gurgelte; ein Arm war zu sehen in der Luft, jetzt verschwand er. Die Gondel trieb nach der Stelle, wo der Arm erschienen war, und ein Schlag rückwärts, der das eschene Ruder wie eine Gerte bog, legte das zitternde Boot bewegungslos bei. Die wilde Bewegung rührte die Lagunen auf, doch als der Schaum verschwunden, lagen sie ruhig da, wie das blaue, friedliche Himmelsgewölbe, das sie zurückstrahlten.

„Antonio!“ erscholl es von den Lippen des Bravo.

Furchtbare Stille folgte dem Ruf. Weder Antwort zu hören noch Gestalt zu sehen. Mit eisernem Finger drückte Jacopo den Griff seines Ruders, und sein eigener Odem erschreckte ihn. Nach allen Seiten warf er irre Blicke, und auf allen Seiten sah er die tiefe Ruhe des trügerischen Elements, das so schrecklich ist in seiner Wut. Gleich dem menschlichen Herzen schien es zu sympathisieren mit der ruhigen Schönheit der Mitternacht; doch gleich dem menschlichen Herzen bewahrte es seine furchtbaren Geheimnisse.

Sechzehntes Kapitel

Als der Karmeliter zurückkehrte in das Gemach der Donna Violetta, bedeckte die Farbe des Todes sein Antlitz, und nur mit Mühe trugen ihn seine Füße zu seinem Sitze. Er bemerkte kaum, daß Don Camillo Monforte noch immer da war, noch weniger fielen ihm die Heiterkeit und Freude auf, die in den Augen Violettas glühten. Seine Ankunft ward auch in Wahrheit von den beiden Glücklichen nicht gleich bemerkt, und selbst der Blick der Donna Florinde ruhte erst auf dem Mönch, als er schon durchs Zimmer geschritten war.

Er schlug seine Kapuze zurück, um Luft zu schöpfen, wodurch die Todesblässe seines Gesichts zum Vorschein kam.

„Fernando! – Vater Anselmo!“ – rief Donna Florinde aus, ihre unwillkürliche Vertraulichkeit verbessernd, obgleich sie dem ängstlichen Ausdruck ihrer aufgeregten Züge nicht gebieten konnte. „Sprich mit uns – du bist leidend!“

„Herzenskrank, Florinde.“

„Täusch uns nicht, du hast üble Nachrichten – Venedig –“

„Ist ein furchtbarer Staat!“

„Warum verließest du uns, wie konntest du in einem für unseren Zögling so wichtigen Augenblick eine lange Stunde abwesend bleiben?“

Violetta blickte erstaunt und überrascht auf die Uhr, doch sprach sie nicht.

„Die Diener des Staates bedurften meiner“, erwiderte der Mönch, sein Herz durch einen Seufzer erleichternd.

„Ich verstehe dich, Vater, du hattest einem armen Sünder die Beichte abzunehmen?“

„So ist es, meine Tochter, und wenige sterben so in Frieden mit Gott und ihren Brüdern.“

Donna Florinde betete ein stilles Gebet für die Seele des Toten und bekreuzigte sich andächtig, als sie endigte. Ihrem Beispiel folgte ihr Zögling, und selbst Don Camillos Lippen bewegten sich scheinbar andächtig, während er sein Haupt nach seiner schönen Gefährtin hinneigte.

„War es ein gerechtes Ende, Vater?“ fragte Donna Florinde.

„Ein unverdientes!“ schrie der Mönch mit Eifer. „Oder alles ist Heuchelei im Menschen. Ich sah einen Menschen sterben, der besser zum Leben, ja glücklicherweise auch besser zum Sterben geeignet war als die, die sein Urteil gesprochen haben. Welch ein furchtbarer Staat ist Venedig!“

„Und dies sind deine Herren, Violetta“, sagte Don Camillo, „diesen mitternächtlichen Mördern soll dein Glück anvertraut werden! Sag uns, Vater, steht deine schmerzliche Tragödie auf irgendeine Weise mit den Angelegenheiten dieses herrlichen Wesens in Verbindung? Denn wir sind hier von Geheimnissen umgeben, die ebenso unbegreiflich und fast ebenso schrecklich sind als das Schicksal selbst.“

Der Mönch blickte von einem zum anderen, und ein menschlicherer Ausdruck fing an, sich in seinem Gesicht zu zeigen.

„Du hast recht“, sagte er, „so sind die Männer beschaffen, die über das Los unseres Zöglings entscheiden wollen. Der heilige Markus verzeihe den Mißbrauch seines verehrten Namens und beschütze sie mit der Kraft seines Gebetes!“

„Vater, sind wir würdig, mehr zu erfahren von dem, was du sahest?“

„Die Geheimnisse des Beichtstuhls sind heilig, mein Sohn; doch war dies eine Beichte, um die Lebenden und nicht die Toten zu beschämen.“

„Daran erkenne ich den Rat der Drei! Jahrelang haben sie mit meinen Rechten gespielt, um ihre eigennützigen Absichten zu erreichen, ja, zu meiner Schande muß ich es gestehen, sie haben mich, um Gerechtigkeit zu erlangen, zu einer Untertänigkeit vermocht, die ebensowenig mit meinen Gefühlen wie mit meinem Charakter übereinstimmt. Es ist eine schreckliche Regierung, und ihre Früchte sind gleich schädlich für den Herrscher und den Untertan. Die größte aller Gefahren, der Fluch des Geheimnisses bei ihren Absichten, ihren Handlungen und ihrer Verantwortlichkeit lastet auf ihr."

„Für Menschen, die unter Venedigs Gesetzen leben, ist das eine kühne Sprache", bemerkte Donna Florinde, furchtsam um sich blickend. „Da wir in der Staatsverwaltung weder etwas ändern noch verbessern können, so sollten wir lieber ganz darüber schweigen."

„Wenn wir die Macht des Staatsrates nicht zu ändern vermögen, so können wir ihr vielleicht doch entgehen", antwortete Don Camillo hastig, jedoch mit gedämpfter Stimme. Nachdem er der Sicherheit wegen das Fenster zugemacht hatte, warf er seine Blicke auf die verschiedenen Türen des Zimmers und fragte: „Können Sie sich auf die Treue der Diener verlassen, Donna Florinde?"

„Bei weitem nicht, Signore; wir haben zwar einige alte, bewährte Diener, doch haben wir auch solche, die der Senator Gradenigo erwählte und die ohne Zweifel nichts als Werkzeuge des Staates sind."

„Auf diese Weise erforschen sie alle Familiengeheimnisse! Ich bin gezwungen, Taugenichtse in meinem Palast zu unterhalten, von denen ich recht gut weiß, daß es ihre Mietlinge sind, und dennoch find ich es besser, so zu tun, als bemerke ich ihre Absichten nicht, damit sie mich nicht auf eine Weise hintergehen, die sich minder leicht erraten läßt. Glauben Sie, Vater, daß meine Gegenwart hier den Spionen entgangen ist?"

„Es wäre zu gewagt, sich darauf zu verlassen. Niemand sah uns hereinkommen, dünkt mich, denn wir benutzten den geheimen Eingang; doch wer ist sicher, unbemerkt zu sein, wenn jedes fünfte Auge ein Mietling ist!"

Die erschreckte Violetta legte ihre Hand auf den Arm ihres Geliebten.

„Vielleicht wirst du selbst in diesem Augenblick beobachtet", sagte sie, „und schon heimlich zur Strafe verurteilt."

„Würde ich gesehen, so zweifle nicht, St. Markus wird eine so kühne Einmischung in seinen Willen nie vergeben. Und dennoch, süße Violetta, um deine Gunst zu gewinnen, hat die Gefahr nichts zu bedeuten, auch eine noch weit größere könnte mich nicht abbringen von meinem Vorhaben."

„Die unerfahrenen und vertrauensvollen Seelen haben meine Abwesenheit benutzt und sich mehr mitgeteilt, als sich geziemte", sagte der Karmeliter.

„Vater, die Natur ist zu mächtig für die schwache Vorsicht der Vernunft."

Die Stirn des Mönchs bewölkte sich. Seine Gefährten bewachten die Bewegungen seiner Seele, die sich auf seinem gewöhnlich wohlwollenden, wenngleich stets traurigen Gesichte aussprachen. Einige Augenblicke lang schwiegen alle. Endlich fragte der Karmeliter, seinen unruhigen Blick zu Don Camillo erhebend: „Hast du auch die Folgen dieser Übereilung gehörig überlegt, mein Sohn? Was gewährt dir solche Sicherheit, dem Zorn der Republik zu trotzen, ihre Kunstgriffe, ihre geheimen Auskundschafter und ihre Schrecken herauszufordern?“

„Vater, ich habe wie alle meines Alters überlegt, wenn sie von ganzem Herzen und von ganzer Seele lieben. Ich fühle, daß jedes Elend Glückseligkeit für mich sein würde im Vergleich mit dem Verlust Violettas und daß keine Gefahr dem Lohne ihrer Liebe gleichkommt. Dies sei genug auf deine erste Frage – auf die andere kann ich nur antworten, daß ich der Hinterlist des Senats zu gewohnt bin, um in den Kunstgriffen, ihr entgegenzuhandeln, ein Neuling zu sein.“

„Die Jugend hat nur eine Sprache, wenn sie die angenehme Täuschung betört, die die Zukunft in goldene Strahlen kleidet. Herzog von Sant' Agata, bist du gleich von hoher Abkunft, berühmtem Geschlechte und Herr vieler Vasallen, so bist du doch keine Macht – du kannst deinen Palast in Venedig nicht für eine Festung erklären noch den Dogen durch einen Herold herausfordern lassen.“

„Sehr wahr, ehrwürdiger Mönch, das kann ich nicht, auch wäre es nicht wohlgetan, sein Glück so aufs Spiel zu setzen. Indes die Staaten des San Marco bedecken nicht den ganzen Erdboden – wir können fliehen.“

„Der Senat hat einen langen Arm und tausend geheime Hände.“

„Das weiß niemand besser als ich, doch übt er keine Gewalttat ohne Beweggrund. Wenn mir sein Mündel erst angetraut ist, so kann er das Übel, das ihm daraus entspringt, nicht mehr ändern.“

„Denkst du dies! Mittel, euch zu trennen, fänden sich bald. Glaube nicht, daß sich Venedig so leicht seine Pläne vereiteln lasse. Der Reichtum dieses Hauses erkauft manchen unwürdigen Freier, und dein Recht würde nicht geachtet, vielleicht gar geleugnet werden.“

„Sie können doch die Feierlichkeit der Kirche nicht verachten, Vater!“ rief Violetta aus.

„Meine Tochter, ich sag es mit Schmerz, aber die Großen und Mächtigen finden selbst Mittel, die ehrwürdigen und heiligen Sakramente der Kirche hintenanzusetzen. Dein eigen Gold würde nur dazu dienen, dein Elend zu besiegeln.“

„Dies könnte geschehen, Vater, wenn wir im Bereich von St. Markus blieben", unterbrach ihn der Neapolitaner, „sind wir aber erst über seine Grenzen, so wär es ein gar kühner Eingriff in die Rechte eines fremden Staates, wenn man Hand an uns legte. Überdies hab ich ein festes Schloß in Sant' Agata, das ihren geheimsten Hilfsmitteln Trotz bietet, bis sich vielleicht Fälle ereignen, die es ihnen wünschenswerter machen nachzugeben, als auf ihrem Willen zu beharren."

„Wärst du, anstatt zwischen den Kanälen, jetzt innerhalb der Mauern von Sant' Agata, so hätte dieser Grund allerdings viel Kraft."

„Es ist jetzt einer meiner Vasallen aus Kalabrien hier, ein gewisser Stefano Milano, und Padrone einer sorrentinischen Feluke, die hier im Hafen liegt; der Mann ist ein Freund meines Gondoliere – der der Dritte war in den Wettkämpfen dieses Tages. Ist dir unwohl, Vater, du scheinst unruhig?"

„Fahre fort mit deinem Vorschlag", antwortete der Mönch, andeutend, daß er nicht wünsche, beobachtet zu werden.

„Mein treuer Gino brachte mir die Nachricht, daß dieser Stefano, wie er glaubt, jetzt im Auftrage der Republik auf den Kanälen ist, denn obgleich der Seemann weniger zur Mitteilung geneigt ist als gewöhnlich, so ließ er doch Winke fallen, die so etwas schließen lassen. – Die Feluke ist jede Stunde bereit, in See zu gehen, und ich zweifle nicht, daß ihr Besitzer lieber seinem natürlichen Herrn als den zweizüngigen Bösewichtern des Senats dienen wird. Ich kann so gut bezahlen wie sie, wenn ich gut bedient werde, und ich kann auch strafen, wenn man mich beleidigt."

„Wären Sie außer dem Bereich der Arglist dieser mysteriösen Stadt, Signore, so würde dies alles ganz verständig sein. Doch wie wollen Sie sich einschiffen, ohne die Aufmerksamkeit derer auf sich zu ziehen, die wahrscheinlich alle unsere Handlungen bewachen?"

„Finden sich doch zu allen Stunden Verlarvte auf den Kanälen, und wenn auch Venedig in seinem Aufpassersystem sehr weit geht, so weißt du doch, Vater, daß ohne außerordentliche Ursachen Masken Sicherheit genießen. Ohne dies kleine Privilegium würde die Stadt nicht einen Tag zu bewohnen sein."

„Ich fürchte die Folgen", bemerkte der zögernde Mönch, obgleich man aus seinen gedankenvollen Zügen deutlich sah, daß er die möglichen Fälle des Abenteuers berechnete. „Wird es bekannt, und werden wir angehalten, so sind wir alle verloren."

„Vertraue mir, Vater, dein Schicksal soll nicht vergessen werden, selbst im schlimmsten Fall. Ich habe, wie du weißt, einen Onkel, der beim Papst hoch angeschrieben ist und den Scharlachhut trägt. Ich verpfände dir mein Ehrenwort, daß ich all meinen Einfluß bei diesem Verwandten aufbieten will, solche Fürbitte der Kirche zu bewirken, daß der Schlag, der ihren Diener treffen sollte, abgewandt werde."

Das Gesicht des Karmeliters ward röter, und zum erstenmal bemerkte der eifrige junge Mann um dessen asketischen Mund den Ausdruck weltlichen Stolzes.

„Du hast meine Bedenklichkeiten unrecht verstanden, Herzog von Sant' Agata", sagte er, „ich fürchte nicht für mich, sondern für andere. Dieses zarte, liebliche Kind ist meiner Sorge nicht anvertraut worden, ohne einen väterlichen Anteil an ihr Schicksal bei mir erregt zu haben", er hielt inne und schien mit sich selbst zu kämpfen. „Zu lange kenne ich die milden, weiblichen Tugenden Donna Florindes, um sie gleichgültig der nahen und schrecklichen Gefahr ausgesetzt zu sehen. Unseren Zögling verlassen können wir nicht; auch sehe ich nicht ein, wie wir, als kluge und wachsame Beschützer, auf irgendeine Weise unsere Zustimmung zu diesem Wagestück geben können. Laßt uns hoffen, daß die, die regieren, doch noch die Ehre und das Glück der Donna Violetta berücksichtigen werden."

„Das wäre, als wollten wir hoffen, den geflügelten Löwen in ein Lamm und den finsteren, seelenlosen Senat in eine Gesellschaft büßender, frommer Kartäuser verwandelt zu sehen! Nein, ehrwürdiger Vater, wir müssen den glücklichen Augenblick ergreifen – und wahrscheinlich kommt nie ein günstigerer als dieser – oder unsere Hoffnungen einer kalten, berechnenden Politik, die nichts achtet als ihre Zwecke, anvertrauen. Eine Stunde, ja eine halbe, wäre hinreichend, den Seefahrer zu benachrichtigen, und noch bevor der Morgen graute, könnten wir die Kuppeln Venedigs in ihre verhaßten Lagunen hinabsinken sehen."

„Dies sind Pläne der zuversichtlichen, von Leidenschaft beflügelten Jugend. Glaube mir, mein Sohn, es ist nicht so leicht, die Agenten der Polizei irrezuführen. Wir könnten diesen Palast nicht verlassen, die Feluke nicht besteigen, noch irgendeinen der so vielen nötigen Schritte tun, ohne ihre Blicke auf uns zu ziehen. Horch – ich höre Rudergeplätscher – eine Gondel hält eben am Wassertor!"

Donna Florinde ging schnell auf den Balkon und kehrte ebenso schnell zurück, um zu erzählen, daß sie einen Beamten der Republik hätte in den

Palast gehen sehen. Es war keine Zeit zu verlieren, Don Camillo mußte sich von neuem in der Kapelle verbergen. Kaum hatte man diese nötige Vorsicht beobachtet, als sich die Türe des Zimmers öffnete und der privilegierte Bote des Senats sich selbst anmeldete. Es war derselbe, der bei der schrecklichen Exekution präsidiert und das Ende der Macht von Signore Gradenigo angekündigt hatte. Als er ins Zimmer trat, blickte er argwöhnisch umher. Der Karmeliter zitterte an allen Gliedern, wie sein Blick dem seinigen begegnete. Doch alle unmittelbare Furcht verschwand, als das gewöhnliche, schlaue Lächeln, mit dem er seine unangenehmen Mitteilungen zu mildern suchte, die Stelle des momentanen Ausdrucks eines ungewissen Argwohns einnahm.

„Edle Dame“, sagte er, sich mit der ihrem Range angemessenen Ehrfurcht verbeugend, „aus dem Eifer seines Dieners werden Sie den Anteil erkennen, den der Senat an Ihrer Wohlfahrt nimmt. Ängstlich besorgt für das Vergnügen und für die Wünsche einer so jungen Dame, hat er beschlossen, Ihnen den Genuß und den Wechsel eines andern Schauplatzes zu geben, und zwar jetzt in dieser Jahreszeit, wo die Kanäle der Stadt durch ihre Wärme und die Menschenmenge, die in der freien Luft lebt, höchst unangenehm werden. Ich bin daher abgesandt worden, Sie zu ersuchen, daß Sie Einrichtungen treffen, wie sie zu einem Aufenthalt von wenigen Monaten in einer reineren Atmosphäre Ihrer Bequemlichkeit angemessen sind, und zwar so eilig als möglich, indem Ihre Reise, um Ihnen Ungemächlichkeiten zu ersparen, schon vor Sonnenaufgang beginnen soll.“

„Das ist eine sehr kurze Frist für eine Dame, die die Wohnung ihrer Ahnen verlassen soll.“

„Die Liebe und väterliche Sorgfalt von St. Markus läßt ihn leere Zeremonien übersehen. So handelt stets der Vater gegen sein Kind. Es bedarf der großen Vorbereitungen nicht, da es ein Geschäft der Regierung sein wird, alles Benötigte nach dem Aufenthalt zu senden, den eine so erlauchte Dame mit ihrer Gegenwart beehren wird.“

„Für meine Person braucht es weniger Vorbereitung, allein, ich fürchte, daß die Dienerzahl, die meinem Stande angemessen ist, zu ihren Einrichtungen mehr Zeit bedürfen wird.“

„Edle Dame, diese Verlegenheit hat man vorausgesehen, und um ihr abzuhelfen, hat der Staatsrat beschlossen, Sie mit der einzigen Dienerin zu versehen, die Sie während einer so kurzen Abwesenheit von der Stadt bedürfen werden.“

„Wie, Signore? Will man mich von meinen Leuten trennen?“

„Von den Mietlingen Ihres Palastes, um Sie mit solchen zu umgeben, die Ihnen aus edleren Beweggründen ergeben sind."

„Und meine mütterliche Freundin – mein geistlicher Ratgeber?"

„Diesen ist erlaubt, während Ihrer Abwesenheit zu ruhen von ihren Pflichten."

Ein Ausruf der Donna Florinde und eine unwillkürliche Bewegung des Mönchs verrieten ihren beiderseitigen Schmerz. Donna Violetta unterdrückte mit mächtiger Anstrengung das bittere Gefühl ihres verwundeten Herzens, wobei sie ihr Stolz kräftig unterstützte; doch konnte sie eine andere Sorge, die ihre Blicke aussprachen, nicht ganz verbergen.

„Erstreckt sich dies Verbot auch bis auf die, die gewöhnlich meine eigene Person bedient?"

„So lauten meine Befehle, Signora."

„Erwartet man, daß sich Violetta Tiepolo diese Dienste selbst leiste?"

„Nein, Signora. Man hat eine höchst liebenswürdige, vortreffliche Dienerin zu diesem Geschäft erwählt. Annina", fuhr er, sich der Türe nähernd, fort, „deine erlauchte Gebieterin wünscht dich zu sehen."

Auf seinen Ruf erschien die Tochter des Weinhändlers. Sie hatte den Schein der Demut angenommen, doch war er von einer gewissen Miene begleitet, die Unabhängigkeit von dem Willen ihrer neuen Gebieterin verriet.

„Diese Dirne also soll meine nächste Vertraute werden!" rief Donna Violetta aus, nachdem sie ihre Züge einen Augenblick mit sichtlichem Widerwillen gemustert hatte.

„Die Sorgfalt Ihrer erlauchten Vormünder, edle Dame, hat diese Wahl getroffen. Da das Mädchen schon von allem Nötigen unterrichtet ist, so will ich nicht länger beschwerlich fallen, sondern mich beurlauben, und Ihnen noch zuvor empfehlen, die wenigen Stunden zwischen jetzt und Sonnenaufgang zu benutzten, um in der Morgenfrische die Stadt verlassen zu können."

Noch einen Blick warf der Beamte im Zimmer umher, jedoch, wie es schien, mehr aus gewohnter Vorsicht als aus irgendeinem andern Grund, verbeugte sich alsdann und ging.

Ein tiefes, schmerzliches Stillschweigen erfolgte. Dann blitzte die Furcht, Don Camillo möchte sich in Hinsicht ihrer Lage irren und zum Vorschein kommen, in Violettas Seele auf, daher beeilte sie sich, durch lautes Sprechen mit ihrer neuen Dienerin, ihn von der Gefahr zu unterrichten.

„Hast du schon früher gedient, Annina?“ fragte sie laut, damit ihre Worte in der Kapelle gehört würden.

„Nie bei einer so schönen und erlauchten Dame, Signora. Doch hoffe ich, mich meiner Gebieterin angenehm zu machen, die, wie ich höre, so gütig gegen ihre Umgebung ist.“

„Die Schmeichelreden deines Standes sind dir nicht fremd! Geh denn und benachrichtige meine ehemaligen Diener von diesem plötzlichen Wechsel, damit ich den Senat durch mein Zögern nicht erzürne. Ich vertraue alles deiner Sorge an, Annina, da du mit dem Willen meiner Vormünder benannt bist – die Leute draußen werden dir beistehen.“

Das Mädchen zögerte, und ihre wachsamen Beobachter sahen Argwohn und Ungewißheit in der lässigen Art ihres Gehorsams. Sie gehorchte indessen und verließ mit dem Diener, den Donna Violetta aus dem Vorsaal herbeigerufen hatte, das Zimmer. Sowie die Türe geschlossen war, erschien Don Camillo, und die ganze Gruppe der Vier sah sich mit panischem Schrecken an.

„Kannst du jetzt noch zögern, Vater?“ fragte der Liebende.

„Nicht einen Augenblick sähe ich Mittel, die Flucht zu bewerkstelligen.“

„Wie! Du willst mich also nicht verlassen!“ rief Violetta voller Freude aus und küßte seine Hände. „Und auch du nicht, meine zweite Mutter?“

„Keiner“, antwortete die Freundin, die wie durch Eingebung des Mönchs Entschluß begriff. „Wir gehen mit dir, meine Liebe, nach dem Schlosse von Sant' Agata oder in den Kerker von San Marco.“

„Florinde, empfange meinen Dank!“ rief die erleichterte Violetta. „Camillo, wir erwarten deine Leitung!“

„Halt“, rief der Mönch, „ein Fußtritt – in dein Versteck.“

Kaum war Camillo ihren Blicken entschwunden, als Annina wieder erschien, nach der unbedeutenden Frage zu urteilen, die sie an ihre Gebieterin hinsichts der Farbe eines Kleides tat, war ihr Kommen eher einer andern Ursache als diesem Vorwande zuzuschreiben.

„Tue, was du willst, Mädchen“, sagte Violetta ungeduldig, „du kennst meinen neuen Aufenthalt und wirst am besten beurteilen können, welches Anzugs ich bedarf. Eile mit deinem Geschäft, damit ich keinen Aufenthalt verursache. Enrico, führe meine neue Kammerfrau in die Garderobe.“

Zögernd entfernte sich Annina, denn zu bewandert war sie in Arglist und Verstellungskunst, um dieser unerwarteten Fügung in den Willen des Senats nicht zu mißtrauen oder nicht den Widerwillen zu bemerken, mit dem ihre Dienste angenommen wurden. Da ihr indes der treue Diener Donna Violettas zur Seite blieb, mußte sie wohl oder übel gehorchen und sich einige Schritte nach der Türe zu führen lassen. Plötzlich, als fiele ihr eine neue Frage ein, kehrte sie mit solcher Schnelligkeit zurück, daß sie schon im Zimmer war, ehe noch Enrico ihre Absicht ahnte.

„Tochter, vollbringe dein Geschäft und hüte dich, uns ferner zu unterbrechen“, sagte der Mönch ernsthaft. „Ich will eben diese Bußfertige beichten lassen, die vielleicht lange nach dem Trost der heiligen Kirche wird schmachten müssen, bevor wir uns wiedersehen. Wenn du kein dringendes Geschäft hast, so geh, ehe du der Kirche ernste Ursache zum Zorne gibst.“

Der strenge Ton des Karmeliters, sein befehlender Blick setzten die Dirne in Schrecken. Zitternd und wirklich in Furcht vor der Gefahr, Meinungen entgegenzuhandeln, die in allen Gemütern tief wurzelten und von denen ihr eigener Aberglaube nicht frei war, murmelte sie einige entschuldigende Worte und ging endlich, nachdem sie noch einen ihrer unruhigen, argwöhnischen Blicke umhergeworfen hatte. Als man sich wieder allein sah, empfahl der Mönch durch einen Wink dem ungestümen Don Camillo, der seine Ungeduld kaum so lange im Zaum halten konnte, bis die Überlästige entfernt war, Stillschweigen.

„Sei vorsichtig, mein Sohn“, sagte er, „wir sind von Verrätern umgeben, in dieser unglücklichen Stadt weiß man nicht, wem man trauen darf.“

„Ich denke, auf Enrico können wir uns verlassen“, sagte Donna Florinde, obgleich der Ton ihrer Stimme die Zweifel ausdrückte, die sie nicht zu fühlen vorgab.

„Daran ist wenig gelegen, meine Tochter. Er weiß nichts von Don Camillos Hiersein, und in dieser Hinsicht sind wir sicher. Herzog von Sant' Agata, können Sie uns aus diesen Schlingen erlösen, so sind wir bereit, Ihnen zu folgen.“

Ein Freudenschrei schwebte auf Violettas Lippen, doch den Blicken des Mönchs gehorsam, wandte sie sich zu ihrem Geliebten, als wolle sie seine Entscheidung erfahren. Don Camillos Einwilligung war auf seinem Gesichte zu lesen. Ohne ein Wort zu sagen, schrieb er eilig einige Zeilen auf das Kuvert eines Briefes, wickelte ein Stück Geld hinein und ging mit vorsichtigen Schritten auf den Balkon. Ein Signal ward gegeben, und alle erwarteten schweigend und mit angehaltenem Atem die Antwort. Alsbald hörten sie das Plätschern eines

Bootes unter dem Fenster. Wieder vorgehend, warf Don Camillo mit sicherer Hand das Papier hinab, so daß er den Fall der Münze auf dem Boden der Gondel hörte. Der Gondoliere hob kaum seinen Blick zum Balkon empor, fing ein auf den Kanälen sehr gewöhnliches Liedchen an und ruderte gemächlich, als habe es keine Eile, davon.

„Das ist gelungen!“ sagte Don Camillo, als er den Gesang Ginos hörte. „In einer Stunde hat mein Geschäftsträger die Feluke in Beschlag genommen, alles kommt nun darauf an, den Palast unbemerkt zu verlassen. Meine Leute werden uns in kurzem erwarten, und vielleicht wäre es wohlgetan, offen und frei unserer Schnelligkeit zu vertrauen, um das Adriatische Meer zu erreichen.“

„Noch ist eine feierliche und unerläßliche Pflicht zu erfüllen“, bemerkte der Mönch. „Meine Töchter, geht in eure Zimmer und besorgt das Nötige zu unserer Flucht: Dies kann, ohne Argwohn zu erregen, geschehen, indem es scheinen wird, als wolltet ihr den Wünschen des Senats genügen. In wenigen Minuten werde ich euch wieder hierher berufen.“

Verwundert, doch gehorsam entfernten sich die Damen. Der Karmeliter machte nun Don Camillo offen und kurz mit seinen Absichten bekannt. Letzterer hörte eifrig zu, und nachdem der andere geendet, gingen beide in die Kapelle.

Kaum vergingen fünfzehn Minuten, als der Mönch schon allein zurückkehrte und die Klingel zog, die in das Kabinett Violettas führte. Donna Florinde und ihr Zögling erschienen sogleich.

„Bereite dich zur Beichte vor“, sagte der Priester, sich mit ernster Würde in den Stuhl niederlassend, den er gewöhnlich einnahm, wenn er auf die Selbstanklagen und Geständnisse seiner geistlichen Tochter hörte.

Violetta erblaßte und errötete wechselweise, als drückte eine schwere Sünde ihr Gewissen. Sie warf einen flehenden Blick auf ihre mütterliche Ratgeberin, in deren milden Zügen sie einem ermutigenden Lächeln begegnete, dann kniete sie, mit schwerem Herzen und zu solcher Feierlichkeit wenig gesammeltem Gemüt, doch mit einer dem Gegenstande angemessenen Entschlossenheit, auf das Kissen nieder, das zu des Mönchs Füßen lag.

Die leisen Worte Donna Violettas waren nur den väterlichen Ohren hörbar, für die sie bestimmt waren. Zweimal lächelte der gute Vater unwillkürlich, und bei jeder gebeichteten Unbesonnenheit legte er wohlwollend seine Hand auf das Haupt der Beichtenden. Violetta hörte auf zu reden, und mit warmer

Inbrunst, die durch die besonderen Umstände noch erhöht ward, in denen sich alle befanden, ward die Absolution gesprochen.

Nachdem diese Pflicht erfüllt war, trat der Mönch in die Kapelle. Mit fester Hand zündete er die Lichter auf dem Altare an und besorgte alles zur Messe Nötige. Währenddem stand Don Camillo an der Seite Violettas und flüsterte ihr mit der Wärme eines glücklichen Geliebten leise Worte zu. Florinde hielt sich an der Tür, den Ton der Fußtritte im Vorzimmer bewachend. Der Mönch trat vor den Eingang der kleinen Kapelle und wollte eben sprechen, als Donna Florindes schnelle Schritte seine Worte aufhielten. Kaum hatte Don Camillo Zeit, sich hinter der Draperie eines Fensters zu verbergen, als auch schon Annina die Tür öffnete und hereintrat.

Als die Dirne die Zubereitungen des Altars und des Priesters feierliches Antlitz sah, trat sie bestürzt einen Schritt zurück. Doch mit jener Besonnenheit, die ihr eben ihre gegenwärtige Anstellung verschafft hatte, sammelte sie ihre Gedanken bald, bekreuzigte sich andächtig und nahm ihren Platz seitwärts, wie jemand, der seine Stellung wohl kennt, aber doch an dem heiligen Gottesdienst teilzunehmen wünscht.

„Tochter, niemand, der diese Messe mit uns beginnt, kann sie verlassen, bevor sie geendet ist“, bemerkte der Mönch.

„Vater, es ist meine Pflicht, mich in der Nähe meiner Gebieterin aufzuhalten, und eine Glückseligkeit für mich, ihr in dieser frühen Morgenandacht nahe zu sein.“

Der Mönch war in Verlegenheit; er blickte unentschlossen von einer zur andern und wollte eben irgendeinen Vorwand ersinnen, sich der Überlästigen zu entledigen, als Don Camillo mitten ins Zimmer trat.

„Fahren Sie fort, ehrwürdiger Vater“, sagte er, „sie ist nur noch ein Zeuge meines Glückes mehr.“

Bei diesen Worten berührte der Edelmann mit einem Finger den Griff seines Schwertes und warf der halb versteinerten Annina einen Blick zu, der sehr erfolgreich den Ausruf zurückhielt, der ihr eben entschlüpfen wollte. Der Mönch schien diese schweigende Verabredung zu verstehen, denn mit tiefer Stimme begann er die heilige Messe.

Die Sonderbarkeit ihrer Lage, die wichtigen Folgen der Handlung, in der sie begriffen waren, die ausdrucksvolle Würde des Karmeliters und die große Gefahr, der sie sich alle aussetzten, verbunden mit der Gewißheit der Strafe, wenn es verraten ward, daß sie es wagten, dem Willen Venedigs zuwiderzuhandeln, machten einen tieferen Eindruck auf ihr Gefühl, als gewöhnlich bei Trauungen zu geschehen pflegt. Violetta zitterte bei jedem Ton der feierlichen Stimme des Mönchs, und gegen Ende der Handlung lehnte sie sich kraftlos an den Arm des Mannes, dem sie soeben ihre Treue verpfändet hatte. Die Augen des Karmeliters wurden indessen immer belebter, je weiter er in seinem Vortrage kam, und noch lange vor dem Schluß hatte er sich sogar der Gefühle Anninas so bemächtigt, daß er ihre feile Seele in Ehrfurcht erhielt. Die Endworte der Trauung wurden gesprochen und der Segen erteilt.

„Maria, die Reine, wache über dein Glück, meine Tochter“, sagte der Mönch, zum ersten Male in seinem Leben die Stirn der weinenden Braut küssend. – „Herzog von Sant' Agata, dein Schutzpatron erhöre dich nach Maßgabe deiner Güte gegen dies unschuldige, vertrauensvolle Kind!“

„Amen! Ha! Wir sind nicht zu früh vermählt, meine Violetta, ich höre Ruderschläge.“

Ein Blick vom Balkon überzeugte ihn von der Wahrheit seiner Worte und von der Notwendigkeit, jetzt den entscheidenden Schritt zu tun. Eine sechsrudrige Gondel, von einer den Wellen des Adriatischen Meeres in dieser Jahreszeit angemessenen Größe und mit einem geräumigen Kajütenpavillon, hielt am Wassertore des Palastes.

„Ich bewundere diese Kühnheit“, rief Don Camillo aus. „Wir dürfen nicht zögern, damit die Polizei nicht durch irgendeinen Spion der Republik Nachricht erhalte. Fort, teure Violetta! – Fort, Donna Florinde – Vater, fort!“

Die Gouvernante und ihr Zögling eilten schnell in die inneren Zimmer. Nach einer Minute kehrten sie mit Donna Violettas Schmuckkästchen und allem zu einer kurzen Reise Benötigten zurück. Alles war bereit bei ihrer Rückkehr, denn Don Camillo hatte sich auf diesen entscheidenden Augenblick längst vorbereitet, und der selbstverleugnende Karmeliter bedurfte keiner überflüssigen Bequemlichkeiten. Es war jetzt nicht Zeit zu unnötigen Erklärungen oder gewöhnlichen Einwürfen.

„Unsere Hoffnung beruht auf unserer Eile“, sagte Don Camillo. „Geheimhaltung ist unmöglich.“

Noch hatte er nicht vollendet, als der Mönch schon zur Tür schritt. Donna Florinde und die halb atemlose Violetta folgten ihm; Don Camillo zog den Arm Anninas unter den seinen und gebot ihr mit leiser Stimme, zu gehorchen, wenn ihr Leben ihr lieb wäre.

Die lange Reihe der äußeren Zimmer war zurückgelegt, ohne daß irgend jemand diesen sonderbaren Zug bemerkt hätte. Doch als die Flüchtlinge in die große Halle traten, die mit der Haupttreppe in Verbindung stand, sahen sie sich inmitten von wenigstens zwölf Dienern beiderlei Geschlechts.

„Platz da!“ rief der Herzog von Sant' Agata, dessen Person und Stimme allen gleich unbekannt war. „Eure Gebieterin will die frische Luft auf den Kanälen genießen.“

Verwunderung und Neugier zeigte sich auf allen Gesichtern, doch war in den Zügen vieler Argwohn und eifrige Aufmerksamkeit vorherrschend. Kaum hatte Violettas Fuß das Pflaster der unteren Halle berührt, als mehrere Diener die Treppe hinunterschlüpften und den Palast durch verschiedene Türen verließen. Jeder suchte die Personen auf, die ihn hier in den Dienst gebracht hatten. Einer floh die engen Gassen der Inseln entlang, um zu Don Gradenigos Wohnung zu gelangen; ein anderer suchte dessen Sohn auf; ein dritter, unbekannt mit dem, der ihm für seine Dienste zahlte, suchte den Geschäftsträger Don Camillos, um ihm Umstände mitzuteilen, in denen dieser selbst eine so bedeutende Rolle spielte. In solch einen Zustand von Verderbtheit hatten Falschheit und Hinterlist den Haushalt der schönsten und reichsten Erbin Venedigs versetzt!

Die Gondel lag an den Marmorstufen des Wassertores, zwei Männer hielten sie fest an den Steinen. Don Camillo übersah mit einem Blick, daß die maskierten Gondolieri keine der ihnen von ihm vorgeschriebenen Vorsichtsmaßregeln versäumt hatten, und er pries innerlich ihre Pünktlichkeit. Jeder von ihnen trug ein kurzes Rapier im Gürtel, und er glaubte unter den Falten ihrer Gewänder die damals üblichen, schwerfälligen Feuergewehre zu bemerken. Diese Beobachtungen wurden gemacht, während der Mönch und Violetta ins Boot traten. Dona Florinde folgte, und Annina wollte desgleichen tun, als sie Don Camillo beim Arm zurückhielt.

„Dein Dienst hat hier ein Ende“, sagte der Bräutigam. „Suche dir eine andere Gebieterin, in Ermangelung einer besseren rate ich dir, dich Venedig zu weihen.“

Bei dieser Unterbrechung sah sich Don Camillo um und betrachtete einen Augenblick lang die in ehrfurchtsvoller Ferne in der Halle des Palastes versammelte Menge.

„Lebt wohl, meine Freunde!“ sagte er. „Wer seiner Gebieterin treu ist, soll nicht vergessen werden.“

Er wollte mehr sagen, da fühlte er sich plötzlich und rauh bei den Armen ergriffen. Die beiden Gondolieri am Ufer hatten ihn gepackt, während er sich ihnen zu entwinden suchte, schoß Annina auf einen erhaltenen Wink bei ihm vorbei und ins Boot. Die Ruder fielen ins Wasser. Don Camillo ward auf eine heftige Weise in den Palast zurückgedrängt, die Gondolieri nahmen ihre Plätze ein, die Gondel glitt von den Stufen hinweg und war bald aus dem Bereich der Zurückgebliebenen.

„Gino! Bösewicht! Was bedeutet diese Verräterei?"

Die Bewegung der abfahrenden Gondel ward nur von dem Ton des rauschenden Wassers begleitet. In sprachlosem Schmerz sah Don Camillo das Boot immer schneller und schneller die Kanäle entlanggleiten und dann, sich um die Ecke eines Palastes wendend, verschwinden. In Venedig war Verfolgung nicht so leicht wie in anderen Städten, denn dem Lauf der Gondel auf den Kanälen konnte man nur zu Wasser folgen. Verschiedene Familienboote lagen innerhalb der durch Pfähle abgetrennten Stelle des großen Kanals am Haupteingange, und schon wollte sich Don Camillo in eines stürzen und mit eigener Hand das Ruder führen, als Ruderschläge die Annäherung einer Gondel von der Brücke her ankündigten. Bald trat sie hervor aus dem dunkeln Schatten der Häuser, und Don Camillo erblickte eine große Gondel, die, genau wie die eben abgefahrene, von sechs maskierten Gondolieri gerudert ward. Die beiden Boote sahen sich so ähnlich, daß nicht nur Don Camillo, sondern alle andern, die zugegen waren, anfangs glaubten, letzteres habe schon mit außergewöhnlicher Eile die Tour um die nahegelegenen Paläste vollendet und nähere sich nun wieder dem Eingange von Donna Violettas Behausung.

„Gino!" schrie der betäubte Neuvermählte.

„Gnädiger Herr?" antwortete fragend der treue Diener.

„Komm näher, Bösewicht. Was soll der unnütze Scherz in diesem Augenblick?"

Don Camillo machte einen gewaltigen Sprung und erreichte glücklich die Gondel. Mit Blitzesschnelle stürzte er mitten durch das Schiffsvolk hindurch in das Zelt, wo ihn ein Blick überzeugte, daß es leer war.

„Niederträchtige, ihr habt gewagt, mich zu hintergehen!" schrie der bestürzte Herzog.

In diesem Augenblick schlug die Stadtuhr zwei; und jetzt erst, als dies verabredete Signal schwer und traurig durch die Nachtluft tönte, ging dem enttäuschten Camillo eine Ahnung von dem wahren Hergang der Sache auf.

„Gino“, sagte er, seine Stimme dämpfend wie jemand, der einen verzweifelten Entschluß fassen will, „sind deine Leute treu?“

„So treu als Ihre eigenen Vasallen, Signore.“

„Und du gabst wirklich meinem Agenten das Billett?“

„Er hatte es in seinen Händen, noch ehe die Tinte trocken war, Exzellenz.“

„Der feile Bösewicht! Er sagte dir, wo du die Gondel, ganz so wie diese ausgerüstet, finden würdest?“

„So ist's, Signore, und ich muß dem Manne die Gerechtigkeit widerfahren lassen, er stellte ein Schiff, das weder an Schnelligkeit noch Bequemlichkeit etwas zu wünschen übrigläßt.“

„Ja! Er handelt sogar mit Duplikaten, so zart ist seine Sorgfalt!“ murmelte Camillo zwischen den Zähnen. – „Rudert zu, Leute, eure eigene Sicherheit und mein Glück hängen von euren Armen ab. Tausend Dukaten, wenn ihr meiner Hoffnung entsprecht, meinen gerechten Zorn, wenn ihr sie täuscht!“

Don Camillo warf sich in der Bitterkeit seines Herzens bei diesen Worten aufs Kissen, doch machte er dabei eine Bewegung, die den Ruderern gebot fortzueilen. Gino, der auf dem Spiegel des Schiffes stand und das Steuerruder lenkte, öffnete ein kleines Fenster im Pavillon und bückte sich, um seines Gebieters Befehle beim Abfahren des Bootes zu vernehmen. Dann, sich aus seiner gebückten Stellung erhebend, tat der geübte Gondoliere einen Schlag mit seinem Ruder, daß sich das träge Element in der engen Durchfahrt in brausenden Wirbeln bewegte, und die Gondel glitt wie vom Instinkte getrieben in den großen Kanal hinein.

Siebzehntes Kapitel

Ungeachtet seiner scheinbaren Entschlossenheit wußte der Herzog von Sant' Agata doch durchaus nicht, wohin er sich zu wenden oder was er zu tun habe. Daß er von einem oder mehreren der Unterhändler, denen er die Vorkehrungen zu der seit einigen Tagen beschlossenen Flucht hatte anvertrauen müssen, betrogen war, schien gewiß; er ließ sich daher nicht von der Hoffnung täuschen, als wäre irgendein unbegreifliches Mißverständnis Ursache seines Verlustes. Er sah, daß der Senat jetzt Herr seiner Braut war, auch war ihm dessen Macht zu wohl bekannt. Durch den frühzeitigen Tod ihres Onkels fielen der Donna Violetta bedeutende Güter im Kirchenstaate zu, und das herrschsüchtige Gesetz von Venedig, das allen seinen Edeln gebot, Besitzungen zu verkaufen, die sie in fremden Ländern ererbt hatten, war diesmal nur wegen der Hoffnung, über ihre Hand auf eine der Republik vorteilhaftere Weise zu verfügen, nicht in Anwendung gebracht worden. Mit diesem Ziel vor Augen und mit den Mitteln, es zu erreichen, versehen, würde man, wie der Bräutigam sehr wohl wußte, seine Vermählung nicht nur für null und nichtig erklären, sondern auch mit den Zeugen der Trauung so verfahren, daß künftighin ihre Aussagen nicht mehr in Verlegenheit setzen könnten. Für sich selbst fürchtete er weniger, wenngleich er einsah, daß er seinen Widersachern hinreichende Gründe geliefert hatte, um den unbestimmten Zeitraum seines bestrittenen Erbrechtsantritts weiter hinauszuschieben oder auch seine Ansprüche daran gänzlich zu vernichten. Doch hatte er sich auf diesen Ausgang schon gefaßt gemacht. Er glaubte ohne persönliche Gefahr nach seinem Palast zurückkehren zu dürfen, denn die große Achtung, in der er in seinem Vaterlande stand, und der hohe Einfluß, den er am römischen Hofe besaß, waren hinreichende Sicherheit gegen offenbare Gewalttätigkeiten. Der Hauptgrund, warum man ihn mit seinen Ansprüchen so lange hingehalten, war der Wunsch, seine nahe Verwandtschaft mit dem Favoritkardinal so sehr als möglich zu benutzen, und obgleich er nie imstande war, den immer größer werdenden Forderungen des Senats zu genügen, so nahm er es doch als ziemlich ausgemacht an, daß der Vatikan alle seine Macht aufbieten würde, um ihn vor jeder größeren persönlichen Gefahr zu schützen. Bei alledem hatte er dem venezianischen Staate erhebliche Gründe zur Strenge gegeben, und da ihm seine Freiheit in diesem Augenblick wichtiger war denn je und er fürchtete, sie möchten ihn festsetzen, nur damit sich die Regierung seine spätere Freilassung als besonderes Verdienst anrechnen könnte, gab er jetzt den Befehl, den Hauptweg zum Hafen einzuschlagen.

Ehe die Gondel die Schiffe erreichte, hatte ihr Herr Zeit gehabt, sich zu sammeln und einige schnelle Pläne für die Zukunft zu machen. Er gab ein Zeichen zum Anhalten und trat aus der Kajüte hervor. Trotz der späten Stunde ruderten noch immer Boote auf dem Wasser in der Stadt umher. Doch unter den Seefahrern herrschte allgemeine Stille, wie sich's nach ihrem mühseligen Tagewerk gehörte und bei ihrer Lebensart erwarten ließ.

„Rufe den ersten müßigen Gondoliere deiner Bekanntschaft herbei, Gino“, sagte Don Camillo mit angenommener Ruhe. „Ich hab ihn über etwas zu befragen.“

In weniger als in einer Minute geschah sein Wille.

„Hast du vor kurzem eine wohlbemannte Gondel durch diesen Teil des Kanals rudern sehen?“ fragte Don Camillo den Mann, den sie angehalten.

„Keine als die Ihrige, Signore, die die schnellste von allen denen ist, die heute unter dem Rialto hindurchfuhren.“

„Wie kannst du die Schnelligkeit meines Bootes kennen, Freund?“

„Signore, ich habe das Ruder sechsundzwanzig Jahre auf den Kanälen von Venedig geführt, und doch kann ich mich nicht entsinnen, eine Gondel so rasch fahren gesehen zu haben als dieses Boot, da es vor wenigen Minuten durch die Feluken hindurch weiter hinab nach dem Hafen schoß.“

„Wohin steuerten wir?“ fragte Don Camillo eifrig.

„Heiliger Theodor? Ich wundere mich nicht über diese Frage, Exzellenz, denn wenn auch seitdem erst ein Augenblick verfloß, so seh ich sie doch jetzt so bewegungslos auf dem Wasser liegen wie einen schwimmenden Halm.“

„Freund, da ist Silber – addio!“

Der Gondoliere ruderte langsam fort und sang ein Lied seiner Barke zu Ehren, während Don Camillos Boot schnell dahinflog. Feluken, Brigantinen und Dreimaster schienen vorüberzuschweben, als sie durch das Labyrinth der Schiffe glitten; da bückte sich Gino vorwärts und lenkte seines Herrn Aufmerksamkeit auf eine große Gondel, die mit lässigem Ruder vom Lido her auf sie zukam. Beide Boote befanden sich auf einer breiten Passage zwischen den Schiffen, dem gewöhnlichen Wege für seewärts gehende Fahrzeuge. Auch nicht der geringste Gegenstand war zwischen ihnen. Durch eine Wendung seines Bootes sah sich Don Camillo bald nur auf eine Ruderlänge von jenem entfernt, und mit einem Blick überzeugte er sich, daß es die verräterische Gondel war, die ihm den Streich gespielt hatte.

„Zieht, Leute, und folgt mir!“ schrie der wütende Neapolitaner, im Begriff, sich mitten unter seine Feinde zu stürzen.

„Sie ziehen gegen San Marco“, rief eine warnende Stimme aus dem Zelt hervor. „Die Kräfte sind ungleich, Signore, denn das geringste Signal führt zwanzig Galeeren zu unserem Beistand herbei.“

Don Camillo hätte dieser Drohung vielleicht nicht geachtet, doch er sah, wie seine Leute daraufhin die schon halb gezogenen Schwerter wieder in ihre Scheiden zurückstießen.

„Räuber", antwortete er, „gebt mir die zurück, die ihr durch eure Hinterlist entführt habt."

„Signore, euch jungen Edeln gefällt es oft, euern Übermut mit den Dienern der Republik zu treiben. Hier ist niemand als die Gondolieri und ich." Eine Bewegung des Bootes erlaubte Don Camillo einen Blick in die Kajüte, der ihm bewies, daß jener die Wahrheit gesprochen hatte. Von der Nutzlosigkeit fernerer Verhandlungen und dem Werte jedes Augenblicks überzeugt, indem er sich noch immer auf der rechten Spur glaubte, gab der junge Neapolitaner seinen Leuten ein Zeichen zum Weiterfahren. Die Boote trennten sich schweigend, und das von Camillo schlug den Weg ein, den jenes eben gekommen war.

In kurzer Zeit befand sich die Gondel Don Camillos ganz außerhalb der Schiffsreihen. Schon war es so spät, daß der Mond zu sinken begann. Wohl ein Dutzend Schiffe verschiedener Art steuerte, vom Landwinde unterstützt, nach dem Eingang des Hafens.

„Sie führen mein Weib nach Dalmatien!" rief Don Camillo, wie jemand, der die Wahrheit endlich zu ahnen beginnt.

„Gnädiger Herr!" rief der erstaunte Gino aus.

„Ich sage dir, Bursch, dieser verwünschte Senat hat sich gegen mein Glück verschworen und nachdem er mir deine Gebieterin geraubt, sie auf eine der vielen Feluken, die wir hier sehen, gebracht, um sie nach irgendeinem seiner festen Schlösser an der Ostküste des Adriatischen Meeres zu versetzen."

„Heilige Maria! Signore Duca, mein geehrter Gebieter, man sagt, daß sogar die steinernen Bildsäulen in Venedig Ohren haben."

„Du rufst mir meine Torheiten ins Gedächtnis, guter Gino. Wenn du und deine Mitgesellen mir bei der Rettung der Dame, der ich mich eben vermählt habe, nach Kräften beistehen werdet, so soll es euer Schade nicht sein."

„Der heilige Theodor stehe uns bei und zeige uns, was zu tun ist! Wenn ich wüßte, bei welchem Namen man sie nennt, so sollte sie nie vergessen werden in den Gebeten, die ein armer Sünder wie ich zu tun wagen darf."

„Du hast doch die schöne Dame nicht vergessen, die ich aus der Giudecca rettete?"

„Corpo di Bacco! Ew. Exzellenz schwebten wie ein Schwan und schwammen rascher als eine Möwe. Vergessen! Signore, nein, ich denke jedesmal daran, wenn ich ein Geplätscher in den Kanälen höre, und sooft ich daran denke, verwünsche ich in meinem Herzen das Ankonaschiff. Wenn wir aber auch alle Wunder schreien über das, was unser Herr auf der Giudecca getan hat, so war doch das Untertauchen damals keine Vermählungsfeierlichkeit, auch können wir von der Schönheit der Dame nichts mit Gewißheit sagen, da ihre Lage in jenem Augenblicke eine so ungünstige war."

„Du hast recht, Gino. – Diese Dame aber, die erlauchte Donna Violetta Tiepolo, die Tochter und Erbin eines berühmten Senators, ist jetzt deine Gebieterin. An uns ist es nun, sie nach Schloß Sant' Agata zu bringen, dort trotze ich dem ganzen Venedig mit allen seinen Helfershelfern."

Gino verbeugte sich in tiefer Ergebenheit, schaute jedoch zugleich hinter sich, ob auch keiner der Helfershelfer, die sein Herr eben öffentlich herausgefordert hatte, so nahe sei, um diese Worte zu hören. Während dieser Unterhaltung ging das Boot ununterbrochen fort, denn Gino hielt nicht an in seiner Arbeit und steuerte immer dem Lido zu. Der Landwind wehte frischer, die Schiffe glitten vorüber, und als Don Camillo die Sandbarre erreichte, die die Lagunen vom Adriatischen Meere trennt, waren die meisten von ihnen schon durch die Passagen gesegelt und nahmen nun, je nach den Orten ihrer Bestimmung, ihre verschiedenen Richtungen durch den offenen Hafen. Aus reiner Unentschlossenheit hatte der junge Herzog seine Leute den anfangs eingeschlagenen Weg fortsetzen lassen. Er war gewiß, daß sich seine Braut in einem der erwähnten Fahrzeuge befand, doch konnte er nicht erraten, in welchem, und wär er auch Herr dieses wichtigen Geheimnisses gewesen, so besaß er doch zur Verfolgung keine hinreichenden Mittel. Als er daher ans Land stieg, geschah es nur in der Hoffnung, aus den verschiedenen Richtungen der Feluken eine allgemeine Vermutung entnehmen zu können, in welchem Teil der venezianischen Besitzungen er die Verlorene zu suchen habe. Er war indessen entschlossen, ihr unmittelbar zu folgen, und ehe er das Boot verließ, wandte er sich nochmals zu seinem getreuen Gondoliere und gab ihm die nötigen Befehle.

„Es ist dir doch bekannt, Gino", sagte er, „daß einer meiner Vasallen mit einer Feluke von der sorrentinischen Küste hier im Hafen liegt?"

„Ich kenne den Mann besser als meine eigenen Fehler, Signore, ja besser als meine eigenen Tugenden."

„Geh sogleich zu ihm und überzeuge dich von seinem Hiersein. Ich habe mir einen Plan erdacht, ihn in meinen Dienst zu locken, doch möchte ich gern vorher wissen, in welchem Zustand sein Schiff ist."

Während er die Gondel vom Ufer abstieß, versäumte Gino nicht, seines Freundes Stefano Eifer und dessen Schiff, die „Bella Sorrentina", zu loben, dann aber schlug er mit seinem Ruder ins Wasser, seinen Auftrag schnell auszurichten.

Am Lido di Palestrina ist ein einsamer Ort, den katholische Ausschließungssucht für die Überreste derer, die außerhalb des Schoßes der römischen Kirche zu Venedig starben, zur Beerdigungsstätte angewiesen hatte.

Don Camillo landete unfern der abgelegenen Gräber der Verbannten. Da er die niedrigen Sandhügel besteigen wollte, die Wellen und Wind am äußersten Rande des Lido aufgeworfen hatten, so mußte er gerade über den geächteten Platz gehen oder einen höchst unbequemen Umweg machen. Aus Aberglaube, der mit all seinen Gewohnheiten und Meinungen verwebt war, bekreuzigte er sich, und seinen Stoßdegen losmachend, damit ihm der Beistand der guten Waffe nötigenfalls nicht fehle, ging er durch die von den verachteten Toten bewohnte Heide, als sich eine menschliche Gestalt aus dem Grase erhob und in Gedanken versunken einherging. Wieder faßte Don Camillo den Griff seines Degens, dann, seitwärts gehend, um den Vorteil des Mondlichtes zu haben, näherte er sich dem Fremden. Sein Fußtritt ward gehört, denn der andere blieb stehen, betrachtete den Kavalier mit übereinandergelegten Armen, gleichsam seine Friedfertigkeit andeutend, und erwartete dessen Annäherung.

„Du hast eine melancholische Stunde zu deinem Spaziergang erwählt, Freund", sagte der junge Neapolitaner, „und einen noch düstereren Schauplatz."

Bei diesen Worten kehrte der Fremde das Gesicht dem Monde zu, so daß dessen sanftes Licht seine Züge erhellte.

„Jacopo!" rief der Herzog, zurücktretend, wie es gewöhnlich ein jeder in Venedig tat, wenn er diesem Auge unerwartet begegnete.

„Signore, ich bin's."

Im Augenblick glänzte die Waffe Don Camillos im Mondschein.

„Nicht zu nahe, Bösewicht, und erkläre dich über den Grund, der dich hierherführt, meine Einsamkeit zu stören."

Der Bravo lächelte, doch blieben seine Arme übereinandergelegt.

„Ich könnte mit ebenso vielem Recht den Herzog von Sant' Agata fragen, weswegen er zu dieser Stunde hier wandelt."

„Wenn irgend jemand in Venedig es für ratsam gehalten hat, dich gegen mich auszusenden, so wirst du all deines Mutes und deiner Geschicklichkeit bedürfen, bevor du deinen Lohn erntest.“

„Stecken Sie Ihren Degen ein, Don Camillo, hier ist niemand, der Ihnen Leides tun will. Glauben Sie denn, daß ich Sie hier suchen würde, wenn ich gedungen wär, wie Sie meinen? Fragen Sie sich doch selbst, ob ich von Ihrem Besuch hier wissen konnte oder ob ihn nicht vielmehr die müßige Laune eines jungen Mannes veranlaßte, der sein Bett weniger bequem als seine Gondel findet. Bei früheren Zusammenkünften pflegten Sie, Herr Herzog, meiner Ehre weniger zu mißtrauen.“

„Du hast recht, Jacopo“, erwiderte der Herzog, seinen Degen senkend, doch zögerte er noch, die Spitze wegzuwenden. „Du sprichst Wahrheit: Mein Besuch hier ist freilich Zufall, und du konntest ihn möglicherweise nicht voraussehen. Aber warum bist du hier?“

„Ich bin hier, Don Camillo, weil mein Geist mehr Raum verlangt. Ich bedarf der frischen Seeluft, die Kanäle ersticken mich, nur hier auf dieser Sandbank kann ich frei atmen.“

„Du hast andere Gründe, Jacopo.“

„Nun ja, Signore – mir ekelt's vor jener Stadt voller Verbrechen.“

Bei diesen Worten schüttelte der Bravo, auf die Kuppeln des St. Markus hinzeigend, die Hand, und der ernste Ton seiner Stimme schien aus dem tiefsten Grunde seines Herzens zu kommen.

„Das ist eine sonderbare Sprache für einen . . .“

„. . . Bravo! Sprechen Sie das Wort nur dreist aus, Signore, es ist meinen Ohren nicht fremd. Doch im Vergleich mit dem sogenannten Schwerte der Gerechtigkeit, das St. Markus führt, ist der Dolch eines Bravo ehrenvoll! Der niedrigste Mietling Italiens, der seinen Dolch für zwei Zechinen in seines Freundes Herz stößt, ist ein offen handelnder Mann gegen die schonungslose Verräterei einiger in der Stadt da vor uns!“

„Ich verstehe dich, Jacopo, du bist endlich verbannt. Die öffentliche Stimme, wie schwach sie auch in der Republik vernommen wird, hat endlich die Ohren derer erreicht, die dich gebraucht haben, und sie haben dir ihren Schutz entzogen.“

Jacopo sah den Herzog einen Augenblick mit so zweideutiger Miene an, daß dieser letztere unwillkürlich die Spitze seines Degens erhob, doch antwortete er mit seiner gewöhnlichen Ruhe.

„Herr Herzog", sagte er, „ich darf mich der Ehre rühmen, daß meine Dienste schon von einem Don Camillo Monforte in Anspruch genommen wurden."

„Das leugne ich nicht – und jetzt, da du mich daran erinnerst, geht mir ein neues Licht auf. Niederträchtiger, durch deine Treulosigkeit verlor ich meine Frau!"

Obwohl der Degen dicht an Jacopos Kehle schwebte, rührte sich dieser nicht. Seinen aufgeregten Gefährten betrachtend, lachte er gedämpft, doch bitter.

„Es scheint fast, als wolle mich der Herzog von Sant' Agata meines Handwerks berauben", sagte er.

„Deine Dreistigkeit hilft dir zu nichts, Schurke, du weißt, daß ich dich zum Anführer einer erwählten Bande werben wollte, um die Flucht einer teuern Person zu bewerkstelligen."

„Nichts ist wahrer als dies, Signore."

„Und du schlugst mir diesen Dienst ab?"

„Das tat ich, edler Herzog."

„Nicht zufrieden damit, verkauftest du, als du die näheren Umstände meines Planes erfahren, mein Geheimnis dem Senate?"

„Don Camillo Monforte, das tat ich nicht. Meine Verpflichtung gegen den Senat erlaubte mir nicht, Ihnen zu dienen; sonst, bei jenen lichten Sternen des Himmels, hätte es mein Herz erfreut, Zeuge des Glücks eines jungen und treuen Paares zu sein. Nein – nein – nein, die kennen mich nicht, die da glauben, ich könne mich nicht freuen über das Glück anderer. Ich sagte Ihnen, daß ich dem Senate verpflichtet wäre – und damit war die Sache abgetan."

„Und ich war so schwach, dir zu glauben, Jacopo, denn dein Charakter ist ein so sonderbares Gemisch von Gutem und Bösem, und dein Ruf für Treue und Zuverlässigkeit ist so groß, daß mich deine scheinbare Freimütigkeit sicher machte. Kerl, man betrog mich, und zwar in demselben Augenblick, als ich fest auf den besten Ausgang rechnete. Meine Gondel haben sie nachgeahmt – meine Livree kopiert – mein Weib gestohlen. Du antwortest nicht, Jacopo?"

„Welche Antwort wollen Sie haben? Sie sind in einem Staate getäuscht worden, dessen Fürst selbst seinem eigenen Weibe seine Geheimnisse nicht anzuvertrauen wagt. Sie gedachten Venedig einer Erbin zu berauben, und Venedig raubte Ihnen Ihre Frau. Sie spielten hoch, Don Camillo, und verloren einen schweren Einsatz. Sie dachten an Ihre eigenen Wünsche und Rechte, während Sie vorgaben, für Venedig bei dem Spanier zu wirken."

Don Camillo trat zurück vor Erstaunen.

„Warum nimmt Sie dies wunder, Signore? Sie vergessen, daß ich viel unter denen lebte, die den möglichen Ausgang jedes politischen Interesses berechnen. Ihre Heirat ist für Venedig, das des Bräutigams fast ebensosehr bedarf als der Braut, doppelt unangenehm. Der Rat hatte seit langem die Aufgebote untersagt."

„Ja – aber die Weise? Erzähle mir, auf welche Weise, durch was für Mittel ward ich betrogen, sonst muß ich dich selbst des Betrugs beschuldigen."

„Signore, selbst die Marmorsteine der Stadt erzählen dem Staate ihre Geheimnisse. Vieles sah ich, und vieles verstand ich, während mich meine Obern nur als ihr bloßes Werkzeug betrachteten, doch viel von dem Gesehenen haben selbst die nicht begriffen, die mich gebrauchten. Ich hätte Ihnen den Ausgang Ihrer Vermählung vorhersagen können, wenn ich darum gewußt hätte."

„Das hättest du doch nur als Mithelfer ihrer Verräterei tun können."

„Die Pläne der Eigennützigen kann man allenfalls erraten; nur der Großmütige und Rechtschaffene vereitelt alle Berechnungen. Wer das gegenwärtige Interesse der Republik zu erkennen vermag, wird Herr ihrer teuersten Staatsgeheimnisse, denn sie verfolgt ihre einmal entworfenen Pläne; es sei denn, daß sie sie zu teuer zu stehen kommen. Was die Mittel anbelangt – wie kann's in einem Haushalt wie dem Ihrigen daran fehlen, Signore?"

„Traute ich doch nur bewährten Leuten."

„Don Camillo, in Ihrem Palaste ist kein einziger Diener, Gino ausgenommen, den nicht der Senat oder dessen Helfershelfer im Solde hätten. Selbst die Gondolieri, die Sie tagtäglich nach den Vergnügungsorten rudern, sind mit den Zechinen der Republik bestochen. Ja, nicht allein Sie zu bewachen, werden sie bezahlt, sondern auch sich selbst gegenseitig zu belauschen."

„Kann das wahr sein!"

„Zweifelten Sie je daran, Signore?" fragte Jacopo, als wundere ihn des andern Einfalt.

„Ich kannte sie wohl als falsch – als Treue heuchelnd, deren sie im geheimen spotten; doch glaubte ich nicht, daß sie es wagen könnten, sich unter meine Diener zu mischen. Durch dies Untergraben aller Familiensicherheit wird die menschliche Gesellschaft bis in die Wurzel zerstört."

„Sie sprechen wie jemand, der noch nicht lange verheiratet ist, Signore", sagte der Bravo mit einem hohlen Gelächter. „Nach einem Jahre wissen Sie vielleicht, daß Ihr eigenes Weib Ihre geheimsten Gedanken für Gold verraten kann."

„Und du dienst ihnen, Jacopo?"

„Wer tut's nicht auf irgendeine seinen Neigungen angemessene Weise? Wir sind nicht Herren des Schicksal, Don Camillo, sonst würde der Herzog von Sant' Agata seinen Einfluß bei seinem Verwandten nicht zum Vorteil der Republik angewandt haben. Was ich getan habe, geschah nicht, ohne es bitter zu bereuen und ohne einen schmerzlichen Seelenkampf, den Ihre leichtere Dienstbarkeit Ihnen vielleicht erspart hat, Signore."

„Armer Jacopo!"

„Wenn ich dies alles überleben konnte, so geschah es, weil mich ein Mächtigerer als der Staat nicht verlassen hat. Doch es gibt Verbrechen, Don Camillo, die zu ertragen Menschenkräfte nicht hinreichen."

Der Bravo schauderte und schritt schweigend weiter.

„Also selbst für dich sind sie zu unbarmherzig gewesen?" fragte Don Camillo, die zusammengezogenen Augenbrauen und die sich hebende Brust seines Gefährten erstaunt betrachtend.

„Ja, Signore. Ich war diese Nacht Augenzeuge eines Beispiels ihrer Herz- und Treulosigkeit, und das lenkte meinen Sinn auf mein eigenes Schicksal. Die Täuschung ist vorüber: Von jetzt an diene ich ihnen nicht länger."

Der Bravo sprach mit tiefem Gefühl und, wie sonderbar es auch für einen solchen Mann war, mit einer Miene, darin der Herzog verwundete Redlichkeit zu erblicken glaubte. Don Camillo wußte, daß es keinen Stand im Leben gäbe, wie verachtet und verlassen er auch von der Welt sei, der nicht seine eigentümlichen Meinungen hegte über die seinen Genossen schuldige Treue; andererseits hatte er genug von den Schlangenwegen der venezianischen Oligarchie gesehen, um zu begreifen, wie es nicht unmöglich sei, daß ihre schamlose und unverantwortliche Falschheit selbst die Grundsätze eines Meuchelmörders beleidigen konnte. Das schnöde Handwerk dieser Klasse war in Italien, und besonders in jenen Tagen, mit geringerer Schande verbunden, als man es in einem andern Lande glauben wird. Denn die Grundmängel und die schlechte Verwaltung der Gesetze vermochten ein so sehr reizbares Volk nur zu oft, sich mit eigener Hand Recht zu verschaffen. Gewohnheit verringerte das Gehässige des Verbrechens noch mehr, und wenn auch die Gesellschaft den Meuchelmörder selbst nicht unter sich litt, so ist es doch nicht zuviel gesagt, daß jeder, der sich seiner bediente, mit Abscheu betrachtet wurde. Doch war es nicht gewöhnlich, daß sich Edelleute wie Don Camillo, außer was den verlangten Dienst betraf, mit Leuten von Jacopos Gewerbe einließen; aber die Sprache und das Benehmen des Bravo erregten die Neugier und selbst das Mitgefühl seines Gefährten in so hohem Grade, daß dieser letztere, ohne es zu wissen, seinen Degen einsteckte und näher trat.

„Deine Buße und Reue können dich der Tugend näher bringen", sagte er, „als das bloße Verlassen der Dienste des Senats. Suche dir irgendeinen frommen Priester und erleichtere deine Seele durch Beichte und Gebet."

Der Bravo zitterte am ganzen Leibe, und sein Blick haftete sehnsüchtig auf dem Gesicht des andern.

„Sprich, Jacopo, selbst ich will dich anhören, wenn du deine Brust von der Last befreien willst."

„Ich danke, edler Signore! Ich danke tausendmal für diesen Schimmer von Teilnahme, der mir seit langem nicht geworden ist. Niemand weiß besser, wieviel ein freundliches Wort wert ist, als wer wie ich von allen verurteilt wird. Ich habe gebeten – ich habe gefleht – ich habe geweint um ein williges Ohr für meine Erzählung, und ich glaubte einen gefunden zu haben, der mich ohne Verachtung anhören würde, da traf ihn die kalte Politik des Senats. Ich kam hierher, da brachte uns der Zufall zusammen. Könnte ich . . ." der Bravo hielt inne und sah wieder zweifelnd den andern an.

„Sprich weiter, Jacopo."

„Ich wagte es nicht einmal, meine Geheimnisse dem Beichtstuhl anzuvertrauen, Signore, und ich sollte so dreist sein, sie Ihnen mitzuteilen?"

„Es ist die Wahrheit ein sonderbares Begehren!"

„Das ist es, Signore! Sie sind ein Edelmann, ich bin von niederer Geburt, Ihre Vorfahren waren Senatoren und Dogen von Venedig, während die meinen, seitdem die Fischer zuerst ihre Hütten bauten auf den Lagunen, Arbeiter auf den Kanälen und Ruderer der Gondeln waren! Sie sind mächtig, reich und geehrt, während ich geächtet und, ich fürchte, im geheimen verurteilt bin, kurz, Sie sind Don Camillo Monforte und ich Jacopo Frontoni."

„Dein Fall ist höchst traurig, Jacopo! – Du bedarfst geistlichen Rates."

„Hier ist kein Priester, und ich trage eine Last, die mich erdrückt. Der einzige Mann, der mir seit drei langen, schrecklichen Jahren Teilnahme bewiesen, ist fort."

„Er wird ja wiederkehren, armer Jacopo."

„Signore, der kehrt nie wieder, der ist bei den Fischen der Lagunen. Durch die Gerechtigkeit der erlauchten Republik", sagte der Bravo mit bitterem Lächeln.

„Jacopo, ich will dich anhören – ich will dich anhören, armer Jacopo!" rief Don Camillo, erschüttert über den Anblick des Schmerzes eines Mannes von so kräftiger Natur.

Ein Wink des Bravo machte ihn schweigen, und Jacopo, nachdem er einen Augenblick mit sich selbst gekämpft hatte, sprach endlich: „Sie retten eine Seele vom Verderben, Signore. – Doch, Sie wollen meine Geschichte anhören, Signore – Sie werden die Beichte eines Bravo nicht verschmähen?"

„Ich versprach es dir. Sei kurz, denn eben jetzt hab ich selbst großen Kummer."

Jacopo bemühte sich, Herr seiner Empfindungen zu werden, und begann seine Erzählung.

Der Herzog von Sant' Agata wagte kaum zu atmen, während ihm Jacopo mit den energischen Worten und Gefühlen, die dem italienischen Charakter so eigen sind, seinen geheimen Kummer und die Szenen schilderte, in denen er als handelnde Person aufgetreten war. Er war noch lange nicht am Ende seiner Geschichte, so hatte Don Camillo schon der eigenen Sorgen vergessen, jede Spur von Widerwillen verschwand und machte einem unwiderstehlichen Mitleid Platz.

Als der Bravo schwieg, standen sie am äußersten Strande des Lido und hörten das dumpfe Branden des Adriatischen Meeres.

„Das übertrifft allen Glauben!" rief Don Camillo nach einer langen Pause aus, die nur durch den Zu- und Abfluß der rauschenden Wogen unterbrochen ward.

„Signore, so wahr mir die heilige Maria gütig sei, es ist nur die Wahrheit!"

„Ich zweifle nicht daran, Jacopo, armer Jacopo! Einer so vorgetragenen Erzählung muß ich glauben! Du bist in der Tat das Opfer ihrer höllischen

Falschheit geworden, und wohl magst du sagen, die Last war nicht mehr zu ertragen. – Was ist nun deine Absicht?“

„Ich diene ihnen nicht länger, Don Camillo – ich erwarte nur noch den letzten feierlichen Auftritt, der nun gewiß ist, und dann verlasse ich diese Stadt des Betruges und suche mein Glück in andern Regionen. Sie haben meine Jugend zerstört und meinen Namen gebrandmarkt – Gott lindert vielleicht einst meinen Schmerz!“

„Jacopo – armer Jacopo! Du sollst mein Diener werden! – Ich bin Herr auf meinen Grundbesitzen, und bin ich erst mit dieser scheinheiligen Republik auseinander, dann will ich für deine Sicherheit und für dein Glück sorgen. In Hinsicht deines Gewissens beruhige dich: Ich habe Einfluß beim Heiligen Stuhl, und du sollst der Absolution nicht ermangeln.“

Die Dankbarkeit des Bravo war lebhaft, obgleich sie sich mehr in Gefühlen als Worten aussprach.

„Bei einem Regierungssystem wie dem venezianischen“, fuhr der nachdenkende Herzog fort, „kann niemand Herr seiner Handlungen bleiben. Solch ein Gewebe von Hinterlist ist stärker als der Wille. Ich fürchte, daß ich selbst dieser verräterischen Macht Opfer gebracht habe, die ich in Vergessenheit begraben wünschte.“

Obgleich diese Worte Don Camillos mehr ein Selbstgespräch als eine an seinen Gefährten gerichtete Rede waren, so ließ sich doch deutlich an der Reihenfolge seiner Gedanken sehen, daß Jacopos Erzählung unangenehme Betrachtungen in ihm anregten über die Weise, wie er seine eigenen Ansprüche beim Senat geltend zu machen gesucht.

Jacopo sagte einige allgemeine Worte, die aber doch die Absicht hatten, Don Camillo zu beruhigen. Hierauf lenkte er das Gespräch mit einer seine Fähigkeit zu den vielen und delikaten ihm übertragenen Geschäften bekundenden Gewandtheit auf die kürzlich geschehene Entführung der Donna Violetta und bot seinem neuen Gebieter zur Wiedererlangung seiner Frau alle Dienste an, die er nur immer zu leisten imstande sei.

„Damit du alles weißt, wozu du dich verpflichtest“, erwiderte Don Camillo, „so höre mich an, Jacopo, ich will deinem Scharfsinn nichts verbergen.“

Der Herzog von Sant' Agata setzte nun dem Bravo alle seine Absichten und Pläne sowie sämtliche Begebenheiten mit kurzen, doch klaren Worten auseinander.

Der Bravo hörte alles mit der größten Aufmerksamkeit an, und mehr als einmal lächelte er bei der Erzählung des anderen, wie jemand, dem die geheimen Mittel wohl bekannt sind, durch die diese oder jene Intrige vollbracht worden war. Eben war die Erzählung zu Ende, da kündeten Fußtritte die Rückkehr Ginos an.

Achtzehntes Kapitel

Die Stunden verflossen, als sei innerhalb der Stadt nichts vorgefallen, um ihren Lauf zu stören. Den folgenden Morgen gingen die Leute, wie seit vielen Jahren, an ihre verschiedenen Geschäfte oder Vergnügen, und keiner hielt inne, um seinen Nachbarn über das zu befragen, was sich etwa während der Nacht ereignet hätte.

Die Diener schlenderten mit mißtrauischen, vorsichtigen Mienen, kaum wagend, sich gegenseitig ihre geheimen Vermutungen über das Schicksal ihrer Gebieterin zuzuflüstern, um das Wassertor von Donna Violettas Palast. Die Residenz Signore Gradenigos zeigte sich in ihrer gewöhnlichen düstern Größe, während die Behausung Don Camillo Monfortes durch kein Zeichen die schmerzlich getäuschte Hoffnung ihres Herrn verriet. Die „Bella Sorrentina" lag noch im Hafen mit ausgebreitetem Segel über dem Verdeck, und das Schiffsvolk beschäftigte sich nach der gewöhnlichen trägen Weise der Seeleute, wenn nichts Dringenderes zu tun ist, mit Segelausbessern.

Die Lagunen waren mit Fischerbooten übersät, und Reisende kamen an und reisten ab auf den wohlbekannten Kanälen von Fusina und Mestre. Hier verließ ein Abenteurer aus dem Norden die Stadt, ihm schwebte das gefällige Bild der mitangesehenen Feierlichkeiten vor, vermischt mit einigen dunkeln Vermutungen über die den beargwöhnten Staat lenkende Gewalt; dort suchte ein Pächter vom Festlande seine kleine Meierei auf, zufriedengestellt durch das Schaugepränge und die Regatta des vorigen Tages. Kurz, alles erschien wie immer, und die Begebenheiten, die wir erzählten, blieben ein Geheimnis der Mitspielenden und des dabei so beteiligten Senats.

Wie der Tag mehr vorrückte, breitete sich manches Segel aus, und Feluken und Galeotten gingen und kamen, je nachdem der Land- oder Seewind vorherrschend war. Noch faulenzte der kalabrische Seefahrer unter dem Zelte, das sein Verdeck beschattete, oder hielt seine Siesta auf einem Haufen alter, von der Gewalt manch eines glühenden Schirokko zerrissener Segeltücher. Als die Sonne tiefer sank, da glitten die Gondeln der Großen und Müßigen über das Wasser, und nachdem die beiden Plätze durch die Luft des Adriatischen

Meeres abgekühlt waren, füllte sich der Broglio mit denen, die das Vorrecht genossen, seine gewölbten Gänge zu durchschreiten. Unter ihnen zeigte sich auch der Herzog von Sant' Agata, der, obgleich den Gesetzen der Republik ein Fremdling, wegen seiner erlauchten Abkunft und keineswegs unbegründeten Ansprüche von den Senatoren als ein willkommener Teilnehmer dieser leeren Auszeichnung aufgenommen ward. Er trat zur gewohnten Zeit und mit seiner ihm natürlichen Ruhe in den Broglio, denn er verließ sich auf seinen geheimen Einfluß in Rom, ja zum Teil auf den guten Erfolg seiner Nebenbuhler. Nach reiflicher Überlegung schien es ihm nämlich gewiß, daß, wenn sie die Absicht hegten, ihn festzusetzen, dies schon längst geschehen wäre; ebenso glaubte er, daß es, um persönlichen Unannehmlichkeiten zu entgehen, am besten sein würde, Vertrauen auf eigene Macht zu zeigen. Als er daher am Arm eines hohen Beamten der päpstlichen Gesandtschaft erschien und mit Selbstvertrauen um sich blickte, sah er sich wie immer von jedem, der ihn kannte, auf eine seinem Range und seinen Erwartungen angemessene Weise begrüßt. Dennoch wandelte Don Camillo mit neuen Gefühlen unter den Patriziern der Republik umher. Mehr als einmal glaubte er in den schwankenden Blicken derer, mit denen er sich unterhielt, Zeichen ihrer Kenntnis seiner vereitelten Pläne zu entdecken, und mehr als einmal, wenn er es am wenigsten argwöhnte, sah er sich so aufmerksam betrachtet, als suche man seine künftigen Absichten zu ergründen. Außerdem hätte wohl niemand entdeckt, daß eine Erbin von solcher Wichtigkeit beinahe dem Staat entrissen oder daß ein Mann seiner Frau beraubt worden sei. Die große Verstellungskunst des Staates sowie die Entschlossenheit und Vorsicht des jungen Edeln entzogen alles übrige der Beobachtung.

So verging der Tag; keine einzige Zunge außer denen, die im geheimen flüsterten, machte irgendeine Anspielung auf die Begebenheiten unserer Erzählung.

Eben als die Sonne unterging, schwebte eine Gondel langsam dem Wassertore des herzoglichen Palastes zu. Der Gondoliere landete, band wie gewöhnlich sein Boot an den Treppensteinen fest und trat dann in den Hof. Er trug eine Maske, denn schon war die Stunde der Verkleidung gekommen, und sein einfacher Anzug glich so sehr dem von Leuten seines Standes, daß er eben durch seine Einfachheit alles Erkennen vereitelte. Nach einem vorsichtigen Blick um sich her ging er durch eine geheime Tür in das Gebäude.

Der Palast, in dem die Dogen von Venedig residierten, steht noch jetzt als ein düsteres Denkmal venezianischer Politik da und liefert an und für sich schon einen Beweis des zweideutigen Charakters der Fürsten, die es einst bewohnten. Es umgibt einen weiten, doch dunkeln Hof. Die eine seiner Fassaden macht die Seite der schon oft erwähnten Piazetta aus, die andere stößt an den Kai, zunächst dem Hafen. Die Architektur dieser beiden äußeren Fronten erhebt das Gebäude zum Bemerkenswerten. Ein niedriger Bogengang, der den Broglio bildet, unterstützt eine Reihe massiver, orientalischer Fenster, und über diesen zieht sich wieder eine mit wenigen Öffnungen versehene Mauer, die alle sonst gebräuchlichen Ordnungen der Baukunst umstößt. Die dritte Seite ist fast ganz verdeckt durch die Kathedrale St. Markus', und die vierte wird vom Kanal bespült. Auf der andern Seite des Kanals liegt das Staatsgefängnis, durch die so nahe Verbindung der Kraft der Gesetze und der Kraft der Strafe sehr beredt den Charakter der Regierung aussprechend. Die berühmte Seufzerbrücke ist das materielle Band zwischen beiden, wie sie denn auch ein Symbol ihres geistigen Zusammenhangs ist. Letzteres Gebäude steht auch auf dem Kai und ist trotz seiner geringeren Höhe und Weitläufigkeit in Hinsicht architektonischer Schönheit dem andern vorzuziehen, wenngleich der Umfang und die seltsame Bauart des Palastes geeigneter sein mögen, Aufmerksamkeit zu erregen.

Bald erschien der maskierte Gondoliere wieder unter dem Bogen des Wassertors und bestieg schleunigst sein Boot. Nur eines Augenblicks bedurfte er, um über den Kanal zu kommen, am gegenüberliegenden Kai zu landen und in die öffentliche Tür des Gefängnisses einzutreten. Er mußte wohl ein geheimes Mittel besitzen, der Wachsamkeit der verschiedenen Wächter zu genügen, denn Riegel wurden weggeschoben und Schlösser geöffnet, wo er erschien, ohne daß man viel fragte. Auf diese Weise durchschritt er schnell alle äußeren Schranken des Ortes und erreichte den Teil des Gebäudes, der zu einer Familienwohnung eingerichtet schien. Nach den Umgebungen zu urteilen, mußten die Bewohner hier Überfluß und Pracht nicht sehr hoch schätzen, wenngleich es weder an Gerät fehlte noch an der nötigen Bequemlichkeit in den Zimmern, wie es ihrem Stande, dem Klima und jenen Zeiten angemessen war.

Der Gondoliere stieg eine geheime Treppe hinauf und stand nun vor einer Tür, an der keine der Zeichen eines Gefängisses zu sehen waren, die sich so häufig in den anderen Teilen des Gebäudes befanden. Er stand ein wenig still und horchte, dann klopfte er vorsichtig an.

„Wer klopft?“ fragte eine liebliche Frauenstimme, indem sich die Klinke bewegte, als wolle man nicht eher öffnen, als bis man überzeugt war, wer draußen sei.

„Gut Freund, Gelsomina“, war die Antwort.

„Ja, wenn man Worten trauen dürfte, so wär hier jedermann ein Freund der Wächter. Ihr müßt Euch nennen oder woanders Antwort holen.“

Der Gondoliere lüftete die Maske, die nicht nur sein Gesicht verhüllt, sondern auch seine Sprache verändert hatte.

„Ich bin es, Gessina“, sagte er, sich ihres vertraulichen Namens bedienend.

Die Riegel rasselten, und die Tür ward schnell geöffnet.

„Das ist wunderbar, daß ich dich nicht erkannte, Carlo“,sagte das Frauenzimmer hastig und mit Einfalt, „doch du verkleidest dich seit kurzem so vielfältig und ahmst so oft fremde Stimmen nach, daß deine eigene Mutter ihren Ohren nicht getraut hätte.“

Der Gondoliere schwieg ein Weilchen, um sich erst zu überzeugen, daß sie allein wären; dann legte er die Maske ab, und die Züge des Bravo erschienen.

„Du weißt, wie nötig die Vorsicht ist, und wirst mich deshalb nicht erkennen.“

„Das nicht, Carlo – aber deine Stimme ist mir so bekannt, und da finde ich es wunderbar, daß du wie ein Fremder sprechen kannst.“

„Hast du etwas für mich?“

Das hübsche Mädchen zauderte, ihm zu antworten.

„Hast du nichts Neues, Gelsomina?“ wiederholte der Bravo, ihre unschuldigen Züge eifrig musternd.

„Es ist gut, daß du nicht früher ins Gefängnis gekommen bist. Ich hatte eben Besuch. Du hättest dich wohl nicht gern sehen lassen, Carlo?“

„Du weißt, daß ich gute Gründe habe, maskiert zu kommen. Vielleicht hätte mir dein Besuch gefallen, vielleicht auch mißfallen, wie er nun eben gewesen wäre.“

„Nein, da bist du unrecht“, erwiderte das Mädchen hastig, „es war niemand hier als meine Cousine Annina.“

„Denkst du, daß ich eifersüchtig bin?“ sagte der Bravo, mit liebendem Lächeln ihre Hand fassend. „Wär es dein Vetter Pietro, Michele oder Roberto oder irgendein anderer Jüngling aus Venedig gewesen, so hätt ich doch nichts weiter gefürchtet, als erkannt zu werden.“

„Es war aber nur meine Cousine Annina – Annina, die du nie gesehen hast – und ich habe ja keine Vettern Pietro, Michele und Roberto. Wir sind unserer nicht viele. Annina hat einen Bruder, der kommt aber nie her. Es ist in der Tat schon lange her, daß sie ihrem Geschäft soviel Zeit entzieht, um diesen traurigen Ort zu besuchen. Wenige Geschwisterkinder sehen sich so selten wie Annina und ich."

„Du bist ein gutes Mädchen, Gessina, bist immer bei deiner Mutter zu finden. Hast du nichts Besonderes, was mir wichtig wäre?"

Wieder senkten sich die Augen Gelsominas oder Gessinas, wie sie gewöhnlich genannt ward; indes erhob sie den Blick wieder, bevor er es gewahrte, und fuhr rasch in ihrem Gespräch fort: „Ich fürchte, Annina kehrt wieder, sonst wollte ich gleich mit dir gehen."

„Ist denn deine Cousine noch hier?" fragte der Bravo unruhig. „Du weißt, ich möchte nicht gern gesehen werden."

„Fürchte nichts. Sie kann nicht hereinkommen, ohne diese Riegel zu berühren, denn sie ist oben bei meiner bettlägerigen Mutter. Du kannst, wie gewöhnlich, ins innere Zimmer gehen, wenn sie kommt, und ihre müßigen Reden mit anhören, wenn du willst – oder – doch wir haben keine Zeit – denn Annina kommt selten, und ich weiß nicht warum, aber sie scheint die Krankenzimmer nicht zu lieben, indem sie immer nur wenige Minuten bei ihrer Tante verweilt."

„Du wolltest wohl sagen: Oder ich möchte meinen Gang abkürzen, Gessina?"

„Das wollt ich, Carlo – aber ich bin sicher, daß uns meine ungeduldige Cousine zurückrufen würde."

„Ich kann warten; ich bin geduldig, wenn ich bei dir bin, teure Gessina."

„St! – Das ist der Gang meiner Cousine. – Geh hinein."

Während sie sprach, klingelte es, und der Bravo ging ins innere Zimmer, ein Versteck, dessen er gewohnt schien. Er ließ die Tür ein wenig offen, denn die Dunkelheit der Kammer verbarg ihn hinlänglich. Unterdes öffnete Gelsomina die äußere Tür, um ihren Gast hereinzulassen. Beim ersten Ton der Stimme erkannte Jacopo die listige Tochter des Weinhändlers.

„Du lebst hier so recht bequem, Gelsomina", rief Annina eintretend und sich wie jemand, der ermüdet ist, auf einen Sessel werfend. „Mit deiner Mutter geht es besser, indes bist du in Wahrheit die Gebieterin des Hauses."

„Ich wollte, ich wär es nicht, Annina, denn ich bin noch zu jung, bei meinem Kummer solchem Geschäft vorzustehen."

„So unerträglich ist es doch nicht, Gessina, mit siebzehn Jähren Gebieterin des Hauses zu sein! Herrschaft ist süß, Gehorsam unausstehlich."

„Ich finde keines von beiden so, und ich will die erstere mit Freuden aufgeben, wenn meine arme Mutter erst wieder mir wird die Sorge für das Hauswesen abnehmen können."

„Das ist recht schön, Gessina, und macht dem guten Beichtvater Ehre. Doch Herrschaft ist den Weibern so teuer wie Freiheit. Du warst gestern nicht unter den Masken auf dem Platz?"

„Ich verkleide mich selten, auch konnte ich meine Mutter nicht verlassen."

„Was doch wohl heißt, du hättest es gern getan. Du hast auch Ursache, es zu bedauern, denn eine fröhlichere Vermählung mit dem Meere oder eine lustigere Regatta hat Venedig seit deiner Geburt nicht gesehen. Aber die Vermählung konntest du ja aus deinem Fenster mit anschauen."

„Ich sah die Staatsgaleere mit ihren Reihen von Patriziern auf dem Verdeck nach dem Lido segeln, sonst wenig."

„Schadet nichts. Du sollst einen ebenso guten Begriff von der Herrlichkeit haben, als wenn du des Dogen Rolle selbst gespielt hättest. Erst kamen die Gardisten, in ihren antiken Anzügen –"

„Das erinnere ich mich oft gesehen zu haben, dies Schauspiel kommt alle Jahre vor."

„Da hast du recht: Doch nie sah Venedig eine so lebhafte Regatta! Du weißt, den ersten Versuch machen immer die vielruderigen Gondeln, von den geschicktesten Gondolieri geführt. Luigi war auch dabei, und obgleich er den Preis nicht gewann, so verdiente er ihn doch durch die Art, wie er sein Boot regierte. Du kennst doch Luigi?"

„Ich kenne kaum einen Menschen in Venedig, Annina, denn die lange Krankheit meiner Mutter und das unglückliche Amt meines Vaters halten mich immer daheim, wenn andere auf den Kanälen sind."

„Das ist wahr. Um Bekanntschaften zu machen, bist du nicht gut gestellt. Doch Luigi steht weder an Geschicklichkeit noch an Ruf irgendeinem unter den Gondolieri nach, und er ist bei weitem der fröhlichste Schelm von allen, die je den Fuß auf den Lido gesetzt haben."

„Er war also wohl der Vorderste im großen Wettlauf?"

„Eigentlich hätte er es sein sollen, aber die Ungeschicklichkeit seiner Leute und einige Unredlichkeiten beim Durchkreuzen brachten ihn in die zweite Reihe. Doch das Wunderbarste von allem war, daß ein alter Fischer namens Antonio mit bloßem Kopf und nackten Beinen mit eintrat in den zweiten Wettlauf und den Preis davontrug; ein Mann von siebzig Jahren und in einem Boote, das nicht besser war als das, womit ich Getränke nach dem Lido führe."

„Da muß er wohl keine kräftigen Nebenbuhler gehabt haben?"

„Die besten in Venedig, obgleich Luigi, der in dem ersten Wettlauf gewesen, den zweiten nicht mitmachen konnte. Man sagt auch", fuhr Annina, mit gewohnter Vorsicht um sich schauend, fort, „daß einer, den man kaum in Venedig zu nennen wagt, die Kühnheit gehabt habe, maskiert in der Regatta zu erscheinen, und dennoch gewann der alte Fischer! Du hast doch von Jacopo gehört?"

„Den Namen haben viele."

„Es trägt ihn jetzt nur einer in Venedig. Alle meinen nur ihn, wenn sie Jacopo sagen."

„Ich habe wohl von einem Ungeheuer dieses Namens gehört. Gewiß hat er doch nicht gewagt, sich vor den Edeln an solch einem Festtage sehen zu lassen."

„Gessina, wir leben in einem unbegreiflichen Lande! Der furchtbare Mann geht nach Gefallen auf der Piazza mit so stolzen Schritten einher wie der Doge, und niemand sagt ihm was. Oft schon sah ich ihn bei hellem Tage mit so stolzer Miene an dem Triumphmast oder an der Säule des San Teodoro lehnen, als wär er dort hingestellt, um einen Sieg der Republik zu feiern!"

„Vielleicht ist er Herr eines schrecklichen Geheimnisses, von dem sie fürchten, daß er es enthülle."

„Du kennst Venedig wenig, Kind! Heilige Maria! Ein solch Geheimnis wär schon an und für sich ein Todesurteil. Wenn man mit St. Markus zu schaffen hat, so ist es ebenso gefährlich, zuviel zu wissen als zuwenig. Genug, man sagt, Jacopo sei dabeigewesen, dem Dogen gegenüber, Aug in Aug, und die Senatoren schreckend wie ein ungerufenes Gespenst aus der Gruft ihrer Väter. Aber das ist noch nicht alles, als ich heute durch die Lagunen ruderte, sah ich den Leichnam eines jungen Kavaliers aus dem Wasser ziehen, und die dabei waren, sagten, er trüge das Zeichen seiner mörderischen Hand."

Die furchtsame Gelsomina schauderte.

„Die Herrscher werden diese Nachlässigkeit vor Gott zu verantworten haben“, sagte sie, „wenn sie diesen Elenden länger so frei herumgehen lassen.“

„Der heilige Markus schütze seine Kinder! Man sagt, daß man viele dergleichen Sünden zu verantworten habe – doch den Leichnam sah ich mit meinen eigenen Augen, als ich diesen Morgen in die Kanäle einfuhr.“

„Schliefst du denn auf dem Lido, daß du schon so früh aus warst?“

„Auf dem Lido – ja – nein – ich schlief nicht, du weißt ja, mein Vater hatte einen geschäftigen Tag während des Festes, und ich bin nicht wie du, Gessina, Gebieterin des Hauses, daß ich tun könnte, was ich will. Doch ich stehe hier und plaudere mit dir, und zu Hause tun fleißige Hände not. Hast du das Paket, das ich dir bei meinem letzten Besuch anvertraute?“

„Hier ist es“, antwortete Gelsomina, ein Schubfach öffnend und ihrer Cousine ein dicht eingewickeltes Pack gebend, das, ihr unbewußt, einige verbotene Handelsartikel enthielt und das die andere in ihrer unermüdlichen Geschäftigkeit eine Zeitlang zu verbergen genötigt war. „Ich dachte, du hättest es vergessen, und wollte es dir schon zurücksenden.“

„Gelsomina, wenn du mich liebst, tue nie eine so unüberlegte Handlung! Mein Bruder Giuseppe – du kennst Giuseppe wohl kaum?“

„Für Verwandte kennen wir uns wenig.“

„Das ist gut für dich. Hätte Giuseppe dieses Paket durch irgendeinen Zufall zu sehen bekommen, so würde es dir viele Unruhe verursacht haben.“

„Ich fürchte deinen Bruder nicht noch sonst jemand“, sagte die Tochter des Gefangenenwärters mit der Festigkeit der Unschuld, “dafür, daß ich gefällig gegen eine Verwandte war, könnte er mir doch nichts Böses tun.“

„Du hast recht, allein, mir hätte er vielen Verdruß verursachen können. Heilige Maria! Wenn du wüßtest, welchen Kummer dieser unbedachtsame und mißleitete Junge seiner Familie macht! Bei alledem ist er mein Bruder, und du magst dir das übrige hinzudenken. Leb wohl, gute Gessina, ich hoffe, dein Vater wird dir endlich mal erlauben, die zu besuchen, die dich so sehr lieben.“

„Leb wohl, Annina, du weißt, daß ich gern käme, allein, ich verlasse ja fast meiner Mutter Bett nicht.“

Die listige Tochter des Weinhändlers gab ihrer schuld- und arglosen Verwandten einen Kuß, ließ sich die Tür öffnen und ging.

„Carlo“, rief Gessina mit sanfter Stimme, „du kannst nun herauskommen, jetzt haben wir keinen Besuch weiter zu fürchten.“

Der Bravo erschien, doch mit noch blasseren Wangen als gewöhnlich. Er blickte das liebliche Wesen traurig an, und die verunglückte Anstrengung, ihr unschuldiges Lächeln zu erwidern, gab seinen Gesichtszügen einen gespenstischen Ausdruck

„Annina hat dich wohl ermüdet mit ihrem müßigen Geschwätz von der Regatta und den Mordtaten auf den Kanälen. Du wirst sie wegen der Art, wie sie von Giuseppe sprach, nicht zu hart beurteilen, er verdient es, und wohl noch mehr. Doch ich kenne deine Ungeduld und will dich nicht noch mehr ermüden.“

„Dies Mädchen ist deine Cousine?“

„Ich sagte es dir ja schon, unsere Mütter sind Schwestern.“

„Und ist sie oft hier?“

„Gewiß nicht so oft, als sie wünschte, denn ihre Tante hat ihr Zimmer seit vielen, vielen Monaten nicht verlassen.“

„Du bist eine vortreffliche Tochter, gute Gessina, und möchtest andere ebenso tugendhaft machen, als du selbst bist. – Hast du diese Besuche erwidert?“

„Nie. Mein Vater untersagte es, denn sie sind Weinhändler und nehmen die schwelgenden Gondolieri auf. Aber Annina ist nicht zu tadeln wegen des Gewerbes ihrer Eltern.“

„Ohne Zweifel – und das Paket? War es lange in deiner Verwahrung?“

„Einen Monat, Annina ließ es mir hier bei ihrem letzten Besuch, denn sie mußte eilig nach dem Lido. Aber warum diese Fragen? Dir gefällt meine Cousine nicht, weil sie ausgelassen ist und müßige Gespräche liebt, indes hat sie, wie ich denke, ein gutes Herz. Hörtest du, wie sie von dem Bravo Jacopo und von dem letzten Morde sprach?“

„Ich hörte es.“

„Du selbst hättest nicht mehr Abscheu über des Ungeheuers Verbrechen zeigen können. Nein, Annina ist wohl unbesonnen und könnte weniger weltlich gesinnt sein; allein, sie hat, wie wir alle, eine heilige Scheu vor der Sünde. Soll ich dich nach der Zelle führen?“

„Ja, geh voran.“

„Dein redlicher Sinn empört sich über die kalte Niederträchtigkeit des Meuchelmörders. Ich hab viel von seinen Mordtaten gehört und von der Weise, wie die droben mit ihm Nachricht haben. Man sagt allgemein, daß seine List die ihrige übertreffe und daß die Beamten nur auf Beweise warten, um keine Ungerechtigkeit zu begehen."

„Meinst du, daß der Senat so zartfühlend ist?" fragte der Bravo rauh, machte aber zugleich ein Zeichen zum Fortgehen.

Das Mädchen blickte traurig wie jemand, der das Gewicht dieser Frage begriff, dann drehte sie sich um, öffnete eine geheime Tür und brachte eine kleine Schachtel zum Vorschein.

„Dies ist der Schlüssel, Carlo", sagte sie, ihm einen in einem gewichtigen Bund zeigend, „und ich bin jetzt der einzige Wächter. So viel haben wir wenigstens ausgerichtet; vielleicht kommt noch die Zeit, wo wir mehr tun können."

Der Bravo versuchte zu lächeln, er wollte damit andeuten, daß er ihre Güte zu schätzen wisse, allein, es gelang ihm nur, ihr seinen Wunsch weiterzugehen, begreiflich zu machen. Der Hoffnungsstrahl im Auge des gutmütigen Mädchens verwandelte sich in einen Blick des Kummers, und sie gehorchte.

Neunzehntes Kapitel

Wir wollen es nicht unternehmen, die gewölbten Galerien, dunklen Korridore und Gemächer, durch die des Gefangenenwärters Tochter ihren Gefährten führte, mit zu durchwandern. Wer jemals ein weitläufiges Gefängnis besucht hat, bedarf keiner Beschreibung, um sich die schmerzlichen Gefühle zurückzurufen, die ihm der Anblick vergitterter Fenster, rasselnder Riegel und all der anderen Dinge verursachte, die zugleich Mittel und Zeichen der Einkerkerung sind. Dies ist weitläufig, fest und labyrinthisch von innen, doch von außen, wie schon früher erwähnt, gleichsam seiner Bestimmung zum Hohn, von reiner, einfacher Schönheit.

Gelsomina trat in eine niedrige, schmale, mit Fenstern versehene Galerie, in der sie stehenblieb.

„Du suchtest mich wohl wie gewöhnlich zur bestimmten Stunde unter dem Wassertor, Carlo?" fragte sie.

„Ich wär nicht ins Gefängnis gekommen, hätt ich dich dort gefunden, denn du weißt, ich mag wenig gesehen sein. Doch da fiel mir deine Mutter ein, daher fuhr ich den Kanal herüber."

„Du mußt bemerkt haben, daß wir nicht den gewöhnlichen Weg nach der Zelle genommen haben?"

„Das hab ich, allein, da wir nicht gewohnt sind, in deines Vaters Zimmer zusammenzukommen, wenn wir diesen Gang antreten, so dacht ich, dies sei der notwendige Weg."

„Kennst du den Palast und das Gefängnis gut, Carlo?"

„Mehr als ich wünsche, gute Gelsomina, doch warum fragst du so, und gerade in einem Augenblick, wo ich wohl anders beschäftigt sein möchte?"

Das Mädchen schwieg. Der Bravo trat schnell an ein Fenster, sah hinaus, und sein Blick fiel auf die düstere Wasserpassage, die zwischen den beiden Mauern zweier massiver Gebäude nach dem Kai und dem Hafen hinführte.

„Gelsomina!" rief er aus, vor dem Anblick zurückbebend. „Dies ist ja die ganze Seufzerbrücke!"

„Sie ist's, Carlo, bist du je auf ihr hinübergegangen?"

„Nein, auch begreif ich nicht, warum ich es jetzt tue. Lange schon dachte ich daran, ob es nicht vielleicht einmal mein Schicksal sein möchte, diesen traurigen Gang zu machen; doch von solch einem Führer ließ ich mir nichts träumen."

Gelsominas Augen glänzten auf, und sie lächelte.

„Mit mir wirst du nie zu deinem Schaden hinübergehen."

„Des bin ich sicher, Gessina", antwortete er, ihre Hand fassend. – „Indes ist dies für mich ein unauflösliches Rätsel. Gehst du gewöhnlich über diese Galerie nach dem Palast?"

„Der Weg wird nicht benutzt, außer von den Wächtern und den Verurteilten, wie du ohne Zweifel oft gehört hast; aber dennoch haben sie mir die Schlüssel gegeben und mir die Windungen gezeigt, damit ich dir, wie gewöhnlich, als Führerin dienen könne."

„Gelsomina, ich fürchte, ich bin zu glücklich in deiner Gesellschaft gewesen, um zu bemerken, wie es mir die Klugheit hätte eingeben sollen, welch seltene Güte mir der Rat durch diese Erlaubnis erzeigt!"

„Bereust du es, Carlo, meine Bekanntschaft gemacht zu haben?"

Der traurige Vorwurf im Ton ihrer Stimme rührte den Bravo so, daß er die Hand, die er hielt, mit Wärme küßte.

„Da müßte ich die einzigen glücklichen Stunden bereuen, die ich seit Jahren gekannt habe“, sagte er. „Nein, nein, nicht einen Augenblick hat's mich gereut, dich zu kennen, meine Gelsomina! Ist es aber nicht sonderbar, daß einem Manne wie mir erlaubt wird, das Gefängnis so ohne andere Wächter zu besuchen?“

„Ich habe es nicht so gefunden; aber freilich, gewöhnlich ist es nicht.“

„Wir fanden gegenseitig so viel Vergnügen aneinander, teure Gessina, daß wir übersahen, was uns erschrecken sollte.“

„Erschrecken, Carlo?“

„Oder wenigstens mißtrauisch machen; denn diese listigen Senatoren sind nie gnädig ohne Ursache. Doch ist es jetzt zu spät, die Vergangenheit zurückzurufen, wenn wir es auch wollten; und in allem, was dich betrifft, möchte ich auch nicht das Andenken an einen einzigen Augenblick verlieren. Laß uns weitergehen.“

„Die Jahreszeit ist vorgerückt, Carlo“, antwortete sie kaum hörbar, „und wir würden ihn vergebens unter den Zellen suchen.“

„Ich verstehe dich“, sagte er.

Damit der Leser die Anspielungen, die unseren Liebenden so klar scheinen, verstehe, wird es nötig sein, ihn mit einem anderen schändlichen Zug der venezianischen Staatspolitik bekannt zu machen.

Im fürstlichen Gebäude gab es Sommer- und Winterzellen. Der Leser wird vielleicht glauben, daß bei dieser Einrichtung die Barmherzigkeit geringe Erleichterungen für die Unglücklichen beabsichtigt hatte; allein, dies hieße einem Kollegium Mitleid zuschreiben, das bis zu seinen letzten Augenblicken kein Band kannte, wodurch es mit Gefühlen für menschliche Schwachheit zusammengehangen hätte. Weit entfernt, die Leiden der Gefangenen zu beachten, hatte man vielmehr ihre Winterzellen unter der Oberfläche der Kanäle und ihre Sommerwohnungen unter den der Sonnenhitze jenes Klimas ausgesetzten Bleidächern angebracht. Den Gefangenen, den Jacopo und Gelsomina suchten, hatte man in der Tat kürzlich aus den feuchten Zellen, in denen er den Winter und Frühling verlebt, nach den glühenden Stuben unter dem Dache gebracht.

Gelsomina ging immer voran, doch mit so traurigem Auge und so umwölktem Gesicht, daß man daraus hinlänglich den Anteil erkannte, den sie an den Leiden ihres Gefährten nahm. Sie erstiegen schweigend mehrere Treppen, öffneten und schlossen zahllose Türen und durchwanderten einige enge Korridore, ehe sie den Ort ihrer Bestimmung erreichten. Während Gelsomina den Schlüssel zur Tür, vor der sie stillstanden, aus einem großen Bunde heraussuchte, atmete der Bravo in der heißen Luft des Daches wie jemand, der dem Ersticken nahe ist.

„Sie versprachen mir doch, daß dies nie wieder der Fall sein sollte“, sagte er, „doch Teufel wie sie vergessen ihr Versprechen!“

„Carlo! – Du vergißt, daß dies der Palast des Dogen ist!“ flüsterte das Mädchen, einen furchtsamen Blick hinter sich werfend.

„Ich vergesse nichts, was mit der Republik in Verbindung steht! – Es steht alles hier“, an seine erhitzte Stirn schlagend, „und was nicht hier steht, ist in meinem Herzen!“

„Armer Carlo! Das kann ja nicht immer währen – es wird ja ein Ende nehmen.“

„Du hast recht“, antwortete der Bravo dumpf. „Das Ende ist näher, als du denkst. Es tut nichts, drehe nur den Schlüssel um, damit wir hineinkommen.“

Gelsomina öffnete, und sie traten ein.

„Vater!“ rief der Bravo aus und eilte zu einem auf der Erde ausgebreiteten Strohlager.

Die abgezehrte und schwache Gestalt eines alten Mannes erhob sich bei diesem Worte, und ein Auge, das innere Schwäche verriet und doch in diesem Augenblick selbst glänzender als das seines Sohnes war, blickte auf Gelsomina und ihren Gefährten.

„Du hast nicht gelitten, wie ich fürchtete, Vater, durch diesen plötzlichen Wechsel“, sagte der Bravo, an dem Strohlager niederkniend. „Dein Auge, deine Wange und dein ganzes Ansehen ist besser als unten in den feuchten Kellern.“

„Ich bin hier glücklich“, erwiderte der Gefangene, „hier ist Licht, und wenn sie mir auch zuviel davon gegeben haben, so kannst du doch nicht begreifen, wie groß das Vergnügen ist, Tageslicht nach einer so langen Nacht zu sehen.“

„Er ist besser, Gelsomina – sie haben ihn noch nicht zerstört. Sieh! Sein Auge ist glänzend, und seine Wange hat Glut!“

„Sie sind immer so, nachdem er den Winter in den unteren Kerkern verlebt hat“, flüsterte das Mädchen.

„Hast du mir was Neues zu erzählen, mein Sohn? – Wie steht's mit deiner Mutter?“

Jacopo beugte das Haupt, um den Schmerz nicht zu zeigen, den ihm diese Frage verursachte, die er nun schon hundertmal gehört hatte.

„Sie ist glücklich, Vater – so glücklich, wie jemand sein kann, der dich, entfernt von dir, so sehr liebt.“

„Spricht sie oft von mir?“

„Das letzte Wort, was ich von ihren Lippen hörte, war dein Name.“

„Heilige Maria, segne sie! Ich hoffe, daß sie meiner in ihren Gebeten gedenkt?“

„Zweifle nicht daran, Vater, es sind die Gebete eines Engels.“

„Und deine geduldige Schwester? – Du hast ihrer noch nicht gedacht, mein Sohn.“

„Ihr ist auch wohl, Vater.“

„Hat sie aufgehört, sich zu grämen, weil sie die unschuldige Ursache meiner Leiden gewesen ist?“

„Ja, mein Vater.“

„So quält sie sich nicht mehr über ein Unglück, dem nicht abzuhelfen ist?“

Der Bravo schien in dem teilnehmenden Auge der blassen und sprachlosen Gelsomina Trost zu suchen.

„Sie hat aufgehört, sich zu quälen, Vater“, sagte er mit erzwungener Ruhe.

„Du hast deine Schwester immer mit Zärtlichkeit geliebt, mein Sohn. Dein Herz ist gut, wie ich aus Erfahrung weiß. Hat Gott mir Kummer gegeben, so hat er mich dagegen gesegnet in meinen Kindern.“

Eine lange Pause erfolgte, während der Vater über die Vergangenheit nachzudenken und der Sohn sich über das Aufhören der Fragen, die seine Seele marterten, zu freuen schien – indem die, von denen der Vater sprach, längst als Opfer des Familienunglücks gefallen waren. – Der Greis wandte seine gedankenvollen Blicke auf den noch immer knienden Bravo und fuhr fort: „Es ist wenig Hoffnung, daß sich deine Schwester verheiraten wird. Niemand mag sich gern mit den Geächteten verbinden.“

„Sie wünscht es nicht – sie wünscht es nicht – sie ist glücklich bei der Mutter."

„Dies Glück wenigstens wird ihnen die Republik nicht mißgönnen. Ist gar keine Hoffnung, daß wir uns bald wiedersehen?"

„Du wirst meine Mutter sehen – ja, diese Freude kommt endlich."

„Es ist eine schwere Zeit, seit ich keinen meiner Blutsverwandten, außer dir, gesehen habe. Knie nieder, damit ich dich segne."

Jacopo, der sich unter seinen Seelenqualen erhoben hatte, beugte nun sein Haupt, um den väterlichen Segen zu empfangen. Die Lippen des Alten bewegten sich, und seine Augen blickten zum Himmel, doch sprach sein Herz mehr als seine Zunge. Gelsomina schien ihre Gebete mit denen des Vaters zu vereinigen. Als die stille, feierliche Handlung beendet war, machte jeder das gewöhnliche Zeichen des Kreuzes, und Jacopo küßte die runzlige Hand des Gefangenen.

„Hast du Hoffnung für mich?" fragte der Alte. „Versprechen sie noch immer, daß ich das Licht der Sonne wiedersehen soll?"

„Ja, sie versprechen alles Gute!"

„Ich wollte, ihre Worte wären wahr! Ich lebe seit langer Zeit von dieser Hoffnung – mich dünkt, ich bin schon länger als vier Jahre in diesen Mauern?"

Jacopo schwieg, denn er wußte, daß sein Vater nur die Zeit nannte, seit der es ihm selbst erlaubt gewesen war, ihn zu sehen.

„Ich baute auf die Hoffnung, daß sich der Doge seines alten Dieners erinnern und die Tür meines Gefängnisses öffnen würde."

Immer noch schwieg Jacopo, denn der Doge, von dem der andere sprach, war längst tot

„Und dennoch bin ich nicht ohne Freuden in meiner Gefangenschaft. Sieh hierher, mein Sohn", sagte der Alte, in dessen Auge fieberhafter Wahnsinn durchschimmerte, erzeugt durch die kürzliche Veränderung seines Kerkers und durch die, aus Mangel an Übung, wachsende Schwäche des Geistes, „Siehst du die Spalte in jenem Stückchen Holz? Sie öffnet sich nach und nach durch die Hitze, und seit ich hier wohne, ist die Spalte zweimal so lang geworden. Ich bilde mir manchmal ein, wenn sie das Astloch dort erreicht, dann werden sich die Herzen der Senatoren erweichen und meine Tür wird sich öffnen. Ich habe meine Freude dran, sie so Jahr für Jahr einen Zoll nach dem anderen wachsen zu sehen."

„Ist dies alles?"

„Nein, ich habe noch andere Freuden. Vergangenes Jahr war eine Spinne hier, die ihr Gewebe an jenen Balken hängte, auch sie war mir eine Gesellschaft, die ich liebte. Sie können mich wegen falscher Anklage einsperren und mich jahrelang von Weib und Tochter trennen, all meine Freuden können sie mir doch nicht rauben."

Der greise Gefangene schwieg gedankenvoll. Eine kindische Ungeduld glühte in seinen Augen, und er blickte von der Spalte, der Gefährtin so vieler einsamer Jahre, auf seinen Sohn, als fürchte er, seiner Freuden beraubt zu werden.

„Wohl! Mögen sie mir auch diese nehmen", sagte er und zog die Decke über sein Haupt, „ich will ihnen dennoch nicht fluchen!"

„Vater!"

Der Gefangene antwortete nicht.

„Vater!"

„Jacopo!"

Jetzt war es der Bravo, der sprachlos dastand. Er wagte selbst nicht einmal, einen verstohlenen Blick auf die atemlos aufmerksame Gelsomina zu werfen, obgleich ihm das Herz vor Verlangen schlug, ihre offenen Züge zu lesen.

„Hörst du mich, mein Sohn?" fuhr der Gefangene, sein Haupt aufdeckend, fort. „Denkst du wirklich, daß sie das Herz haben werden, die Spinne aus meiner Zelle zu jagen?"

Jacopo beruhigte das Gemüt des Gefangenen und leitete seine Gedanken nach und nach auf andere Gegenstände. Er legte einige Nahrungsmittel, die man ihm erlaubt hatte mitzubringen, an das Lager nieder, sprach nochmals von der Hoffnung der Befreiung und schickte sich zum Fortgehen an.

„Ich will versuchen, dir zu glauben, mein Sohn", sagte der alte Mann, der gute Gründe hatte, so oft getanen Versicherungen nicht zu trauen. „Ich will alles tun, was ich kann, um es zu glauben. Du wirst der Mutter sagen, daß ich nicht aufhöre, an sie zu denken und für sie zu beten, und wirst deine Schwester im Namen ihres armen, gefangenen Vaters segnen."

Der Bravo verbeugte sich bejahend, erfreut, des Sprechens überhoben zu sein. Auf ein Zeichen des Alten kniete er nieder und empfing den Abschiedssegen. Nachdem er sich mit Ordnen des wenigen Gerätes in der

Zelle beschäftigt und eine oder zwei Spalten, um mehr frische Luft hineinzulassen, zu erweitern versucht hatte, verließen sie das Gemach.

Auf ihrem Rückwege durch das Labyrinth, das sie nach dem Dache geführt, sprachen weder Gelsomina noch Jacopo eher ein Wort, als bis sie sich auf der Seufzerbrücke befanden. Selten betrat diese Galerie ein menschlicher Fuß, daher erwählte sie das Mädchen als den zur weiteren Unterhaltung sichersten Ort.

„Findest du ihn verändert?“ fragte sie, unter dem Bogen stillstehend.

„Sehr!“

„Deine Worte haben eine traurige Bedeutung.“

„Ich habe meine Züge nicht gelehrt, dich zu täuschen, Gelsomina.“

„Doch ist noch Hoffnung – du sagtest ihm selbst, es sei noch Hoffnung.“

„Heilige Maria, vergib den Betrug! Ich konnte seinem Funken Leben den einzigen Trost nicht rauben.“

„Carlo! – Carlo! – Warum bist du so ruhig? Nie hörte ich dich von dem deinem Vater angetanen Unrecht und seiner Gefangenschaft so ruhig sprechen.“

„Das macht, weil seine Befreiung so nahe ist.“

„Eben diesen Augenblick war er ohne Hoffnung, und jetzt sprichst du von Befreiung?“

„Die Befreiung durch den Tod. Selbst der Zorn des Senats muß das Grab achten.“

„Glaubst du sein Ende so nahe? Ich hatte die Veränderung nicht bemerkt.“

„Du bist gütig, teure Gessina, treu deinen Freunden und ohne Argwohn der Verbrechen, die deine Unschuld nicht kennt. Aber jedem, der so viel Schlechtigkeit gesehen hat wie ich, kommt bei jeder Gelegenheit ein mißtrauischer Gedanke. Die Leiden meines armen Vaters sind ihrem Ende nahe, denn seine Natur ist erschöpft; wäre dies aber auch nicht der Fall, so sehe ich voraus, daß man Mittel finden würde, sie zum Ende zu bringen.“

„Du kannst doch unmöglich glauben, daß ihm hier irgend jemand etwas zuleide tun wird?“

„Niemand, der dir angehört. Dich und deinen Vater, Gelsomina, haben die Heiligen hierhergesetzt, damit die Teufel nicht zuviel Macht auf Erden haben möchten.“

„Ich verstehe dich nicht, Carlo – doch du bist oft so. Dein Vater bediente sich heute im Gespräch mit dir eines Wortes, von dem ich wünschte, er hätte es nicht gesprochen."

Der Bravo warf einen hastigen, argwöhnischen Blick auf seine Begleiterin und wandte sich schnell wieder ab.

„Er nannte dich Jacopo", fuhr das Mädchen fort.

„Den Menschen wird oft durch die Güte ihrer Schutzpatrone ein Schimmer ihrer Schicksale zuteil."

„Meinst du damit, Carlo, daß dein Vater argwöhnt, der Senat würde sich des genannten Ungeheuers gegen ihn bedienen?"

„Warum nicht? – Sie haben sich wohl ärgerer Menschen bedient. Wenn man der Sage trauen darf, so ist er ihnen nicht unbekannt."

„Kann das wohl sein! – Du bist erbittert gegen die Republik, weil sie deiner Familie unrecht getan haben; aber du kannst doch nicht glauben, daß sie je den Dolch eines Banditen besoldet?"

„Ich sagte nicht mehr, als was man sich täglich auf den Kanälen zuflüstert."

„Ich wünschte, dein Vater hätte dich bei diesem schrecklichen Namen nicht genannt, Carlo!"

„Du bist zu weise, um dich durch ein Wort irreleiten zu lassen, Gelsomina. Aber was denkst du von meinem unglücklichen Vater?"

„Dein Besuch war nicht wie die früheren Besuche, die du ihm in meiner Begleitung gemacht hast. Ich weiß nicht warum, aber mir schien es, du hegtest sonst selbst die Hoffnungen, mit denen du den Gefangenen aufzuheitern suchtest, während du jetzt ein schreckliches Vergnügen in der Hoffnungslosigkeit zu finden scheinst."

„Deine Furcht täuscht dich", sagte der Bravo kaum hörbar, „und wir wollen darüber nicht weiter sprechen. Der Senat wird uns endlich Gerechtigkeit widerfahren lassen. Es sind ehrenwerte Herren, hochgeboren und berühmt. Es wäre Tollheit, den Patriziern nicht zu trauen. Weißt du nicht, Mädchen, daß ein aus adligem Blut Entsprossener über alle Schwachheiten und Versuchungen erhaben ist, die uns von niedriger Geburt einengen? Sie sind Menschen, die schon ihre Geburt über die Schwachheit der Sterblichen erhoben hat, und da sie niemandem Rechenschaft zu geben haben, so sind sie sicher, immer recht zu tun. Das ist vernünftig, wer kann daran zweifeln?" Der Bravo lachte bitter, als er mit diesen Worten endete.

Das furchtsame Mädchen bebte zurück und dachte einen Augenblick daran, zu fliehen, denn nie hörte sie in ihren zahlreichen, vertraulichen Unterhaltungen ein so bitteres Lachen, und nie sah sie eine so wilde Glut in ihres Gefährten Auge.

„Fast möcht ich glauben, dein Vater gebrauchte den rechten Namen, Carlo“, sagte sie, als sie, sich fassend, einen vorwurfsvollen Blick auf seine noch immer aufgeregten Züge warf.

„Eltern kommt es zu, ihren Kindern Namen zu geben – doch genug. Ich muß dich verlassen, gute Gelsomina, und ich verlasse dich mit schwerem Herzen.“

Die arglose Gelsomina vergaß ihren Schreck. Sie wußte nicht warum, aber wiewohl der vermeintliche Carlo sie nie verließ, ohne daß es sie traurig machte, so fühlte sie doch, als er jetzt diese Worte sprach, ihr Gemüt mehr als sonst bedrückt.

„Du hast dein Geschäft, und das darf nicht versäumt werden. Hast du in der letzten Zeit Glück gehabt mit deiner Gondel, Carlo?“

„Gold und ich, wir sind uns fast fremd. Die Republik hat mir die Last aufgebürdet, den ehrwürdigen Gefangenen vom Ertrag meiner Arbeit zu ernähren.“

„Ich besitze nur wenig, wie dir bekannt ist, Carlo“, sagte Gelsomina halblaut, „doch gehört es dir. Daß mein Vater nicht reich ist, kannst du begreifen, sonst würde er nicht von den Leiden anderer leben und die Schlüssel zu ihren Gefängnissen bewahren.“

„Sein Geschäft ist besser als das Amt derer, die ihm diese Pflicht auferlegten. Hätt ich die Wahl, ob ich lieber die gehörnte Mütze tragen, den Festen in ihren Hallen beiwohnen, in ihren Palästen leben, das glänzende Spielwerk ihrer Prachtgelage, wie des gestrigen, mitmachen, in ihren Gerichtshöfen Ränke mitschmieden und einer der herzlosen Richter sein, die ihre Mitmenschen zum Elend verdammen – oder der bloße Aufbewahrer der Schlüssel und Schließer sein wollte, so würde ich freudig das letztere Amt ergreifen, nicht nur als das unschuldigere, sondern auch als das bei weitem ehrenvollere!“

„Du urteilst nicht, wie die Welt urteilt. Ich fürchtete, du würdest dich schämen, eines Gefangenenwärters Tochter zum Weibe zu nehmen; ja, ich mag dir es nicht länger verbergen, da du nun so ruhig sprichst – ich habe gemeint, daß es so sein müsse.“

„Dann hast du weder die Welt noch mich begriffen. Wäre dein Vater beim Senat oder unter dem Gerichtshof der Dreimänner (wenn man überhaupt je erfahren könnte, wer zu dieser furchtbaren Dreizahl gehöre), dann hättest du Ursache zum Gram. Doch, Gelsomina, die Kanäle werden dunkel, ich muß fort."

Das zögernde Mädchen sah die Wahrheit seiner Worte ein, drehte den Schlüssel und öffnete die Tür der bedeckten Brücke. Einige Windungen und eine kurze Treppe brachten den Bravo und seine Gefährtin zu den Kais hinab. Hier nahm er hastig Abschied und verließ das Gefängnis.

Zwanzigstes Kapitel

Die Stunde war gekommen, wo die Piazza von Herumschwärmern und die Kanäle von Gondeln zu wimmeln pflegten. Masken stahlen sich wie gewöhnlich längs des Portikus, Gesang und Geschrei ließ sich hören, Venedig war wiederum der trügerischen Heiterkeit hingegeben.

Als Jacopo aus dem Gefängnis auf den Kai herauskam, mischte er sich unter den Menschenstrom, der nach den Plätzen hinwogte, durch seine Maske gegen alle Beobachtung gesichert. Wie er über die Brücke des Kanals von St. Markus kam, blieb er einen Augenblick stehen, um nach der eben verlassenen Galerie hinaufzuschauen, dann zog er weiter mit der Menge, das Bild der lieblichen und vertrauensvollen Gessina im tiefsten Herzen bewahrend. Unter den dunklen Bogen des Broglio suchten seine Blicke Don Camillo. An der Ecke des kleinen Platzes begegneten sie sich, wechselten geheime Zeichen, und der Bravo entfernte sich unbemerkt.

Hunderte von Booten lagen am Fuß der Piazetta: Unter diesen suchte Jacopo sein eigenes und ruderte es aus der schwimmenden Masse nach dem Stromwasser hin; wenige Ruderschläge, so lag er an der Seite der „Bella Sorrentina". Der Schiffer schritt das Verdeck auf und ab, die frische Abendluft genießend, während sein Schiffsvolk am Vorderteil der Feluke gruppiert war und ein kalabrisches Schifferlied sang. Die Begrüßung war gutherzig, aber kurz, wie sie unter Männern dieser Klasse gebräuchlich ist. Aber der Padrone schien den Besuch zu erwarten, denn er führte seinen Gast, fern von den Ohren seiner Leute, ans andere Ende der Feluke.

„Hast du was Besonderes, guter Roderigo", fragte der Seemann, der Jacopo an einem Zeichen zu erkennen pflegte und dennoch ihn nur unter jenem erdichteten Namen kannte. „Du siehst, wir sind nicht müßig gewesen, obgleich gestern Festtag war."

„Bist du zur Fahrt in den Golf fertig?"

„Nach der Levante oder nach den Säulen des Herkules, wie es dem Senat gefällig ist. Wir haben unsere Segelstangen aufgezogen, seit die Sonne hinter den Gebirgen sank, und trotz unserer anscheinenden Gemächlichkeit bedürfen wir nur einer Stunde, um uns für die Außenseite des Lido zu rüsten."

„Dann nehmt Eure Maßregeln."

„Meister Roderigo, Ihr bringt Eure Neuigkeiten auf einen überfüllten Markt. Man hat mich schon unterrichtet, daß man uns diese Nacht brauche."

Eine schnelle Bewegung des Mißtrauens von Seiten des Bravo entging dem Padrone, dessen Augen über den Windfang der Feluke liefen, mit der dem Seemann eigenen Aufmerksamkeit für diesen Teil des Schiffes, wenn sein Dienst begehrt wird.

„Du hast recht, Stefano. Indes doppelte Vorsicht schadet nicht. Bei einem schwierigen Auftrag ist Vorbereitung die Hauptpflicht."

„Wollen Sie sich selbst überzeugen, Signore Roderigo?" sagte der Seemann mit leiser Stimme. „Die ›Bella Sorrentina‹ ist nicht der Buzentaur, auch keine Galeere des Großmeisters von Malta; doch im Verhältnis ihrer Größe sind in des Dogen Palast selbst keine besseren Zimmer zu finden. Als ich erfuhr, daß eine Dame zur Fracht gehöre, da kam die Ehre Kalabriens ins Spiel, ihr alles recht bequem zu machen."

„Gut. Wenn man dir alle Umstände mitgeteilt hat, so wirst du gewiß alles tun, um Ehre einzulegen."

„Ich sage nicht, daß man mir die Hälfte davon mitgeteilt hätte, guter Signore", unterbrach ihn Stefano. „Die Heimlichkeit bei euren venezianischen Ladungen ist eben das, was mir das Gewerbe am meisten verleidet. Mehr als einmal ist es geschehen, daß ich wochenlang in den Kanälen gelegen habe, meine Räume so rein wie ein Mönchsgewissen, und dann kam Befehl, die Anker zu lichten, und ein Bote, der im Hafen einstieg, ging als Fracht mit, um an der Küste von Dalmatien oder an den griechischen Inseln wieder hinauszukriechen."

„Bei solchen Fällen hast du dein Geld leicht verdient."

„Diamine! Meister Roderigo, hätt ich einen Freund in Venedig, der mir beizeiten Nachricht gäb, so könnte man die Feluke mit solchem Ballast beladen, der auf der jenseitigen Küste Gewinn brächte. Diene ich den edeln Herren nach Pflicht treu, was ginge es dann den Senat an, wenn ich nun auch zu gleicher Zeit meine Pflicht täte für mein gutes Weib und ihre kleinen braunen Kinder daheim in Kalabrien?"

„Es ist viel Vernunft in dem, was du sagst, Stefano; allein du weißt, die Republik ist ein strenger Gebieter. Ein Geschäft dieser Art will mit leiser Hand berührt werden."

„Das weiß niemand besser als ich; denn als sie den Handelsmann mit all seinen Gerätschaften aus der Stadt sandten, da mußte ich gewisse Kisten in die See werfen, um Raum zu machen für seinen nichtswürdigen Plunder. Der Senat ist mir Ersatz schuldig für diesen Verlust, werter Signore Roderigo."

„Den du dir wohl gern diese Nacht zueignen möchtest?"

„Allerheiligste Maria! Sie können der Doge selbst sein, Signore, so wenig kenne ich von Ihrem Angesicht, doch ich möchte am Altar drauf schwören, daß Sie, Ihres Scharfsinns wegen, zum Senat gehören müssen. – Wenn die Dame nicht gar zu sehr mit Sachen beschwert und es noch Zeit ist, so möchte ich wohl ein wenig für den Geschmack der Dalmatier sorgen, mit gewissen Artikeln, die aus den Ländern hinter den Herkulessäulen herkommen."

„Du kannst ja selbst darüber urteilen, da man dich von der Art deines Geschäftes unterrichtet hat."

„St. Januarius von Neapel, öffne meine Augen! – Man sagte nicht ein Wörtchen weiter, als daß eine junge Dame, für die sich der Staat sehr interessiere, diese Nacht die Stadt verlassen wolle, um nach der Ostküste zu gehen. Wenn es für Ihr Gewissen nicht zu unangenehm wäre, Meister Roderigo, so würde es mich sehr beglücken, zu hören, wer Ihre Gesellschafter sein werden?"

„Davon sollst du zur rechten Zeit mehr erfahren. Bis dahin empfehl ich dir eine vorsichtige Zunge, denn St. Markus spaßt nicht mit denen, die ihn beleidigen. Ich freue mich, dich so vorbereitet zu sehen, werter Padrone, und dir eine gute Nacht und glückliche Reise wünschend, empfehle ich dich deinem Schutzpatron. Doch halt – ehe ich dich verlasse, möchte ich wohl die Stunde wissen, wann der Landwind eintritt?"

„Ihr seid in Euern Sachen exakt wie ein Kompaß, Signore, doch habt Ihr wenig Erbarmen mit Euern Freunden! Nach der heutigen brennenden Sonnenhitze zu urteilen, müssen wir die Alpenluft um Mitternacht haben."

„Wohl – mein Auge wird dich bewachen. Nochmals, addio!"

„Cospetto! Du hast ja vom Kargo gar nichts gesagt?"

„Der wird an Wert beträchtlicher als an Umfang sein", antwortete Jacopo nachlässig und stieß ab von der Feluke. Während Stefano auf dem Verdeck stand und über den wahrscheinlichen Ertrag seiner Spekulation nachdachte, glitt das Boot schnell und behende nach dem Kai.

Gleich den Windungen des listigen Fuchses durchkreuzt Betrug oft seine eigenen Wege; demgemäß fallen in seine Schlingen nicht nur die, denen sie gelegt wurden, sondern auch die, die sie legten. Als Jacopo sich von Don Camillo trennte, verabredeten sie, daß ersterer all seinen angeborenen Scharfsinn oder seine Erfahrung anwenden sollte, um mit Gewißheit die Absichten des Senats hinsichtlich Donna Violettas zu erfahren. Dies war auf dem Lido geschehen, und da niemand außer ihm von ihrer Unterredung etwas wußte und ihre neuerlich geknüpfte Verbindung ahnen konnte, so übernahm der Bravo seinen neuen Auftrag nicht ohne Aussicht auf einen glücklichen Erfolg. Bei ganz besonders delikaten Geschäften ihre Agenten zu wechseln, war ein sehr gebräuchliches Mittel der Republik, um dadurch Nachforschungen zu entgehen. Oft war Jacopo ihr Werkzeug bei ihren Unterhandlungen mit dem Seefahrer, der häufig gebraucht ward, geheime polizeiliche Maßregeln auszuführen. Er hatte anfangs den Befehl bekommen, den Padrone aufzusuchen und ihm zu empfehlen, daß er sich jeden Augenblick zum Dienste bereithalten möge; seit dem Verhör Antonios aber waren ihm von seinen bisherigen Prinzipalen keine Instruktionen mehr erteilt worden. Unter diesen nachteiligen Umständen also war es, daß Jacopo seine neuen wichtigen Pflichten anzutreten hatte.

Daß sich die List, wie gesagt, oft selber überlistet, ist sprichwörtlich und bewährte sich aufs neue in dem gegenwärtigen Falle mit Jacopo und seinen Herren. Sie hatten ihn bisher bei ähnlichen Gelegenheiten aufgesucht, jetzt schwiegen sie. Dieser Umstand war ihm nicht entgangen. Als er daher auf seinem Gange längs des Kais die Feluke erblickte, so leitete der Zufall seine Nachforschungen, und wie sehr ihm dabei die Habgier des Kalabresen zu Hilfe kam, haben wir eben erzählt.

Kaum hatte Jacopo den Kai erreicht und sein Boot angebunden, als er wieder auf den Broglio eilte, der in diesem Augenblick von Maskierten und den Pflastertretern der Piazetta angefüllt war. Die Patrizier waren nicht mehr da, sie hatten sich zurückgezogen.

Jacopo, schien es, hatte gemessene Befehle; denn nachdem er sich überzeugt hatte, daß Don Camillo nicht mehr auf dem Platze war, drängte er sich durch die Menge wie einer, der einen bestimmten Gang zu tun hat. Beide Plätze waren jetzt voll, und wenigstens die Hälfte derer, die in diesen Vergnügungsorten die Nacht zuzubringen gedachten, erschien maskiert. Der

Bravo, obgleich eine entschiedene Richtung nehmend, schritt nicht so eilig einher, daß er nicht im Gehen die sich auf der Piazetta bewegenden Gestalten hätte mustern können. So kam er bis an den Punkt, der beide Plätze vereinigt, als er seinen Ellenbogen leise berührt fühlte.

Er war nicht gewohnt, sich auf dem St.-Markus-Platze, noch dazu in solcher Stunde, unnötigerweise durch Sprechen zu verraten. Aber seinem fragenden Blicke erwiderte ein Zeichen, daß er folgen möchte. Die Gestalt, die ihn angehalten hatte, war so vollständig in ihrem Domino verhüllt, daß er sich vergeblich bemühte zu erkennen, wer es wäre. Da jedoch der Teil des Platzes, wo sie ihn hinwinkte, leer war und in der Richtung lag, die er eben nehmen wollte, so gab der Bravo ein einwilligendes Gegenzeichen und folgte. Sobald sie sich außerhalb des Gedränges und an einem Orte befanden, wo sich kein Lauschender verbergen konnte, stand der Fremde still, untersuchte unter seiner Maske hervor Jacopos Person, Wuchs und Anzug und endigte zuletzt mit einer Gebärde, die anzeigte, daß er den Rechten vor sich habe. Jacopo erwiderte ebenfalls in Zeichensprache, behauptete aber strenges Stillschweigen, bis sich jener gezwungen sah, das Gespräch zu eröffnen.

„Gerechter Daniel“, brummte er, „sollte man nicht glauben, erlauchter Signore, Ihr Beichtiger habe Ihnen Stillschweigen zur Begrüßung auferlegt? Warum reden Sie Ihren Diener nicht an?“

„Was willst du?“

„Da hat man mich hierhergeschickt in die Piazza unter die Gauner, Kammerdiener, Gondolieri und alle Arten von Zechern und Schmausern, die dieses christliche Land zieren, und da soll ich suchen den Erben von einem der ältesten und geehrtesten Häuser Venedigs?“

„Wieso weißt du denn, daß ich der bin, den du suchst?“

„Signore, ein weiser Mann sieht manches, was dem Unachtsamen entwischt. Wenn junge Kavaliere Geschmack finden daran, sich vornehm maskiert zu begeben unters Volk, wie bei einem gewissen jungen Patrizier dieser Republik der Fall ist, so brauchen sie eben nicht aufzutun den Mund, man kennt sie schon an ihrer Haltung.“

„Du bist ein schlauer Bote, Hosea; doch dein Stamm lebt ja von seiner Schlauheit.“

„Sie ist das einzige, was wir entgegensetzen können dem Unrecht des Drängers. Gehetzt sind wir wie Wölfe, warum sollten wir also nicht bisweilen zeigen die wilde Natur der Bestien, für die Ihr uns haltet. Doch was erzähl ich die Trübsale unserer Leute einem, der da glaubt, daß das Leben eine Maskerade ist?“

„Aber zu deinem Auftrag! Ich wüßte nicht, daß ich ein Pfand auszulösen hätte, auch bin ich dir kein Gold schuldig.“

„Gerechter Samuel! Ihr Kavaliere vom Senat gedenkt nicht immer an das, was vergangen ist, Signore, oder Ihr hättet Euch sparen können diese Worte. Wenn Ew. Exzellenz sind geneigt, Pfänder zu vergessen, kann ich was dafür? Sicherlich, was anbelangt die Rechnung, die nun schon so lange ist angewachsen unter uns, da ist auf dem ganzen Rialto kein Handelsmann, der die Beweise wird ziehen in Zweifel.“

„Und wär's auch so, kommst du hierher auf den vollen St.-Markus-Platz als Gläubiger, meines Vaters Sohn zu mahnen?“

„Wo werd ich Schande antun, Signore, irgendeinem, der da kommt von diesem erlauchten Geschlecht! Darum wollen wir jetzt nicht weiter sprechen von der Sache, wohl zu merken allerdings, daß Ihr, wenn die Zeit da ist, Euch bekennet zu Eurer Handschrift und Siegel.“

„Deine Klugheit gefällt mir, Hebräer, sie ist mir Bürgschaft, daß dein Geschäft diesmal nicht von der gewöhnlichen unangenehmen Art ist. Da ich eben nicht viel Zeit habe, so wirst du wohl so gut sein und damit herausrücken.“

Hosea sah sich noch einmal verstohlen, aber genau auf dem menschenleeren Fleck um, trat dann näher auf den vermeintlichen Edelmann zu und fuhr fort: „Signore, Ihre Familie ist in Gefahr, einen großen Verlust zu erleiden! Sie wissen, daß der Senat hat gänzlich und plötzlich entfernt die Donna Violetta von der Bewachung des treuen und erlauchten Senators, Ihres Vaters.“

Jacopo trat erschrocken einen Schritt zurück, doch so leise, daß die Bewegung für einen Liebhaber, dessen Hoffnung vereitelt worden, nur natürlich erschien und den Irrtum des Juden noch bestärkte.

„Beruhigen Sie sich, junger Signore“, setzte Hosea hinzu, „Diese Striche durch die Rechnung erfahren wir alle in der Jugend, wie ich weiß, durch gar schwere Versuchungen. Lea ist auch nicht gewonnen worden ohne Müh, und zunächst dem Glück im Handel ist Glück in der Liebe vielleicht das, worauf am wenigsten kann gerechnet werden. Aber Gold tut viel bei beiden, und in der Regel setzt es die Sache durch. Aber Sie sind näher daran, die Dame, die Sie lieben, und ihre Besitztümer zu verlieren, als Sie sich einbilden, denn ich bin hergeschickt, ausdrücklich, daß ich Ihnen soll sagen, daß sie soll werden entfernt aus der Stadt.“

„Wohin?“ fragte Jacopo hastig, und der vermutete Liebhaber ward dem guten Hosea dadurch nur um so deutlicher.

„Das ist es ja eben, Signore, was noch ist zu erfahren. Dein Vater ist ein scharfsinniger Senator und tief eingeweiht bisweilen in die Geheimnisse des Staates. Doch wenn ich etwas darf schließen von seinem Schwanken bei dieser Gelegenheit, so kommt's mir vor, als wenn er sich richtete mehr nach Berechnungen als nach sicherem Wissen. Gottseliger Daniel! Es hat gegeben Augenblicke, wo ich hab vermutet, daß der ehrwürdige Patrizier ein Mitglied ist des Rates der Dreimänner!“

„Sein Adel ist alt, seine Privilegien wohlbegründet – warum sollte er nicht?“

„Ich sag ja nichts dagegen, Signore. Es ist ein weises Kollegium, das viel Gutes tut und verhütet viele Übel. Niemand auf dem Rialto sagt den geheimen Beratungen Böses nach; dort legen sich die Leute auf Broterwerb und klügeln nicht über die Handlungen ihrer Beherrscher. Aber, Signore, er möge nun gehören zu diesem oder jenem Rate oder bloß sein Senatsmitglied, so hat er fallen lassen einen behutsamen Wink über die Gefahr des Verlustes, in der wir uns –“

„Wir! Hast du etwa Absichten auf Donna Violetta, Hosea?“

„Das verhüte Lea und das Gesetz! Ich sagte darum wir, Signore, weil bei dieser Heirat das Interesse der Leute auf dem Rialto ebensogut auf dem Spiel steht als das des Hauses Gradenigo.“

„Ich verstehe, du fürchtest für dein Gold.“

„Wenn ich so leicht Besorgnisse schöpfte in dieser Sache, Signore Giacomo, so würde ich es nicht hergegeben haben so bereitwillig. Indessen, ist auch die einstige Erbschaft von deinem Vater vollkommen hinlänglich, sicherzustellen jede Anleihe, die ich armer Mann machen kann, so würde die Sicherheit doch dadurch nicht werden geringer, wenn die Reichtümer des Signore Tiepolo noch kämen hinzu.“

„Du bist scharfsinnig, das geb ich zu, auch begreif ich die ganze Wichtigkeit deiner Warnung; allein, sie scheint keinen andern Zweck noch Grund zu haben als deine persönlichen Befürchtungen.“

„Und einige hingeworfene Winke Ihres geehrten Vaters, Signore.“

„Was sagte er denn noch weiteres über den Gegenstand?“

„Er sprach in Gleichnissen, junger Edelmann, Gleichnisse aber sind nicht in den Wind gesprochen für orientalische Ohren. Daß man im Begriffe steht, wegzubringen die reiche junge Dame aus Venedig, ist gewiß, und zum Besten des bißchen Interesses, das ich habe an ihrem Schicksal, gäb ich den schönsten Türkis in meinem Laden darum, wüßte ich, wohin."

„Weißt du gewiß, daß es diese Nacht geschehen soll?"

„Ich verpfände mich zu nichts, wenn's etwa anders sollte ausfallen, aber ich habe Gewißheit genug, junger Kavalier, um unruhig zu sein."

„Genug – ich werde meine eigene Angelegenheit und die deinige im Auge behalten."

Jacopo machte ein Abschiedszeichen mit der Hand und verfolgte seinen Weg, die Piazza hinauf.

„Was meine Angelegenheiten betrifft", brummte der Hebräer für sich, „so wollt ich nur, ich hätte sie selbst besser behalten im Auge. Was ging es dann mich an, heiratete die Dirne dich oder einen Türken!"

„Pst, Hosea!" rief ihm hier eine Maske ins Ohr, „ein Wörtchen allein mit dir."

Der Jude schrak zurück, als er fand, daß er sich im Eifer denn doch von jemand hatte belauschen lassen. Auch dieser Fremde war in einem Domino und durchaus unkenntlich.

„Was beliebt, Signore Maske?" fragte der vorsichtige Jude.

„Ein Wort in Freundschaft und Vertrauen. – Du leihest Gelder auf Wucherzinsen aus, nicht wahr?"

„Diese Frage wär in der Schatzkammer der Republik eher am rechten Ort! Ich hab viele Steine, die taxiert sind weit unter ihrem Karatgewicht, und lieb wär's mir, könnt ich sie unterbringen bei jemand, der besser imstande ist als ich, sie zu behalten."

„Nein, das hilft dir nichts – man weiß recht gut, daß du Zechinen hast die Hülle und Fülle; ein reicher Jude aber sagt nicht nein, wenn es gilt, sein Geld auf Hypotheken anzulegen, die so sicher sind wie Venedigs Gesetze. Tausend Dukaten in deiner bereitwilligen Hand ist keine Seltenheit."

„Die mich reich nennen, Signore Maske, belieben ihren Spott zu treiben mit dem unglücklichen Sohn eines verfolgten Volkes. Daß ich vor Mangel geschützt, daß ich sogar nicht geradezu dürftig bin, ist vielleicht nicht unwahr; wenn man aber spricht von tausend Dukaten, so sind das Dinge, zu gewichtig für meine belasteten Schultern. Geruhten Sie vielleicht einen Amethyst zu kaufen oder einen Rubin, galanter Signore, so dürften wir wohl handelseinig werden.“

„Juwelen hab ich selber, alter Hebräer, Gold ist's, was ich brauche, dringend brauche, gleich und ohne viele Worte haben muß – nenne nur deine Bedingungen.“

„Wer so gebieterisch spricht in Geldangelegenheiten, Signore, der muß stellen können gute Sicherheiten.“

„Du hast gehört, daß die Gesetze Venedigs nicht sicherer sind. Tausend Zechinen, geschwind! Die Höhe der Wucherzinsen setze nach deinem eigenen Gewissen fest.“

Das hieß nun freilich, der Unterhandlung weiten Spielraum zu geben, und Hosea fing an, die Sache ernstlicher in Erwägung zu ziehen.

„Signore“, sagte er, „tausend Dukaten liest man nicht beliebig auf vom Pflaster des großen Platzes. Wer sie will darleihen, der muß sie erst verdienen durch lange, geduldige Arbeit, und wer sie borgen –“

„– will, der steht neben dir –“

„– will, der muß haben einen Namen und ein Gesicht, welche kreditfähig sind auf dem Rialto.“

„Nun, du verleihest ja wohl auch an Masken, bedächtiger Hosea, wenn anders der Ruf dir nicht zuviel Gutes nachsagt.“

„I nun, ein hinlängliches Pfand macht mir freilich die Sache klar genug, der Borgende mag nun so verborgen sein wie der Rat der Drei selbst. Aber ich sehe nichts. Morgen komm zu mir, mit oder ohne Maske, ganz wie es dir beliebt, denn ich verlange nicht, mich weiter zu mischen in anderer Leute Angelegenheiten, als meine eigenen es erfordern, und dann will ich nachsehen in meinen Koffern, wiewohl kein präsumtiver Erbe in Venedig leerere haben kann als ich.“

„Ich brauche das Geld gleich, ohne allen Verzug. Hast du es, unter der Bedingung, dir selbst den Zinsfuß stellen zu können, so sprich.“

„Bei hinlänglicher Bürgschaft in Edelsteinen könnte ich vielleicht zusammenscharren unter unsern zerstreuten Leuten die Summe, Signore. Doch wer umhergeht auf der Insel, um zu borgen, wie ich werde tun müssen, muß können beschwichtigen alle Zweifel hinsichtlich der Bezahlung.“

„Also das Gold ist zu haben, das ist ausgemacht?“

Hosea zauderte, denn er hatte sich vergeblich bemüht, durch des andern Verhüllung zu dringen, und obgleich dessen Zuversicht ihm ein günstiges Zeichen schien, so wollte doch seinem Leihinstinkt dessen Ungeduld nicht recht gefallen.

„Ich hab gesagt, durch den freundschaftlichen Beistand unserer Leute“, antwortete er vorsichtig.

„Diese Ungewißheit verträgt sich nicht mit meinem Bedürfnis, leb wohl, Hosea, ich muß anderswo suchen.“

„Signore, Sie eilen ja, als brauchten Sie das Geld, um damit zu bestreiten Ihre Hochzeitskosten. Wenn ich Isaak und Aaron so spät noch fände zu Hause, so glaub ich ohne Gefahr für einen Teil des Geldes stehen zu können.“

„Auf diesen Zufall kann ich mich nicht verlassen.“

„Nun, Signore, der Zufall ist nur klein, da Aaron bettlägerig ist und Isaak niemals verfehlt, durchzusehen seine Bücher, sobald vorüber ist die Mühe des Tages.“

„Ich sag dir, Jude, unsere Sache muß durchaus frei von aller Ungewißheit sein. Das Geld gegen Unterpfand und mit deinem eigenen Gewissen als Schiedsrichter in der Zinsangelegenheit, aber keine Winkelzüge, die dir nachher die Wahl lassen, zurückzutreten unter dem Vorwand, die Zwischenhändler wollten nicht.“

„Gerechter Daniel! Ihnen einen Gefallen zu tun, Signore, glaub ich es wagen zu können! – Da hat mir der wohlbekannte Hebräer aus Livorno, Levi, einen Beutel gegeben zur Aufbewahrung, der genau enthält die verlangte Summe. Unter den genannten Bedingungen will ich ihn verwenden in meinen Geschäften und dem guten Juwelier sein Gold später zahlen aus meinen eigenen Mitteln.“

„Dank für die Mitteilung, Hosea“, sagte der andere, indem er die Maske ein wenig lüftete, doch schnell wieder zurechtsetzte. „Sie kürzt unsere Verhandlung bedeutend ab. Trägst wohl den Beutel des Livorneser Juden unter deinem Domino?“

Hosea stand sprachlos da. Das Lüften der Maske hatte ihn von zwei wesentlichen Dingen in Kenntnis gesetzt: erstens, daß er vorhin seinen Verdacht wegen der Absichten des Senats mit Donna Violetta einem Unbekannten, vielleicht gar einem Polizeibeamten anvertraut hatte, und zweitens: daß er sich des einzigen Grundes entäußerte, der ihm je gegen die dringenden Zumutungen Giacomo Gradenigos etwas geholfen hatte, indem er diesem selbst soeben einräumte, daß die verlangte Summe in seinem Besitze sei.

„Ich hoffe, das Gesicht eines alten Kunden zerschlägt unsern Handel nicht, Hosea?“ sagte der verschwenderische Erbe des Senators, kaum sich die Mühe gebend, das Ironische der Frage zu verbergen.

„Vater Abraham! Hätt ich gewußt, daß Sie es sind, Signore Giacomo, so hätten wir können schneller fertig werden.“

„Ja, ja, indem du, wie so oft seit kurzem, kein Geld zu haben vorgabst.“

„I nu, ich pflege nicht zu verschlucken meine Worte, Signore; aber meiner Pflicht gegen Levi muß ich doch bleiben gedenk. Der sorgfältige Hebräer hat mich ein Gelübde tun lassen auf den Namen unseres Stammes, daß ich sein Gold geben wolle niemandem, der nicht besäße die Mittel, die Wiederbezahlung zu setzen außer allen Zweifel.“

„Das gehört nicht hierher, du borgst das Geld von ihm und leihest es mir.“

„Signore, Sie versetzen mein Gewissen in eine kitzlige Lage. Sie schulden mir bereits etliche sechstausend Zechinen, wenn ich nun verborg dieses anvertraute Geld und Sie es auch zurückzahlen – was ich beides nur gesagt haben will als Voraussetzung –, so könnte mich verleiten die natürliche Vorliebe für mein Eigentum, die Zahlung auf meine eigene Rechnung zu stellen und Levis Schuld zu bringen in Gefahr.“

„Mach du das mit deinem Gewissen ab, wie du willst, Hosea. Du hast dich zu dem Gelde bekannt, und hier sind die verpfändeten Juwelen – her mit den Zechinen!“

Wahrscheinlich würde bei dem steinernen Gemüt des Hebräers die Vorstellung Giacomo Gradenigos ohne Wirkung geblieben sein. Allein, nachdem er sich von seiner Bestürzung erholt hatte, setzte er dem Wüstling seine Besorgnisse in Beziehung auf Donna Violetta, deren Vermählung, wie man sich erinnern wird, nur den Trauzeugen und dem Rate der Drei bekannt war, auseinander, und da fand er denn, daß das Gold dazu gebraucht werden sollte, die Dame an einen sichern Ort zu schaffen. Da aber dies seinem eigenen Zwecke so sehr entsprach, so gewann der Handel dadurch freilich eine ganz andere Wendung. Überdies waren die dargebotenen Juwelen wirklich ein genügendes Unterpfand für die darzuleihende Summe, und Hosea, der die Wahrscheinlichkeit mit in Anschlag brachte, durch die Güter der Erbin auch zu seinen früher verliehenen Geldern zu kommen, glaubte endlich die Zechinen des angeblichen Freundes Levi nicht besser anlegen zu können. Sobald sich die Parteien vollkommen verständigt hatten, verließen sie zusammen den Platz, um den Handel abzuschließen.

Einundzwanzigstes Kapitel

Die Nachtstunden nahten ihrem Ende. Melodische Töne unterbrachen wieder die gewöhnliche Stille der Stadt, aufs neue sah man alle Kanäle von den Fahrzeugen der Großen wimmeln. Aus den Fenstern der kleinen finstern Bootspavillons winkten wohl einige im Vorbeifahren einander zu, doch nur wenige wagten es, zum Austausch der Begrüßung anzuhalten, so sehr fürchtete jeder den in allen Ecken lauernden Verrat. Selbst die Abendluft schöpfte niemand ohne Ängstlichkeit, so sehr war diese zur zweiten Natur der Bürger geworden.

Mitten durch die leichteren und geschmückteren Barken der Patrizier kam eine gemeine Gondel von mehr als gewöhnlicher Größe den Canale Grande gemächlich dahergefahren; die Gondolieri hatten das Ansehen von Leuten, die ermüdet oder eben nicht sonderlich eilig sind. Der am Ruder, ein Virtuose in seinem Fach, leitete das Boot nur mit einer Hand, während seine drei Gehilfen ihre Ruder müßig das Wasser obenhin bestreichen ließen, nur dann und wann mit einem Schlage nachhelfend. So ungefähr nahm sich ein Fahrzeug aus, wenn es auf seinem Rückwege von einem Ausflug auf eine der etwas entfernter gelegenen Inseln war.

Aber plötzlich schwenkte die mehr schwimmende als geruderte Gondel aus der Mitte des Fahrwegs, und im Nu war sie in einem der am wenigsten belebten Kanäle. Schneller und regelmäßiger ging es jetzt vorwärts nach einem Stadtteile zu, den nur Leute der untersten Klasse bewohnten. An der Seite eines Magazins ward angehalten, und einer von der Mannschaft erstieg die Brücke, während sich die übrigen wie zum Ausruhen auf ihre Ruderbänke hinwarfen. Der ans Land Gestiegene wand sich durch einige kleine Durchgänge, wie sie in Venedig so zahlreich sind, und klopfte endlich an einem Fenster an. Bald ward aufgemacht, und eine weibliche Stimme fragte, wer draußen sei.

„Ich bin's, Annina“, erwiderte Gino, der ohnehin kein seltener Supplikant an dieser Hintertür war. „Mach nur auf, Mädchen, mein Geschäft hat große Eile.“

Annina versicherte sich erst, ob ihr Bewerber auch allein sei, und tat dann, was er verlangte.

„Du kommst aber recht ungelegen, Gino“, hob die Weinhändlerstochter an, „eben wollte ich nach dem Markusplatze, um die Abendluft zu genießen. Vater und Brüder sind schon fort, ich wollte nur noch die Türen verschließen.“

„Konnte ihre Gondel nicht noch eine vierte Person fassen?“

„Sie haben den Fußweg genommen.“

„Und du getraust dich zu dieser Stunde allein auf den Straßen zu gehen, Annina?“

„Was hast denn du danach zu fragen?“ erwiderte sie schnippisch. „Dank sei dem heiligen Teodoro, daß ich noch nicht die Sklavin des Bedienten eines Neapolitaners bin.“

„Der Neapolitaner ist ein mächtiger Herr, Annina, der den Willen und die Gewalt hat, seinen Dienern Achtung zu sichern.“

„Es wird sich zeigen, was er mit seiner Gewalt auszurichten vermag. Doch was willst du von mir in dieser unzeitigen Stunde? Wisse, Gino, daß ich mir aus deinen Besuchen überhaupt nicht viel mache, wenn sie mich aber vollends in meinen Geschäften stören, so sind sie mir geradezu unangenehm.“

Wäre die Leidenschaft des Gondoliere ernstlicher Art gewesen, so würde ihn solche unumwundene Sprache gekränkt haben, allein, er empfing die Zurückweisung mit derselben Gleichgültigkeit, mit der sie gegeben wurde.

„An deine Launen, Ninchen, bin ich schon gewöhnt“, sagte er und warf sich auf eine Bank, entschlossen, nicht zu weichen. „Gewiß hat dir ein junger Patrizier einen Handkuß zugeworfen, oder dein Vater hat heute ein gutes Geschäftchen gemacht, seine Börse und dein Stolz halten ja immer gleichen Schritt.“

„Ei, hör einer den Burschen! Sollte man nicht glauben, ich hätte ihm schon mein Jawort gegeben, und es fehlte weiter nichts, als die Kerzen in der Sakristei anzuzünden, um die Trauung zu vollziehen! Was hab ich nach dir zu fragen, Gino Monaldini, daß du dir mit einem Male dergleichen rausnimmst?“

„Und was hab ich nach dir zu fragen, Annina, daß du den Vertrauten des Don Camillo mit diesen abgenutzten Kunststückchen hinhalten willst?“

„Fort, Unverschämter! Ich mag meine Zeit nicht an dich verschwenden.“

„Bist diesen Abend gewaltig eilig, Annina.“

„Ja, um dich loszuwerden. Merk dir wohl, was ich dir jetzt sage, Gino, denn es sind die letzten Worte, die du von mir zu hören bekommst. Mit deinem Herrn ist's bald zu Ende; nicht lange, so wird er mit Schande die Stadt räumen müssen, und seine sämtlichen Diener mit ihm. Ich aber ziehe es vor, in der Stadt zu bleiben, wo ich geboren bin."

Der Gondoliere lachte hell auf, denn ihn rührte ihre angenommene Verachtung in der Tat sehr wenig. Doch schnell erinnerte er sich seines Auftrags wieder, gewann den vorigen Ernst und versuchte nun durch ein angelegentlicheres Benehmen des Unwillens seiner wankelmütigen Gebieterin Meister zu werden.

„Behüt mich der heilige Markus, Annina! Warum sollten wir nicht ein Geschäft in Wein abmachen können, wenn wir auch nicht bestimmt sind, zusammen vor dem guten Prior hinzuknien? Ich winde mich durch die dunkeln Kanäle bis Steinwurfweite vor deine Tür und führe dir eine Gondel voll alten Lacrimae Christi zu, wie ihn der ehrliche Tommaso, dein Vater, selten noch zu kaufen bekommen hat, und du behandelst mich wie einen Hund."

„Ich habe diesen Abend weder für dich noch deine Weine Zeit übrig. Ohne dein Geschwätz wär ich nun schon fort und guter Dinge."

„Schließ du nur die Tür zu, Mädchen, brauchst mit einem alten Freund keine Umstände zu machen." Dabei bot er ihr dienstfertig seine Hilfe beim Verschließen an, was sie denn auch bereitwillig zugab, so daß das Haus bald in Sicherheit und die Eigensinnige mit ihrem Bewerber im Freien war. Ihr Weg führte über die schon erwähnte Brücke, Gino wies auf die Gondel hin mit den Worten: „So fühlst du denn gar keine Versuchung, Annina?"

„Deine Unvorsichtigkeit, die Schmuggler bis vor meines Vaters Haustür zu bringen, stürzt uns noch ins Unglück, alberner Junge."

„Du irrst, gerade diese Kühnheit schläfert allen Verdacht ein."

„Von welchem Weinberg ist das Getränk?"

„Vom Fuße des Vesuv, die Beeren hat die Hitze des Vulkans gereift. Wenn die Leute das Weinchen deinem Feinde, dem alten Beppo, zuschlagen, wird dein Vater untröstlich drüber sein."

Annina, die zu keiner Zeit ihren Vorteil aus dem Auge verlor, blickte jetzt das Boot lange an. Das Zelt war zu, allein, ihre einmal in Gang gesetzte Einbildungskraft füllte ohne Mühe den ganzen Raum mit neapolitanischen Schläuchen an.

„Kommst du aber auch nicht wieder vor unsere Haustür, Gino?“

„Das soll von dir abhängen. Jetzt komm nur mit hinab und koste.“

Sie zauderte und – tat, was die Frauen stets tun, wenn sie zaudern – sie willigte ein. Schnell war das Boot erreicht, die Leute lungerten noch auf ihren Ruderbänken, aber Annina glitt, ohne sie anzusehen, an ihnen vorbei in das Zelt. Jedoch statt Schläuchen und Gepäcks, wie in einem dem Schmuggelhandel gewidmeten Fahrzeuge, fand sie hier die gewöhnliche Einrichtung einer Kanalbarke, Polster und darauf einen fünften Gondoliere ausgestreckt.

„Hier seh ich nichts, was mich anginge!“ rief die Getäuschte. – „Wollen Sie was von mir, Signore?“

„Willkommen. Diesmal trennen wir uns so bald nicht wieder.“

Der Fremde war beim Sprechen aufgestanden und legte mit dem letzten Worte die Hand auf die Schulter des Mädchens, die sich keinem andern gegenüber sah als dem Don Camillo Monforte.

Annina war in Verstellungskünsten zu geübt, um ein Zeichen wirklichen oder geheuchelten Schreckens zu verraten. Ihre Glieder bebten zwar, aber mit voller Gewalt über ihre Züge und mit erkünstelter Heiterkeit sagte sie: „Viel Ehre für den Schleichhandel, den edeln Herzog von Sant' Agata in seinen Diensten zu haben!“

„Ich bin zum Scherz nicht aufgelegt, Dirne, wie du sehen sollst. Wähle: offenherziges Bekenntnis oder meinen gerechten Zorn.“

Diese Worte wurden mit Ruhe gesprochen, doch so, daß Annina ohne Mühe merken konnte, sie habe es mit einem entschlossenen Manne zu tun.

„Was für Bekenntnis verlangen Ew. Herrlichkeit von der Tochter eines armen Weinhändlers?“ fragte sie, unwillkürlich erzitternd.

„Die Wahrheit! Und bedenke, daß du diesmal nicht entkommst, bis ich zufriedengestellt bin. Zwischen der venezianischen Polizei und mir ist es nun einmal zum offenen Bruch gekommen.“

„Signore Herzog, solches Verfahren mitten in Venedig ist sehr kühn.“

„Dich wird dein eigener Vorteil lehren zu bekennen.“

„Da es Ihr Wille ist, das wenige, was ich weiß, zu erfahren, so soll es mir Vergnügen machen, es Ihnen mitteilen zu dürfen.“

„So sprich, die Zeit ist kurz.“

„Signore, leugnen will ich's nicht, es ist Ihnen schlimm mitgespielt worden. Capperi! Welches Verfahren von dem Rate! Einen edeln Kavalier aus fremdem Lande, mit den gerechtesten Ansprüchen auf die Ehre, im Senat zu sitzen, so zu behandeln macht der Republik Schande! Kein Wunder, daß Ew. Herrlichkeit nicht gut auf sie zu sprechen sind."

„Nichts davon, Dirne, heraus mit der Sache."

Annina tat einen Blick seitwärts aufs Wasser und bemerkte, daß das Boot den Kanal schon hinter sich hatte und sich den Lagunen näherte. Völlig in der Gewalt Don Camillos, fühlte sie wohl, daß ihr längeres Ausweichen nichts helfen würde.

„Daß der Rat in Erfahrung zu bringen gewußt, daß Sie mit Donna Violetta aus der Stadt entfliehen wollten, das haben Ew. Herrlichkeit sich wohl schon selbst gedacht."

„Versteht sich."

„Mir ist's unerklärlich, zu erraten, warum man gerade mich zur Dienerin der edlen Donna ausersah. Heilige Maria von Loretto! Ich bin nicht die Person, an die sich der Staat zu wenden hat, wenn er zwei Liebende auseinanderbringen will!"

„Jetzt ist die Gondel außerhalb der Stadt, Annina, und nun ist's aus mit meiner Geduld. Wo hast du meine Frau gelassen?"

„Gebenedeiter San Teodoro! Signore, die Handlanger der Republik bedurften meiner Hilfe nicht; bei der ersten Brücke, durch die wir kamen, setzten sie mich aus."

„Dein Streben, mich zu täuschen, ist vergeblich. Du warst noch in später Stunde auf den Lagunen, und als du von dem Boote der Donna Violetta zurückkamst, gegen Sonnenuntergang, warst du im St.-Markus-Gefängnisse zu Besuch, das weiß ich."

Annina erstaunte nun wirklich.

„Santissima Maria! Sie sind besser bedient, Signore, als sich der Rat einbildet!"

„Wie du zu deinem Schaden finden sollst, wenn du nicht die ganze Wahrheit gestehst. Aus welchem Kloster kamst du?"

„Signore, aus keinem. Wenn Ew. Herrlichkeit herausgebracht haben, daß der Senat die Signora Tiepolo im Gefängnis des heiligen Markus eingeschlossen hat, so bin ich daran nicht schuld."

„Fruchtlose List, Annina", erwiderte Don Camillo mit Ruhe. „Was du im Gefängnis zu tun hattest, ist mir wohl bekannt; du holtest gewisse Schmuggelwaren dort ab, die deine Base Gelsomina, des Wärters Tochter, für dich hatte aufheben müssen, ohne zu wissen, was es war."

„Heilige Mutter Gottes!" rief sie voller Erstaunen.

„Du siehst, mich kannst du nicht betrügen. In der Regel pflegtest du deine Base nicht zu besuchen, doch diesen Abend, als du in den Kanal kamst –"

Ein tosender Lärm vom Wasser unterbrach Don Camillos Worte. Er schaute hinaus und erblickte einen gedrängten Schwarm von Booten, sämtlich wie mit einem Ruderschlage der Stadt entgegentreibend. Tausend Stimmen schwirrten durcheinander, von Zeit zu Zeit ein gemeinschaftliches Trauergeschrei erhebend, was schließen ließ, daß die rudernde Menge von einem und demselben Gefühl beseelt war. Der eigentümliche Auftritt und der Umstand, daß die Hunderte von Booten geradewegs auf seine Gondel lossteuerten, nahmen den Edelmann so in Anspruch, daß er für den Augenblick das eben vorgenommene Verhör seiner Gefangenen ganz vergaß.

„Was ist das, Jacopo?" fragte er leise den Gondoliere, der am Steuer stand.

„Fischerleute, Signore, und schwerlich auf einer friedlichen Fahrt begriffen, wenn ich mich auf ihre Art, sich der Stadt zu nähern, gut verstehe. Schon seit der Zeit, da sich der Doge geweigert hat, den Knaben ihres Kameraden von den Galeeren zu befreien, herrscht Unzufriedenheit unter ihnen."

Einen Augenblick zauderten Don Camillos Leute, neugierig das Schauspiel anstaunend, dann aber überzeugten sie sich von der Notwendigkeit, Platz zu machen, denn die Masse von Booten kam wie ein wütender Strom herangeflutet. Allein, jetzt erscholl der drohende Befehl zu halten, und Don Camillo sah ein, daß keine Wahl übrigblieb.

„Wer bist du?" fragte einer, der die Rolle eines Anführers übernommen hatte. „Seid ihr Lagunenleute und Christen, so stoßt zu euren Freunden, und vorwärts nach St. Markus, Gerechtigkeit zu fordern!"

„Was bedeutet dieser Aufruhr?" fragte Don Camillo, dessen Kleidung seinen Rang verbarg und der des venezianischen Dialekts mächtig genug war, um sich durch die Sprache nicht zu verraten. „Warum seid ihr in solcher Anzahl versammelt, Freunde?"

„Schau her!“

Don Camillo wandte sich hin und erblickte die blassen Züge und offenen Augen des alten Antonio, starr vom Tode. Hundert Stimmen zugleich erzählten ihm den Hergang, aber so verwirrt und mit so vielen bitteren Verwünschungen vermischt, daß er nichts daraus hätte entnehmen können, wenn er nicht schon durch Jacopo vom Ganzen unterrichtet gewesen wäre.

Antonios Leiche hatten die Leute beim Fischen gefunden, die nächste Folge war eine Beratung über die mutmaßliche Art, wie er zu seinem Tode gekommen sein möchte, dann rotteten sie sich in immer größerer Anzahl zusammen, was den eben beschriebenen Auftritt herbeiführte.

„Gerechtigkeit!“ schrie es aus hundert Kehlen.

„Tragt eure Forderung dem Senate vor!“ erwiderte Jacopo, ohne sich zu bemühen, das Ironische in seinem Tone zu verbergen.

„Glaubst du, daß unser Kamerad wegen der Kühnheit, die er gestern bewies, bestraft worden ist?“

„Das wäre nicht das Seltsamste, was sich schon in Venedig zugetragen hätte.“

„Ha, sie verbieten uns, im Kanal Orfano, wo die geheimen Hinrichtungen sind, das Netz auszuwerfen, damit die Geheimnisse der Justiz nicht herauskommen, und doch nehmen sie sich nun schon heraus, einen unserer Leute mitten unter unseren Gondeln zu ersäufen!“

„Gerechtigkeit, Gerechtigkeit!“ schrien zahllose Stimmen bis zum Heiserwerden.

„Fort nach St. Markus! Legt die Leiche dem Dogen zu Füßen! Fort, Brüder! Sie haben Antonios Blut auf ihren Seelen!“

Ohne geordneten Plan, nur von dem erlittenen Unrecht erfüllt, begaben sie sich nun wieder ans Ruder, und die ganze Flotte fuhr dahin, als bestände sie aus einer einzigen zusammenhängenden Masse.

Nur wenige Minuten hatten sie angehalten, doch fehlte es inzwischen nicht an allen jenen Zeichen der Wut, die einen Volkstumult zu begleiten pflegen. Nicht ohne sichtbare Wirkung blieb dies auf die Nerven Anninas, und Don Camillo benutzte ihre Angst, um ihr die Wahrheit abzutrotzen, denn zum Zaudern war nun keine Zeit mehr.

Durch ihre Aussagen bestimmt, ließ Don Camillo, während die tobende Menge in die Mündung des großen Kanals einfuhr, seine Gondel quer über die weite ruhige Fläche der Lagunen gleiten.

Zweiundzwanzigstes Kapitel

Der Schreck, der die Patrizier erfüllte, als sie das Geschrei der Fischer hörten, während sie auf ihrem Wege nach dem großen Platze bei den Reihen von Palästen vorüberfuhren, läßt sich leicht denken. Einige fürchteten, das letzte Ende ihrer künstlichen Existenz, das sie ein geheimer politischer Instinkt längst voraussehen ließ, sei nun gekommen, und dachten schon an Mittel zu ihrer persönlichen Sicherheit. Andere im Gegenteil gaben erstaunte Zuhörer ab, wähnten vielmehr, das Volk jauchze über einen Sieg, den der Staat davongetragen habe. Nur wenige, und zwar die nämlichen, die alle Vorteile des Staates an sich zu reißen wußten, faßten mit richtigem Blick die Gefahr ins Auge, erkannten ihren Umfang und die Mittel, sie zu entwaffnen.

Auf der anderen Seite waren die Aufrührer keiner Würdigung ihrer Kräfte fähig und wenig geschickt, ihre zufälligen Vorteile zu berechnen; sie folgten blind dem ersten Antriebe. Was ihre Gemüter zum Aufruhr vorbereitete, war der Triumph ihres bejahrten Gefährten am vorhergehenden Tage, die kalte Zurückweisung, die er vom Dogen erfuhr, und der Auftritt auf dem Lido, der eigentlich die nächste Veranlassung zu Antonios Tode abgab. Nachdem daher die Leiche gefunden war, warteten sie nur so lange, bis sich ihre Kameraden alle versammelt hatten, und der Leidenschaft gehorchend, eilten sie dem St.-Markus-Palaste zu, ohne sich vorher über ihr Vorhaben einen klaren Begriff zu machen.

Sobald sie in den Kanal einfuhren, drängte der enge Weg die Boote so dicht aneinander, daß dadurch die Ruder gewissermaßen nutzlos wurden und die Menge nur langsam vorwärts konnte. Alle wollten gern der Leiche Antonios so nahe als möglich sein, und wie immer bei Volksaufläufen, ging auch hier durch schlecht geleiteten Eifer der Zweck verloren. Ein paarmal hörte man laut die Namen einiger unbeliebter Senatoren, als wenn die Fischer damit umgingen, diese einzelnen Beamten für die Verbrechen des Staates verantwortlich zu machen. Diese Verwünschungen verschollen in der Luft und zogen keine Folgen nach sich. An der Rialtobrücke angekommen, stieg mehr als die Hälfte der Menge ans Land und nahm den kürzeren Weg durch die Straßen nach dem verabredeten Versammlungspunkt, und auch die in den Vorderreihen

Rudernden legten jetzt, frei von dem Gedränge in ihrem Rücken, den Weg schneller zurück. Wie sie dem Hafen näher kamen, nahmen die Boote größere Entfernungen voneinander an, und das Ganze gewann so das Ansehen eines Leichenzuges.

Während diese Veränderung in der Stellung der Fahrzeuge vorging, kam eine stark bemannte Gondel, von gewaltigen Ruderschlägen getrieben, aus einem Seitenkanal heraus in den großen, so daß sie der Zufall der Schar von Booten gerade entgegenführte, die eben diesen Kanal hinanfuhr. Die Mannschaft stutzte bei dem außerordentlichen Anblick, der sich ihr so plötzlich darbot, und blieb einen Augenblick unentschlossen, ob sie vorwärts rudern solle.

„Eine Gondel der Republik!“ schrien fünfzig Fischer. Eine einzelne Stimme setzte hinzu: „Canale Orfano!“

Der bloße Verdacht, den diese Worte rege machten, war in solchem Augenblicke ausreichend, die Fischer aufzuregen. Ein Ausruf der Verwünschung, und sogleich machten einige zwanzig Gondeln zu wütender Verfolgung Anstalt. Es hatte indes bei dem drohenden Vorhaben sein Bewenden, denn geschwinder als die Verfolger trieben die Gondolieri der Republik dem Ufer zu, sprangen auf einen von den Brettergängen, die so viele Paläste Venedigs umgeben, und verschwanden in einem Seitengange.

Die Fischer, durch diesen Erfolg ermutigt, ergriffen das Boot als herrenloses Gut und bugsierten es unter Triumph ihrer eigenen Flotte zu. Einige traten aus Neugier in das Zelt, das einem Leichenwagen glich, und schleppten alsbald einen Priester darunter hervor.

„Wer bist du?“ fragte mit heiserer Stimme einer, der den Anführer vorstellte.

„Ein Karmeliter und Diener Gottes.“

„Dienst du dem heiligen Markus? Warst du im Canale Orfano, um eines Unglücklichen Beichte zu hören?“

„Ich bin hier in Begleitung einer jungen und edeln Dame, die meines Rates und meiner Fürbitte bedarf. Für Glückliche und Unglückliche, Freie und Gefangene sorg ich auf gleiche Weise!“

„Ha! Du wirst also tun, was deines Amtes ist! – Du wirst Seelenmesse abhalten für einen armen toten Mann?“

„Mein Sohn, ich mache, dies anbelangend, keinen Unterschied zwischen dem Dogen und dem ärmsten Fischer. Doch möcht ich die Frauen nicht gern im Stiche lassen."

„Es soll den Damen nichts zuleide geschehen. Komm in mein Boot, hier ist deine heilige Verrichtung not."

Pater Anselmo trat unter die Bedachung, seinen zitternden Gefährtinnen in wenigen Worten Aufschluß zu geben und dann den Fischern zu willfahren. Er ward bis zur vordersten Gondel gerudert und auf ein Zeichen zu dem Leichnam gebracht.

„Siehst du diese Leiche, Vater?" sagte sein Führer, „es ist die Gestalt eines Mannes, der ein aufrichtiger und frommer Christ war."

„Das war er!"

„Wir alle kennen ihn für den ältesten und geschicktesten Fischer von den Lagunen, der immer bereit war, einem unglücklichen Kameraden beizustehen."

„Ich kann dir glauben."

„Das kannst du. Deine heiligen Schriften sind nicht wahrhaftiger als meine Worte. Gestern kam er im Triumph diesen selbigen Kanal herunter, weil er, den stärksten Ruderern von Venedig zuvor, den Ehrenpreis der Regatta davontrug."

„Ich habe von seinem Glücke gehört."

„Jacopo, der Bravo, der vordem das beste Ruder führte in den Kanälen, soll dabeigewesen sein! Santa Madonna! Solch ein Mann war zu gut, um zu sterben!"

„Es ist das Schicksal aller, reich und arm, stark und schwach, glücklich und unglücklich, so geht es mit allen zu Ende."

„Nicht so, ehrwürdiger Karmeliter, denn sie haben Antonio, weil er ihr Mißfallen erregte mit seinen Bitten wegen seines Enkelkindes, das sie ausgehoben haben für die Galeeren, ins Fegefeuer fahren lassen, ohne eine christliche Hoffnung für seine Seele."

„Es gibt ein Auge, das über den Geringsten von uns wacht, mein Sohn, wir müssen glauben, daß seiner nicht vergessen ward."

„Cospetto! Es heißt, daß die Kirche denen nicht viel beisteht, denen der Senat nicht grün ist. Willst du für ihn beten, Karmeliter, und dein Wort wahrmachen?"

„Das will ich“, sagte Vater Anselmo mit Festigkeit. „Mach Platz, mein Sohn, daß keine Gebühr meines Amtes fehle.“

Die gebräunten, ausdrucksvollen Fischergesichter glänzten vor Freude, denn mitten im rohesten Tumult bewahrten sie ihre tiefeingewurzelte Ehrfurcht für die heiligen Verrichtungen der Kirche, in der sie erzogen waren. Bald war alles still, und die Boote zogen in größerer Ordnung als zuvor.

Es war ein auffallendes Schauspiel. – Vorn fuhr die Gondel, die die Überreste des Verstorbenen trug. Wo sich der Kanal, dem Hafen näher, erweitert, fielen die Strahlen des Mondes auf die starren Züge des alten Antonio, in denen man das Todesgefühl eines so plötzlich und schrecklich vernichteten Mannes recht wohl wahrnehmen konnte. Der Karmeliter, sein entblößtes Haupt gebeugt, mit gefalteten Händen, stand zu den Füßen des Leichnams; sein weißes Kleid flatterte im Mondlicht. Nur ein Gondoliere führte das Boot, und kein Laut war hörbar als das Plätschern des Wassers beim langsamen Fall der Ruder. Wenige Minuten dauerte dies Schweigen der Prozession. Dann hörte man die Stimme des Mönchs die Gebete für den Toten anstimmen. Die Fischer, dessen kundig, wie denn selten jemand unerfahren in den heiligen Gebräuchen war, nahmen die Responsorien auf. Das Plätschern des Wassers begleitete sanft ihre Stimmen. Die Fenster öffneten sich, wo sie vorüberfuhren, und Tausende von neugierigen und besorgten Gesichtern erschienen auf den Balkonen gedrängt und sahen den Leichenzug langsam dahinziehen.

In der Mitte des Haufens ward die Gondel der Republik von fünfzig leichteren Booten bugsiert, denn die Fischer hielten ihre Prise fest. So kam der feierliche Zug in den Hafen und näherte sich dem Kai am Fuße der Piazetta. Während sich zahllose Hände beeiferten, Antonios Leichnam ans Land zu bringen, erhob sich ein Geschrei mitten aus dem herzoglichen Palaste, zum Zeichen, daß sich der übrige Teil der Mannschaft bereits im Hofraum des Schlosses befinde.

Jetzt boten die Plätze des heiligen Markus ein neues Schauspiel dar. Gesang, Lachen und Spiel waren verstummt, verschwunden die Lichter in den Kaffeehäusern, die Schwärmer der Nacht hatten sich ihre Häuser gesucht, aus Furcht, mit denen vermengt zu werden, die sich vermaßen gegen den Zorn des Senats.

„Gerechtigkeit!“ schrien tausend Stimmen, während Antonios Leiche in den Hof getragen ward. „Ruhmwürdiger Doge! Gerechtigkeit!“

Der Leichnam ward niedergelegt am Fuße der Riesentreppe, und der zitternde Hellebardier, der diese Treppe bewachte, fühlte kaum Kraft genug in sich, die Miene von Festigkeit zu behaupten, die ihm Disziplin und

Soldatenstolz auferlegten. Sonst war keine militärische Macht herbeigeschafft, denn die Staatsgewalt Venedigs kannte ihr Unvermögen im drängenden Augenblicke zu gut, um zu reizen, wo sie nicht bezwingen konnte.

Der Rat der Drei hatte Kunde von der Ankunft der empörten Fischer und hielt, als der Haufe in den Hof drang, eine geheime Beratung, ob sich vermuten ließe, daß der Aufstand bedeutungsvoller sein könnte, als der Augenschein zunächst lehrte.

„Hat man die Dalmatier in Kenntnis gesetzt von diesem Aufruhr?" fragte ein Mitglied des geheimen Tribunals, dessen Nervenstärke seiner hohen Stellung nicht zu entsprechen schien. „Wir könnten ihrer Kugeln bedürfen, ehe diese Empörung gedämpft sein wird."

„Was das betrifft, Signore, setzt Euer Vertrauen nur auf die gewöhnlichen Autoritäten", erwiderte der Senator Gradenigo. „Ich besorge jedoch, daß hier nur die Anzeichen einer noch verborgenen Verschwörung seien, in die auch die Treue des Militärs verwickelt sein könnte."

„Was wollen die Elenden? Unser Seehandel gedeiht, die Bank hat Segen an tüchtigen Dividenden. Und ich versichere Euch, Signori, seit vielen Jahren hab ich nicht so bedeutenden Gewinn in allen Zweigen unserer Verwaltung bemerkt als heutzutage. Alle freilich können nicht zugleich Vorteil haben."

„Ihr habt mit den blühenden Angelegenheiten zu tun, Signore; es gibt aber andere, mit denen es nicht so gut steht."

„Kann denn nichts diese gierigen Gemüter zufriedenstellen? Sind sie nicht frei – sind sie nicht glücklich?"

„Es scheint, daß sie dafür bessere Bürgschaft verlangen als unsere Absicht oder unsere Versicherung."

„Der Mensch ist ein neidisches, unzufriedenes Geschöpf. Die Armen wollen reich sein, die Schwachen stark."

„Es gibt aber wenigstens die Ausnahme von Eurer Regel, Signore, daß die Reichen selten arm oder die Starken schwach zu sein wünschen."

„Ihr verspottet heut meine Bemerkungen, Signore Gradenigo. Ich denke aber, daß ich spreche, wie es einem Senator von Venedig zukommt"

„Ist ein Reich in seiner schönsten Blüte, so übersehen die Untertanen in ihrem besonderen Glück die allgemeinen Mängel, ist aber ein Handelsstaat erst in Abnahme, so bekrittelt jeder Kaufmann die geringste wie die höchste Staatsmaßregel."

„Das ist ihre Dankbarkeit! Haben wir nicht diese verschlammten Inseln in einen Markt für die halbe Christenheit umgewandelt? Nun aber sind sie unzufrieden, daß sie nicht alle die Vorrechte behalten können, die sich die Weisheit unserer Voreltern zu verschaffen wußte."

„Sie beklagen sich nicht anders, als Ihr selber tut, Signore, aber Ihr habt recht, daß man den gegenwärtigen Aufstand nicht vernachlässigen darf. Seine Hoheit soll hinaus zum Volk mit den Patriziern, die gerade zugegen sind, und mit einem aus unserer Mitte als Augenzeuge. Mehr als dies können wir nicht tun, ohne uns der Entdeckung unseres Amtes auszusetzen."

Der geheime Rat brach auf, um sogleich diesen Beschluß in Ausführung zu bringen, gerade in dem Augenblick, als die Fischer ihre Verstärkung vom Wasser her erhielten.

Als sie sahen, wie groß die Menschenmenge war, die sich im herzoglichen Palaste versammelt hatte, wurden die Verwegensten des Haufens dreister, und auch die noch Schwankenden wurden fest.

Eben erhob die gedrängte Masse im Hofe ihr lautes und drohendes Geschrei, als der Zug des Dogen in einer der langen, offenen Galerien erschien, die den Hauptflur des Gebäudes bilden. Die Gegenwart des ehrwürdigen Mannes, der dem Namen nach dies künstliche Staatsgebäude leitete, und die lange Gewöhnung der Fischer, Hochachtung vor den oberen Behörden zu hegen, verursachten, der gegenwärtigen mißvergnügten Stimmung ungeachtet, plötzlich eine tiefe Stille. Ein Gefühl der Ehrfurcht überschlich allmählich die Tausende von dunkeln Gesichtern, die hinauf starrten, dem kleinen Zuge der nahenden Patrizier entgegen. So tief war die plötzliche Stille, daß man das Rauschen der herzoglichen Gewänder hörte, als der Fürst, seines Alters wegen und der Würde seiner hohen Stellung gemäß, langsam daherschritt. Die vorige Heftigkeit der Fischer und ihre jetzige Ehrfurcht vor dem äußeren Prunk, der ihre Augen bestach, hatten beide dieselben Quellen – Unwissenheit und Gewohnheit.

„Weswegen seid ihr hier versammelt, meine Kinder?" fragte der Doge, als er bis an den Rand der Riesentreppe vorgetreten war. „Und vor allem, warum kommt ihr in den Palast euers Fürsten mit so unziemlichem Geschrei?"

Die Stimme des Greises war deutlich zu vernehmen, denn kaum ein Atemzug unterbrach sein leisestes Wort. Die Fischer sahen einander an und schienen den zu suchen, der kühn genug sein würde zu antworten. Endlich schrie einer, der mitten im Haufen stand und sich geflissentlich nicht sehen ließ: „Gerechtigkeit!"

„Das ist auch unser Zweck“, fuhr der Fürst mit sanftem Tone fort, „und das ist, will ich hinzufügen, was wir täglich üben. Weswegen seid ihr aber hier versammelt in einer Art, die für den Staat beleidigend und unehrerbietig gegen seinen Fürsten ist?“

Wiederum antwortete niemand.

„Will keiner reden? – Seid ihr so kühn mit euern Stimmen bereit, wo es nicht verlangt wird, und so schweigsam, wo es gilt?“

„Sprecht gelinde mit ihnen, Hoheit“, flüsterte der vom Rate, der beauftragt war, ein geheimer Zeuge der Zusammenkunft zu sein. „Die Dalmatier sind kaum fertig.“

Der Fürst beugte sich vor einem Ratschlag, der, wie er wohl wußte, nicht unberücksichtigt bleiben dürfte, und nahm seinen vorigen Ton wieder an.

„Wenn mir keiner sagen will, wessen ihr bedürft, so muß ich euch befehlen, euch zurückzuziehen, und während es meinem väterlichen Herzen wehe tut – “

„Gerechtigkeit!“ wiederholte der versteckte Schreier aus dem Haufen.

„Nenne dein Begehr, daß wir's erfahren!“

„Hoheit, habe die Gnade, auf diesen zu blicken!“

Einer, der kühner war als die übrigen, wendete Antonios Leichnam dem Mondlichte zu, daß dessen gespenstische Züge sichtbar wurden. Der Fürst staunte bei dem unerwarteten Anblick, und nachdem er, seine Gefährten und Wachen dicht hinter sich, die Treppe hinuntergestiegen war, blieb er eine Weile schweigend bei der Leiche stehen.

„Hat dies ein Mörder getan?“ fragte er, auf den toten Fischer blickend und sich bekreuzend. „Was konnte der Tod eines solchen Mannes einem Bravo einbringen? Vielleicht ist der Unglückliche bei einer Schlägerei mit seinesgleichen gefallen?“

„Keins von beiden, durchlauchtigster Doge! Wir besorgen, daß Antonio den Unwillen von San Marco hat entgelten müssen.“

„Antonio! Ist dies der dreiste Fischer, der uns bei der Regatta lehren wollte, wie wir regieren müßten?“

„Derselbe, Exzellenz“, erwiderte der einfache Arbeitsmann von den Lagunen, „und eine tüchtigere Hand beim Netz oder ein treuerer Freund in der Not hat nie eine Gondel gerudert. Diavolo! Es müßt eine Freude für Eure Hoheit gewesen sein, den armen, alten Christen unter uns zu sehen am Tage eines Heiligen, wenn er unsere kleine Feierlichkeit anführte oder wenn er uns lehrte, wie unsere Eltern dem Handwerk Ehre zu machen pflegten."

„Oder bei uns zu sein, durchlauchtigster Doge", schrie ein anderer, denn wenn einmal Bahn gebrochen ist, sind die Zungen des Volkes bald kühn, „bei einer Lustbarkeit auf dem Lido, wo der alte Antonio immer der erste war im Lachen und immer am besten wußte, wann es Zeit war, ernsthaft zu sein." Der Doge begann den Zusammenhang der Sache zu ahnen und warf einen Blick seitwärts, um die Mienen des ungekannten Inquisitors zu erforschen.

„Es ist bei weitem leichter", sagte er, da ihm das abgerichtete Gesicht, das er angeschaut hatte, keinen Aufschluß gab, „die Verdienste des unglücklichen Mannes zu erfahren als die Art seines Todes. Kann einer unter euch erzählen, wie es zugegangen ist?"

Der Hauptsprecher der Fischer übernahm dies Geschäft gern und erzählte dem Dogen mit allen bei Leuten seines Standes beliebten Abschweifungen die Umstände von der Wiederfindung des Leichnams. Als er fertig war, suchte das Auge des Fürsten wiederum eine Erläuterung im Gesichte des Senators neben ihm, denn er wußte nicht, ob die Politik des Staates ein Exempel statuieren wolle oder nur den Tod dieses einzelnen für nötig erachtet habe.

„Ich finde in dem allen nichts, Ew. Hoheit", bemerkte der vom Rate, „als was einem Fischer wohl begegnen kann. Der unglückliche alte Mann wird durch Zufall umgekommen sein, und es würde eine fromme Handlung sein, ein paar Messen für seine Seele lesen zu lassen."

„Edler Senator", rief der Fischer mit zweifelndem Tone, „San Marco war beleidigt."

„Es sind viele müßige Gerüchte von San Marcos Gewogenheit und Ungewogenheit im Umlauf. Wenn wir glauben wollen, was die Leute erdenken in Angelegenheiten dieser Art, so werden die Verbrecher nicht in den Lagunen, sondern im Canale Orfano ersäuft."

„Ganz recht, Exzellenz! Und wir dürfen dort unsere Netze nicht auswerfen, bei Strafe mit den Aalen auf dem Grunde zu wohnen."

„Um so mehr ist Ursache, zu glauben, daß dieser alte Mann durch einen Zufall umgekommen ist. Läßt sich keine Spur eines gewaltsamen Todes an der Leiche wahrnehmen? – Denn obschon sich der Staat nicht mit einem seinesgleichen in der Art beschäftigen würde, kann es doch irgendein einzelner getan haben. Hat man den Zustand der Leiche untersucht?"

„Exzellenz, es war hinreichend, einen so alten Mann mitten in die Lagunen zu werfen. Der stärkste Arm von Venedig hätte ihn nicht retten können."

„Es kann bei einem Zank zur Gewalttätigkeit gekommen sein, und die betreffende Behörde sollte die Sache untersuchen. Hier ist ein Karmeliter! – Vater, wißt Ihr etwas von der Sache?"

Der Mönch versuchte zu antworten, aber die Stimme versagte ihm.

„Du antwortest nicht, Mönch?" bemerkte der Doge, der durch das natürliche, gleichgültige Benehmen des Inquisitors wirklich getäuscht war wie alle anderen. „Wo fandest du diesen Leichnam?"

Vater Anselmo erzählte kurz, wie er von den Fischern zum Dienste gezwungen worden wäre.

Neben dem Fürsten stand ein junger Patrizier, der keine besondere Würde im Staate hatte als die allgemeine seines Standes. Getäuscht gleich den übrigen durch die Ruhe des einzigen, der von Antonios Tode die wirkliche Ursache wußte, fühlte er ein menschenfreundliches und lobenswertes Verlangen, sich zu vergewissern, daß dem armen Opfer nicht irgendein schändlicher Streich gespielt worden wäre.

„Ich habe gehört von dem Antonio", sagte dieser Herr, der Senator Soranzo, dem die Natur ein empfindliches Herz gegeben hatte, „ich habe gehört von seinem Glück bei der Regatta. Hieß es nicht, daß Jacopo, der Bravo, sein Mitbewerber war?"

Ein dumpfes, bedeutungsvolles Gemurmel durchlief die ganze Menge.

„Ein so leidenschaftlicher, verwegener Mann als dieser kann wohl seine Niederlage durch Gewalttat haben rächen wollen."

Ein zweites, lauteres Gemurmel zeigte, was diese Erklärung der Sache für Eindruck machte.

„Exzellenz, Jacopo gebraucht nur sein Stilett", sagte der halb schon gläubige, aber doch noch schwankende Fischer.

„Wo er's für nötig hält. Ein Mann von seinem Charakter und seiner Arglist kann auch wohl zu andern Mitteln, seine Bosheit zu befriedigen, Zuflucht nehmen. Seid Ihr nicht meiner Meinung, Signore?"

Diese Frage richtete der Senator Soranzo in seiner Unschuld an das unbekannte Mitglied des geheimen Rates. Dieser schien überrascht von der

Wahrscheinlichkeit der Vermutung, die sein Gefährte aufstellte, begnügte sich aber, seine Anerkennung durch ein Nicken mit dem Kopfe kundzutun.

„Jacopo, Jacopo!“ wiederholte eine Stimme nach der anderen im Haufen. – „Jacopo hat's getan! Der beste Gondoliere in Venedig ist von einem alten Fischer besiegt worden, und nichts als Blut konnte die Schande auswischen!“

„Es soll untersucht werden, meine Kinder, und die Gerechtigkeit soll ihren Gang gehen“, sagte der Doge, indem er sich anschickte, sich zurückzuziehen. „Leute“, fügte er hinzu, sich an einige Beamten wendend, „bezahlet Messen, daß die Seele des unglücklichen Mannes zum mindesten nicht dabei leide. Ehrwürdiger Karmeliter, deiner Sorgfalt vertraue ich den Leichnam an, und du kannst keinen bessern Dienst verrichten, als die Nacht über bei ihm zu beten.“

Tausend Mützen wurden geschwenkt, den Beifall, den dieser gnädige Befehl fand, auszudrücken, und der ganze Haufen stand schweigend in Ehrfurcht, als sich der Fürst mit seinem Gefolge, wie er gekommen war, durch die lange gewölbte Galerie oben entfernte.

Ein geheimer Befehl der Inquisition ließ das Anrücken der Dalmatier absagen.

Wenige Minuten später war alles vorbereitet. Eine Bahre mit einem Zelt darüber ward von der anstoßenden Kathedrale hergeholt und der Leichnam darauf gelegt. Vater Anselmo an der Spitze, zog die Prozession durch das Haupttor des Palastes auf den Platz, die gewöhnliche Andacht absingend. Beide Plätze, der größere und der kleinere, waren noch menschenleer. Hier und da blickte das neugierige Gesicht eines Handlangers der Polizei oder eines etwas kühneren Beobachters unter den Bogen der Portikus hervor.

Aber die Fischer dachten nicht mehr an Gewalt. Mit der Unbeständigkeit von Leuten, die wenig an Überlegung gewöhnt sind, sich schnellen und heftigen Aufregungen hingeben, hatten sie alle Gedanken an Rache gegen die Diener der Polizei aufgegeben und ihre Aufmerksamkeit gänzlich dem frommen Dienste zugewendet, der, vom Fürsten selbst befohlen, für ihren Stand so schmeichelhaft war.

Einige stärkere Naturen unter ihnen mischten wohl auch Drohungen gegen den Bravo in die Gebete für den Toten, aber diese hatten keine Bedeutung für die gegenwärtige Handlung.

Das große Portal der ehrwürdigen Kirche ward aufgetan. Man trug die bescheidene Leiche des hingeopferten Antonio unter den Bogen, der die kostbaren Reliquien griechischer Kunst stützt, und setzte sie in das Schiff der

Kirche nieder. Kerzen brannten vor dem Altare und umgaben die gespenstische Gestalt des Toten die ganze Nacht hindurch, und die Kathedrale San Marcos war erfüllt von den imposanten Gebräuchen der Katholischen Kirche, bis der Tag wieder heraufkam. Ein Priester folgte dem andern, um die Messe zu wiederholen, und der Haufe hörte aufmerksam zu, als fühlte sich ein jeder selber geehrt und erhoben durch diese Auszeichnung eines Mannes aus seinem Stande. Die Masken auf dem Platze waren allmählich wieder zum Vorschein gekommen, obgleich die Unruhe zu heftig und zu plötzlich gewesen war, um eine schnelle Rückkehr dem Leichtsinn zu erlauben, der gewöhnlich zwischen Sonnenuntergang und -aufgang auf diesem Flecke zu schauen war.

Dreiundzwanzigstes Kapitel

Als die Fischer auf dem Kai landeten, verließen sie die eroberte Gondel des Staates bis auf den letzten Mann. Donna Violetta und ihre Gouvernante hörten mit Bestürzung, wie sich ihre Räuber nacheinander lärmend entfernten, denn sie wußten beinahe gar nicht, aus welchem Grund man ihnen den Schutz des Vater Anselmo entrissen und was sie zu handelnden Personen in dem ungewöhnlichen Schauspiel gemacht hatte. Der Mönch hatte ihnen nur gesagt, daß sein Dienst zum Besten eines Toten verlangt würde. Donna Florinde jedoch, die durch die Fenster der Verdachung geschaut hatte und aus dem Geschrei ringsumher einen Schluß zog, ahnte die Wahrheit so ziemlich. Es schien ihr das Geratenste unter diesen Umständen, sich soviel wie möglich unbemerkt zu halten. Als die tiefe Stille, die der Landung der Aufrührer folgte, verriet, daß sie allein waren, bemerkten sie und ihr Zögling diese günstige Veränderung sogleich.

„Sie sind fort“, flüsterte Donna Florinde, mit zurückgehaltenem Atem horchend, sobald sie gesprochen hatte.

„Und die Polizei wird bald hier sein, uns zu suchen!“

Es bedurfte keiner weiteren Erklärung.

Im Augenblick standen die zitternden Flüchtlinge auf dem Kai. Keine menschliche Gestalt war auf der Piazetta. Aber ein dumpfes, brausendes Rauschen erscholl vom Hofe des herzoglichen Palastes, ähnlich dem Gesumme eines aufgestörten Bienenschwarms.

„Man hat Gewalttaten vor“, sagte die Gouvernante wiederum flüsternd. „Wollte Gott, Vater Anselmo wäre hier.“

Ein vorsichtiger Fußtritt ließ sich hören, und beide, sich umkehrend, sahen einen Knaben, der sich aus der Gegend des Broglio her näherte.

„Ein ehrwürdiger Karmeliter hat mir dies für Euch gegeben“, sagte der Bursche, verstohlen umherblickend, als fürchte er, entdeckt zu werden. Dann legte er in Donna Florindes Hand ein Streifchen Papier und verschwand.

Mit Hilfe des Mondlichts gelang es der Gouvernante, die Züge einer Hand zu entziffern, die ihr in jüngeren Tagen wohl bekannt gewesen war: „Rette Dich, Florinde. Kein Augenblick ist zu verlieren. Vermeide öffentliche Plätze und suche schnell einen Zufluchtsort.“

„Aber wohin?“ fragte die Bestürzte, nachdem sie den Zettel laut gelesen hatte.

„Überall, nur nicht hier“, sagte Donna Violetta, „komm mit mir!“

Hätte Donna Florinde die natürliche Festigkeit und Entschiedenheit ihres Zöglings besessen, so würde sie nicht in dem einsamen Verhältnisse gelebt haben, das der weiblichen Natur wenig entspricht, und Vater Anselmo wäre kein Mönch geworden. Beide hatten ihre Liebe dem zum Opfer gebracht, was sie für ihre Pflicht hielten, und so war das unangemessene Lebensverhältnis der Gouvernante aus einem dem Sturm der Leidenschaften unzugänglichen Gemüte hervorgegangen. Nicht so Violetta. Sie war immer schneller bereit zum Tun als zum Überlegen, und obgleich in den meisten Fällen wohl die besonneneren Gemüter im Vorteil sein mögen, so gibt es doch auch hiervon Ausnahmen. Der gegenwärtige Augenblick war eine von den Lagen des Lebens, wo es immer besser ist, irgend etwas als gar nichts zu tun.

Kaum hatte Donna Violetta gesprochen, so war ihre Gestalt im Schatten unter den Bogengängen des Broglio. Ihre Gouvernante hielt sich dicht an ihrer Seite, mehr aus Liebe zu ihr als aus Willfährigkeit gegen den Rat des Mönchs oder das Gebot ihrer eigenen Vernunft. Ein unbestimmter, abenteuerlicher Gedanke, sich dem Dogen, der ein Seitenverwandter ihres eigenen alten Hauses war, zu Füßen zu werfen, stieg in der jungen Braut anfänglich auf, aber kaum hatten sie den Palast erreicht, so belehrte sie das Geschrei vom Hofraume her über dessen Lage und die Unmöglichkeit, in das Innere einzudringen.

„Wir wollen uns durch die Straßen nach deiner Wohnung zurückziehen, Kind“, sagte Donna Florinde, sich mit weiblichem Anstand in ihren Mantel hüllend. „Niemand wird Frauen unseres Standes beleidigen. Auch der Senat muß am Ende doch unser Geschlecht respektieren.“

„Das von dir, Florinde! – Du, die so oft vor seinem Zorn gezittert hat! Aber geh, wenn du willst. Ich gehöre dem Senate nicht länger. Don Camillo Monforte hat meine Treue."

Donna Florinde war nicht willens, diesen Punkt zu bestreiten, und da der Augenblick gekommen war, wo Geistesstärke zum Führen berechtigte, so unterwarf sie sich still dem Willen ihres Zöglings. Donna Violetta hielt sich immer im Schatten der Arkaden. Als die Flüchtlinge bei dem Tore vorbeikamen, das auf der Seeseite liegt, konnten sie einen Blick auf die Szene im Hofe werfen. Der Anblick dieses Schauspiels beschleunigte ihre Schritte; sie liefen nicht, sie flogen die Bogenhalle entlang. Bald befanden sie sich auf der Brücke, die über den Kanal San Marco führt, noch immer in voller Flucht begriffen. Ein paar Matrosen sahen von ihren Feluken aus neugierig zu, aber zwei erschreckte Frauenzimmer waren nichts so gar Auffallendes.

In diesem Augenblick erschien eine Masse dunkler Gestalten von der andern Seite her. Waffen blitzten im Mondlicht, und man hörte den abgemessenen Tritt bewaffneter Männer. Es waren die Dalmatier, deren Trupp vom Zeughause heranrückte. Vorwärts und rückwärts schien jetzt den atemlosen Frauen die Flucht gleich unmöglich. Da Entschlossenheit und Besonnenheit sehr verschiedene Tugenden sind, dachte Donna Violetta nicht so schnell, als die Umstände erfordert hätten, daran, daß die Mietsoldaten der Republik höchstwahrscheinlich ihre Flucht für etwas sehr Natürliches halten würden.

Der Schreck raubte den Flüchtlingen die Besinnung. Sie dachten an nichts als an einen Zufluchtsort und würden selbst das Gerichtszimmer dazu erwählt haben, wäre Gelegenheit dazu gewesen. Sie wendeten sich um und eilten in die erste und in der Tat einzige offene Tür, die sich darbot. Es trat ihnen ein Mädchen entgegen, in deren ängstlichen Zügen sich jene sonderbare Mischung von Hingebung und Angst malte, die ihren Grund wahrscheinlich im Drange weiblichen Mitgefühls hat.

„Hier ist Sicherheit, edle Damen", sagte die junge Venezianerin. „Keiner wird Euch innerhalb dieser Mauern zu verletzen wagen!"

„In welchem Palaste befinden wir uns?" fragte die fast atemlose Violetta. „Wenn der Besitzer einen Namen hat in Venedig, wird er einer Tochter vom Geschlecht Tiepolo die Gastfreundschaft nicht versagen."

„Ihr seid willkommen, Signora", entgegnete das freundliche Mädchen, sich tief verneigend, und führte sie noch weiter in das Innere des geräumigen Gebäudes. „Ihr führt den Namen einer erlauchten Familie."

„Dienst du einem Edelmanne?“

„Dem vornehmsten in Venedig, Signora!“

„Nenne ihn, damit wir seine Gastfreundschaft erbitten mögen, wie sich's geziemt.“

„San Marco.“

Donna Violetta und ihre Gouvernante blieben erstaunt stehen.

„Sind wir, ohne es zu wissen, in ein Portal des Palastes getreten?“

„Das wäre unmöglich, Signora, da der Kanal zwischen uns und dem Palaste des Dogen ist. Dennoch ist hier San Marco Herr. Ich hoffe, Ihr werdet Eure Sicherheit für nicht geringer halten, wenn Ihr sie auch im Staatsgefängnis findet und Euch des Hauswarts Tochter dazu verhilft.“

Der Augenblick übereilten Handelns war vorüber und die Besinnung nun zurückgekehrt.

„Wie heißest du, Kind?“ fragte Donna Florinde, ihrem Zögling vorantretend und die Unterredung aufnehmend, während Violetta vor Erstaunen stillschwieg. „Wir sind dir aufrichtig dankbar für die Bereitwilligkeit, mit der du die Tür öffnetest und uns einließest in einem Augenblick solcher Bestürzung. Wie heißest du?“

„Gelsomina“, erwiderte das Mädchen bescheiden. „Ich bin des Hauswarts einziges Kind. Als ich Damen Eures Standes auf dem Kai fliehen sah und auf der einen Seite die Dalmatier im Anmarsch, auf der andern die tobenden Fischer, da dachte ich, auch das Gefängnis würde Euch willkommen sein.“

„Deine Herzensgüte hat dich nicht irregeleitet.“

„Wenn ich gewußt hätte, daß es eine Dame vom Geschlechte Tiepolo war, so würde ich mich noch mehr beeifert haben, denn es sind wenige dieses berühmten Namens übrig, uns Ehre zu erweisen.“

Violetta verneigte sich wegen dieser Artigkeit, aber sie schien unruhig, daß sie Übereilung und Adelsstolz verleitet hatten, sich zu verraten.

„Kannst du uns an einen minder öffentlichen Platz führen?“ fragte sie, als sie bemerkte, daß ihre Führerin in einem freien Gange stehengeblieben war, um ihre Erklärung zu geben.

„Hier werdet Ihr so zurückgezogen sein wie in Euern eigenen Palästen, hohe Damen“, erwiderte Gelsomina, indem sie in einen Seitengang einbog und die Fremden den Wohnzimmern zuführte, von denen aus sie zuvor die

Verlegenheit ihrer Gäste, am Fenster sitzend, bemerkt hatte. „Hier kommt niemand ohne Ursach her, außer meinem Vater und mir, und mein Vater ist mit seinem Dienste sehr beschäftigt."

„Hast du keinen Dienstboten?"

„Nein, Signora! Eines Hauswarts Tochter darf nicht zu stolz sein, sich selbst zu bedienen."

„Du hast recht. Ein so feinfühlendes Mädchen wie du, Gelsomina, wird einsehen, daß es für Frauen von Stande nicht geziemend ist, in ein Haus wie dieses, wenn auch nur durch Zufall, zu geraten, und du wirst uns einen großen Gefallen erweisen, wenn du mehr als gewöhnliche Vorkehrung triffst, daß man uns hier nicht sehe. Wir machen dir viel Mühe, aber sie soll nicht unbelohnt bleiben. Nimm dies Gold."

Gelsomina antwortete nicht, aber als sie mit niedergesenkten Augen dastand, stahl sich eine Röte in ihre Wangen, daß ihr zuvor bleiches Gesicht sanft erglühte.

„Nein, ich habe dich verkannt", sagte Donna Florinde, indem sie die Zechinen wieder einsteckte, und ergriff die Hand des Mädchens, das es schweigend geschehen ließ. „Wenn ich dich durch meine Unbescheidenheit gekränkt habe, so schreibe dies Anerbieten einzig unserer Furcht vor der Schande zu, hier gesehen zu werden."

Das Mädchen erglühte noch mehr, und ihre Lippen bebten.

„Ist es denn eine Schande, unschuldig hier zu wohnen, Signora?" fragte sie mit abgewendetem Auge. „Ich habe das lange geargwohnt, aber ich hab es bisher noch von niemandem sagen gehört!"

„Verzeih mir! Wenn ich eine Silbe ausgesprochen habe, die dich kränken kann, so ist es unwissentlich und ungern geschehen."

„Wir sind arm, Signora, und der Bedürftige muß sich gefallen lassen, auch das zu tun, was seinen Wünschen entgegen ist. Ich verstehe Eure Meinung und will dafür sorgen, daß Ihr verborgen bleiben sollt!"

Während die Damen verwundert waren über solche Beweise von Zartgefühl und Empfindung an diesem eigentümlichen Ort, entfernte sich das Mädchen.

„Das hätte ich nicht erwartet in einem Kerker!" rief Violetta.

„Wie nicht alles edel ist in einem Palast, so ist auch nicht alles zu verwerfen, was in einem Kerker vorkommt. Aber dies ist fürwahr ein außerordentliches

Mädchen für ihren Stand, und wir müssen St. Theodor danken, daß er sie uns in den Weg geführt hat."

„Können wir besseres tun, als sie zu unserer Vertrauten zu machen?"

Die Gouvernante war älter und weniger geneigt als ihr Zögling, auf den Schein hin zu trauen. Gelsomina kam zurück, ehe es Zeit war, zu überlegen, ob Violettas Vorhaben auch der Klugheit gemäß wäre.

„Du hast einen Vater, Gelsomina?" fragte die venezianische Erbin und ergriff die Hand des Mädchens, indem sie diese Frage tat.

„Gelobet sei die Heilige Jungfrau, daß ich dieses Glück habe."

„Es ist ein Glück. Denn gewiß, ein Vater würde nicht das Herz haben, sein Kind dem Ehrgeiz und gewinnsüchtigen Hoffnungen aufzuopfern. Und deine Mutter?"

„Ist schon seit langer Zeit bettlägerig. Ich glaube, wir hätten sonst nicht hier zu sein brauchen, bei ihren Leiden aber paßt kein anderer Ort so gut für sie als dieses Gefängnis."

„Gelsomina, du bist glücklicher als ich, selbst in deinem Gefängnis. Ich habe keinen Vater, keine Mutter, fast muß ich sagen, keinen Freund."

„Und dies das Schicksal einer Dame aus dem Hause Tiepolo!"

„Es ist nicht alles, wie es scheint in dieser argen Welt, gute Gelsomina! Wir haben viele Dogen in der Familie gehabt, aber auch viele Leiden. Du hast vielleicht gehört, daß davon nichts mehr übrig ist als ein einziges Mädchen, jung wie du, die der Obhut des Senats anvertraut ist?"

„Es wird in Venedig wenig von diesen Sachen gesprochen, Signora, und von allen geht niemand so selten auf den Platz als ich. Doch von der Schönheit und dem Reichtum der Donna Violetta habe ich wohl gehört. Das letztere, hoff ich, wird wahr sein, das erstere seh ich jetzt selber."

Die junge Tiepolo wurde ihrerseits rot, aber freilich nicht aus verletztem Gefühl.

„Sie sagen zuviel Gutes aus Mitleid für die arme Waise", erwiderte sie, „obschon dieser unglückselige Reichtum vielleicht nicht überschätzt wird. Du weißt, daß sich's der Staat angelegen sein läßt, alle Frauen von Adel, die vaterlos sind, zu hüten und unterzubringen."

„Nein, Signora. Das ist aber schön von San Marco."

„Du wirst bald anders darüber denken. Du bist jung, Gelsomina, und hast wohl dein Leben in Zurückgezogenheit zugebracht?“

„Ja, Signora. Ich gehe selten weiter als bis in meiner Mutter Stube oder in die Zelle eines kranken Gefangenen.“

Violetta sah ihre Gouvernante an, als wollte sie sagen, daß sie sich wohl schwerlich einem Mädchen würde verständlich machen können, das den Gefühlen der Welt so wenig zugänglich wäre.

„So wirst du freilich nicht begreifen, daß eine Frau von Adel wenig Lust haben mag, sich dem Verlangen des Senats zu fügen, wenn er über ihre Pflichten und Neigungen gebieten will.“

Gelsomina sah die schöne Rednerin starr an, aber es war sichtlich, daß sie die Frage nicht recht begriff.

„Ich habe gehört, daß die Damen von Adel die nicht sehen dürfen, mit denen sie verheiratet werden sollen, Signora, wenn es dies ist, was Ew. Exzellenz meinen. Mir hat diese Sitte immer ungerecht oder vielmehr grausam geschienen.“

„Und ist es Frauen deines Standes erlaubt, sich Freunde zu erwerben, von denen einer ihnen dereinst teuer werden kann?“ fragte Violetta hastig.

„Signora, soviel Freiheit haben wir auch im Gefängnis.“

„Oh, dann bist du glücklicher als die, die in Palästen wohnen! Ich will dir vertrauen, edles Mädchen, denn du wirst die Schwache, Bedrängte, die deines Geschlechts ist, nicht verraten.“

Gelsomina hob ihre Hand auf, als wollte sie dem ungestümen Zutrauen ihres Gastes Einhalt tun, und horchte aufmerksam.

„Wenige kommen hierher“, sagte sie dann, „aber mancherlei Wege, hinter Geheimnisse zu kommen, gibt es in diesem Hause, die ich noch nicht kenne. Tretet tiefer in die Wohnung ein, edle Damen, hier ist ein Ort, der auch vor Lauschern sicher ist.“

Des Hauswarts Tochter ging voran in das kleine Gemach, wo sie sich mit Jacopo zu unterhalten pflegte.

„Ihr sagtet, Signora, daß ich Gefühl hätte für die Schwäche und Hilflosigkeit unseres Geschlechtes, und darin laßt Ihr mir Gerechtigkeit widerfahren.“

Violetta hatte Muße, einen Augenblick nachzudenken, während sie aus dem einen Zimmer in das andere ging, und sie fing an, ihre Mitteilungen mit mehr

Behutsamkeit zu machen. Aber der lebhafte Anteil, den ein Wesen von so freundlicher Natur und so abgesonderter Lebensweise als Gelsomina an der Erzählung nahm, gab ihrer natürlichen Offenherzigkeit den Sieg, und auf eine ihr selbst fast unbewußte Weise setzte sie des Hauswarts Tochter von beinahe den meisten Umständen in Kenntnis, die sie bis in das Gefängnis geführt hatten.

Gelsominas Wangen wurden farblos, während sie zuhörte, und als Violetta geendet hatte, zitterte sie an allen Gliedern.

„Es ist furchtbar, sich der Macht des Senats zu widersetzen“, sagte sie leise, daß es kaum zu hören war. „Habt Ihr bedacht, Signora, was Eure Tat für Folgen haben kann?“

„Wenn auch nicht, so ist es jetzt doch zu spät, mein Vorhaben zu ändern. Ich bin des Herzogs von Sant' Agata Weib und kann nie eines andern Gattin werden!“

„Jesus! Das ist wahr! – Und doch, ich glaube, ich möchte lieber im Kloster sterben, als den Rat gegen mich aufbringen.“

„Du weißt nicht, gutes Mädchen, welches Mutes auch ein junges Weib fähig ist. Du hängst noch an deinem Vater, aber du kannst es noch erfahren, daß die Zeit im Leben kommt, wo sich alle deine Hoffnungen in einem andern vereinigen werden.“

„Der Staatsrat ist fürchterlich“, erwiderte sie, „aber es muß noch fürchterlicher sein, den zu verlassen, dem man Pflicht und Liebe am Altare gelobt hat.“

„Hast du Mittel, uns zu verstecken, gutes Mädchen?“ unterbrach sie Donna Florinde, „und kannst du uns, wenn dieser Tumult vorüber sein wird, irgendwie zu ferner Verborgenheit oder zur Flucht verhelfen?“

„Nein, Signora. Sogar Venedigs Straßen und Plätze sind mir beinahe fremd. Was gäb ich drum, wenn ich die Wege der Stadt so gut wüßte als meine Cousine Annina, die, wenn es ihr nur behagt, von ihres Vaters Laden bis nach dem Lido geht und vom Markusplatz zum Rialto, ganz wie es ihr gefällt. Ich will nach meiner Cousine schicken, die wird uns raten in dieser schrecklichen Not.“

„Deine Cousine? Hast du eine Cousine, die Annina heißt?“

„Annina, Signora, meiner Mutter Schwesterkind.“

„Die Tochter des Weinhändlers Tommaso Tosti?“

„Ja! Sie wird uns ihren Beistand in solcher Gefahr nicht versagen. Ich weiß, sie hält nicht viel von der Republik, denn ich habe sie von deren Angelegenheiten reden hören, kühner, als sich für ein Mädchen ihres Alters geziemt."

„Gelsomina, deine Cousine ist eine geheime Dienerin der Polizei und deines Vertrauens unwert."

„Signora!"

„Ich spreche nicht ohne Grund. Glaube mir, sie läßt sich zu Geschäften brauchen, die sich für ihr Geschlecht nicht geziemen."

„Edle Damen, Ihr solltet mich nicht nötigen, so von meiner Mutter Nichte zu denken. Ihr seid unglücklich gewesen und mögt Grund haben, mit der Republik unzufrieden zu sein, und hier seid Ihr sicher – aber ich wünsche keinen Tadel über Annina zu hören."

Donna Florinde und ihr Zögling kannten die menschliche Natur hinlänglich, um diese edle Ungläubigkeit als ein günstiges Zeichen für die Reinheit der Gesinnung ihrer jungen Wirtin anzusehen, und begnügten sich mit dem Ersuchen, daß Annina auf keine Weise von ihrer gegenwärtigen Lage Nachricht erhalte. Nach dieser Verständigung besprachen sich die drei mit mehr Muße über die Aussicht der Flüchtlinge, den Ort, sobald es Zeit wäre, unentdeckt zu verlassen.

Auf Antrieb der Gouvernante schickte Gelsomina einen Diener des Gefängnisses hinaus, um zu erfahren, wie es auf dem Platze stehe. Er erhielt besonders den Auftrag, er solle, ohne Verdacht zu erregen, nach einem Karmeliter vom Orden der Barfüßermönche suchen. Bald kam er mit der Nachricht zurück, daß die Fischer aus dem Hofe des Palastes gewichen und zur Kathedrale gezogen seien mit der Leiche des Fischers, der am vorigen Tage in der Regatta so unerwartet den Preis davongetragen hatte.

„Betet Eure Aves ab und geht zu Bett, schöne Gelsomina", schloß der Untergefangenenwärter, „denn die Fischer haben aufgehört zu schreien, um nunmehr zu beten. Die Schufte sind so unverschämt, als ob San Marco ihr Eigentum wäre! Die edeln Patrizier sollten sie Anstand lehren und jeden zehnten von den Schurken auf die Galeeren schicken. Hunde! Die Ruhe einer ordentlichen Stadt mit ihren gemeinen Beschwerden zu stören!"

„Aber du sagst nichts von dem Mönche, ist er bei den Aufrührern?"

„Es ist ein Karmeliter am Altare – aber mein Blut kochte, als ich solche Vagabunden achtbaren Leuten die Ruhe stören sah, und ich hab wenig auf sein Gesicht und sein Alter achtgegeben."

„Dann hast du die Hauptsache versäumt, um derentwillen ich dich geschickt habe. Es ist jetzt zu spät, den Fehler wieder gutzumachen. Du kannst wieder an dein Geschäft gehen."

„Bitte tausendmal um Verzeihung, schönste Gelsomina, aber ein Mann im Amte muß unwillig werden, wenn er seine Rechte angetastet sieht. Schickt mich nach Korfu oder nach Kandia, wenn's Euch beliebt, und ich will die Farbe von jedem Stein in ihren Gefängnissen mitbringen, aber schickt mich nicht unter die Rebellen. Mir schwillt die Kehle, wenn ich Schufte sehe!"

Da sich des Hauswarts Tochter entfernte, während ihres Vaters Gehilfe diese Beteuerung seiner Loyalität ergehen ließ, so sah sich der letztere genötigt, dem Rest seines Unwillens in einem Selbstgespräch Luft zu machen.

Gelsomina kehrte indessen bald zu ihren Gästen mit beruhigenden Nachrichten zurück. Der Tumult im Hofe des Palastes und das Ausrücken der Dalmatier hatten alle Augen genugsam beschäftigt, und wenn auch einige neugierige Gaffer die Damen in das Gefängnis hätten eintreten sehen, so war dieser Umstand doch so natürlich, daß es keinem einfallen konnte, daß Frauen von so hohem Rang dort auch nur einen Augenblick länger bleiben würden, als nötig wäre. Ihre Sicherheit ward dadurch noch größer, daß auch die wenigen Gefängniswärter nicht zugegen gewesen, indem sie sich um die offenen Teile des Hauses überhaupt nicht sonderlich bekümmerten und außerdem jetzt durch die Neugier hinausgelockt waren. Das anspruchslose Zimmer, in dem sich die Damen eben befanden, war ausschließlich für den Gebrauch ihrer Beschützerin bestimmt, und eine Störung kaum möglich, solange der Senat noch nicht Zeit noch Macht zur Anwendung jener furchtbaren Mittel wiedererlangt hatte, die alles Verborgene aufspürten.

Mit dieser Erklärung waren Donna Violetta und ihre Begleiterin sehr zufrieden. Sie gewannen Muße, Mittel zu ihrer Flucht zu ersinnen, und die erstere glühte von Hoffnung, sich bald ihrem Camillo wiedergegeben zu sehen. Doch war der Umstand noch böse, daß sie den letzteren auf keine Weise von ihrer Lage in Kenntnis setzen konnten. Als der Tumult aufhörte, beschlossen sie, ein Boot zu suchen und in solcher Verkleidung, als Gelsomina herbeischaffen könnte, nach seinem Palaste zu rudern. Indes überlegte Donna Florinde, daß dieser Schritt zu gefährlich sei, weil der Neapolitaner, wie bekannt, von der geheimen Polizei beobachtet wurde. Der Zufall, der zur

Bekämpfung verwickelter Verhältnisse oft wirksamer ist als die List, hatte sie an einen Ort geführt, der für den Augenblick Sicherheit gewährte, und diese vorteilhafte Stellung hätten sie eingebüßt, wenn sie sich ohne die allergrößte Vorsicht allen auf den öffentlichen Kanälen möglichen Gefahren preisgegeben hätten.

Endlich fiel es der Gouvernante ein, die Dienste in Erwägung zu ziehen, die ihnen das niedliche Mädchen leisten konnte, das schon so viel Teilnahme für ihr Schicksal bewiesen hatte. Während der Geständnisse ihres Zöglings hatte Donna Florinde die geheimen Triebfedern wohl bemerkt, die die Gefühle der unerfahrenen Zuhörerin in Bewegung setzten. Gelsomina hatte mit atemloser Bewunderung gehört, wie sich Don Camillo in den Kanal geworfen, um Violettas Leben zu retten. Alle ihre Gedanken malten sich in ihren Zügen, als die junge Tiepolo von den Gefahren sprach, die er bestanden hätte, um ihre Liebe zu gewinnen. Weiblichkeit blickte aus jedem Zuge ihres sanften Gesichts, während die junge Braut das engere Band erwähnte, das sie jetzt vereinigt hielte, ein Band, viel zu heilig, als daß es die Politik des Senats zerreißen dürfte.

„Wenn wir Mittel hätten, Don Camillo von unserer Lage zu unterrichten", sagte die Gouvernante, „so könnte noch alles gut gehen. Sonst aber wird uns dieser so glücklich gefundene Zufluchtsort nichts helfen."

„Ist die Kühnheit des Kavaliers denn so gewaltig, daß er gar nicht vor denen droben zittert?" fragte Gelsomina.

„Er würde seine Getreuen aufbieten, und ehe der Tag anbricht, könnten wir außer dem Bereich ihrer Macht sein. Diese schlauen Senatoren wollen mit den Gelübden meines Zöglings umspringen, als wären es kindische Schwüre."

„Aber das Sakrament der Ehe ist nichts Menschliches. Davor werden sie wenigstens Achtung haben."

„Glaube das nicht. Keine Verpflichtung ist so heilig, daß sie Achtung davor haben sollten, wenn ihre Politik auf dem Spiele steht."

„Kann es etwas Wichtigeres geben, Signora, als die Ehe?"

„Sie ist auch für sie wichtig als das Mittel, ihre Auszeichnungen und ihre stolzen Namen fortzupflanzen. Sonst aber kümmern sich die Räte nicht viel um häusliche Angelegenheiten."

„Sind sie doch Väter und Gatten!"

„O ja, weil sie, um mit Recht das erstere sein zu können, zuvor das letztere werden müssen. Die Ehe ist für sie nicht ein Band heiliger und teurer Verwandtschaft, sondern ein Mittel, ihre Reichtümer zu vermehren und ihren Namen zu erhalten."

So sagte die Gouvernante und beobachtete die Wirkung ihrer Rede auf dem Gesicht des unverstellten Mädchens. „Heiraten aus Liebe nennen sie Kinderspiel und handeln mit den Neigungen ihrer eigenen Töchter wie mit ihren Waren."

„Ich wünschte wohl, daß ich für Donna Violetta etwas tun könnte."

„Du bist zu jung, gute Gelsomina, und wie ich fürchte, nicht bekannt genug mit venezianischer Verschlagenheit."

„Deswegen seid unbesorgt, Signora, ich kann in einer guten Sache so gut als ein anderer meine Schuldigkeit tun."

„Wenn es möglich wäre, Don Camillo Monforte von unserer Lage zu unterrichten – aber du hast nicht Erfahrung genug, uns diesen Dienst zu leisten."

„Glaubt das nicht, Signora", fiel Gelsomina ein, deren Stolz nun als eine neue Triebfeder hinzukam zu dem natürlichen Mitgefühl für eine Frau, die fast in einem Alter mit ihr und derselben Leidenschaft, die ein weibliches Herz groß macht, unterworfen. „Ich kann wohl fähiger dazu sein, als mein Äußeres sollte denken lassen."

„Ich will dir vertrauen, gutes Kind, und wenn uns die Heilige Jungfrau beschützt, so soll dein Glück nicht vergessen werden."

Die fromme Gelsomina bekreuzigte sich. Darauf unterrichtete sie ihre Gefährtinnen von ihrer Absicht und ging hinein, die nötigen Vorbereitungen zu treffen, während Donna Florinde ein Zettelchen schrieb in so vorsichtigen Ausdrücken, daß es bei einem schlimmen Ausgange nicht zu ihrer Entdeckung führen konnte, aber doch hinreichte, um dem Herzog von Sant' Agata über ihre gegenwärtige Lage einen Wink zu geben.

In wenigen Minuten kam des Hauswarts Tochter zurück. Ihr gewöhnlicher Anzug, die Tracht einer sittsamen Venezianerin aus dem niederen Stande, machte keine Verkleidung nötig, ihre Züge verdeckte die Maske, ein Stück der Kleidung, das jedermann in dieser Stadt besaß. Donna Florinde gab ihr nun den Zettel, bezeichnete die Straße und den Palast, den sie aufzusuchen hatte, sowie die Person des Herzogs von Agata, empfahl ihr nochmals die größte Vorsicht und entließ sie.

Vierundzwanzigstes Kapitel

Wir bemerkten schon, daß Gelsomina gewisse wichtige Schlüssel des Gefängnisses in Verwahrung hatte. Ihr dies Vertrauen zu schenken, fühlten sich die verschmitzten Wärter des Gefängnisses bewogen durch Hoffnung, daß sie arglos ihren Befehlen gehorchen würde, ohne zu vermuten, daß sie, dem Drange eines edeln Herzens nachgebend, diese in einer jener Hoffnung gefährlichen Weise gebrauchen könnte. Der Dienst aber, den die Schlüssel jetzt leisten sollten, bewies, daß die Schließer selbst, und unter diesen ihr Vater, nicht genügend wußten, wieviel Unschuld und Einfalt vermögen.

Gelsomina versah sich mit den erforderlichen Schlüsseln, nahm eine Lampe und stieg vom Zwischenstock, wo sie wohnte, nach dem ersten Stockwerke des Gebäudes hinauf, statt nach dem Hofe hinunterzugehen. Tür auf Tür öffnete sich, und manchen düstern Gang durchmaß das schuldlose Mädchen mit der Sicherheit dessen, der ein gutes Werk vorhat. Bald schritt sie über die Seufzerbrücke, ohne auf diesem unbesuchten Gange eine Störung zu befürchten, und ging in den Palast. Hier erreichte sie eine Tür, die nach den öffentlichen Ausgängen des Gebäudes führte. In der Sorge, ihre Tat der Entdeckung zu entziehen, löschte sie ihr Licht aus und drehte den Schlüssel. Im nächsten Augenblick befand sie sich auf der großen dunkeln Treppe. Schnell stieg sie hinunter und gelangte zu der bedeckten Galerie, die den Hof umgab. Wenige Schritte von ihr stand eine Schildwache. Der Soldat sah das ihm unbekannte Mädchen neugierig an, da ihm aber nicht oblag, die auszufragen, die das Gebäude verließen, so sprach er kein Wort, und Gelsomina ging weiter. Da warf eben, halb zögernd, ein rachsüchtiges Wesen eine Anklage in den Löwenrachen. Unwillkürlich blieb Gelsomina stehen, bis sich der geheime Ankläger nach seinem verräterischen Werke entfernte. Als sie ihren Weg nun fortsetzen wollte, sah sie, daß der Hellebardier oben auf der Riesentreppe über ihre Verwunderung lächelte, wie einer, der an solche Szenen gewöhnt ist.

„Ist es gefährlich, den Palast zu verlassen?“ fragte sie den rauhen Bergbewohner.

„Corpo di Bacco! Vor einer Stunde mocht es so sein, schönes Mädchen, aber den Aufwieglern ist nun das Maul gestopft, und jetzt sind sie beim Gebet.“

Gelsomina zögerte nicht länger. Sie stieg die Treppe hinab und stand bald unter dem Torbogen. Hier zauderte das schüchterne und unerfahrene

Mädchen wieder, denn sie wagte nicht, auf den Platz hinauszugehen, ohne sich vorher zu überzeugen, daß dort alles vollkommen ruhig sei.

Gelsomina fand beide Plätze großenteils mit Menschen angefüllt. Einige aufgeregte Fischer umdrängten die Türen der Kathedrale, aber diesseits der Kirche war kein Grund zu Besorgnis vorhanden. Wie wenig auch an solch ein Schauspiel gewöhnt, so begriff das sanfte Mädchen doch auf den ersten Blick, daß ihr gerade die Menschenmenge Unbemerktheit gewähren würde. Sie zog ihren einfachen Mantel dichter um ihre Gestalt, befestigte ihre Maske sorgfältiger und ging mit schnellem Schritt mitten in die Piazza hinein.

Jung, behende und von ihrem Zweck befeuert, hatte sie die Piazza bald hinter sich und erreichte den Platz San Nicolo, wo eine Landestelle der öffentlichen Gondeln war. Es war aber in diesem Augenblicke kein Fahrzeug da, weil Neugier oder Furcht die Gondolieri bewogen hatte, ihren Standort zu verlassen. Das Mädchen bestieg daher die Brücke und stand eben auf der Höhe des Bogens, als ein Gondoliere von der Seite des Canale Grande gemächlich daherruderte. Ihr zögerndes, unschlüssiges Benehmen fesselte seine Aufmerksamkeit, und er machte das gewöhnliche Zeichen zur Erbietung seiner Dienste. Da sie fast fremd war in den Straßen Venedigs – wahren Labyrinthen, dem Ungeübten schwieriger zu entwirren als in irgendeiner andern Stadt derselben Größe –, so ging sie auf das Anerbieten freudig ein. Die Stufen hinabsteigen, in das Boot springen, das Wort „Rialto“ aussprechen und sich im Zelte verbergen, waren das Werk eines Augenblicks. Das Boot war sogleich in Bewegung.

Gelsomina durfte nun ihres Erfolges ziemlich gewiß sein, denn von der Kenntnis und den Plänen eines gewöhnlichen Bootsmannes konnte sie wenig zu fürchten haben. Auch konnte er ihr Vorhaben nicht ahnen, und es war sein Vorteil, sie sicher nach dem verlangten Orte zu bringen. Aber es lag ihr an dem glücklichen Ausgange so viel, daß sie ihn nicht für gewiß halten konnte, ehe nicht alles getan war. Sie sammelte indes ihre Entschlossenheit wieder so weit, daß sie hinausschaute auf die Paläste und Fahrzeuge, an denen sie vorbeifuhr; da fühlte sie die erfrischende Luft des Kanals ihren Mut beleben. Nun wandte sie sich, um das Gesicht ihres Gondoliere zu betrachten, und bemerkte, daß seine Züge durch eine so schlau verfertigte Maske verborgen waren, daß sie ein zufälliger Beobachter beim Mondlicht nicht zu erkennen vermochte.

Obschon es üblich war, daß sich die Schiffsleute der Vornehmen gelegentlich maskierten, so war dies doch bei einem öffentlichen Gondoliere etwas ganz Ungewöhnliches. Dieser Umstand an sich konnte wohl eine leichte Besorgnis erregen, aber Gelsomina fand bei weiterer Überlegung nichts darin, als daß der Mann vielleicht eben von einer Ergötzlichkeit zurückgekommen war oder von einer Serenade, bei der die Vorsicht des Liebhabers seine Begleiter genötigt hatte, sich so zu verbergen.

„Wollt Ihr auf dem öffentlichen Kai landen, Signora“, fragte der Gondoliere, „oder soll ich Euch nach der Tür Eures Palastes fahren?“

Gelsominas Herz schlug hoch. Der Ton der Stimme, obgleich durch die Maske gedämpft, gefiel ihr. Aber nicht gewohnt, anderer Angelegenheiten, am wenigsten so wichtige, zu besorgen, erzitterte sie vor der Rede, als wäre sie nicht in so gutem Werk begriffen.

„Kennst du den Palast eines gewissen Don Camillo Monforte, eines Adeligen aus Kalabrien, der hier in Venedig wohnt?“ fragte sie nach einer augenblicklichen Pause. Der Gondoliere wurde merklich überrascht durch diese Frage.

„Soll ich Euch dorthin rudern, Signora?“

„Wenn du gewiß bist, den Palast zu kennen.“

Rasch drehte er die Gondel, und schnell glitt sie zwischen hohen Mauern hin. Gelsomina merkte an dem Schall, daß sie sich in einem der engen Kanäle befand, und schloß daraus, daß der Gondoliere wohl bewandert in der Stadt sein müsse. Bald hielten sie dicht vor einem Wassertore an, und der Mann erschien auf der Treppe, seinen Arm darreichend, um ihr beim Aussteigen zu helfen, wie Leute seines Gewerbes pflegen. Gelsomina hieß ihn ihre Rückkehr erwarten und ging hinein.

Es war eine merkliche Verwirrung in Don Camillos Haushalt, die einer erfahreneren Beobachterin gewiß aufgefallen wäre. Die Diener verrieten selbst bei Verrichtung der allergewöhnlichsten Geschäfte Ungewißheit, ihre Blicke wanderten mißtrauisch von einem zum andern, und als die schüchterne Fremde in den Hausflur trat, sprangen alle auf, keiner aber kam ihr entgegen. Ein maskiertes Frauenzimmer war kein ungewöhnlicher Anblick in Venedig, da wenige dieses Geschlechts die Kanäle besuchten, ohne ihre Züge zu verhüllen. Aus dem unentschlossenen Benehmen der Diener Don Camillos ging jedoch hervor, daß der Eintritt eines Mädchens diesmal auffiel.

„Bin ich in der Wohnung des Herzogs von Sant' Agata aus Kalabrien?“ fragte Gelsomina, die hier einsah, wie nötig es sei, Festigkeit zu zeigen.

„Signora, ja!“

„Ist Euer Herr im Palast?“

„Signora, ja – und auch nein! Welch schöne Dame soll ich ihm melden, die ihm die Ehre erweist?“

„Wenn er nicht zu Hause ist, so ist es unnötig, ihm irgend etwas zu melden. Ist er aber da, so wünsche ich ihn zu sprechen.“

Die Diener, deren mehrere zugegen waren, steckten die Köpfe zusammen und schienen sich zu streiten, ob es ratsam sei, den Besuch anzunehmen. In diesem Augenblick trat ein Gondoliere in geblümter Jacke in den Hausflur. Gelsomina faßte Mut, als sie sein gutmütiges Auge und sein offenes Benehmen sah.

„Dient Ihr dem Don Camillo Monforte?“ fragte sie, als er dem Kanal zu an ihr vorbeiging.

„Mit dem Ruder, schönste Donna“, erwiderte Gino, nach der Mütze greifend, aber sich kaum nach ihr umsehend.

„Kann man ihm nicht melden, daß ein Mädchen angelegentlich wünscht, ihn allein zu sprechen?“

„Ein Mädchen! Santa Maria! Schöne Donna, die Frauen, die in solchen Geschäften kommen, nehmen kein Ende in Venedig. Ihr könntet eher der Statue des heiligen Theodor auf der Piazza einen Besuch machen, als gegenwärtig meinen Herrn sehen. Der Stein würde Euch besser aufnehmen.“

„Heißt er Euch allen meines Geschlechts, die da kommen, solche Antwort geben?“

„Diavolo! Signora, Ihr versteht das Ausfragen. Vielleicht möchte mein Herr eine Euers Geschlechts, die ich nennen könnte, nötigenfalls empfangen, aber auf Gondoliersehre! Er ist in diesem Augenblick eben nicht der galanteste Kavalier in Venedig.“

„Wenn er einer diesen Vorzug geben würde – so seid Ihr sehr kühn für einen Diener: Wie wißt Ihr denn, daß ich nicht diese eine bin?“

Gino stutzte. Er betrachtete die Gestalt der Redenden und verbeugte sich, indem er seine Mütze zog.

„Signora, ich weiß gar nichts von der Sache“, sagte er, „Ihr möget Seine Hoheit der Doge sein oder der Gesandte des Kaisers. Ich maße mir seit kurzem nicht mehr an, irgend etwas zu wissen in Venedig.“

Ginos Worte wurden durch den öffentlichen Gondoliere unterbrochen, der hastig eingetreten war und ihm auf die Schulter klopfte. Dann flüsterte er dem Diener Don Camillos ins Ohr: „Dies ist nicht der Augenblick, jemand abzuweisen. Laß die Fremde hinauf!"

Gino zögerte nicht länger. Mit der Entschiedenheit eines Lieblingsdieners drängte er den Kammerdiener beiseite und erbot sich, Gelsomina selber zu seinem Herrn zu führen. Als sie hinaufgingen, entfernten sich drei von den untern Bedienten.

Don Camillos Palast hatte einen Anstrich von mehr als venezianischer Düsterkeit. Die Zimmer waren spärlich erleuchtet, viele Wände waren ihrer kostbarsten Gemälde beraubt, und auch in anderer Beziehung konnte ein aufmerksames Auge Spuren von der Absicht des Eigentümers, hier nicht für immer wohnen zu bleiben, wahrnehmen. Diese Umstände bemerkte aber Gelsomina nicht, als sie dem Gondoliere durch die Gemächer bis in die innern Teile des Hauses folgte. Hier schloß der Gondoliere eine Tür auf und nötigte sie durch ein Zeichen einzutreten.

„Mein Gebieter", sagte er, „empfängt Damen gewöhnlich hier. Belieben Exzellenz einzutreten, während ich gehe, ihm sein Glück zu melden."

Gelsomina tat entschlossen, obgleich es ihr gewaltig auf das Herz fiel, als sie hinter sich den Schlüssel im Schlosse drehen hörte. Sie befand sich in einem Vorzimmer, und da das Licht, das durch die Tür eines anstoßenden Gemaches fiel, sie schließen ließ, daß sie weitergehen sollte, so trat sie hinein. Hier sah sie sich plötzlich einem andern Mädchen gegenüber.

„Annina!" rief das unerfahrene Mädchen vom Gefängnisse im ersten Erstaunen.

„Gelsomina! Ei, die stille, scheue, sittsame Gelsomina!" entgegnete die andere.

Anninas Worte ließen nur eine Auslegung zu. Gelsomina nahm die Maske ab, denn teils gekränktes Gefühl, teils Erstaunen drohten sie des Atems zu berauben.

„Du hier?" fügte sie hinzu, kaum wissend, was sie sagte.

„Du hier?" nahm Annina dasselbe Wort auf, mit dem Gelächter der Gefangenen, wenn sie die Unschuld zu ihrer eigenen Niedrigkeit herabgesunken glauben.

„Was mich betrifft, so führte mich Mitleid hierher."

„Santa Maria! Da haben wir ja beide gleichen Zweck!"

„Annina! Ich weiß nicht, was du sagen willst! Ist denn dies der Palast Don Camillo Monfortes – eines edeln Neapolitaners, der auf einen Sitz im Senat Anspruch macht?"

„Der galanteste, hübscheste, reichste und unbeständigste Kavalier in Venedig. Wärst du schon tausendmal hier gewesen, du könntest nicht besser unterrichtet sein."

Gelsomina hörte schaudernd diese Worte. Ihre schlaue Cousine, die ihren Charakter so vollkommen kannte, als nur immer das Laster die Unschuld kennen kann, beobachtete ihre farblosen Wangen und ihre sich zusammenziehenden Augen mit geheimem Triumphe. Im ersten Augenblick hatte sie alles, was sie zu verstehen gab, wirklich geglaubt, aber eine zweite Erwägung und der Anblick der sichtlichen Angst, in die das erschreckte Mädchen gestürzt war, gaben ihrem Argwohn eine neue Richtung.

„Aber ich sage dir ja nichts Neues", fuhr sie schnell fort. „Es tut mir nur leid, daß du mich findest, wo du ohne Zweifel den Herzog von Sant' Agata selber anzutreffen erwartetest."

„Annina! Das von dir!"

„Du kamst doch gewiß nicht nach seinem Palaste, um deine Cousine aufzusuchen!"

Gelsomina war mit dem Kummer lange vertraut gewesen, hatte aber nie bis diesen Augenblick die tiefe Demütigung der Schande gefühlt, Tränen brachen aus ihren Augen, und unfähig, sich aufrecht zu halten, sank sie in einen Sessel.

„Ich wollte dich nicht so unerträglich kränken", setzte die schlaue Tochter des Weinhändlers hinzu. „Aber daß wir uns beide in dem Kabinett des galantesten Kavaliers von Venedig befinden, ist doch außer allem Zweifel."

„Ich habe dir gesagt, daß Mitleid mit einem andern mich hierhergeführt hat."

„Nu ja, Mitleid mit Don Camillo."

„Mit einer edeln Dame – einer jungen, tugendhaften, schönen Frau – einer Tochter des Hauses Tiepolo – bedenke, Annina, des Hauses Tiepolo!"

„Wie sollte eine Tiepolo zu den Diensten eines Mädchens aus dem Staatsgefängnisse kommen?"

„Doch! Weil die droben ungerecht gewesen sind. Die Fischer haben einen Tumult gemacht, und die Dame mit ihrer Gouvernante sind durch die

Aufwiegler befreit worden – und Seine Hoheit hat mit ihnen im großen Hofe gesprochen – und auf dem Kai waren die Dalmatier – und da konnte auch das Gefängnis Damen ihres Standes in so großer Not zum Zufluchtsort dienen – und die heilige Kirche selbst hat ihre Liebe gesegnet –"

Gelsomina konnte nicht weiterreden: Atemlos durch den Eifer, sich zu rechtfertigen, und bis in die Seele verwundet durch die seltsame Verlegenheit, in die sie geraten war, schluchzte sie laut. So unzusammenhängend ihre Rede auch gewesen war, so hatte sie doch genug gesagt, um Annina die Sache unzweifelhaft zu machen. Und diese begriff sogleich nicht nur den Auftrag ihrer Cousine, sondern auch die ganze Lage der Flüchtigen.

„Und du schenkst diesem Märchen Glauben, Gelsomina?" sagte sie, sich stellend, als ob sie ihrer Cousine Leichtgläubigkeit bedauerte. „Die den St.-Markus-Platz besuchen, wissen recht gut, wes Geistes Kinder deine Tiepolo und ihre Gouvernante sind."

„Hättest du nur die Schönheit und Unschuld der Dame gesehen, Annina, du würdest nicht so reden."

„Gelobter San Teodoro! Was ist schöner als das Laster! Es ist das wohlfeilste Kunststück des Teufels, um schwache Sünder zu betrügen. Wenn dir dein Beichtvater das noch nicht gesagt hat, Gelsomina, so nimmt er es eben nicht so genau mit guten Sitten als der meinige."

„Aber weshalb sollte sich eine Frau von solcher Lebensart in das Gefängnis flüchten?"

„Gewiß hatten sie alle Ursache, sich vor den Dalmatiern zu fürchten. Aber ich kann dir noch mehr von denen sagen, die du aufgenommen hast zur größten Gefahr deines eigenen Rufes. Es gibt Weiber in Venedig, die ihr Geschlecht auf verschiedene Weise verunehren, und diese, hauptsächlich die sogenannte Florinde, sind berüchtigt wegen ihres Geschäfts, den Staat um seine Einkünfte zu bringen. Sie hat von dem Neapolitaner ein Geschenk an Weinen bekommen, die auf seinen kalabrischen Bergen wachsen, und da sie meine Ehrlichkeit zu verführen wünschte, so bot sie mir das Getränk an und bildete sich ein, daß eine Person wie ich ihre Pflicht vergessen und den Staat betrügen würde."

„Das läßt sich schwer glauben, Annina."

„Weshalb sollte ich dich täuschen? Sind wir nicht Schwesterkinder, und obschon mich meine Geschäfte auf dem Lido deiner Gesellschaft viel entziehen, herrscht nicht natürliche Liebe zwischen uns? Ich führte Klage bei der Obrigkeit, auf die Weine ward Beschlag gelegt, und die angeblich adeligen Damen mußten sich eben heute verstecken. Man glaubt, sie wollen mit ihrem liederlichen Neapolitaner aus der Stadt fliehen. Genötigt, Zuflucht zu suchen, haben sie dich abgeschickt, ihm ihr Versteck anzuzeigen, damit er ihnen zu Hilfe kommen möge."

„Und weshalb bist du hier, Annina?"

„Ich wundere mich, daß du das nicht eher gefragt hast. Gino, Don Camillos Gondoliere, hat mir lange vergeblich die Cour gemacht, und als sich diese Florinde beschwerte, daß ich, was doch jedes ehrliche Mädchen in Venedig tun müßte, ihren Betrug bei Gericht angezeigt hätte, riet er seinem Herrn, mich ergreifen zu lassen, teils aus Rache, teils in der eiteln Hoffnung, ich würde mich bewegen lassen, meine Klage zurückzunehmen. Du hast wohl schon gehört von der verwegenen Gewalttätigkeit dieser Kavaliere, wenn man ihrem Willen entgegenhandelt?"

Annina erzählte hierauf mit hinlänglicher Genauigkeit die Umstände ihrer Gefangennahme, nur das verheimlichend, was sie nicht sagen durfte, ohne sich zu verraten.

„Aber, Annina, es gibt doch eine Erbin von Tiepolo."

„So gewiß, als es Cousinen gibt, wie wir sind. Santa Madre di Dio! Daß diese verräterischen, frechen Weiber auf solche Unschuld stoßen mußten, wie du bist! Sie hätten nur in meine Hände kommen sollen, denn obgleich ich für ihre List auch zu unwissend bin, so kenn ich doch schon ihren wahren Charakter."

„Sie haben auch von dir gesprochen, Annina."

Des Weinhändlers Tochter schoß einen Blick auf ihre Cousine wie die tückische Schlange auf einen Vogel. Aber sie verlor ihre Besonnenheit nicht und sagte: „Gewiß nicht zu meinen Gunsten. Es sollte mir leid tun, wenn solche Personen mich lobten!"

„Sie sind deine Freundinnen eben nicht, Annina."

„Sie haben dir vielleicht gesagt, Kind, daß ich im Sold des Senats stände!"

„Das haben sie in der Tat."

„Es wundert mich nicht. Dies unehrliche Gesindel kann sich nicht einbilden, daß man etwas bloß wegen des Gewissens tun könne. Aber da kommt der Neapolitaner. – Sieh nur den Liederjan an, Gelsomina, und du wirst ihn so sehr als ich verabscheuen."

Die Tür ging auf, und Don Camillo Monforte trat ein. Es war ein Mißtrauen in seinem Benehmen, das schließen ließ, daß er eine List von Seiten des Rates der Dreimänner vermutete. Gelsomina erhob sich, und obgleich durch die Erzählung ihrer Cousine und die vorangehenden Eindrücke aufgeregt, stand sie doch während seines Herannahens da wie ein anmutiges Bild der Sittsamkeit. Der Neapolitaner ward von ihrer Schönheit und von ihrem einfachen Wesen sichtlich ergriffen, aber seine Stirn war gerunzelt wie die eines Mannes, der sein Inneres gegen alle Täuschung stählen will.

„Du wolltest mich sprechen?“ fragte er.

„Ich hatte diesen Wunsch, edler Herr, aber – Annina –“

„Da du eine andere siehst, hast du deine Absicht geändert.“

„Ja, Signore.“

Don Camillo sah sie ernstlich und mit Bedauern an.

„Du bist jung für deinen Stand – hier ist Gold. Geh, wie du gekommen bist. Aber halt – kennst du diese Annina?“

„Sie ist meiner Mutter Schwestertochter, edler Duca!“

„Per Diana, eine würdige Verwandtschaft. Geht miteinander, denn ich bedarf keiner von beiden. Aber höre!“ Hierbei faßte er Annina beim Arme und führte sie beiseite, wo er mit leiser, aber drohender Stimme fortfuhr: „Du siehst, daß ich mich so gut wie dein Senat furchtbar machen kann. Nicht über die Schwelle deines Vaters kannst du gehen, ohne daß ich es erfahre. Wenn du klug bist, so wirst du deine Zunge im Zaum halten. Tu, was du willst, ich fürchte dich nicht. Aber nimm dich in acht, wenn du klug bist.“

Annina machte eine tiefe Verbeugung, gleichsam die Weisheit seiner Mahnung anerkennend, nahm ihre halb bewußtlose Cousine beim Arm, verneigte sich abermals und eilte aus dem Zimmer. Da, wie die Diener wußten, ihr Herr in seinem Kabinett gewesen war, hielten sie es für unnötig, sich der Flucht der Damen zu widersetzen. Gelsomina, die noch ungeduldiger war als ihre verschmitzte Gefährtin, einem Orte zu entgehen, den sie für befleckend hielt, war fast ohne Atem, als sie die Gondel erreichte. Ihr Besitzer wartete auf der Treppe, und in einem Augenblicke entschwebte das Boot dem Hause, das beide Frauen, obgleich aus ganz verschiedenen Gründen, froh waren, verlassen zu dürfen.

Gelsomina hatte ihre Maske in der Eile vergessen, und die Gondel war nicht so bald im Canale Grande, als sie sich dem Fenster des Pavillons näherte, um ihr glühendes Antlitz in der frischen Abendluft zu kühlen. Da ward ihre Stirn von einem Finger berührt, und als sie sich wendete, bemerkte sie, daß der Gondoliere ihr ein Zeichen machte, vorsichtig zu sein. Dann lüftete er seine Maske ein wenig.

„Carlo!“ wäre beinahe ihren Lippen entfahren. Aber ein zweites Zeichen verhinderte den Ausruf. Gelsomina zog ihren Kopf zurück, und sobald ihr klopfendes Herz zu pochen nachließ, senkte sie ihr Gesicht und flüsterte ein Dankgebet, daß sie sich in solchem Augenblick im Schutz eines Mannes fand, der ihr ganzes Vertrauen besaß.

Der Gondoliere fragte nicht, wohin er seine Fahrt richten solle. Das Boot lief dem Hafen zu, und beiden Frauen schien dies ganz natürlich. Annina vermutete nämlich, daß es zum Platze zurückkehre, wohin sie sich auch begeben hätte, wenn sie allein gewesen wäre, und Gelsomina, die ihren Carlo für einen Gondoliere vom Handwerk hielt, bildete sich demgemäß ein, daß er sie nach ihrer Wohnung zurückbringe.

Aber wenn der Unschuldige auch die Verachtung der Welt ertragen kann, so ist es viel härter für ihn, sich denen, die er liebt, verdächtig zu wissen, und es drängte sie, ihm alles zu erzählen. Unter dem Vorwande, daß sie frische Luft schöpfen wolle, ließ sie ihre Cousine allein unter dem Zelte, und Annina bedauerte dies ganz und gar nicht, denn es tat ihr not, über alle die Windungen des krummen Weges nachzudenken, den sie eingeschlagen hatte.

Gelsomina kam glücklich an der Kajüte vorbei zur Seite des Gondoliere.

„Carlo“, sagte sie, da sie merkte, daß er stillschweigend weiterruderte.

„Gelsomina?“

„Du denkst doch nichts Arges von mir?“

„Ich kenne deine schändliche Cousine und kann mir denken, daß sie dich zu ihrem Spielzeug macht.“

„Kanntest du mich nicht, Carlo, als ich dich von der Brücke rief?“

„Nein. Jedes Geschäft war mir willkommen, um nur die Zeit hinzubringen.“

„Warum nennst du Annina schändlich?“

„Weil es in Venedig kein hinterlistigeres Herz und keine falschere Zunge gibt.“

Gelsomina dachte an Donna Florindes Warnung. Begünstigt durch die Blutsverwandtschaft und das Vertrauen, das der Unerfahrene immer in die Redlichkeit seiner Freunde setzt, bis ihn einmal der Schaden enttäuscht, hatte

Annina ihre Cousine leicht überreden können, daß ihre Gäste nichts taugten. Jetzt aber hörte sie einen Mann, der ihre ganze Liebe besaß, Annina selbst beschuldigen. In solcher Ungewißheit tat das in Verwirrung gebrachte Mädchen, was die Natur und ihr Gefühl geboten. Sie erzählte leise und schnell die Vorfälle des Abends und Anninas Erdichtung von dem Betragen der Frauen, die sie im Gefängnisse zurückgelassen hatte.

Jacopo hörte so aufmerksam zu, daß sein Ruder im Wasser hinschleppte.

„Genug", sagte er, als Gelsomina vollendet hatte. „Ich verstehe alles. Traue deiner Cousine nicht, denn der Senat selbst ist nicht arglistiger."

Der vorgebliche Carlo sprach mit Vorsicht, aber mit fester Stimme. Gelsomina verstand ihn, obgleich sie seine Worte in Erstaunen setzten, und ging wieder hinein zu Annina. Die Gondel setzte ihren Lauf fort, als wäre nichts geschehen.

Fünfundzwanzigstes Kapitel

Jacopo kannte die Schliche venezianischer Hinterlist genau. Er wußte, daß der Rat mit Hilfe seiner Agenten immerwährend die im Auge behielt, an denen ihm etwas gelegen war, und verließ sich deshalb nicht allzusehr auf die Vorteile, die ihm die Umstände in den Weg geführt zu haben schienen. Annina hatte er zwar in seiner Gewalt, aber eine Gebärde, eine Miene im Vorüberfahren bei den Toren des Gefängnisses, ein Schrei konnte einige von den tausend Spionen der Polizei in Bewegung bringen. Daher war das nächste und wichtigste Geschäft, Annina an irgendeinem sicheren Orte unterzubringen. Zum Palaste Don Camillos zurückzukehren hätte geheißen, den Mietlingen des Senats in die Falle zu laufen. Freilich hatte der Neapolitaner, sich auf seinen Rang und Einfluß stützend, diesen Schritt schon einmal getan; allein, damals lag weniger daran, das Mädchen festzuhalten, da alles, was sie wußte, ohnehin schon verraten war, jetzt aber verhielt sich die Sache anders, weil sie den Beamten zur Auffindung der Flüchtlinge zu verhelfen imstande war.

Die Gondel setzte ihre Fahrt fort. Ein Palast nach dem andern blieb zurück, und Annina warf sich ungeduldig in das Fenster, um zu sehen, wie weit man gekommen wäre. Da sich das Boot mitten unter den Schiffen im Hafen befand, vermehrte sich ihre Unruhe sichtlich. Unter einem ähnlichen Vorwand wie zuvor Gelsomina verließ die Tochter des Weinhändlers den Pavillon und stahl sich an die Seite des Gondoliere.

„Ich wünsche sogleich bei dem Wassertore vom Palaste des Dogen gelandet zu werden“, sagte sie und ließ eine Silbermünze in die Hand des Gondoliere gleiten.

„Ihr sollt bedient werden, bella Donna. – Aber – Diamine! Ich wundere mich, daß ein so kluges Mädchen die Schätze, die jene Feluke enthält, nicht wittert.“

„Meinst du den Sorrentiner?“

„Welch anderer Padrone bringt so blumenreichen Wein nach dem Lido! Sei nicht so ungeduldig zu landen, Tochter des ehrlichen alten Maso, und schließe mit dem Schiffer einen Handel, daß wir Leute von den Kanälen was zu schmecken bekommen.“

„Wie, du kennst mich also?“

„Die hübsche Weinhändlerin vom Lido. Corpo di Bacco! Du bist so bekannt bei uns Gondolieri wie der Wasserdamm.“

„Warum bist du maskiert? Solltest du Luigi sein? Unmöglich.“

„Es kommt wenig darauf an, ob ich Luigi, Enrico oder Giorgio heiße, ich bin dein Kunde, und mir ist das kleinste Härchen deiner Augenbrauen wert. Du weißt, Annina, daß die jungen Patrizier ihre Späße haben, und sie lassen uns Gondolieri schwören, daß wir uns verborgen halten wollen, bis die Gefahr der Entdeckung vorüber ist. Wenn mir ein unberufenes Auge nachblickte, so könnte ich am Ende darüber befragt werden, wie ich die Frühstunden zugebracht hätte.“

„Mich dünkt, dein Patrizier hätte besser getan, dir Gold zu geben und dich sogleich nach Hause zu schicken.“

„Damit man mir nachkäme bis an meine Türe? Nein, nein, wenn sich mein Boot unter tausend andere gemischt haben wird, dann wird es Zeit sein, mich zu demaskieren. Nun, willst du zur ›Bella Sorrentina‹?“

„Es bedarf ja der Frage nicht, da du von selbst dahin fährst.“

Der Gondoliere lachte und nickte, als wollte er seiner Gefährtin zu verstehen geben, daß er ihre geheimen Wünsche kenne. Annina war noch im Überlegen, auf welche Weise sie ihn bewegen sollte, seine Absicht zu ändern, als die Gondel schon die Feluke berührte.

„Wir wollen hinaufgehen und mit dem Padrone reden“, flüsterte Jacopo.

„Es wird nichts helfen. Er hat keinen Wein.“

„Trau ihm nicht. – Ich kenne den Mann mit seinen Ausflüchten.“

„Aber du vergissest meine Cousine.“

„Sie ist ein unschuldiges Kind, ohne allen Argwohn.“

Jacopo hob Annina, während er sprach, auf das Verdeck des Sorrentiner Schiffes, halb galant und halb gewaltsam; darauf sprang er ihr nach. Ohne Zögern, ohne sie ihre Gedanken sammeln zu lassen, führte er sie zur Treppe der Kajüte, und sie stieg hinunter, verwundert über sein Benehmen, aber fest entschlossen, ihre geheimen Sünden gegen das Zollrecht nicht vor einem Fremden zu verraten.

Stefano Milano schlief auf dem Verdeck in einem Segel. Eine Berührung weckte ihn, und ein Zeichen gab ihm zu verstehen, daß der vermeintliche Roderigo vor ihm stände.

„Bitte tausendmal um Verzeihung, Signore“, sagte der Seemann gähnend. „Ist die Ladung da?“

„Nur zum Teil. Ich habe dir eine gewisse Annina Tosti gebracht, die Tochter des alten Tommaso Tosti, eines Weinhändlers auf dem Lido.“

„Santa madre! Hält es der Senat der Mühe wert, solch eine Person heimlich aus der Stadt zu schicken?“

„Ja – und zwar legt er auf ihre Aufbewahrung großen Wert. Ich habe sie hergebracht, ohne daß sie meine Absicht merkte, und hab mich eines Weingeschäfts zum Vorwand bedient, um sie hinunterzubringen in die Kajüte. Unserer früheren Verabredung gemäß wird es nun deine Sache sein, dich ihrer Person zu versichern.“

„Das ist leicht gemacht“, erwiderte Stefano, indem er hinging und die Kajütentür zumachte und verriegelte. „Sie ist nun allein mit dem Muttergottesbilde und hat die schönste Gelegenheit, ihre Aves zu beten.“

„Es ist gut, wenn du sie so festhalten kannst. Jetzt aber ist es Zeit, die Anker zu lichten und mit der Feluke die Reihen der übrigen Schiffe zu verlassen.“

„Signore, in fünf Minuten sind wir damit fertig.“

„So tu es in aller Eile, denn von der Erledigung dieses wichtigen Geschäfts hängt viel ab. Ich werde bald wieder bei dir sein. Höre, Meister Stefano, nimm die Gefangene in acht, denn dem Senat liegt viel daran, daß sie sicher verwahrt sei.“

Der Kalabrese machte ein Zeichen, wie Verschmitzte pflegen, wenn sie andeuten wollen, daß man sich auf ihre Schlauheit verlassen könne. Während der angebliche Roderigo wieder in seine Gondel stieg, weckte Stefano seine Leute, und als die Gondel in den Kanal San Marco einlief, fielen schon die Segel der Feluke, und das kalabrische Schiff mit seinem niedrigen Deck stahl sich längs der Reihe der Fahrzeuge in das offene Wasser.

Die Gondel legte schnell bei der Treppe des Wassertores des Palastes an. Gelsomina ging unter den Bogen, schlich die Riesentreppe hinauf, denselben Weg, auf dem sie den Palast verlassen hatte. Der Hellebardier, der Wache stand, war noch derselbe. Er sagte ihr eine Galanterie und ließ sie ungehindert hinein.

„Schnell, edle Damen, schnell!“ schrie Gelsomina, in das Zimmer stürzend, in dem Violetta und ihre Gefährtin sie erwarteten. „Ich habe durch meine Schwäche Eure Freiheit in Gefahr gebracht, und es ist kein Augenblick zu verlieren. Folgt mir, solang es noch Zeit ist, und gönnt Euch nicht die Muße, ein Gebet zu flüstern.“

„Du bist eilig und atemlos“, erwiderte Donna Florinde, „hast du den Herzog von Sant' Agata gesprochen?“

„Fragt mich nicht, folgt mir nur, edle Damen.“

Gelsomina ergriff die Lampe, und mit einem Blick, der ihre Gäste aufforderte, stillschweigend zu folgen, führte sie diese in die Korridore. Man kam sicher aus dem Gefängnisse und über die Seufzerbrücke, denn Gelsomina hatte die Schlüssel noch, und die Gesellschaft eilte die große Treppe des Palastes hinab zur offenen Galerie. Man legte ihnen kein Hindernis in den Weg, und so gelangten sie in den Hof, indem sie für Frauen galten, die in Geschäften ausgehen.

Am Wassertore wartete Jacopo. In weniger als einer Minute kreuzte seine Gondel den Hafen, dem Laufe der Feluke folgend, deren weißes Segel im Mondlicht sichtbar war, bald im Winde schwellend, bald schlaff an die Stangen schlagend, wenn sie die Schiffer anzogen, um die Schnelligkeit der Fahrt ein wenig zu vermindern. Gelsomina beobachtete mit angestrengter Aufmerksamkeit den Flug des Bootes, dann ging sie über die Brücke des Kais und zur gewöhnlichen Türe in das Gefängnis zurück.

„Hast du auch des alten Maso Tochter in sicherer Verwahrung?“ fragte Jacopo, als er das Verdeck der „Bella Sorrentina“ wieder erreicht hatte.

„Sie ist wie Ballast, der hin und her fährt, bald auf einer Seite der Kajüte, bald auf der andern, aber Ihr seht, der Riegel ist noch vor.“

„Gut, hier ist wieder ein Teil der Fracht – du hast doch die gehörigen Pässe für die Wachtgaleere?“

„Alles in bester Ordnung, Signore. Wann hat Stefano Milano in einer dringenden Angelegenheit je etwas versäumt? Diamine! Laßt den Wind kommen, und wenn uns der Senat wieder zurück haben wollte, alle seine Sbirren sollte er umsonst hinterdrein schicken.“

„Trefflicher Stefano! Geh mit vollen Segeln, denn unsere Herren sind aufmerksam auf dein Tun und legen Wert auf die größte Eile.“

Während der Kalabrese gehorchte, half Jacopo den beiden Frauen aus der Gondel, und im Augenblick schwangen sich die schweren Segel wie im Fluge empor, und die Blasen, die an den Seiten der „Bella Sorrentina“ aufblinkten, verrieten ihren schnellen Lauf.

„Du hast edle Damen zu Passagieren“, sagte Jacopo zu dem Padrone, als dieser von der Arbeit, sein Schiff in Gang zu bringen, verschnaufte. „Obgleich die Klugheit verlangt, daß sie für einige Zeit die Stadt verlassen, so wirst du dir doch Gunst erwerben, wenn du dich ihnen aufmerksam erweisest.“

„Laßt mich nur sorgen, Signore Roderigo, aber vergeßt nicht, daß ich noch keine Instruktion zur Fahrt habe. Eine Feluke ohne Kurs ist so schlimm daran wie eine Eule im Sonnenschein.“

„Das wird sich finden. Es wird ein Offizier der Republik an Bord kommen und das mit dir abmachen. Diese Damen, wünsche ich, sollen nicht erfahren, daß eine Person wie Annina ihre Reisegefährtin ist, solang sie noch in der Nähe des Hafens sind, sie möchten sich sonst über Geringschätzung beklagen. Du verstehst, Stefano?“

„Cospetto, bin ich ein Narr? Ein Stümper? Wenn ich's bin, warum gebraucht mich der Senat? Sie hören hier nichts von der Dirne, und die mag bleiben, wo sie ist. Solange die edlen Damen die Nachtluft hier oben zu atmen wünschen, sollen sie von ihrer Gesellschaft nicht belästigt werden.“

„Sei unbesorgt. Die Landbewohner haben kein Verlangen nach dem Dunst deiner Kajüte. Hast du den Lido hinter dir, so erwarte meine Ankunft, Stefano. Wenn du mich vor ein Uhr nicht wiedersiehst, so segle nach dem Hafen von Ankona, wo du weitere Anweisung erhalten wirst.“

Stefano, der von dem angeblichen Roderigo oft seine Instruktionen bekommen hatte, nickte bereitwillig, und sie trennten sich. Es ist kaum nötig, hinzuzufügen, daß die Flüchtlinge in Kenntnis gesetzt waren, wie sie sich zu benehmen hätten.

Jacopos Gondel war noch nie schneller geflogen als jetzt dem Lande zu. Bei der lebhaften Passage so vieler Fahrzeuge war die Bewegung eines einzelnen Bootes nicht leicht zu bemerken, und als er den Kai das Platzes erreichte, fand er, daß niemand auf seine Abfahrt und Ankunft geachtet habe. Dreist nahm er die Maske ab und landete. Es war beinahe die Zeit herangekommen, auf die er dem Don Camillo ein Rendezvous in der Piazza zugesagt hatte, und er ging langsam den kleineren Platz entlang nach dem Begegnungsorte.

Jacopo war, wie in einem früheren Kapitel erzählt worden, gewohnt, unweit der Granitsäulen in den ersten Stunden der Nacht auf und nieder zu gehen. Nach der allgemeinen Annahme wartete er auf Kundschaft in seinem blutigen Geschäft, so wie Leute von unschuldigerem Beruf auch ihren Stand an besuchteren Orten nehmen. Jeder, dem sein Ruf lieb war oder der den Schein vermeiden wollte, pflegte ihm, wenn er ihn dort sah, auszuweichen.

Der verfolgte und doch sonderbarerweise geduldete Bravo schritt auf seinem Wege langsam über die Felsen hin, denn er wollte nicht vor der verabredeten Zeit ankommen, als ihm ein Lakai ein Zettelchen in die Hand steckte und sich davonmachte, so schnell ihn die Beine tragen wollten. Wir haben schon früher gesehen, daß Jacopo nicht lesen konnte, denn man hielt Leute seines Standes damals geflissentlich in der Unwissenheit. Er wendete sich daher an den ersten Vorübergehenden, der ihm fähig schien, seinen Wunsch zu erfüllen, und bat diesen um die Gefälligkeit, die Schriftzüge ihm zu erklären.

Er hatte seine Bitte an einen ehrlichen Krämer aus einem entfernten Stadtviertel gerichtet. Der Mann nahm das Blatt und fing gutmütig an, den Inhalt zu lesen: „Ich bin abgerufen worden und kann dich nicht treffen, Jacopo!“ Bei dem Namen Jacopo ließ der Handelsmann das Blatt fallen und entfloh.

Der Bravo ging langsam wieder zurück nach dem Kai, über den widerwärtigen Zufall nachsinnend, der seine Pläne durchkreuzte. Da ward sein Arm berührt, und als er sich umdrehte, stand eine Maske ihm gegenüber.

„Du bist Jacopo Frontoni?“ fragte der Fremde.

„Der bin ich.“

„Deine Faust ist bereit, einem anderen getreulich zu dienen, nicht wahr?“

„Ich pflege Wort zu halten.“

„Gut, du wirst hundert Zechinen in diesem Beutel finden.“

„Wessen Leben verlangt Ihr für dies Gold?“ fragte Jacopo mit gedämpfter Stimme.

„Don Camillo Monfortes.“

„Don Camillo Monforte?“

„Ja, kennst du den reichen Edelmann?“

„Ihr bezeichnet ihn so gut, Signore, er würde seinem Barbier ebensoviel für einen Aderlaß zahlen.“

„Führe deine Tat gut aus, so soll der Lohn verdoppelt werden.“

„Um sicher zu sein, muß ich Euren Namen wissen. Ich kenn Euch nicht, Signore.“

Der Fremde sah sich vorsichtig um, dann lüftete er die Maske ein wenig, und es zeigte sich das Gesicht Giacomo Gradenigos.

„Reicht diese Bürgschaft hin?“

„Ja, Signore. Wann soll die Tat geschehen?“

„In dieser Nacht, ja noch in dieser Stunde.“

„Soll ich einen Mann seines Standes in seinem Palaste mitten unter seinen Freunden treffen?“

„Tritt hierher, Jacopo, so sollst du mehr erfahren. Hast du eine Maske?“

Der Bravo bejahte.

„So umwölbe dein Gesicht, das nicht in der besten Gunst hier steht, und begib dich in dein Boot. Ich komme nach.“

Der junge Patrizier, dessen Gestalt durch seinen Anzug unkenntlich gemacht war, verließ seinen Gefährten mit der Absicht, ihn wieder zu treffen, wo seine Person nicht geahnt werden könnte. Jacopo trieb sein Boot aus dem Gewirr des Kais hinaus in den Raum zwischen den Schiffsreihen, dann ruderte er nicht weiter, darauf rechnend, daß man ihn beobachte und ihm folgen werde. Er schloß richtig, denn in wenigen Augenblicken flog eine Gondel dicht an die Seite der seinigen, und zwei Masken stiegen aus dem fremden Boot in das des Bravo, ohne zu reden.

„Nach dem Lido“, sagte eine Stimme, in der Jacopo die eines neuen Kunden erkannte.

Jacopo gehorchte, und Giacomos Boot folgte in einer kleinen Entfernung. Als sie außerhalb der Reihen waren und demnach nicht mehr in Gefahr, behorcht zu werden, verließen die beiden Passagiere die Kajüte und machten dem Bravo ein Zeichen, nicht weiterzurudern.

„Du willst also den Dienst übernehmen, Jacopo Frontoni?“ fragte der ruchlose Sohn des alten Senators.

„Soll ich den Herrn mitten in seinen Vergnügungen niederstoßen, Signore?“

„Das ist nicht nötig. Wir haben Mittel gefunden, ihn aus seinem Palaste zu locken, und er ist in deiner Gewalt ohne andere Verteidigung als seinen eigenen Arm und Mut. Willst du das Geschäft übernehmen?“

„Gern, Signore – es macht mir Freude, einem Tapferen entgegenzutreten.“

„Da wirst du zufrieden sein. Der Neapolitaner ist mir in die Quere gekommen in meiner – soll ich sagen Liebe, Hosea? Oder hast du ein besseres Wort?“

„Gerechter Daniel! Signore Giacomo, Ihr habt keine Achtung für Reputation und Sicherheit! Ich seh gar nicht ein, warum man ihn gerade stechen soll zu Tode, Signore Jacopo, eine tüchtige Wunde, die dem Herzog die Ehestandsgedanken wenigstens auf einige Zeit aus dem Kopf brächte und Bußgedanken an deren Stelle, wäre besser.“

„Stoß ihm ins Herz!“ fiel Giacomo ein. „Nur um der Sicherheit deines Stoßes willen hab ich gerade dich aufgesucht.“

„Das ist wucherische Rache, Signore Giacomo“, versetzte der minder entschlossene Jude. „Es wird mehr als hinreichend sein für unseren Zweck, wenn wir den Neapolitaner zwingen, einen Monat lang das Haus zu hüten.“

„Ins Grab mit ihm. Hörst du, Jacopo, hundert Zechinen für den Stoß, hundert für die Gewißheit, daß er tief geht, und hundert, daß die Leiche im Canale Orfano so versunken liege, daß das Wasser das Geheimnis nicht wieder zurückgibt.“

„Wenn das erste und zweite durchaus geschehen muß, so wird das dritte kluge Vorsicht sein“, murmelte der Jude, der ein behutsamer Schurke war und immer Beimittel vorzog, die die Last seines Gewissens ein wenig leichter machten. „Wollt Ihr's nicht wagen, junger Herr, auf eine tüchtige Wunde?“

„Nicht eine Zechine. Das würde nur dem Mädchen die Phantasie mit Mitleid und Hoffnung erhitzen. Nimmst du die Bedingungen an, Jacopo?“

„Ja.“

„So rudere zum Lido. Unter den Gräbern der Verbannten wirst du Don Camillo noch in dieser Stunde antreffen. Ein erdichteter Brief von der Dame, der wir beide nachgehen, hat ihn getäuscht, und er wird allein sein, weil er auf

Flucht denkt. Diese wirst du auch, hoff ich, beschleunigen, wenigstens für den Neapolitaner. Verstehst du mich?“

„Vollkommen, Signore.“

„Genug, du kennst mich, und dein Lohn wird von der Art abhängen, in der du mir dienst. Hosea, unser Geschäft ist aus.“

Giacomo Gradenigo machte seiner Gondel ein Zeichen, sich zu nähern; er ließ einen Beutel fallen, der das Mietgeld für das blutige Geschäft enthielt, und stieg ein, mit der Gleichgültigkeit eines Menschen, der daran gewöhnt ist, solche Mittel zur Erreichung seines Zweckes für erlaubt zu halten. Nicht so Hosea, er war mehr Schurke als Bösewicht. Die Erhaltung seines Darlehns und die Aussicht auf eine noch größere, ihm von Vater und Sohn zugesicherte Summe, wenn Giacomo in der Bewerbung um Violetta Glück hätte, waren eine zu unwiderstehliche Lockung für einen Mann, der, zeitlebens von seinen Mitmenschen verachtet, sich bei dem meuchelmörderischen Plan damit tröstete, daß er ihm zu jenen Lebensgenüssen verhelfen würde, nach denen Christen und Juden auf gleiche Weise Verlangen tragen. Dennoch erstarrte ihm das Blut, daß Giacomo die Sache so weit treiben wolle, und er lauerte, dem Bravo noch ein leises Wort beim Abschiede zu sagen.

„Du hast den Ruf für ein sicheres Stilett, ehrlicher Jacopo. Eine Faust wie die deinige muß ebensogut bloß verstümmeln als töten können. Versetze einen wackeren Stoß dem Neapolitaner, aber sein Leben schone.“

„Du vergissest das Gold, Hosea!“

„Vater Abraham! Was bekomm ich in meinen alten Tagen für ein schwach Gedächtnis! Du hast recht, achtsamer Jacopo, das Geld soll gezahlt werden auf jeden Fall – das heißt, wenn nur so gemacht wird die Sache, daß mein junger Freund bekommt sein reiches Mädchen.“

Jacopo machte ein Zeichen der Ungeduld, denn er sah eben einen Gondoliere schnell einem gesonderten Orte des Lido zufahren. Der Jude lief seinem Gefährten nach, und das Boot des Bravo schoß fort. Es dauerte nicht lange, so hielt es an dem Strande des Lido. Mit schnellen Schritten eilte Jacopo demselben Begräbnisplatze zu, auf dem er dem nämlichen Manne, den er jetzt zu morden abgeschickt war, seine Bekenntnisse gemacht hatte.

„Bist du gesendet, mich hier zu treffen?“ fragte jemand, der sich hinter dem Sandhügel erhob, vorsichtigerweise aber seinen Degen vorhielt.

„Ja, Herr Herzog“, entgegnete der Bravo, die Maske abnehmend.

„Jacopo! Das ist besser, als ich hoffen konnte! Hast du Nachrichten von meinem Weibe?“

„Kommt mit, Don Camillo, Ihr sollt sogleich bei ihr sein.“

Einer weiteren Unterredung bedurfte es nicht bei solchem Versprechen. Erst als beide in Jacopos Gondel und auf dem Wege nach einer von den Passagen des Lido waren, die dem Golf zuführt, fing der Bravo zu erzählen an. Er war schnell damit fertig und vergaß auch nicht Giacomo Gradenigos Anschlag gegen das Leben seines Zuhörers.

Die Feluke, die schon vorher von den Polizeibeamten selber mit dem erforderlichen Passe versehen worden war, hatte den Hafen mit leichtem Segel auf demselben Wege verlassen, der die Gondel jetzt in das Adriatische Meer führte. Das Wasser war still, der Landwind frisch, kurz, alle Umstände den Flüchtigen günstig. Donna Violetta und ihre Gouvernante standen an einen Mast gelehnt und beobachteten ungeduldig die fernen Kuppeln und die nächtliche Schönheit Venedigs. Gelegentlich drangen von den Kanälen Musiktöne bis zu ihren Ohren, und es war natürlich, daß Schwermut Violettas Seele erfüllte, da sie befürchtete, zum letzten Male diese Klänge ihrer Geburtsstadt zu hören. Aber reine Freude verdrängte jeden Kummer aus ihrem Gemüt, als Don Camillo aus der Gondel sprang und sie triumphierend an sein Herz drückte.

Stefano Milano war leicht überredet, die Dienste des Senats mit denen seines Lehnsherrn zu vertauschen. Die Versprechungen und Befehle des letzteren waren an sich hinlänglich, ihn mit diesem Tausche zu befreunden, und alle waren überzeugt, daß man keine Zeit verlieren dürfe. Die Feluke breitete ihr Segel bald dem Winde dar und entflog dem Strande. Jacopo ließ seine Gondel eine Seemeile weit bugsieren, ehe er wieder einstieg.

„Ihr steuert nach Ankona, Signore Don Camillo“, sagte der Bravo, an die Seite der Feluke gelehnt, sich schwer zum Scheiden entschließend, „begebt Euch sogleich unter den Schutz des Kardinalsekretärs. Wenn Stefano auf der See bliebe, könnte er leicht auf die Galeeren des Senats stoßen.“

„Verlaß dich auf uns. – Aber du, Jacopo – was soll aus dir werden in ihren Händen?“

„Seid unbesorgt um mich, Signore. Gott verhängt über alle, wie er für Recht findet. Ich habe Ew. Exzellenz gesagt, daß ich Venedig noch nicht verlassen kann. Wenn mir das Glück günstig ist, so bekomm ich vielleicht noch Euer starkes Schloß Sant' Agata zu sehen.“

„Keiner wird willkommener sein in seinen sicheren Mauern. Aber ich hab große Besorgnis um dich, Jacopo!“

„Signore, denkt daran nicht. Ich bin an Gefahren gewöhnt und an Elend und – an Hoffnungslosigkeit. Signora, mögen Euch die Heiligen behüten und Gott, der über allen ist, Euch vor Leid bewahren!“

Er küßte Donna Violettas Hand, die ihm, nur halb bekannt mit seinen Dienstleistungen, verwundert zuhörte.

„Don Camillo Monforte“, fuhr er fort, „traut Venedig niemals wieder. Laßt Euch durch keine Versprechungen, keine Aussichten, kein Verlangen, Eure Ehrenstellen und Reichtümer zu vermehren, jemals verleiten, Euch in ihre Gewalt zu geben. Niemand kennt die Falschheit dieses Staates besser als ich, und meine letzten Worte ermahnen Euch zur Vorsicht.“

„Du sprichst, als sollten wir uns nicht wiedersehen, Jacopo?“

Der Bravo wendete sich ab, und das Mondlicht fiel auf sein Antlitz. Ein Lächeln der Schwermut und ein inniges Wohlgefallen an dem Glück der Liebenden mischten sich in diesen Zügen mit einer Vorahnung seines eigenen Schicksals.

Sechsundzwanzigstes Kapitel

Als der nächste Morgen heraufdämmerte, war der Markusplatz leer. Die Priester sangen ihre Totenmessen bei des alten Antonio Leiche, und einige Fischer zauderten noch in der Kathedrale und in deren Nähe, nur halb überzeugt von der Art, wie ihr Kamerad um das Leben gekommen sein sollte. Aber die Stadt, wie es um diese Tageszeit gewöhnlich war, schien vollkommen ruhig.

Jacopo war wieder in dem oberen Stockwerk des Dogenpalastes, in Begleitung der sanften Gelsomina. Während sie durch die Windungen des Gebäudes hindurchgingen, erzählte er der begierig horchenden Gefährtin alle einzelnen Umstände, die sich bei der Flucht der Liebenden zugetragen hatten; nur Giacomo Gradenigos Anschlag auf Don Camillos Leben ließ er vorsichtigerweise aus. Das unerfahrene und einfache Mädchen hörte mit atemloser Aufmerksamkeit zu, während die Röte ihrer Wangen ihre lebhafte Teilnahme bei jedem Wendepunkt des kühnen Abenteuers verriet.

„Und glaubst du, daß sie denen droben noch entrinnen können?“ flüsterte Gelsomina, denn nur wenige in Venedig hätten es gewagt, solch eine Frage laut auszusprechen. „Du weißt, daß die Republik immer Galeeren im Adriatischen Meere hat.“

„Wir haben das bedacht und dem Kalabrier Anweisung gegeben, nach dem Hafen von Ankona zu steuern. Ist er nur erst im Kirchenstaate, so wird Don Camillo durch seinen Einfluß und die Rechte der edeln Geburt seiner Gattin geschützt sein. Ist hier ein Ort, wo wir auf die See hinaussehen können?“

Gelsomina führte den Bravo in ein leeres Zimmer des oberen Stockwerks im Dogenpalast, der eine Aussicht auf den Hafen und das jenseitige Gewässer darbot. Der Landwind blies stark über die Dächer der Stadt, machte die Masten im Hafen schwanken und strich über die Lagunen außerhalb der Schiffsreihen. Von dort an bis zu der Sandbarre war an den niedergelassenen Segeln und der Anstrengung der Gondolieri, die dem Kai zuruderten, merkbar, daß der Wind sehr lebhaft wehte; außerhalb des Lido selbst war das Wasser schon getrübt und bewegt, während noch weiter ins Meer hinaus die krausen, schäumenden Wellen die Macht des Sturms verrieten.

„Santa Maria, sei gelobt!“ rief Jacopo, als sein geübtes Auge dies Schauspiel nahe und fern übersah. „Sie sind schon weit an der Küste hinab und werden mit solchem Winde unfehlbar in wenigen Stunden den Hafen erreichen. – Laß uns nach der Zelle gehen.“

Gelsomina lächelte, als er die Sicherheit der Flüchtlinge für zuverlässig erklärte, aber als er das Gespräch ablenkte, trübte sich ihr Blick. Ohne zu antworten, tat sie, wie er verlangte, und in wenigen Augenblicken standen sie neben dem Lager des Gefangenen. Dieser schien ihr Eintreten nicht zu bemerken, und Jacopo war genötigt, ihn anzurufen.

„Vater“, sagte er mit dem schwermütigen Tone, der seiner Stimme jedesmal, wenn er mit dem Greise redete, eigen war, „ich bin da.“

Der Gefangene drehte sich um, und obgleich seine Schwäche seit dem letzten Besuche sichtbar zugenommen hatte, glomm ein bleiches Lächeln in seinen erstorbenen Zügen.

„Und deine Mutter, Sohn?“ fragte er so heftig, daß sich Gelsomina schnell abwandte.

„Ist glücklich, Vater, recht glücklich.“

„Glücklich ohne mich?“

„Sie ist immer bei dir im Geiste, Vater. Sie gedenkt deiner in ihrem Gebete. Du hast eine Heilige zur Fürbitterin an meiner Mutter – Vater!“

„Und deine gute Schwester?“

„Auch glücklich – glaube mir, Vater. Sie sind beide geduldig und ergeben.“

„Und der Senat, Sohn?“

„Immer der alte: herzlos, selbstsüchtig, vermessen“, antwortete Jacopo streng. Dann wendete er sich ab vor bitterem Weh und verfluchte ihn mit unhörbar leisen Worten.

„Die edeln Signori haben sich getäuscht, daß sie mich in den Anschlag zur Umgehung der Zölle verwickelt glaubten“, entgegnete der geduldige alte Mann. „Einstmals werden sie ihr Unrecht einsehen und erkennen.“

Jacopo gab keine Antwort, denn obgleich er unterrichtet war und aller Kenntnisse entbehrte, mit denen eine väterliche Regierung ihre Untertanen auszurüsten sorgt, hatte ihm die natürliche Schärfe seines Geistes doch gezeigt, daß eine Verfassung, deren Grundzug offenbar die Überlegenheit weniger Bevorrechteter war, am wenigsten geneigt sein könnte, einen Mißgriff zuzugeben durch das Geständnis, daß sie geirrt habe.

„Du tust den Edeln unrecht, mein Sohn, sie sind erlauchte Patrizier und haben keine Veranlassung, einen Mann wie mich zu bedrücken.“

„Keine, Vater, als die Notwendigkeit, die Strenge ihrer Gesetze aufrechtzuerhalten, die sie zu Senatoren und dich zum Gefangenen machen.“

„Mitnichten, Sohn, ich habe würdige Herren vom Senate gekannt! Da war der letzte Signore Tiepolo, der mir in meiner Jugend viel Liebes erwies. Ohne diese falsche Anklage könnte ich jetzt einer der Wohlhabendsten in meinem Gewerbe sein von ganz Venedig.“

„Vater, wir wollen für die Seele des Signore Tiepolo beten.“

„Ist der erlauchte Senator gestorben?“

„So meldet ein prächtiges Grabmal in der Kirche des Redentores.“

„Wir müssen endlich alle sterben“, flüsterte der Greis und bekreuzigte sich, „Doge wie Patrizier, Patrizier wie Gondoliere. – Jaco –“

„Vater!“ rief der Bravo so schnell dazwischen, daß er das Wort unterbrach. Dann kniete er an das Strohlager des Gefangenen nieder und flüsterte ihm ins Ohr: „Du vergissest, daß Grund vorhanden ist, mich nicht bei diesem Namen zu nennen. Ich hab dir oft gesagt, daß meine Besuche aufhören müssen, wenn du mich so heißest.“

Der Gefangene blickte verwirrt umher, denn die zunehmende Schwäche machte ihm undeutlich, was er einst klar eingesehen hatte. Er sah den Sohn lange starr an.

„Mir ist heiß, als wollten die Adern springen. Du vergissest, daß hier das obere Stockwerk ist, und hier die Bleidächer, und dann die Sonne – ach, die Sonne! Die erlauchten Senatoren bedenken die Qual nicht, den kalten Winter unterhalb der Kanäle und den brennenden Sommer unter glühendem Metall zuzubringen."

„Sie bedenken nichts als ihre Macht", sagte Jacopo halblaut, „was mit Unrecht besessen wird, muß durch unbarmherzige Ungerechtigkeit behauptet werden; aber was wollen wir davon reden, Vater? Hast du alles, wes du bedarfst?"

„Luft, Sohn, Luft! – Gib mir ein wenig von der Luft, die Gott seinem geringsten Geschöpfe gönnt."

Der Bravo lief zu den Spalten der altehrwürdigen, durch Verbrechen befleckten Mauern, die er schon früher zu öffnen bemüht war, und strebte mit der Kraft des Wahnsinns, sie mit seinen Händen zu erweitern. Das Gemäuer widerstand der verzweifelten Anstrengung, obgleich das Blut aus seinen Fingern spritzte.

„Die Türe, Gelsomina, die Türe weit auf!" schrie er, sich von dem Platze abwendend, erschöpft durch die vergebliche Anstrengung.

„Laß es, jetzt leide ich nicht, mein Kind, aber wenn du weggegangen bist und ich allein bin mit meinen Gedanken, wenn ich deine weinende Mutter sehe und deine verlassene Schwester, dann fühl ich, daß mir Luft fehlt – sind wir nicht in dem brennenden August, mein Sohn?"

„Vater, es ist noch nicht Juni."

„So werde ich noch mehr Hitze aushalten müssen. Gottes Wille geschehe, und Santa Maria gebe mir Kraft, es zu ertragen."

Jacopos Auge blitzte wild, fast ebenso fürchterlich als der gespenstische Blick des alten Mannes. Seine Brust flog, seine Faust war geballt, und er atmete hörbar.

„Nein", sagte er mit leisem, aber entschiedenem Tone, daß die Festigkeit seines Entschlusses klar ward, „du sollst ihre Qualen nicht wieder erwarten. Auf, Vater, komm mit mir. Die Türen sind offen, die Wege durch den Palast kenne ich in der finstersten Nacht, und die Schlüssel sind zur Hand. Ich will

Mittel finden, dich zu verstecken, bis es dunkel ist, und wir wollen die verfluchte Republik für immer verlassen."

Ein Hoffnungsstrahl glänzte in dem Auge des alten Gefangenen, als er diesen wahnsinnigen Vorschlag anhörte, aber als er eine Anstrengung machte aufzustehen, fiel er vor großer Schwäche sogleich wieder zurück. Da sah Jacopo erst, wie unausführbar sein Vorschlag war. Es folgte eine lange Pause. Jacopos schweres Atmen ließ allmählich nach, und sein Gesicht nahm wieder die gewöhnliche ruhige und gesammelte Miene an. „Vater", sagte er, „ich muß dich verlassen, unser Elend ist seinem Ende nah."

„Wirst du mich wieder besuchen?"

„Wenn es die Heiligen vergönnen. – Deinen Segen, Vater!"

Der Greis faltete seine Hände über Jacopos Haupt und sprach leise ein Gebet. Nach dieser frommen Pflicht waren der Bravo und Gelsomina einige Zeit geschäftig, für die Bequemlichkeit des Gefangenen zu sorgen. Dann gingen sie miteinander. Jacopo schien mit schwerem Herzen aus der Nähe des Vaters zu scheiden. Es war, als hätte eine trübe Ahnung seine Seele erfüllt, daß diese verstohlenen Besuche bald aufhören würden. Nach kurzem Zögern jedoch gingen sie nach den unteren Zimmern hinab, und da Jacopo den Palast zu verlassen wünschte, ohne wieder das Gefängnis zu betreten, schickte sich Gelsomina an, ihn durch den Hauptkorridor hinauszulassen.

„Du bist mißmutiger als sonst, Carlo", bemerkte sie, mit weiblicher Sorglichkeit sein abgewandtes Auge beobachtend. „Mich dünkt, du solltest dich freuen über das Glück des Neapolitaners und der Dame von Tiepolo."

„Daß diese entkommen sind, ist ein Sonnenstrahl an einem Wintertage. Gutes Mädchen – aber man beobachtet uns, wer ist es, der dort unsere Bewegungen spioniert?"

„Ein Diener des Palastes, sie kommen uns immer in die Quere in diesem Teile des Gebäudes. Tritt hier herein, wenn du müde bist. Dies Zimmer ist wenig in Gebrauch, und wir können wieder auf die See hinausschauen."

Jacopo folgte seiner sanften Führerin in eines von den unbenutzten Gemächern des zweiten Geschosses, denn es war ihm in der Tat erwünscht, einen Blick auf den Stand der Dinge in der Piazza zu werfen, ehe er den Palast verließ. Er betrachtete zuerst das Wasser, das noch immer nach Süden flutete, vom Alpenwinde getrieben. Befriedigt durch diese für die Fliehenden günstige Aussicht, schaute er auf den Platz hinunter. In diesem Augenblick trat ein Beamter der Republik aus dem Tor des Palastes; ein Trompeter ging voran, wie üblich war, wenn der Senat irgendeinen Beschluß proklamieren wollte. Gelsomina öffnete die Fensterlade, und beide beugten sich vor, um zu hören. Als der kleine Zug sich vor der Kathedrale befand, blies der Trompeter, und darauf rief der Beamte aus:

„In Erwägung, daß neuerlich viele frevelhafte und ruchlose Mordtaten an verschiedenen redlichen Bürgern von Venedig verübt worden, hat der Senat, in seiner väterlichen Sorgfalt für alle, deren Schutz ihm obliegt, für recht befunden, zu außerordentlichen Mitteln zu greifen, zur Verhütung erneuter Verbrechen, die den göttlichen Gesetzen und der Sicherheit der menschlichen Gesellschaft solchermaßen zuwider sind. Daher bieten die erlauchten Zehn öffentlich eine Belohnung von hundert Zechinen dem, der den Täter einer von diesen höchst abscheulichen Mordtaten entdecken wird, und dieweil in der verwichenen Nacht der Leichnam eines gewissen Antonio, eines wohlbekannten Fischers und ehrenwerten Bürgers, der von den Patriziern höchlichst geschätzt wurde, in den Lagunen gefunden wurde, dieweil viel Grund ist zu dem Verdacht, daß selbiger zu Tode gekommen durch die Hand eines gewissen Jacopo Frontoni, der im Gerücht steht, ein gemeiner Bravo zu sein, von der Obrigkeit aber lange vergeblich beobachtet worden ist, in der Hoffnung, ihn bei Verübung einer der vorbenannten greulichen Mordtaten zu betreffen, so werden jetzt alle guten und redlichen Bürger der Republik insgeheim aufgefordert, der Obrigkeit zu verhelfen zur persönlichen Verhaftung des besagten Jacopo Frontoni, und wenn sie ihn aus dem Heiligtum reißen sollten, weil Venedig nicht länger einen Menschen, der solch blutiges Geschäft treibt, in seiner Mitte dulden kann, und verheißt der Senat in seiner väterlichen Sorgfalt zur Aufmunterung eine Belohnung von dreihundert Zechinen."

Anrufung Gottes und Hinweisung auf die Souveränität des Staates machten wie üblich den Beschluß.

Da es nicht gewöhnlich war, daß die, die soviel im Dunkeln taten, ihr Vorhaben öffentlich kundmachten, so horchten alle, die nahe standen, mit Verwunderung und Furcht dem neuen Verfahren.

Niemand ward von den Worten des Beamten lebhafter ergriffen als Gelsomina. Sie beugte sich weit aus dem Fenster, damit ihr keine Silbe entgehen möchte.

„Hast du gehört, Carlo?" fragte sie eifrig, als sie ihren Kopf zurückzog. „Endlich bieten sie eine Belohnung aus für die Gefangennahme des Unmenschen, der so viele Mordtaten verübt hat!"

Jacopo lachte, aber dem Ohre seiner bestürzten Begleiterin schien der Ton seines Gelächters unnatürlich.

„Die Patrizier sind gerecht, und was sie tun, ist recht?“ fragte er, „sie sind erlauchte Männer und können sich nicht irren! Sie wollen ihre Pflicht tun.“

„Aber hier ist keine andere Pflicht, als die sie dem Volke schuldig sind.“

„Von der Pflicht des Volkes hab ich viel reden hören, nichts aber von der des Senats.“

„Nein, Carlo, wir wollen ihnen unsere Billigung nicht entziehen, wenn sie sich bemühen, die Bürger vor Schaden zu behüten. Dieser Jacopo ist ein Ungeheuer, den alle verabscheuen, und seine Bluttaten sind schon zu lange ein Flecken für Venedig gewesen. Du siehst, daß die Patrizier mit ihrem Gold nicht knausern, wenn Hoffnung ist, seiner habhaft zu werden. Horch, sie rufen wieder aus.“

„Ich muß dich verlassen, Gelsomina. Geh zurück zum Zimmer deines Vaters, und ich will durch den Hof des Palastes hinausgehen.“

„Das geht nicht, Carlo – du kennst die Erlaubnis der Obrigkeit – ich habe sie übertreten – warum sollt ich es dir zu verheimlichen suchen? Du durftest nicht hereinkommen um diese Zeit.“

„Und du hast den Mut gehabt, die Erlaubnis zu überschreiten um meinetwillen, Gelsomina?“

„Du hast es so gewollt“, bekannte sie.

„Tausend Dank, teure, liebe, getreueste Gelsomina, aber zweifle nicht daran, daß ich mich unbemerkt aus dem Palaste stehlen werde. Hineinzukommen war gefährlich, aber die hinausgehen, haben das Ansehen, als ob sie ein Recht dazu hätten.“

„Niemand darf bei Tage maskiert bei den Hellebardieren vorbei, Carlo, wer nicht das Merkwort hat.“

Dem Bravo schien die Wahrheit dieser Bemerkung einzuleuchten, und große Verlegenheit drückte sich in seinem Benehmen aus. Er kannte die Bedingungen, unter denen er zugelassen worden, selber so gut, daß er dem Versuche mißtraute, durch das Gefängnis auf den Kai zu gelangen, wie er hereingekommen war, denn er zweifelte nicht, daß ihm der Rückzug von den Wachen des äußeren Tores, die jetzt vermutlich schon von seinem wahren Charakter unterrichtet waren, abgeschnitten werden würde. Der Ausgang auf dem anderen Wege schien nicht minder gefährlich. Es war nicht so sehr der

Inhalt der Proklamation, der ihn in Erstaunen setzte, als die Öffentlichkeit, die der Senat für gut befand, seinem Verfahren zu geben, und er hörte die öffentliche Anklage gegen ihn zwar mit innerem Weh, aber doch ohne Schrecken. Indessen kannte er so viele Mittel, sich zu verbergen, und die Freiheit des Maskierens war so allgemein in Venedig, daß er sich um den Ausgang nicht eher besorgt fühlte, als bis er sich in dieser häßlichen Klemme sah. Gelsomina las seine Unentschiedenheit in seinen Augen und beklagte, ihn so unruhig gemacht zu haben.

„Es ist nicht so schlimm, als du zu glauben scheinst, Carlo", bemerkte sie, „haben sie dir doch erlaubt, deinen Vater zu gewissen Zeiten zu besuchen, und dadurch bewiesen, daß sie nicht ohne Mitleid sind. Jetzt, da ich aus Nachsicht für deine Wünsche eine von ihren Vorschriften vergessen habe, werden sie nicht so hartherzig sein, diesen Fehler für ein Verbrechen zu rechnen."

Jacopo sah sie mitleidig an, denn er wußte gar wohl, wie wenig sie die wahre Beschaffenheit und listige Politik des Staates kannte. „Es ist Zeit, daß wir scheiden", sprach er, „damit du Unschuldige nicht für meinen Fehler büßest. Ich bin jetzt unweit des öffentlichen Korridors und muß es meinem Glück anvertrauen, mich auf den Kai zu bringen."

Gelsomina hing sich an seinen Arm und wollte ihn in dem fürchterlichen Hause nicht sich selber überlassen.

Jacopo machte ihr ein Zeichen voranzugehen und folgte. Mit klopfendem, aber doch ein wenig erleichtertem Herzen schlüpfte Gelsomina durch die Gänge und schloß ihrer Gewohnheit nach sorgfältig jede Tür hinter sich zu. Endlich erreichten sie die wohlbekannte Seufzerbrücke. Das ängstliche Mädchen ging beflügelteren Schrittes, als sie sich ihrer eigenen Wohnung näherte, denn sie sann auf Mittel, ihren Gefährten in ihres Vaters Stube zu verstecken, wenn der Ausweg aus dem Gefängnis bei Tage zu gefährlich sein sollte.

„Nur eine einzige Minute, Carlo", flüsterte sie und steckte den Schlüssel in die Tür, die zu diesem Gebäude führte – das Schloß ging auf, aber die Angeln der Tür wollten sich nicht bewegen. Gelsomina wurde bleich und rief: „Sie haben die Riegel inwendig vorgeschoben!"

„Tut nichts, ich steige in den Hof des Palastes hinab und gehe bei den Hellebardieren dreist ohne Maske vorüber."

Gelsomina hielt es selbst für sehr unwahrscheinlich, daß er von den Lohnsoldaten des Dogen bemerkt würde, und ängstlich, ihn aus seiner schlimmen Lage zu befreien, flog sie zurück an das andere Ende der Galerie. Sie steckte den gehörigen Schlüssel in die Tür, durch die sie eben gekommen waren, aber mit demselben Erfolge. Gelsomina schwankte zurück und hielt sich an der Mauer.

„Wir können weder vorwärts noch rückwärts!" schrie sie erschreckt, ohne zu wissen warum.

„Ich seh es alles", erwiderte Jacopo, „wir sind Gefangene auf dieser Unglücksbrücke."

Der Bravo nahm, während er sprach, die Maske ruhig ab und zeigte die Züge eines Mannes, dessen Entschluß feststeht.

„Heilige Mutter Gottes! Was hat das zu bedeuten?"

„Nichts, als daß wir einmal zuviel über die Brücke gegangen sind, Liebe! Der Rat ist eifersüchtig auf diese Besuche."

Die Riegel beider Türen wurden zurückgeschoben, und die Angeln knarrten zu gleicher Zeit. Ein bewaffneter Offizier der Inquisition trat ein, Handfesseln tragend. Gelsomina schrie auf, aber Jacopo bewegte kein Glied, keinen Muskel, während man ihm die Ketten anlegte.

„Mich auch!" schrie seine Gefährtin im Wahnsinn. „Ich bin die Schuldigste – bindet mich – werft mich in das Gefängnis – aber laßt den armen Carlo gehen."

„Carlo?" wiederholte der Offizier mit fühllosem Lachen.

„Ist es ein so großes Verbrechen, einen Vater im Gefängnisse zu besuchen? Sie wissen von seinen Besuchen – haben sie selbst erlaubt – er hat nur die Stunde verfehlt."

„Mädchen, weißt du auch, für wen du dich verwendest?"

„Für das beste Herz, für den treuesten Sohn in Venedig! Oh, wenn Ihr ihn hättet weinen sehen wie ich über die Leiden des alten Gefangenen, Ihr würdet Mitleid mit ihm haben."

„Horch einmal", entgegnete der Offizier mit hochgehobenem Finger.

Der Trompeter blies auf der Markusbrücke, dicht unter ihnen, und die Proklamation, die Gold für die Einfangung des Bravo bot, wurde wiederholt.

„Das ist der Beamte der Republik, der einen Preis setzt auf den Kopf eines Menschen, der ein feiles Stilett führt!" schrie Gelsomina fast ohne Atem und ohne in diesem Augenblicke viel auf den Vorgang unten zu achten. „Er verdient sein Schicksal."

„Also warum bittest du noch für ihn?“

„Ihr sprecht ohne Sinn!“

„Närrisches Mädchen, dieser hier ist der Jacopo Frontoni!“

Gelsomina würde ihren Ohren nicht geglaubt haben, wenn sie nicht Jacopos banges Auge bemerkt hätte. Die gräßliche Wahrheit brach über ihre Seele herein, und leblos fiel sie zu Boden. In demselben Augenblick ward der Bravo schnell von der Brücke weggeführt.

Siebenundzwanzigstes Kapitel

An diesem Tage flüsterte man in den Straßen von Venedig in der furchtbaren, geheimnisvollen Weise, die diese Stadt charakterisierte, gar manche Gerüchte einander zu. Hunderte gingen bei den Granitpfeilern vorüber, als erwarteten sie, den Bravo auf seinem gewohnten Platze zu sehen, kühnlich der Proklamation trotzend. Denn man hatte ihm, seltsam genug, so lange Zeit gestattet, sich öffentlich zu zeigen, daß sich niemand einbilden konnte, er würde so schnell seine Gewohnheit aufgeben.

Der Tag verging jedoch ohne irgendein neues Ereignis, das die Bürger von ihren gewöhnlichen Geschäften abgerufen hätte. Die Gebete für den Toten wurden mit geringer Unterbrechung fortgesetzt, und in halb Venedig wurden Messen für die Seele des armen Fischers vor den Altären gelesen. Seine Kameraden, wenn auch ein wenig argwöhnisch, dennoch höchlichst geschmeichelt, behielten ein Auge auf die Zeremonien mit einem wunderlichen Gemisch von Mißtrauen und Triumph.

Der Markusplatz füllte sich zur gewöhnlichen Stunde, die Patrizier verließen den Broglio, und ehe noch die Uhr die zweite Stunde der Nacht schlug, herrschte wieder die alte Lustigkeit auf dem Platz. War es doch nicht der Mühe wert, den Gang des geselligen Verkehrs zu hemmen, nur weil das Unrecht ungestraft blieb und die Unschuld litt!

Damals standen am Canale Grande, wie noch jetzt, viele Paläste von beinahe königlicher Pracht. Der Leser hat Gelegenheit gehabt, mit einem oder zweien dieser glänzenden Gebäude bekannt zu werden, jetzt müssen wir seine Phantasie nach einem dritten versetzen.

Die eigentümliche Bauart Venedigs, die von seiner Lage auf dem Wasser herrührt, gibt allen vornehmeren Gebäuden dieser merkwürdigen Stadt im allgemeinen fast denselben Charakter. Das Haus, in das uns der Faden der

Geschichte jetzt führt, hatte seine Tür an der Wasserseite, seine Flure, seine schweren Marmortreppen, seinen inneren Hof, seine Reihe prächtiger Zimmer im obern Stockwerk, seine Gemälde und Kronleuchter und seine kostbar mit Mosaik ausgelegten Fußböden gleich den übrigen, die wir schon zu beschreiben für nötig gefunden haben.

Es war, nach unserer Art, die Stunden zu zählen, zehn Uhr. Ein kleines freundliches Bild der Häuslichkeit bot sich innerhalb der Patrizierwohnung dar, auf die wir hingedeutet haben. Der Vater, ein Mann in mittleren Jahren, in dessen Auge Geist, Einsicht, Menschenfreundlichkeit und, in diesem Augenblick, väterliche Liebe glänzten, drückte in seinen Armen mit Vaterstolz ein lächelndes Bübchen von drei bis vier Jahren, das sich an dem Getändel freute, das den Urheber seiner Tage ihm selbst gleichzustellen schien. Eine schöne Venezianerin mit goldenem Haar und glühenden Wangen, so wie Tizian ihr Geschlecht zu malen liebte, lehnte sich daneben auf ein Sofa, folgte den Bewegungen beider, die Gefühle der Mutter und Gattin in sich vereinend, und lachte in reiner Freude über die laute Lust ihres hoffnungsvollen Kindes. Ein Mädchen, das jüngere Abbild ihrer selbst, mit langen, herunterhängenden Haarflechten, bemühte sich mit einem schreienden Kinde von so zartem Alter, daß kaum schon Bewußtsein in ihm rege geworden zu sein schien. Dies war die Szene, als eben die Turmglocke der Piazza die angedeutete Stunde schlug. Bei diesem Schall setzte der Vater den Knaben nieder und sah nach seiner Uhr.

„Wirst du heut abend ausfahren, Liebe?“ fragte er.

„Mit dir, Paolo?“

„Nein, mein Herz. Ich habe Geschäfte, die mich bis zwölf in Anspruch nehmen.“

„Ach, du bist immer gleich dabei, mich fortzuschicken, wenn du wunderliche Launen hast“

„Sage das nicht. Ich habe auf diesen Abend bei mir eine Zusammenkunft mit meinem Geschäftsführer verabredet und kenne dein mütterliches Herz zu gut, um zu zweifeln, daß du mich so lange entbehren wolltest, als es die Sorge für das Wohl dieser Kinder erfordert.“

Donna Giulietta schellte nach ihren Dienern und ihrem Mantel. Der kleine Schreihals und der lustige Knabe wurden zu Bette gebracht, und die Frau vom Hause bestieg mit der älteren Tochter ihre Gondel. Der Mann ließ Donna Giulietta nicht ungeleitet zur Gondel gehen, denn diese Familie war eine von denen, in der glücklicherweise die Neigung mit den gewöhnlichen Berechnungen der Vorteile zusammentraf, als das eheliche Band geknüpft werden sollte. Ihr Mann küßte ihr zärtlich die Hand, als er ihr in die Gondel half, und das Boot flog schon fern von dem Palaste dahin, bevor er die nassen Stufen des Wassereingangs verlassen hatte.

„Hast du das Kabinett zum Empfang meiner Freunde in Bereitschaft gesetzt?" fragte Signore Soranzo, denn es war derselbe Senator, der sich bei dem Dogen befand, als dieser zu den aufgeregten Fischern hinausging und sie die Leiche Antonios in den Palast brachten.

„Ja, Signore!"

„Und alles still, und Licht, wie ich befohlen?"

„Exzellenz, alles wird bereit sein."

„Du hast Stühle für sechs gestellt – wir werden sechs sein."

„Signore, sechs Lehnstühle."

„Gut. Wenn die ersten von meinen Freunden kommen, so will ich zu ihnen gehen."

„Exzellenz, es sind schon zwei Kavaliere in Masken drinnen."

Signore Soranzo stutzte, sah wieder nach der Uhr und ging hastig nach einem entfernten, sehr ruhigen Teile des Palastes. Er erreichte ohne Begleitung eine kleine Tür, schloß sie hinter sich zu und stand plötzlich vor den Männern, die ihn offenbar erwarteten.

„Bitte tausendmal um Verzeihung, Signori!" rief der Herr vom Hause. „Diese Pflicht ist wenigstens mir so neu – ich weiß nicht, wie es so ehrenwerte Herren gewohnt sein mögen –, daß mich die Zeit unvermerkt überraschte. Bitte um Nachsicht, meine Herren, künftig soll mein Eifer die heutige Nachlässigkeit wieder gutmachen."

Die beiden Gäste waren älter als ihr Wirt, und ihre gehärteten Züge verrieten mehr Bekanntschaft mit der Welt. Sie nahmen seine Entschuldigung höflich an, und die Unterhaltung bewegte sich eine Zeitlang in den gewöhnlichen Umgangsformeln.

„Sind wir hier ganz in der Stille, Signore?" fragte der eine von den Gästen, nachdem so ein Weilchen verstrichen war.

„Wie im Grabe. Niemand kommt unaufgefordert hier herein als meine Frau, und diese genießt den Abend zu Wasser."

„Ihr steht in dem Rufe einer glücklichen Ehe, Signore Soranzo. Ich hoffe, Ihr habt gehörig erwogen, wie nötig es ist, heute abend die Tür auch vor Donna Giulietta zu schließen."

„Seien Sie unbesorgt, Signori. Die Angelegenheiten der Republik gehen allem vor."

„Ich fühle mich dreimal glücklich, Signori, daß ich, durch das Los in den Rat der Drei gelangt, so vortreffliche Kollegen erhalten habe. Glaubt mir, ich habe dies beschwerliche Amt in meinem Leben schon mit nicht so erfreulichen Genossen verwaltet."

Diese schmeichelhafte Rede, die der verschlagene alte Senator regelmäßig allen auftischte, mit denen ihn der Zufall in der Inquisition während seines langen Lebens zusammenführte, wurde gut aufgenommen und mit ähnlichen Höflichkeiten beantwortet.

„Es scheint, daß der würdige Signore Alessandro Gradenigo unter unsern Vorgängern war, ein braver Edelmann und dem Staate sehr ergeben!" fuhr er fort, unter einigen Papieren blätternd. Denn obgleich die Drei, die den Rat bildeten, solange sie im Amte blieben, niemandem bekannt waren außer einigen wenigen Sekretären und Beamten, so überlieferte die venezianische Staatsklugheit ihren Namen doch ihren Nachfolgern und so abwärts.

Die anderen stimmten bei als Männer, die gewohnt sind, vorsichtig zu reden.

„Wir hätten unsern Beruf beinahe in einem stürmischen Augenblick antreten müssen, Signori", bemerkte der dritte, „doch gewinnt es den Anschein, als sei dieser Aufstand der Fischer bereits gedämpft. Ich glaube, die Schufte hatten einigen Grund, mißtrauisch gegen die Regierung zu sein."

„Die Sache ist glücklich beigelegt", versetzte der Senior der Drei, der sehr geübt war in der Kunst, alles zu vergessen, was die Politik nicht gern aufbewahrt haben mochte, sobald die Sache durchgesetzt war. „Die Galeeren müssen bemannt sein, sonst wird sich die Republik bald schämen müssen, den Kopf zu erheben."

Signore Soranzo, der einige vorläufige Belehrungen über seine neuen Pflichten erhalten hatte, blickte schwermütig vor sich hin, aber auch er war nun das Geschöpf eines starren Systems.

„Haben wir diesmal über irgendeinen dringend wichtigen Gegenstand zu beraten?" fragte er.

„Signori, wir haben Ursache, anzunehmen, daß die Republik soeben einen schweren Verlust erlitten hat. Ihr kennt beiderseits die Erbin von Tiepolo, wenigstens dem Rufe nach, wenn Euch auch ihre eingezogene Lebensweise ihre nähere Bekanntschaft nicht machen ließ."

„Donna Giulietta ist voll vom Lobe ihrer Schönheit", sagte der junge Gatte.

„Wir hatten kein beträchtlicheres Erbgut in ganz Venedig", setzte der dritte Inquisitor hinzu.

„Vortrefflich, wie sie ist, an Tugenden und noch mehr an Reichtümern, fürchte ich, haben wir sie verloren, Signori! Don Camillo Monforte, den Gott behüte, bis wir seines Einflusses nicht weiter bedürfen, hätte fast den Sieg über uns davongetragen, aber eben als der Staat nahe daran war, seine wohlangelegten Pläne zu vereiteln, fiel die Dame durch Zufall in die Hände der Aufwiegler, und seitdem haben wir keine Nachricht von ihr."

Paolo Soranzo hoffte im stillen, daß sie in den Armen des Neapolitaners sein werde.

„Ein Sekretär hat mir mitgeteilt, daß auch der Herzog von Sant' Agata verschwunden sei", bemerkte der dritte. „Ferner ist die Feluke, die gewöhnlich bei entfernten und schwierigen Geschäften gebraucht wurde, nicht mehr vor Anker."

Die beiden alten Männer sahen einander an, als ob sie zu argwöhnen anfingen, was sich zugetragen habe. Sie sahen, daß die Sache nichts mehr hoffen ließ, und wie denn ihre Pflicht eine ganz praktische war, verloren sie keine Zeit mit unnützem Bedauern.

„Wir haben zwei dringende Angelegenheiten", bemerkte der Ältere. „Die Leiche des alten Fischers muß ruhig in die Erde kommen, wobei soviel als möglich allem künftigen Tumult zu begegnen ist. Und dann müssen wir über den berüchtigten Jacopo verfügen."

„Der letztere muß zuerst eingefangen werden", sagte Signore Soranzo.

„Das ist bereits geschehen. Solltet Ihr's glauben, Ihr Herren! Im Palaste des Dogen selber ward er ergriffen."

„Nun denn, zum Schafott mit ihm, ohne Verzug."

Die beiden Alten sahen wieder einander an, als ob sie schon vorläufig beraten und eine Übereinkunft getroffen hätten, von der ihr Genosse nichts wußte. In ihren Blicken malte sich auch etwas wie ein Verlangen, seine Gefühle zu prüfen, ehe sie offener mit der Übung ihres Amtes hervortraten.

„Um des gelobten San Marcos willen, Signori, laßt die Gerechtigkeit frei walten in dieser Sache“, fuhr das unbefangene Mitglied der Drei fort. „Auf welches Mitleid kann ein feiler Bandit Anspruch machen? Und welche schöneren Pflichten hätten wir zu üben als die, ein öffentliches Beispiel strenger und unerläßlicher Gerechtigkeit zu geben?“

Die alten Senatoren verbeugten sich, die Gesinnung ihres Kollegen anerkennend, die dieser mit der Hitze junger Erfahrung und der Freimütigkeit eines aufrichtigen Gemütes aussprach; denn es gibt eine feststehende Moral, der man herkömmlich huldigt und ihr wenigstens dem Schein nach verstattet, auch auf den krümmsten Wegen der Politik mit beizuspielen.

„So wollen wir denn Jacopo Frontonis Sache vornehmen. Es wird aber nötig sein, daß wir im Zimmer der Inquisition zusammenkommen, um den Gefangenen mit seinen Anklägern zu konfrontieren. Es ist ein wichtiges Verhör, Signori, und Venedig würde sehr in der Achtung der Menschen verlieren, wenn nicht das höchste Tribunal an der Entscheidung Anteil nähme!“

„Zum Block mit dem Schurken!“ rief Signore Soranzo wieder.

„Dies Schicksal kann ihn vielleicht betreffen, oder etwa gar die Strafe des Rades. Eine reiflichere Erwägung wird uns sehr aufklären über den Gang, den die Staatskunst hierbei vorschreiben mag.“

„Es kann die Staatskunst nur einen Weg haben, wenn das Leben unserer Bürger in Frage steht. Ich bin nie zuvor ungeduldig gewesen, jemandem seine Tage zu verkürzen, aber bei dieser Untersuchung verdrießt mich jeder Verzug.“

„Eure edle Ungeduld wird sich befriedigt fühlen, Signore Soranzo; denn in Erwägung der Wichtigkeit der Sache haben mein Kollege, der würdige Senator, der uns in dieser hohen Pflicht beigesellt ist, und ich bereits die dem Gegenstande entsprechenden Befehle erlassen. Die Stunde ist nahe, und wir wollen uns zeitig nach dem Zimmer der Inquisition begeben, um unserer Pflicht nachzukommen.“

Das Gespräch drehte sich darauf um allgemeinere Angelegenheiten. Dieses geheime und außerordentliche Tribunal, das nicht genötigt war, an irgendeinem bestimmten Orte seine Zusammenkünfte zu halten, sondern seine Beschlüsse überall fassen durfte, auf der Piazza oder im Palaste, unter dem Gewirr der Maskerade oder vor dem Altare, in lustiger Gesellschaft oder im eigenen Kabinett, hatte natürlich viele ganz gewöhnliche Angelegenheiten seiner Beurteilung zu unterwerfen. Da hier der Zufall der Geburt seine eigentliche Geltung hatte und Gott nicht allen Menschen zu solch einem herzlosen Amte die Fähigkeit gibt, so geschah es zuweilen, wie in dem gegenwärtigen Falle, daß die bewanderteren Mitglieder des Rates erst die großmütige Gesinnung eines Kollegen bekämpfen mußten, ehe die fürchterliche Maschine in Gang kommen konnte.

Signore Soranzo war von Natur ein Mann von trefflichem Charakter, und die freundliche Gestalt seiner Häuslichkeit hatte seinen natürlichen Anlagen neue Stärke gegeben. Gleich andern Männern seines Standes und seiner Aussichten hatte er die Geschichte und politische Handlungsweise seiner sich so nennenden Republik zu seinem Studium gemacht, und da ließen ihm die Größe der Gesamtinteressen und die scheinbare Notwendigkeit Theorien annehmlich erscheinen, die er, unter andern Umständen dargeboten, mit Abscheu zurückgewiesen haben würde. Und doch war Signore Soranzo noch weit davon entfernt, die ganze Wirkung des Systems zu kennen, zu dessen Stütze auch ihn die Geburt bestimmt hatte. Selbst Venedig zollte der öffentlichen Meinung Anerkennung und hielt der Welt nur ein Trugbild seiner wahren Staatsmaximen vor. Indessen gab es selbst dabei viele darunter, die zu auffallend waren, um nicht hervorzutreten und einem unbefleckten Gemüte Widerwillen einzuflößen. Der junge Senator suchte sich ihren Zweck lieber selber zu verbergen, oder wenn er bemerkte, wie sich ihr Einfluß auf alles erstreckte, nur nicht auf die arme, vernachlässigte, abstrakte Tugend, deren Lohn so fern lag, so suchte er sich irgendein Schutzmittel vorzuspiegeln oder einen scheinbaren und indirekten Nutzen zur Entschuldigung, daß er zu alledem stille schwieg.

In dieser Gemütsstimmung ward Signore Soranzo unerwarteterweise Mitglied im Rat der Drei. Oft in seinen Jugendträumen hatte er den Besitz dieser keiner Verantwortung unterworfenen Macht als das höchste Ziel seiner Wünsche angesehen. Tausend Bilder von dem Guten, das er stiften wollte, waren in seinem Kopfe aufgestiegen, und erst in späteren Jahren, als er das Truggewebe, das auch den Bestmeinenden umspann, näher kennenlernte, konnte er sich von der Unausführbarkeit seiner Pläne überzeugen. Wie die Sache stand, trat er in den Rat mit Zweifeln und bösen Ahnungen.

Signore Soranzos Kollegen fanden demungeachtet die Aufgabe, ihn vorzubereiten zu den Pflichten des Staatsmannes, die so sehr von denen abwichen, die er als Mann zu üben gewohnt war, bei weitem schwieriger, als sie vermutet hatten.

Mit mancherlei Anspielungen auf ihre Politik, aber ohne bestimmte Aufklärung über ihr Vorhaben setzten die Senioren des Rates die Unterredung fort, bis die Stunde der Zusammenkunft im Palaste des Dogen nahe war. Da trennten sie sich einzeln, wie sie zusammengekommen waren, damit sich das Geheimnis ihres offiziellen Charakters keinem uneingeweihten Auge enthüllte.

Der gewandteste von den Dreien besuchte eine Gesellschaft Adliger, die vornehme und schöne Damen mit ihrer Gegenwart beehrten, schlüpfte aber bald darauf hinweg, ohne daß die Gesellschaft wußte, wohin. Der andere eilte an das Totenbett eines Freundes und sprach dort lange und vortrefflich mit einem Mönch über die Unsterblichkeit der Seele und die Hoffnungen eines Christen. Als er ging, gab ihm der gute Mann seinen Segen, und die Familie war ganz voll von seinem Lobe.

Signore Soranzo gab sich den Ergötzungen seines Familienkreises bis zum letzten Augenblicke hin. Donna Giulietta war zurückgekommen, von der Seeluft belebt, frischer und liebenswürdiger als jemals, und in seinen Ohren klang noch ihre süße Stimme, noch das tönende Lachen seiner Erstgeborenen, des blühenden, lockigen Mädchens, als ihn sein Gondoliere schon unter der Brücke des Rialto an Land setzte. Hier maskierte er sich, nahm seinen Mantel um und ging mit dem Strom der Menge durch die engen Gassen nach dem St.-Markus-Platze. Einmal im Gewühle, war von zudringlicher Beobachtung nicht mehr viel zu fürchten. Die Verkleidung war den venezianischen Oligarchen ebensooft nützlich, als sie unentbehrlich war, ihrem Despotismus zu entgehen und dem Bürger die Stadt leidlich zu machen. Paolo sah gebräunte barfüßige Lagunenmänner hin und wieder in die Kathedrale treten. Er ging ebenfalls hinein und stellte sich neben den schwacherleuchteten Altar, wo noch immer Seelenmessen für Antonio gelesen wurden.

„Ist dies einer von deinen Kameraden?“ fragte er einen Fischer, dessen dunkles Auge das Licht widerblitzte wie ein Basiliskenblick.

„Signore, das war er – ein braver und ehrlicherer Mann hat nie ein Netz in den Golf geworfen.“

„Ist er ein Opfer seines Berufs geworden?“

„Cospetto di Bacco! Niemand weiß recht, wie er ums Leben gekommen ist. Einige sagen, St. Markus habe ihn gern bald wollen ins Paradies befördern, andere meinen wieder, er sei durch die Faust eines Bravo, namens Jacopo Frontoni, gefallen.“

„Warum sollte sich ein Bravo an dem Leben eines solchen Mannes vergreifen?“

„Wenn Ihr so gütig wäret, Signore, Euch selber auf Eure Frage zu antworten, so spartet Ihr mir einige Mühe. Freilich, warum sollte er? – Sie sagen, Jacopo sei rachsüchtig, und Scham und Verdruß über seine Niederlage in der Regatta durch einen so alten Mann seien die Ursache."

„Ist er so eifersüchtig auf seine Ehre im Rudern?"

„Diamine! Ich habe die Zeit gesehen, wo Jacopo lieber gestorben wäre, als im Wettfahren zu verlieren. Das war jedoch, ehe er das Stilett führte. Wär er beim Ruder geblieben, so konnte dergleichen geschehen, nun aber, da er einmal als Bravo bekannt ist, hat es gar keinen vernünftigen Anschein, daß er so gewaltig an dem Wettpreise auf den Kanälen hängen sollte."

„Kann der Mann nicht zufällig in die Lagunen gefallen sein?"

„O ja, Signore! Das begegnet unsereinem alle Tage. Aber dann deucht es uns gescheiter, zum Boote zu schwimmen, als zu ertrinken. Der alte Antonio hatte einen Arm in seiner Jugend, der ihn vom Kai bis zum Lido trug."

„Vielleicht hat er sich im Fallen verletzt, so daß er unfähig ward, sich selbst zu helfen."

„Da müßten sich Spuren zeigen an der Leiche, Signore!"

„Würde aber nicht Jacopo sein Stilett gebraucht haben?"

„Vielleicht, Signore. Aber Antonio wurde ertränkt, denn man fand das Boot des alten Mannes in der Mündung des Canale Grande, eine halbe Meile von der Leiche und gegen den Wind! Wir geben auf solche Dinge acht, Signore, weil wir sie verstehen."

„Gut Nacht, Fischer."

„Schön gut Nacht, Exzellenza!" erwiderte der Lagunenmann, sehr zufrieden, daß er so lange mit einem Manne hatte reden dürfen, den er als einen bei weitem Vornehmeren ansah. Der maskierte Senator fand es nicht schwer, unbemerkt aus der Kathedrale zu kommen, und er hatte seinen geheimen Weg in den Palast, so ihm kein unberufener Beobachter hinderlich war. Er sah sich bald mit den Räten des fürchterlichen Tribunals zusammen.

Achtundzwanzigstes Kapitel

Die Weise, in der der Rat der Drei seine offenen Zusammenkünfte hielt, wenn irgend etwas, was die mysteriöse Versammlung anging, offen genannt werden kann, ist bereits erzählt worden. Es waren wieder dieselben Anzüge, Masken und Offizianten der Inquisition wie bei jenem in einem früheren Artikel beschriebenen Auftritte. Nur der Charakter der Richter war ein anderer sowie der des Angeklagten.

Durch eine besondere Einrichtung der Lampe ward das meiste Licht auf den Fleck geworfen, wo der Gefangene stehen sollte, während die Seite des Zimmers, an der die Inquisitoren saßen, in einem Dunkel blieb, das zu ihrem düstern, geheimnisvollen Amte gar wohl stimmte. Ehe sich die Tür öffnete, durch die der Beschuldigte eintreten mußte, hörte man das Klirren der Ketten, ein sicheres Anzeichen, daß der vorliegende Fall als sehr ernstlich angesehen ward. Die Angeln drehten sich, und der Bravo stand vor den unbekannten Männern, die über sein Schicksal zu entscheiden hatten.

Da Jacopo oft vor dem Rat erschienen war, obgleich niemals als Gefangener, so verriet er weder Überraschung noch Bestürzung bei dem finsteren Anblick umher. Sein Gesicht war bleich, aber gefaßt, seine Glieder unbeweglich und seine Miene bescheiden. Als sich das kleine Geräusch gelegt hatte, das bei seinem Eintritt entstand, herrschte in dem Zimmer tiefe Stille.

„Du heißest Jacopo Frontoni?“ sagte der Sekretär, der das Mundstück der Drei bei dieser Gelegenheit abgab.

„Ja.“

„Du bist der Sohn eines gewissen Ricardo Frontoni, eines durch Zolldiebstahl berüchtigten Mannes, von dem man glaubt, daß er nach den entfernten Inseln verbannt oder anderweitig bestraft wurde?“

„Signore – oder anderweitig bestraft wurde.“

„Du warst Gondoliere in deiner Jugend?“

„Das war ich.“

„Deine Mutter ist –“

„– tot“, sagte Jacopo, als er bemerkte, daß der andere schwieg, um seine Instruktion anzusehen.

Der tiefe Ton, mit dem er dieses Wort sprach, erregte eine Stille, die der Sekretär erst unterbrach, nachdem er einen Blick hinter sich auf die Richter geworfen hatte.

„Sie war nicht der Teilnahme an dem Verbrechen deines Vaters angeklagt?"

„Und wäre sie es gewesen, Signore, sie ist längst nicht mehr im Bereiche der Macht dieser Republik."

„Bald nachdem dein Vater das Mißfallen des Staates erregt hatte, gabst du dein Geschäft als Gondoliere auf?"

„Signore, ja."

„Du bist angeklagt, Jacopo, das Ruder mit dem Stilett vertauscht zu haben."

„Signore, ja."

„Die Gerüchte von deinen Bluttaten haben seit mehreren Jahren zugenommen in Venedig, bis in der letzten Zeit keiner mehr eines unzeitigen Todes starb, dessen Ermordung man dir nicht zugeschrieben hätte."

„Das ist nur zu wahr, Signore Segretario. – Ich wollte, dem wäre nicht so."

„Die Ohren Seiner Hoheit und die Ratskollegien sind nicht verschlossen geblieben vor diesen Gerüchten, sondern haben sie lange mit dem Ernst einer väterlichen und sorgsamen Regierung erwogen. Wenn sie dich frei herumgehen ließen, so geschah es nur, um nicht den Hermelin der Gerechtigkeit durch ein übereiltes und nicht hinlänglich begründetes Erkenntnis zu beflecken."

Jacopo neigte sein Haupt und gab keine Antwort. Aber ein Lächeln, so wild und bedeutungsvoll, glitt bei dieser Erklärung über seine Züge, daß der Offiziant des geheimen Tribunals, der als Organ der Mitteilung diente, auf das Papier niederblickte, das er in der Hand hielt, als wollte er tiefer in die Schriften hineinsehen.

„Es ist nunmehr eine ganz besondere und fürchterliche Beschwerde gegen dich beigebracht worden, Jacopo Frontoni", fuhr der Sekretär fort, „und aus Fürsorge für das Leben seiner Bürger hat der gefürchtete Rat selbst die Sache in die Hand genommen. Hast du einen gewissen Antonio Vecchio, Fischer hier auf unseren Lagunen, gekannt?"

„Ja, Signore, in der letzten Zeit, und ich bedaure, ihn nicht schon früher gekannt zu haben."

„Du weißt auch, daß sein Körper ersäuft in der Bai gefunden worden?"

Jacopo schauderte und bejahte die Frage nur durch ein Zeichen. Die Wirkung, die diese schweigende Bejahung auf den Jüngsten der Drei hervorbrachte, war unverkennbar, denn er wandte sich zu seinen Kollegen in der Überzeugung, daß dieses Zeichen einem Geständnisse gleichkomme. Die beiden anderen machten zur Erwiderung würdevolle Verneigungen, und damit war die stillschweigende Mitteilung beendet.

„Sein Tod hat Unzufriedenheit unter seinen Kameraden erregt, und die Veranlassung dazu ist ein Gegenstand ernstlicher Untersuchung für den hohen Rat geworden."

„Der Tod des geringsten Mannes in Venedig muß den Patriziern angelegen sein, Signore."

„Weißt du, Jacopo, daß du angeklagt bist, ihn ermordet zu haben?"

„Signore, ja."

„Man sagt, du seiest unter den Gondolieri in der letzten Regatta gewesen und würdest ohne diesen alten Fischer den ersten Preis gewonnen haben."

„Darin hat das Gerücht nicht gelogen, Signore."

„Du leugnest also nicht?" rief der Inquirent mit sichtlichem Erstaunen.

„Es ist gewiß, daß ich ohne diesen Fischer gewonnen hätte."

„Und du hast den Preis gewünscht, Jacopo?"

„Gar sehr, Signore", erwiderte der Angeklagte mit einem Ausdruck des Gefühls, den er bisher noch nicht gezeigt hatte. „Ich war bei seinen Kameraden ein verachteter Mensch, und doch ist das Ruder mein Stolz gewesen von meiner Kindheit an bis zu jener Stunde."

Eine Bewegung des dritten Inquisitors verriet wieder dessen Anteil und Erstaunen.

„Gestehst du dein Verbrechen?"

Jacopo lächelte, aber mehr aus Spott als aus einem andern Gefühle.

„Wenn die erlauchten Senatoren hier gegenwärtig ihre Masken abnehmen wollen, so kann ich diese Frage vielleicht mit größerer Zuversicht beantworten", sagte er.

„Dein Verlangen ist verwegen und außer der Ordnung. Niemand kennt persönlich die Patrizier, die im Staate die letzte Entscheidung haben. Bekennst du dein Verbrechen?"

In diesem Augenblick trat ein Offiziant hastig herein, legte eine Schrift in die Hand des rotgekleideten Inquisitors und entfernte sich. Nach einer kleinen Pause befahl man den Wachen, mit dem Gefangenen abzutreten.

„Hohe Senatoren", sagte Jacopo, indem er ernst an den Tisch trat, als wollte er den Augenblick benutzen, um durchzusetzen, was er zu fordern im Begriff stand. „Gnade! Verstattet mir, einen Gefangenen unter den Bleidächern zu besuchen! Ich habe wichtige Gründe, dies zu wünschen, und bitte euch als Menschen und Väter, es mir zu erlauben."

Das lebhafte Interesse der zwei für die eben gebrachte Nachricht, über die sie sich seitwärts besprachen, verhinderte sie, auf sein Gesuch zu achten. Der dritte Inquisitor, Signore Soranzo, war der Lampe näher getreten, begierig, in den Zügen eines so berüchtigten Menschen zu forschen, und staunte seine auffallende Gesichtsbildung an. Gerührt durch den ergreifenden Ton seiner Rede und zum Wohlwollen gestimmt durch die Züge, die er musterte, übernahm er die Verantwortlichkeit, allein den Wunsch des Gefangenen zu gewähren.

„Erfüllt ihm, was er verlangt", sagte er zu den Hellebardieren, „aber haltet ihn bereit, wieder vorzutreten."

Jacopo dankte ihm durch einen Blick; aber in Besorgnis, daß die andern noch plötzlich seinem Verlangen in den Weg treten möchten, verließ er eilig das Zimmer.

Der Weg der kleinen Prozession, die sich vom Zimmer des heimlichen Gerichts nach dem Sommeraufenthalt seiner Schlachtopfer begab, bezeichnete auf traurige Weise den Ort und die Regierung.

Er führte durch finstere, verdeckte Korridore, die dem uneingeweihten Auge verborgen waren, während sie nur dünne Wände von den Zimmern des Dogen trennten, die gleich jenem äußern Anstrich des ganzen Staates hinter Pracht und Glanz nichts als Nacktheit und Elend versteckten. Als das Obergeschoß erreicht war, blieb Jacopo stehen und redete seine Führer an: „Wenn ihr Menschen seid, von Gott geschaffen, so nehmt mir, wenn auch nur für einen Augenblick, diese klingenden Ketten ab."

Die Schließer sahen überrascht einander an, keiner wollte das Liebeswerk auf sich nehmen.

„Ich will", fuhr der Gefangene fort, „vermutlich zum letztenmal, einen bettlägerigen oder auch schon sterbenden Vater besuchen, und er weiß nichts von meiner Lage, soll er mich in diesem Zustande sehen?"

Mächtig mehr durch Ton und Gebärde als durch Worte, verfehlte diese Anrede ihre Wirkung nicht. Ein Schließer nahm ihm die Ketten ab und hieß ihn hineingehen. Mit vorsichtigem Tritt ging Jacopo, als die Tür geöffnet war, allein in das Zimmer, denn keiner nahm an der Zusammenkunft eines gemeinen Bravo mit seinem Vater so vielen Anteil, daß er sich deshalb hätte der brennenden Hitze dieses Ortes aussetzen wollen. Hinter ihm schloß sich die Tür, und das Gemach wurde dunkel.

Ungeachtet seiner angenommenen Festigkeit blieb Jacopo erschüttert stehen, als sich ihm so plötzlich das stille Elend des unglücklichen Gefangenen veranschaulichte. Ein schweres Atmen ließ ihn den Ort des Strohlagers erraten, denn die Mauern, die auf der Seite des Korridors massiv waren, verhinderten das Eindringen des Lichtes durchaus.

„Vater!“ sagte Jacopo sanft. Er erhielt keine Antwort,

„Vater!“ wiederholte er lauter.

Das Atmen wurde hörbarer, darauf sprach der Gefangene.

„Die heilige Maria erhört mein Flehen“, sagte er mit schwacher Stimme. „Gott hat dich mir geschickt, mein Sohn, mir die Augen zuzudrücken.“

„Verläßt dich deine Kraft, Vater?“

„Sehr, mein Stündlein ist gekommen – ich hatte gehofft, das Tageslicht wiederzusehen, deine teure Mutter und Schwester zu segnen – Gottes Wille geschehe!“

„Sie beten für uns beide, Vater. Sie sind nicht mehr in der Gewalt des Senats.“

„Jacopo – ich versteh dich nicht!“

„Meine Mutter und meine Schwester sind tot, sind Heilige im Himmel, Vater!“

„Das ist ein plötzlicher Schlag!“ sprach der alte Mann leise. „Nun, so scheiden wir zusammen.“

„Sie sind längst tot, Vater.“

„Warum hast du mir das nicht früher gesagt, Jacopo?“

„Hattest du nicht ohnehin des Grams genug? Jetzt, da du im Begriff stehst, zu ihnen zu gehen, wird es dir Freude machen, zu erfahren, daß sie schon lange selig sind.“

„Und du, du wirst allein zurückbleiben – gib mir deine Hand – armer Jacopo.“

Der Bravo griff hin und faßte die schwache Hand seines Vaters. Sie war steif und kalt.

„Jacopo!“ fuhr der Gefangene fort, denn sein Geist hielt noch den Körper. „Ich habe dreimal seit einer Stunde gebetet – einmal für meine eigene Seele – einmal für den Frieden deiner Mutter – und endlich auch für dich!“

„Dank, Vater, Dank! Mir tut Fürbitte not!“

„Knie hin, Jacopo – daß ich Gott noch einmal – bitten möge, deiner zu gedenken.“

„Ich bin neben dir, Vater.“

Der alte Mann hob seinen schwachen Arm empor, und mit einer Stimme, deren Kraft sich neu zu beleben schien, sprach er einen glühenden, feierlichen Segen.

„Der Segen eines sterbenden Vaters wird deine Tage versüßen, Jacopo“, sagte er nach einer Pause, „und deinen letzten Augenblicken Frieden geben.“

„Das wird er, Vater.“

Ein rauher Ruf von der Türe her unterbrach sie.

„Komm, Jacopo“, sagte einer von den Schließern, „der Rat verlangt dich.“

Jacopo fühlte das krampfhafte Zucken seines Vaters und gab keine Antwort.

„Wollen sie dich nicht – noch ein paar Minuten hierlassen?“ stammelte der alte Mann. „Ich werde dich nicht lange mehr aufhalten.“

Die Tür ging auf, und ein Strahl der Lampe fiel auf die Gruppe im Gemach. Der Schließer war so menschlich, wieder zuzumachen und alles im Dunkel zu lassen. Jacopo gewann durch dies Streiflicht einen letzten Blick in seines Vaters Gesicht. Der Tod hauste darin entsetzlich, aber die Augen waren in unaussprechlicher Liebe dem Sohne zugekehrt.

„Das ist ein barmherziger Mann – er will dich nicht aussperren“, sagte der Vater leise.

„Sie können dich nicht allein sterben lassen, Vater.“

„Sohn, mein Gott ist bei mir – doch hätte ich dich freilich gern neben mir – hast du nicht gesagt – deine Mutter und deine Schwester sind tot?“

„Tot.“

„Deine junge Schwester auch?“

„Alle beide, Vater. Sie sind Heilige im Himmel."

Der alte Mann atmete schwer, und es ward stille. Jacopo fühlte die Bewegung einer Hand im Dunkeln, als suchte sie ihn, er ergriff sie und legte sie in Ehrfurcht auf sein eigenes Haupt.

„Gott segne dich, Jacopo!" flüsterte eine Stimme, die der aufgeregten Einbildungskraft des Bravo aus der Luft herabzuschweben schien. Den feierlichen Worten folgte ein bebendes Seufzen. Jacopo barg sein Gesicht im Bettuch und betete. Darauf ward tiefe Stille.

„Vater", fragte er, zitternd vor seiner eigenen gedämpften Stimme.

Keine Antwort. Er streckte die Hand aus und berührte das Gesicht eines Leichnams. Mit einer Gewalt, die an Verzweiflung grenzte, beugte er abermals seinen Kopf nieder und betete inbrünstig für den Toten.

Als sich die Tür der Zelle öffnete, erschien Jacopo vor den Schließern mit einer Würde der Haltung, die nur wirklichem Charakter eigen ist, und jetzt noch erhöht war durch die eben erlebten Augenblicke. Er bot seine Arme dar und stand unbeweglich, als sie ihm die Fesseln wieder anlegten. Darauf gingen sie miteinander nach dem geheimen Zimmer, und es währte nicht lange, so standen alle wie vorher vor dem Rate der Drei.

„Jacopo Frontoni", nahm der Sekretär das Wort, „du bist noch einer andern schwarzen Tat verdächtig, die ganz kürzlich in unserer Stadt begangen worden. Hast du einen edeln Kalabrier gekannt, der auf die Senatorwürde Anspruch machte und sich lange hier in Venedig aufhielt?"

„Ja, Signore."

„Hast du mit ihm zu tun gehabt?"

„Ja, Signore."

Eine Bewegung unter den Zuhörern verriet den Anteil, den alle nahmen.

„Weißt du, wo Don Camillo Monforte sich gegenwärtig befindet?"

Jacopo zauderte. Er kannte die Mittel, die dem Senat zu Gebote standen, um sich von allem in Kenntnis zu setzen, so gut, daß er in Zweifel geriet, inwiefern es rätlich wäre, seinen Anteil an der Flucht der Liebenden zu leugnen. Außerdem hatte sich in diesem Augenblick ein tiefes, heiliges Gefühl für Wahrheit in seinem Gemüte eingedrückt.

„Kannst du Auskunft geben, warum der junge Herzog nicht in seinem Palaste gefunden wird?" wiederholte der Sekretär.

„Illustrissimo, er hat Venedig für immer verlassen!“

„Woher weißt du das? Hat er einen gemeinen Bravo zu seinem Vertrauten gemacht?“

Ein Lächeln voll überlegenen Selbstbewußtseins blitzte über Jacopos Züge und veranlaßte den wohlunterrichteten Agenten des geheimen Tribunals, tief in seine Papiere hineinzublicken, gleich einem, der sich getroffen fühlt.

„Bist du sein Vertrauter? Ich frage noch einmal.“

„Signore, in dieser Sache, ja! Ich habe die Versicherung aus Don Camillo Monfortes eigenem Munde, daß er nicht wiederkommen wird.“

„Das ist unmöglich, da er somit all seine schönen Hoffnungen und glänzenden Güter aufopfern würde.“

„Er tröstet sich mit dem Ersatze, Signore, den ihm die Liebe der jungen Tiepolo und deren Reichtümer bieten.“

Abermalige Bewegung unter den Dreien, die alle ihre Geübtheit in der Selbstbeherrschung und die mechanische Gravität ihres geheimnisvollen Amtes nicht zurückzuhalten vermochte.

„Die Schließer sollen sich entfernen“, sagte der Inquisitor im Scharlachkleide. Sobald der Gefangene mit den Dreien und ihrem immerwährenden Sekretär allein war, ging das Verhör fort, und selbst die Senatoren, im Vertrauen auf ihre Masken und einige Verstellung der Stimme, sprachen gelegentlich mit.

„Es ist ein wichtiger Aufschluß, den du uns gegeben hast, Jacopo!“ fuhr der im roten Kleide fort. „Es kann noch dein Leben retten, wenn du klug genug bist, die Gelegenheit zu benutzen.“

„Was wünschen Ew. Exzellenz von mir? Offenbar hat der Rat Kenntnis von Don Camillos Flucht, und ich kann nicht glauben, daß Augen, die sich so selten schließen, die Erbin von Tiepolo noch nicht vermißt haben sollten.“

„Beides ist wahr, Jacopo. Aber was weißt du von den Mitteln zur Flucht? Bedenke, daß dein eigenes Schicksal von der Gunst abhängt, die du dir bei dem Rate erwirbst.“

Der Gefangene ließ wieder einen von jenen erstarrenden Blicken über sein Gesicht leuchten, vor dem seine Richter jedesmal niedersahen.

„An Mitteln zur Flucht kann es einem kühnen Liebhaber nicht fehlen, Signore“, erwiderte er. „Don Camillo ist reich und konnte tausend Diener in Bewegung setzen, wenn es nötig war.“

„Du suchst auszuweichen. Es ist dein eigener Nachteil, wenn du den Rat zum besten hast! Welche Diener benutzte er?“

„Er hatte eine ihm ergebene Dienerschaft, Exzellenz – viele dreiste Gondolieri und Leute aller Art.“

„Von diesen wollten wir nichts wissen. Er ist durch andere Mittel entkommen, oder bist du denn überhaupt ganz sicher, daß er entkommen ist?“

„Signore, ist er noch in Venedig?“

„Danach fragen wir dich eben. Hier ist eine Anklage im Löwenrachen gefunden worden, die dich zeiht, ihn ermordet zu haben!“

„Und Donna Violetta auch, Exzellenza?“

„Von ihr haben wir nichts gehört. Was erwiderst du auf diese Anklage?“

„Signore, warum sollte ich meine eigenen Geheimnisse verraten?“

„Ha, bist du doppelzüngig und treulos? Besinne dich, daß wir einen Gefangenen unter den Bleidächern haben, der dir die Wahrheit wohl abpressen kann!“

Jacopo richtete sich zu einer solchen Höhe auf, als man sich nur vorstellen kann, um die Erhebung eines freien Geistes auszudrücken. Sein Auge aber war dennoch traurig und seine Stimme, trotz der Anstrengung, sie zum Gegenteil zu zwingen, schwermütig.

„Senatoren“, sagte er, „euer Gefangener unter den Bleidächern ist frei.“

„Was! Du scherzest noch in deiner Verzweiflung!“

„Ich spreche wahr. Die so lang verzögerte Befreiung ist endlich gekommen.“

„Dein Vater –“

„– ist tot“, fiel Jacopo mit feierlichem Tone ein.

Die beiden älteren Mitglieder des Rates sahen einander überrascht an, während ihr jüngerer Kollege mit der Teilnahme zuhörte, die ein Neuling in geheimen und verwickelten Geschäften zu haben pflegt. Die ersteren berieten sich leise und sagten dann dem Signore Soranzo so viel von ihrem Beschluß, als sie in diesem Falle für nötig erachteten.

„Wirst du deine eigene Sicherheit in Erwägung ziehen, Jacopo, und uns eröffnen, was du von der Sache des Neapolitaners weißt?“ fuhr der Inquisitor fort, als dieses Zwischenspiel zu Ende war.

Jacopo verriet keine Schwäche bei der Drohung des Senators, aber nach kurzer Überlegung antwortete er mit so viel Freimütigkeit, als er nur im Beichtstuhl an den Tag legen konnte: „Ihr wißt, erlauchter Senator, daß dem Staate daran lag, die Erbin von Tiepolo zu seinem eigenen Vorteile zu verheiraten, daß sie aber der neapolitanische Edelmann liebte und daß sie, wie unter jungen und empfindungsvollen Herzen zu geschehen pflegt, seine Liebe erwiderte in dem Maße, als einem Mädchen ihres Ranges und ihrer Jugend geziemend war. Ist da etwas Erstaunliches in dem Umstande, daß sich zwei Personen von so glänzenden Aussichten bemühten, ihr Unglück abzuwehren? Signori, in der Nacht, da der alte Antonio starb, war ich unter den Gräbern des Lido allein mit meiner Schwermut und meinem bittern Herzen, und mir war das Leben zur Last. Hätte der böse Geist, der damals die Oberhand gewonnen hatte, seine Meisterschaft behauptet, so wäre ich als ein hoffnungsloser Selbstmörder gestorben. Gott sandte aber Don Camillo Monforte, mich zu retten. Dort lernte ich die Wünsche des Neapolitaners kennen und begab mich in seine Dienste. Ich schwur ihm, Senatoren, gewissenhaft zu sein, für seine Sache zu sterben, wenn es nötig wäre, und ihm zu seiner Braut zu verhelfen. Die Verpflichtung hab ich erfüllt. Die glücklichen Liebenden sind jetzt im Kirchenstaate und unter dem mächtigen Schutze des Kardinalsekretärs, der Don Camillos Mutterbruder ist."

„Narr, warum hast du das getan? Hast du nicht an dich selbst gedacht?"

„Sehr wenig, Exzellenz. Ich dachte mehr an die Wonne, mein Leid in eine menschliche Brust ausschütten zu können, als an Euer hohes Mißvergnügen. Seit Jahren hab ich keinen so süßen Augenblick gehabt, als da ich den Herzog von Sant' Agata seine schöne und vor Freuden weinende Braut an sein Herz drücken sah."

Die Inquisitoren waren überrascht durch den stillen Enthusiasmus des Bravo, und die Verwunderung verursachte wieder eine Pause. Endlich nahm der Älteste von den Dreien das Verhör wieder auf. „Wirst du uns die Art ihres Entkommens mitteilen, Jacopo?" fragte er. „Bedenke, daß du noch ein Leben zu retten hast."

„Signore, dieses eine ist kaum der Mühe wert. Aber Euch zu Gefallen soll nichts verschwiegen bleiben." Jacopo erzählte nun einfach und ungeschminkt die Mittel, die Don Camillo zur Bewerkstelligung seiner Flucht angewendet hatte, die Hoffnungen, die Hindernisse und das endliche Gelingen. Er verheimlichte nichts bei dieser Erzählung als den Ort, wo die Damen auf kurze Zeit eine Zuflucht gefunden hatten, und Gelsominas Namen. Sogar Giacomo

Gradenigos Anschlag auf das Leben des Neapolitaners und die Geschäftigkeit des Juden in dieser Sache machte er kund. Keiner hörte den Bericht so aufmerksam an als der junge Ehemann. Unbeschadet seiner öffentlichen Pflichten, klopften seine Pulse, als der Gefangene bei den wechselvollen Schicksalen der Liebenden verweilte, und als endlich ihre Vereinigung erzählt ward, hüpfte sein Herz vor Freuden. Auf der anderen Seite hörten seine erfahrenen Kollegen die Erzählung des Bravo mit berechnender Kälte. Den beiden Senatoren ward auf einmal klar, daß Don Camillo und seine schöne Gefährtin ihrer Macht entronnen waren, und sogleich sahen sie ein, daß man aus der Notwendigkeit eine Tugend machen müsse. Da sie Jacopos nicht weiter bedurften, so ließen sie die Schließer kommen und schickten ihn in sein Gefängnis zurück.

„Es wird geziemend sein, dem Kardinalsekretär ein Glückwunschschreiben wegen der Heirat seines Neffen mit einer so reichen Erbin unserer Stadt zuzusenden", sagte der Inquisitor von den Zehnen, als sich die Tür hinter den Weggehenden geschlossen hatte. „Wir müssen uns den großen Einfluß des Neapolitaners geneigt halten."

„Aber wenn er nun auf den Widerstand unseres Staates gegen sein Vorhaben Gewicht legte?" wandte Signore Soranzo ein, schwach genug gegen einen so kühnen Plan.

„So legen wir die Sache allein dem vorigen Rate zur Last. Solche Mißgriffe sind unausbleibliche Folgen des Eigenwillens in einer freien Verfassung, Signore. Das Roß, das im Naturzustande über die Ebene streift, kann nicht gleicherweise gelenkt werden wie das träge Tier, das den Karren zieht. Ihr sitzet heut zum erstenmal unter den Dreien, aber die Erfahrung wird Euch lehren, daß, wie vortrefflich wir auch in der Theorie sind, die Praxis nicht immer gleich vollkommen sein kann. Das ist eine wichtige Sache mit dem jungen Gradenigo, Signori!"

„Ich habe ihn längst als einen Taugenichts gekannt", versetzte sein älterer Kollege. „Jammerschade, daß solch ein ehrenwerter und edler Patrizier ein so unwürdiges Kind gezeugt hat. Aber weder der Staat noch die Stadt darf Mordanschläge ungeahndet lassen."

„Oh, kämen sie doch nur seltener vor!" rief Signore Soranzo in aller Aufrichtigkeit.

„Jawohl, jawohl. Es sind einige Winke in unserer geheimen Information, die Jacopos Aussage bestätigen. Auch hat uns lange Erfahrung gelehrt, daß man seinen Berichten vollkommen Glauben beimessen kann."

„Wie? – Ist denn Jacopo ein Agent der Polizei?“

„Davon mehr bei größerer Muße, Signore Soranzo. Gegenwärtig müssen wir diesen Anschlag gegen das Leben eines unter dem Schutze unserer Gesetze gestandenen Mannes in Erwägung ziehen.“

Nun entspann sich unter den Dreien eine angelegentliche Diskussion über die beiden Verbrecher. Signore Soranzo hatte eine schöne Gelegenheit, seine hochherzige Gesinnung geltend zu machen. Er war zwar ein Verwandter des Hauses Gradenigo, nahm aber doch keinen Anstand, das Betragen des jungen Adligen ernstlich zu rügen. Er begehrte zuerst, daß ein schreckendes Exempel statuiert und der Welt bewiesen würde, daß in Venedig die Geburt nicht zu Verbrechen bevorrechtet. Von dieser Ansicht der Sache ward er jedoch durch seine verschlagenen Kollegen zurückgebracht, die ihn erinnerten, daß die Gesetze zwischen beabsichtigten und begangenen Verbrechen einen Unterschied machten. Von seiner ersten Meinung abgelenkt durch die kältere Erwägung seiner Kollegen, schlug der junge Inquisitor vor, die Sache zur Entscheidung den gewöhnlichen Gerichten zu übergeben. Es fehlte nicht an Beispielen, daß die venezianische Aristokratie einen aus ihrer eigenen Mitte dem Scheine der Gerechtigkeit zum Opfer gebracht hatte, denn solche Fälle, mit Klugheit geleitet, vergrößerten ihre eigene Macht nur, statt sie zu schwächen! Allein, das vorliegende Verbrechen war ein zu gewöhnliches, als daß es sich verlohnt hätte, so überschwenglich freigebig in Aufopferung eigener Gerechtsame zu sein, und die alten Inquisitoren widersetzten sich dem Verlangen ihres jüngeren Kollegen mit scheinbar sehr guten Gründen und einem Anstrich von Rechtmäßigkeit. Es blieb endlich dabei, daß sie selber die Sache entscheiden müßten.

Die nächste Frage war, welche Strafe zuerkannt werden sollte. Der verschmitzte Senior des Rates brachte eine Verbannung auf einige Monate in Vorschlag, denn Giacomo Gradenigo hatte schon sonst in mehr als einer Hinsicht den Zorn der Regierung verdient. Signore Soranzo widersetzte sich dieser Strafe mit dem Feuer eines unverderbten edeln Herzens. Er trug endlich den Sieg davon, indem seine schlauen Amtsgenossen besonders hervorhoben, daß sie seinen Argumenten nachgäben. Das Resultat des ganzen Manövers war, daß der junge Gradenigo auf zehn Jahre in die Provinzen verwiesen, Hosea aber auf Lebenszeit verbannt ward. Hierbei mußte der Jude froh sein, noch mit so blauem Auge davonzukommen.

„Wir dürfen diese Entscheidung und deren Veranlassung nicht geheimhalten“, bemerkte der Inquisitor von den Zehnen, sobald die Sache beendet war. „Es ist kein Nachteil für den Staat, wenn bekannt wird, wie er die Gerechtigkeit handhabt."

„Und wenn sie wirklich geübt wird, will ich hoffen", entgegnete Signore Soranzo. „Da aber unsere heutigen Geschäfte beendigt sind, beliebt es den Herren, daß wir nach Hause zurückkehren?"

„Vorher haben wir noch die Sache des Jacopo abzumachen."

„Den mögen wir doch immerhin den ordentlichen Tribunalen überlassen!"

„Wie Euch beliebt. Ist es so Eure Meinung, Signori?"

Die beiden andern stimmten durch Verbeugungen bei, und man schickte sich zur Heimkehr an.

Bevor aber die beiden älteren Mitglieder des Rates den Palast verließen, hielten sie miteinander eine lange und geheime Konferenz ab, deren Resultat eine Privatinstruktion für den Kriminalrichter war. Dann gingen sie in vollkommener Gewissensruhe nach Hause. Auch Signore Soranzo begab sich nach seiner prächtigen und beglückten Wohnung. Zum erstenmal in seinem Leben betrat er sie mit einem Mißtrauen in sich selbst. Ohne zu wissen, wodurch, fühlte er sich verstimmt, denn der erste Schritt war getan auf jenem verschlungenen und verderblichen Wege, der unfehlbar zur Vernichtung aller edeln und reinen Gesinnungen führt und nur durch die Sophistereien und Täuschungen der Selbstsucht unterhalten werden kann.

Neunundzwanzigstes Kapitel

Am folgenden Morgen wurde Antonio bestattet. Die Agenten der Polizei gebrauchten die Vorsicht, in der Stadt auszubreiten, daß der Senat diese Ehre dem Andenken des alten Fischers erweise wegen seines Sieges in der Regatta und als eine Art von Ersatz für seinen unverschuldeten und geheimnisvollen Tod. Alle Lagunenmänner versammelten sich zur festgesetzten Stunde auf dem Platze, in anständiger Kleidung, sich geschmeichelt fühlend durch die ihrem Stande erwiesene Ehre und mehr als zur Hälfte geneigt, allen früheren Groll vor der gegenwärtigen Gunst zu vergessen. So leicht wird es denen, die durch die Geburt oder das mittels künstlicher Organisation herbeigeführte Vorurteil höher gestellt sind als ihre Mitmenschen, so leicht wird es ihnen, durch ein wenig Herablassung ihr wirkliches Unrecht vergessen zu machen.

Noch immer wurden vor dem Altar des heiligen Markus Messen gelesen für die Seele des alten Antonio. Voran war unter den Priestern der gute Karmeliter, der nicht an Müdigkeit noch Hunger dachte, in der frommen Begier, die Dienste der Kirche zum Besten eines Mannes zu verrichten, von dessen Schicksal man fast sagen kann, daß er Augenzeuge gewesen. Doch blieb sein Eifer in diesem Augenblicke der Aufregung aller unbemerkt, nur nicht denen, deren Geschäft es war, jedes auffallendere Benehmen, jeden ungewöhnlichen Umstand argwöhnisch zu belauern. Als sich der Karmeliter endlich vom Altar entfernte, kurz ehe die Leiche weggetragen wurde, fühlte er sich leise am Ärmel seines Kleides fortgezogen. Er folgte der Bewegung und befand sich alsbald zwischen den Säulen der dunklen Kirche einsam einem Fremden gegenüber.

„Vater, du hast manchem Sterbenden die Absolution erteilt!“ sagte der andere mehr mit zuversichtlichem, als mit fragendem Tone.

„Es ist die Pflicht meines heiligen Amtes, mein Sohn.“

„Der Staat wird deine Dienste anerkennen. Man wird deiner bedürfen, sobald die Leiche dieses Fischers beerdigt ist.“

Der Mönch schauderte, aber sich verbeugend, senkte er sein bleiches Antlitz zum Zeichen, daß er bereit sei, seine Pflicht zu erfüllen. In diesem Augenblick ward der Leichnam aufgehoben, und die Prozession begab sich hinaus auf die Piazza. Zuerst gingen wie gewöhnlich die Laienbrüder der Kathedrale. Dann folgten andere, die ihre erforderlichen Gebete absangen. Unter ihnen nahm der Karmeliter eilig seinen Platz. Hierauf kam die Leiche, aber nicht in einem Sarge, denn diesen Luxus bei der Beerdigung kannten die Leute aus dem Stande des alten Antonio nicht. Die Leiche war mit den Feiertagskleidern eines Fischers angetan. Hände und Füße waren nackt, ein Kreuz lag auf der Brust; die grauen Haare flatterten im Winde, und das Gespenstische des Todes war furchtbar gehoben durch einen an den Mund gelegten Blumenstrauß. Die Bahre war reich an Vergoldung und Schnitzwerk, wiederum ein trübes Zeichen, wie töricht das Sterben, wie falsch die Richtung menschlicher Eitelkeit ist.

Diesem eigentümlichen Aufzuge folgte ein Knabe, dessen braune Farbe, halbnackter Körper und dunkles, unstetes Auge ihn als das Enkelkind des Fischers kenntlich machten. Venedig verstand wohl zur rechten Zeit mit Anstand nachzugeben, und der Knabe war ohne weiteres von den Galeeren freigelassen worden, aus Mitleid, wie man hersagte, mit dem vorzeitigen Tode seines Großvaters. Der aufstrebende Blick, der kühne Geist und die strenge Redlichkeit Antonios sprachen sich auch schon in dem Benehmen des Knaben aus, aber diese charakteristischen Züge wurden verschleiert durch einen Anstrich von Kummer, und wie auch bei dem, dessen Leichenzuge er folgte, der Fall gewesen, ein wenig getrübt durch das harte Schicksal, das ihm zuteil geworden war. Von Zeit zu Zeit hob sich die Brust des gefühlvollen Knaben, während sie über den Kai zogen, dem Arsenal zu, und bisweilen bebten seine Lippen, daß der Schmerz seine männliche Kraft zu überwältigen drohte. Keine Träne netzte seine Wangen, bis endlich der Körper seinen Blicken entzogen ward. Da siegte die Natur. Er stahl sich aus dem Kreise, setzte sich beiseite und weinte, wie eben ein Kind in seinem Alter und in seiner Einfalt weint, wenn es sich allein findet auf dem wüsten Pfade durch das Leben.

So endete alles, was sich mit Antonio Vecchio, dem Fischer, begab, und sein Name ward bald nicht mehr genannt in der geheimnisvollen Stadt, wohl aber auf den Lagunen, wo die Genossen seines Handwerks noch lange seine Geschicklichkeit in Handhabung des Netzes rühmten und seinen Sieg über die besten Ruderleute von Venedig. Sein Enkel lebte und arbeitete gleich andern seines Standes, und wir wollen uns begnügen, von ihm nur noch als Beispiel, wie ganz er die Sinnesweise seines Großvaters geerbt hatte, dies anzuführen, daß er es vermied, sich in die Menge zu mischen, die einige Stunden später aus Neugier und Rachlust nach der Piazetta zog.

Vater Anselmo kehrte in einem Boote nach den Kanälen zurück und landete auf dem Kai des kleineren Platzes mit der Hoffnung, jetzt die aufsuchen zu dürfen, an denen er so lebhaften Anteil nahm und von deren Schicksal er nichts weiter erfahren hatte. Aber nein. Der Mann, der ihn in der Kathedrale angeredet hatte, stand dort, ihn offenbar erwartend, und da der Karmeliter wußte, daß seine Weigerung ebenso fruchtlos als gefährlich sein würde, weil der Staat mit im Spiele war, so ließ er sich führen, wohin jenem beliebte. Die beiden gelangten auf einem Umwege in das Gefängnis. Hier wies man den Priester in das Zimmer des Hauswarts und hieß ihn die weiteren Aufträge seines Führers erwarten.

Unsere Geschichte führt uns jetzt in Jacopos Zelle. Von dem Versammlungszimmer der Drei war er in sein düsteres Gemach zurückgeführt worden, wo er die Nacht zubrachte. Mit anbrechendem Tage ward der Bravo vor die gestellt, die dem Scheine nach beauftragt waren, Recht über ihn zu sprechen. Wir sagen: dem Scheine nach, weil Gerechtigkeit in einem Lande nicht herrschen kann, in dem die Regierenden durchaus ganz andere Interessen haben als die Regierten, weil bei einem solchen System immer, wenn das Übergewicht der bestehenden Autoritäten ins Spiel kommt, der Trieb der Selbsterhaltung so gewiß auf ihre Entscheidung Einfluß haben wird, als er den Menschen überhaupt treibt, Gefahren zu fliehen.

Wie im vorigen schon angedeutet worden, hatten die, die über Jacopo zu Gericht saßen, ihre Instruktionen, und das Verhör, das er ausstand, war eher ein dem äußern Schein gebrachtes Opfer als eine Huldigung der Gesetze. Alle Anklagepunkte wurden gehörig beigebracht, Zeugen wurden verhört, oder doch angeblich verhört, und man sorgte dafür, das Gerücht in der Stadt zu verbreiten, daß sich die Tribunale endlich damit beschäftigen, nunmehr die Sache des merkwürdigen Menschen zu entscheiden, der so lange seine blutigen Taten selbst mitten in der Stadt ungestraft verübt hatte. Während des Morgens waren die leichtgläubigen Handelsleute sehr emsig, einander die Untaten zu erzählen, die im Laufe der letzten drei oder vier Jahre verübt und ihm zur Last gelegt worden. Einer sprach von der Leiche eines Ausländers, die in der Nähe der Spielhäuser, wohin die Fremden zu gehen pflegen, gefunden worden war. Ein anderer erzählte von dem jungen Adeligen, der sogar auf dem Rialto erschlagen ward, und ein dritter wußte ausführlich von einem Morde zu sagen, der eine Mutter ihres Sohnes und eine junge Patrizierin ihres Anbeters beraubte. Indem so einer nach dem andern seinen Beitrag zollte, rechnete ein Häuflein, das auf dem Kai beisammen stand, nicht weniger als fünfundzwanzig Mordtaten zusammen, die Jacopo verübt haben sollte, wobei die rachsüchtige und zwecklose Ermordung des Mannes, den man eben bestattet hatte, noch nicht einmal mitgezählt war. Zum Glück vielleicht für seine Gemütsruhe wußte der, über den sich diese Gerüchte verbreiteten, nichts von ihnen und von den Verwünschungen in ihrem Gefolge. Vor seinen Richtern ließ er sich auf keinerlei Verteidigung ein und verweigerte standhaft die Beantwortung ihrer Fragen.

„Ihr Herren wisset, was ich getan habe“, sagte er stolz. „Und was ich nicht getan habe, wißt Ihr auch. Sorget Ihr nur für das, was Euch selber betrifft.“

Als er wieder in seinem Kerker war, begehrte er Speise und aß ruhig, aber wenig. Jedes Werkzeug, womit er sich möglicherweise selbst töten konnte, wurde hierauf entfernt, seine Ketten wurden zum letztenmal sorgfältig untersucht, und sodann überließ man ihn seinen Gedanken. So blieb er eine Zeitlang, da ließen sich Fußtritte vernehmen, die seiner Zelle näher kamen. Die Schlösser wurden gedreht, und die Tür ging auf. Zwischen ihm und dem Lichte erschien nunmehr die Gestalt eines Priesters. Dieser trug eine Lampe, die er, sobald die Tür hinter ihm wieder verschlossen war, auf das Brettchen stellte, worauf des Gefangenen Brot und Wasserkrug standen.

Jacopo empfing seinen Gast ruhig und mit der tiefen Ehrfurcht eines der Kirche ergebenen Mannes. Er stand auf, bekreuzigte sich und ging ihm so weit zum Empfange entgegen, als es die Ketten erlaubten.

„Sei mir willkommen, Vater“, sprach er, „ich sehe, daß mich die Ratsherren zwar von der Erde, aber doch nicht aus dem Himmel verdrängen wollen.“

„Das ginge über ihre Macht hinaus, mein Sohn. Der für sie gestorben ist, hat auch für dich sein Blut vergossen, wofern du seine Gnade nicht von dir weisest. Aber – der Himmel weiß, wie ungern ich so rede – ein Sünder, wie du bist, Jacopo, kann an keine Hoffnung denken ohne eine tiefe und herzliche Reue.“

„Kann das irgend jemand, Vater?“

Der Karmeliter staunte, denn die Schärfe der Frage und der ruhige Ton des Sprechers waren von gewaltiger Wirkung bei einer solchen Zusammenkunft.

„Jacopo, du bist nicht, wofür ich dich hielt!“ erwiderte er. „Deine Seele ist nicht ganz verfinstert, und du mußt trotz deiner Verbrechen ein lebendiges Bewußtsein von deren Sündhaftigkeit in dir tragen.“

„Das ist, fürcht ich, wahr, ehrwürdiger Mönch!“

„Ihr Gewicht muß dir fühlbar sein in der Bitterkeit des Schmerzes – in –“ Vater Anselmo hielt inne, denn ein Schluchzen ließ sich hören, das bewies, daß sie nicht allein waren. Der Mönch trat überrascht ein wenig zur Seite, und die zitternde Gelsomina, die durch die Gunst der Schließer mit hereingekommen war und sich hinter dem Gewande des Karmeliters versteckt hatte, wurde sichtbar. Jacopo stöhnte, als er sie erblickte, und lehnte sich mit abgewandtem Gesichte gegen die Mauer.

„Meine Tochter, was willst du hier – und wer bist du?“ fragte der Mönch.

„Die Tochter des Oberschließers“, sagte Jacopo, da er bemerkte, daß sie nicht zu antworten vermochte, „ich habe sie bei meinen mancherlei Geschäften im Gefängnisse kennengelernt.“

Vater Anselmo sah die beiden abwechselnd an. Seine Miene war anfangs streng, milderte sich dann und wurde endlich ganz teilnehmend, als er ihren beiderseitigen Kampf bemerkte.

„Das ist die Folge menschlicher Leidenschaften“, sagte er halb im Tone des Trostes, halb des Vorwurfs. „So sind die Früchte des Verbrechens immer.“

„Vater“, sagte Jacopo ernst. „Mir allein mag dies Wort gelten, denn die Engel im Himmel sind nicht unschuldiger als dies weinende Mädchen.“

„Das höre ich gern. Ich will dir glauben, unglücklicher Mann, und freue mich, daß deine Seele nicht belastet ist mit der Sünde, solch junges Geschöpf verführt zu haben.“

Die Brust des Gefangenen hob sich, und Gelsomina schauderte.

„Warum hast du deiner Schwachheit nachgegeben und bist in den Kerker gekommen?“ fragte der Karmeliter das Mädchen, indem er sich zwang, eine tadelnde Miene anzunehmen, der jedoch das Gefühl und die Milde seines Tones widersprachen. „Hast du den Charakter des Mannes gekannt, den du liebtest?“

„Heilige Maria!“ schrie das Mädchen. „Nein – nein – nein!“

„Nun, so bist du jetzt, da du die Wahrheit erfahren hast, gewiß nicht mehr das Opfer törichter Einbildungen.“

Gelsominas Blick war verwirrt, obgleich Angst jeden andern Ausdruck verdrängte. Sie senkte den Kopf vor Scham und Schmerz und schwieg stille.

„Ich weiß nicht, Kinder, wozu diese Zusammenkunft dienen soll“, fuhr der Mönch fort. „Ich bin hergeschickt, die letzte Beichte eines Bravo anzuhören, und du, die du gewiß so viele Ursache hast, sein betrügliches Handeln zu verdammen, kannst nicht wünschen, seine einzelnen Taten mit anzuhören.“

„Es wird besser sein, Vater, daß sie mich für das abscheulichste Ungeheuer halte, das ihre Phantasie nur ersinnen kann“, sagte Jacopo mit fast erstickender Stimme. „So wird sie sich gewöhnen, mein Andenken zu hassen.“

Gelsomina erwiderte nichts, gab jedoch verneinende Zeichen mit der Gebärde des Wahnsinns.

„Das Herz des armen Kindes ist gar schmerzlich berührt“, sagte der Karmeliter teilnehmend. „Wir müssen eine so zarte Blume schonend behandeln. Höre mich an, meine Tochter, und laß deine Vernunft über deine Schwachheit Herrin werden.“

„Fragen Sie sie nicht, Vater! Lassen Sie sie mich verfluchen und gehen.“

„Carlo!“ schrie Gelsomina auf.

Eine lange Pause folge. Der Mönch sah, daß seine Kunst hier nichts gegen die Leidenschaft vermochte und daß die Sache der Zeit überlassen bleiben müsse; der Gefangene seinerseits bestand einen härteren Kampf in sich, als ihm sein Schicksal bisher jemals auferlegt hatte. Das unaustilgbare Sehnen nach der Welt siegte endlich, und er brach das Schweigen.

„Vater“, sagte er feierlich und würdevoll, indem er so weit vortrat, als es seine Kette zuließ. „Ich hatte gehofft, ich hatte Gott gebeten, daß sich dies unschuldige Geschöpf von ihrer Liebe mit Schaudern abwenden möchte, wenn sie erführe, daß ihr Geliebter ein Bravo sei. – Aber ich habe dem weiblichen Herzen unrecht getan! – Sage mir, Gelsomina, und so lieb dir deine Seligkeit ist, täusche mich nicht – kannst du mich ansehen ohne Abscheu?“

Gelsomina zitterte, aber sie schlug die Augen auf und lächelte ihn an, wie das weinende Kind den zärtlich ernsten Blick der Mutter erwidert. Dies Lächeln wirkte so mächtig auf Jacopo, daß von dem Beben seines kräftigen Körpers der verwunderte Karmeliter die Ketten rasseln hörte.

„Genug“, sagte er und suchte Fassung zu erzwingen. „Gelsomina, du sollst meine Beichte hören. Du hast so lange das eine große Geheimnis besessen – es soll dir auch kein anderes verborgen bleiben.“

„Antonio!“ ächzte das Mädchen. – „Carlo, Carlo! Was hatte jener alte Fischer dir getan, daß du ihm nach dem Leben trachtetest?“

„Antonio?“ wiederholte der Mönch. „Hat man dir seinen Tod zur Last gelegt?“

„Um dieses Verbrechens willen bin ich zum Tode verurteilt.“

Der Karmeliter sank auf den Stuhl des Gefangenen und saß ohne Regung, den Blick mit Entsetzen von dem Gesichte des bewegungslosen Jacopo zur zitternden Gelsomina lenkend. Die Wahrheit fing an zu tagen in seiner Seele, obgleich sie sich noch nicht ganz aus dem venezianischen Truggewebe herauszuwinden vermochte.

„Hier herrscht ein fürchterlicher Irrtum“, sagte er leise. „Ich will zu deinen Richtern eilen, sie zu enttäuschen.“

Der Gefangene lächelte ruhig und streckte die Hand aus, um der Hastigkeit des einfachen Karmeliters Einhalt zu tun.

„Es wird nichts helfen“, sagte er. „Die Drei belieben einmal, mich für den Tod des alten Antonio büßen zu lassen.“

„So wirst du ungerechterweise sterben! Ich war Zeuge, daß er durch andere Hände fiel.“

„Vater!“ schrie Gelsomina. „Oh, wiederhole dies Wort – sage, daß Carlo diese grausame Tat nicht kann getan haben!“

„An diesem Morde wenigstens ist er unschuldig.“

„Gelsomina“, sagte Jacopo und versuchte seine Arme nach ihr auszustrecken, indem sein volles Herz überströmte, „und an jedem andern auch.“

Ein wilder Schrei des Entzückens von den Lippen des Mädchens, und im nächsten Augenblick lag sie besinnungslos an seiner Brust.

Der Karmeliter überließ die beiden fast eine Stunde lang ungestört ihrem Schmerz und ihrer stillen Seligkeit, dann setzte er sich auf den Stuhl, und vor ihm knieten Jacopo und Gelsomina hin. Jacopo sprach angelegentlich, während seine Zuhörer jede Silbe haschten, die von seinen Lippen kam, mehr aus Freude an seiner Unschuld als aus Neugier.

„Ich habe Euch erzählt, Vater", fuhr der Gefangene fort, „wie eine falsche Anklage, daß mein Vater die Zollgesetze übertreten habe, diesem unglücklichen Mann den Unwillen des Senats zuzog, weshalb man ihn viele Jahre lang in einem dieser verfluchten Löcher unschuldig eingesperrt hielt, während wir ihn auf die Inseln verbannt glaubten. Endlich gelang es uns, dem Rate Beweise vorzulegen, die hinreichend waren, die Patrizier ihrer Ungerechtigkeit zu überführen. Ich fürchte, daß die, die da annehmen, die Gewalt auf dieser Erde werde von Auserwählten geübt, wenig geneigt sein mögen, deren Fehlbarkeit zuzugeben, weil dies den Irrtum ihrer Annahme beweisen müßte. Der Rat schob es lange auf, uns Gerechtigkeit zu gewähren – so lange, daß meine arme Mutter endlich ihren Leiden erlag. Meine Schwester, ein Mädchen in Gelsominas Jahren, folgte ihr bald nach – denn die Regierung gab, zum Beweise gedrängt, keinen andern Grund an als den Verdacht, daß der Geliebte meiner Schwester des Verbrechens schuldig sein möchte, um das mein Vater verschmachtete."

„Und haben sie sich geweigert, ihre Ungerechtigkeit wieder gutzumachen?" rief der Karmeliter.

„Sie konnten es nicht, Vater, ohne öffentlich den Ruf ihrer Unfehlbarkeit zu gefährden."

„Das mag wahr sein, mein Sohn. Wenn eine Verfassung auf falschen Grundsätzen beruht, so kann sie natürlich nur durch Lug und Trug erhalten werden. Gott wird diese Sache anders ansehen!"

„Sonst wäre auch kein Trost in der Welt, Vater. Nach jahrelangen Bitten und Verwenden erhielt ich, nachdem man mir einen feierlichen Eid abgenommen hatte, Zutritt zum Gefängnis meines Vaters. Ich fühlte mich glücklich, daß ich für seine Bedürfnisse sorgen, seine Stimme hören, vor dem Segnenden knien durfte. Gelsomina war damals ein Kind, nahe zur Jungfrau. Mich zu meinem Vater zu führen, gebrauchte man sie, ich wußte nicht weshalb, obgleich es mir später klargeworden ist. Als sie mich genugsam in ihren Schlingen verstrickt glaubten, verleiteten sie mich zu den Mißgriffen, die alle meine Hoffnungen zerstört und mich in diese Lage gebracht haben."

„Du hast deine Unschuld erwiesen, mein Sohn."

„Keines Blutvergießens bin ich schuldig, Vater, wohl aber des Frevels, mich zu ihren Kunstgriffen hergegeben zu haben. Ich will Euch nicht die langwierige Geschichte der Mittel, durch die sie mein Gemüt bearbeiteten, hererzählen, frommer Mönch. Man vereidete mich, dem Staate eine Zeitlang als geheimer Agent zu dienen. Der Lohn sollte meines Vaters Freiheit sein. Hätten sie mich mitten aus dem Leben herausgefaßt und während ich Herr meiner Sinne war, nimmer würden sie gesiegt haben, aber da ich täglicher Augenzeuge war von den Leiden dessen, der mir das Leben geschenkt, der mir nunmehr alles war, was ich noch übrig hatte, so waren sie zu mächtig für meine Schwachheit. Sie sprachen mir heimlich von Foltern und Rädern, zeigten mir Gemälde von sterbenden Märtyrern, um mir die Qual begreiflich zu machen, die sie anwenden konnten. Morde fielen häufig vor und machten der Polizei Sorge – kurz, Vater", Jacopo verbarg sein Gesicht in Gelsominas Gewändern, „ich willigte ein, daß man Gerüchte aussprengte, die die Aufmerksamkeit des Publikums auf mich ziehen mußten. Ich brauche nicht zu sagen, daß, wer sich zu seiner Schande selber herleiht, bald von ihr ereilt werden muß."

„Wozu ward aber dieser elende Betrug erfunden?"

„Vater, man wandte sich an mich als an einen öffentlichen Bravo, und meine Denunziationen waren dem Rate in vielerlei Beziehung von Nutzen. Wenigstens ist für den Fehltritt, für das Verbrechen, darin ich verfallen bin, ein kleiner Trost, daß ich einige Menschenleben retten konnte."

„Jetzt verstehe ich, Jacopo. Ich habe gehört, daß Venedig keinen Anstand nimmt, feurige und wackere Männer auf solche Weise zu gebrauchen. Heiliger Markus! Kann solch arger Betrug unter dem Schilde deines gelobten Namens geübt werden!"

„O ja, Vater, und noch ärgerer. Ich hatte mich der Republik auch noch zu anderen Diensten verpflichtet, in deren Ausübung ich denn auch Gewandtheit erlangte. Die Bürger wunderten sich, daß ein Mensch wie ich frei umhergehen durfte, während es die Rachsüchtigen für einen Beweis von Geschicklichkeit hielten. Wenn das Gerücht einmal zu anstößig wurde, so trugen die Drei Sorge, es anderswohin zu lenken, und wenn es ihnen zu schwach schien, so wußten sie es anzufachen. Kurz, drei lange, bittere Jahre hindurch hab ich dies Leben eines Verdammten geführt – nur durch die Hoffnung aufrecht gehalten, daß ich meinen Vater befreien würde, und beglückt durch die Liebe dieses schuldlosen Wesens."

„Armer Jacopo, wahrlich, du verdienst Mitleid! Ich will in meinem Gebete deiner nicht vergessen."

„Und du, Gelsomina?"

Die Tochter des Schließers gab keine Antwort. Sie hatte begierig jede Silbe seiner Rede eingesogen, und da nun die ganze Wahrheit in ihrer Seele aufstieg, strahlte ihr Auge mit einem Glanze, der den Anwesenden übernatürlich schien.

„Wenn ich dich nicht überzeugt habe, Gelsomina, daß ich nicht solch elender Mensch bin, als ich schien", fuhr Jacopo fort, „so wollte ich lieber, ich wäre verstummt."

Sie streckte eine Hand nach ihm aus, senkte ihr Haupt auf seine Brust und weinte.

„Ich sehe, wie sie dich in Versuchung geführt haben, armer Carlo!" sagte sie sanft. „Ich weiß, wie groß deine Liebe zu deinem Vater war."

„Vergibst du mir, teure Gelsomina, daß ich deine Unschuld hintergangen habe?"

„Du hast mich ja nicht hintergangen. Ich hab dich für einen Sohn gehalten, der für seinen Vater sterben könnte, und ich finde nun, daß du bist, wofür ich dich hielt."

Der gute Karmeliter betrachtete diese Szene mit teilnehmenden, nachsichtsvollen Blicken. Tränen netzten seine Wangen.

„Eure Liebe, Kinder", sagte er, „ist so, daß Engel ihr verzeihen müssen. Hat euer Umgang miteinander lange gedauert?"

„Jahrelang, Vater!"

„Und du, meine Tochter, hast mit Jacopo die Zelle seines Vaters besucht?"

„Ich war immer seine Führerin bei dem frommen Gange, Vater."

Der Mönch verfiel in tiefes Sinnen. Einige Minuten lang herrschte Schweigen, dann erfüllte er die Obliegenheiten seines heiligen Amtes. Er empfing die Beichte des Gefangenen und erteilte die Absolution mit einem Feuer, das seine innige Teilnahme an dem Schicksale des jungen Paares bewies. Hierauf gab er Gelsomina seine Hand und nahm mit milder Zuversicht in seinen Mienen von Jacopo Abschied.

„Wir verlassen dich“, sagte er, „aber sei mutig, mein Sohn. Ich kann mir nicht denken, daß selbst Venedig vor einer Geschichte, wie die deinige ist, die Ohren verschließen sollte! Vertrau vor allem deinem Gotte – und glaube, daß dies treue Mädchen so wenig als ich einen letzten Versuch zu deiner Rettung versäumen wird.“

Jacopo nahm diese Versicherung hin wie ein Mann, der an Wagnisse gewöhnt ist. Aber in sein Lächeln beim Abschied mischten sich Unglauben und Schwermut. Zugleich aber glänzte darin doch die Freude eines erleichterten Herzens.

Dreißigstes Kapitel

Die Schließer erwarteten den Karmeliter und Gelsomina und verwahrten, sobald diese fort waren, die Tür für die Nacht. Da die beiden nichts weiter mit den Leuten vom Gefängnisse zu tun hatten, so ließ man sie ungestört gehen. Aber am Ende des Korridors, der zu den Gemächern des Hauswarts führte, blieb der Mönch stehen.

„Fühlst du dich stark zu einem großen Unternehmen, das den Unschuldigen retten könnte?“ fragte er schnell und doch mit so feierlichem Tone, daß sich darin die Wichtigkeit seines Vorhabens erkennen ließ.

„Vater!“

„Ich möchte wissen, ob dich deine Liebe zu dem jungen Manne mit Mut genug beseele zu einem gewagten Versuche. Denn ohne einen solchen muß er unvermeidlich sterben.“

„Ich wollte sterben, um Jacopo einen Seufzer zu ersparen.“

„Täusche dich nicht selbst, meine Tochter! Kannst du deinem gewöhnlichen Benehmen entsagen, die Ängstlichkeit, die dein Alter und dein Stand mit sich bringen, überwinden, furchtlos dastehen und sprechen vor den Hohen und Gefürchteten?“

„Ehrwürdiger Karmeliter, sprech ich doch täglich ohne Furcht, wenn auch nicht ohne Ehrerbietung zu einem, der furchtbarer ist als irgend jemand in Venedig.“

Der Mönch sah bewundernd auf das sanfte Wesen, in dessen Zügen mild die Entschlossenheit glühte, die Unschuld und Liebe verleihen. Er machte ein Zeichen, ihm zu folgen.

„So wollen wir denn, wenn nichts anderes hilft“, sagte er, „vor den Stolzesten und Furchtbarsten der Erde hintreten. Wir wollen unsere Schuldigkeit nicht versäumen, weder gegen den Bedrücker noch gegen den Unterdrückten, auf daß keine Unterlassungssünde unser Gewissen beschwere.“

Ohne weiteren Aufschluß zu geben, führte Vater Anselmo das bereitwillige Mädchen in den Teil des Palastes, der als die Privatwohnung des sogenannten Oberhauptes der Republik bekannt war.

Geschichtlich ist die Eifersucht der venezianischen Patrizier, die den Dogen zu einem Spielzeug in ihren Händen machten, indem sie ihn ihrer Regierungsmethode gemäß zu nichts weiter gebrauchten als zu einer Prunkfigur bei den imposanten Zeremonien, die ihr Schein suchendes System erforderte, und bei den Verhandlungen mit dem Auslande. Er wohnte in seinem Palaste wie die Bienenkönigin im Stocke, äußerlich geehrt und gepflegt, in Wahrheit aber von denen abhängig, die allein die Macht haben zu verletzen und, gleich demselben Insekt, mehr als einen gewöhnlichen Teil von den Früchten des gemeinsamen Fleißes zu verzehren.

Vater Anselmo verschaffte sich durch seine Entschlossenheit und durch die Zuversichtlichkeit seines Benehmens Zutritt zu den inneren Gemächern eines Fürsten, der so abgeschlossen und bewacht lebte.

Mehrere Schildwachen ließen ihn durch, aus seinem heiligen Stande und seinem gemessenen Schritte schließend, daß der Mönch in seinem gewöhnlichen Dienste herkomme, der ihm ein Vorrecht vor allen andern gab. Durch dies ruhige, stille Verfahren gelangte der Karmeliter mit seiner Gefährtin bis in das Vorzimmer des Fürsten, das Tausende durch weit künstlichere Mittel zu erreichen vergeblich sich bemüht hatten.

Nur zwei oder drei niedere Beamte vom Hause hielten schläfrig Wache. Einer stand jedoch schnell auf, als er die unbekannten Gäste so unerwartet hereintreten sah, und drückte durch das Überraschte und Verwirrte seines Blickes sein Erstaunen über den ungeahnten Besuch aus.

„Seine Hoheit erwartet uns wohl schon?“ fragte Vater Anselmo ganz einfach und zwang seine bekümmerte Miene zu einem Blicke voll ergebener Höflichkeit.

„Santa Maria, heiliger Vater, das müßt Ihr am besten wissen, aber –“

„So wollen wir denn die Zeit nicht mit müßigen Worten verlieren, mein Sohn, da wir schon zu lange gezögert haben – führe uns in das Gemach Seiner Hoheit.“

„Wir dürfen niemanden ungemeldet vor –"

„Du siehst, dies ist kein gewöhnlicher Besuch. – Geh, sage dem Dogen, daß der Karmelitermönch, den er erwartet, und das junge Mädchen, an dem sein fürstliches Herz einen so väterlichen Anteil nimmt, seine Befehle erwarten."

„Also hat Seine Hoheit befoh . . ."

„Sage ihm ferner, daß die Not dringend ist, denn die Stunde steht nahe bevor, in der die Unschuld leiden soll."

Der Diener ließ sich durch den Ernst und die Zuversicht des Mönchs täuschen. Erst besann er sich noch, dann stieß er eine Tür auf und führte die Gäste in ein inneres Zimmer, wo er sie bat, seine Rückkehr zu erwarten. Demnächst begab er sich in das Kabinett seines Herrn, um seinen Auftrag auszurichten.

Es ward schon angeführt, daß der regierende Herr, wenn anders dieser Titel einem Fürsten beigelegt werden kann, der nur eine Puppe der Aristokraten ist, daß dieser ein bejahrter Mann war. Er hatte die Sorgen des Tages beiseite geworfen und las einen der Klassiker seines Vaterlandes. Seinen Putz hatte er, um sich bequemer und freier bewegen zu können, abgelegt. Der Mönch konnte keinen glücklicheren Augenblick für sein Geschäft gewählt haben, denn der Mann war nicht verschanzt mit den öffentlichen Insignien seines Ranges und sanft gestimmt durch das Eingehen in einen Schriftsteller, der es wohl verstand, des Lesers Gefühle nach seinem Belieben zu erregen und zu lenken.

Eben war der Doge so vertieft in seinen Gegenstand, daß er den eintretenden Kämmerling nicht bemerkte und daß dieser schon eine Minute lang dastand, den Wink des Herrn erwartend, ehe er gesehen wurde.

„Was willst du, Marco?" fragte der Fürst, als er von dem Buche aufsah.

„Signore", entgegnete der Diener in der vertraulichen Weise, die denen verstattet ist, die der Person des Fürsten am nächsten stehen, „draußen warten der ehrwürdige Karmeliter und das junge Mädchen."

„Was sagst du? – Ein Karmeliter und ein Mädchen?"

„Ja, Signore. Dieselben, die Ew. Hoheit herbestellt haben."

„Was ist dies für ein freches Vorgehen?"

„Signore, ich wiederhole nur die Worte des Mönchs. – Sage Seiner Hoheit – sprach der Pater –, daß der Karmeliter, den er zu sprechen wünscht, und das junge Mädchen, an dessen Wohl sein fürstliches Herz so väterlich Anteil nimmt, seine Befehle erwarten."

Über die alten Züge des greisen Fürsten zog die Glut des Unwillens röter als die der Scham, und sein Auge blitzte.

„Dies bietet man mir – in meinem eigenen Palaste!"

„Verzeihung, Signore! Dieser Priester ist nicht schamlos, wie so viele, die die Tonsur in Unehren bringen. Der Mönch und das Mädchen sehen beide unschuldig aus und arglos, und Eure Hoheit haben vielleicht vergessen –"

Die Röte von den Wangen verschwand, und sein Auge nahm wieder einen väterlichen Ausdruck an. Aber sein Alter und die Erfahrungen seiner schwierigen Stellung hatten den Dogen Vorsicht gelehrt. Er wußte recht gut, daß er nichts vergessen hatte, und ahnte, daß die ungewöhnliche Meldung eine verborgene Bedeutung haben müsse. Es konnte ein Anschlag seiner Feinde sein, denn er hatte deren viele und tätige, oder es war vielleicht ein anderer verzeihlicher Beweggrund, der zu einem so kecken Mittel, sich Zutritt zu verschaffen, geführt hatte.

„Hat der Karmeliter sonst noch etwas gesagt, guter Marco?" fragte er nach tiefem Sinnen.

„Signore, er sagte, daß die Sache dringend wäre, denn die Stunde sei nahe, wo die Unschuld leiden könnte. Ich zweifle nicht, daß er kommt, für irgendeinen jungen Extravaganten zu bitten, denn es sollen mehrere Jünglinge von Adel wegen ihrer Tollheiten beim Karneval verhaftet worden sein. Das Frauenzimmer mag eine verkleidete Schwester sein."

„Laß einen von deinen Kameraden hereinkommen, und du, führe die Gäste mir zu, sobald ich klingle."

Der Diener entfernte sich und ging auf einem anderen Wege in das Vorzimmer, um sich den Wartenden nicht zu früh zu zeigen. Der zweite Kämmerling erschien sogleich vor dem Dogen und wurde von diesem abgeschickt, einen vom Rate der Drei herbeizurufen, der in einem nahen Zimmer mit wichtigen Papieren beschäftigt war. Der Senator leistete dem Rufe sogleich Folge, denn er trat hier als der Freund des Fürsten auf und war als solcher öffentlich und mit den üblichen Ehrenbezeigungen hereingelassen worden.

„Man hat mir einen Besuch ungewöhnlicher Art angekündigt, Signore", sagte der Doge und stand auf, den Mann zu empfangen, den er aus Vorsicht gegen sich selbst herbeschieden hatte. „Ich wünschte, daß Ihr Zeuge wäret von ihrem Begehren."

„Es ist gut, daß Ew. Hoheit uns Senatoren Anteil an Ihren Geschäften vergönnt. Aber wenn der Irrtum, daß es durchaus so nötig sei, Euch bewegen sollte, die Gegenwart eines Rates zu verlangen, sooft jemand den Palast besucht –"

„Ich weiß, Signore", unterbrach ihn der Fürst mit sanfter Stimme und schellte. „Ich hoffe, mein Begehren hat Euch nicht unangenehm gestört. Da kommen aber schon, die ich erwarte."

Vater Anselmo und Gelsomina traten miteinander in das Gemach. Der Doge sah auf den ersten Blick, daß sie ihm gänzlich fremd waren. Er und das Mitglied des geheimen Rates blickten einander an und nahmen gegenseitiges Erstaunen wahr.

Dem Dogen gegenüberstehend, warf der Karmeliter seine Kutte zurück und enthüllte dadurch ganz seine asketischen Züge, während sich Gelsomina, aus Scheu vor dem hohen Range des Mannes, der sie empfing, schamhaft zurückzog und sich hinter dem Gewande des Mönchs halb versteckte.

„Was bedeutet dieser Besuch", fragte der Fürst, „und diese ungewöhnliche Begleitung? Weder die Zeit noch die Art der Meldung ist herkömmlich."

Vater Anselmo stand zum erstenmal vor dem Oberhaupt von Venedig. Gewohnt aber, wie alle seine Landsleute und mehr noch seine Altersgenossen, vorsichtig die Möglichkeit des Erfolges zu berechnen, ehe er seinen Gedanken Worte zu geben wagte, heftete der Mönch erst einen festen Blick auf den Fragenden. „Erlauchter Fürst", sagte er dann, „wir kommen, um Gerechtigkeit zu bitten. In solcher Angelegenheit gilt es, kühn zu sein, um nicht seinem eigenen Charakter und der guten Sache etwas zu vergeben."

„Gerechtigkeit ist der Stolz des heiligen Markus und das Glück seiner Untertanen. Dein Verfahren, Vater, ist nicht der bestehenden Ordnung und den heilsamen Schranken gemäß, doch es findet vielleicht seine Verteidigung – stelle dein Anliegen vor."

„In den Gefängnissen sitzt einer, den die öffentlichen Gerichte zum Tode verurteilt haben und der, sobald der Tag wiederkehrt, sterben muß, wenn ihn Euer fürstlicher Machtspruch nicht rettet und ich habe bei der Ausübung meines heiligen Amtes ermittelt, daß er unschuldig ist."

„Sagtest du, verurteilt von den gewöhnlichen Gerichten, Vater?"

„Zum Tode verdammt, Hoheit, durch einen Spruch des Kriminalgerichts."

Der Fürst schien erleichtert. Solange die Sache öffentlich war, hatte er wenigstens Hoffnung, seiner natürlichen Menschenfreundlichkeit nachzuhängen und weiter zu hören, ohne der verschlungenen Staatspolitik zu nahe zu treten. Er warf einen Blick auf den unbeweglichen Inquisitor, gleichsam forschend, ob dieser es billige, und trat dem Karmeliter einen Schritt näher, mit zunehmender Teilnahme an dem Gesuche.

„Mit welcher Berechtigung, ehrwürdiger Priester, widersetzest du dich dem richterlichen Ausspruch?" fragte er.

„Signore, wie ich eben sagte, infolge der Kenntnis, die ich bei Ausübung meines heiligen Amtes gewonnen habe. Er hat mir sein Innerstes enthüllt als ein Mann, dessen Fuß bereits im Grabe steht, und obgleich ein Sünder vor Gott, wie alle, die vom Weibe geboren sind, ist er doch unschuldig vor der weltlichen Obrigkeit."

„Denkst du, Vater, daß jemals das Gesetz sein Opfer erreichen würde, wenn wir nur auf Selbstanklagen hörten! Ich bin alt, Mönch, und habe lange diesen mühseligen Schmuck getragen", er wies auf die gehörnte Mütze, das Symbol des Staates, die neben ihm lag, „und ich erinner mich nicht, daß jemals ein Verbrecher die Schuld auf etwas anderes geschoben hätte als auf ungünstige Umstände, deren Opfer er sei."

„Daß die Menschen mit so betrüglichem Trost ihr Gewissen beschwichtigen, weiß ein Mann von meinem Berufe gar wohl. Unser Tagewerk ist ja hauptsächlich, denen ihre Täuschung nachzuweisen, die, ihre eigenen Sünden durch Bekenntnis und Selbsterniedrigung verdammend, auf ihre Demut stolz sind. Aber, Doge von Venedig! Es gibt noch eine Kraft in dem heiligen Sakramente, das ich diesen Abend zu verwalten gerufen worden bin, eine Kraft, die den Stolz des ausschweifendsten Gemütes überwältigen kann. Viele suchen sich selber zu betrügen bei der Beichte, aber durch Gottes Macht gelingt es wenigen."

„Gepriesen sei dafür die gelobte Mutter und ihr Sohn, der Mensch geworden", erwiderte der Fürst, von dem stillen Glauben des Mönchs ergriffen, und bekreuzigte sich fromm. „Vater, du hast vergessen, den Verurteilten zu nennen."

„Es ist ein gewisser Jacopo Frontoni, der als Bravo verrufen ist."

Der Fürst von Venedig stutzte, wechselte die Farbe, und sein Blick verriet unverstelltes Erstaunen.

„Sprichst du von dem blutigsten Stilett, das je die Stadt geschändet hat, als von der Waffe eines nur sogenannten Bravo? Die Kunstgriffe des Ungeheuers sind mächtiger gewesen als deine Erfahrung, Mönch! Das treue Bekenntnis eines solchen Elenden kann nur eine Geschichte blutiger und empörender Verbrechen sein."

„Als ich in sein Gefängnis trat, war ich derselben Meinung, aber ich ging fort in der Überzeugung, daß ihm die öffentliche Stimme unrecht getan hat. Wenn Ew. Hoheit die Gnade haben will, seine Geschichte anzuhören, werdet Ihr ihn eher für einen Gegenstand des Mitleids als der Verdammung halten."

„Unter allen Verbrechern in meinem Reiche hätte ich diesen für den letzten gehalten, zu dessen Gunsten etwas vorgebracht werden könnte! Aber sprich frei, Karmeliter. Meine Neugier ist so groß als mein Erstaunen."

Der Doge ließ seinen Gefühlen so ganz freien Lauf, daß er im Augenblicke gar nicht an die Gegenwart des Inquisitors dachte, dessen Gesicht ihm sonst wohl mochte verraten haben, wie bedenklich die Sache zu werden anfing.

Der Mönch dankte dem Himmel, denn es war nicht immer leicht in diesem geheimnisvollen Staate, die Wahrheit vor die Ohren der Mächtigen zu bringen. Wenn ein so doppelsinniges Wesen in der ganzen Verfassung herrscht, so verwebt sich der entsprechende Sinn in die Gewohnheiten der Freimütigsten, wenn sie es auch selber nicht merken. Als daher Vater Anselmo zu der verlangten Erklärung schritt, berührte er schonend die Kunstgriffe des Staates und deutete mit Zurückhaltung die Gebräuche und Meinungen an, die ein Mann seines heiligen Berufes und seiner Redlichkeit unter anderen Umständen furchtlos verdammt haben würde.

„Es mag einem so hochgestellten Herrn, als Ihr seid, gebietender Fürst", begann der Karmeliter, „vielleicht fremd sein, daß ein niedriger, aber fleißiger Arbeiter dieser Stadt, ein gewisser Francesco Frontoni, vor langer Zeit wegen Zollverbrechens verurteilt wurde. Dieses Verbrechen pflegt der Staat immer streng zu bestrafen, denn wenn die Menschen die Güter dieser Welt allem übrigen vorziehen, so verkennen sie den Zweck, der sie zum geselligen Verbande zusammengeführt hat."

„Vater, wolltest du von einem gewissen Francesco Frontoni sprechen?"

„Ja, Hoheit, so hieß er. Der Unglückliche hatte einen Mann zum Freunde und Vertrauten, der als Freier seiner Tochter um seine Geheimnisse zu wissen schien. Als sich dieser falsche Freund, der Zollverbrechen verübt hatte, auf dem Punkte sah, entdeckt zu werden, ersann er einen Betrug, durch den er selbst entkam und auf seinen allzu vertrauensvollen Freund den Unwillen der Regierung lenkte. Francesco wurde zum Gefängnis unter den Bleidächern verurteilt, um ihn zum Geständnis von Tatsachen zu bringen, die nie geschehen waren."

„Das ist ein hartes Geschick, ehrwürdiger Mönch, wenn die Sache so erwiesen werden kann!"

„Großer Doge, das ist das Übel bei Geheimhaltung und Intrige in der Verwaltung der öffentlichen Angelegenheiten."

„Hast du noch mehr von diesem Francesco zu sagen, Mönch?"

„Seine Geschichte ist kurz, Signore. In der Lebenszeit, die die meisten Menschen in Tätigkeit für ihr eigenes Wohl verwenden, schmachtete er im Kerker."

„Ich erinnere mich, von einer solchen Anklage gehört zu haben – aber die Sache fiel während der Regierung des vorigen Dogen vor, nicht wahr, Vater?"

„Und hat fast bis zum Ende der Regierung des jetzigen gedauert, Hoheit."

„Wie? Der Senat hat doch, von dem Mißgriff in Kenntnis gesetzt, sein Unrecht schnell wieder gutgemacht!"

Der Mönch sah den Fürsten ernst an, als wollte er sich Gewißheit verschaffen, ob das Erstaunen, das er wahrnahm, nicht ein hoher Grad von Verstellung wäre. Er überzeugte sich jedoch, daß die Sache zu denen gehörte, die, wie ungerecht, grausam und zerstörend sie auch für das Glück eines einzelnen sein mögen, doch nicht wichtig genug sind, um vor die gebracht zu werden, die an der Spitze einer Verwaltung stehen, die mehr ihr eigenes Bestehen als das Gemeinwohl ins Auge faßt.

„Signore Doge", sagte er, „der Staat ist behutsam, wo es seinen eigenen guten Ruf gilt. Es sind Gründe, die ich mir nicht herausnehme zu untersuchen, die aber den Kerker des armen Francesco noch immer verschlossen hielten, als nach dem Tode und Bekenntnisse seines Anklägers schon längst seine Unschuld erwiesen war."

Der Fürst sann nach, und sodann fiel ihm ein, die Mienen seines Gesellschafters zu Rate zu ziehen. Der Marmor des Pfeilers, an den dieser gelehnt stand, war nicht kälter und unbeweglicher als das Gesicht des

Inquisitors. Der Mann hatte gelernt, vor den erkünstelten Pflichten seines Amtes jede natürliche Regung schwinden zu lassen.

„Und was hat diese Sache des Francesco mit der Hinrichtung des Bravo zu tun?“ sagte der Doge nach einer Pause, während der er sich vergeblich bemühte, die gleichgültige Miene seines Rates anzunehmen.

„Das zu beantworten, werde ich hier der Tochter des Gefängniswärters überlassen! – Tritt vor, Kind, und erzähle, was du weißt. Gedenke daran, daß du, vor dem Dogen von Venedig redend, zugleich vor dem Könige der Himmel stehst.“

Gelsomina zitterte. Wie sie erzogen war, konnte sie, der Güte ihrer Sache ungeachtet, nicht leicht eine natürliche Scheu bekämpfen. Aber getreu ihrem Versprechen und ermutigt durch ihre Liebe zu dem Verurteilten, trat sie einen Schritt vor und versteckte sich nicht länger hinter dem Gewande des Karmeliters.

„Du bist die Tochter des Gefängniswärters?“ fragte der Fürst mit mildem Tone, obgleich sich Erstaunen in seinem Auge malte.

„Hoheit, wir sind arm und unglücklich. Wir dienen dem Staate um Brot.“

„Ihr dient einem edeln Herrn, Kind. Weißt du etwas von diesem Bravo?“

„Hoher Herr, die ihn so nennen, kennen sein Herz nicht. Es kann keinen geben in Venedig, der gegen seine Freunde herzlicher, seinem Worte getreuer und den Heiligen ergebener wäre als Jacopo Frontoni.“

„Diesen Charakter kann die Kunst auch wohl einem Bravo beilegen. Aber wir verlieren die Zeit. Was haben die beiden Frontoni miteinander gemein?“

„Hoheit, sie sind Vater und Sohn. Als Jacopo so alt war, daß er das Unglück seiner Familie einsehen konnte, lag er den Senatoren mit Bitten für seinen Vater so lange an, daß diese befahlen, man sollte den Kerker des Gefangenen einem so frommen Sohne heimlich öffnen. Ich weiß wohl, daß die Regierenden nicht allwissend sein können, sonst wäre solch Unrecht nie möglich gewesen. Aber Francesco blieb jahrelang im Gefängnis, wo es winters kalt und dunstig und sommers eine glühende Hitze ist, bis es herauskam, daß er falsch angeschuldigt war. Da ließ man zu einigem Ersatz für die gar nicht verdienten Qualen Jacopo zu ihm.“

„Warum das, Mädchen?“

„Hoheit, war es nicht aus Erbarmen? Sie versprachen auch, daß die Dienste des Sohnes zu seiner Zeit dem Vater die Freiheit erwerben sollten. Die Patrizier waren aber schwer zu überzeugen und machten Bedingungen mit dem armen Jacopo, und er ging darauf ein, sich einem schweren Geschäft zu unterziehen, damit nur sein Vater noch einmal die freie Luft atmen möchte vor seinem Tode."

„Du sprichst in Rätseln."

„Ich bin nicht gewohnt, großer Doge, vor so vornehmen Herren zu reden, auch nicht über solche Sachen. Aber dies weiß ich, daß Jacopo drei lange Jahre Zutritt hatte zu seines Vaters Zelle und daß dies mit Erlaubnis der Obrigkeit geschah; mein Vater würde es sonst nicht gelitten haben. Ich begleitete ihn immer bei dem frommen Gange und will die gelobte Jungfrau und alle Heiligen zu Zeu –"

„Mädchen, hast du gewußt, daß er ein Bravo ist?"

„Ach, Hoheit, nein! Er schien mir immer ein pflichtliebender Sohn, der Gott fürchtete und seinen Vater ehrte. Ich möchte nie wieder solchen Schmerz empfinden, als mich damals durchschauerte, da sie sagten, der, den ich als den guten Carlo gekannt hatte, würde in Venedig verfolgt als der verabscheute Jacopo! Aber es ist vorüber, gelobt sei die Mutter Gottes!"

„Du bist diesem verurteilten Manne verlobt?"

„Ja, Hoheit. Wir hätten uns geheiratet, wenn es Gott gefallen hätte und diesen großen Senatoren, die so vielen Einfluß auf das Schicksal der Armen haben –"

„Und du bist noch jetzt, da du den Mann kennst, willens, dich einem Jacopo anzutrauen?"

„Weil ich ihn so kenne, wie er ist, großer Doge, darum muß ich ihn ehren. Er hat dem Staate seine Zeit und seinen guten Ruf verkauft, um seinen gefangenen Vater zu retten, und darin seh ich nichts Abschreckendes für eine, die er liebt."

„Die Sache bedarf der Erklärung, Karmeliter. Das Mädchen hat eine erhitzte Phantasie und verwickelt, was sie entwirren will."

„Erlauchter Fürst, sie wollte sagen, daß es der Republik genehm war, dem Sohne den Besuch bei seinem Vater zu verstatten und ihm Hoffnung zu dessen Befreiung zu machen, unter der Bedingung, daß sich der junge Mann zum Vorteil der Polizei für einen Bravo ausgab."

„Und für diese unglaubliche Geschichte bürgt Euch nichts als das Wort eines verurteilten Verbrechers?"

„Der vor seinen Augen nichts sieht als den Tod. Es gibt Mittel, die Wahrheit klar zu durchschauen, und sie sind denen bekannt, die oft sterbenden Büßern beistehen, unbekannt aber den weltlichen Menschen. Jedenfalls, Signore, ist die Sache der Untersuchung wert."

„Darin hast du recht. Ist die Stunde zur Hinrichtung bestimmt?"

„Mit Tagesanbruch, Fürst."

„Und der Vater?"

„Ist im Kerker gestorben." Eine Pause.

„Hast du vom Tode eines gewissen Antonio gehört?" nahm der erschütterte Doge, sich fassend, das Wort.

„Ja, Signore. Bei meinem heiligen Amte bezeuge ich, daß Jacopo an diesem Verbrechen unschuldig ist. Ich selbst habe dem Fischer zur Beichte gesessen."

Der Doge wendete sich ab, denn die Wahrheit dämmerte in ihm auf, und die Glut auf seinen greisen Wangen enthielt ein Geständnis, das nicht jedes Auge merken konnte. Er suchte den Blick seines Gesellschafters, aber der Ausdruck seines menschlichen Gefühls traf auf die geregelten Züge des anderen wie Licht auf polierten Stein, davon es kalt zurückprallt.

„Hoheit", sagte eine zitternde Stimme.

„Was willst du, Kind?"

„Es gibt einen Gott für die Republik so gut als für den Gondoliere! Wird Ew. Hoheit nicht diese große Sünde von Venedig abwenden?"

„Du sprichst geradeaus, Mädchen."

„Carlos große Gefahr hat mich kühn gemacht. Das Volk liebt Euch sehr, und keiner spricht von Euch, ohne zugleich von Eurer Güte und Eurer Dienstwilligkeit für die Armen zu sprechen. Ihr seid unser Vater, und wir haben ein Recht, zu Euch zu kommen, auch wenn wir um Gnade bitten. Hier aber, Hoheit, fordere ich nur Gerechtigkeit."

„Gerechtigkeit ist Venedigs Wahlspruch."

„Die von der Vorsehung reichlich gesegnet sind, wissen nicht immer, was ein Armer zu tragen hat. Es hat Gott gefallen, meiner eigenen armen Mutter schwere Leiden aufzuerlegen, die ohne ihre Geduld und ihren christlichen Glauben schwer zu überstehen wären. Das bißchen Sorgfalt, das ich ihr spenden konnte, hat zuerst Jacopos Augen auf mich gezogen, denn sein Herz war voll von Kindespflicht. Wenn Ew. Hoheit nur Carlo besuchen wollten oder ihn hierherbringen ließen, so würde seine einfache Erzählung alle schändlichen Untaten, die sie ihm aufgebürdet haben, zur Lüge machen."

„Das ist nicht nötig – das ist nicht nötig. Dein Glaube an seine Unschuld, Mädchen, ist beredter, als alle seine Worte sein können."

Ein Freudenstrahl blitzte in Gelsominas Gesicht auf, sie wandte sich zu dem Mönche und sagte: „Seine Hoheit gibt Gehör, und wir werden durchdringen! Vater, sie mögen drohen in Venedig und den Furchtsamen ängstlich machen, aber sie werden das niemals tun, was wir gefürchtet haben. Ist nicht Jacopos Gott mein Gott und ihr Gott? Der Gott des Senates und des Dogen? Des Rates und der Republik? Ich wünschte, die geheimen Mitglieder vom Rate der Drei hätten den armen Jacopo gesehen, wenn er nach seinem Tagewerk, müde von der Arbeit, gepeinigt von dem ewigen Zögern, in die Winter- oder Sommerzelle trat, wie es nun gerade war, eisig kalt oder brennend heiß, und sich zwang, vergnügt zu sein, damit der fälschlich Angeklagte nicht noch mehr sein Elend fühlen möchte! – Ach, ehrwürdiger und gütiger Fürst, Ihr wisset wenig von der Last, die oft die Armen zu tragen haben, denn Euch ist das Leben Sonnenschein. Aber Millionen sind da, die tun müssen, was sie hassen, um nur nicht tun zu müssen, was sie fürchten."

„Kind, du sagst mir nichts Neues."

„Außer, daß ich Euch Beweise gebe, Hoheit, daß Jacopo kein solch Ungeheuer ist, als sie aus ihm machen wollen. Ich weiß nicht, aus was für geheimen Gründen der Rat den jungen Mann zu einem Betruge bewogen hat, der beinahe so unglücklich geendet hätte, jetzt aber, da alles aufgeklärt ist, haben wir nichts zu fürchten. Kommt, Vater! Wir wollen den guten und gerechten Dogen zur Ruhe gehen lassen, wie seinen Jahren zukommt, und wollen zurückgehen, Jacopos Herz aufzuheitern durch die Nachricht von unserem Erfolge, und wollen der gelobten Maria für ihre Gnade danken."

„Halt!" rief der Greis mit erstickter Stimme. „Ist es wahr, was du mir gesagt hast, Mädchen? Vater, kann es so sein?"

„Signore, ich habe alles wahrhaft gesagt, wie mich mein Gewissen trieb."

Des Fürsten Auge schweifte wild von dem bewegungslosen Mädchen zu dem gleichfalls unbewegten Mitgliede der Drei hinüber.

„Tritt hierher, Kind", sagte er, und seine Stimme zitterte, „tritt her, daß ich dich segne." Gelsomina trat schnell vor und ließ sich vor dem Herrn auf ihre Knie nieder.

Nie hatte Vater Anselmo einen lauteren und glühenderen Segen gesprochen, als jetzt von den Lippen des Dogen von Venedig floß. Der letztere hob sodann die Tochter des Gefangenenwärters auf und bedeutete den beiden Gästen, sich zu entfernen. Gelsomina gehorchte gern, denn ihr Herz, voll Begierde, ihren Erfolg mitzuteilen, war schon in Jacopos Zelle, aber der Karmeliter warf noch einen zögernden Blick zurück als ein Mann, der besser bekannt war mit den Wirkungen weltlicher Politik, wenn diese mit dem Interesse solcher Leute zusammenhängt, die die Herrschaft zum Vorteil der Bevorrechteten anwenden. Im Hinausgehen aber war seine Hoffnung neu belebt, denn er sah den greisen Fürsten, unfähig, sein Gefühl länger zurückzuhalten, mit ausgestreckten Armen, mit tränenerfüllten Augen, mit einem Blicke, in dem sich Verlangen nach der Freude menschlichen Mitgefühls lebendig aussprach, auf seinen schweigsamen Gesellschafter zueilen.

Einunddreißigstes Kapitel

Wieder rief der Morgen die Venezianer an ihr Tagewerk. Agenten der Polizei hatten geschäftig die Stimmung des Volkes bearbeitet, und sobald die Sonne über dem Meere emporstieg, fingen die Plätze an, sich zu füllen. Da fand sich der neugierige Bürger ein in Mantel und Mütze, da gafften verwundert barfüßige Arbeitsleute, da kam der vorsichtige, bärtige Hebräer in seinem weiten Rock, Edelleute zeigten sich in Masken und manche aufmerksame Fremde, von den Tausenden, die diese Stadt noch immer besuchten, obgleich der Glanz ihres Handels im Abnehmen war. Man erzählte einander, daß eine Handlung der vergeltenden Gerechtigkeit für die Ruhe der Stadt und die Sicherheit der Bürger gehandhabt werden sollte.

Die Dalmatier waren unfern des Meeres dergestalt aufmarschiert, daß sie die beiden Granitsäulen der Piazetta umgaben. Ihre ernsten soldatischen Gesichter waren nach ihnen, den afrikanischen Säulen, jenen wohlbekannten Grenzzeichen des Todes, zugekehrt. Einige grimmige Krieger von höherem Range durchschritten den Raum vor den Truppen, während sich ein dichtgedrängter Haufe hinter diesen anschloß. Aus besonderer Gunst hatte man über hundert Fischern vergönnt, sich innerhalb des bewaffneten Kreises aufzustellen, damit sie sehen sollten, wie ihr Stand gerächt würde. Zwischen den hohen Fußgestellen des heiligen Theodor und des Flügellöwen befanden sich Block und Axt, ein Tragekorb und Sägespäne, die damals üblichen Gerätschaften bei Hinrichtungen. Neben diesen stand der Scharfrichter.

Eine Bewegung in der Menge lenkte endlich jedes Auge nach dem Tore des Palastes. Ein Gemurmel erhob sich, die Menge wallte hin und her, und eine kleine Schar Sbirren wurde sichtbar. Ihr Schritt war schnell, wie der Gang des Geschicks. Die Reihe der Dalmatier öffnete sich zur Aufnahme dieser Handlanger des Schicksals und schloß sich wieder hinter ihnen, als verschlössen sie mit dem Verurteilten die Welt mit allen ihren Hoffnungen. Als sie bei dem Blocke zwischen den Säulen ankamen, teilten sich die Sbirren in Reihen und zogen sich ein wenig zurück, Jacopo blieb allein vor den Todeswerkzeugen mit seinem geistlichen Ratgeber, dem Karmeliter, der gaffenden Menge sichtbar.

Vater Anselmo war in der gewöhnlichen Ordenskleidung der Barfüßermönche. Die Kapuze des heiligen Mannes war zurückgeschlagen und zeigte den Umstehenden seine kasteiten Züge. Sein Gesicht war ein Bild verworrener Ungewißheit; oft blitzten Funken von Hoffnung fieberhaft darin auf. Während sich seine Lippen betend bewegten, schweifte sein Blick unwillkürlich von einem Fenster des Dogenpalastes zum andern. Er stellte sich indessen neben den Verurteilten hin und bekreuzigte sich dreimal mit innigem Eifer.

Jacopo stand in ruhiger Haltung vor dem Block. Sein Kopf war entblößt, seine Wange farblos, Hals und Nacken bis zu den Schultern unbedeckt, sein Oberleib war mit dem Hemd und sein übriger Körper nach Brauch der Gondolieri bekleidet. Er kniete nieder, das Gesicht dem Blocke zuwendend, und betete; dann stand er auf und überschaute die Menge mit Würde und Fassung. Während sein Auge über die Reihe menschlicher Gesichter langsam hinschweifte, überflog eine flüchtige Glut sein Antlitz; denn keines von allen verriet Gefühl für sein Leiden. Seine Brust hob sich, und die zunächst standen, bildeten sich ein, nunmehr verlasse den Unglücklichen seine Selbstbeherrschung. Aber so geschah es nicht. Er schauderte wohl zusammen, dann aber gewann er wieder die vorige Ruhe.

„Du hast dich vergeblich unter der Menge nach einem wohlwollenden Auge umgesehen!“ sagte der Karmeliter, dem die konvulsivische Bewegung nicht entgangen war.

„Für einen Mörder hat hier keiner Mitleid.“

„Denk an deinen Erlöser, Sohn. Er litt Schmach und Tod für ein Geschlecht, das seine Gottheit leugnete und seine Qual verhöhnte.“

Jacopo bekreuzigte sich und beugte ehrfurchtsvoll sein Haupt.

„Hast du noch mehr zu beten, Vater?“ fragte der Oberste der Sbirren, dem die Aufsicht über die ganze Handlung übertragen war. „Obgleich die erlauchten Räte unerschütterlich sind in der Gerechtigkeit, so haben sie doch mit den Seelen der Sünder Erbarmen.“

„Hast du auch bestimmte Befehle?“ fragte der Mönch, indem er ungewiß sein Auge wiederum auf die Fenster des Palastes heftete. „Ist es gewiß, daß der Gefangene sterben muß?“

Der Offizier lächelte über die Einfalt der Frage. Mit der Fühllosigkeit eines Mannes, der zu vertraut ist mit menschlichen Leiden, um Mitleid zu haben, fügte er hinzu: „Es ist das Schicksal aller Menschen, ehrwürdiger Mönch, und namentlich derer, über die das Gericht des heiligen Markus ergangen ist. Es wäre besser, Euer Beichtling dächt an seine Seele.“

„Du hast doch auch gewiß besonderen und ausdrücklichen Befehl? Man hat dir doch die Zeit zur Vollführung des blutigen Werkes genau bestimmt?“

„Jawohl, heiliger Karmeliter. Die Zeit wird nicht langsam sein, und Ihr tätet gut, sie Euch zunutze zu machen, wofern Ihr nicht schon mit dem Seelenzustand des Gefangenen zufrieden seid.“

So sprechend, warf der Offizier einen Blick auf die Sonnenuhr des Platzes und ging kaltblütig fort, den Priester und den Gefangenen zwischen den Säulen wieder allein lassend. Der erstere von diesen konnte offenbar noch immer nicht an die wirkliche Vollstreckung des Urteils glauben.

„Hast du Hoffnung, Jacopo?“ fragte er.

„Karmeliter, auf meinen Gott!“

„Sie können dies Unrecht nicht begehen! Ich war des Antonio Beichtiger – ich war Zeuge von seinem Tode, und das weiß der Fürst!“

„Was ist ein Fürst und seine Gerechtigkeit, wo die Selbstsucht einiger weniger regiert. Vater, du bist ein Neuling im Dienste des Senats.“

„Ich vermesse mich freilich nicht, vorauszusetzen, daß Gott die Verüber dieser Tat niederdonnern wird, denn die Geheimnisse seiner Weisheit sind unerforschlich. Dies Leben und alles, was diese Welt bieten kann, ist nur ein Punkt vor seinem allumfassenden Auge, und was uns als Übel erscheint, mag des Guten voll sein. Hast du Glauben an deinen Erlöser, Jacopo?“

Der Gefangene legte seine Hand auf das Herz und lächelte mit der stillen Zuversicht, die nur denen innewohnt, die solchen Trost haben.

„Wir wollen noch einmal beten, Sohn!“

Der Karmeliter und Jacopo knieten nebeneinander, und der letztere beugte seinen Kopf dem Blocke zu, während der Mönch schließlich die göttliche Gnade für ihn erflehte. Der Karmeliter stand auf, als der andere noch betend dalag. Der Mönch war so voll von heiligen Gedanken, daß er, seines früheren Wunsches vergessend, jetzt fast mit Zufriedenheit daran dachte, wie der Gefangene nunmehr in den Genuß der Seligkeit eingehen sollte, deren Hoffnung ihn selbst so freudig erhob. Der Offizier und der Scharfrichter traten näher; ersterer stieß Vater Anselmo an und deutete auf die entfernte Uhr.

„Der Augenblick ist da“, sprach er, mehr aus Gewohnheit als aus Schonung für den Gefangenen flüsternd.

Instinktmäßig wendete der Karmeliter sein Auge nach dem Palaste, in der plötzlichen Aufregung nur seines Begriffs von irdischer Gerechtigkeit eingedenk. Es zeigten sich Gestalten an den Fenstern, und er bildete sich ein, es sollte ein Signal gegeben werden, um den entscheidenden Schlag zu hemmen.

„Halt!“ rief er. „Um die Liebe der Heiligen Jungfrau, hemmet Eure Hast!“

Sein Ausruf wurde von einer durchdringenden Weiberstimme wiederholt, und in demselben Augenblicke durchbrach Gelsomina, trotz aller Bemühung, sie zurückzuhalten, die Reihe der Dalmatier und erreichte die Gruppe zwischen den Granitsäulen. Erstaunen und Neugier ergriff die Menge, und ein dumpfes Gemurmel durchlief den Platz.

„Es ist eine Wahnsinnige!“ schrie einer.

„Ein Opfer seiner Kunstgriffe“, sagte ein anderer, denn wenn jemand im Rufe eines besonderen Lasters steht, unterläßt die Welt gewöhnlich nicht, ihm alle übrigen gleichfalls beizumessen.

Gelsomina ergriff Jacopos Bande und machte wahnsinnige Anstrengungen, seine Arme zu befreien.

„Ich hoffte, du würdest dir diesen Anblick sparen, arme Gessina“, sagte der Verurteilte.

„Sei nicht besorgt“, erwiderte sie atemlos. „Es ist nur Neckerei – es ist nur eine List von ihnen, um zu berücken – aber sie können nicht – nein, sie dürfen kein Haar von deinem Haupte krümmen, Carlo!“

„Teuerste Gelsomina!“

„Nein, halte mich nicht. Ich will mit den Bürgern sprechen, und du wirst sehen, ich kann gut mit ihnen sprechen und ihnen dreist die Wahrheit bekanntmachen. Mir fehlt nur der Atem.“

„Geliebte! Du hast eine Mutter – einen Vater, denen deine Zärtlichkeit gehört. Deine kindliche Pflicht gegen sie wird dich beglücken.“

„Jetzt kann ich sprechen, und du sollst sehen, wie ich deinen Namen rechtfertigen will.“

Sie riß sich aus den Armen des Geliebten, der sie seiner Bande ungeachtet fest umschlungen hielt. Es wurde ihm schwerer, ihre zarte Gestalt aus seinen Armen zu lassen, als vom Leben zu scheiden. Jetzt schien der Kampf in Jacopos Seele vorüber. Geduldig legte er sein Haupt auf den Block, vor dem er kniete, und seine gefalteten Hände ließen vermuten, daß er für sie betete, die ihn eben verlassen hatte. Gelsomina aber, mit beiden Händen ihr Haar von der blendend reinen Stirn nach den Seiten streichend, trat zu den Fischern, die sie an den roten Mützen und nackten Beinen erkannte. Sie lächelte, wie man sich denken kann, daß Selige lächeln in ihrer Liebe.

„Venezianer“, sagte sie, „ich kann euch nicht tadeln. Ihr seid hier, um Zeugen zu sein vom Tode eines Mannes, der nach eurer Meinung nicht zu leben verdient.“

„Dessen, der den alten Antonio gemordet hat“, murmelte es durch den Haufen.

„Ja, des Mörders dieses alten, herrlichen Mannes. Aber wenn ihr erfahrt, daß ihr den für einen Mörder haltet, der ein frommer Sohn gewesen ist, ein treuer Diener der Republik, ein gewandter Gondoliere, ein aufrichtiges Gemüt, so werdet ihr nach Gerechtigkeit Verlangen tragen.“

Ein allgemeines Murren übertönte ihre Stimme, die schon so zitternd und leise war, daß man nur bei der größten Stille ihre Worte vernehmen konnte. Der Karmeliter war an ihre Seite getreten und bat durch ein Zeichen angelegentlich um Stille.

„Höret sie, Männer der Lagunen“, sagte er, „sie spricht heilige Wahrheit.“

„Dieser ehrwürdige, fromme Mönch und der Himmel sind meine Zeugen. Wenn ihr Carlo besser kennen und seine Geschichte gehört haben werdet, dann werdet ihr von selbst schreien, daß man ihn losgebe. Ich sage euch dies, damit ihr, wenn der Doge dort am Fenster das Zeichen der Begnadigung gibt, nicht ärgerlich werdet und glaubt, euerm Stande geschehe Unrecht. Der arme Carlo –“

„Das Mädchen rast!“ unterbrachen sie die mürrischen Fischer.

Gelsomina lächelte in der Sicherheit ihrer Unschuld und fuhr fort, sobald sie wieder zu Atem kam, doch die heftige Aufregung störte noch ihre Rede.

„Der arme Carlo –“

„Ha! Ein Zeichen vom Palast!“ rief der Karmeliter laut und streckte beide Arme dorthin aus, als wollte er ein Gnadengeschenk hinnehmen. In demselben Augenblick tönten die Trompeten, und von neuem wallte die Menge durcheinander. Gelsomina stieß ein Freudengeschrei aus und wandte sich schnell, um sich an die Brust des Geretteten zu werfen, da blitzte die Axt vor ihren Augen nieder, und Jacopos Kopf rollte auf dem Pflaster dahin, als suchte er sie. Eine allgemeine Bewegung unter der Menge verriet, daß alles vorbei sei.

Die Dalmatier schwenkten in Kolonnen. Die Sbirren drängten das Volk beiseite, um heimzugelangen; Wasser aus der Bucht wurde auf die Fliesen gegossen, die blutigen Sägespäne wurden zusammengerafft, und Kopf und Rumpf, Block, Tragekorb, Beil und Scharfrichter verschwanden. Der Haufe des Volkes ging um den verhängnisvollen Fleck herum.

Während dieses fürchterlichen Augenblicks standen Vater Anselmo und Gelsomina regungslos. Alles war vorüber, und noch schien der ganze Vorfall Täuschung.

„Schafft diese Verrückte fort!“ sagte ein Polizeibeamter und deutete auf Gelsomina. Man gehorchte ihm mit venezianischer Bereitwilligkeit. Der Karmeliter atmete kaum. Er starrte die bewegliche Menge, er starrte die Fenster des Palastes und starrte die Sonne an, die so herrlich am Himmel strahlte.

„Du bist verloren in dieser Menge“, sprach eine Stimme neben ihm leise. „Ehrwürdiger Karmeliter, du wirst wohltun, mir zu folgen.“

Der Mönch war zu tief gebeugt, um sich zu besinnen. Sein Führer brachte ihn durch manche verborgene Straße bis zu einem Kai, wo er sogleich eine Gondel bestieg, die nach dem Festlande fuhr. Ehe die Sonne im Mittage stand, war der in Gedanken versunkene, zitternde Mönch auf dem Wege nach dem Kirchenstaate und in kurzem im Schlosse Sant' Agata wohnhaft.

Zur gewöhnlichen Stunde ging die Sonne hinter den Tiroler Bergen unter, und der Mond kam über den Lido herauf. Die engen Straßen Venedigs ergossen ihre Tausende wiederum auf die Plätze. Das sanfte Licht streifte die seltsame Architektur und den schwindlig hohen Turm und warf einen betrüglichen Glanz auf die Inselstadt.

Die Portikus erglänzten vom Scheine der Lampen. Die Fröhlichen lachten, die Unbekümmerten tändelten, die Maskierten verfolgten ihre versteckten Zwecke; die Balladensänger und Spaßmacher übten ihre Streiche, und Unzählige gaben sich dem leeren Ergötzen hin, wie es gedankenlose, müßige Leute lieben. Jeder lebte für sich, und die Staatsmaschine Venedigs behielt nach wie vor ihren lastenvollen Gang, der durch das verwegene Trugspiel, das er mit heiligen Grundsätzen trieb, die in der Wahrheit und im natürlichen Rechte ihre Wurzel haben, Regierer und Regierte entwürdigte und endlich ins Verderben stürzte.